Ramsey Campbell wurde 1946 in Liverpool, England, geboren und an katholischen und privaten Schulen erzogen. Bereits als Schüler fing er an zu schreiben und veröffentlichte Kurzgeschichten. Inzwischen hat er viele Auszeichnungen für seine Horrorgeschichten und Romane erhalten.
Ramsey Campbell lebt mit seiner Frau Jenny und den beiden Kindern in der Nähe von Liverpool.

Von Ramsey Campbell sind außerdem erschienen:

Gesichter der Vergangenheit (Band 1842)
Alptraumwelten (Band 70013)

Dieses Buch wurde auf chlor- und säurefreiem Papier gedruckt.

Deutsche Erstausgabe März 1994

Titel der Originalausgabe »The Count of Eleven«

Originalverlag Macdonald & Co, London
Umschlaggestaltung Charlie Dengler, München
Umschlagillustration Klaus Thomas
Satz MPM, Wasserburg
Druck und Bindung Ebner Ulm
Printed in Germany 5 4 3 2 1
ISBN 3-426-70008-5

Ramsey Campbell

Der Fluch der dreizehn Briefe

Aus dem Englischen
von Marcel Bieger

Knaur

Danksagung

Anteil am Zustandekommen dieses Buches haben wie üblich die Hauptverdächtigen: meine Frau Jenny, meine britische Agentin Carol Smith, diverse Mitarbeiter von Mcdonald Futura – Peter Lavery, John Jarrold und Julia Martin. Brian Jones hat mich hinsichtlich Lötlampen beraten. Gary und Uschi Kluepfel haben mir in der Nähe von München ein Kellergewölbe zur Verfügung gestellt, aus dem ich ein paar Absätze gemacht habe.

Ich muß wohl erwähnen, daß ich die Arbeit der Bibliothek in Ellesmore Point etwas frei dargestellt habe. Alle Zeitungsschlagzeilen in Kapitel Zweiunddreißig sind, bis auf die letzte, echt.

In Liebe für Pete und Jeannie,
von dem Monster,
mit dem sie zusammenleben.

Ein Auszug aus dem Kapitel 25 wurde in der von Richard Chizmar herausgegebenen Anthologie COLD BLOOD, ein Extrakt von Kapitel Einundzwanzig in *Tekeli-li 3*, erstveröffentlicht.

Kapitel 1

An diesem Sonntagmorgen schlief Jack Orchard, bis der Geruch des Hauses ihn weckte. In den tiefen Nachtstunden hatte er kein Auge zumachen können, weil die Zecher aus den Clubs an der Strandpromenade lärmend zu ihren Autos liefen und die Wagentüren zuknallten. Als er hörte, wie Julia ihrer Tochter zurief: »Wenn dein Vater noch immer nicht aus den Federn gekommen ist, Laura, dann sag ihm, er soll sich sein Frühstück gefälligst selbst machen«, blinzelte er zu der Digitaluhr und rollte sich so abrupt unter dem Plumeau hervor, daß er auf auf dem Boden landete. Als er sich an der Schlafzimmertür hochzog und sie gleichzeitig öffnete, nahm der den öligen Geruch schärfer wahr. »Mach dir keine Umstände, Schatz!« rief er nach unten. »Ich habe keine Zeit zum Frühstücken.«

Julia erschien am Fuß der Treppe, und ihr rotes Haar zeichnete sich wie ein Flammenkranz vor der frisch verputzten Wand ab. »Es ist genug zu essen da. Ich muß los, es gibt wieder Ärger im Büro.«

»Ich hol mir unterwegs was zu essen.«

»Du darfst es aber nicht vergessen, versprichst du mir das?« Sorge huschte kurz über ihr längliches, sommersprossiges Gesicht. »Wir wollen nicht, daß du krankfeiern mußt.«

Er lief nach unten und küßte sie auf die pinkfarbenen Lippen. »Es gehört schon mehr dazu als ein versäumtes Frühstück, um mich aus den Latschen kippen zu lassen«, erklärte er ihr, rieb seine Nasenspitze an ihrem Hals und atmete ihren Duft ein, der aber bald von der Feuchtigkeit und dem Geruch, der aus den Wänden strömte, überlagert wurde. Er drehte rasch das Gesicht weg, um seiner Frau nicht ins Gesicht zu niesen. In den langen Stunden, die er wachgelegen hatte, hatte er gespürt, wie sich in ihm eine Erkältung zusammenbraute. »Das kommt davon, wenn man über Nacht das Fenster aufläßt.«

»Es ist doch die ganze Aufregung wert, oder? Wenn wir eines schönen Tages daran zurückdenken, werden wir herzhaft darüber lachen, nicht wahr?«

»Genau, schließlich heißt es doch, Lachen sei gesund, was?« entgegnete er mit verzerrtem Gesicht und stürzte niesend zum Badezimmer, um sich dort mit Toilettenpapier die Nase zu putzen.

Während er die Wassertemperatur der Dusche zu regulieren versuchte, die seinen Kopf mit kaltem Wasser überschüttet hatte, und sich zu diesem Zweck damit abmühte, unter dem Strahl hinwegzutauchen, hörte er, wie Julia das Haus verließ. Als er sich anzog, rief Laura von unten: »Ich denke, ich werde jetzt nach Seacombe und wieder zurück radeln.« Es klang, als sei ihr das gerade erst in den Sinn gekommen und sie ganz begierig darauf, ihre Idee in die Tat umzusetzen. Er reckte den Hals wie eine Schildkröte, um ihr am Schlafzimmerfenster hinterherzuwinken. Sie fuhr schon auf die Promenade zu, und das rote Haar flatterte wie eine Fahne hinter ihr her. Sie machte ein gedankenverlorenes Gesicht und sah aus wie ihre Mutter mit zwölf Jahren; abgesehen vielleicht von den zusätzlichen Sommersprossen. Nun war niemand mehr im Haus, der ihm hätte mitteilen können, was für ein Tag heute war. Er eilte los und nahm im Laufen den Beutel mit der gestrigen Geschäftspost auf, der neben dem Telefon in der Diele stand.

Die frische Brise, die von der Liverpool Bay kam, fegte über den Minigolfplatz, auf dem Spatzen nach Würmern suchten, und rüttelte an dem ZU-VERKAUFEN-Schild, das vor dem Haus der Orchards in den Boden gerammt war. Zwischen Julias Heidekrautkübeln war nicht viel Platz für das Schild. Der Garten war insgesamt kaum größer als ein Pkw. Sein Haus und die in der Nachbarschaft kamen ihm heute sehr klein vor. Ihre Fassaden boten lediglich Platz für die Haustür und ein Seitenfenster und darüber zwei weitere Fenster. Die Häuser wirkten, als seien sie sauber ausgestanzt worden. Von vorn waren die nach hinten auslaufenden Räumlichkeiten – Bad und Küche – nicht zu erkennen.

Heute war der erste Sonntag im April, und Jack hatte den Eindruck, ganz New Brighton döste im Sonnenschein vor sich hin. Für einen Moment trug der Wind weder Geräusche vom Minigolf-Platz noch Rufe vom Floral Pavillon oder Schreie von der Kirmes heran. Am Ende der Häuserreihe lief eine ziemlich große Familie, die sich mit Plastikeimern, Schaufeln und Bierdosen bewaffnet hatte, über die Victoria Road zum Strand. Sie blieben vor einem Laden stehen und drängten sich um das Schaufenster, in dem Aufkleber mit Aufschriften wie »Mein Hund«, »Meine Lieblingskatze« oder »Mein lieber Nachbar« ausgestellt waren. Jack bemerkte, daß einige der Läden zwischen den Bingohallen und Spielhöllen mit Brettern vernagelt waren. Er lief den Hügel hinauf, an der Bank vorbei und bog an der Ampel nach links ab, wo es noch steiler hinaufging.

Normalerweise joggte er das restliche Stück, doch heute fürchtete er, bei jedem tieferen Atemzug niesen zu müssen. Er versuchte, eine Zeitlang zu laufen und sich dabei einen Finger unter die Nase zu halten, gab das aber rasch wieder auf, als zwei junge Frauen, die ihm in Shorts und Tops entgegenkamen, wütende Blicke zuwarfen, weil sie zu glauben schienen, er wolle sie auf den Arm nehmen oder, schlimmer noch, ihnen ein unsittliches Angebot machen. Der Wind schob ihn geradezu voran. Er kam an dem Gebrauchtwagenhändler vorbei, über dessen Vorführräumen Wimpel in der Brise knatterten. Als er die Videothek erreichte, die sich neben dem Auktionshaus oben auf dem Hügel befand, war es elf Uhr.

Die Poster, die er innen an die Schaufensterscheibe geklebt hatte und die darauf hinwiesen, daß er nun der alleinige Besitzer der Videothek war, verblaßten allmählich. Das störte ihn nicht. Er glaubte, auf diese Weise unterstrichen sie die nostalgische Atmosphäre des Ladens. Er stellte gerade die schwere Tasche neben die Tür und schabte dabei etwas von der blättrigen Farbe ab, als das Telefon läutete. Jack fand am Schlüsselbund, den Laura ihm zum Geburtstag geschenkt hatte, die Schlüssel für das Schloß und die Sicherheitssperren und öffnete die Ladentür. Als er über den bloßen Holzboden lief, drang ihm der Plastikgeruch der Kassettenhüllen in die Nase. Er warf den Schlüsselbund – zusammen mit dem daran befindlichen Clownskopf – auf den Tresen und riß den Hörer von der Gabel. Er atmete tief ein, um sprechen zu können, und seine Nasenlöcher füllten sich mit Staub. »Haa...« begann er, »haaa...?«

»Hallo? Hallo? *Hallo?*«

Jack stellte sich vor, am anderen Ende befände sich ein Papagei.

»Spreche ich mit Fine Films?«

»Haa... Haa... Hatschi!« entgegnete Jack so heftig, daß der Aufsteller, der darauf hinwies, welche Voraussetzungen für eine Mitgliedschaft in der Videothek zu erfüllen seien, umkippte und auf die Theke knallte. »Verzeihung, zuviel Staub«, murmelte er rasch.

»Wie bitte?«

»Erkänftung. Schmuppwen«, versuchte Jack seinem Gesprächspartner zu erklären. »Ja, Sie sprähächen mit Fine Fimms.«

»Führen Sie Schwarzweißfilme?«

»Daff will iff meinen.«

»Welche Marken?«

»Universal, Warner, RKO«, wollte Jack antworten und darauf hinweisen, daß er das bestsortierte Angebot von ausländischen Filmen in der Merseyside-Gegend besaß, doch statt dessen mußte er wieder niesen.

»Wie bitte?«

»Nur eine kleine Erkältung«, antwortete Jack leicht indigniert.

»Fuchen Fie einen bestimmten Titel?«

»Einer von uns beiden spinnt, und ich bin es nicht!«

»Haben Fie nicht gefagt, Fie fuchen Schwarzweiffilme?«

»Ja, für meine Kamera.«
»Tut mir leid, falsch verbunden«, erklärte Jack unter der größten Anstrengung, den nächsten Nieser zu unterdrücken. Es gelang ihm nur zum Teil. »Iff führe eine Videothek. Wenn Fie alte Filme fuchen, dann ...«
Die Stimme am anderen Ende unterbrach ihn hart und abrupt. Jacks Ohrmuschel vibrierte unter ihrer Lautstärke. »Schon als Kind habe ich Aprilscherze verabscheut, und heute gefallen sie mir noch weniger. Ich hoffe nur, Sie unterliegen nicht der irrigen Vorstellung, mich mit Ihrer Darbietung einer Erkältung überzeugt zu haben. Ich bin nämlich Arzt!«
»Das war Dr. Jekyll auch«, entgegnete Jack und hängte ein. Er zog ein Bündel Toilettenpapier aus der Tasche, putzte sich die Nase und stellte dann das umgekippte Hinweisschild wieder auf. »Lachen ist doch gesund, oder?« fragte er den Clownskopf, als er den Schlüsselbund an sich nahm, die Tür schloß und sich über den Beutel hermachte. »Mal sehen, wofür sie den halben Regenwald abholzen mußten.«
Der kleinste und am spärlichsten beschriftete Umschlag enthielt keine Geschäftspost, sondern einen einseitig beschriebenen Kettenbrief. Jack hielt ihn für einen Aprilscherz. VERWANDELN SIE PECH IN GLÜCK, verkündete die Überschrift, und mehr las Jack auch nicht von dem Schreiben. Er stopfte es in die Hosentasche, um es später Laura zu zeigen. »Ich hoffe nur, daß ich niemals in einer so verzweifelten Lage stecke«, sagte er leise und kippte dann den Inhalt des Beutels auf den Tresen.
Zwei große Umschläge enthielten Kataloge und Verkaufslisten. Der eine war knallbunt und verwies auf sensationelle Filme, von denen Jack noch nie etwas gehört hatte. Jeder Satz war von zig Ausrufezeichen begleitet, und es sah aus, als hätten Miniaturritter ihre Speere daraufgeworfen. Eine Liste führte Secondhandvideos auf. Bei einem flüchtigen Blick darauf fielen ihm NIGHTMARE ON ELM STREET (vermutlich war Freddie zum x-ten Male wieder zum Leben erwacht) und SCHNEEWITTCHEN ins Auge. In einem dicken

Päckchen fand sich ein Kassette mit Trailern für Filme, die eine große Firma demnächst auf den Markt werfen wollte. Er legte die Kassette ein und setzte sich in seinen Schreibtischsessel.
Der erste Film würde ohne Zweifel sein Publikum finden, aber das mußten Menschen sein, in deren Nachbarschaft Jack nicht leben wollte. Unverwundbare Männer, deren Muskeln und Venen aussahen, als hätte man sie aufgepumpt, schleuderten Schurken und Bösewichte durch die Luft, zerstörten alles, was ihnen vor die Flinte kam und benutzten dazu Waffen, die Jack reichlich übertrieben und ebenso überflüssig wie die aufgeblähten Muskeln vorkamen. Es wurde in diesem Streifen viel geknurrt, gelegentlich unterstrich eine Explosion die schicksalsträchtigen Worte, und von Zeit zu Zeit ließ der Held einen Kalauer hören. Nach einer Flut solcher Szenen – Jack wußte schon nicht mehr, von wie vielen Filmen er Trailer gesehen hatte – verhieß ihm der Sprecher auf dem Band »die verrückteste Komödie aller Zeiten!!!!« und fing dann an, in einer quäkigen Comicstimme zu kichern. In dem Streifen traten zwei Männer auf einen Baulastwagen zu, der sich auf einem Schuttplatz befand. Während der Fahrer einen Container herabließ, stiegen sie zu ihm in die Kabine und erklärten ihm unisono: »Wir sind die Müllinspektoren.«
Der erste sah den zweiten an und sagte: »Wollen wir doch mal sehen, ob wir hier keinen Abfall finden, was, John?«
»Da kannst du einen drauf lassen, Craig«, entgegnete der zweite.
Dann hielten beide Kettensägen in der Hand, die sie bisher hinter dem Rücken verborgen hatten, und schon spritzten Unmengen Blut aus dem Fahrerhaus. Dem folgten Körperteile des Opfers, und Jack schüttelte den Kopf, weil er das Gefühl hatte, den Witz nicht verstanden zu haben. Gavin, sein ehemaliger Geschäftspartner, hätte jetzt vermutlich die Schultern gezuckt und gebrummt: »Wenn die Leute so was sehen wollen ...« Dieser absonderlichen Komödie folgte ein Trailer, in dem ein Buckliger Teenager verstümmelte, bis sie noch furchtbarer aussahen als er selbst. Vermutlich konnte er sie nicht von den jungen Leuten unterscheiden, die

ihn in seiner Jugend so lange gequält hatten, bis er so aussah wie heute. Jack konnte ihm das in gewisser Weise nachempfinden, denn auch für ihn sahen die Teenager in diesem Film alle gleich aus. Jack vergnügte sich damit, seinen eigenen Text zu diesem Streifen zu sprechen: »ALLE MACHEN SICH ÜBER MICH LUSTIG, WEIL ICH UNGLÜCKLICH BIN«, brüllte er laut genug, um die Schreie und die schrille Musik zu übertönen, »UND WENN SIE ÜBER MICH LACHEN, BESTRAFE ICH SIE. UND WENN ICH SIE BESTRAFT HABE, BEKOMME ICH EIN SCHLECHTES GEWISSEN. UND WENN ICH EIN SCHLECHTES GEWISSEN HABE, MUSS ICH NOCH MEHR BÖSE DINGE TUN ...« Jack dröhnte immer noch vor sich hin, als die Ladentür aufging, ein zehnjähriges Mädchen eintrat und wie erstarrt stehenblieb.

Jack schenkte der Kleinen sein schönstes Lächeln, um sie davon zu überzeugen, daß das, was sie gerade dachte, falsch war. Als ihm dann aber bewußt wurde, daß er ihr damit nur noch mehr Angst einjagte, suchte er krampfhaft nach einer Erklärung und stotterte: »Ich, äh, nun ja, ich habe gerade geprobt. Ja, geprobt für meinen Besuch beim Bankdirektor.« Als sie ihn immer noch entsetzt anstarrte, fügte er rasch hinzu: »Er ist nämlich schwerhörig, mußt du wissen.«

»Oh.«

Er hatte nie zuvor gehört, wie jemand soviel Unglauben in einen einzigen Laut legen konnte. »Ich habe nur Spaß gemacht«, erklärte Jack dann. »In Wahrheit habe ich mit dem Monster dort gesprochen.«

Während Jack auf den Bildschirm deutete, zeigte sich am Schaufenster ein Mann in einem langen Mantel, der sich die Kapuze tief ins Gesicht gezogen hatte. »Was kann ich für dich tun?« fragte Jack das Mädchen.

Sie zögerte einen Moment, marschierte dann aber entschlossen auf den Tresen zu und zog eine Kassette aus der Tasche ihres Anoraks. »Ich bringe das hier für unseren Timmy zurück.«

»Hört sich für mich wie ein fairer Tausch an.«

Sie legte BODY HEAT auf die Theke und fragte leise: »Kann ich mir auch einen Film ausleihen?«
»Aber nicht so einen.«
»Einen für mich«, erklärte sie, so als könnte sie es nicht fassen, daß er ihr so etwas unterstellte.
»Fühl dich hier wie zu Hause.«
Er hatte kaum in seinem Amstrad-Computer die Rückgabe von BODY HEAT eingegeben, als sie schon wieder vor dem Tresen stand und ihm DUMBO hinhielt.
»Kannst du dich an deine Kundennummer erinnern?« fragte Jack.
»Aber klar, was denken Sie denn«, entgegnete sie, als sei das die größte Selbstverständlichkeit der Welt. Dann schloß sie die Augen und sagte leise: »Fünf ... zwei ... drei.«
»Dann sehen wir doch mal nach«, erklärte Jack, tippte die Nummer ein, nahm dann die Kassette aus der Hülle und steckte sie in eine neutrale Box. Das Mädchen rannte nach draußen. Kaum hatte sie den Laden verlassen, trat der Kapuzenträger ein.
In seinem Aufzug wirkte der Mann wie ein Mönch. Seine Wangenknochen waren so wuchtig, daß sie die Mundwinkel herabzuziehen schienen. Die Brille saß auf der Nasenspitze, und Jack wußte nicht, ob der Mann auf den Aufsteller oder auf die Hülle von BODY HEAT blickte, die Jack gerade aus dem Regal hinter sich genommen hatte, in dem sich die Hüllen der ausgeliehenen Filme befanden. Er kam zu dem Schluß, daß der Kapuzenträger letzteres im Auge hatte, und erklärte: »Ist so eine Art Chandler mit Sex.«
»Zu meiner Zeit waren sie auf Kerzen spezialisiert.«*
Bis Jack begriffen hatte, daß sein Gegenüber damit nicht auf eine Orgasmushilfe anspielte, hatte der Mann sich schon zum Fenster umgedreht und dem Staub in der Luft den Geruch von abgestan-

* Wortspiel: Chandler bedeutet im Engl. Kerzenmacher. Jack hingegen meint den Krimiautor Raymond Chandler (Anm. d. Ü.)

denem Schweiß hinzugefügt. »Wissen Sie, wer das ist?« fragte er mit einer Stimme, die ebenso tonlos wie eindringlich klang.
Als Jack nicht sofort darauf reagierte, zeigte er mit einem Stummelfinger auf ein Poster, auf dem Stan Laurel und Oliver Hardy zu sehen waren.
»Ich habe selten mehr gelacht als bei diesen beiden«, entgegnete Jack.
Der Mann riß beide Arme hoch, so als habe Jack ihn in den Rücken gestochen. »Glauben Sie, Sie können wirklich sagen, was Sie wollen? Denken Sie vielleicht, niemand habe gesehen, was Sie getan haben? Oder sind Sie etwa schon so abgebrüht, daß Ihnen das nichts mehr ausmacht?«
»Könnten Sie sich vielleicht ein wenig deutlicher ausdrücken?«
Der Fremde wirbelte so heftig herum, daß er seine Brille festhalten mußte, weil sie sonst von der Nase gerutscht wäre. »Wissen Sie denn nicht einmal, was für ein Tag heute ist?«
»Ach so«, grinste Jack und zwinkerte seinem Gegenüber zu. »Doch, ich denke, ich weiß, was für einen Tag wir heute haben.«
»Und Sie sind der Ansicht, daß man an einem solchen Tag ungestraft die Unschuldigen verderben darf, oder?«
Der Kapuzenträger wirkte jetzt wie der fleischgewordene Zorn Gottes. Seine Augen drohten aus den Höhlen zu quellen, und seine Lippen bebten. Jack dachte, daß der Fremde seine Rolle etwas übertrieb. »Eigentlich nicht«, antwortete er.
»Glauben Sie bloß nicht, daß man Sie nicht ständig beobachtet, mein Freund. Selbst wenn ich nicht rechtzeitig zur Stelle gewesen wäre, so hätte Er doch alles gesehen.«
»Und was haben Sie oder Er gesehen?«
Der Mann tippte hart auf die Kassettenhülle. »Sie haben das unschuldige Kind dazu ermuntert, sich solchen Schmutz anzusehen. Gott allein weiß, was Sie dem Mädchen mitgegeben haben!«
»DUMBO.«
»Beschimpfen Sie mich ruhig. Christus und Seine Jünger haben Schlimmeres hinnehmen müssen.« Der Kapuzenträger starrte auf

den Bildschirm, auf dem jetzt Liebkosungen und ein wenig nackte Haut zu sehen waren. »Ich habe deutlich gesehen, wie Sie dem Mädchen auf diesem Bildschirm dort Schmutz vorgeführt haben, und Sie haben sie aufgefordert, sich hier wie zu Hause zu fühlen.«
Jack wandte sich ab und der Tür zu, weil es ihm erneut in der Nase kribbelte.
»Fliehen Sie ruhig!« donnerte der Fremde. »Laufen Sie nur fort. Aber vergessen Sie nicht, daß der Herr Sie überall sehen kann!«
Der Nieser wollte einfach nicht kommen, und das verdroß Jack. Zusätzlich ärgerte es ihn, daß dieser Mann glaubte, er ergreife vor ihm die Flucht. Jack drehte sich zu dem Kapuzenträger um und erklärte: »Ich bin mir sicher, daß Sie Ihren Spaß haben. Aber ich für meinen Teil habe für heute genug von Aprilscherzen!«
Jack ging zur Tür, hielt sie dem Fremden auf und wartete, bis er den Laden verlassen hatte. Danach nahm Jack einen der grellbunten Hochglanzkataloge und wedelte damit durch die Luft, um den Schweißgeruch zu vertreiben. Hier an der Tür, wo er ein Stück weit vom Fernsehapparat entfernt stand, hörte er Kirchenglocken und begriff, daß der Kapuzenträger diese und nicht das Poster gemeint hatte, als er vorhin auf das Schaufenster zeigte. Er war der festen Überzeugung, daß irgend jemand diesen Mann zu ihm geschickt hatte, um einen Aprilscherz zu machen. Aber der Fremde hatte sich nicht entfernt, sondern er war vor der Videothek stehengeblieben, so als wollte er davor Wache halten.
Für eine Weile begnügte der Kapuzenträger sich damit, durch das Schaufenster zu starren und jede Kassette ins Auge zu fassen, die zurückgebracht oder ausgeliehen wurde. Als er dann aber hören mußte, wie einer der Kunden Jack vorschlug, dem »seltsamen Vogel da draußen« ein Plakat umzuhängen, fing der Mann an, jeden zu belästigen, der den Laden betrat oder verließ. »Hört ihr nicht die Glocken, die euch zum Gottesdienst rufen? Wollt ihr lieber vor einem Fernsehgerät niederknien? Was glaubt ihr denn, was der Herr dazu sagt, wenn ihr euch am heiligen Sonntag solchen Profanitäten hingebt?«

»Ich schätze, Er wird zu mir sagen: ›Rück mal ein Stück, damit ich mich auch auf die Couch setzen kann‹«, entgegnete ihm ein Mann, und auch die anderen Kunden schienen sich an seinen Vorhaltungen wenig zu stören. Als Jack jedoch entdeckte, daß zwei junge Frauen auf die andere Straßenseite wechselten, um dem Kapuzenträger zu entgehen, schritt er zur Ladentür: »He, haben Sie da vor meiner Videothek Wurzeln geschlagen, oder was?«

»Meine Wurzeln sind in dem Baum, an den Sie und Ihresgleichen den Sohn des Herrn genagelt haben.«

Jack begriff, daß es sinnlos war, sich mit diesem Mann zu streiten, und kehrte hinter den Tresen zurück. Es hatte den Anschein, als sei er unfreiwillig zu einem neuen Mitarbeiter gekommen. Dann näherte sich Andy Nation dem Laden.

Andy lebte in derselben Straße wie Jack. Kaum hatte er die Tür geöffnet, da rief er auch schon: »Hallo, altes Haus. Wie geht es deiner besseren Hälfte und deiner wunderschönen Tochter, die nie und nimmer von dir stammen kann? Und was ist das für ein komischer Heiliger da draußen, der sich wie ein Hutzelmännchen ausstaffiert hat?«

»Mein neuer Türsteher. Hat heute mit der Arbeit begonnen. Ich hoffe sehr, daß er neue Kundschaft anlockt. Na ja, Hauptsache, er vergrault mir keine.«

»Ich kann nur noch einmal wiederholen, was ich dir immer wieder gesagt habe: Besorg dir ein paar härtere Filme und bau die Schmuddelecke aus. Nur so läuft dein Laden. Die Streifen, die du nicht magst, bringen dir das Geld ein, mit dem du deinen Lebensunterhalt bestreiten kannst.« Er kratzte sich in der Lücke, die sich in seinem im Entstehen begriffenen Schnurrbart zeigte, und an seinen stoppeligen Wangen. Dabei schob er die Haut so hoch, daß er Schlitzaugen bekam und eine entfernte Ähnlichkeit mit Dr. Fu Man Chu aufwies. »Willst du den Kerl loswerden?«

»Würde ich mehr von Gewalt halten, wäre er schon längst fort.«

»Dann überlaß die Arbeit jemandem, der nicht so viele Skrupel hat.«

»Aber ...«

Doch Andy war schon draußen. Er zog den Reißverschluß seiner Lederjacke auf, um seinen breiten Schultern mehr Bewegungsspielraum zu geben. »Hau ab, du vermummter Streiter für den Herrn, bevor ich dafür sorge, daß man dich auf einer Bahre fortträgt. Und glaub ja nicht, mein Freund, der Ladenbesitzer, habe mich geschickt. Im Gegenteil, er hat versucht, mich aufzuhalten, denn er weiß genau, in was für einen Berserker ich mich verwandele, wenn mir jemand auf die Nerven geht!«

»Möge der Herr Ihnen vergeben!« entgegnete der Kapuzenmann schrill. Als Andy die Fäuste hob, schlurfte der Fremde so eilig davon, daß es ihm fast die Kapuze vom Kopf geweht hätte.

»Du mußt nur grimmig dreinblicken und so klingen, als würdest du keinen Moment zögern«, erklärte Andy Jack, als er wieder im Laden war, »dann wirst du jeden los.«

»Danke.«

»Du weißt, daß ich dir jeden Gefallen tue. Du brauchst dich nicht dafür zu bedanken.«

»Ja, das weiß ich, Andy. Trotzdem danke.«

»Die Tür hier könnte einen neuen Anstrich vertragen. So, wie sie jetzt aussieht, könnten die Leute zu dem Schluß gelangen, du willst deine Videothek aufgeben.« Andy schritt an den Regalen entlang und zog hier und da eine Kassette heraus. »Ich begreife wirklich nicht, wie du dir ausländische Filme ansehen kannst. Ständig die Untertitel ... Ich meine, wenn man sich einen Film ansieht, will man sich doch unterhalten und amüsieren, nicht aber gleichzeitig ein Buch lesen. Hör mal, ich habe nicht zufällig einen Hammer und einen Bohrer bei euch liegengelassen, als ich neulich was ausgebessert habe, oder?«

»Nein, nur eine Lötlampe.«

»Die kannst du ruhig behalten. Ich habe schon seit längerem vor, mir eine handlichere Lötlampe zuzulegen. Wie geht es im Haus voran?«

»Wir haben jemand bestellt, der sich alles ansehen soll.«

Jack betrachtete die Ladentür kritisch. »Du hast recht, sie sieht wirklich nicht sehr einladend aus.«
»Kann sie nicht noch etwas warten, bis ich die momentane Arbeit erledigt hab? So in ein paar Wochen hätte ich Zeit.«
»Ich könnte mich ja auch selbst einmal daran versuchen.«
»So liebe ich meinen Freund Jack. Soll ich hier die Stellung halten, während du deine Besorgungen machst?«
Jack hatte eigentlich noch nicht gleich gehen wollen, aber die Gelegenheit war zu günstig. »Ich sause wie ein Wirbelwind!« versprach er seinem Freund.
»Keine übertriebene Hast. Ich werde hier mein Bestes tun, um die Kunden davon zu überzeugen, daß deine Filme besser sind, als sie aussehen.«
Das beruhigte Jack keineswegs, und sobald er aus dem Laden war und Andy ihn nicht mehr sehen konnte, rannte er, so schnell ihn seine Beine trugen. Auf der Victoria Road herrschte eine ziemliches Gedränge. Die strahlende Sonne und der Postkartenhimmel hatten Familien aus ganz Liverpool angelockt. Eine Brise trug den Geruch von Fish und Chips heran; zumindest konnte seine verstopfte Nase soviel wahrnehmen. Und von allen Seiten dröhnte aus den Lautsprechern die Stimme eines Bingo-Animateurs: »Spaß für die ganze Familie. Versuchen Sie Ihr Glück!«
Niemand war zu Hause, aber Lauras Fahrrad stand im Hintergarten. »Bin zu Jody«, hatte sie auf das Pinboard gekritzelt, das mit Magneten am Kühlschrank befestigt war. Jack zog den Mülleimer unter dem Spülbecken hervor, bückte sich und beförderte die Lötlampe ins Freie, die sich hinter dem Abflußrohr befand.
Der Tank des Geräts war größer als sein Kopf, und bis heute war ihm nicht aufgefallen, wie schwer der Apparat war. Er trug die Lötlampe in seinen Lieferwagen, auf dessen Hecktür noch schwach die Abbildung einer Satellitenschüssel zu erkennen war, die der Vorbesitzer dort angebracht hatte. Dann ging er ins Badezimmer und putzte sich kräftig die Nase. Auf dem Rückweg entdeckte er in der Küche auf dem Fensterbrett sein altes Feuer-

zeug. Er zündete es an und stellte sich vor, den ersten Zug an einer Zigarette zu machen. Er hatte bei Lauras Geburt das Rauchen aufgegeben, das Feuerzeug aber als Erinnerung an seine heroische Tat behalten.

Als er in seine Videothek zurückkehrte, kicherte Andy gerade über die beiden Müllinspektoren, die den Lastwagen bestiegen. »Ist ja klasse«, erklärte er Jack. »Den solltest du bestellen.«

»Wenn du meinst, daß der Streifen das Ansehen meines Ladens hebt ...«

Andy verzog pikiert das Gesicht. »Zumindest schadet er dem Angebot nicht.«

»Na, mal sehen, Andy. Vielen Dank für deine Hilfe. Demnächst lade ich dich zu einem Bier ein.«

Die beiden Männer sahen noch für eine Weile schweigend dem Treiben auf dem Bildschirm zu, dann erklärte Andy: »Ich mache mich mal lieber auf die Socken. Ich muß mein Werkzeug zusammensuchen.«

Jack übertrug die Daten einer Ausleihe, die Andy auf einen der Kataloge gekritzelt hatte, in den Computer. Sein Freund hatte den Namen des Films und den des Kunden falsch geschrieben, aber wenigstens war die Kundennummer korrekt. »Zahlen können nicht lügen«, murmelte Jack und ging dann zu seinem Lieferwagen. Der Griff der Lötlampe lag gut in seiner Hand, als er sie in den Laden trug. »Erleuchte meinen Tag«, sagte er zu dem Gerät.

Kapitel 2

Als Julia den Fahrstuhl verließ, der sie von der Tiefgarage nach Moorfields befördert hatte, schien es ihr, das Geschäftszentrum von Liverpool gehöre ihr ganz allein. Abgesehen von ein paar Wagen, die vor einem Sex-Shop parkten, war kaum ein Anzeichen von Leben zu entdecken. Ein paar Tauben hüpften vor ihr davon, als sie den Exchange Flags Square überquerte, wo ein schwarzes Skelett aus einem überdimensionierten Umhang grinste. Ein paar Schritte weiter löste sich ein Schwarm Vögel von den Säulen der Stadthalle und flog davon. Julia spazierte die Dale Street entlang und genoß die seltene Gelegenheit, die oberen Geschosse der Geschäftsgebäude zu betrachten, wo sich Wasserspeier unter steinernen Blättern duckten und Türme so malerisch aussahen, als würden die Dächer von fernen Ländern und längst vergangenen Zeiten träumen. Von der Straße an den Docks wehte das Heulen einer Feuerwehrsirene heran. In der Leere und Stille, die Julia umgab, kam ihr das Geräusch viel lauter vor.

Es riß sie aus ihren Tagträumen, die sie froh gestimmt und angenehme Erwartungen in ihr geweckt hatten. Sie sagte sich, daß sie immer noch an schöne Dinge denken konnte, sobald sie Lukes Problem gelöst hatte. Sie beschleunigte ihre Schritte und eilte durch die Castle Street in Richtung Fluß.

Sein Büro befand sich in einer Seitenstraße und lag neben dem Slaughterhouse, einem alten Pub mit Holzboden, der mit Sägemehl bestreut war. Alle Parkuhren vor dem Büro waren abgelaufen und harrten neuer Münzen. Nur vor dem Schaufenster waren ein paar zu sehen, deren Kopf unter einer gelben Plastikhaube steckte. In goldenen Lettern prangte Lukes Nachname Rankin auf der

Scheibe. Die Buchstaben blitzten in Julias Augen, als sie auf die Klingel neben der roten Holztür drückte.
Zur Antwort ertönte ein Schrei von Luke. Es hörte sich so an, als würde ein halbes Dutzend Flüche versuchen, gleichzeitig aus seinem Mund zu kommen. Kurz darauf spähte er durch die Jalousie, und endlich öffnete er die Tür. Julia hatte ihn noch nie ohne Anzug und Krawatte gesehen. Heute jedoch trug er eine violette Strickjacke mit Reißverschluß, die seiner Frau gehören mußte. Seine grauen Haare und Augenbrauen machten den Anschein, als habe er sie mehrfach zerzaust. »Ach herrje, Luke, was hast du bloß angestellt?«
»Ich hoffe nichts allzu Schlimmes«, antwortete er mit einem jungenhaften Grinsen. »Ich habe stundenlang an dem Computer herumgedoktert, bevor ich schließlich dich angerufen habe. Ich habe das Gefühl, das grüne Licht in meinem Kopf will nicht mehr ausgehen.«
»Der Fluch des Cursors«, entgegnete Julia und öffnete die Tresenklappe. »Dann wollen wir mal sehen, was du angerichtet hast.«
Das äußere Büro enthielt sechs Schreibtische, die in Dreierreihen angeordnet waren. Alle standen mit dem Rücken zum Fenster. Fünf der Rechner ruhten unter ihren Hauben, aber der Computer auf Julias Schreibtisch (er befand sich unweit der Tür zu Lukes Büro) war aufgedeckt, und sie bemerkte den Fehler sofort. »Du hast beim Abschalten des Geräts vergessen, daß noch eine Diskette im Laufwerk war.«
»Das kann aber gerade erst passiert sein. Ist es schlimm?«
»Kann man wohl sagen. Am besten sprichst du jetzt ein Gebet.« Sie zog die Diskette heraus und schaltete das Gerät wieder ein. Der leere Bildschirm färbte sich grün, und Julia hielt den Atem an, bis Schriftzeichen und Symbole erschienen. Luke zog einen Stuhl zu ihrem Schreibtisch heran, ließ sich neben ihr nieder und schaute zu, wie sie die Diskette wieder einlegte. Als der Computer aufhörte zu zirpen und die Dateien anzeigte, die auf der Diskette enthalten waren, zappelte Luke so nervös herum, daß sein Schreibtischsessel wie eine Maus quiekte.

Die Diskette enthielt ein Verzeichnis der Investitionen, die Luke in den vergangenen Jahren für seine Kunden getätigt hatte (genauer gesagt, der Kunden mit den Nachnamen A bis D). Doch jetzt zeigte sich auf dem Bildschirm viel mehr. Unzählige andere Angaben tummelten sich zwischen den Namen. Da kein Dateiname länger als acht Zeichen sein konnte, mußte es sich bei diesen Angaben um den Beginn von Sätzen handeln, die er offenbar in wachsender Verzweiflung eingetippt hatte: EXPLAIN – BITTEEXP – ICHKOMME – WARUMNIC – GOTTOGOT – WASTUN? – VERDAMMT – SCHEISSE –

»Was wolltest du denn hier versuchen, Luke?«

Er räusperte sich und sah sie streng an, so als wollte er sie daran erinnern, daß er hier der Boß war. »Ich dachte, ich hätte eine effektivere Methode gefunden, die Informationen zu organisieren.«

»Dafür hast du mich eingestellt.«

»Versteh mich nicht falsch, ich habe nicht vor, dich zu entlassen. Ich weiß, daß du das Geld brauchst. Aber du wirst sicher einsehen, daß ich über alles unterrichtet sein muß, über jeden einzelnen Aspekt in meinem Laden. Und da dachte ich, du hättest mir den richtigen Weg gezeigt.«

»Auf dem du dich dann auch prompt verirrt hast«, wäre es fast aus Julia herausgeplatzt. »Anscheinend hast du irgendeine Kleinigkeit übersehen oder vergessen«, erklärte sie statt dessen. »Davon abgesehen war ich noch lange nicht damit fertig, dir alles beizubringen.«

»Ich bin ganz Ohr«, sagte er, und seine Nervosität brach wieder durch. »Ich habe doch keine Daten verloren, oder? Ich meine, alles, was auf dem Bildschirm zu sehen ist, ist doch noch vorhanden, nicht wahr?«

»Alle Dateien, die hier angegeben sind, befinden sich auf der Diskette. Ich schätze, es ist dir einfach nicht gelungen, in sie hineinzukommen.«

»Ich habe den ganzen Morgen noch kein brauchbares Wort auf

den Schirm bekommen. Das bedeutet doch wohl, daß ich auch nichts verpfuscht haben kann, was?«

»Wollen wir es hoffen«, murmelte Julia. Sie gab den Befehl ein, eine Datei zu öffnen, und machte Luke dann Platz. »So, jetzt bist du an der Reihe.«

»Aber ich will doch gar nichts eingeben. Ich will mir bloß einen Überblick verschaffen.«

»Und dazu dient genau der Befehl, den ich gerade eingegeben habe.«

Er beugte sich wie ein Buckliger über die Tastatur und tippte mit nervösen Fingern den Namen eines Kunden. Julia hätte ihn am liebsten zurückgerissen, weil sie befürchtete, er würde in seiner Nervosität wieder etwas Falsches eingeben. Als Zahlenkolonnen, Daten und Namen auf dem Bildschirm erschienen, wurde Luke sichtlich ruhiger; aber nur für kurze Zeit. Nach dem letzten Eintrag fragte er: »Und wie werde ich das wieder los?«

»Du willst diese Angaben doch nicht etwa löschen, oder?«

»Hältst du mich etwa für einen ...« Er beherrschte sich im letzten Moment. »Du weißt, was ich meine. Wie lasse ich die Sache hier wieder verschwinden?«

»Schließ die Datei.«

Er trommelte mit den Fingern auf dem Schreibtisch und kam dabei der Tastatur gefährlich nahe. »Nein, du verstehst mich nicht. Ich will die Daten doch behalten.«

»Das wirst du auch. Andernfalls würdest du die Datei löschen.«

»Und warum hast du das nicht gleich gesagt?«

Sie erinnerte sich, daß sie ihm das alles schon einmal erklärt hatte, bereits in der ersten Stunde. Na gut, sie hatte damals etwas andere Worte gewählt ... Unter ihrer Anleitung schloß er die Datei und öffnete die nächste. Er überflog die Daten, schloß die Datei und öffnete die nächste ... Seine Erregung erinnerte Julia an Laura, wenn die ihre Geburtstagsgeschenke auspackte. Aber ihre Tochter war dabei nie so in sich gekehrt. Nach der dritten Datei fragte er, ohne sie anzusehen:

»Hast du Bock auf einen Kaffee?«

Sie hatte Bock auf etwas ganz anderes, sagte aber: »Wieviel Zucker nimmst du?«

»Nur einen Löffel, gestrichen voll«, antwortete er und ließ neue Kolonnen über den Bildschirm rasen.

Julia sah zu der leeren Steckdose, stand dann auf und schaute bei den Schreibtischen nach. »Du weißt nicht zufällig, wo sich die Kaffeemaschine versteckt hat, oder?«

»Tut mir leid«, brummte er, suchte umständlich nach seinem Schlüsselbund und warf ihn ihr zu. Als Julia die Tür zu seinem Büro aufgeschlossen hatte, grunzte er kaum verständlich: »Danke.«

Die Kaffeemaschine stand auf seinem Schreibtisch ... inmitten von einem Berg von Dokumenten, einem Stapel von Zetteln, Memos, die Luke in seiner unentzifferbaren, krakeligen Schrift beschrieben hatte, einem Telefon, einem Taschenrechner und einem Spielzeug für Erwachsene (die Stahlkugeln hingen in Ruhestellung). Es hatte für sie den Anschein, als wollte er wirklich alles in seinem Büro unter Kontrolle halten, selbst den Kaffee, den Zucker und das Milchpulver. Sie fragte sich, ob sie es ertragen würde, auch dann noch für ihn zu arbeiten, wenn sie in seinen Augen nicht mehr in gewissen Bereichen unersetzlich war.

Als sie mit der gefüllten Kanne aus dem Badezimmer zurückkehrte, das nur Luke und die Buchhalter aus der oberen Etage benutzen durften, hatte er bereits alle Zutaten aus seinem Büro geholt und die Tür wieder abgeschlossen. Als der Kaffee durchgelaufen war, hatte Luke sich alle Dateien angesehen. Zufrieden lehnte er sich zurück und genoß den ersten Schluck.

»Und jetzt will ich neue Dateien einrichten. Ich fürchte, genau an diesem Punkt ist mir vorhin ein Fehler unterlaufen.«

»Dann mußt du nur den entsprechenden Befehl eingeben.«

Sie saß an Lynnes Schreibtisch. »Er macht wieder den gleichen verdammten Mist wie eben!« brüllte Luke, und Julia drehte sich erschrocken zu ihm um. »Er fragt nach dem Namen der Datei, obwohl die blöde Datei doch noch gar keinen Namen hat!«

»Er möchte lediglich, daß du einen Dateinamen eingibst, Luke.«
»Und warum, zum Himmeldonnerwetter, sagt er das dann nicht?«
Julia zwang sich zur Ruhe. »Sobald du einen Namen für die Datei eingegeben hast, kannst du mit ihr anstellen, was immer du willst. Du kannst sie beschriften, sie öffnen, sie schließen, sie umbenennen, sie löschen ... einfach alles.«
»So simpel geht das?« Er lachte, aber es klang völlig humorlos.
»Tu ihm den Gefallen und gib der Datei einen Namen, Luke. Irgendeinen, das erstbeste, was dir in den Sinn kommt.«
Luke tippte MEINVERS ein und wartete dann angespannt. Seine Finger kreisten wie Geier über der Tastatur. »So etwa?«
»Drück auf RETURN.«
Er folgte ihrer Aufforderung und hieb unmittelbar darauf mit beiden Fäusten so heftig auf die Holzplatte, daß der Schreibtisch erbebte. »Jetzt ist der verfluchte Bildschirm wieder schwarz!«
»Natürlich, denn die neue Datei ist ja noch völlig leer. Nur wenn du etwas eingegeben hast, bekommst du auch etwas zu sehen.«
»Ach so.« Einen Moment später fragte er kleinlaut: »Und was soll ich eingeben?«
»Was immer du willst.«
Einige Zeit verging, in der er vermutlich seine Gedanken ordnete. Dann fing er an zu tippen. Hin und wieder fragte er sie, welchen Befehl er eingeben mußte, um dieses oder jenes zu bewirken. Doch wenn sie dann aufstand und zu ihm kam, winkte er sie fort und erklärte unwirsch: »Ich kann es nicht haben, wenn mir jemand bei der Arbeit über die Schulter sieht.«
»Vielleicht sollte ich dich besser alleinlassen.«
»Kannst du nicht noch etwas bleiben? Solange ich Gelegenheit dazu habe, will ich alles lernen. Ich meine natürlich, solange niemand hier ist, der uns ablenkt oder stört.«
Irgendwie tat er ihr ja leid. Doch als er nach einer Weile nur noch Fehler machte und herumschimpfte, brach sie die Lektion ab. »Für heute ist es genug. Deine Gedächtnisspeicher sind überladen.«

»Wie schaffe ich auf der Diskette Platz, ohne alles zu löschen?«
»Übertrag einige Dateien auf eine andere Diskette und lösch sie dann auf dieser hier.«
»Ja, so habe ich mir das auch gedacht. Und jetzt zeig mir, wie man das macht.«
Als sie ihm alles gezeigt hatte, schaltete er zu ihrer großen Erleichterung den Computer aus. »Wann soll ich die Unterlagen auf den neuesten Stand bringen?« fragte sie. »Wir sind mit der Abspeicherung auf Diskette noch ungefähr ein Jahr zurück.«
»Das kann ich selbst erledigen. Schließlich sind die Unterlagen sicher weggesperrt. Mach dir keine Gedanken, es gibt hier immer noch genug für dich zu tun. Schließlich brauchen auch die Mädchen Unterricht und Unterweisung.«
Er ließ sie zur Tür hinaus und sperrte hinter ihr ab. Als sie am Schaufenster entlanglief, hörte sie von oben das neuerliche Tschirpen des Computers und erinnerte sich an die Zeit, als sie den Umgang mit solchen Geräten gelernt hatte. Wie es ihr einfach unmöglich gewesen war, den Computer auszuschalten, weil sie unbedingt noch etwas ausprobieren wollte; wie sie bis tief in die Nacht vor dem Bildschirm gehockt hatte, bis die Lösung des Problems endlich gefunden war. »Sobald ich den Fluß überquert habe, ist für mich Feierabend«, schwor sie sich und eilte zur Anlegestelle der Fähre.
Als die Fähre endlich ablegte, zeigte die Liver Clock fünfzehn Uhr zehn an. In ihrer Kindheit hatte Laura immer gesagt, die Uhr sähe aus wie ein Ei, das ein Riesenvogel dort gelegt habe. Kinder lehnten am Bugrand der Fähre und warfen Brotbrocken ins Wasser. Möwen stiegen wie Pfeile aus dem Schaum am Heck des Schiffes. Ein Düsenjäger heulte zum Speke Airport, hinter dem sich, jenseits der Flußbiegung, ein Schlot erhob, in dem Öl abgefackelt wurde. Er sah aus wie ein gigantisches Streichholz. Wochentags schienen der Lärm der Stadt und das Dröhnen von der Autobahn-Halbinsel miteinander im Wettstreit zu liegen, doch heute waren die Straßen am näherkommenden Ufer so still wie die leeren Birkenhead-Docks.

Julia stieg in Seacombe aus und spazierte über die Promenade nach New Brigthon. Zur Zeit herrschte Ebbe, und das sich zurückziehende Wasser legte Sandflächen und rote Felsen voller Risse und Spalten bloß. Ein Dobermann lief durch die flachen, langsamen Wellen und hielt die Leine im Maul. Seine Besitzerin, eine alte Frau in ausgebeulten Hosen, suchte die Lachen zwischen den Klippen ab. Ein Mann mit einer Stoffkappe, die er sich tief in die Stirn gezogen hatte, fuhr auf seinem Fahrrad an Julia vorbei, während er mit einer Hand ein zweites mitzog. Jungen sausten auf ihren Skateboards die abschüssigen Straßen hinunter auf die Promenade zu. Julia mußte sich auf die Zunge beißen, um die Knaben nicht anzufahren, wenn sie sich gegenseitig herausforderten, wer als letzter vom Brett springen würde, bevor es über den Rand flog und fünf Meter tief auf den Strand fiel. Hinter dem Kriegerdenkmal fuhren Kinder, die Kopfhörer trugen, im Vale Park zwischen Picknicktischen und dem Musikpavillon, auf dessen Kuppel die Namen Brahms, Mozart und Bach standen, Rollschuh. Winzige bunte Figuren mit schrillen Stimmen eilten auf den Bildschirmen der Golden-Goos-Spielhalle hin und her, die nicht weit von der Flußmündung entfernt war. Julia war sich nicht sicher, wer sie mehr an den hypernervösen Luke erinnerte, die vielfarbigen Strichmännchen oder die erregten Kinder, die an den Apparaten spielten. Sie stieg die Victoria Road hinauf und bog in ihre Straße ein. »Ist jemand zu Hause?« rief sie, nachdem sie die Haustür aufgesperrt hatte.

Sie erhielt keine Antwort. Sie nahm an, daß Jack sich in seiner Videothek aufhielt. Laura hatte an der Kühlschranktür eine Nachricht hinterlassen. Jetzt, da sie allein im Haus war, kam es ihr nicht mehr so klein vor, obwohl bei jeder Mahlzeit der Computer vom Eßtisch geräumt werden und Laura ihre Hausaufgaben auf ihrem Bett machen mußte. Laura war im Elternschlafzimmer zur Welt gekommen. Es war kurz vor Mitternacht gewesen, und alles war so schnell gegangen, daß keine Zeit mehr blieb, Julia ins Krankenhaus zu schaffen. Julia hatte das Haus immer geliebt, aber seit ein Makler feuchte Wände und Hausschwamm festgestellt hatte, fühlte sie sich von ihrem Heim betrogen. Sie beugte sich über die Tiefkühltruhe, wühlte darin herum und fand die Truthahnpastete, die sie nach Weihnachten aus den Resten gemacht hatte. In diesem Moment klingelte das Telefon.

»Wenn du das schon wieder bist, Luke ...« Als sie alles wieder in die Truhe gelegt hatte, läutete es bereits zum zwölften Mal, und der Anrufer gab immer noch keine Ruhe. Sie lief in die Diele, riß den Hörer von der Gabel und keuchte: »Orchards!«

»Julia? Gott sei Dank, daß du zu Hause bist. Kannst du so rasch wie möglich in den Laden kommen? Hier ist die Hölle los!«

»Bin schon unterwegs«, antwortete sie, legte auf, zog den Anorak an, warf sich die Handtasche über die Schulter und rannte aus dem Haus. Als sie den Hörer aufgenommen hatte, hatte sie Luke schon anfahren wollen, er solle sich erst einmal beruhigen. Es hatte einen Moment gedauert, bis sie in der schrillen Stimme am anderen Ende die von Jack erkannte.

Kapitel 3

Eine Frau, die eine Kassette zurückbringen wollte, stolperte beim Eintreten über die Lötlampe. Jack schob eine Einpfundmünze unter die Tür, um sie zu verkeilen, und räumte den Apparat aus dem Weg. Doch jetzt befand sich die Türkante den Regalen gefährlich nahe. Er stellte gerade Berge von Videohüllen auf den Boden, wo sie wie hohle Dominosteine ein Muster bildeten, als ein zwölfjähriger Junge in der Tür auftauchte und sich sein öliges Haar kämmte. »Verkaufen Sie die, Mister?«

»Kommt darauf an, wieviel du auf dem Sparbuch hast.«

Der Junge betrachtete die Titel gelangweilt. »Die könnte man höchstens noch zum Überspielen benutzen«, sagte er und spazierte hügelabwärts davon. Die ganze Zeit über strich er mit den Handflächen so kräftig über die Haare, als wollte er das Öl aus ihnen herauspressen.

»Es geht doch nichts über eine unerwartete Aufmunterung«, rief Jack ihm hinterher, »und dein Beitrag war geradezu ...« Er beugte sich über die Lötlampe und drehte das Gas auf, das er mit seinem Feuerzeug entzündete. Die Düse verbreitete die Flamme, die geradezu geräuschlos entströmte. Jack richtete sie auf die Tür, riß sie dann aber rasch zurück. Der Farbanstrich zog sich bereits zusammen.

Er starrte auf die Tür und mußte die Stelle mit der Fingerspitze berühren, bis er davon überzeugt war, daß er einer Täuschung erlegen war. Die Luft hatte sich erhitzt und ihm vorgegaukelt, die Farbe löse sich bereits vom Holz. In Wahrheit erzielte die gelbe Flamme nur wenig Wirkung. Er mußte die Düse direkt auf den Anstrich halten, ehe der sich verzog und Blasen warf. Jack strich langsam mit der Flamme über das Holz und wedelte mit der freien

Hand durch die Luft, damit der Rauch nicht in seine Nasenlöcher eindringen konnte. So vergingen ein paar Minuten, bis er dem Niesreiz nicht mehr widerstehen konnte und ihm nachgab. Die Düse schwang wild herum, und der Aufsatz, mit dem sich die Flamme regulieren ließ, löste sich, prallte gegen die verrußte Tür und fiel klappernd und inmitten einer Wolke von schwarzen Farbflocken auf den Boden.
Warum plagte er sich eigentlich damit ab, die Tür von ihrem Anstrich zu befreien? Aber was gab es zur Zeit sonst für ihn zu tun. Er sagte sich, daß er später daran gehen konnte, die Farbe abzukratzen. Jetzt, da die Düse vom Aufsatz befreit war, brannte die Flamme lauter und grimmiger, war dafür aber fast unsichtbar. Sie löschte alle Geräusche aus, und so verging eine Weile, ehe Jack sich bewußt wurde, daß jemand hinter ihm stand. »Treten Sie doch ein«, forderte er ihn auf und kam langsam hoch.
Als er keine Antwort erhielt, nahm er die Lötlampe von der Tür und drehte sich um. Ein Mann lehnte sich mit einer Hand an die Schaufensterscheibe. Seine Finger auf dem Glas waren von Feuchtigkeit umgeben. Sein Gesicht, sein schütteres Haar und die blauen Augen drückten Alter aus. Er hatte sich den Regenmantel falsch geknöpft, und am Hals schob sich eine Hautfalte über den Kragen. Er hatte den Mund geöffnet, so als warte er darauf, daß Jack ihn ansah, damit er endlich sprechen könne.
»Ich kenne Sie«, sagte der Mann.
»Das überrascht mich nicht, schließlich bin ich hier jeden Tag von elf bis zwanzig Uhr anzutreffen.«
»Nein, nicht von hier.«
»Dann muß es jemand sein, der mich verdammt gut nachmachen kann.«
Der Mann öffnete wieder die Lippen, schien aber Schwierigkeiten zu haben, die Antwort zu finden. »Kann ich irgend etwas für Sie tun?« fragte Jack.
Der alte Mann starrte auf die Lötlampe. »Sie sind in solcher Arbeit nicht sehr bewandert, nicht wahr?«

»Ich kenne mich mit allen Arbeiten aus. Wenn ich nichts für Sie tun kann, werden Sie sicher nichts dagegen haben, wenn ich hier weitermache.«

Jack richtete die Düse wieder gegen die Farbe, und der Alte humpelte in den Laden. Er blieb vor dem Regal mit den Komödien stehen und betrachtete die angebotenen Filme. Jack vermutete, daß er einige seiner alten Lieblingsstreifen entdeckt hatte. Aber dann sagte der Mann: »Das ist nicht gut.«

»Verzeihen Sie, aber wir haben erst ein paar Jahre geöffnet. Vor einiger Zeit hatten wir noch weniger im Angebot.«

Der Alte starrte auf den oberen Türrand, wo man schwach die Hausnummer erkennen konnte, wenn gerade ein Sonnenstrahl darauf fiel, was im Augenblick nicht der Fall war. Der Mann rieb sich die Augen und wandte sich dann rasch wieder den Regalen zu, so als befürchtete er, sie könnten sich im Moment seiner Unaufmerksamkeit in Luft aufgelöst haben. Nach einer Sekunde drehte er sich zu Jack um. »Sie sollten nicht hier sein.«

Jack sagte sich, daß er jetzt am besten die Lötlampe ausmachen und den Fremden höflich, aber bestimmt nach draußen befördern würde. Doch er unternahm noch einen letzten Versuch, ihm freundlich zu begegnen: »Wenn Sie mir ein besseres Angebot machen wollen . . .«

Der Mann drehte sich um, bis er vor der Tür stand. Die Haut rings um seine Augen zuckte, und Jack hatte das eigenartige Gefühl, der Alte blinzele ihm zu. Er war von diesem Anblick so gebannt, daß er nicht sofort reagieren konnte, als sein unerwünschter Besucher auf ihn zustürzte. Schließlich befand sich Jack wieder in der Hocke und hätte nicht viel unternehmen können. Außerdem hätte er sich nie vorstellen können, daß der alte Mann etwas anderes beabsichtigen würde, als die Videothek zu verlassen.

Er sah, wie der alte Mann die Türkante packte und heftig daran zog. Dann begriff Jack mit lähmender Fassungslosigkeit, daß der Alte nur nach einer Hausnummer suchte. Er warf sich mit seinem Körpergewicht gegen die Tür und löste sie aus der Verkeilung

durch die Münze. Die Tür kam Jack entgegen, der dadurch mitsamt dem brennenden Lötkolben nach hinten fiel.
Irgendwie gelang es ihm, nicht auf dem Rücken zu landen. Sein Hintern traf auf dem Boden auf. Für einen entsetzlichen Moment blieben seine Beine in der knienden Position, während seine Fersen nach einem Halt suchten. Dann durchzuckte ein Krampf sein linkes Bein, und sein Fuß schoß wie aus eigenem Antrieb nach vorn. Er spürte die Hitze der Blasen werfenden Farbe, die anfing, seine Socke zu versengen.
Entweder glaubte der Mann, Jack wollte die Tür zu und ihm in den Rücken treten, oder er versuchte nur, dem Flammenstrahl zu entkommen, der vertikal vor seinem Gesicht brannte. Jedenfalls hielt er die Tür wie einen großen Schild vor sich. Das angesengte Holz traf mit Jacks linkem Fuß zusammen, und heiße Flocken regneten auf seinen Strumpf. Er hatte das Gefühl, ein glühender Nagel würde ihm durch das Fußgelenk in den Knochen geschoben, und die Lötlampe fiel ihm aus den Fingern.
Einen Moment später bekam er sie wieder zu fassen ... zumindest glaubte er das. Sie war einige Zentimeter tiefer gerutscht, seine Finger packten sie kurz vor der Düse, und gräßliche Schmerzen fuhren durch seine Fingerkuppen. Er war fest davon überzeugt, daß seine Haut an dem heißen Eisen klebenblieb. »Vorsicht!« schrie er, und seine Stimme stieg zwischen den beiden Silben um eine Oktave höher, so als wollte er im nächsten Moment in schrilles Geschrei ausbrechen.
Der alte Mann schien ihn nicht gehört zu haben. Er lehnte immer noch gegen die Tür und klemmte damit Jacks Fuß ein, der ihn nicht herausziehen konnte. In seiner Not fiel ihm nichts anderes ein, als mit dem anderen Fuß gegen die Tür zu treten. Der Alte taumelte zurück, die Tür krachte gegen die Wand neben den Regalen, und Jack wurde von seiner eigenen Wucht nach vorn gerissen. Der Lötkolben mit der tosenden Flamme flog aus seiner Hand und landete neben der Tür. Der Flammenstrahl richtete sich auf die Zehen des Mannes.

Der Alte schien sich nichts anmerken lassen zu wollen und starrte nur in höchster Empörung auf den Ladenbesitzer hinab. Jack bemerkte, wie die Kappe des linken Schuhs zu rauchen begann. Er kam sich vor wie in einem Slapstick-Film, wo eine Szene sich gerade auf ihren Höhepunkt zu entwickelte. Jack zog sich mit einer Rand am Türrahmen hoch und stieß mit der anderen Hand vorsichtig die Brust des Alten, um ihn mit sanfter Gewalt aus der Gefahrenzone zu bringen. Er bemühte sich, ein freundliches, zuversichtliches Lächeln aufzusetzen, aber das gelang ihm nicht so recht, und er hatte das Gefühl, er fletsche lediglich die Zähne. Erst jetzt wurde ihm bewußt, daß es vernünftiger gewesen wäre, erst die Lötlampe abzudrehen. Als er sich am Türrahmen hochgezogen hatte, war er dabei versehentlich gegen die Lötlampe gestoßen und hatte sie gedreht. Der Flammenstrahl fuhr nun in die Plastikhüllen, die er vorhin aus den Regalen genommen hatte.
Er sah, wie sich das Gesicht Alfred Hitchcocks vor ihm bewegte, so als sei das Photo auf der Hülle plötzlich lebendig geworden – als versuche die kleine Gestalt, sich von dem Feuerstrahl zu entfernen. Er beugte sich über die Düse an der Lötlampe und sagte sich, daß die Verzerrung, die er gerade erblickt hatte, auf die hitzeflimmernde Luft zurückzuführen war. Dann verfärbte sich Hitchcocks Antlitz schwarz, und die Hülle ging in Flammen auf.
Jack drehte so hart an der Düse, daß er das Gefühl hatte, er schabe die Haut von seinen Fingern. Die Hülle schwoll in der Mitte an, und ihre obere Hälfte kippte nach hinten, um das Feuer mit der nächsten Box zu teilen. Stille drängte sich wie Pfropfen in Jacks Ohren, als die Lötlampenflamme abrupt aussetzte. Er sah, wie eine dritte Hülle sich vorbeugte, um sich zu opfern. Eine vierte folgte ihrem Beispiel. Jack begriff, daß er mit einigen Hüllen, die heil geblieben waren, die beschädigten nach draußen auf die Straße stoßen konnte. Doch bevor er dazu kam, stellte sich ihm der Alte in den Weg und zerstampfte dabei die Reste der Hitchcock-Box.
Der Mann wollte seinen Beitrag zur Brandbekämpfung leisten, doch die halb geschmolzene Hülle blieb an seiner Sohle kleben.

Als die Flammen an seinem Schuh hochzüngelten, trampelte er darauf herum und suchte dann nach einem Halt. Er hielt sich am nächsten Regal fest und versuchte, das brennende Plastik von seinem Schuh zu schütteln. Das Regal kippte zurück, und neue Kassetten regneten zu Boden. Einige von ihnen klappten dabei wie Bücher auf. Und eine landete mit einer Akkuratesse, hinter der man nur rachsüchtigen Vorsatz vermuten konnte, direkt im Feuer und ging augenblicklich in Flammen auf.
Der Alte taumelte zum Tresen und schüttelte dabei das Bein, als wolle er den Schuh mit Gewalt vom Fuß bekommen. Sein Hosenaufschlag rauchte bereits. Jack spürte, wie sich in seinem Innern ein Lachanfall zusammenballte. Er sprang zu dem Mann, der inzwischen die Theke losgelassen hatte und wütend die Fäuste schwang. »Machen Sie die Schnürsenkel los!« schrie Jack.
Vielleicht war der Alte durch das Tosen der Lötlampe taub geworden. Er fuhr damit fort, Jack mit den Fäusten zu drohen und gleichzeitig mit dem Fuß zu wackeln. Jack versuchte, den Fuß zu fassen zu bekommen, doch der Mann trat nach ihm. Flüssiges, rauchendes Plastik tropfte von der Sohle. Jack packte den Fuß am dürren Knöchel und bemühte sich, die heißen Schuhriemen auf zubekommen. Er zog und zerrte an ihnen und erreichte damit nicht mehr, als den Knoten noch fester zusammenzuschnüren. Plötzlich hielt er nur noch Bänderstücke in der Rand, und seine Finger fuhren in das brüchige Leder. Er riß dem Alten den Schuh vom Fuß und schleuderte ihn nach draußen.
»Mein Schuh!« heulte der Mann auf. »Meine Frau hat mir das Paar gekauft!« Und im nächsten Moment krachte eine seiner Fäuste auf Jacks Kopf.
Jack hätte nie gedacht, daß ein so alter und dürrer Mann über solche Kraft verfügen könnte. Schmerz breitete sich binnen Sekunden in seinem Schädel aus, und er hatte das Gefühl, sein Kopf schwelle auf ein Vielfaches seiner Größe an. Der ganze Raum drehte sich um ihn, und der Gestank von brennendem Kunststoff drang in seine Nebenhöhlen: Er nahm aus dem Augenwinkel ein

Flackern war, das sich ständig ausdehnte. Dann hörte er ein lautes Prasseln. Das Feuer hatte das unterste Regalbrett erreicht.
Jack rappelte sich auf, packte die Handgelenke des Alten, um ihn daran zu hindern, weiter auf ihn einzuschlagen, und führte ihn aus dem Laden. Besser gesagt, das wollte er, denn der Mann riß sich los und verschwand hinter dem Tresen. »Kommen Sie da raus!« rief Jack. »Der ganze Laden steht in Flammen!«
»Ist das vielleicht meine Schuld? Wo ist der Schuh, den ich zum Geburtstag geschenkt bekommen habe, Sie Dieb?«
»Der liegt draußen auf der Straße. Und jetzt kommen Sie mit und holen Sie den Schuh, bevor ein Auto darüberfährt.« Jack entdeckte, daß zwei kleine Jungen begonnen hatten, den Schuh vor sich her zu treten.
Die Flammen rasten am Regal hoch und machten sich über die Filme her. Eine Hülle sprang auf und stand sofort in Flammen.
»Das war das letzte Geschenk, das ich von meiner Frau bekommen habe«, schrie der Alte. »Sie haben den Schuh hinausgeschleudert, also bringen Sie ihn auch wieder her. Vorher rühre ich mich hier nicht von der Stelle.«
Jack stellte sich hinter ihn, legte ihm die Hände auf die Schultern und schob ihn auf die Tür zu. Der Mann hüpfte auf einem Bein, schien es nicht zu wagen, auf dem Strumpf aufzutreten. Als sie an dem Regal vorbeikamen, erreichten die Flammen das nächste Bord. Der Alte kreischte: »Er will mich bei lebendigem Leib verbrennen!« Diese Vorstellung schien ihn zu dem Schluß zu verleiten, sich keinen Zentimeter weiterzubewegen. Er blieb stocksteif stehen, doch Jack versetzte ihm einen derben Stoß, der ihn aus dem Laden schickte.
Der Alte hielt sich an der Laterne fest und sah sich verzweifelt um.
»Sie haben gesagt, Sie hätten meinen Schuh nach draußen geworfen. Wo ist er denn?«
Die beiden Jungs hatten ihren Ersatzfußball mittlerweile bis zur Ampel befördert. Anscheinend war die Kreuzung ihr Tor. Der Junge, der den Schuh gerade vor seinen Füßen hatte, trat mit

Wucht zu. Das Leder flog hoch über seinen Freund hinweg und landete mitten auf der Kreuzung. Einen Moment später rollte ein Doppeldeckerbus darüber, und zeitgleich brach das unterste Brett von *Fine Films* zusammen und ergab sich mit allem, was sich auf ihm befunden hatte, dem Feuer. »Ein Scheiß auf Ihren verdammten Schuh«, brüllte Jack. »Mein ganzer Laden brennt.«
»Und mit ihm mein Schuh!« entgegnete der Alte und näherte sich mit finsterer Miene der Tür.
Jack versperrte ihm den Weg und stieß ihn zu der Laterne zurück. In einem plötzlichen Anfall von Panik erkannte er, daß er nicht dazu kommen würde, das Feuer zu löschen, weil er alle Hände voll damit zu tun hatte, den Alten abzuwehren, der wie ein verrückter Schauspieler hin und her hüpfte, der beim Vorsprechen einen einbeinigen Piraten gibt. »Feuer!« rief Jack, so laut er konnte, und hoffte, jemand sei in der Nähe und könne ihn hören.
»Sie Dieb!« brüllte der Alte und übertraf Jack an Lautstärke.
»Feuer!« schrie Jack noch einmal und war außer Puste.
»Dieb!« wiederholte der Mann und schien Gefallen an diesem Wechselgesang zu empfinden. Dann bekam er mit, daß Jack nach jedem Ruf tief einatmen mußte. Er stellte sich auf den Rhythmus seines Gegenüber ein und machte sich einen Spaß daraus, ihn niederzubrüllen, was ihm angesichts von Jacks erkälteten Atemwegen nicht sonderlich schwerfiel. Jack stieß ihn schließlich erneut gegen die Laterne und hob eine Faust, um ihn bei der nächsten Annäherung niederzustrecken. In diesem Moment ging die Tür des Hauses auf, das sich gegenüber *Fine Films* befand, und eine Frau in einem gesteppten Morgenmantel rannte auf die Straße. »Was geht denn hier vor?« rief sie wie eine Lehrerin, die auf dem Schulhof Aufsicht führt.
Jack entdeckte sie, bevor der Alte auf sie aufmerksam wurde. »Meine Videothek brennt. Und dieser Herr hier steht unter Schock. Würden Sie bitte auf ihn aufpassen, damit ich die Feuerwehr rufen kann?« Er wartete die Antwort gar nicht erst ab und verschwand in seinem Laden.

Die Flammen reichten bereits bis an die Decke. Das letzte Regal, das vorn noch stand, brannte lichterloh. Überall schmolz und zerplatzte Plastik, und dichte Rauchwolken stiegen an allen Wänden auf. Die Bodendielen nahe der Tür, wo das Feuer ausgebrochen war, waren bereits verkohlt, und die Hüllen, die er aufgehäuft hatte, bogen sich, bis sie einen Buckel machten. Jack hatte den Eindruck, sie zögen sich wie Heuschrecken zum Sprung zusammen, um sich in die Flammen zu stürzen. Er trat sie zur gegenüberliegenden Wand und stürmte zum Tresen. Dabei wäre er fast über das Regal gestürzt, das der Alte umgerissen hatte. Während er den Notruf wählte, wedelte er mit der Rand den Gestank von verbranntem Kunststoff fort. Tränen rannen ihm aus den Augen, sein Kopf dröhnte vom beißenden Geruch und vom Schlag, den der Mann ihm versetzt hatte, und seine Nebenhöhlen fühlten sich an, als würden sie vom Rauch aufgebläht. Er hätte natürlich auch die Frau fragen können, ob er ihr Telefon benutzen dürfe, aber so wie die Dinge standen, war es ihm doch lieber, von hier aus anzurufen, wo er in der Lage war, notfalls den verrückten Alten aus dem Laden daraußenzuhalten. Am anderen Ende läutete es einmal, zweimal, dreimal, und bei vierten Mal hob jemand ab.
»Feuer«, begann die Frau am anderen Ende.
»Ja«, sagte Jack, und spürte, wie sich in seiner Nase ein gewaltiger Nieser zusammenbraute. Er sah förmlich vor sich, wie die Lunte an dieser Bombe bereits brannte. »Feuer!«
Die Frau in der Vermittlung hatte von ihm wissen wollen, was für eine Art Notfall er melden wollte, und Jack wußte nicht, ob sie ihn richtig verstanden hatte. »Feuer«, sagte er noch einmal hielt den Atem an, um nicht niesen zu müssen.
»Ich verbinde«, entgegnete sie in einem Tonfall, der ihn an eine Krankenschwester erinnerte, die einen Patienten zu beruhigen versucht, der noch nicht weiß, wie schlimm es um ihn steht. Wieder ergoß ein Bord seinen Inhalt ins Feuer, und auf einem anderen fingen die Hüllen an zu hüpfen und sich zu verbiegen. Jack hatte den Eindruck, sowohl seine Nase als auch der Laden

stünden davor, simultan zu explodieren. Dann meldete sich am anderen Ende eine Männerstimme: »Geben Sie bitte Ihre Adresse an.«

»Aber bei mir zu Hause brennt es doch gar nicht«, hätte Jack fast geantwortet. Er nahm sich zusammen und sagte: »Hier in meiner Videothek brennt es. *Fine Fims* in der Rowson Street.«

»Welche größere Straße verläuft denn in der Nähe?«

»Das habe ich doch gerade gesagt, die Rowson Street«, bekam Jack noch heraus, ehe er sich dem Niesreiz ergeben mußte. In der Folge davon drang noch mehr Plastikgestank in seinen Kopf. »Wenn Fie eine ganf grofe fuchen, dann nehmen Fie die Victoria Road«, fuhr er mit verstopfter Nase fort. »Die Rowftn geht von der Victoria ab.«

»Und in welchem Stadtteil liegt das?«

Der Mann muß das fragen, das ist Vorschrift, redete Jack sich ein, um nicht in einen Wutanfall auszubrechen. Diese Vorschriften sind dazu ausgeklügelt worden, alle erforderlichen Informationen für einen Löscheinsatz zu erhalten, und zwar in einer strikt festgelegten Reihenfolge. »Dew Bridod«, entgegnete er so langsam und so betont wie möglich.

»Und was brennt?«

»Eine Videothek. *Fine Films*«, antwortete Jack und fügte dann zur besonderen Betonung hinzu: »Mein Gefäfft.«

»Vielen Dank. Wir kommen sofort«, versicherte ihm der Wachhabende der Feuerwehr und hängte ein. Die Flammen stiegen immer höher, und unter der Decke ballten sich die Rauchwolken zusammen. Wie leicht holte man sich eigentlich eine Rauchvergiftung? Er fühlte sich etwas benommen, sah darin aber eine Nachwirkung von dem Schlag, den er auf den Kopf bekommen hatte. Er nahm sich vor, so viele Kassetten wie möglich vor dem Feuer zu retten. Doch dann sah er die Frau und den alten Mann, die sich draußen auf dem Bürgersteig erregt unterhielten. Er fürchtete, sie würde nicht in der Lage sein, den Verrückten davon abzuhalten, einen neuerlichen Angriff auf die Videothek zu unternehmen. Er nahm wieder den Hörer ab und spuckte ins Feuer aus, um deutlicher sprechen zu können. »Julia? Gott sei Dank, daß du zu Hause bist! Kannst du so rasch wie möglich in den Laden kommen? Hier ist die Hölle los!«

»Bin schon auf dem Weg«, antwortete sie und hängte ein. Er legte auf und sprang hinter den Tresen, um die erste Ladung Videos zu bergen.

Während seiner jahrelangen Arbeit in der öffentlichen Bücherei war er zum Experten für solche Manöver geworden. Er streckte dazu die Arme aus, umfaßte zwei bis drei dutzend Bücher, preßte die Handfläche gegen die beiden Außenbände und hob diese Reihe aus dem Regal. Dann drehte er die Ladung von der Horizontalen in die Vertikale, hielt sie unten mit einer Hand und preßte das Kinn auf das oberste Buch. Auf diese Weise konnte er mit der freien Hand Titel für Titel in das entsprechende Regal stellen. Und genau so wollte er es jetzt auch anfangen. Er stand vor dem Regal mit den Komödien, breitete die Arme aus, so weit es ging, und hob den Inhalt eines Bords. Er drehte das Ganze in die Horizontale, stützte den Turm mit der Brust ab und wandte sich zur Tür.

Jack trug über vierzig Kassetten. Es ließe sich durchaus schaffen, diese Ladung ins Freie zu befördern. Er mußte nur daran denken, mit dem Kinn nicht zu fest auf die oberste Hülle und mit der linken Hand nicht zu stark auf die unterste Box zu drücken. Andernfalls würden sich die mittleren Kassetten nach vorn schieben, bis der ganze Turm auseinanderfiel. Er hätte normalerweise seine freie Hand benutzt, um den Stapel an der Brust zu sichern. Doch er mußte mit ansehen, wie sich die Tür langsam schloß, da Wind aufgekommen war, der das Feuer zusätzlich anfachte. Dann rasten die Flammen hinter einem Regal die Wand hoch und schossen über Jacks Kopf an der Decke entlang. Er hatte das unangenehme Gefühl, im nächsten Moment unter einer Lawine von brennenden Kassetten begraben zu werden. Er stürzte auf die Tür zu und streckte rasch die Hand nach dem Knauf aus, bevor sie

ins Schloß fallen konnte. Dabei lösten sich sechs oder mehr Boxen aus dem Stapel und krachten gegen die Wand.
Der Turm schwankte bedenklich, und Jack ebenso. Die flüchtigen Kassetten landeten auf einem bereits verbogenen Regal, das unter diesem Ansturm endgültig zusammenbrach. Tosend vergingen Holz, Plastik und Zelluloid, und eine Flammenwand raste auf Jack zu, gegen die er sich wie ein Zwerg vorkam. Doch dann hatte er es aus dem Laden geschafft und eine größere Menge Videos gerettet. Er taumelte über den Bürgersteig, stellte sie an der Laterne ab und zog sich dann daran hoch. Mit tränenden Augen drehte er sich zum Laden um.
Das Poster neben der Tür löste sich von der Schaufensterscheibe. Jack verfolgte, wie die Gesichter von Stan und Ollie verschrumpelten. Die Tür verklemmte immer noch die Düse der Lötlampe. Was würde geschehen, wenn die Flammen den Gastank des Geräts erreichten. »Gehen Sie von der Tür fort!« schrie er, warf sich gegen sie und verletzte sich dabei die Schulter. Doch die Tür gab dem Druck nach, und die Lötlampe war frei. Er riß sie aus dem Laden, packte die Tür am Briefkastenschlitz und zog sie mit lautem Knall und in der Hoffnung zu, auf diese Weise die Flammen zu ersticken. Dann schwankte er zu seinem Lieferwagen, schloß die Hinterklappe auf, wuchtete die Lötlampe hinein und füllte einen der leeren Kartons mit den geretteten Kassetten. Danach hockte er sich auf den Boden im Innern des Wagens und stützte sich mit beiden Händen ab, um nicht zusammenzubrechen. Er fühlte sich völlig erledigt und eigenartigerweise wie im Delirium. Aber er sagte sich, er habe alles getan, was ihm möglich gewesen war. Und er glaubte, sich jetzt einen Moment der Ruhe gönnen zu dürfen. Doch dann sah er, wo die Frau und der alte Mann standen. »Entfernen Sie sich von dem Schaufenster!« fuhr er sie heftiger an, als er es vorgehabt hatte.
»Sonst noch was?« entgegnete die Frau schnippisch. Die beiden schienen es nicht eilig damit zu haben, sich aus der Gefahrenzone zu bringen.

»Die Scheibe könnte bersten«, erklärte Jack ihr, erhob sich und ging auf wackligen Beinen auf sie zu, um sie fortzudrängen. Doch schon nach einem Schritt mußte er sich an dem Laternenpfahl festhalten. »Was dürfen diese Menschen denn nicht im Schaufenster erblicken?« fragte eine andere Stimme.
Der Mann mit der Kapuze war zurückgekehrt. Der Alte drehte sich zu ihm um und erkannte gleich, daß er in puncto Jack einen Geistesverwandten vor sich hatte. »Er ist wahnsinnig!« beschwerte sich der Alte. »Er wollte mich mit aller Gewalt aus seinem Laden vertreiben und hat dazu sogar versucht, mich in Brand zu stekken!«
»Und damit wollte er dann gleichzeitig alle Beweise vernichten«, entgegnete der Kapuzenträger mit einem triumphierenden Blick und wandte sich an die Frau. »Ist das Ihr Haus dort, bei dem die Tür offensteht? Wenn Ihnen betreffs dieses Ladens merkwürdigen Dinge aufgefallen sind, dann haben Sie jetzt die Pflicht zu reden!«
»Wie meinen Sie das?«
»Nun, ich spreche von Personen, die diese Videothek verlassen und dabei den Eindruck erweckt haben, sie hätten etwas zu verbergen. Zum Beispiel das, was sie sich dort ausgeliehen haben.«
»Na ja, jetzt, wo Sie es sagen ...« begann die Frau nachdenklich, doch ehe sie fortfahren konnte, meldete sich der Alte wieder zu Wort. »Und er hat meinen Schuh gestohlen!«
Jack stieß sich mit so grimmiger Miene von der Laterne ab, daß die drei vorsichtshalber einen Schritt zurücktraten. »Ich hole Ihren verdammten Schuh«, drohte er, »und dann werden wir ja sehen, in wessen Hintern er am besten paßt!«
Er mußte mehrere Male niesen, bevor er die Kreuzung erreicht hatte. Die Ampeln schienen immer greller zu strahlen, je öfter sie auf Rot umsprangen. Das rote Licht erinnerte ihn an glühende Kohlen, in die ein Wind fährt. Er wartete ab, bis kein Auto mehr zu sehen war, und lief dann auf die Mitte der Kreuzung. Er löste den Schuh vom Asphalt. Das Stück war platt und besaß in seiner

Zweidimensionalität das Doppelte der ursprünglichen Größe. Als Jack auf den Bürgersteig zurückgekehrt war, hüpfte ihm der Alte bereits auf einem Bein entgegen. Er hielt sich mit den Händen an den Schultern der Frau und des Kapuzenträgers fest. Jack hob den Schuh hoch, der zusammenklappte, als wollte er seinen Besitzer begrüßen. Der Alte stieß einen Wutschrei aus.

Die Suche nach den passenden Worten, die er dem Alten sagen konnte, kam ihm wie der negative Höhepunkt eines an Katastrophen nicht eben armen Tages vor. Er stammelte vor sich hin und sehnte einen Nieser herbei, der ihn der Pflicht des Sprechens entheben würde. Zu seinem Glück tauchte in diesem Moment Julia hinter ihm auf. »Ist das nicht Mr. Pether?« fragte sie.

Zum ersten Mal am heutigen Tag ergab etwas einen Sinn. Natürlich, bei dem alten Mann handelte es sich um Mr. Pether, den Vater des Polizisten, der am anderen Ende von Jacks Straße wohnte. »Mein Gott, der ist aber gealtert, seit sie ihn ins Heim gesteckt haben«, fiel Julia auf. »Ich hätte ihn fast nicht wiedererkannt.«

Jack verwünschte sich, daß er vorhin nicht genauer hingesehen hatte. Er stellte sich vor, wie er die Lötlampe abdrehte und dabei sagte »Ich weiß, wo Sie leben, Mr. Pether.« Und damit hätte er ihn nach draußen geführt und in die Seitenstraße gebracht, in der sich sein Heim befand. Wie einfach doch alles hätte sein können!

»Was ist denn mit seinem Schuh geschehen?« wollte Julia wissen. »Ist das etwa der Notfall, zu dem du mich gerufen hast?«

Im selben Moment, in dem die Schaufensterscheibe explodierte, erschienen oben auf dem Hügel zwei Feuerwehrwagen. Scherben flogen auf das Trottoir, und durch die Öffnung stoben Flammen und rasten die Fassade hinauf. Mr. Pether und seine beiden Helfer zogen simultan die Schultern ein und eilten mit einer Behendigkeit die Straße hinunter, als hätten sie diese Art der Fortbewegung lange geübt. Jack lehnte sich an Julia und schlug sich mit dem platten Schuh an die Stirn. »Eigentlich kann man darüber nur lachen«, erklärte er und lachte.

Kapitel 4

Manchmal war Laura der Ansicht, Radfahren sei das, was ihr auf der ganzen Welt am allerbesten gefiel. Wenn sie zur Schule radelte, hatte sie das Gefühl, wichtig zu sein und Verantwortung zu tragen, und sie genoß es, daß ihre Eltern soviel Vertrauen zu ihr hatten: Aber wirklich glücklich und frei fühlte sie sich erst, wenn sie an einem Sonntag morgen am Flußufer entlangfuhr. Abgesehen von den wenigen Männern, die ihre großen Hunde herumlaufen ließen, hatte sie die Promenade ganz für sich allein. Der Wind summte in ihren Ohren und ließ ihr langes Haar wie eine Fahne über ihre Schultern flattern, während ihre Beine fast mühelos in die Pedale traten. Sie erinnerte sich an die Zeit, in der sie gefürchtet hatte, nie auf einem Rad die Balance halten zu können; besonders an das eine Wochenende, an dem sie es geübt hatte und ihre Mutter die ganze Zeit neben ihr hergelaufen war, um sie notfalls aufzufangen. Aber damals war Laura noch klein, gerade erst drei Jahre alt gewesen.

Die Containerfrachter, die auf dem Fluß fuhren, waren ihre Schrittmacher. Sie erzeugten einen dumpfen, langsamen Schlagrhythmus, der von unter Wasser zu kommen schien. Einmal lieferte Laura sich mit einem Schnellboot ein Rennen. Als sie Seacombe erreichte, winkte sie der Cityskyline von Liverpool zu, wo ihre Mutter mittlerweile eingetroffen sein mußte. Dann schaltete Laura den ersten Gang ein, um den Hügel hinauf über das Kopfsteinpflaster des Busbahnhofs zu fahren. Von der Kuppe ging es dann wieder leichter und nach Hause, vorbei an Reihen von Häusern, die zum Verkauf standen.

Am Rand von Liscard, wo sich die großen Läden befanden, kam sie an einem schmalen dreistöckigen Gebäude vorbei, das sich wie ein Wächter über einen Park mit Spielplatz erhob. Laura wußte, daß sie vom obersten Fenster aus das Meer sehen könnte. Manchmal stellte sie sich vor, wie es sein müßte, in einem so großen Haus zu wohnen. In ihrer Phantasie war das ein Leben voller Aufregungen und Überraschungen. Wenn dieses Haus ihren Eltern gehören würde, könnte sie, wann immer sie das wollte, im Park spielen, zum Beispiel stundenlang auf der Schaukel sitzen (obwohl sie sich eingestand, daß sie dafür vielleicht schon ein bißchen zu alt war). Manchmal stellte sie sich auch vor, wie es wohl wäre, in dem Haus gegenüber der Bücherei neben dem Friedhof zu wohnen, an dem sie täglich auf dem Weg zur Schule vorbeikam. Dann könnte sie sich immer sofort ein neues Buch ausleihen, sobald sie eines ausgelesen hatte. Und wenn sie dann im Bett lag und schmökerte, würde sie den Wind hören, der durch die Bäume rings um die Bibliothek rauschte. Sie passierte die Bücherei und ihre Schule und radelte über eine Brücke, die eine Seitenstraße über einen Abgrund führte, wo sich nichts Besonderes befand. Dann bog sie auf einen dichtbewachsenen Weg ab, der in die steilste Straße über der Bucht einmündete. Die Vorstellung, diesen Weg hinabzusausen, ließ ihr den Atem stocken. Sie erreichte eine Kreuzung und radelte nach Hause. Die Häuser, die zum Verkauf standen, besetzten ihr Bewußtsein wie Träume.

Sie war gerade damit beschäftigt, sich das schönste Gebäude auszusuchen, als sie Jody Venable entdeckte, die auf sie zukam. Das Mädchen beschäftigte sich damit, nicht auf die zahlreichen Sprünge zwischen den Platten auf dem Bürgersteig zu treten. »Da bist du ja«, sagte Jody und ging ganz normal, so als sei sie viel zu erwachsen, um sich mit blöden Kinderspielen abzugeben. »Ich wollte dich gerade besuchen.«

Sie trug einen Anorak und darunter eine Bluse, die neu sein mußte, weil Laura sie noch nie an ihr gesehen hatte. Und um ihren Hals hing eine Kette, die so dünn war, daß man sie nur als leichtes Glänzen im Sonnenlicht sehen konnte. »Hast du die aus Griechenland?« fragte Laura.

Jody nickte, warf den Kopf in den Nacken und schüttelte ihr blondes Haar, in dem sich heute mehr Strähnen als früher zeigten. »Ich habe dir etwas mitgebracht. Du kannst es dir gleich abholen, aber nur, wenn du meinen Vater nicht weckst.«

»Ich schreibe nur rasch eine Nachricht für meine Eltern«, entgegnete Laura und rannte schon durch das Haus, um das Gartentor zu öffnen, während Jody ihr Fahrrad durch den Seitenweg schob. Ein Hund bellte pflichtgemäß. Während Laura in der Küche die Nachricht schrieb, stemmte sich Jody mit beiden Händen auf die Arbeitsplatte. Als sie sich darauf niederließ, krachte das Holz. »Ich wette, du kannst es kaum erwarten, daß ihr von hier fortzieht«, erklärte sie und rümpfte die Nase.

Als Laura das bestätigen wollte, überkam sie das Gefühl, ihren Eltern gegenüber undankbar zu sein. So antwortete sie nur: »Wir haben noch nichts Passendes gefunden.«

»Ich meine ja auch nur, weil ihr soviel Krach und Dreck hattet, als der Freund deines Vaters das Haus repariert hat. Du hättest während der Zeit zu uns ziehen sollen. Ich habe meine Mutter gefragt, ob nicht deine ganze Familie zu uns kommen könnte, und sie hat nicht nein gesagt.«

»Das war aber lieb von ihr«, erklärte Laura rasch, um ihre Enttäuschung darüber zu verbergen, daß ihre Freundin ihr das nicht früher mitgeteilt hatte. Sie schrieb »Bin bei Jody« auf den Zettel, hängte ihn ans Pinboard und schloß hinter sich die Haustür ab. »Sag mir bitte nicht, was du mir mitgebracht hast. Ich möchte lieber raten.«

Hinter der Ampel führte die Victoria Road am Sea Level Hotel, das sich gut fünfzig Meter über dem Meeresspiegel befand, vorbei zum Bahnhof von New Brighton. Jody wohnte in einer Hälfte eines großen Zweifamilienhauses. Oben vom Ende der Auffahrt hatte man einen guten Ausblick auf den Bahnhof und die Bucht. Die Diele war riesig. Die Küche von Lauras Haus konnte sich darin verstecken. Die niedrigen Tische im Wohnzimmer, die mit Zeitschriften und Magazinen übersät waren, erinnerten Laura immer an ein Wartezimmer. Wenn sie aus dem Fenster schaute, wurde sie nicht müde, den Horizont zu betrachten, auf dem immer neue Schiffe auftauchten, und wenn es ihr doch einmal zuviel wurde, schaute sie auf den Bahnhof, wo die Züge anhielten und Ströme von Menschen freiließen. Wenn man so nahe an einem Bahnhof lebte, mußte das wie der Beginn eines wunderbaren Abenteuers sein, vor allem wenn ihre Eltern ihr erlauben würden, selbst eine Eisenbahnfahrt zu unternehmen. Aber dann sagte sie sich, daß sie sich nicht zu sehr von ihren Wunschträumen leiten lassen durfte. Allerdings stand ganz in der Nähe ein Haus zum Verkauf, das über ähnliche Vorzüge wie das von Jody verfügte.

Jodys Mutter kam in raschem Trippelschritt die Treppe herunter. »Ich habe deinen Vater auf die andere Seite gedreht, damit die Nachbarn sich nicht wieder über den Lärm beschweren können«, erklärte sie ihrer Tochter und wandte sich dann Laura zu: »Wie geht's, wie steht's, junge Dame? Bist du in der Welt schon ein Stück weitergekommen? Und gibt es vielleicht etwas, das Jody dabei helfen könnte, in der Schule besser mitzukommen?« Lauras Freundin verdrehte die Augen und starrte an die Decke.

»Die Lehrer haben ihr alle Arbeitsblätter und so weiter gegeben, mit denen wir uns beschäftigt haben«, antwortete Laura aufs Geratewohl.

»Gut, solange sie die Chancen erhält, die ihr zustehen. Mehr kann und darf man nicht verlangen.« Ein flüchtiges Lächeln huschte über ihr zu rundes, leicht geschminktes Gesicht. Laura wußte, daß jetzt ein anderes Thema an der Reihe war. »Du solltest mit deiner Familie ins Restaurant kommen, damit wir euch ein paar von unseren neuen Speisen vorsetzen können. Jody ist ja seit neuestem Vegetarierin.«

»War es in Griechenland so schön, wie Sie es erwartet haben?«

»Wir haben dort alles gefunden was wir gesucht haben. Jeden Tag eine neue Insel, und auf jeder ein neues Gericht. Wir sind uns noch nicht ganz schlüssig, wie wir diese Speisen in Englisch nennen sollen. Nur das Minotaurus-Steak steht schon fest.« Sie ließ sich im Schaukelstuhl am Fenster nieder und nahm einen Notizblock in die Hand, auf dem Dutzende langer griechischer Wörter standen. »Geh doch mit Laura hinauf in dein Zimmer, aber achtet darauf, den erschöpften Jäger nicht zu wecken.«

Sobald sie in Jodys Zimmer waren, wo es nach Haarspray roch und eine noch größere Unordnung als gewöhnlich herrschte, fragte sie Laura: »Ist in der Schule irgend etwas passiert, von dem meine Mutter besser nichts erfährt?«

»Einer aus dem vierten Schuljahr ist in der Cafeteria ein Kondom aus dem Portemonnaie gefallen, als sie gerade bezahlen wollte.«

Jody kreischte und hielt sich rasch die Hand vor den Mund: »Und wie ist die Sache ausgegangen?«

»Sie hat erklärte, sie habe das Ding für einen Luftballon gehalten. Auf einer Geburtstagsfeier hätten alle Kinder einen solchen Ballon erhalten, und sie habe sich nichts dabei gedacht. Ach ja, Diane hat einen hysterischen Anfall gehabt, als sich auf dem Schulhof ein großer Hund zeigte. Miss Haggerty hat das Tier festgehalten, bis der Hundefänger gekommen ist.«

»Aber Diane ist doch viel größer als Miss Haggerty!«

»Es war ja nur ein lieber großer Hund, der vermutlich bloß spielen wollte. Aber Diane hatte eine wahnsinnige Angst, er könnte sie beißen und mit AIDS infizieren.«

»Davon kriegt man doch kein AIDS, oder?« entgegnete Jody, die sich wieder beruhigt hatte. »Das glaube ich nicht. Du?«

»Ich schätze, das ist Dianes einzige Chance, sich AIDS einzufangen, zumindest solange ihre Mutter sie kein Make-up tragen läßt. Und dann hat Trace uns Hasch gezeigt, das sie in einer Streichholzschachtel hatte. Sie behauptete, ihr Bruder hätte es ihr gegeben. Aber Trace, deren Eltern früher Hippies waren, meinte, das sei kein Hasch, sondern Siegelwachs.«

»Ich hoffe nur, Trace hat das Zeugs nicht Jackie Pether gezeigt.«

»Jackie Pether ...« Laura verzog das Gesicht, als hätte sie gerade eine bitter schmeckende Medizin eingenommen. »Ruth hat in

ihrem Pult Kaugummi gehabt, und Jackie hat ganz laut gefragt: ›Was hast du denn da in deinem Pult?‹ Mrs. Sinclair hat das natürlich gehört und ist ziemlich stinkig geworden.
Und später bei Miss Miles haben wir darüber diskutiert, ob alle Menschen gleich sind. Und da hat Jackie sich gemeldet und erklärt, daß es niemandem erlaubt werden dürfe, außerhalb der Ferienzeiten in Urlaub zu fahren. Du kannst dir sicher denken, wen sie damit gemeint hat.«
»Du kannst mir dabei helfen, sie eifersüchtig zu machen!«
Jody sprang auf und zog ein Paket aus dem Wirrwarr unter dem Madonna-Poster hervor. Dann ließ sie sich neben ihrer Freundin aufs Bett fallen, und Laura packte das Paket aus. »Das ist so etwas wie ein Vorab-Souvenir.«
Laura zog ein gelbes T-Shirt heraus, auf dem geschrieben stand ICH WAR IN KNOSSOS. »Ich weiß natürlich, daß du noch nicht dort gewesen bist«, erklärte Jody. »Aber bis dahin ist ja nicht mehr lange, oder?«
»Vielen Dank, Jody.« Laura zog das T-Shirt, das sie gerade trug, aus und das neue über ihren BH. »Jetzt fühlt es sich wirklich so an, als würde ich dorthin reisen.«
»Du kannst meinen Reiseführer geliehen haben.« Jody bog den Rücken durch, bis sie beide Hände gegen die Wand hinter dem Bett pressen konnte, und seufzte. »Was sollen wir jetzt unternehmen?« Die beiden hörten, wie Jodys Vater zum Badezimmer schlurfte. »Ich wünschte, wir könnten eine Kassette spielen.«
»Wegen mir müßt ihr euch keine Umstände machen!« brummte ihr Vater. »Ich denke, ich stehe jetzt auf. Bin lange genug im Traumland gewesen.«
»Und uns wäre es lieber, wenn du dich mal richtig ausschläfst, damit du dir kein Magengeschwür holst!« rief Jodys Mutter von unten.
»Besser an einem Magengeschwür eingehen, als im Armenhaus dahinzusiechen«, entgegnete er.
Jody verzog das Gesicht, bis sie grimmig wie ein Boxer aussah, und

hieb mit den Fäusten in die Luft. Laura kicherte. »Für die beiden war der Urlaub wohl nicht die reine Erholung, was?«

»Wir sind nur dorthin gefahren, weil wir die Reise von der Steuer absetzen können. Sicher, wir hatten unseren Spaß, aber mit denen ist es lange nicht so lustig wie mit deinem Dad. Schon im Flugzeug sind sie sich in die Haare geraten, weil ich ihnen das Rätsel von deinem Vater aufgegeben habe.«

»Hast du die Lösung schon gefunden?«

»Ich war ziemlich nahe dran. Am besten erzählst du es mir noch einmal.«

»Gut, also drei Männer haben in einem Restaurant gegessen. Der Kellern bringt die Rechnung. Sie beträgt dreiunddreißig Pfund. Jeder der drei Männer zahlt elf Pfund. Dann fällt dem Kellner auf, daß er ihnen zuviel berechnet hat, daß sie in Wahrheit nur achtundzwanzig Pfund zu zahlen hatten. Sie sagen ihm, er solle zwei Pfund als Trinkgeld behalten und ihnen jedem ein Pfund zurückgeben. Damit hat also jeder der drei Männer zehn Pfund bezahlt. Dreimal zehn ist dreißig, und der Kellner hat zwei. Das macht zweiunddreißig Pfund. Wo ist das dreiunddreißigste abgeblieben?«

»Das bleibt im Restaurant! Nein, beim Kellner ... Ich gebe auf. Wie lautet die Lösung?«

»Tut mir leid. Ich bin irgendwann einmal dahinter gekommen, habe es aber wieder vergessen.«

»Also ist von dir keine Hilfe zu erwarten. Gib mir bitte ein neues Rätsel auf«, erklärte Jody und fügte gleich hinzu: »Nein, lieber doch nicht. Wollen wir uns nicht lieber meine Kassette aus Griechenland anhören?«

»O ja, das würde ich gern«, sagte Laura sofort, griff sich eines von Jodys Kissen, schob es sich unter den Rücken und lehnte sich an die Wand. Die Musik klang hell und träge wie Meereswellen unter der Mittelmeersonne. Wenn Laura die Augen schloß, sah sie sich unter einer Palme am Strand, genau wie auf der Postkarte, die Jody ihr von Kreta geschickt hatte. Als ihre Freundin die Kassette umdrehte, glaubte Laura schon, die Wärme der Sonne auf ihrem Gesicht zu spüren.

Natürlich wurde auch griechisch gegessen. Es gab Salat, in dem weiße Käsestückchen enthalten waren, flache, ovale Brotfladen und cremefarbene Salatsauce. Jody und ihre Eltern erzählten Laura beim Essen ausführlich von den Inseln, und als die beiden Mädchen wieder nach oben gingen, kam es Laura so vor, als wäre sie tatsächlich am Ort ihrer Träume gewesen. Die Musik schien das Sonnenlicht zu intensivieren, das in Jodys Zimmer drang, und für Laura waren die Sirenen der Feuerwehr Bestandteil ihrer Phantasien. Als die Sirenen nicht mehr zu hören waren und ein neues Stück begann, betrat Jodys Vater das Zimmer. »Laura, arbeitet dein Vater heute?«

»Jede Stunde, jeden Tag für Sie geöffnet«, begann Laura den Werbespruch ihres Vaters, »solange Sie Filme suchen, die nicht Ihre ... ah ...« für einen Moment wollte ihr das Ende nicht einfallen, »Intelligenz beleidigen.«

»Meine Intelligenz läßt sich hin und wieder ganz gern ein wenig beleidigen, besonders nach einem anstrengenden Arbeitstag. Ich wollte dir nur sagen, daß es in seinem Laden brennt. Und wenn er heute nicht zur Arbeit gegangen wäre, hätte er das sicher wissen wollen.«

Jody ließ den Liebesroman (»für junge Damen«), in dem sie gerade schmökerte, fallen und rief: »Komm, Laura, das müssen wir uns ansehen.«

»Geht nicht zu nahe heran, und gehorcht den Anweisungen der Feuerwehrmänner!« mahnte Jodys Mutter, als die beiden Mädchen aus dem Haus stürmten.

Kaum stand Laura auf der Auffahrt, erblickte sie den dicken schwarzen Rauch, der über den Dächern zum Himmel stieg. Sie mußte an den verrückten Wissenschaftler aus einem ihrer Märchenbücher denken, das sie vor Jahren zum Geburtstag geschenkt bekommen hatte. Dann lief sie Laura hinterher, die durch eine Seitenstraße eilte und schließlich in eine andere einbog, in der sich

Altersheime und Alteneinrichtungen befanden. Die Straße mündete unweit der Videothek ihres Vaters in die Hauptstraße ein. Viele Senioren hatten sich von dem Feuer aus ihrem Heim locken lassen. Zehn oder fünfzehn von ihnen schlurften auf die Hauptstraße zu, so als zögen die Flammen sie wie Motten an. Andere stellten sich zusammen mit ihren Pflegern am Gartenzaun auf. Einige von ihnen schienen zu wünschen, das Feuer möge nicht näherkommen. Andere hofften wohl darauf, der Brand würde ihrem Alter Respekt erweisen und sich kurz oder auch länger zeigen. Als Jody und Laura die alten Leute hinter sich gelassen hatten, kamen zwei Jungen in Jeans um die Ecke und überquerten die Straße. Laura starrte ihnen nach, bis Laura rief: »Mensch, das mußt du dir ansehen!«

Fine Films war nicht mehr. Zwischen den beiden geschlossenen Läden klaffte ein großes Loch, aus dem öliger Qualm drang. Flammen fraßen gierig an den Rändern. Zwei Löschzüge standen vor der Videothek, und Feuerwehrmänner spritzten Wasser in das Loch. Eine stattliche Zuschauermenge hatte sich auf dem gegenüberliegenden Bürgersteig versammelt. Und jenseits der beiden Straßenabsperrungen starrten die Insassen der wartenden Fahrzeuge auf den Brand. Laura konnte das alles nicht recht begreifen, so als sei es ihrem Geist nicht möglich, diesen Anblick zu erfassen. Als sie über die Straße zum Laden ihres Vaters lief, hatte sie das Gefühl, die Schwärze in dem Loch griffe nach ihrem Geist. Dann lösten sich zwei Menschen aus der Menge und kamen ihr entgegen. Ihre Eltern, die zu ihrer großen Verwunderung lächelten.

Schon einen Moment später erkannte sie, daß das Lächeln ihrer Mutter nur aufgesetzt war, doch bei ihrem Vater schien es echt zu sein. Er zog seine Frau ganz nah an sich heran, so als wollte er ihr etwas Vertrauliches oder Intimes mitteilen, und schwang den Clownskopf an seinem Schlüsselbund, als sei der sein persönlicher Talisman. »Mach dir keine Sorgen, Laura!« rief er seiner Tochter zu. »Nichts ist negativ, man muß nur erkennen, daß alles auch seine guten Seiten hat. Und das hier ist das Beste, was uns passieren konnte.«

Kapitel 5

Lauras Gesicht war eine exakte Kopie von dem ihrer Mutter, als er versucht hatte, sie zu beruhigen. Er wünschte, er könnte die beiden irgendwie überzeugen. Was er ihnen mitzuteilen hatte, war so wichtig und gut, daß die Flammen in der Videothek ihm wie ein Freudenfeuer vorkamen. Aber natürlich konnte er ihnen vor so vielen Zuhörern nicht erklären, was ihn beschäftigte. »Ich würde euch doch nie etwas Falsches oder Schlechtes sagen, oder?« sagte er und senkte die Stimme, weil er bereits die Aufmerksamkeit der Umstehenden geweckt hatte. »Ich erzähle euch alles, wenn wir wieder zu Hause sind.«

Laura starrte auf die Menge. »Warum können sie nicht fortgehen? Warum müssen sie dieses Unglück begaffen?«

»Wir alle brauchen in unserem Leben etwas Abwechslung, nicht wahr? Vielleicht war das Feuer notwendig, um mich zu dieser Erkenntnis zu bringen.« Er wischte ihr eine Träne von der Wange. Ihm wurde bewußt, daß er fast schon zuviel verraten hatte. Schließlich wollte er sie doch erst zu Hause über alles ins Bild setzen. »Ich bleibe besser hier. Aber du kannst gehen, wenn es dich zu sehr aufregt.«

»Natürlich regt es sie auf!« schnappte Julia anklagend.

»Warum sollte es sie kaltlassen?«

»Dann bring sie nach Hause. Ich komme so rasch wie möglich nach.« Er umarmte sie beide und zwinkerte Julia zu. »Denk an die Versicherung.«

Er hatte die letzten Worte nur geflüstert und hoffte, niemand außer seiner Familie habe ihn gehört. Vorsichtig ließ er den Blick über die Menge wandern. Die Frau in dem Morgenmantel, der

Mann mit der Kapuze und Mr. Pether beobachteten ihn. Jack schenkte ihnen sein schönstes Lächeln und kehrte zur Absperrung zurück. Er hörte, wie Laura mit zitternder Stimme sagte: »Ich habe mein T-Shirt bei Jody liegenlassen.« Und Julia antwortete in etwas überschwenglichem Tonfall: »Mir ist eben schon aufgefallen, daß du ein neues trägst. Hat sie das von dir, Jody? Es sieht wirklich toll aus.« Die drei Beobachter ließen Jack nicht aus den Augen als er die Menge erreichte. Ihr Mißtrauen amüsierte ihn, und er mußte grinsen: »Wenn man nicht mehr lachen kann, steht es wirklich schlimm um einen, nicht wahr?«

»Er hält die ganze Sache für komisch! Er lacht über das, was er meinem Schuh angetan hat!« rief Mr. Pether verärgert und fuchtelte mit dem ruinierten Stück herum. »In den letzten sechs Monaten ihres Lebens konnte meine arme Frau nicht mehr laufen!«

Die meisten der Umstehenden, die Zeuge dieser Anklage geworden waren, wandten verlegen das Gesicht ab, statt sich über Jacks Missetat zu empören. Andere starrten auf den Pantoffel, den ihm eine Schwester aus dem Altenheim gebracht und den er nur widerwillig angezogen hatte. Jack machte eine ernstere Miene und ging zu dem Mann. »Es tut mir leid wegen Ihrer Frau, und auch wegen des Schuhs, Mr. Pether. Wenn Sie möchten, kaufe ich Ihnen ein neues Paar.«

Er begriff erst, was er gesagt hatte, als die Worte seinen Mund bereits verlassen hatten. Der Alte schnaufte und schien widersprechen zu wollen. Das Gesicht, das er dabei machte, sah so komisch aus, daß Jack den heftigen, an einen Niesreiz erinnernden Drang verspürte, laut zu lachen. »Ich will kein neues Paar!« schimpfte Mr. Pether. »Ich will einen Schuh, der zu diesem hier paßt.« Er stampfte zur Betonung seiner Worte mit dem betreffenden Schuh auf.

Jack hielt sich rasch die Hand vor den Mund. So kam nur ein Schnauben über seine Lippen, das man kaum als verunglücktes Kichern identifizieren konnte. »Ich werde alles tun, was in meiner

Macht steht«, versprach er, nachdem er einige Male geschluckt hatte.
»Wir sollten jetzt wieder ins Heim gehen, Mr. Pether«, forderte die Schwester ihn auf und nahm seinen Arm. »Für heute haben wir mehr als genug Aufregung gehabt.«
Sein Abgang wirkte wie ein Signal. Von dem Spektakel war kaum mehr als Rauch übriggeblieben. Die wenigen Flammen, die sich vergeblich gegen das Wasser wehrten, waren nicht der Rede wert. Die Frau in dem Morgenmantel kehrte in ihr Haus zurück, und die Wagen jenseits der Absperrungen wendeten und fuhren fort. Nur ein paar Teenager blieben zurück. Anscheinend erwarteten sie, daß der Brand noch längst nicht gelöscht war und wieder aufflammen würde, wie sie das aus den von ihnen heißgeliebten Horrorfilmen kannten. Der Mann mit der Kapuze verharrte ebenfalls an seinem Standort. »Wir haben das Feuer jetzt unter Kontrolle«, erklärte ein Brandmeister Jack. »Ich fürchte nur, von der Einrichtung ist nichts mehr zu retten.«
»Das ist gut. Ich meine, vielen Dank für Ihre Mühe. Äh, natürlich dafür, daß Sie es geschafft haben.« Jack wußte, daß er Unsinn redete. Er atmete tief durch und fuhr fort: »Muß ich eine Aussage machen?«
»Ja, das läßt sich leider nicht umgehen. Wenn Sie möchten, können Sie Ihre Aussage bei mir machen.«
»Fragen Sie ihn doch nach den Filmen, die bei dem Feuer zerstört worden sind!« mischte sich der Kapuzenträger ein. »Um die ist es nämlich wirklich nicht schade!«
»Das gehört nicht zu unserem Aufgabenbereich, Sir.«
Der Mann bedachte den Brandmeister mit demselben argwöhnischen Blick, mit dem er vorhin Jack gemustert hatte. »Sind Sie denn nicht dazu verpflichtet, den Gesetzen in diesem Land Geltung zu verschaffen?«
»Sind Sie Zeuge, Sir?«
»O ja, ich bin Zeuge Jehovas.«
»Und warum befinden Sie sich zu dieser Stunde nicht in der

Kirche?« entgegnete der Feuerwehrmann und erklärte dann Jack: »Es ist wohl ratsamer, das Gespräch an einem ruhigeren Ort fortzusetzen.«

Als die beiden in der Kabine eines der Löschzüge saßen, fragte der Brandmeister: »Hat der Mann etwas gegen Sie?«

»Es stört ihn wohl, daß ich am Sabbat arbeite.«

»Na ja, wir alle brauchen wohl unseren Glauben, sonst kämen wir mit vielem nicht zurecht, oder? Ich sage immer, jeder soll nach seiner Fasson selig werden, solange er anderen damit nicht auf den Wecker geht. Meine Tochter glaubt, sie sei wiedergeboren. Als wenn meine Frau nicht genug Streß damit gehabt hätte, sie das erste Mal auf die Welt zu bringen.« Er räusperte sich, und es klang, als wollte er ausspucken. Dann sah er dem Kapuzenträger nach, der sich die Straße hinunter entfernte, und fragte Jack: »Also, was haben Sie mir zu erzählen?«

Jack zeigte mit allen zehn Fingern auf sich. »Können Sie sich Oliver Hardy mit einer Lötlampe vorstellen?«

»Fahren Sie bitte fort.«

»Ist Ihnen der alte Knacker aufgefallen, der die ganze Zeit mit seinem plattgemachten Schuh herumgefuchtelt hat? Der wäre die Idealbesetzung für Stan Laurel ... Ich hoffe, ich höre mich nicht wie jemand an, der die Sache auf die leichte Schulter nehmen will, aber wenn ich jetzt an die Geschichte zurückdenke, komme ich mir wie ein Volltrottel vor.«

»Berichten Sie mir von dem Vorfall so, wie es Ihnen am genehmsten ist.«

Jack konnte es drehen und wenden, wie er wollte, in den Ereignissen, die schließlich zum Ausbruch des Feuers geführt hatten, hatte er alles andere als eine gute Figur gemacht. So erzählte er dem Brandmeister alles nach bestem Wissen und Gewissen, und er gewann nach einer Weile den Eindruck, sein Gegenüber habe die größte Mühe, ernst zu bleiben. Heiterkeit empfand man eben meistens beim Mißgeschick anderer oder bei Ereignissen, die einem selbst vor langer Zeit widerfahren waren. Jack war noch nicht fertig, als Andy Nation auftauchte und fassungslos auf das gähnende schwarze Loch starrte. Er zog den Reißverschluß seiner Jacke unentwegt nach oben und wieder nach unten, so als sei es seinen Händen unmöglich, für einen Moment ruhig zu bleiben. Jack klopfte gegen die Windschutzscheibe und rief seinen Freund. Andy sah sich suchend um, kam aber anscheinend nicht auf die Idee, zur Fahrerkabine des Löschzugs zu blicken. »Hier oben!« schrie Jack. »Ich bin jetzt bei der Feuerwehr. Als Spezialagent. Ich lege für sie die Brände.«

Andy zuckte zusammen. »Julia hat mir schon alles erzählt. Aber ich hätte nie gedacht, daß es so schlimm ist.«

»Es hätte noch wesentlich schlimmer kommen können, Andy.« Jack wandte sich an den Brandmeister. »Das ist ein Freund von mir. Er versteht sich aufs Bauhandwerk.«

»Kann man den Laden wieder herrichten?« erkundigte sich Andy.

»Sobald wir alles gelöscht haben«, antwortete der Feuerwehrmann.

»Ich kümmere mich um alles, Jack. Marschier du ruhig nach Hause zu deinen Leuten«, erklärte Andy und fragte dann den Brandmeister: »Er kann doch gehen, oder?«

»Ich habe seine Aussage gehört. Mehr muß ich im Moment nicht wissen.«

Er bedankte sich überschwenglich bei den beiden und stieg in seinen Lieferwagen. Ein dumpfer, nicht näher identifizierbarer Schmerz hatte sich zwischen seinen beiden Wangenknochen breitgemacht. Doch den kannte er bereits und wußte, daß man ihn am besten ignorierte. Er ließ den Wagen zurückrollen, wendete ihn dann mit der Behutsamkeit eines Betrunkenen und fuhr nach Hause.

Jack schloß mit einer Hand die Tür auf und hielt im anderen Arm den Karton mit den geretteten Kassetten. Er trug ihn ins Wohnzimmer und bemerkte auf Lauras Sessel einen Reiseführer über Kreta. Er lag dort aufgeschlagen und mit dem Umschlag nach

oben und wirkte wie ein flügellahmer Vogel, der sich nicht mehr in die Lüfte erheben konnte. »Du kommst bald dorthin«, versprach er seiner Tochter in Gedanken und stellte den Karton ab. Einem Impuls folgend, fing er an, die Videos zu zählen. Dreiunddreißig Filme hatten das Feuer überlebt. Er hielt das für ein gutes Omen, das ihm um so willkommener war, als er eine solche Rückversicherung eigentlich gar nicht brauchte. Doch davon würde er Julia und Laura nichts sagen. Er wußte nicht, wie er es ihnen hätte erklären sollen.
Die beiden hielten sich in der Küche auf. Er spürte, daß sie einander brauchten, um gemeinsam über das für sie unvorstellbare Desaster hinwegzukommen. Laura mühte sich gerade damit ab, Kartoffeln zu schälen, während Julia die Kaffeemaschine, ein Hochzeitsgeschenk, entkalkte. »Ich hoffe nur, das ist kein symbolischer Akt von dir, weil du mich für zu alt und zu vertrottelt hältst«, grinste er und warf einen Blick auf die kalte Gänsepastete im Backofen. »Sieht so aus, als würde Weihnachten in diesem Jahr früher stattfinden.«
Laura bedachte ihn mit einem humorlosen Grinsen. »Kommt schon, ihr beiden«, forderte er sie munter auf, »wir machen einen Spaziergang.«
»Falls es dir entgangen sein sollte, Jack, wir sind hier gerade beschäftigt.«
»Das könnt ihr später noch erledigen. Ist doch wirklich schon lange her, daß wir drei gemeinsam losgezogen sind. Leider hatte Laura immer so viele Hausaufgaben zu erledigen, und mich hat der Laden total mit Beschlag belegt.«
Er wartete darauf, daß die beiden sich für den Spaziergang fertigmachten, als das Telefon läutete. Eine Frau aus Hoylake, das am anderen Ufer der Halbinsel lag, rief an und wollte wissen, ob er immer noch Filme frei Haus liefere. »Im Augenblick kann ich nur Lacher liefern, aber ich bin dabei, mein Angebot auszubauen«, antwortete er ihr und notierte sich ihren Namen und ihre Telefonnummer.

Bidston Hill lag in Birkenhead und war mit dem Wagen in zwanzig Minuten zu erreichen. Die Fahrt dorthin führte durch ein Vorortstraßengeflecht, das nur von dem innersten Dock und seinen hochaufragenden Kränen unterbrochen wurde. Jack bog in den Kreisverkehr ein, aus dessen Mitte eine Kirche mit hohem Turm ragte, und passierte dann einen verwahrlosten Friedhof, der zu einem längst geschlossenen Gotteshaus gehörte, bis er den Weg erreichte, der zum Park führte. Oben am Ende des Weges waren ein paar Wagen abgestellt. Hunde bellten zwischen den Bäumen, aber außer drei Teenagern war niemand auf der Wiese zwischen dem Parkplatz und dem Wald zu sehen. Die drei hockten an einem Picknicktisch und hatten die Füße auf die gegenüberliegende Bank gelegt. So wie sie dort herumhingen, hielt Jack sie für Heroinsüchtige. Er nahm Laura und Julia an die Hand und führte sie zwischen die Bäume, wo Nüsse, die graue Eichhörnchen fallenließen, durch die Blätter raschelten. Hinter den Resten einer niedrigen Ziegelsteinmauer erhoben sich Sandsteinbrocken aus Stechginster und Heidekraut. Der Weg führte hinauf zu einer stillgelegten Windmühle. Eine Brücke führte über eine Senke, durch die sich eine Straße zog, und auf der anderen Seite stieg die Familie Orchard die natürliche Treppe hinauf zu dem alten Gebäude.

Die Windmühle erhob sich am Ende eines Sandsteinhöhenzugs. Am anderen Ende befand sich ein Observatorium. Der Höhenzug sah aus, als habe man hier riesige mißgebildete Pflastersteine abgelagert und mit Erdreich zementiert. Und zur Krönung hatte man Grün darüber wachsen lassen. Risse und Spalten im Stein dokumentierten die Verwitterung, und in kleinen Vertiefungen in den Felsen glitzerten dunkle Pfützen. Vom Höhenzug aus hatte man einen guten Ausblick auf die Bucht jenseits der Halbinsel. Zur Linken lagen die Berge von Wales wie dicke Wolkenbänke über den Auen am Fluß Dee. Und zur Rechten schienen die Türme, Uhren und roten Ziegelsteinterrassen von Birkenhead direkt in die Warenhäuser und majestätischen Bürogebäude von Liverpool überzugehen. Natürlich handelte es sich dabei nur um eine perspektivische Täuschung, denn man konnte von hier aus den Fluß Mersey nicht erkennen. Jack holte tief Luft, und sie schmeckte wie der blaue Himmel selbst. »Nun, meine Damen, was gefällt euch von dem, was ihr hier seht, am besten?«

»Du weißt doch, wie gern ich hierherkomme«, erwiderte Laura.

»Wie wäre es denn, wenn wir hier wohnen würden und jeden Tag diese Aussicht genießen könnten?«

»Jack!« sagte Julia.

»Entweder befiehlst du mir zu schweigen, Laura, oder du erklärst mir, was dir dabei Kummer bereitet. Befürchtest du vielleicht, wir müssen jetzt die Reise nach Kreta absagen? Wir müssen die Sonne abschalten, die Wellenmaschine ausstellen und die Schauspieler nach Hause schicken?«

»Wie sollen wir uns die Reise denn noch leisten können?«

»Denkst du überhaupt nicht an die vielen tausend Griechen, die durch unsere Absage arbeitslos würden? Was das erst für Kosten verursacht!« Er entdeckte auf ihrem Gesicht den Anflug eines Lächelns, das sich jedoch noch nicht so recht durchsetzen konnte.

»Laura, wir fahren, und wenn es mich meinen rechten Arm kosten sollte. Und wir müssen dafür keine Opfer bringen.«

»Ich fürchte, ich verstehe dich nicht.«

»Du weißt doch, daß die Videothek nicht so gut gelaufen ist, wie wir das immer gehofft haben. Vielleicht hätte ich mehr populäre Filme ins Angebot aufnehmen sollen. Ich meine nicht Schund, sondern publikumsträchtigere Streifen. Wenn ich all die Filme verkauft hätte, die mir wenig Freude gemacht haben, hätte ich dafür nur einen Bruchteil von dem herausbekommen, was ich für sie bezahlt habe. Aber der Laden und die Filme waren versichert, letztere sogar mit dem Einkaufswert. Wenn die ganze Sache abgewickelt ist, bleibt bestimmt ein hübsches Sümmchen übrig. Kein Wunder, daß immer mehr Leute auf den ›warmen Abbruch‹ verfallen.«

»Dad!«

Er ahnte, daß Laura ihr Entsetzen nur vortäuschte, denn er kannte sie gut genug, um zu wissen, daß sie so etwas genoß. »Ich meine natürlich sehr verzweifelte Menschen«, verbesserte er sich und suchte in der Hosentasche nach dem Kettenbrief. »Menschen, die in ihrer Not auf solchen Schwachsinn hereinfallen.«

Er hockte sich auf die Mauer, die im Schatten des Observatoriums über dem Wald stand, und las den Kettenbrief vor. Einmal senkte er seine Stimme, weil Laura »Pst!« machte und auf die Spaziergänger deutete, die an ihnen vorbeikamen. »Verwandle Pech in Glück ... Fertige dreizehn Kopien von diesem Schreiben an ... Die Kette darf nicht unterbrochen werden ... Eine Frau in Nevada hat das einmal getan, und wenig später wurde bei ihrem Mann ein Gehirntumor festgestellt. Doch dann hat sie die Briefe doch noch abgeschickt, und die Ärzte konnten den Tumor operativ entfernen ... Tja, und wenn er in der Zwischenzeit gestorben wäre«, fügte Jack bissig hinzu, »wäre er, nachdem seine Frau zur Besinnung gekommen war, bestimmt von den Toten auferstanden.«

»Warum setzt jemand einen solchen Brief auf?« fragte Laura. »Nur um andere damit zu erschrecken?«

»Ich kann mir keinen anderen Grund denken, du etwa?« Jack sah sich vergebens nach einem Abfallkorb um und steckte schließlich frustriert den Brief wieder in die Tasche. Er gähnte und streckte sich, und als er sich endlich entspannt fühlte, wuchtete er sich hoch. Dabei löste sich ein Stück aus der Mauer, rumpelte den Hügel hinunter und prallte mit dumpfem Schlag gegen einen Baumstamm. »Wir sollten jetzt besser aufbrechen. Ich habe ganz vergessen, daß sich jemand das Haus ansehen will«, erklärte er und hatte das Gefühl, noch etwas anderes, viel Wichtigeres sei ihm entfallen. Aber so zuckte er nur die Achseln, es würde schon wieder in sein Bewußtsein zurückkehren.

Kapitel 6

Am nächsten Morgen hatte sich Jacks Erkältung erheblich verschlimmert. Er gab es bald auf, zu zählen, wie oft er sich die Nase putzen mußte, um wieder atmen zu können. Seine Beine fühlten sich müde und halb geschmolzen an, und sie schienen nicht die geringste Lust zu verspüren, den Rest von ihm zu tragen. Er hatte ohnehin das Gefühl, in der Nacht zerlegt und falsch wieder zusammengesetzt worden zu sein. Und während er im Bett lag, war ihm so heiß, daß er glaubte, das Feuer von gestern sei in ihm geblieben. Als Julia ihm etwas später ihre kühle Hand auf die Stirn legte, erklärte sie, daß er keine erhöhte Temperatur hatte. Sie löste zwei Grippetabletten in einem Glas heißen Zitronensaft auf und befahl ihm, das Bett zu hüten. Erst als er den Knall der zugeworfenen Haustür hörte, der in seinem höhlenartigen, zerbrechlichen Schädel widerhallte, kam ihm zu Bewußtsein, daß er vergessen hatte, Julia darum zu bitten, bei der Versicherungsgesellschaft anzurufen. Er schleppte sich die Treppe hinunter und hatte dabei das Gefühl, er müsse seinen Kopf im Gleichgewicht halten, damit er nicht vom Rumpf fiel oder von ihm fortflog. Er versuchte dreimal, sein Begehr telefonisch vorzubringen, gab aber schließlich auf, da er bereits die größte Mühe hatte, nur seinen Namen herauszubekommen. So beschloß er, der Gesellschaft zu schreiben. Gesagt, getan. Er steckte das Schreiben in ein Kuvert, verließ das Haus und stolperte in Richtung Briefkasten. Auf dem Weg dorthin machte er sich klar, daß die Finger, die den Umschlag hielten, an der Hand steckten. Diese wiederum war mit dem Unterarm verbunden, der aus Knochen bestand, an dem Muskeln hingen, die sich zur Zeit weigerten ... Bei soviel anfälliger Maschinerie

kam es ihm wie ein kleines Wunder vor, daß er den Briefkasten erreichen und das Schreiben einwerfen konnte.
Als er zum zweiten Mal an diesem Tag einen Triumph über das Schloß an der Haustür erringen konnte, spürte er, daß er dringend ins Bett mußte. Er fühlte sich auch zu matt, die Decken wegzutreten, kaum daß er unter sie gekrochen war. Wenn er wirklich Fieber hatte, dann wünschte er, die beiden Frauen, die er gestern bei der Rückkehr in sein Haus angetroffen hatte, wären nur ein böser Fiebertraum gewesen. Aber nein, der Wind hatte wirklich der älteren Dame den geblümten, pinkfarbenen Hut vom Kopf und unter das rechte Vorderrad seines Lieferwagens geweht. Jack war sich vorgekommen, als hätte er ihr ein zertrampeltes Blumenbeet zurückgegeben. Als er den Wagen geparkt hatte, mußte er entdecken, daß die beiden Frauen immer noch vor seinem Haus standen. Erst hatte er geglaubt, sie wollten von ihm Schadensersatz für den Hut verlangen, dann wurde ihm bewußt, daß sie gekommen waren, um sich das Haus anzusehen.
Vielleicht hätte er der älteren Dame nicht anbieten sollen, ihr einen neuen Hut zu kaufen. Während Julia die beiden durch das Haus führte, hatte er immer wieder versucht, ihre Aufmerksamkeit zu erhaschen, um sie um Geld zu bitten, weil er nicht genug in der Tasche hatte. Und dann hatte er sich in der gleichen Absicht an Laura gewandt. Schließlich hatte er einen Scheck ausgestellt, doch die ältere Dame hatte sich geweigert, ihm ihren Namen zu nennen. Sie wehrte den Scheck ab, aber aus dieser Bewegung sprach eher Ungeduld als Noblesse. Als sie mit ihrer Begleiterin, die Jack für ihre Tochter hielt, das Haus verließ, brach die Jüngere gleich einen Disput vom Zaun, der wohl eine Weile anhalten würde. Jack hörte, wie sie sagte: »Wie kann man nur mit einem solchen Hut an einem derartigen Ort auftauchen!« und wußte, daß er die beiden Damen nie wiedersehen würde.
Aber es würde andere Interessenten für das Haus geben. Und für den Fall, daß jemand diesbezüglich anrief, war er ja zu Hause. Doch während der folgenden achtundvierzig Stunden, fühlte er

sich jedes Mal, wenn das Telefon läutete (oder er das träumte), viel zu verschwitzt und zu matt, um aus dem Bett zu kriechen. Er befand sich zwischen Traum und Schlaf, trieb hierhin und dorthin. Und als er einmal mehr oder weniger wach war, beschäftigte er seine Gedanken mit Zahlenspielen. Er hieß Jack Orchard, und dieser Name besaß den Wert elf. Wenn man die Buchstaben des Alphabets durchnumerierte, ergab Jack Orchard zweiundneunzig. Die Quersumme davon, also neun plus zwei, war elf. Er suchte nach weiteren Worten, die den Wert elf hatten. Videos war ein gutes Beispiel. Ebenso Bidston. Und natürlich Laura Julia. Seine Frau hatte nie recht verstanden, warum er seiner Tochter unbedingt diesen zweiten Vornamen geben wollte. Aber andererseits hatte sie es als nett und reizend empfunden und ihm schließlich seinen Willen gelassen. Jack war der Ansicht, daß dieser zweite Vornamen seiner Tochter Glück bringen würde; mehr stand für ihn nicht dahinter. Die Zahlenspiele besaßen für ihn nicht soviel Bedeutung, daß er von ihnen sein Leben bestimmen ließ; nicht so wie bei seinen Eltern, die vor jeder Entscheidung die Zahlen befragt hatten. Allerdings mußte er zugeben, daß sie damit oft genug Glück gehabt hatten. Manchmal glaubte er, sein Vater habe es seiner Mutter nur recht machen wollen, daß er so lange mit den Zahlen hin und her jongliert hatte, bis sie das verhießen, was seine Mutter hören wollte. Doch Jack war ihm nie auf die Schliche gekommen. Als Jack in Lauras Alter gewesen war, hatte sein Vater seinen Intellekt mit mathematischen Rätseln herausgefordert. Während er jetzt hier im Bett lag, fielen ihm einige davon wieder ein. Zwölf Metallkugeln sehen zwar identisch aus, aber eine von ihnen ist schwerer (oder leichter) als die elf anderen. Wie kann man mit Hilfe einer Waage und mit nicht mehr als drei Wiegevorgängen herausfinden, welche der Kugeln von der Norm abweicht? »Kugeln«, murmelte er schließlich vor sich hin und schlief wieder ein. Er kam sich vor wie ein Kind, das die Geborgenheit des Betts genießt und den kommenden Tag nicht abwarten kann.

Am Mittwoch rief ein Pärchen an, das sich das Haus ansehen

wollte. Am Donnerstag kamen die beiden dann vorbei. Die Frau schniefte öfter, da ihr der Geruch des feuchten Putzes in die Nase drang. Jack war durch die Erkältung gezwungen, es ihr gleichzutun. Das bewog den Mann der Frau, ihm immer wieder einen finsteren Blick zuzuwerfen, weil er der Ansicht war, Jack wolle seine Gattin nachäffen. Jack seinerseits verzichtete darauf, eine Bemerkung über das Aroma zu machen, das von dem Pärchen ausging. Die beiden stanken nach nassem Hundefell, und zwar so stark, daß selbst seine verstopfte Nase diesen Geruch wahrnahm. Und wenn er das unverbindliche Gemurmel, mit dem sie sich von ihm verabschiedeten, zum Maßstab nahm, konnte er diesen Tag nicht als sonderlich produktiv bezeichnen. Am Freitag fühlte er sich schon etwas besser und fit genug, nach Liverpool zu fahren.
Sobald er den Tunnel hinter sich gelassen hatte, der unter dem Fluß hindurchführte, bog er nach Süden zu den Docks ab. Die Reedereien am Pier Read wurden von den alten Lagerhäusern abgelöst, die eine neue Identität erhalten hatten: Man fand hier Boutiquen, Restaurants, Antiquitätenhandlungen, Schnickschnackläden, eine Filiale der Tate Gallery und Yuppie-Apartments. Weiter entfernt vom Fluß waren die Lagerhäuser in ihrem ursprünglichen Zustand belassen worden, und man traf in den fensterlosen Straßen nur wenige Menschen an. Ein altes Chinesenpärchen, dessen zahnlose Münder für ihr sehr eigenwilliges Grinsen wie geschaffen schienen, schlurfte nach Chinatown, und ein Mädchen in Lauras Alter schob einen Kinderwagen vor sich her, dessen Inhalt Jack nicht genau erkennen konnte. Als er in einen Innenhof einbog, mußte er abbremsen, weil das junge Mädchen seinen Weg kreuzte. Dann umschlossen ihn auf allen Seiten zwölf Meter hohe Wände, die sämtliche Geräusche der Stadt ausschlossen. Er kam sich vor wie in einem geheimen Verließ, und als er die Tür seines Lieferwagens zuknallte, erzeugten die Wände ein unwilliges Echo.
Außer seinem Wagen stand auf dem Innenhof nur ein Laster, dessen Ladefläche größer wirkte als das Haus der Orchards. Auf

den meisten der schweren Türen war kein Hinweisschild angebracht, was sich hinter ihnen verbarg. Dann entdeckte er an der Tür, die sich seinem Wagen am nächsten befand, eine hellrote Plakette, auf der in weißen Buchstaben VICS VIDS zu lesen stand. Darüber war eine Kamera angebracht, die den Eindruck machte, ihr Besitzer habe sie aus dem Sperrmüll gefischt. Sie drehte sich quietschend in Jacks Richtung, und ein Hund, der neben der Tür lag, hob den Kopf und fing an zu knurren.

Wenn der Hund geschwiegen hätte, dann hätte Jack ihn wohl irrtümlich für eine Fußmatte gehalten. Als er auf die Klingel neben der Tür drückte, hob das Tier erst das linke Ohr, auf dem sich kaum noch Haare befanden, und dann das rechte, das von unzähligen Kämpfen völlig zerfetzt war. Und schließlich fletschte es Fänge, die so kaputt und verfault waren, daß Jack augenblicklich Zahnschmerzen bekam. Der Köter ähnelte am ehesten einem Wolfshund, aber für sein Zustandekommen mußten noch diverse andere Rassen verantwortlich sein. Der Hund knurrte weiter, aber recht leise, um nicht zwischendurch Luft holen zu müssen. Plötzlich gab das Gitter über der Klingel ein statisches Räuspern von sich und befahl dann: »Sie müssen treten.«

Jack hielt sich mit einer Rand am Türknauf fest, während er sich vorsichtig um die eigene Achse drehte und dann der Tür über dem seildünnen Schwanz des Tiers einen Tritt versetzte. Die Tür ging nicht auf, und der Hund hob den Kopf höher. Schaum troff aus seinem Maul, und er verstärkte sein Knurren. »Nicht die Tür, Sie Dummkopf«, wies das Gitter Jack zurecht, »den Köter!«

»Treten Sie ihn doch selbst«, gab Jack zurück und wäre bei seinem Versuch, einen Schritt zurückzutreten, beinahe über das Tier gefallen.

Das kleine Gitter gab ein lautes Zischen von sich, das Jack nur als Protest werten konnte. Er wartete auf weitere Anweisungen, als die Tür sich plötzlich öffnete und der Hund aufsprang und auf ihn zu stürmte. Jack erstarrte und ermahnte sich, jetzt bloß keine Furcht zu zeigen. Doch das Tier rannte an ihm vorbei und sauste auf die

Straße, wo es einen Jaguar, der von einem hünenhaften Jamaikaner gesteuert wurde, zum Bremsen und Schlingern zwang. »Ich wäre ihm nicht zu nahe gekommen, junger Mann«, erklärte Jack ein junger Mann mit Pferdeschwanz, der jetzt in der Tür erschien. »Uns gehört die Töle nämlich nicht.«

»Da habe ich aber verdammtes Schwein gehabt«, erwiderte Jack und versuchte, die Sprache der Filme nachzuahmen, die sich ein junger Mann wie derjenige, der hier vor ihm stand, wohl am ehesten ansah.

Sein Gegenüber trug einen Ohrring und ein T-Shirt, auf dem ein Muskelprotz abgebildet war, dessen mächtige Formen in deutlichem Gegensatz zur Schmächtigkeit des Jünglings standen. »Woher kommen Se, hä?« fragte er gelangweilt.

»Von der anderen Seite des Wassers«, antwortete Jack und wunderte sich über den geradezu feindseligen Blick, den diese Auskunft bei seinem Gegenüber auslöste. »Oh, Sie meinen, von welcher Firma ich komme? Nun, von *Fine Films.*«

»Nie von gehört.«

»Das wundert mich aber doch ein wenig«, entgegnete Jack, und als der finstere Blick nicht vergehen wollte, fügte er hinzu: »Immerhin haben Sie mir einen Katalog geschickt.«

»In diesem Monat haben wir jede Menge losgeschickt«, erwiderte der junge Mann, und es klang wie eine Anschuldigung. Dann drehte er den Kopf und brüllte nach hinten: »Hier ist einer, der sagt, er käme von *Fine Films.*«

»Laß ihn rein«, ertönte eine Frauenstimme.

Der Jüngling zuckte die Achseln, machte Jack Platz und murmelte: »Man kann nicht vorsichtig genug sein.« Anscheinend hatte Jack nicht recht begriffen, was damit gemeint war, denn kaum war er über die Schwelle getreten, murrte der junge Mann unwillig: »Tür zu!«

Jack gehorchte und sah sich dann in der Halle um, in die er gelangt war: Unter einer unverputzten Decke reihten sich Regalwände, die größer waren als er, an bloßen Ziegelsteinwänden auf. Andere standen Rücken an Rücken auf dem Steinboden. Zwischen diesen

Reihen war kaum genug Platz für zwei Menschen. Es konnte Jack nicht weiter überraschen, daß es in diesem Raum vor allem nach Staub und Stein roch. Eine ganze Wand der Halle war dem Horror gewidmet. Auf der gegenüberliegenden Seite fanden sich Secondhandkassetten, die immer billiger und verstaubter wurden, je tiefer man in den Raum vordrang. Jack nahm sich einen Einkaufswagen aus der Reihe neben der Kasse, hinter der eine fette, schwitzende Frau stand. Sie sah aus, als sei sie die Mutter des Jünglings, hielt einen Preisschildtacker in der Rand und eilte in einen Nebenraum, um neue Kassetten zu holen. Jack gewann rasch den Eindruck, daß man sich hier vor allem mit Horror eindecken konnte. Auf mehr als der Hälfte aller Hüllen waren entsetzte Frauen abgebildet. »Wer will sich denn so etwas ansehen?«

Die Frau warf einen Stapel Kassetten in einen Einkaufswagen, damit ihr Sohn sie in die Regale stellen konnte. »Es gibt Schlimmeres auf der Welt, sogar in diesem Moment«, erklärte sie.

Jack konnte nicht genau bestimmen, ob sie ihm lediglich eine Auskunft gegeben oder sich von ihm angegriffen gefühlt hatte. »Verzeihung, ich wollte Ihnen nicht zu nahe treten.«

»Das würde ich Ihnen auch nicht raten«, entgegnete sie, ohne ihn anzusehen.

Jack beschloß, sich von den Kritiken leiten zu lassen. Er suchte nach Boxen, auf denen Kritikermeinungen zitiert wurden, und wunderte sich bald, wie viele Filmmagazine es gab. Von den meisten hatte er noch nie etwas gehört. Er las die Kritiken laut vor, während die Frau und ihr Sohn darum zu wetteifern schienen, wer ihn am ostentativsten ignorieren konnte. Jack suchte sich einen Stapel Filme zusammen. Keiner der Namen der Verleihfirmen – *The Face, For Him, Q, Empire, Blitz* – kam auf den Wert elf. Natürlich war das nicht weiter tragisch, aber er sagte sich in Gedanken, daß er jeden Streifen nehmen würde, auf dessen Hülle aus einer Kritik des Telegraph zitiert würde.

Zwei Stunden später, als er das letzte Regal hinter sich gebracht hatte und unvermittelt vor der Kasse stand, mußte er feststellen, daß keiner der hier versammelten Filme vom Telegraph einer Besprechung für würdig befunden worden war. Sein Einkaufswagen war hoch beladen, zumeist mit herabgesetzten Kassetten. Der junge Mann hatte mittlerweile hinter der Kasse Platz genommen, während seine Mutter im Nebenraum mit zwei stämmigen Männern in Nadelstreifenanzügen verhandelte. Der Jüngling warf dem Einkaufswagen einen mürrischen Blick zu und bewaffnete sich mit einem Rechnungsblock.

»Name?«

»Jack Orchard. *Fine Films.*«

Der Junge schrieb so emsig und angestrengt »Awchard« auf den Block, daß Jack es vorzog, ihn nicht auf seinen Fehler hinzuweisen. »Fine . . . Films«, sagte er dann, als der junge Mann endlich mit der Niederschrift des Namens fertig war, und befürchtete, es würde eine halbe Ewigkeit vergehen, bis er den Laden verlassen konnte. »Sollen wir lieber auf Ihre Mutter warten?«

Der junge Mann hob den Kopf, sah ihn aber nicht an. »Die kommt frühestens in einem Jahr da raus.«

»Natürlich . . .« murmelte Jack und begriff, daß er einen Fehler gemacht hatte. »Ich meinte ja nur, aber machen Sie doch weiter. Mit etwas gutem Willen . . .« Ein Nieser bewahrte ihn vor weiterer Peinlichkeit.

Während der Jüngling sich die Filme vornahm und mit geradezu begnadeter Erfindungsgabe die Titel falsch aufschrieb, spazierte Jack noch einmal zwischen den Regalen entlang. Einer der beiden Männer in Nadelstreifen bemerkte ihn, setzte eine grimmige Miene auf und schloß die Tür des Nebenraums. Jack hatte einen kurzen Blick hineinwerfen können und dabei eine Reihe von Videorecordern, die alle liefen, und einen Haufen unmarkierter Kassetten entdeckt, die der andere Mann in einen Karton lud. Jack täuschte Interesse für die Regalwände vor, die sich am weitesten von der Tür weg befanden. Doch hier standen nur Teenager-Komödien, deren Mitwirkende so albern und blöde aussahen, daß Jack wünschte, ein Massenmörder möge über sie kommen. Er warf

einen Blick zur Kasse und sah, daß der Junge gerade dabei war, die Rechnungsbeträge in einen Taschenrechner einzugeben. Als Jack die Kasse erreichte, schrieb der junge Mann die Endsumme auf die Rechnung. »Ich fürchte, Sie haben sich verrechnet«, erklärte Jack. »Vielleicht sollten Sie die Beträge noch einmal addieren.«
Der Jüngling hielt den Taschenrechner wie ein Magier seinen Zauberstab. »Ich sehe auch, was da steht«, sagte Jack, »aber ich versichere Ihnen, daß das nicht stimmen kann. Könnte es sein, daß Sie einige Beträge mehrmals eingegeben haben?«
Der junge Mann reckte den Hals, bis sein Adamsapfel auf gleicher Höhe mit Jacks Gesicht war, und schrie zur Decke: »Mrs. Vickers!«
Die Frau watschelte heran und knurrte: »Biste immer noch nicht fertig?« Sie warf einen Blick auf die Rechnung, und Jacks Adresse schien ihr nicht unbekannt zu sein, denn sie erklärte ihm: »Bei Ihnen ist doch ein Auktionshaus, nicht wahr?«
»Ja, schon seit einigen Jahren.«
Sie sah ihn endlich an, wenn auch nicht übertrieben freundlich. »Fünfhundert Gebrauchte.«
»Sie meinen die Kassetten? Nun, wir haben hier ein kleines Problem in der Höhe von neununddreißig Pfund oder so.«
Die Frau verglich den Endbetrag auf der Rechnung mit dem, was der Taschenrechner anzeigte. »Ich weiß, daß die beiden Summen übereinstimmen!« protestierte Jack, aber die Frau hatte den Betrag bereits gelöscht und fing an, mit ihren kurzen, dicken Fingern neue Zahlen einzugeben. Danach schüttelte sie das Gerät und hielt es Jack entgegen. »Kommt das eher hin?«
»Wird schon stimmen«, antwortete er. Sie hörte nicht auf, mit dem Taschenrechner herumzuwedeln. Die Leuchtzahlen verschwammen vor seinen Augen, und er hatte das Gefühl, sein Fieber sei zu neuem Leben erwacht. »Ja, das dürfte hinkommen.« Er zog seine Kreditkarte aus der Brieftasche.
»Wunderbar. Du mußt bei der Kreditkartengesellschaft anrufen«, erklärte sie dem jungen Mann, stapfte in den Nebenraum zurück und schloß hinter sich die Tür.

Der Jüngling las die Telefonnummer von einem schmierigen Zettel ab, der mit Klebeband an der Kasse befestigt war, und wählte sie Ziffer für Ziffer. Dieses Ritual bei der Vorlage einer Kreditkarte flößte Jack regelmäßig absurde Schuldgefühle ein. Er schenkte seinem Gegenüber ein freundliches Lächeln, hatte aber das ungute Gefühl, es sei schief und erwecke Argwohn. Als der Jüngling endlich die Kartennummer und den Rechnungsbetrag durchgegeben hatte, schmerzten Jacks Wangenmuskeln bereits von dem fortgesetzten Versuch, gelassen und unauffällig zu wirken. Er überlegte angestrengt, wie er sich aus dieser unangenehmen Lage befreien konnte. Der junge Mann kam ihm zu Hilfe, indem er in gelangweiltem Tonfall erklärte: »Sie haben nix mehr auf 'm Konto.«

»Das kann doch nicht sein!« widersprach Jack. »Wir dürfen das Konto um über tausend Pfund, wenn ich es recht bedenke, sogar um fünfzehnhundert Pfund überziehen. Diesen Rahmen haben wir noch nie ausgeschöpft. Legen Sie jetzt bloß nicht ...«

Jack war immer lauter geworden, doch der Jüngling hatte bereits eingehängt.

Die Tür vom Nebenraum flog auf, und die fette Frau schob sich hindurch. Die beiden Nadelstreifenherren folgten ihr. »Was gibt's denn jetzt schon wieder?« wollte sie wissen.

»Ich wollte mit jemandem von der Kreditkartengesellschaft sprechen. Aus irgendeinem unerfindlichen Grund soll ich mein Konto überzogen haben.«

»Aha, da hat sich wohl schon wieder jemand verrechnet, was?« Die Frau stemmte die fleischigen Fäuste in die Hüften. »Dann wollen Sie vielleicht lieber bar bezahlen?«

»Das ist mir im Moment leider nicht möglich. Soviel habe ich nicht bei mir«, stammelte Jack und hatte Mühe, zu begreifen, was eigentlich vorgefallen war. »Kann ich bitte meine Frau anrufen?«

Die Frau nickte in Richtung Schreibtisch. Jack griff schon nach dem Hörer, als ihm auffiel, daß sie nicht auf das Telefongerät, sondern auf ein Pappdeckelschild gedeutet hatte, auf dem zu lesen stand: KEINE PRIVATGESPRÄCHE. »Sie haben wohl Angst, das könnte

Ihren Profit schmälern, was?« entfuhr es Jack. Dann sagte er leise: »Dann weiß ich nicht mehr, was ich noch tun kann.«

»Sie könnten zum Beispiel damit aufhören, die Zeit von Mrs. Vickers zu vergeuden«, erklärte ihm einer der beiden Männer.

»Ich darf Ihnen versichern, daß ich in ehrlicher Kaufabsicht hierhergekommen bin!« Das klang wie eine anzügliche Bemerkung über die Aktivitäten im Nebenraum; die beiden Männer öffneten und schlossen wie Fische ihren Mund. »Solche Geschäfte wie mit Ihnen habe ich noch nie getätigt«, erklärte Jack der Frau und dem Jüngling und verließ rasch den Raum.

Er schwang sich in den Lieferwagen und fuhr ins Stadtzentrum. Hatte Julia sich von seinem Optimismus so anstecken lassen, daß sie ihr ganzes Geld ausgegeben hatte? Aber wofür? Ihm fiel nur die Urlaubsreise nach Griechenland ein. Doch dann hätte sie ihm bestimmt Bescheid gegeben, daß sie die Reise bereits gebucht hatte. Oder wollte sie ihn damit überraschen? Die Straßen in der Innenstadt waren überfüllt, und Ströme von Fußgängern stürmten in jede Lücke, die sich im Verkehr auftat. »Fressen oder gefressen werden«, knurrte Jack ihnen zu. »Wer zuletzt kommt, den beißen die Hunde!« Wütend trat er zum unzähligsten Mal auf die Bremse.

Jeder, der in der Innenstadt zu tun hatte, schien sich momentan auf den Straßen aufzuhalten. Als Jack in die Straße einbog, in der Julia arbeitete, wurde unerwarteterweise vor Rankin's eine Parklücke frei, die auch noch Platz genug für seinen Lieferwagen bot. Und um sein Glück komplett zu machen, war die Parkuhr außer Betrieb. Jack fuhr hastig hinein, einer der Reifen scharrte an der Bordsteinkante entlang, sprang aus dem Wagen, stürmte ins Büro und schrie: »Julia!«

Seine Frau saß mit Lynne, einer der Sekretärinnen, vor einem Computer und verfolgte lange Zahlenkolonnen, die über den Bildschirm strömten. »Nur einen Moment«, rief Julia ihm zu, und nach einer Minute hatte sie Zeit für ihn. »Was ist, willst du mich zum Mittagessen einladen?«

»Wovon? Unser ganzes Geld ist futsch! Ich wollte gerade ein paar

Filme kaufen, und da haben sie meine Kreditkarte nicht akzeptiert!«
»Wieso? Ich habe meine am Samstag zum letzten Mal benutzt. Und das war bestimmt kein größerer Betrag.«
»Ich habe ihnen auch gesagt, daß ein Fehler vorliegen müsse. Wo ist die Nummer vom Customer-Service?« Er suchte noch in seiner Brieftasche, als Lynne mit leiser Schadenfreude bemerkte: »Ist das Ihr Lieferwagen, der draußen vor dem Laden steht? Er wird nämlich gerade aufgeschrieben.«
Jack stürmte aus dem Büro. Die Politesse notierte sein Kennzeichen auf ihrem Block. »Ich bin schon weg!« sprudelte es aus Jack heraus. »Ich mußte nur ganz dringend meine Frau sprechen. Wegen unserer Finanzen.«
Sie schob sich mit dem Kugelschreiber die Mütze aus der Stirn. »Ihr Privatleben geht mich nichts an, Sir. Ich bin in fünf Minuten wieder hier.«
Als Jack ins Büro zurückeilte, hörte er, wie Lynne Julia erklärte: »Ich würde mir so etwas von meinem Ehemann nicht gefallen lassen. Das Geld gehört genauso Ihnen wie ihm.« Sie legte den Kopf schief und sah Jack provozierend an, so als hoffe sie, er habe alles mitbekommen. Aber ihm war es gleichgültig, was irgendwelche Sekretärinnen oder Politessen von ihm denken mochten, solange er sich nur gut mit Julia verstand. Doch dann sah er den Blick auf dem Gesicht seiner Frau, die verzweifelt in ihrer Handtasche stöberte, und ihm kamen Zweifel. »Meine Kreditkarte ist nicht da. Ich habe keine Ahnung, wo sie hingekommen sein mag. Dabei weiß ich genau, daß ich sie am Samstag nach dem Bezahlen wieder in die Tasche gesteckt habe ...« Sie verzog das Gesicht, so als würde ihr das das Nachdenken erleichtern. Für Jack hatte es dagegen den Anschein, als würde sie im nächsten Moment in Tränen ausbrechen. Und plötzlich zuckte Erkenntnis in ihren Augen, und die war viel schlimmer. »Diese beiden Jungs beim Feuer ...«

Kapitel 7

Am Montag morgen machte sich Laura immer noch bittere Vorwürfe. »Ich habe die beiden Jungs genau gesehen, wie sie davongelaufen sind. Warum habe ich nicht mehr auf sie geachtet? Mir hätte gleich auffallen sollen, daß mit ihnen etwas nicht stimmt! Dann hätte ich euch Bescheid geben, und ihr hättet die Polizei rufen können!«

»Es ist genausowenig deine Schuld wie die deiner Mutter. Wenn überhaupt jemand die Schuld daran trägt, dann ich. Und wir wollen uns davon nicht länger die Stimmung verderben lassen, einverstanden? Ich wette, in ein paar Wochen kommt dir die ganze Geschichte wie ein Abenteuer vor, von dem du deinen Freundinnen erzählen kannst.«

»Ich hasse diese beiden Jungen! Ich wünschte, sie wären in den Flammen eingeschlossen worden! Wie war es ihnen nur möglich, unser ganzes Geld auszugeben?«

»Es hat den Anschein, als hätten sie es nicht verpraßt. Die Frau in dem Hi-Fi-Laden hält einen Mann in meinem Alter für den Übeltäter. Die Polizei ist der Ansicht, er schickt die beiden Jungs los, um, Leuten die Kreditkarten zu stehlen, und dann kauft er soviel wie möglich darauf ein, bevor die Opfer merken, daß sie bestohlen worden sind. Offenbar sind wir nicht die einzigen, die durch ihn zu Schaden gekommen sind.«

»Aber in den Läden, in denen er eingekauft hat, hätte man doch feststellen müssen, daß die Karte auf eine Frau ausgestellt ist! Mir wäre das sofort aufgefallen!«

»Tja, das ist wohl mein Fehler, denn dummerweise steht auf der Karte nur ein J. für meinen Vornamen«, sagte Julia.

»Und selbst wenn dein Vorname ausgeschrieben gewesen wäre, hättest du es nicht verhindern können«, widersprach Jack. »Ich wette zehn zu eins, daß der Mann mit einer Frau zusammenarbeitet die die Karten von weiblichen Bestohlenen übernimmt. Das sind Profis, die sich auf alle Eventualitäten vorbereitet haben.«
»Aber was sollen sie denn mit dem ganzen Zeug anfangen, das sie von unserem Geld gekauft haben?« wollte Laura wissen.
»Du meinst, was will jemand mit fünf teuren Kameras anfangen? Besonders wenn es sich um dasselbe Modell handelt, auch wenn sie in fünf verschiedenen Geschäften gekauft wurden? Nun, vielleicht arbeitet unser Mann für die Stiftung Warentest.« Laura verzog nicht einmal den Mund, und so erzählte Jack ihr die Wahrheit. »Wie ich von der Polizei erfahren habe, sind die Kameras wohl noch am selben Tag weiterverkauft worden, und zwar an Personen, die sie vorher bei unserem Freund bestellt haben.«
Laura ballte die Fäuste und stellte dann die Frage, die ihr offenbar das ganze Wochenende über keine Ruhe gelassen hatte: »Wieviel von unserem Geld haben sie gestohlen?«
»Eindeutig mehr, als wir ausgeben können. Und das Blödeste dabei ist, daß sie nur einen Bruchteil von dem herausbekommen haben, was sie für die Kameras hinblättern mußten. Bei der Polizei ist man der Ansicht, daß der Erlös in Heroin umgesetzt wird.« Jack nahm Lauras Fäuste in seine Hände und versuchte mit sanftem Druck, sie zu öffnen. »Laß den Kopf nicht hängen. Wir sind noch nicht ruiniert. Dafür sind die Banken da.«
Sie schenkte ihm ein verunglücktes schelmisches Lächeln: »Wozu sind sie da? Um uns zu ruinieren?«
»Das ist meine Tochter!« strahlte er. »Wo kämen wir hin, wenn wir nicht ab und an einen Grund zu lachen finden würden? Und wer weiß, ob uns am Ende aus der Sache nicht etwas Gutes erwächst? Ich kann die Filme auch im Auktionshaus kaufen. Dort bekomme ich sie erheblich billiger als beim Grossisten. Der hatte ohnehin eine miserable Auswahl.«
»Bist du sicher, daß die Bank dir Geld leiht?«

»Wenn der Sachbearbeiter hört, was der lachende Clown ihm zu sagen hat, kann er gar nicht anders«, antwortete Jack und wedelte mit seinem Schlüsselbund. »Und nun kehr ins Leben zurück, Prinzessin, sonst kommst du noch zu spät zur Schule.«
Julia kontrollierte, ob Laura ihr Pausenbrot und alle Schulbücher eingepackt hatte, brachte sie dann zur Tür und winkte ihr nach.
»Glaubst du wirklich ...« fragte sie Jack.
»Wenn der Clown seine Wirkung verfehlen sollte, werde ich den unwiderstehlichen Jack-Orchard-Charme einsetzen. Bei dir hat er schließlich auch funktioniert, wenn du dich freundlicherweise erinnern möchtest.«
»Ich meine es ernst, Jack.«
»Ernst, warum ernst? Dazu besteht für uns doch überhaupt kein Anlaß. Ich kann immer noch seriös werden, wenn ich in die Höhle des Löwen gelangt bin, in diesem Fall des Bankdirektors. Wenn ich es jedoch recht bedenke, ist er mir immer wie jemand vorgekommen, der dringend ein wenig Aufmunterung braucht.«
Als er im Badezimmer vor dem Spiegel stand und anfing, sich zu rasieren, rief er ihr zu: »Ich bin überhaupt nicht nervös. Bankdirektoren und Kreditsachbearbeiter sind genauso Menschen wie wir anderen auch. Ich werde mich nicht mit dem Rasiermesser schneiden ... Autsch! Ich werde mich nicht ein zweites Mal mit dem Rasiermesser schneiden.« Er blieb im Badezimmer, bis er sich das letzte Rot von der Wange getupft hatte, denn Julia sollte nicht sehen, daß er sich verletzt hatte. Als er sich im Schlafzimmer anzog, sagte sie: »Ruf mich doch bitte im Büro an, und erzähl mir, wie es gelaufen ist.«
»Sobald ich etwas weiß, hänge ich schon am Telefon.«
»Viel Glück!« rief sie ihm zu, und die Haustür schloß sich kurz darauf hinter ihr.
Ihr rasches Verschwinden erzeugte in Jack das Gefühl, er käme zu spät zu dem Termin in der Bank. Er mußte sich ins Gedächtnis zurückrufen, daß er erst eine halbe Stunde nach Öffnung dort sein sollte. Jack ging in die Küche, um gemütlich eine Tasse Kaffee zu

trinken. Doch die Unruhe in ihm blieb, und er machte sich bald auf den Weg. Auf den Bänken an der Bushaltestelle vor dem Vergnügungspark jagten sich die Einwickelpapiere diverser Imbisse im Wind. Ein Containerschiff schien zwischen den kleinen Hügeln des Minigolfplatzes auf Grund gelaufen zu sein. Doch einen Moment später bewegte es sich und glitt hinaus in die Bucht. Jack bog in die Seitenstraße ein, die zur Bank führte.

Das Bankgebäude stand an der Ecke, wo die Straße auf die Victoria Road traf. Als Jack den Eingang erreichte, streckte ihm eine alte Frau in einem noch älteren Regenmantel die Hand entgegen. Anscheinend hat sie in der Bank kein Glück gehabt, dachte er und griff automatisch in seine Tasche. Doch als er ihr ein Pfund in die Hand legte, wurde ihm bewußt, daß sie nicht bettelte, sondern nur feststellen wollte, ob es regnete.

»Oh, äh, ich ...« stammelte er und eilte durch die Doppeltür. »Für heute hast du genug dummes Zeug gefaselt«, sagte er sich, doch es kam so laut über seine Lippen, daß sich alle Anwesenden – drei Kassierer und fünf Kunden – zu ihm umdrehten.

Jack marschierte auf den Serviceschalter zu, und die anderen verloren das Interesse an ihm. Nur ein kleines zehnjähriges Mädchen, das ihm irgendwie bekannt vorkam, sah ihn weiterhin an. Ein Bankangestellter erhob sich von seinem Schreibtisch und kam zu dem Schalter. »Ich bin Jack Orchard von *Fine Films.* Ich habe einen Termin bei Mr. Hardy«, sagte Jack.

Das kleine Mädchens zog seine Mutter am Ärmel. Als der Bankdirektor auf ihn zukam, erkannte Jack die Kleine wieder. Sie hatte an dem unglückseligen Tag, an dem das Feuer ausgebrochen war, BODY HEAT zurückgebracht. Und jetzt fiel ihm alles wieder ein. Er hatte zu ihr gesagt, daß der Bankdirektor taub oder schwerhörig sei. Als dieser die Tür neben dem Schalter aufschloß, hätte Jack sich am liebst die Hand vor den Mund gepreßt, obwohl er es nicht gewesen war, der etwas Verräterisches gesagt hatte. »Der Mann da hat gesagt, der Bankdirektor sei schwerhörig!« rief die Kleine, so laut sie konnte.

Sie hätte sich wirklich keinen passenderen Moment aussuchen können, dachte Jack. Er mußte ohnehin gegen den nervösen Zwang ankämpfen, Kalauer und andere Witzchen zu machen. Dabei kam ihm auch nicht zugute, daß der Mann seit ihrer letzten Begegnung erheblich birnenförmiger geworden war. Und angesichts der Leibesfülle wirkte der runde Kopf mit den fleischigen Lippen und der Halbglatze wie eingeschrumpft. Doch der Bankdirektor machte nicht den Eindruck, die Bemerkung des Mädchens gehört zu haben. Vielleicht maß er ihr auch keine Bedeutung bei. Er führte Jack zu einem Nebenraum und sagte: »Treten Sie ein.«

»Was soll ich eintreten?« Nein, das hatte er nicht gesagt, genauso wenig wie ›Muß ich dann in einen Club eintreten?‹ Er war sich sicher, das nur in Gedanken von sich gegeben zu haben. Laut erklärte er: »Na, dann tue ich das doch.«

Der Bankdirektor schloß hinter ihm die Tür und ließ sich auf seiner Seite des Schreibtischs nieder. Die bessere Seite, wie Jack sich sagte, denn hier standen ein vergoldeter Füllfederhalter und ein glitzernder Bleistift in einem dazu passenden Set, das sich am oberen Rand einer dunkelgrünen Schreibunterlage befand. Jack sagte sich, daß seine letzten Worte wohl etwas zu flapsig geklungen haben mußten, denn der Mann sah ihn eine längere Zeit wortlos an. Jedenfalls lange genug, um ein Bild in Jacks Kopf entstehen zu lassen. Der Bankdirektor wirkte jetzt, da seine Beine nicht mehr zu sehen waren, wie eines dieser runden Stehaufmännchen, die man an jeder Seite anstoßen konnte und die sich immer wieder aufrichteten. Als der Mann sich unvermittelt vorbeugte, rechnete Jack fest damit, daß er einige Male vor und zurück schwingen würde. »Nun, Mr. Orchard«, begann der Bankdirektor.

»Der bin ich, ja.«

»Wie geht's der Familie?«

»Gut«, antwortete Jack und überlegte ernsthaft, ob er es dabei belassen oder dem Bankdirektor ein paar lustige Anekdoten aus dem Familienleben der Orchards erzählen sollte. Er beherrschte

sich und sagte noch einmal: »Gut.« Er kam nicht mehr dazu hinzuzufügen: »Genau wie meinen Filmen«, denn der Bankdirektor sagte: »Sie wollen also etwas aufnehmen.«
»Wie meinen? Haben Sie einen speziellen Videowunsch?« Erst als er diese Worte ausgesprochen hatte, wurde ihm bewußt, daß sein Gegenüber etwas anderes im Sinn haben mußte. Verwirrt setzte Jack ein Lächeln auf, so als habe er einen kleinen Scherz gemacht. Der Bankdirektor ließ sich nicht dazu herab, ebenfalls zu lächeln und erklärte mit überdeutlicher Betonung: »Einen Kredit aufnehmen!«
»O ja, leider geht es nicht anders. Oder sollte ich sagen, Gott sei Dank steht mir diese Möglichkeit offen?«
Etwas huschte so rasch über Mr. Hardys Miene, daß Jack es nicht identifizieren konnte. Der Bankdirektor blätterte durch Jacks Unterlagen. »Ich nehme an, Sie wollen die Hypothek auf Ihr Haus aufnehmen, die wir Ihnen bereits zu einem früheren Zeitpunkt angeboten haben.«
»Sobald wir uns für ein neues Heim entschieden haben.«
»Und der Kredit, den Sie aufgenommen haben, um Mr. Edge auszuzahlen, ist noch nicht abbezahlt.«
»Ich habe Ihnen damals, glaube ich, bereits meine Situation erklärt. Mit Hilfe der Abfindung, die ich von der Bücherei erhalten habe, habe ich mit Mr. Edge die Videothek aufgebaut. Und dann haben Sie mir, als mein Partner aussteigen wollte, einen Kredit gewährt, mit dem ich ihn ausbezahlen konnte. Andernfalls hätte ich *Fine Films* schließen müssen.«
»Damals hieß der Laden doch noch *Right On Off New Brighton,* wenn ich mich nicht irre.«
»Ja, unglückseligerweise. Der Name ist nicht auf meinem Mist gewachsen, das können Sie mir glauben«, erklärte Jack und verkniff sich jede weitere Bemerkung, denn er hatte bemerkt, daß Mr. Hardy der Name zu gefallen schien. »Mein Vorschlag lautete *Fine Films.*«
»Als Konzept war dieser Name aber nicht ganz so erfolgreich, wie Sie sich das erhofft haben, oder?«

»Vielleicht hätte ich bei meiner ersten Eingebung bleiben und die Videothek *Cine Qua Non* nennen sollen. Möglicherweise liegen Sie aber auch nicht ganz falsch mit Ihrer Ansicht, daß ich mir ein etwas zu hohes Ziel gesteckt habe. Man könnte also sagen, daß es sicherlich das beste war, daß sich *Fine Films* in *Fire Films* verwandelt haben.«

Dem Bankdirektor war deutlich anzusehen, daß er weder das eine noch das andere zu kommentieren beabsichtigte, und so riß Jack sich zusammen. »Die meisten Filme, die am Mittwoch zur Versteigerung gelangen, sind sozusagen Publikumsrenner. Zumindest werden sie von meinen Kunden immer wieder verlangt. Ich würde den Kredit also nur kurzfristig benötigen, so lange, bis die Versicherung gezahlt hat. Oder anders ausgedrückt, ich möchte in der Lage sein, am Mittwoch einen Scheck auszustellen.«

Er betete insgeheim darum, daß Mr. Hardy ihm nicht vorschlagen würde, seine Kreditkarte zu benutzen. Es würde seiner Sache bestimmt nicht förderlich sein, wenn der Bankdirektor von dem Diebstahl erführe. »Der gesamte Bestand einer Videothek soll dort versteigert werden.«

»Das läßt den Schluß zu, daß es mit dem Videotheken-Boom vorüber ist.«

Jack hielt seine rechte Hand fest, um sich nicht an die Stirn zu schlagen. »Ich müßte verrückt sein, wenn ich diesen Bestand nicht kaufen würde, vor allem, wo das Auktionshaus ein niedriges Gebot dafür angesetzt hat. Und wenn diese Filme wider Erwarten keine Renner werden sollten, kann ich sie immer noch verkaufen und dabei soviel herausholen, daß selbst Sie zufrieden wären.«

Mr. Hardy hob den Kopf und sah ihn lange und intensiv an. Jacks Lippen zuckten. Er wußte, daß er sich nicht mehr lange zurückhalten konnte. Sein Mund öffnete sich schon, und er suchte verzweifelt nach Worten, die dazu geeignet schienen, ihm nicht alles zunichte zu machen. Doch da erklärte der Bankdirektor: »Ich schätze, wir sollten Ihnen diese Chance geben. Ich kann jedoch nur hoffen, daß Sie sich diesmal Ihrer Sache sehr sicher sind.«

»Können diese Augen lügen?« wäre es fast aus Jack herausgeplatzt. Mit größter Mühe gelang es ihm, noch einmal den Mund zu halten. Er wartete, bis Mr. Hardy ihm die Verträge zur Unterschrift zuschob. Als er dann endlich die Bank verlassen hatte, konnte er nicht länger an sich halten. Er stieß einen Freudenschrei aus und tanzte vor dem Eingang. Auf dem ganzen Weg nach Hause lachte er vergnügt vor sich hin und klatschte hin und wieder in die Hände. Die meisten Menschen, denen er begegnete, ließen sich von seiner guten Laune anstecken. Nur eine Frau, die einen violetten Turban trug, den sie mit einer Hutnadel befestigt hatte, fuhr bei seinem Anblick erschrocken zusammen. »Keine Bange, ein bißchen verrückt, aber ansonsten harmlos«, versicherte ihr Jack.

Er rief sofort Julia an und wartete dann ungeduldig auf Lauras Rückkehr, um ihr die gute Nachricht mitzuteilen. Mr. Hardy hatte Jack mehr Geld bewilligt, als er für die Auktion brauchen würde. Es erschien ihm nur recht und billig zu sein, mit der Familie zu feiern. Nein, sagte er sich, es wäre geradezu ein Verbrechen, diesen Erfolg nicht zu begießen. Das wäre das gleiche, als würde er an seinem Glück zweifeln. Die Orchards speisten im Chaplin's in Birkenhead, wo die Wände mit Bildern des großen Komikers geschmückt waren. Und später liebten sich Jack und Julia so hingebungsvoll und intensiv wie schon lange nicht mehr.

Als er am nächsten Morgen aufwachte, war die Erkältung vorbei. Nur ein schlechter Geschmack im Mund war zurückgeblieben. Er blieb im Bett liegen, hörte, wie Laura und Julia das Haus verließen, und fragte sich, was er heute tun wollte. Dann klapperte der Briefkastendeckel, und Jack fuhr hoch. Er ging nach unten und entdeckte auf dem Teppich in der Diele einen einzelnen Brief. »Da bist du ja«, lächelte er. »Hast lange genug auf dich warten lassen.« Er riß den Umschlag auf und faltete das Schreiben auseinander. Er las den Inhalt zweimal und bemerkte nicht, wie er sich gegen die Wand lehnte und seine Knie nachgaben. »Nein, nein«, murmelte er und fuhr dann lauter und erregter fort: »Nein, NEIN, NEIN!«

Kapitel 8

»Nein, nein, nein, nein!« schrie Jack, bis er außer Atem war. Dann reckte er die Schultern und stieß sich hoch und von der Wand ab. Das, was das Schreiben mitteilte, konnte nur auf einem Irrtum beruhen, und Jack blieb der ganze Tag, diesen zu bereinigen. Er schaltete die Kaffeemaschine ein und rief die Nummer an, die auf dem Briefkopf angegeben war. Es läutete mehrere Male, bis eine weibliche Stimme vom Band ihm mitteilte: »Kein Anschluß unter dieser Nummer ... Kein Anschluß unter dieser Nummer ...« Jack goß sich eine Tasse Kaffee ein, fügte Milch hinzu und nahm den ersten Schluck. Das Koffein drang ohne Umwege in seine Nervenbahnen. Er wählte erneut die Nummer auf dem Briefkopf und blätterte in seinem Adreßbuch. Es läutete monoton und entfernt, so wie ein Geräusch, das man im Fieber hört. Nach einer Weile meldete sich der Automat wieder. Endlich fand Jack die Nummer, nach der er gesucht hatte. Sie stand auf der Rückseite einer Visitenkarte und war noch nicht ins Adreßbuch übertragen worden. Er legte auf, trank noch einen Schluck Kaffee, der seinen Nerven elektrische Stromstöße versetzte, wählte die neue Nummer und hockte sich auf die Treppe. Er zog an der Schnur, und sie riß das Tischchen um, auf dem das Telefon normalerweise stand. Dann meldete sich eine keuchende Frauenstimme: »Edge Enterprises. Wir bringen die Zukunft in Ihr Heim. Maddy am Apparat.«

»Hier spricht Jack Orchard.«

»Ha fitte?«

»Häh?« machte Jack.

»Bin ganf aufer Atem«, entgegnete sie und holte hörbar Luft. Jack

nutzte diesen Moment, um zu begreifen, daß sie eben »Ja bitte« und »Bin ganz außer Atem« gesagt hatte.
»Hier spricht Jack Orchard, der Ex-Geschäftspartner von Gavin Edge. Ist Gavin im Hause?«
»Er hat gerade vom Wagen aus Bescheid gegeben, daß er in einer Stunde zurückkehrt.«
»Sie meinen, er sitzt draußen in seinem Wagen? Könnten Sie ihm dann vielleicht zurufen, daß Jack ihn sprechen möchte?«
»Er hat von seinem Autotelefon Bescheid gegeben, hat von unterwegs angerufen«, erklärte sie mit einem leisen, zweifelnden Unterton, so als sei sie sich nicht ganz sicher, ob Jack sie auf den Arm nehmen wollte.
»Können Sie ihn denn telefonisch erreichen? Oder besser noch, kann ich ihn anrufen?«
»Er hat nur angerufen, um zu sagen, daß er jetzt auf dem Weg ist.«
Jack spürte, daß er so nicht weiterkam. »Würden Sie ihm bitte eine Nachricht auf den Schreibtisch legen, daß er mich umgehend zurückrufen soll?«
»Ich werde mein Möglichstes tun. Hat er Ihre Nummer?«
»Ja, und es ist wirklich dringend.« Zur Sicherheit gab er ihr seine Rufnummer durch. »Ich warte«, erklärte er, hängte ein und wählte noch einmal die Telefonnummer auf dem Briefkopf.
Diesmal hörte er ein Besetztzeichen. »Tut-tut-tut«, erscholl es aus dem Hörer, und Jack stellte sich vor, wie Heerscharen von Unglücklichen und Unfallopfern gleichzeitig versuchten, der Versicherungsgesellschaft ihren Schaden zu melden. Er ließ es in der vagen Hoffnung tuten, daß irgendwann das Freizeichen ertönen würde. Und tatsächlich, nach einer Weile tat sich etwas. Die weibliche Stimme vom Band teilte ihm wieder mit, daß es unter dieser Nummer keinen Anschluß gebe. Jack trank die Tasse in einem Zug leer und versuchte es wieder. Endlich das Freizeichen. »Tuut-tuut.« Ihn überkam der Drang, ein kleines Spielchen zu machen und die Buchstaben des »Tuut-tuut« gegen andere zu

ersetzen. Er griff in seine Hosentasche, umschloß den Clownskopf und flehte ihn in Gedanken an, er möge seine ganze Zauberkraft dazu einsetzen, daß diesmal jemand anderer als das Band antworten würde. »Guut-guut«. »Muut-Muut«. Abrupt setzte das Geräusch aus. »Erzähl mir bloß nicht wieder, daß es keinen Anschluß unter dieser Nummer gibt, du Blechkuh!« brüllte Jack in den Hörer.

Eine weibliche Stimme meldete sich mit dem Namen der Versicherungsgesellschaft. »Warten Sie bitte!« rief Jack, ließ den Clownskopf los und riß das Schreiben vom Dielenboden. »Ich habe einen Brief von Ihnen erhalten. Da muß ein Irrtum vorliegen!«

»Ihre Nummer bitte.«

»Welche, meine Privatnummer oder die vom Laden?« murmelte er, ehe sein Blick auf die Kundennummer fiel, die auf dem Schreiben angegeben war. »Ich verbinde Sie weiter«, erklärte die Frau, nachdem er die Nummer durchgegeben hatte. Sie klang so unbeteiligt, daß er nicht zu sagen wußte, wieviel sie von seinen anderen Worten mitbekommen hatte.

»Reklamationen«, teilte ihm eine Frauenstimme mit, von der er vermutete, daß sie nicht die von vorhin war.

»Ja. Sie haben mir doch einen Brief geschickt, oder?«

»Reklamationen.«

»Sag ich doch. Sie sind doch echt und keine weitere Roboterstimme, oder?« Jack begriff, daß er tatsächlich mit einer anderen Frau sprach, obwohl er die Ähnlichkeit zwischen den beiden Stimmen immer noch verblüffend fand. »Tut mir leid. Ich bin etwas verwirrt. Sie haben mir ein Schreiben geschickt. Nummer Eins-Null-Drei-Querstrich-Eins-Null-Eins.«

»Worum geht es bitte?«

»Ich vermute, Ihr Computer hat durchgedreht. In dem Brief steht nämlich, meine Videothek sei nicht versichert.«

»Bleiben Sie bitte dran.«

»Lassen Sie mich nicht zu lange allein, sonst kommt der Roboter zurück!« sagte Jack, als er glaubte, sie könne ihn nicht mehr hören.

Aber im selben Moment meldete sie sich wieder. »Das ist korrekt«, erklärte sie ihm mit unüberhörbarem Tadel. »Der Versicherungsschutz für *Fine Films*, ehemals *Right On Of New Brighton*, endete im vergangenen Oktober.«

»Da muß jemand großen Mist gemacht haben. Mein damaliger Geschäftspartner hatte gerade die Versicherung abgeschlossen, bevor ich ihn im September ausgezahlt habe.«

»War Ihr Partner ein gewisser Mr. Gavin Edge?«

»Ganz genau.«

»Mr. Gavin Edge hat die Police gekündigt.«

Jack hatte das Gefühl, sein Fieber sei zurückgekehrt und die Welt rase von ihm fort. »Aber das hätte er mir doch gesagt.«

»Vor mir liegt eine Kündigung, die mit Gavin Edge von Edge Enterprises unterschrieben ist.«

»Das kann doch nicht ...« Jack versagte die Stimme, und die unausgesprochenen Worte blieben wie eine Verpflichtung in seinem Bewußtsein zurück. »Ich rufe Sie zurück«, krächzte er, hängte ein, wählte Gavins Nummer und umklammerte wieder den Clownskopf. »Edge Enterprises«, wurde ihm erklärt, »wir bringen die Zukunft in Ihr Heim. Maddy am Apparat.«

»Ist Gavin schon zurück?«

»Wer spricht bitte?«

»Sagen Sie ihm, daß Jack ihn sprechen will. Und daß es jetzt noch dringender ist.«

»Er befindet sich gerade in einer Besprechung mit unserem Programmierer. Da möchte er nicht gestört werden.«

»Und wann darf man ihn stören?«

»So gegen Mittag. Ich habe ihm mitgeteilt, daß Sie angerufen haben.«

»Könnten Sie es ihm bitte noch einmal mitteilen?«

»Ja, sobald er sich um die Telefonanrufe kümmern kann.«

Es war gerade erst zehn Uhr. Jack blieb lange unter der Dusche, weil er hoffte, das warme Wasser würde ihm Entspannung bringen. Aber die Tropfen krochen nur unangenehm über seine Haut.

Er sah sich eine Kassette mit Ausschnitten von alten Stummfilm-Komödien an und machte sich dann auf den Weg zu einem Spaziergang um den Block. Danach sah er sich den Rest der Kassette an. Und legte sie noch einmal ein, bis es endlich zwölf Uhr war. Er wartete eine Minute und wählte die Nummer, als ihm mittendrin bewußt wurde, daß Zwölf Uhr eins in der Quersumme dreizehn ergab. Er legte auf und sagte sich, daß er Gavin bis Zwölf Uhr elf Zeit geben würde. Sollte er sich bis dann nicht gemeldet haben, würde Jack bei ihm anrufen. Die Sekunden vertickten quälend langsam, und immer wieder glaubte er, das Telefon läuten zu hören; doch jedesmal hatten ihn seine Sinne getäuscht. Plötzlich war es zwölf nach zwölf, und Gavin hatte sich noch nicht gemeldet. Er rief ihn an und war erleichtert, daß der große Zeiger noch nicht auf der dreizehn stand, als sich Maddy meldete.

»Ich weiß, was Sie mir ins Heim bringen«, unterbrach sie Jack. »Ist Gavin jetzt zu sprechen?«

»Wer spricht dort bitte?«

»Schon wieder Jack.«

»Ein Klient ist gerade bei ihm. Wenn Sie es in ...«

»Nein, ich lasse mich nicht noch einmal abspeisen!« In einer einzigen fließenden Bewegung schob er sich von der Treppe hoch und knallte den Hörer auf die Gabel. Er riß den Mantel vom Garderobenständer, der unter diesem Ansturm aus dem Gleichgewicht zu geraten drohte, sprang in seinen Lieferwagen und nahm einem Bus die Vorfahrt, der gerade an der Haltestelle anfuhr.

Der Mersey-Tunnel hatte in beiden Richtungen je zwei Fahrbahnen. Doch wie üblich war eine davon gesperrt. Eine Hebebühne auf einem gelben Wagen hob Arbeiter zum Tunneldach. Vor allen Mautstellen standen lange Wartereihen, denn einige Fahrer schienen zu glauben, daß man bei den Kiosken, in denen sich kein Kontrolleur befand, umsonst durchfahren durfte. Sie bemerkten ihren Irrtum zu spät und versuchten, sich in die anderen Reihen einzufädeln. Als Jack endlich in den Tunnel einfuhr, bemerkte er vor sich einen Brauereiwagen, der sich mit die Steigung hinaufmühte. Die Reihe Autos, die er hinter sich herzog, kam mit der Geschwindigkeit eines Beerdigungszuges voran. Bald hatten sich die Abgase vor Jack zu einem dichten Nebel zusammengeballt, und er konnte von den anderen Fahrern nur noch die Bremslichter erkennen. Es kam ihm so vor, als würde er auf ein Höllenfeuer zurollen. Er mußte sich zwingen zu atmen, und als er das Tunnelende erreichte, hatte er es sehr eilig, den klaren blauen Himmel wiederzusehen.

In einer langen Kurve gabelte sich die Scotland Road in mehrere Straßen, die in die verschiedenen Bezirke von Liverpool führten. Jack folgte dem Richtungsschild nach Edge Hill und gelangte durch eine Art Niemandsland, in dem neu errichtete, noch unbewohnte Häuser standen. Er mußte vor einer Frau bremsen, die einen Kinderwagen voller Ostereier über einen Zebrastreifen schob. War Laura schon zu alt für Ostereier? Der Gedanke löste in ihm ein schlechtes Gewissen aus. Er kam sich so vor, als wollte er auf ihre Kosten sparen. Und aus diesem seelischen Unwohlsein wurde Ärger, der seinen Höhepunkt erreichte, als Jack den Technology-Park erreichte.

Er fand sich in einem Irrgarten von kastenartigen braunen Gebäuden wieder, die vom Kirchturm von Littlewoods Pools überragt wurden. Jack kamen sie wie Frachtkisten vor, die darauf warteten, mit einem Firmenlogo und einer Inhaltsangabe beschriftet zu werden. Einige dieser Kästen besaßen mehrere Eingänge, und über einem entdeckte er in Computerschrift EDGE ENTERPRISES. Er stellte den Wagen davor ab und eilte hinein.

Jenseits der Tür gelangte man in einen kleinen Vorraum, der von einer Leuchtstoffröhre in Form eines zuckenden Blitzes bestrahlt wurde. Eine plumpe Couch mit Röhrenbeinen stand einem Schreibtisch gegenüber, auf dem diverse Computermagazine verstreut lagen. Der Tisch stammte wohl aus einem skandinavischen Möbelhaus und schien im Do-it-yourself-Verfahren zusammengebaut worden zu sein, denn unter dem linken Bein steckte ein zusammengefalteter Umschlag, um die Schreibplatte in der Waa-

gerechten zu halten. Hinter dem Schreibtisch saß eine Blondine mit pinkfarbenen bemalten Lidern und blätterte in einem der Magazine. Auf ihren Ärmeln stand *Edge* zu lesen. Jack fragte sich, ob sie ähnlich reagieren würde wie vorhin am Telefon, aber als sie aufsah, sagte sie nur: »Guten Tag.«
»Ich hoffe, er wird noch gut. Ist Gavin zu sprechen?«
»Ach, Sie sind es, Mr. ...«
»Ja, derselbe. Soll ich mich selbst anmelden?«
»Ich sage ihm sofort Bescheid.« Sie erhob sich ein Stück aus ihrem Sessel und drückte auf einen Knopf, der in der Schreibtischkonsole angebracht war. »Ihr Expartner ist am Empfang«, sprach sie in das winzige Mikrofon, das neben dem Knopf eingelassen war.
Sie nahm eine Haltung ein, als wollte sie Jack mit körperlicher Gewalt zurückhalten, falls er versuchen sollte, an ihr vorbei zu der Tür rechts zu gelangen. Ihre Miene übte auf ihn den Zwang aus, genau das zu tun, was sie von ihm zu erwarten schien. Als er seine Füße in Richtung Tür drehte, erhob sie sich noch ein Stück aus ihrem Sessel. Er zog sich in Richtung Couch zurück, um sie zu beruhigen, prallte dabei gegen das Möbelstück und verstreute einen Stapel Magazine auf dem Boden. Sie stieß einen schrillen Schrei aus, in dem sich Wut und Verblüffung mischten, und im nächsten Moment flog die rechte Tür auf. »Verrückt«, knurrte Gavin und eilte auf Jack zu.
Jack lag wie ein Käfer rücklings auf der Couch. Gavin reichte ihm beide Hände und zog ihn hoch. Gavin war einen halben Kopf größer als er. Seine blauen Augen leuchteten, und er grinste breit, so als wollte er aller Welt seine Zähne präsentieren. »Warum hast du nicht gesagt, daß du vorbeikommen willst, Jack? Wir hätten zusammen zu Mittag essen können. Das könnten wir theoretisch immer noch, wenn ich nicht zu einem dringenden Geschäftsessen müßte, bei dem es um einige tausend Pfund geht, die auf mein Konto fließen sollen.«
»Ich würde mich gern privat mit dir unterhalten.«
»Aber das ist doch selbstverständlich. Ich habe gerade zehn

Minuten Zeit, und die gehören ganz dir. Ach was, sagen wir, eine Viertelstunde.« Er zog Jack von der Couch fort, ohne seine Hände loszulassen. »Maddie, könnten Sie alles wieder herrichten? Unser Jack war schon immer ein wenig impulsiv.«

Er führte ihn durch die rechte Tür, und sie gelangten in einen schmalen braunen Flur, an dessen linker Seite sich drei weitere Türen befanden. »Bist du immer noch im Video-Busineß, Jack? Du hättest dich mir anschließen sollen.« Gavin öffnete die erste Tür. »Computerspiele, das ist heute die Zukunft. Die Kids sind ganz verrückt nach ihnen, und wir Erwachsenen stellen rasch fest, wie sehr wir Kinder geblieben sind. Wirf nur mal einen Blick darauf.«

Der kleine Raum enthielt eine überraschend große Anzahl von Spielen und zwei Desktop-Computer. An einem saß eine junge Frau, die Jack mit einem schüchternen Blick durch ihr langes Haar bedachte, ohne auch nur einen Moment damit aufzuhören, auf die Tasten zu tippen. »Spiel ruhig 'ne Runde, sobald wir uns unterhalten haben«, erklärte Gavin Jack. »Das hier ist die Tochter meines neuen Partners. Gerade mal siebzehn, aber schon den Verstand von Einstein. Sie hat bereits sechs Spiele entwickelt. Manchmal liege ich die halbe Nacht wach und frage mich, wie lange sie uns noch erhalten bleibt, bevor eine größere Company sie abwirbt. Ich schätze, deine Laura zeigt noch kein großes Talent fürs Programmieren, oder?«

»Es reicht ihr, den Computer bedienen zu können.«

»Na ja, sie ist ja noch sehr jung.« Er drängte Jack in den nächsten Raum, in dem sich sein Büro befand. Zwei wuchtige, mit schwarzem Leder bezogene Sessel standen hier und nahmen einen Schreibtisch in die Mitte, der so gewaltig war, daß Jack sich fragte, wie sie ihn durch die Tür bekommen hatten. Gavin schloß leise die Tür, drückte Jack in einen der Sessel, nahm hinter seinem Schreibtisch Platz und faltete die Arme. »Nun, Jack, was verschafft mir die Ehre deines Besuchs?«

Jack versuchte, sich aufrecht hinzusetzen, aber der Sessel war so

konstruiert, daß man halb liegen mußte. »Ich fürchte, du wirst ihn nicht nur als Ehre empfinden.«
»Das kann ich mir kaum vorstellen, mein Freund. Erzähl mir, was du auf dem Herzen hast. Ich schätze, es wird schon nicht so schlimm sein.«
Jack rutschte nach vorn, bis er auf dem Sesselrand hockte. »Die Versicherungsgesellschaft hat mir mitgeteilt, du hättest die Police auf die Videothek gekündigt.«
»Das ist richtig, aber das habe ich dir auch gesagt.«
»Kaum, denn dann hätte ich ja davon gewußt.«
»Aber, Jack, ich erinnere mich noch ganz genau daran.«
Jack geriet aus dem Gleichgewicht und rutschte in die Sitzvertiefung zurück. Er ruderte mit Armen und Beinen durch die Luft. »Wann soll das denn gewesen sein?«
»Ich bin mir hundertprozentig sicher, dir eine Kopie des Briefs geschickt zu haben, den ich der Versicherung geschrieben habe.«
Gavin sah Jack an, als könnte er nicht fassen, daß sein Expartner so etwas vergessen haben sollte. Dann sprang er plötzlich auf. »Diese verdammte Kuh!«
Jack vermutete, er meinte damit die Frau am Empfang, doch Gavin lief um den Sessel herum und ließ sich wieder nieder. »Maddies Vorgängerin. Wir mußten sie leider auf die Straße setzen. Wer hätte gedacht, daß sie sich so miserabel um die Post gekümmert hat? Aber daran ist ja jetzt nichts mehr zu ändern, nicht wahr? Außerdem hättest du dir selbst sagen können, daß ich alles zu Geld machen mußte. Deswegen habe ich die Versicherung einen ganzen Monat laufenlassen, um überhaupt etwas herauszubekommen.«
Jack kämpfte immer noch damit, im Sessel einen Halt zu finden. Gavin deutete sein Schweigen falsch. »Tut mir leid, wenn ich deinen Scharfsinn überschätzt haben sollte, alter Freund. Du bist doch sicher schon längst daraufgekommen, eine neue Versicherung auf deinen Laden abzuschließen, nicht wahr? Denn sonst könntest du in Schwierigkeiten geraten.«

»Ich stecke bereits mitten drin.«
»Das ist wieder einer von deinen Wortspielen, was Jack? Du konntest noch nie direkt zur Sache kommen ...«
»Meine Videothek ist abgebrannt, und jetzt muß ich feststellen, daß sie nicht versichert war!«
»Grundgütiger, Jack! Was sagt denn deine Familie dazu?«
»Sie weiß es noch nicht.«
»Früher oder später mußt du es deiner Frau aber sagen. Ich weiß, du wolltest erst meinen Rat einholen, bevor du etwas in der Angelegenheit unternimmst. Nun, an deiner Stelle würde ich vor dem Bankdirektor auf den Knien rutschen.«
»Bei dem war ich schon. Er hat mir einen Kredit gewährt. Aber da wußte ich noch nicht, daß die Versicherung abgelaufen ist.«
»Nun ja ...« begann Gavin und fuchtelte mit den Händen herum, als wollte er sich und seinen Gedanken kühle Luft zufächern. »Ich wünschte, ich könnte dir mehr als ein paar Ratschläge geben, Jack, aber mein Buchhalter bekäme einen Herzschlag, wenn ich etwas von unseren Konten abheben würde. Wenn ich du wäre, würde ich mir bei der nächstbesten Gelegenheit auch so etwas zulegen.«
»Einen Herzschlag?«
»Nein, einen Buchhalter.« Gavin hob die Brauen, und seine Mundwinkel zogen sich leicht nach oben. »Was hast du immer gesagt, Jack? Solange man noch lachen kann, schlägt man sich durch alles durch, was? Es war eine tolle Zeit, als wir beide zusammengearbeitet haben. Du hast mich immer wieder zum Lachen gebracht.«
Er warf einen Blick auf seine Uhr und erhob sich. »Unsere Zeit ist fast um. Aber du kannst mich ja auf dem Weg nach draußen begleiten. Dann hätten wir zwei Minuten für ein kleines Brainstorming.«
Als Jack sich endlich aus dem Sessel befreit hatte, befand sich Gavin bereits auf dem Flur und redete unentwegt: »Du hättest wirklich ins Filmgeschäft einsteigen sollen, Jack. Bei deinen Späßen würden sich die Zuschauer kugeln.« Er stürmte am Empfang vorbei, riß die Glastür nach draußen auf und blieb wie

erstarrt stehen: »Nun sieh sich einer das an! Da hat doch irgendein Idiot seine Rostlaube direkt vor unser Firmenlogo abgestellt!«
»Das ist mein Lieferwagen.«
»Solange er dich noch ans Ziel bringt, was, alter Freund?« Er stieß seinen Expartner so fest in die Seite, daß Jack fast wieder gegen die Couch geflogen wäre.
»Ich wünsche dir alles Gute, mein Freund«, sagte Gavin, als sie das Gebäude verlassen hatten, »und das meine ich ernst. Wenn ich irgend etwas für dich tun kann, zögere nicht, dich bei mir zu melden. Du weißt ja, wo ich zu finden bin.«
Jack ließ sich von ihm die Hand schütteln, ein Vorgang, der fast eine Minute in Anspruch nahm, und sah Gavin dann nach, wie er in seinem schwarzen Peugeot davonbrauste. Er sagte sich, daß Gavin ihn wohl nicht belogen hatte. Vermutlich war die Kopie des Schreibens an die Versicherung tatsächlich nie an ihn abgeschickt worden. Und wenn Gavin die Unwahrheit gesagt und sich gar nicht erst die Mühe gemacht hatte, ihm zu schreiben? Er konnte es ihm nicht nachweisen. Und mittlerweile wußte er nicht mehr so recht, warum er Gavin aufgesucht hatte. Er wollte seinem Expartner glauben, denn das verschaffte ihm das beruhigende Gefühl, daß sein Leben wieder im Lot war. Nach und nach würde sich alles wieder einrichten, und schlimmer konnte es eigentlich kaum noch kommen. Schließlich stand das Haus noch zum Verkauf an, und vielleicht wollte es in eben diesem Moment jemand besichtigen. Er stieg in seinen Wagen und fuhr nach Hause.
Als er dort ankam, sagte er sich, daß er nicht wirklich damit gerechnet hatte, einen Kaufinteressenten vorzufinden. Er ging ins Haus und starrte den Telefonapparat an, so als könnte er ihm irgendwie mitteilen, ob jemand während seiner Abwesenheit angerufen habe. Nach einer Minute nahm er den Hörer ab und rief den Immobilienmakler an. Die Empfangsdame unterbrach eine Diskussion, bei der es um Füße ging, und stellte Jack zum Juniorpartner durch. »Ich schätze, Sie haben keine gute Nachricht für mich, oder?« sagte Jack.

»So könnte man es sagen.«
Jacke Bauch verkrampfte sich so sehr, daß er nicht mehr wußte, ob er Erleichterung oder Panik empfinden sollte. »Was liegt denn an?«
»Ich habe eine Klientin, die ernsthaftes Interesse an Ihrem Haus zeigt.«
»Aber das ist doch gut, oder?«
»Das kann man so oder so sehen. Die Dame hat vor einigen Minuten das Äußere des Hauses in Augenschein genommen. Sie möchte natürlich auch das Innere inspizieren, aber das dürfte auf ihre Entscheidung keinen größeren Einfluß nehmen.« Der Immobilienmakler hüstelte kurz. »Wenn Sie sich bitte erinnern möchten: Sie haben uns einen Verkaufspreis genannt, uns jedoch wissen lassen, daß Sie nicht unbedingt darauf bestehen. Wenn man sich den gegenwärtigen Markt für Häuser und Grundstücke vor Augen führt, sollten Sie Ihren Preis noch einmal gründlich überdenken. Der potentiellen Käuferin schwebt nämlich ein Gebot vor, das einige tausend Pfund unter der von Ihnen gewünschten Summe liegt. Und sie scheint nicht mit sich handeln zu lassen.«

Kapitel 9

Jack erzählte Julia nichts von allem, bis sie zu Bett gegangen waren. Er berichtete ihr von jeder Katastrophe und hielt dann den Atem an. In der vernebelten Bucht ertönte eine Boje, der ein einzelnes Nebelhorn antwortete. »Oh, Jack«, sagte Julia, und es klang wie ein langgezogener Seufzer. Nach einer Weile meinte sie: »Es hätte schlimmer kommen können.«

Sie hatten sich in den Armen gelegen, und als er ihre Nähe gespürt hatte, war er bereit gewesen, ihr alles zu beichten. Sie lagen immer noch da, und atmeten den Atem des anderen engumschlungen ein. Er hatte das Licht gelöscht, da er geglaubt hatte, im Dunkeln würde ihm das Reden leichter fallen. Aber damit konnte er auch ihr Gesicht nicht mehr sehen. »Was ist denn nicht so schlimm daran?« fragte er.

»Wenn wir die sechsunddreißigtausend für das Haus akzeptieren, bleibt uns immer noch ein kleiner Profit. Reicht der denn nicht aus, unsere Verluste zu decken?«

»Und womit stünden wir dann da?«

»Wir hätten immer noch einander und Laura. Und die Bank.«

»Das werden wir morgen herausfinden.«

»Es kann doch nicht im Interesse der Bank liegen, uns zugrunde zu richten, oder? Du mußt dem Bankdirektor nur deine Situation offenlegen. Soll ich mitkommen?«

»Nein, fahr du besser ins Büro und verdien etwas Geld für uns.« Er hatte Julia nicht erzählt, daß er Mr. Hardy die gestohlene Kreditkarte verschwiegen hatte. Und jetzt spürte er, daß er ihr das nicht auch noch zumuten konnte; oder anders gesagt, daß ihm der Mut dazu fehlte. »Nein, danke, ich kann mich schon allein zugrunde richten.«

»Solange der Bankdirektor das nicht für dich besorgt.«
»Flaue Scherze sind eigentlich mein Ressort. Wir beiden würden ein phantastisches Team abgeben, was?« Er küßte sie auf die Nasenspitze. »Du bist also der Ansicht, daß ich noch nicht alles in Grund und Boden gestampft habe?«
»Ich glaube, wir haben noch einen Keller«, grinste sie.
»Dein Wort in Gottes Ohr«, entgegnete er und küßte sie lange und intensiv. Während sie sich liebten, mußte er die ganze Zeit daran denken, daß er morgen um elf Uhr einen Termin bei Mr. Hardy hatte. Man kann nie zu viele gute Omen haben, sagte er sich, als er in Julia zum Höhepunkt kam. Danach hielten sie sich fest und schliefen in dieser Haltung ein. Er wachte erst wieder auf, als sie ihn zum Abschied küßte und ihm zuflüsterte: »Ich wünsche dir ein gerüttelt Maß Glück.«
»Danke, die Neige kriegst du dann.« Er mußte dem Bankdirektor nur die Wahrheit sagen. »Die Wahrheit, die ganze Wahrheit und nichts als die Wahrheit«, sagte er, während er mit glasigen Augen in den Badezimmerspiegel starrte. »So wahr mir Gott helfe«, murmelte er, als er das Haus verließ.
Ein Flugzeug ließ den Himmel erbeben, als Jack über den Bürgersteig lief. Das Donnern ging bald im Verkehrsgetümmel auf der Victoria Road unter. Die Uhr hinter dem Panzerglas am Serviceschalter zeigten eine Minute vor elf an, als Jack auf den Knopf drückte. Dieselbe Kassiererin wie neulich erschien. »Ich bin Jack Orchard und habe einen Termin bei Mr. Hardy«, erklärte er und fügte hinzu: »Von *Fine Films.*«
Sie schenkte ihm ihr Standardlächeln und verschwand im Allerheiligsten. »So wahr mir Gott helfe«, flüsterte Jack und versuchte, sich nicht zu sehr auf die Uhr zu konzentrieren. Der Minutenzeiger zeigte kerzengerade wie eine Antenne nach oben, die Gebete in den Himmel schickt. Er hatte das Gefühl, er könnte ihn in dieser Position halten, solange er ihn nur intensiv genug fixierte. Als der Zeiger sich dann doch abwärts bewegte, hatte Jack das Gefühl, sein Wille sei gebrochen. Es war erst eine Minute nach elf Uhr, also

kein Grund zur Panik. Doch als er dann elf Uhr zwei anzeigte, was als Summe dreizehn ergab ... »Mr. Orchard!« rief der Bankdirektor.
»Genau der«, entgegnete Jack leise. »Ich hatte mir gerade die Freiheit genommen, Ihre Uhr zu bewundern«, wollte er hinzufügen, mußte aber feststellen, daß sein Bewußtsein ohne Worte war und er ungeniert auf Mr. Hardys Bauch starrte. So sehr konnte er doch in zwei Tagen nicht gewachsen sein, schoß es ihm durch den Kopf. Oder ist der Kopf des Mannes noch mehr geschrumpft?
»Sollen wir gleich beginnen?« fragte er vorsichtig und nickte in Richtung Büro.
Der Bankdirektor hielt ihm die Tür auf und folgte ihm in das Zimmer. Er nahm wie üblich hinter seinem Schreibtisch Platz, und heute kam Jack die grüne Schreibunterlage wie das Tuch auf einem Roulettetisch vor. »Nun, Mr. Orchard?« begann Mr. Hardy.
Jack hatte das Gefühl, sie nähmen gerade einen zweiten Take der Szene auf, die sie am Montag bereits durchgespielt hatten. »Nun, Mr. Hardy.«
»Hatten wir noch etwas zu besprechen?«
Jack glaubte, sich »Ja, einen neuen Schlamassel« sagen zu hören. Er sah sich, wie er sein Gesicht zu einer Stan-Laurel-Grimasse verzog. »Es gibt da ein kleines Problem«, erklärte er dann und bemühte sich, alle tückischen Gedanken aus seinem Bewußtsein zu verbannen.
»Ich warte, Mr. Orchard.«
»Ich fürchte, ich habe Ihnen noch nicht alles mitgeteilt«, begann Jack und ertappte sich dabei, wieder auf den voluminösen Bauch seines Gegenübers zu starren.
»Also ein Problem.«
Jack begriff nach einer Sekunde, daß der Bankdirektor gern Einzelheiten über das Problem erfahren hätte. »Leider haben sich zwei Umstände ergeben, die wir nicht vorhersehen konnten.«
»Verstehe.«

»Ich werde es Ihnen trotzdem erklären.« Ja, das war ihm wirklich herausgerutscht, wie er an der Miene seines Gegenübers erkannte. Mr. Hardy machte große Augen, und Jack sagte sich, daß ihm ein großer Scheck lieber wäre. »Wir mußten feststellen, daß jemand das Feuer in meiner Videothek genutzt hat, um meiner Frau die Kreditkarte aus der Handtasche zu fischen.«

»Wollen Sie damit sagen, jemand habe in den letzten elf Tagen die Kreditkarte Ihrer Frau benutzt, ohne daß Ihnen das aufgefallen wäre?«

»Nein, nicht elf Tage. So lange kann es nicht gewesen sein.« Er hatte allerdings keine Ahnung, warum es anders gewesen sein sollte. »Nein, sie haben nur ein oder zwei Tage lang damit eingekauft. Danach haben sie es bleiben lassen, weil sie sich sagen mußten, daß wir längst die Kreditkartengesellschaft informiert hatten.«

»Ich darf wohl davon ausgehen, daß die Kreditkartengesellschaft für den Schaden aufkommt?«

»Ich, äh, fürchte, in diesem Fall hält sie sich nicht für regreßpflichtig.«

Der Bankdirektor spitzte die Lippen und schüttelte den Kopf, ohne Jack aus den Augen zu lassen. »Diebe fänden bestimmt nicht soviel Gefallen am Besitz anderer Leute, wenn man ihnen die Hände abhacken würde.«

»Wem, den Dieben oder den Leuten?« platzte es aus Jack heraus. Mr. Hardy bedachte ihn mit einer leeren Miene. »Denn wenn die braven Bürger mit abgehackten Händen herumlie –« Jacks Stimme erstarb, und der Blick des Bankdirektors wurde immer frostiger. »Jeder von uns darf seine Ansichten darüber pflegen, wie die Welt ein besserer Ort werden könnte, Mr. Orchard. Und jetzt zur Sache bitte.«

»Na ja, ich habe gestern erfahren müssen, daß mein ehemaliger Partner den Versicherungsschutz für mein Geschäft gekündigt hat.«

»Das müssen Sie bitte genauer erklären.«

»Nun, er hat sich damals um solche Dinge wie Versicherung und so weiter gekümmert. Er hatte gerade den Versicherungsschutz erneuert, als ich ihn auszahlte. Danach hat er die Police gekündigt und sich das Geld zurückgeben lassen, ohne mir davon Mitteilung zu machen. Nein, eigentlich hat er mich davon in Kenntnis gesetzt, aber die Nachricht ist nie bei mir eingetroffen.«
»Soll ich daraus schließen, daß Ihre Videothek zum Zeitpunkt des Feuers nicht versichert war?«
»Nun, äh ... ja.«
»Und was schlagen Sie jetzt vor?«
»Ich?« fragte Jack in ehrlicher Verblüffung zurück. Doch als er auch nach einer Weile noch keine Antwort erhielt, sagte er: »Ich dachte, Sie wußten vielleicht eine Lösung.«
Der Bankdirektor schwieg sehr lange. In seinem Elend fing Jack an, seine eigenen Atemzüge zu zählen, die immer lauter wurden. Er bemühte sich, langsamer und flacher Luft zu holen; denn nur so konnte er zur Ruhe kommen. Er hielt schließlich den Atem an, bis Sterne vor seinen Augen tanzten. Dann wurde ihm eine neue Gefahr bewußt. Wenn er jetzt ausatmete, würde das so klingen wie ein ungeduldiges Schnauben. Er legte zwei Finger an die Nase, um den Schnaufer zu dämpfen, und bemerkte zu spät, daß er dabei den Mittelfinger ausstreckte. Mr. Hardy starrte ihn an wie ein seltenes Insekt. »Ich könnte Ihnen vielleicht einen kurzfristigen Kredit gewähren, damit Sie Ihr Konto bei der Kartengesellschaft ausgleichen können. Zumindest sind unsere Gebühren niedriger.«
Jack schluckte und atmete tief ein. »Ich hätte kaum mit mehr rechnen können ...«
»Dennoch fürchte ich, wir kommen nicht umhin ...«
Jack hörte nur noch ein Rauschen in seinem Kopf, in der eine Stimme (seine eigene?) wieder und wieder rief: »Dennoch fürchte ich ... dennoch fürchte ich ...« Er räusperte sich und fragte: »Verzeihung, ich glaube, ich habe Sie nicht recht verstanden.«
Mr. Hardy machte den Eindruck, erneut eine Pause von epischer

Breite einlegen zu wollen. Doch dann erklärte er: »Ich habe gesagt, daß mir unter diesen Umständen nichts anderes übrigbleibt, als den Kredit zurückzuziehen, den ich Ihnen am Montag gewährt habe. Zusätzlich werde ich, zumindest bis zu dem Zeitpunkt, an dem Sie eine feste Anstellung gefunden haben, die Hypothek auf Ihr Haus einer genauen Überprüfung unterziehen müssen.«

»Ich meine ... Sie können doch nicht meinen ... Es tut mir leid, wenn es den Anschein hatte, ich rede dummes Zeug, aber ich bin ziemlich nervös. Das können Sie doch verstehen, oder?«

»Es gehört zu meinem Beruf, andere Leute zu verstehen, Mr. Orchard. Und bitte, Sie müssen nicht schreien. Entgegen anderslautenden Gerüchten bin ich nicht schwerhörig.«

»Das habe ich nie gesagt. Wenigstens habe ich damit nicht Sie gemeint. Als ich erklärte, der Bankdirektor sei ...« Jack ballte die Fäuste, um sich zur Ruhe zu zwingen. »Sie würden sich doch in Ihrer Entscheidung nicht von so etwas beeinflussen lassen, oder?«

»Ich versichere Ihnen, daß persönliche Gefühle ohne Einfluß darauf sind, wie ich meine Geschäfte führe.«

»Ich habe es auch bestimmt nicht in abfälliger Absicht gesagt. Dürfte ich mir dennoch die Freiheit nehmen, Sie darum zu bitten, die Angelegenheit noch einmal zu überdenken? Die Auktion beginnt um zwölf. Die Kassetten könnten mein Lebensretter werden. Eine so günstige Gelegenheit bekomme ich so bald nicht wieder.«

»Ich glaube doch.«

Jack versuchte, aus diesen Worten etwas Ermutigendes herauszuhören, aber die Miene des Bankdirektors deutete auf das Gegenteil hin. »Sie wollen mir also nicht helfen?«

»Ich helfe, wo ich kann. Natürlich im Rahmen meiner Möglichkeiten. Wie Ihnen bekannt sein dürfte, bietet unser Institut eine Reihe von finanziellen Beratungen an.«

»Aber darunter findet sich keine, die jemandem helfen könnte, der kein Geld hat.«

»Ich muß Sie bitten, Ihre Stimme zu dämpfen, Mr. Orchard!«
»Ich bin Ihnen zu laut? Dann hören Sie mal gut zu!« platzte es aus Jack heraus. Aber er senkte die Stimme. Mr. Hardy sah ihn wieder mit seinem leeren Gesichtsausdruck an und öffnete ihm die Tür. »Ich hoffe, Ihre Familie bleibt wohlauf.«
Diese Worte lösten in Jack Zorn aus. Wenn der Bankdirektor sich um das Wohlergehen der Orchards sorgte, warum nahm er ihnen dann jede Chance, finanziell wieder auf die Füße zu kommen? Jack stampfte aus der Bank und marschierte zum Auktionshaus. Bis Mr. Hardy dahintergekommen war, hätte Jack längst sein Vorhaben erledigt. Sollte die Bank doch versuchen, ihm den Scheck wieder abzunehmen, wenn er damit Kassetten ersteigert hatte!
Jack beschleunigte seine Schritte. Als er an seiner Videothek vorbeikam, klopfte er dreimal gegen die Bretter, mit denen sie vernagelt war. Keuchend erreichte er schließlich das Auktionshaus. Er lehnte sich mit einer Hand an den Türpfosten, versuchte, zu Atem zu kommen, und erstarrte. Unten an der Kreuzung stand der Bankdirektor, schützte mit einer Hand seine Augen und beobachtete ihn.
Für einen Moment war Jack fest entschlossen, in das Auktionshaus zu gehen und sein Gebot zu machen. Aber dann sagte sich, daß das Mr. Hardy nicht unbemerkt bleiben und er ihm bis hierher folgen würde. Schon der kleinste Verdacht würde den Bankdirektor dazu bewegen. Jack lief fast blindlings weiter und bog in die nächste Seitenstraße ein. Konnte er hier warten, bis Mr. Hardy wieder in seine Bank zurückgekehrt war? Er wußte nicht, daß er vor dem Eingang des Altenheims stand, bis hinter ihm die Tür aufgerissen wurde und eine Stimme rief: »Das ist der Schuhdieb! Er hat mir versprochen, für Ersatz zu sorgen, und hat sich seitdem nicht mehr darum gekümmert!«
»Welcher war es, der linke oder der rechte?« fuhr Jack Mr. Pether an. Der alte Mann wich erschrocken zurück. »Es war doch der linke, nicht wahr?« Jack riß sich den Schuh vom Fuß und warf ihn

nach Mr. Pether. Dann humpelte und hüpfte er zur Ampel zurück. Mr. Hardy war bereits auf dem Rückweg, aber er warf noch einen Blick über die Schulter und sah, daß Jack sich ihm näherte. »Die Buße, die ich mir für die Fastenzeit auferlegt habe!« rief Jack ihm zu, ohne innezuhalten. Auf dem ganzen Weg nach Hause redete er ununterbrochen vor sich hin, daß man lachen müsse, weil sonst alles zu Ende sei. Ihm fiel nicht auf, daß er laut sprach.

Kapitel 10

Diesmal mußte er nicht seinen ganzen Mut zusammennehmen, um Julia alles zu erzählen. Kaum sah sie sein Gesicht, sagte sie schon: »Mach dir nichts draus, irgendwie wird es schon weitergehen.« Wenigstens mußte er ihr nicht auch noch die Geschichte mit dem Schuh beichten. Sobald er zu Hause angelangt war, hatte er sich sein anderes Paar angezogen und sich dann auf den Weg zu dem fehlenden Schuh gemacht. Unterwegs überlegte er sich, daß er jedem, der ihm im Altenheim die Tür öffnete, erklären würde, er hätte so wild Fußball gespielt, daß ihm dabei der Schuh vom Fuß geflogen wäre. Doch er brauchte nichts zu sagen, denn als er dort ankam, steckte der Schuh auf einem Pfosten des Gartenzauns. Jemand hatte ihn wie einen Handschuh darüber gezogen. Jack klemmte ihn sich unter den Arm und kehrte im Dauerlauf zu seinem Haus zurück. Er hatte die absurdesten Schuldgefühle und murmelte die ganze Zeit vor sich hin: »Der Schuh gehört mir!« Als Julia später von der Arbeit zurückkehrte, fühlte er sich in der Lage, ihr alles zu gestehen. Doch sie kamen erst dazu, über ihr weiteres Vorgehen zu diskutieren, als Laura nach Hause kam.

Laura wirkte erschöpft und abgekämpft, machte aber ein glückliches Gesicht. Sie ließ ihre Schultertasche neben das Fernsehgerät fallen, hockte sich in den nächsten Sessel und seufzte. Vom Bildschirm kam ein ähnliches Geräusch, so als wollte er sie nachäffen. »Du bist aber früh zurück«, sagte Julia.

»Wir haben die Mannschaft von der anderen Schule im Netzball geschlagen. Das waren vielleicht Flaschen. Ihr Lehrer hat ihnen andauernd Strafzeiten verpaßt.«

»Gut gemacht«, lobte Jack und warf einen Blick auf seine Frau, um festzustellen, was sie jetzt von ihm zu sagen erwartete. Aber sie legte keinen Finger auf die Lippen, und so erklärte er: »Ich hoffe, du behältst deine gute Laune, Laura. Wir müssen nämlich etwas bereden.«

War er damit quasi mit der Tür ins Haus gefallen? Immerhin hätte er sie ja zunächst danach fragen können, wie ihr Tag gewesen sei. Aber nein, sie wäre bestimmt rasch dahinter gekommen, daß er Zeit gewinnen wollte und um den heißen Brei herumredete. »Sie ist ziemlich geschafft, Jack«, sagte Julia.

»Sind wir das nicht alle, mit Ausnahme von dir?«

»Glaubst du, daß der Zeitpunkt richtig ist?«

»Wie schlimm muß es denn noch kommen ...«

»Hat vielleicht jemand die Güte«, unterbrach Laura ihre Eltern, »mir mitzuteilen, worum es eigentlich geht? Es ist wirklich nicht sehr angenehm, über etwas im unklaren gelassen zu werden!«

»Ich weiß, Liebes«, erklärte Julia ihr so mitfühlend, daß Jack wieder Schuldgefühle bekam. »Hör bitte gut zu, ich versuche, es dir von Anfang an zu erzählen.«

»Nein, das ist wohl meine Aufgabe«, sagte Jack. »Immerhin habe ich den Schlamassel angerichtet.« Er ließ sich auf der Couch nieder und spürte, wie er einsackte; so als sei er in eine Falle geraten und stürze in einen tiefen Abgrund. »Laura«, begann er, »würde es dir viel ausmachen, in ein Haus zu ziehen, das nicht ganz so beeindruckend ist, wie wir es uns gewünscht haben?«

»Müßte ich dann nicht die Schule wechseln?«

»Darum mußt du dir wirklich keine Gedanken machen. Versprochen.«

Sie schenkte ihm ein kleines Lächeln, weil sie glaubte, er habe wieder eines seiner Witzchen gemacht. Dann fragte sie: »Habt ihr beide denn ein Haus gefunden, das euch zusagt?«

»Noch nicht«, antwortete Jack und hatte das unangenehme Gefühl, Laura in die Falle gegangen zu sein. »Vielmehr müssen wir drei uns darüber einig werden, was für ein neues Heim wir uns leisten können.«

»Ich habe einiges für den Kreta-Urlaub gespart.«
»Wir wollen dich nicht bitten, uns etwas zu leihen. Großer Gott, bestimmt nicht«, entgegnete Jack und wünschte, jemand würde anfangen zu lachen. »Aber es sieht ganz so aus, als wolle der Bankdirektor uns auch nichts geben. Zumindest nicht so viel, wie wir benötigen. Und ich fürchte, daran bin ich nicht ganz unschuldig.«
»Ich dachte immer, Banken seien dazu da, Menschen Geld zu leihen.«
»Nur wenn sie Vertrauen zu einem haben. Und ich schätze, Mr. Hardy traut mir höchstens zu, daß alles, was ich anfange, schiefläuft.«
»Können wir denn nicht zu einer anderen Bank gehen?«
»Ich fürchte, eine andere Bank würde uns nicht unbedingt willkommen heißen. Es gibt bestimmt eine Lösung, und vielleicht kommen wir drei gemeinsam dahinter.«
»Ich höre mir Jodys Kassette an«, erklärte Laura und war schon aus dem Wohnzimmer verschwunden, bevor Jack etwas einfiel, was er ihr sagen konnte. Julia runzelte traurig die Stirn und zog sich in die Küche zurück. Jack hatte das Gefühl, das schwierigste stünde ihm noch bevor.
Als sich alle zum Abendessen versammelt hatten, fragte Laura: »Heißt das, unser Urlaub ist gestrichen?«
»Den können wir uns beim besten Willen nicht mehr leisten, mein Liebes.«
»Ist doch nicht so schlimm, oder?« Julia nahm die Hand ihrer Tochter. Laura zuckte die Achseln, und es hatte den Anschein, als habe sie sich oben in ihrem Zimmer auf diese traurige Nachricht vorbereitet.
Am nächsten Morgen verrieten ihre geröteten Augen, daß ihr der ausgefallene Urlaub doch sehr zu schaffen machte. Jack konnte es nicht ertragen, seine Tochter so traurig zu sehen. Er hatte seiner Familie nur Kummer bereitet, vor allem Laura, und sie machte ihm nicht einmal Vorwürfe. Er hatte gehofft, Mr. Hardy würde

Nachsicht mit ihm üben, aber von seiner Tochter durfte er so etwas nicht erwarten. Als Julia zur Arbeit gegangen und Laura mit dem Fahrrad zur Bücherei gefahren war, war Jack allein im Haus und hatte bald das Gefühl, ihm würde noch eine Chance gegeben, die er ergreifen mußte, bevor seine Frau und seine Tochter zurückkehrten.

Er suchte nach Möglichkeiten, seine Chance zu verwirklichen. Vielleicht lag die Antwort in den Kassetten im Auktionshaus. Wenn sie nicht versteigert worden waren, würde man sie ihm jetzt zu einem so niedrigen Preis überlassen, daß selbst Mr. Hardy keine Einwände mehr vorbringen konnte. Jack wollte bis elf Uhr warten, kam sich aber nach einer Weile blöde vor. Er schob sich eine gebutterte Scheibe Toast in den Mund und stürmte aus dem Haus.

Er kaute, bis er die Ampel erreichte. Danach blieb ein schlechter Geschmack von verbranntem Brot in seinem Mund zurück, der von einem Geruch nach Qualm verstärkt wurde, als er an seinem ausgebrannten Laden vorbeikam. Oben auf dem Hügel betrat er das Auktionshaus und gelangte in einen Saal. Der Mitarbeiter des Auktionators, der ihm vor einiger Zeit die Kartons mit den Videokassetten gezeigt hatte, näherte sich ihm. Er trug einen Abendanzug, in dem er schlecht ins Haus der Orchards gepaßt hätte. »Erinnern Sie sich an mich?« fragte Jack. *»Fine Films.«*

»Ja«, antwortete der junge Mann und verschmierte seine Stirn mit Tinte, als er eine Strähne zurückschob, die ihm über die Augen hing. »Wir haben gestern mit Ihnen gerechnet. Wir haben Sie sogar angerufen, aber es war wohl gerade niemand zu Hause.«

»Jetzt bin ich ja hier.«

»Ich fürchte, Sie sind ein wenig zu spät gekommen. Wirklich jammerschade.«

»Ich ... äh, ich weiß nicht ...« Jack rang nach Worten. »Warum haben Sie mich angerufen?« fragte er schließlich so atemlos, als hätte er die Worte aus seiner Kehle gewürgt.

»Weil wir Ihnen Gelegenheit geben wollten, den Posten zu ersteigern, an dem Sie Interesse gezeigt haben.«

»Kann man denn nicht noch etwas machen?«
»Das dürfte wohl zu spät sein. Die Ware hat das Haus bereits verlassen.«
Jack hatte das Gefühl, sein Magen drehe sich um. »Wer hat es ersteigert?« – »Irgendein sonderbarer junger Mann. Ein Privatsammler. Er wollte zwar nur die Horrorstreifen, aber es schien ihm nichts auszumachen, die ganze Ladung zu nehmen. Er meinte, er wollte die anderen Kassetten überspielen.«
Zu dem furchtbaren Gefühl im Magen gesellte sich ein Fieber, das sich über Jacks Haut ausbreitete. »Er hat viel Geld dafür geboten, bespielte Kassetten als Leerbänder benutzen zu können?«
»Nun, eigentlich hat er nicht viel geboten. Er hat den Zuschlag auf den Posten erhalten, weil er als einziger ein Gebot gemacht hat. Er hat kaum ein Fünftel der Summe bezahlt, die wir dafür veranschlagt hatten.«
Jack mußte sich stützen und fand in seiner Not nur ein Set von antiken Schüreisen, die ein Geräusch wie von einer heiseren Türklingel von sich gaben. »Die Kassetten befinden sich nicht zufällig noch im Haus?«
»Nein, ich sagte doch, sie sind nicht mehr hier. Der Bieter ist gleich mit ihnen verschwunden, nachdem er den Preis entrichtet hatte.«
Der Mitarbeiter wandte sich zum Gehen und schien Jacks Fragen müde zu sein. Jack mußte sich sehr beherrschen, um ihn nicht festzuhalten. »Können Sie mir seine Adresse geben?«
»Wir erteilen keine derartigen Auskünfte. Würden Sie bitte die Schüreisen loslassen? Falls Sie sie beschädigen, müssen Sie dafür aufkommen.«
Jack fiel erst jetzt auf, woran er Halt gesucht hatte. Er lehnte sie vorsichtig an die Wand und folgte dem tintenverschmierten Mann, der sich bereits einige gepolsterte Stühle weitere befand. »Wenn ich Ihnen meine Adresse hierlassen«, bat er ihn, »könnten Sie sie dann an ihn weiterleiten?«
»Ich fürchte, das läßt sich nicht einrichten. Verkauft ist verkauft.

Ich hoffe, Sie haben beim nächsten Mal mehr Glück.« Sonderbarerweise hatte Jack den Eindruck, der Mann habe das ernst gemeint. »Wenn ich Ihnen einen Rat geben darf: Warum suchen Sie nicht Videotheken auf, die in Not geraten sind, und machen ihnen ein entsprechendes Angebot?«

Nein, er veralberte Jack nicht, und er war auch nicht sarkastisch, als er darauf verwies, daß es Videotheken geben sollte, denen es noch schlechter ging als *Fine Films.* Jack öffnete den Mund und die Fäuste, fand dadurch aber keine Hilfe. Sein Gehirn lag wie unter einem Nebel, der in seine Glieder und Adern hinabsickerte und ihm das Gefühl gab, eine Tonnenlast habe sich auf seine Schultern gesenkt. Wie in Trance schlich er aus dem Auktionshaus. Er bewegte sich wie ein Automat. Der Geruch, der aus seiner Videothek drang, strömte erneut in seine Atemwege, und er schluckte und schluckte. Dann sauste ein Bus auf ihn zu, und er glaubte, ein Haus fiele auf ihn. Bremsen kreischte. Das Fahrzeug schlingerte, und für einen Moment glaubte Jack, es würde umkippen. »Wo willst du denn hin, du Weihnachtsmann?« brüllte der Fahrer, und die Leute an den Fensterscheiben starrten Jack an.

Jack stellte fest, daß er sich mitten auf der Kreuzung befand. Er hatte keine Ahnung, wie er dorthin gelangt war. »Ich weiß es nicht«, murmelte er zur Antwort.

Er stolperte auf den Bürgersteig, hielt sich am Ampelmast fest und verfolgte das Wechselspiel der Lichter. Er schien sich nicht von der Stelle bewegen zu können, solange er nicht das Rätsel gelöst hatte, das sie ihm aufgaben. Welchen Wert besaßen sie? Sie flammten nacheinander spasmodisch auf und erinnerten an drei verschiedene Arten von Feuer. Er stieß sich schließlich von dem Mast ab und wußte für einen Moment nicht mehr, wo sein Zuhause lag. Dann fiel es ihm plötzlich wieder ein, und er eilte, so rasch es ging, dorthin, weil er befürchtete, unterwegs alles wieder zu vergessen.

Er hockte sich ins Wohnzimmer, bedeckte die Augen mit einer Hand und wartete auf die Rückkehr seiner Familie. Nach einer Weile kam Laura und etwas später Julia, aber Jack wußte nicht mehr, was er ihnen sagen wollte. Der Nebel, der auf seinem Gehirn gelegen hatte, schien sich auf das ganze Zimmer ausgebreitet zu haben und ihn von seinen Lieben zu trennen. Irgendwann ertappte er sich dabei, daß er zählte, wie oft die beiden sprachen.

Dann begriff er, was seine Gedanken blockierte: Zahlen. Später, als Julia bereits eingeschlafen war, lag er neben ihr und zählte den Buchstabenwert von verschiedenen Worten. Er hoffte, dabei auf eine Lösung seiner Probleme zu stoßen, und wenn das nicht möglich sein sollte, würde er darüber endlich einschlafen. Jedes Mal, wenn ihm kein neues Wort einfiel, tauchten die Schulden in seinem Bewußtsein auf und drohten, sich dort breitzumachen. Oder er hörte seine Stimme laut und drohend sagen: »Ich habe Angst, solche Angst.« Er ging dazu über, den Zahlenwert ganzer Sätze zu berechnen; zumindest gewann er damit Zeit, denn dieser Vorgang dauerte länger als die Addition einzelner Wörter. »Verkehrsunfall« ergab nicht den Wert elf, genausowenig wie »Selbstmord«. Außerdem war er nicht hoch genug versichert, um mit einem Suizid alle Probleme lösen zu können. Er schlief ein und fuhr etwas später ruckartig aus dem Schlaf hoch, so als habe das Gewirr von Zahlen ihn geweckt. Er suchte nach einem neuen Satz und fand bald einen: VERWANDELN SIE PECH IN GLÜCK.

Er errechnete die Buchstabenwerte, addierte sie, und seine Augen wurden groß. Er zählte zur Kontrolle noch einmal nach und kam zu dem Schluß, daß er sich nicht geirrt hatte. Irgendwo schlug eine Uhr zwölf. Es war Freitag geworden, Freitag der Dreizehnte. Ein Licht leuchtete hinter seinen Augen. »Wir sind gerettet!« flüsterte er.

Kapitel 11

VERWANDELN SIE PECH IN GLÜCK,
WERFEN SIE DIESEN BRIEF NICHT FORT;
DIE KETTE DARF NICHT UNTERBROCHEN WERDEN.
– Dieser Brief ist Glied einer Glückskette –
Mrs. Marsha Indick aus Iowa hat dreizehn Kopien dieses Briefs an ihre Freunde verschickt und wurde danach vom Krebs geheilt, an dem sie seit dreizehn Jahren litt.
Mr. D. Vincume aus London, England, fand in der Dachkammer seiner Mutter ein altes Gemälde, das ihm bei einer Versteigerung hunderttausend Pfund Sterling einbrachte.
Mr. A. Plumb aus Scunthorpe, Lincolnshire, gewann vierundzwanzig Stunden, nachdem er dreizehn Kopien dieses Briefs verschickt hatte, den Jackpot im Toto.
Mrs. Maria Carbone aus New York warf ihre Kopie in den Mülleimer und wurde nur eine Woche später auf der Straße überfallen und niedergestochen.
Mrs. Amy Dallas aus Nevada vergaß ihre Kopie in der Handtasche, und kurz darauf wurde bei ihrem Gatten ein Gehirntumor festgestellt. Als sie dann doch noch ihre dreizehn Kopien absandte, fanden die Ärzte einen Weg, Mr. Dallas erfolgreich zu operieren.
Sie brauchen kein Geld zu schicken. Fertigen Sie lediglich dreizehn Kopien dieses Schreibens an und verschicken Sie diese an dreizehn verschiedene Personen. Dann brauchen Sie nur noch abzuwarten, bis das Glück an Ihre Tür klopft.
Verweigern Sie der Welt nicht etwas Glück. Je schöner die

Welt wird, desto besser für uns alle.

Dieser Brief kann Ihr ganzes Leben verändern. Worauf warten Sie also noch?

Eigentlich erklärte dieses Schreiben alles. Vor allem, warum es mit den Orchards seit dem ersten April, dem Tag, an dem Jack den Brief nicht ernstgenommen hatte, kontinuierlich bergab gegangen war. Kein Wunder, daß er seitdem die ganze Zeit über das dumme Gefühl gehabt hatte, er sei an allem schuld. Schließlich trug er allein die ganze Verantwortung für alles Unglück, das über die Orchards gekommen war. Die Erkenntnis war in doppelter Hinsicht tröstlich für ihn: Endlich wußte er, wieso es soweit mit ihnen gekommen war, und er hatte jetzt den Weg gefunden, alles zum Guten zu wenden.

Während er auf der Bettkante hockte und den Brief wieder und wieder las, traf das Sonnenlicht sein Gesicht und seine Brust, und er hatte das Gefühl, die Energie einer wohlwollenden Macht bestrahle ihn. Als Julia die Treppe heraufkam, faltete er das Schreiben rasch zusammen und steckte es in die Tasche seiner Hose, die über dem Stuhl neben dem Bett hing. »Bist du noch immer nicht angezogen?« fragte sie. »Wir möchten gern mit dir einen Spaziergang am Fluß machen.«

»Geht ihr nur allein. Ich muß noch ein paar Briefe schreiben.«

»Willst du dich um eine Stelle bewerben?«

Er konnte sie nicht anlügen, deswegen antwortete er vieldeutig: »Es wird an der Zeit, daß ich mein Leben in den Griff bekomme.«

»Wir kommen schon irgendwie zurecht. Bis jetzt ist uns das auch immer gelungen.«

Er wartete, bis die Haustür geschlossen wurde, ging dann sofort nach unten, stellte den Computer auf den Tisch, schrieb den Kettenbrief wortgetreu ab und schaltete ein. Sobald die erste Kopie herauskam, besorgte er sich das Telefonbuch von Merseyside und fing an, die glücklichen Empfänger seiner Kopien zu suchen.

J war der zehnte Buchstabe des Alphabets, und so schlug er die zehnte Seite des Verzeichnisses auf und entschied sich für den letzten dort aufgeführten Namen. Er blätterte eine Seite weiter für A, dann drei für C und schließlich elf für K ... Er brach mitten in seinem Nachnamen ab, weil er glaubte, Julia zu hören, wie sie die Haustür aufsperrte. Nach einer Sekunde wurde ihm bewußt, daß das Geräusch aus dem Nachbarhaus kam. Doch er wurde davon so abgelenkt, daß er versehentlich seine Adresse auf die Rückseite des nächsten Kuverts schrieb. Er hätte ihn, als ihm sein Fehler bewußt wurde, am liebsten zerrissen, mußte aber feststellen, daß er nur dreizehn Umschläge hatte. Also strich er seine Adresse mehrmals dick durch, bis man sie nicht mehr entziffern konnte.
Als er das D, den letzten Buchstaben seines Namens, hinter sich gebracht hatte, mußte er lachen. Bisher war ihm nie aufgefallen, daß sein Name aus elf Buchstaben bestand. Zwei Adressen galt es noch zu finden. Er fing wieder am Anfang seines Vornamens an und stellte befriedigt fest, daß J und A ebenfalls elf ergaben. Er schwamm geradezu in Zeichen, Symbolen und Omen. Der erste Satz des Kettenbriefs ergab zweihundertvierundfünfzig, und zwei plus vier plus fünf machte wiederum elf. Das heutige Datum, der dreizehnte, ergab in der Quersumme vier. Es war April, und April war der vierte Monat des Jahres. Und der Name Jack bestand aus vier Buchstaben. Es kam ihm in den Sinn, daß dies einer der ebenso besonderen wie seltenen Tage sein mußte, in dem die Ziffer elf und dreizehn miteinander verknüpft waren: Er mußte bei seiner weiteren Suche vier Seiten überblättern, auf denen die diversen Einrichtungen der Gaswerke aufgeführt waren. Gas ergab (G=7 A=1 und S=19) zusammen siebenundzwanzig, was sich in 3 mal 9 oder 3^3 oder 3 mal 3 mal 3 auflösen ließ. Als er dann noch feststellte, daß drei der von ihm gefundenen Adressen sich im selben Ort befanden, mußte er breit grinsen. Er hatte das Gefühl, das ganze Universum mache Witze und zur Abwechslung mal nicht über ihn.
Er hatte alle Adressen auf die Umschläge geschrieben, als das elfte

Blatt aus dem Drucker kam. Als das letzte Blatt den Drucker verlassen hatte, klebte er gerade das elfte Kuvert zu. Er war so versessen darauf, die Briefe einzuwerfen, daß er fast vergessen hätte, den Amstrad auszuschalten. Jack atmete tief durch, nahm die Diskette heraus, stellte sie in die Box und sah auf seine Armbanduhr.

Zwanzig vor elf. Damit blieb ihm ausreichend Zeit, bis zur vollen Stunde Briefmarken zu kaufen und auf die Umschläge zu kleben. Diese kleine Elfer-Rückversicherung war ihm wichtig. Er lief zur Victoria Road und mußte feststellen, daß die Post, die sich an der Kreuzung befand, geschlossen hatte. Erst nach einer Weile fiel ihm ein, daß es Karfreitag war.

Er versuchte sich damit zu beruhigen, daß es nun, da er ja die Absicht gefaßt hatte, nicht mehr von entscheidender Bedeutung war, die Briefe zu frankieren und einzuwerfen. Morgen wäre es immer noch rechtzeitig genug. Er stand vor der Ampel und dachte angestrengt über die Lichter nach. Brachte Grün ihm Glück, oder mußte er auf Rot warten? Kaufläden und Zeitschriftenkioske führten auch Briefmarken. Er sah sich um und entdeckte kein Geschäft, das heute geöffnet hatte. »Rot-Gelb-Grün«, murmelte er. »Macht schon, sagt es mir!« Wie aus einem inneren Drang setzte er sich in Bewegung und lief an den Geschäftsfronten entlang.

Halt, da, hinter der dritten Seitenstraße, der Laden hatte geöffnet. Er stürmte hinein und sagte »Entschuldigung« zu einem aufblasbaren Drachen, der auf ihn fiel, weil er die Tür zu ungestüm aufgestoßen hatte. Die Frau hinter dem Tresen hob den Kopf, schob sich einen dicken Bleistiftstummel hinter das rechte Ohr und sah ihn mißmutig an. »Haben Sie Briefmarken?« rief Jack atemlos.

War die Frau taub? Wenn sie ihn noch lange so blöd anglotzte, würde er sich einen anderen Laden suchen. Dann begriff er, daß er womöglich etwas vergessen hatte. »Guten Tag, ich hätte gerne Briefmarken«, sagte er.

»Hm«, machte sie, und es klang wie Grunzen. »Was für welche?«

»Dreizehn Siebener, bitte.«
»Ich weiß nicht, ob ich so viele habe.« Sie zog den Bleistift aus ihrem grauen Haar und fuhr damit fort, irgendwelche Kalkulationen durchzuführen. Jack wartete geduldig, bis sie die Operation beendet hatte, bei der er sie eben gestört haben mußte. Doch als sie dann die Seite ihres Kassenbuchs umschlug, drängte er: »Verzeihung, aber ich bin in Eile!«
»Wo sind Sie?« murmelte die Frau und knurrte dann etwas Unverständliches, das wohl andeuten sollte, sie habe jetzt verstanden. Sie zog eine quietschende Schublade auf und legte ein dickes Buch auf den Tresen. Nach einer Weile fand sie den diagonal geknickten Rest eines Siebener-Bogens. »Da haben Sie aber Glück. Genau ein Bäcker-Dutzend.«
»Und jetzt dreizehn Dreizehner, bitte.«
»Sie wollten doch Siebener haben.«
»Ja, richtig, und jetzt hätte ich gern noch dreizehn Dreizehner.«
»Jetzt verstehe ich, Sie brauchen Zwanziger«, erklärte sie ihm, als wäre er ein geistig minderbemitteltes Kind. »Hätten Sie gleich dreizehn Zwanziger gesagt, hätten wir beide uns eine Menge Mühe sparen können.«
Jack befürchtete, sie könnte ihm die Siebener wieder abnehmen. Also riß er die oberste Briefmarke ab und klebte sie auf den ersten Umschlag. »Halt, hören Sie auf damit!« schrie die Frau. »Sie haben die Marken noch nicht bezahlt!«
Jack zog eine Zehnpfundnote aus der Tasche und legte sie auf den Treuen. »Jetzt sind sie bezahlt«, brummte er, streckte die Zunge heraus und leckte den ganzen verbliebenen Streifen ab. »Kann ich jetzt bitte meine Dreizehner haben?«
Die Frau bedachte ihn mit einem steinernen Gesichtsausdruck. »Und wozu soll das gut sein?«
Im ersten Moment wollte ihm der Grund nicht einfallen. Dann fiel es ihm ein: Sieben und dreizehn ergaben in der Quersumme elf, genau so wie bei Laura Julia Orchard. »Meine Freunde«, er tippte auf die Umschläge, »und ich sind Briefmarkensammler.«

»Wollen Sie mir etwa sagen, an diesen Marken sei irgend etwas Besonderes?«

Jack spürte, daß sie die Dreizehner nicht herausrücken, sondern für sich behalten wollte. »Nein, für sich genommen sind das ganz normale Briefmarken. Vielmehr ist der Stempel von großer Bedeutung. Verstehen Sie, wenn ich die Briefe heute einwerfe, werden sie am Karfreitag und an einem Freitag dem dreizehnten abgestempelt. Und so etwas ist ja nun wirklich recht selten.«

»Dafür sei dem Himmel gedankt«, entgegnete sie in einem Tonfall, als sei Jack persönlich für das zeitliche Aufeinanderfallen dieser beiden Unglückstage verantwortlich. Aber sie zog die Schublade weiter auf und machte wieder »Hm!« Es klang wenig ermutigend, und Jack überlegte schon, ob er sofort zu einem anderen Laden aufbrechen und danach hierher zurückkehren sollte, um sich das Wechselgeld geben zu lassen. Doch da hielt sie einen Briefmarkenstreifen in der Hand. »Wenn Sie mit denen nichts anfangen können, kann ich Ihnen auch nicht weiterhelfen.«

Sie strich den Streifen gerade, zählte fünfzehn Marken, riß die beiden obersten ab und reichte Jack den Rest. »Also, das ist doch wohl die Höhe!« empörte sie sich, als sie entdeckte, daß ihr Gegenüber bereits die Zunge herausgestreckt hatte. Als sie das Wechselgeld aus der Kasse geholt hatte, hatte Jack alle Umschläge frankiert. Sie zählte ihm sieben Pfund und vierzig Pence in die Hand, und Jack frohlockte, weil die Quersumme elf ergab. »Vielen Dank für Ihre Mühe«, sagte er.

Ihr Gesichtsausdruck verriet, daß sie glaubte, er wolle sie auf den Arm nehmen, obwohl dem nicht so war. »Vielleicht könnten Sie und Ihre Sammlerfreunde in Zukunft das Postamt aufsuchen. Es soll nämlich immer noch Leute geben, die Marken kaufen, um damit Briefe zu verschicken!« rief sie ihm hinter her.

»Das tun wir darüber hinaus auch noch!« entgegnete er und eilte davon. Jack war viel zu aufgeregt, um sich mit der Frau ein Wortgefecht zu liefern. Er rannte zum nächsten Briefkasten und schob den Ärmel zurück, um einen Blick auf seine Armbanduhr werfen zu können. Als irgendwo eine Uhr elf zu schlagen begann, schob er einen Stapel Briefe in den Schlitz und die beiden verbliebenen hinterher. Die Uhr schlug immer noch. Jack schloß die Augen und umklammerte in seiner Hosentasche den Clownskopf. Der elfte Glockenschlag verhallte, und Jack hatte die Augen noch nicht wieder geöffnet, als hinter ihm jemand rief: »Das ist der Mann, den ich gesucht habe!«

Kapitel 12

Das »International Experience« befand sich an der Seeseite New Brightons, ein gutes Stück vom Creeps Inn entfernt. Als die Orchards den Minigolfplatz hinter sich gelassen hatten, wurden sie von einer kühlen Brise empfangen, die sich wie die Brandung der entfernten Wellen anhörte. Das Restaurant war nur noch fünf Minuten Fußweg entfernt und stand gegenüber einem unbeleuchteten Vergnügungspark. Dort bewachte ein Kassenhäuschen in der Form eines Riesenpilzes ein Karussell, dessen Wagen und Pferdchen mit ihren Kulleraugen eine Miniaturachterbahn anstarrten, von der ein comicartiges Insektengesicht grinste. Am Ende der Promenade bildeten die Wälle von Fort Perch einen Kontrast zu den Lastkränen in Seaforth auf der anderen Seite der Bucht. Die Sterne standen am Himmel, aber ihr Licht hatte keine Chance gegen die Neonbeleuchtung des »International Experience«. Jack beobachtete, wie sich die Schatten von ihm, Julia und Laura vervielfältigten, als sie unter der Leuchtreklame hindurchschritten und auf den Parkplatz gelangten. Er fragte sich, womit Jodys Vater ihn überraschen wollte.

Jodys Eltern erwarteten die Orchards an der Tür. Peter Venable erklärte dem Kassierer: »Das sind ganz besondere Gäste. Ihre Rechnung geht aufs Haus.« Cath half ihnen aus den Mänteln und führte sie zu einem Tisch an der Fensterseite. »Es gibt Minotaurus-Steak, und wir würden gern eure Meinung zu dem Gericht hören«, erklärte sie den Orchards. »Und wir haben auch nicht Jodys Lieblingsessen vergessen: Pizza mit griechischem Schafskäse!«

»Ich möchte lieber das Ungeheuer verzehren«, sagte Jack.

Julia bestellte einen Dionysos-Teller. Jacks Steak erwies sich als scharf gewürztes Hackfleisch in einer Teigtasche. Es schmeckte ihm ausgezeichnet, bis auf das Knochenstück, das er sich aus dem Mund pulen mußte. Danach hatte er Mühe, Pete davon zu überzeugen, das Gericht nicht in die Küche zurückgehen zu lassen. Laura machte sich mit großem Appetit über die Pizza her, die allerdings auch Fleisch enthielt (im Gegensatz zu der Vegetarier-Version Jodys). Aus den Lautsprechern in den vier Ecken des getäfelten und mit Säulen verzierten Raums drang Bouzouki-Musik. Julia ließ sich von Cath die Rezepte geben, und als der Nachtisch gereicht wurde, gesellte sich auch Pete zu der Runde.

»Sieht ganz so aus, als hätte Jack eine tüchtige Mahlzeit dringend nötig gehabt, nicht wahr, meine Damen? Als wir uns heute morgen vor dem Briefkasten getroffen haben, kam er mir vor, als hätte er seit Tagen das Essen vergessen.«

»Der vergißt noch ganz andere Sachen«, neckte Julia ihn.

»Nun, dann will ich ihm eine kleine Erinnerungsstütze geben.« Pete schob ihm einen Zettel zu. »Eure Rechnung.«

»Aha«, sagte Jack nur, weil er befürchtete, er habe Petes Einladung mißverstanden.

»Keine Bange, du mußt sie nicht bezahlen«, lachte Cath und klopfte ihm auf die Schulter. Die unzähligen Armringe, die sie trug, klapperten dabei wie ein ganzes Orchester beim Instrumentenstimmen. »Pete wollte euch damit nur wissen lassen, daß wir die Rechnung am Ende des Abends in die Schublade legen.«

»Und warum das?«

»Weil wir uns einen besonderen Clou für unsere griechischen Wochen ausgedacht haben. Jede Rechnung wandert in die Schublade, und am Ende ziehen wir eine davon heraus. Der Glückliche gewinnt dann einen Griechenland-Urlaub.«

»Da wird sich aber jemand freuen. Ich hoffe, diese Ziehung bringt euch eine Menge Gäste ein.«

Pete zwinkerte seiner Frau zu. »Er versucht nur, nicht zu enttäuscht zu klingen. Er scheint nämlich zu glauben, das sei bereits die Überraschung gewesen.«

»Hast du denn noch ein As im Ärmel?« fragte Jack.
»Tja, das war nur ein Appetitanreger. Der große Knüller kommt erst jetzt. Jack, möchtest du einen Job?«
»Ich verstehe nicht viel von Restaurants, außer daß man in ihnen essen kann.«
»Wir sollten ihn als Testesser einstellen«, erklärte Pete und zwinkerte Cath wieder zu. »Aber du brauchst ja einen Job am Tag, nicht wahr? Was würdest du sagen, wenn ich dir mitteilen würde, daß die Schule, die Jody und Laura besuchen, nach einem Mann wie dir sucht?«
»Ich schätze, dann würden mir die Worte fehlen.«
»Reden ist Silber, Schweigen ist Gold. Die Bibliothekarin hat aufgehört, weil sie ihre Eltern pflegen muß, die unten im Süden wohnen. Heute in einer Woche laden sie die Bewerber zum Einstellungsgespräch ein.«
»Davon habe ich nichts gewußt.«
»Tja, dafür sind Cath und ich ja auch in der Schulpflegschaft. Ich habe dir hier die Adresse aufgeschrieben, an die du deine Bewerbungsunterlagen schicken mußt.« Er reichte Jack einen Kassenzettel, auf dessen Rückseite die Anschrift der Schule stand. »Schreib ihnen gleich morgen, dann haben sie deine Unterlagen am Dienstag. Soweit mir bekannt ist, hat die Schulverwaltung auf mehr Bewerber gehofft, als sich bislang gemeldet haben.«
»Wie viele haben sich denn beworben?«
»Wenn du deine Unterlagen einschickst, erhöht sich die Zahl der Kandidaten um hundert Prozent.«
Eins plus eins, dachte Jack und stellte die beiden Zahlen nebeneinander. »Danke, Pete, du hättest mir das zu keinem günstigeren Zeitpunkt mitteilen können.«
Pete half seiner Frau auf. »Wir sollten jetzt besser unsere Runde machen. Und du solltest meinen Rat beherzigen und morgen aktiv werden, wende dich an mindestens einen anderen Immobilienmakler, bevor du mit dem Preis für dein Haus heruntergehst.«
»Du hast mir nichts von Petes Rat erzählt«, tadelte Julia etwas später Jack.

»Ich glaube, ich habe mich geschämt. Weil ich nicht selbst darauf gekommen bin.«

»Warum sollte man sich denn dafür schämen?«

»Du kennst mich doch. Ich bin eben so erzogen worden. Noch heute fällt es mir schwer, über Gefühle zu reden. Ich habe dir nie davon erzählt, Laura, weil ich nicht wollte, daß du ähnliche Symptome entwickelst, aber als ich elf war und aufs Gymnasium kam, habe ich vierzehn Tage lang kein Wort gesagt, höchstens mal meinen Namen angegeben. Ich hatte einfach Angst davor, zu stammeln oder zu stottern, wenn ich den Mund aufmachen würde. Dann bekam ich noch mehr Angst davor, daß die Schule meinen Eltern mitteilen könnte, mit mir sei etwas nicht in Ordnung. Die Vorstellung hat mich so furchtbar erschreckt, daß ich von da an zwanzigmal pro Stunde aufgezeigt habe, auch wenn ich mit tödlicher Sicherheit wußte, daß meine Antwort katastrophal falsch sein mußte. So wurde ich bald zum Klassenclown, und das hat mir eine Art Narrenfreiheit verschafft, die mir bei bestimmten Gelegenheiten durchaus zugute kam. Und ich kann mich heute noch gut daran erinnern, daß ich mir damals geschworen habe, nie mehr soviel Angst zu haben wie bei diesem Schulwechsel.«

»Ich hatte keine Angst«, entgegnete Laura. »Im Gegenteil, ich gehe gern zur Schule.«

»Real betrachtet gab es auch für mich keinen vernünftigen Grund, mich vor dem Gymnasium zu fürchten. Dummerweise kommt man immer erst Jahre später auf solche Erkenntnisse. Du darfst jedenfalls nie Angst haben, wenn kein Grund dazu besteht.« Jack wurde sich bewußt, daß er im Begriff war, ähnlich wie seine Eltern bei ihm, Lauras Gefühle zu unterdrücken. »Wenn du doch einmal Angst oder auch nur ein ungutes Gefühl haben solltest, scheu dich nicht, mit uns darüber zu reden.«

»Hast du heute noch vor etwas Angst?«

Er wollte den Kopf schütteln, sah seiner Tochter aber an, daß sie eine ernsthafte Antwort erwartete. »Nur davor, euch beide zu verlieren.«

Sie schenkte ihm ein Lächeln, in dem Zuspruch und Tadel lagen, und das erinnerte ihn so sehr an Julia, daß er grinsen mußte. »Urlaub ergibt elf«, bemerkte er und hätte sich am liebsten auf die Zunge gebissen; denn er hatte das Gefühl, damit ein Geheimnis verraten zu haben, das besser noch unentdeckt blieb.

Am nächsten Morgen schrieb er seine Bewerbung für das Amt des Schulbibliothekars. Dann fuhr er nach Liscard und warf den Brief punkt elf Uhr in den Briefkasten. Danach schlenderte er an Reihen von Einkaufswagen vor dem Supermarkt vorbei und gelangte in die Straße, in der die meisten Immobilienmakler der Umgegend ihr Büro hatten. Er zählte sechs. Beim letzten Mal hatte er sich aufs Geratewohl für einen Makler entschieden. Jetzt begann er bei dessen Nachbarn, schritt die Reihe ab, kehrte wieder zurück und fuhr so fort, bis er elf gezählt hatte. Ob Zufall oder nicht, er gelangte zu dem Büro, bei dem er seinen Marsch begonnen hatte. Er sagte sich, daß das bestimmt etwas zu bedeuten habe, und drückte auf die Klingel.

Der Juniorpartner der Firma, ein Mann in Jacks Alter, der blonde Haare hatte und eine Fliege trug, öffnete ihm und führte ihn ins Büro. »Was kann ich für Sie tun, Sir?«

»Zwei mal elf Buchstaben«, dachte Jack laut und erklärte dann: »Ich habe ein Haus zum Verkauf angeboten, aber irgendwie läuft die Geschichte nicht so richtig an. Ich frage mich, ob es sich mit Ihrer Berufsehre vereinbaren ließe, sich der Sache anzunehmen?«

»Für unsere Kunden nehmen wir jede Mühe auf uns. Wo steht Ihr Haus? Wieviel wollen Sie dafür haben?« Als Jack ihm die Auskünfte gegeben hatte, fuhr der Mann fort: »Die Gegend ist nicht ungünstig. Die Straßen an der Küste sind im Kommen. Darf ich sie heute nachmittag besuchen und mir das Haus ansehen?«

»Ja, natürlich.« Elf Buchstaben dachte Jack fröhlich und blieb auf dem Weg nach draußen vor dem Aushang stehen, auf dem Häuser zum Verkauf angeboten wurden. Eine Meile von seinem Heim flußaufwärts stand ein Anwesen, das »umständehalber« rasch veräußert werden mußte. Der Preis war verblüffend niedrig und

der Ausblick auf den Fluß einmalig. Jack steckte sich die Anzeige in die Tasche und fuhr nach Hause.
Der Immobilienmakler erschien tatsächlich am Nachmittag und inspizierte das Haus. Er bewegte den Kopf ruckartig wie eine Puppe und erklärte schließlich: »Ich schätze, Sie können noch ein paar tausend auf den Verkaufspreis drauf legen. Wenn es Ihnen recht ist, suche ich noch heute meinen Kollegen nebenan auf und erläutere ihm die veränderte Sachlage.«
Sobald er gegangen war, zog Jack die Anzeige aus der Tasche. »Könnte euch das hier zu einem Promenadenspaziergang verleiten?«
Die Woolidges, das ältere Ehepaar, das das Anwesen bewohnte, besuchten sonntags immer ihre Tochter und deren Familie. So mußten sich die Orchards bis zum Montag gedulden. Das Haus stand nahe am Fluß neben dem Smuggler's Inn. Große, gesunde Bäume, die gerade Knospen trieben, säumten die Straßenränder und verbreiteten Schatten. Hinter einem hölzernen Gartentor, das sich nur widerstrebend öffnen ließ, wand sich ein Pfad durch Blumenbeete, die voller Unkraut waren. Jack betätigte den Türklopfer, und eine alte Frau in einem Overall öffnete. »Ich hoffe, Sie haben sich nicht die Finger im Türklopfer eingeklemmt«, sagte sie. »Hier ist nämlich alles etwas angerostet.«
Sie und ihr Mann, der am Stock ging und sich ständig mit einem immensen Taschentuch das Gesicht abtupfte, führten die Orchards durch die großen Zimmer und in den Hintergarten. Jack spürte, daß Julia sich bereits vorstellte, wie sie die Räume einrichten und mit welchen Tapeten sie die Wände bekleben wollte. Das Parterre enthielt vier Zimmer, und oben fanden sich eben so viele, plus ein geräumiges Badezimmer. Alle Türen waren bereits abgeschliffen, und der Anblick bloßen Holzes ließ Jack zu dem Schluß gelangen, daß dies der passende Ort für einen Neubeginn sei.
»Wir würden dieses Haus nicht verlassen, wenn ich auf diesen zwei Beinen immer noch die Straße hinauflaufen könnte«, erklärte Mr. Woolidge, als sich alle nach der Besichtigung in der Küche

versammelt hatten. Jack und Julia tranken bitteren Tee aus gesprungenen Tassen. Laura hatte ein Glas Bier mit Limonade bekommen. »Es wäre uns sehr recht, wenn nach uns eine Familie hier einzöge. Alleinstehende Rentner wie mich gibt es hier schon mehr als genug.«

Seine Frau streckte ihm die Zunge heraus und fragte dann Julia: »Haben Sie schon einen Käufer für Ihr Haus gefunden?«

»Wir hatten einige Anfragen, aber ein konkretes Angebot war noch nicht darunter. Wir haben inzwischen den Makler gewechselt.«

»Auf uns wartet schon ein neues Heim. Bis Weihnachten möchten wir uns dort eingerichtet haben.«

»Wir sind interessiert, nicht wahr?« fragte Julia ihren Mann. »Können Sie uns noch ein paar Wochen geben?«

Die Woolidges tauschten Blicke aus. »Sie wären uns als Nachmieter durchaus recht«, erklärte die alte Frau dann.

Als die Orchards zurückspazierten, fragte Laura: »Ist es realistisch, daß wir dort einziehen?«

Sie versuchte, cool zu klingen, und Jack spürte, daß sie sich damit nur vor einer Enttäuschung bewahren wollte. Er wünschte, er könnte ihr etwas von seiner Zuversicht abgeben. Ihm war nämlich eben aufgefallen, daß das Haus neun Zimmer und eine Vorder- und eine Hintertür enthielt. Elf Türen! Allesamt abgeschliffen und damit irgendwie identisch. Und heute war Ostermontag, ein Tag der Hoffnung, und außerdem der sechzehnte April: Eins plus sechs plus vier ergab elf. »Wenn sich alles in unserem Sinne entwickelt, mein Schatz«, antwortete er seiner Tochter.

Am Dienstag erschienen die Quails, ein älteres Ehepaar, um sich das Haus der Orchards anzusehen. Obwohl sie sich mit den Worten verabschiedeten, daß sie sich die Sache noch einmal durch den Kopf gehen lassen wollten, hatte Jack bei ihnen ein gutes Gefühl. Am Mittwoch erhielt er ein Schreiben von der Schulbehörde, in dem er gebeten wurde, sich am Freitag um elf Uhr zu einem Vorstellungsgespräch in der Schule einzufinden. Am Donnerstag rief jemand an, der sich als Profit vorstellte; Jack hatte keine Ahnung, ob der Mann oder seine Firma so hieß. Er wollte alle Kassetten, die nicht durch das Feuer vernichtet worden waren, zu einem guten Preis kaufen, und bat darum, am Samstag nachmittag vorbeikommen zu dürfen. Am Freitag ging Jack zu dem Vorstellungsgespräch.

Da er befürchtete, sein heruntergekommener Ford Transit würde einen schlechten Eindruck hinterlassen, ging er zu Fuß zur Schule. Heute war Freitag, der 20. April, und wenn man das alles zusammenzog und teilte, erhielt man den Wert Elf. Drei Wagen parkten vor der Schule – ein Volvo, ein Austin und ein Volkswagen, der aussah, als käme er gerade von einem Schlammrennen –, und Jack hoffte, daß letzteres Fahrzeug seinem Konkurrenten gehörte. Ein Wind kam auf und blies die letzten Blätter des Herbstes über den Schulhof. Als Jack eintrat, hörte er eine Kirchenglocke elf Uhr schlagen.

Das Büro der Rektorin lag am Ende eines langen Gangs, in dem es nach frischem Bohnerwachs roch. Die Bodenplatten waren lose und klapperten, wenn man auf sie trat. Ein kleiner Mann mit einem glänzenden Schädel, auf dem ein paar Haare aussahen, als seien sie mit einem schwarzen Stift draufgemalt, hockte zusammengekauert auf einem der beiden Stühle vor dem Büro. Er trug einen dunklen Anzug, der ihm ein paar Nummern zu groß war. »Guten Morgen«, grüßte Jack, aber er erhielt von der Sekretärin keine Antwort, da sie aus dem Vorzimmer stürmte und Jacks Namen auf ein Klemmbrett schrieb, das für den Anlaß eindeutig zu riesig wirkte. »Sie sind der erste, Mr. Orchard. Keine Angst, es dauert nicht lange.«

Jack ließ sich auf dem freien Stuhl nieder und bemerkte, daß sein Konkurrent durch die offene Tür starrte. Dann fing der Mann an, seine rechte Hand zu studieren. Sie kam Jack seltsam scheckig vor, bis er entdeckte, daß die Finger voller Tinten- und Nikotinflecken waren. »Kinder«, brummte sein Nachbar.

Jack wußte nicht so recht, ob das eine Frage gewesen war, und

entschloß sich, höflich zu sein. »Ich habe eine Tochter an dieser Schule«, erklärte er.
»Sie werden Ihre Tochter in den höchsten Tönen loben«, entgegnete der Konkurrent so griesgrämig, daß Jack nicht wußte, wie er darauf reagieren sollte. »Sieht doch hier alles ganz ordentlich aus«, bemerkte Jack in Ermangelung einer besseren Antwort.
»Das ist doch nur der äußere Schein. Warten Sie es nur ab, bis Sie die Bibliothek sehen können. Dort treiben die Rangen es naturgemäß am schlimmsten, das können Sie mir glauben. Ich frage mich, wie es hier zugehen mag.«
»Darüber sollten Sie sich bei der Rektorin erkundigen.«
»Das werde ich auch, da können Sie sich drauf verlassen. Immerhin habe ich in dreißig Jahren Bibliotheksdienst gelernt, wie man mit Kindern umzugehen hat. Erwachsene sind etwas ganz anderes, die würde ich immer nehmen. Noch letztes Jahr hätte ich jeden für verrückt erklärt, der mit gesagt hätte, ich würde mich um eine Stelle in einer Schulbibliothek bewerben.«
Die Sekretärin zeigte sich an der Tür und gab Jack mit einer hochgezogenen Augenbraue zu verstehen, daß er jetzt an der Reihe war. Jack war sich nicht sicher, ob sie das Gespräch mitgehört hatte. Er schob die rechte Hand in die Hosentasche und umklammerte den Clownskopf. Clown hatte einen Wert von dreizehn. Es wurde Zeit, daß er Pech in Glück verwandelte, dachte er, als er eintrat.
»Und dann wurde mir bewußt, daß er ganz anders war«, erklärte die Fachbereichsleiterin für Englisch gerade.
»Ich kann Ihnen nachfühlen, was in Ihnen vorgegangen sein muß. So etwas stößt uns früher oder später allen einmal zu«, entgegnete die Rektorin und erhob sich, um Jack zu begrüßen. Sie trug das mausgraue Haar kurzgeschnitten; dadurch wirkte ihr breites Gesicht noch runder Ein dunkler Schmuckstein am Hals ihrer Bluse flammte rot auf, wenn Licht auf ihn fiel. »Guten Tag, Mr. Orchard. Wir sind alle sehr zufrieden mit Ihrer Laura.«
»Sie weiß ihre Fähigkeiten einzusetzen«, fügte die Fachbereichslei-

terin hinzu und schlug die Beine unter ihrem Nadelstreifenrock übereinander.

»Vielleicht sollte ich bei ihr Nachhilfe nehmen«, bemerkte Jack.

»Ich denke, das wird sich nicht als notwendig erweisen«, erklärte die Rektorin in einem strengen Tonfall. Jack ahnte, daß Scherze hier nicht angebracht waren. »Zumindest nicht nach dem, was ich Ihren Unterlagen entnehmen kann. Ich muß gestehen, ich bin etwas überrascht, daß Sie dem Bibliothekswesen vor einiger Zeit Adieu gesagt haben.«

»Damals erschien es mir richtig, umzusatteln. Aber seitdem bin ich älter und weiser geworden.«

»Oh, Verzeihung, ich habe ganz vergessen, Ihnen etwas anzubieten. Tee oder Kaffee?«

»Kaffee wäre nett, mit einem Spritzerchen Milch«, antwortete Jack.

»Kaffee mit einem *Spritzerchen Milch«,* erklärte sie der Gegensprechanlage. Dann richtete sie sich auf und bedachte Jack mit einem wohl freundlich gemeinten, aber leicht arrogant wirkenden Lächeln. »Also hat Ihr kleiner Ausflug ins Videothekengeschäft nicht ganz Ihren Erwartungen entsprochen?«

»So könnte man sagen. Als mein Partner sich von mir getrennt hat, hat er mehr oder weniger alles mitgenommen.«

»Wir alle müssen unsere Grenzen erkennen«, erklärte die Fachbereichsleiterin. »Die meisten von uns leisten in einer festen Anstellung mehr.«

»Das ist richtig«, sagte die Rektorin. Jack hatte die Bemerkung für eine Kalenderspruchweisheit gehalten, aber für die Rektorin schien sie eine andere Bedeutung zu haben. »Haben Sie viel mit Kindern und Heranwachsenden zu tun gehabt, Mr. Orchard?«

»In den Büchereien? Nun ja, es hat mir immer viel gegeben, wenn ich ihnen bei der Suche nach einem bestimmten Werk behilflich sein konnte. Ein weiterer Sieg für die Bildung, habe ich dann immer bei mir gedacht.«

»Da kommt ja Ihr Kaffee. Erzählen Sie uns bitte mehr davon.«

Jack hielt das für eine Aufforderung, einiges aus seinem Erfahrungsschatz zum besten zu geben. Er mußte sich beherrschen, um nicht zu viele Anekdoten zu erzählen. Er nahm sich Zeit, akzentuierte jede Begebenheit mit einem kleinen Schluck, und war erfolgreich in seinen Bemühungen, keinen Kaffee zu verschütten und nicht mit der Tasse auf der Untertasse zu klappern. Nach einigen Minuten erklärte die Rektorin: »Ich denke, wir haben genug gehört, um uns ein Bild machen zu können.«
Jack stellte die Tasse auf den Schreibtisch und erhob sich. Sie sah ihn direkt an und erklärte: »Ich denke, Sie hören recht bald von uns.«
Er versuchte, nicht zu überlegen zu wirken, als er auf den Flur hinaustrat. Der kleine Mann in dem viel zu großen Anzug wirkte mürrisch, so als habe er das dringende Bedürfnis, eine Zigarette zu rauchen. Jack erkannte sofort, daß sein Konkurrent nicht die geringste Chance hatte. Auf dem Weg aus der Schule errechnete er den Wortwert von Schule und Bibliothek in den unterschiedlichsten Kombinationen. Stets erhielt kam er auf zufriedenstellende Zahlen. »Gut«, sagte er laut, als er auf dem Schulhof war, wo ihn niemand hören konnte.
Doch als Julia ihn fragte, wie das Vorstellungsgespräch gelaufen sei, antwortete er ihr: »Man soll nicht vorher darüber reden. Wir können nur abwarten.«
»Wie lange?«
»Ich schätze, nein, ich hoffe, daß wir nächste Woche von der Schule hören werden.«
Sie seufzte tief, aber er brachte es einfach nicht fertig, ihr mitzuteilen, daß er sehr zuversichtlich war. Das kam ihm wie ein Geheimnis vor, das erst mit dem Eintreffen des Briefs aufgedeckt werden durfte. Vielleicht war dann auch der rechte Zeitpunkt gekommen, Julia und Laura in all seine anderen Geheimnisse einzuweihen. Es fiel ihm schwer, über alles Stillschweigen zu bewahren, vor allem am Samstag, wo er nicht einmal einen Spaziergang machen konnte, weil er auf den Mann warten mußte,

der ihm die Kassetten abkaufen wollte. Doch andererseits gab ihm das Geheimnis Sicherheit.
Kurz nach ein Uhr klingelte das Telefon. Dreizehn Uhr dreizehn, dachte er, als Laura den Hörer abnahm. »Wenn es für mich ist, sag ihm, daß ich auf ihn warte!« rief er seiner Tochter zu.
»Hallo«, meldete sie sich voller Vorfreude, um gleich darauf eine enttäuschte Miene aufzusetzen, weil der Anruf nicht ihr galt. »Es ist Jodys Vater«, erklärte sie.
»Doch nicht wegen der Griechenlandreise«, entfuhr es Jack. Aber nein, die Ziehung würde doch erst in ein paar Wochen stattfinden. Jack nahm den Hörer, hielt ihn ans Ohr und legte seiner Tochter einen Arm um die Schultern. »Hallo, Pete, was kann ich für dich tun?«
»Nun, es geht um die Stelle in der Schulbibliothek.«
»Ich war gestern zum Vorstellungsgespräch. Was ist denn los? Hast du eine gute Nachricht für mich?«
»Nein«, antwortete Jodys Vater.

Kapitel 13

Es gibt Schlimmeres, dachte Jack, als er einhängte, und es kam für ihn tatsächlich schlimmer, denn jetzt mußte er Julia und Laura alles erklären. Während des Gesprächs mit Pete hatte er seine Tochter losgelassen. Jetzt umarmte er sie und sagte: »Ich fürchte, deine Rektorin kann mich nicht einstellen.«

Julia kam die Treppe herunter und trug einen Berg zerknüllter Laken auf den Armen. Sie ließ sich auf der vierten Stufe nieder und legte die Tücher neben sich. »Was soll das heißen, sie kann nicht?«

»Nun, wahrscheinlich ist sie gut beraten, auf mich zu verzichten. Die Schulverwaltung würde sicherlich Einwände geltend machen.«

»Welcher Art?« verlangte Julia in scharfem Tonfall von ihm zu wissen.

»Einwände betreffs meines Rufs. Immerhin habe ich meine Videothek in Brand gesteckt.«

»Das hast du nicht! Wie kann die Rektorin so etwas nur annehmen?«

»Das habe ich ja gar nicht gesagt. Aber wenn sie mich einstellen würde, kämen bestimmt üble Gerüchte auf.«

Laura löste sich aus seiner Umarmung. Ihre Augen waren feucht. »Wer behauptet so etwas von dir?«

»Ich schätze, eine ganze Reihe von Leuten. Und wir werden wohl nie erfahren, wer solche Gerüchte in die Welt setzt.«

»Kann die Polizei denn da nichts machen? Kann man den Mann nicht wegen übler Nachrede und auf Schadensersatz verklagen?«

»So etwas läßt sich nur schwer nachweisen, Laura. Und wer sagt,

daß es überhaupt ein Mann gewesen sein muß? Ich glaube, es wird das Beste sein, Gras über die Sache wachsen zu lassen.«
Er kam sich vor wie ein Schuft, wie jemand, der seine Frau und seine Tochter im Stich gelassen hatte. Und er verspürte das starke Bedürfnis, alles wieder gutzumachen. Er verstand nicht, wie er in einer solchen Situation so ruhig und vernünftig bleiben konnte. Sein Verhalten erschien ihm als eine Art Zauber, der ihn davor bewahrte, unter dem Sturm der Gefühle zusammenzubrechen, die in ihm tobten. »Macht euch bitte keine Gedanken. Es gibt noch eine Menge freie Stellen. Besonders für einen Clown wie mich. Es würde mir auch nichts ausmachen, herumreisen zu müssen. Und wenn es dir ein Trost ist, Laura, der Mann mit den tinten- und nikotinverschmierten Fingern wird den Job auch nicht bekommen. Sie schreiben die Stelle neu aus.«
Laura setzte tapfer ein Lächeln auf, mußte aber gleich wieder die Lippen zusammenpressen. »So, jetzt laufe ich rasch zum Kiosk und kaufe mir eine Zeitung, um die Stellenanzeigen zu studieren. Wenn der Mann wegen der Videos kommt, sagt ihm bitte, daß ich in fünf Minuten zurück bin.«
Tatsächlich benötigte er über zehn Minuten, denn der erste Kiosk, den er aufsuchte, hatte bereits alle Tageszeitungen verkauft und nur noch Illustrierte übrig. Jack rannte weiter zum nächsten Laden. Die Besitzerin sah ihn eigenartig an und kratzte sich am ergrauten Kopf. »Aha, der Briefmarkensammler«, murrte sie.
»Diesmal will ich nur etwas ganz Einfaches«, erklärte er ihr.
»Hm!« machte sie, so als würde sie ihm kein Wort glauben.
»Geben Sie mir bitte das lokale Blatt und den *Guardian.*«
»Jeweils ein Exemplar oder lieber dreizehn?« Doch sie ließ sich von ihm überzeugen. Als er ihr das Geld gab, fragte sie: »Sind die Briefe gut angekommen, nachdem Sie soviel Mühe mit ihnen hatten?«
»Das hoffe ich.« Er bemerkte ihre Enttäuschung darüber, daß er ihr nicht mehr mitteilen konnte, nachdem er ihr mit seinem Briefmarkenwunsch soviel Streß bereitet hatte. Doch lächelte er sie an, denn sie hatte ihn auf eine Idee gebracht. »Vielen Dank

für Ihre Hilfe«, verabschiedete er sich von ihr, was sie zusätzlich verdroß.

Zu Hause durchforsteten Julia und er die Stellenangebote. Sie fanden mehr in Frage kommende Jobs, als er erhofft hatte. Unweit der walisischen Grenze wurde ein Bibliotheksassistent gesucht. In Runcorn, das eine halbe Stunde Fahrt auf der Autobahn entfernt lag, ebenfalls. Und sogar in Ellesmore, das kaum mehr als ein Katzensprung entfernt war, suchte man jemanden für die örtliche Bücherei. Jack stellte eine Liste zusammen, hatte aber einige Mühe, auf elf ausgeschriebene Stellen zu kommen. Er behalf sich damit, auch Jobs in Buchhandlungen mit auf die Liste zu setzen. Als er alles aufgeschrieben hatte, war es draußen bereits dunkel geworden. Der Anrufer vom Donnerstag hatte sich nicht mehr gemeldet, und das bestärkte Jack in seiner Vermutung über das, was schiefgelaufen war.

Er brauchte nur einige Zeit für sich, um alles wieder richten zu können. Am Sonntag morgen sagte Julia: »Sollen wir heute nachmittag einen Spaziergang machen? Der würde dir sicher guttun.«

»Geht ihr schon vor. Ich muß noch ein paar Briefe schreiben. Dann komme ich nach. Wenn ihr am Strand entlanglauft, kann ich dort zu euch stoßen.«

Sobald er ihre Schritte auf der Straße nicht mehr hören konnte, schaltete er den Computer und den Drucker ein. Er gab dem Drucker ein, dreizehn Kopien eines Dokuments namens CLOWNSLUC anzufertigen, und als das Gerät anfing zu rattern, wälzte Jack das Telefonbuch. Er nahm sich Zeit damit, die Anschriften auf die Umschläge zu schreiben, denn er wollte absolut sichergehen, daß man sie richtig lesen konnte.

Er fand keinen anderen Grund: Einer der Briefe, die er vor ein paar Tagen abgesandt hatte, mußte verlorengegangen sein. Und daraus folgerte er, daß man die Kopien des Kettenbriefs nicht nur abschicken mußte, man mußte auch dafür Sorge tragen, daß sie die Empfänger erreichen. Als er alle Briefe in die Umschläge gesteckt hatte, legte er ein neues Dokument an, das er BEWERB nannte, und setzte ein Standardschreiben auf. Der Drucker fertigte elf Kopien des Schreibens an, und Jack setzte die Anschriften ein. Als er auch das hinter sich gebracht hatte, fühlte er sich wie in Trance. Er ließ die Bewerbungen auf dem Tisch liegen, schob sich die Kettenbriefe in die Jackentasche und machte sich auf den Weg zum Strand.

Es herrschte gerade Ebbe, und kleine Pfützen hatten sich in den Sandvertiefungen gesammelt. Als Jack die Promenadentreppe hinunterstieg, verschob sich der Himmel zum Horizont. Das Licht, das sich grell und scharf in den Wellen widerspiegelte, schien von einer Stelle zu kommen, die hinter dem Himmel lag, von einer Quelle, die sich hinter einer bemalten Glasscheibe befand, in der die Sonne die einzige Öffnung bildete. Die kräftigen Farben, die ihn rings herum umgaben, und die Schatten, die diesen Moment im Sand festhielten, ließen alles zerbrechlich und unbeständig erscheinen. Als er Julia und Laura in einiger Entfernung ausmachte, befiel ihn eine unerwartete Panik. Konnte er sicher sein, alles nur Erdenkliche unternommen zu haben, um das Glück seiner Familie zu bewahren? Die beiden kamen auf ihn zu, wurden vor ihm größer. Bald würden sie so nahe sein, daß er nicht mehr richtig denken konnte. Er wandte ihnen den Rücken zu und tat so, als habe er gerade in einer Wasserpfütze etwas Interessantes entdeckt. Und dann überkam es ihn: Ja, er konnte noch etwas tun. Er konnte sicherstellen, daß kein Brief der zweiten Sendung verlorenging. Als er den Kopf hob, schien der Himmel nach oben zu segeln.

»Was hast du denn entdeckt?« wollte Laura wissen.

»Etwas ganz Besonderes. Aber es ist schon davongelaufen.« Er suchte ihr zum Trost elf Muschelschalen. Dann wanderte Laura zum Wasser, während Jack und Julia sich an der Hand hielten.

»Geht es dir besser?« fragte sie.

»Besser als was?«

»Als vorhin. Da hast du den Eindruck gemacht, als würdest du neben deinen Schuhen stehen.«

»Nun, dann sieh dir meine Füße an. Sind die etwa nackt?«
»Grüble nicht soviel, Jack. Meine Großmutter hat immer gesagt, man kann sich ein Loch in den Kopf grübeln.«
»Das hat sie gesagt?« Er wünschte, er könnte Julia mitteilen, wie viele elfwertige Worte er schon gefunden hatte. »Hauptsache, wir können noch lachen«, sagte er statt dessen, fing an zu laufen und zog sie hinter sich her, bis sie wirklich anfing zu lachen.
Als er am nächsten Morgen aufwachte, fühlte er sich gut und selbstbewußt. Heute war Montag, der dreiundzwanzigste April, und die Summe aus all dem ergab elf. Als Julia im Badezimmer war, nahm er sich die Stadtkarte von Merseyside vor. Sie führte leider nicht alle Straßen auf, die im Telefonbuch angegeben waren. Später duschte er und genoß das Prickeln des Wassers auf seiner Haut. Er winkte Laura und Julia zum Abschied zu. Und als das Postamt in Liscard öffnete, stand er schon vor dem Eingang.
Elf Briefmarken zu sieben und elf zu dreizehn Pence. Er klebte sie auf die Umschläge, in denen seine Bewerbungen steckten, schob den Stapel in den Briefkasten und ging dann zu seinem Lieferwagen, der unter der großen Plakatwand auf dem Parkplatz stand. Er war jetzt bereit, die Kettenbriefe persönlich zuzustellen. »Das Glück winkt mir«, murmelte er und fuhr auf die Straße.
Laster und Firmenwagen verstopften Stoßstange an Stoßstange den Tunnel. Nach einer Weile gelangte sein Ford Transit wieder ins trübe Sonnenlicht. Er fuhr in den Liverpooler Vorort Childwall. Unterwegs fiel ihm ein, daß er noch nicht darüber nachgedacht hatte, was die dreizehn Empfänger für ein Leben führten. Nun, zumindest leiteten sie alle eine Firma, denn er hatte ihre Adressen aus den Gelben Seiten abgeschrieben. Er hoffte, es würde für ihn keine Probleme damit geben, die Briefe bei ihren Geschäftsadressen abzuliefern. Andererseits erschien es ihm als pfiffige Idee, sich für das Branchenverzeichnis entschieden zu haben.
Nach fünfminütiger Fahrt durch das Industriegebiet – in dem auch Edge Industries ihr Unterkommen gefunden hatte –, kam Jack an einem Supermarkt vorbei, in dem sich früher ein Licht-

spieltheater befunden hatte. Dort hatte er zum ersten Mal einen Film gesehen, der überdies in Cinerama aufgenommen worden war. Der Film und die Schreie des Publikums hatten ihn umgeben, als das gesamte Kino in einen Abgrund zu stürzen schien. Noch Jahre später hatte er geglaubt, Kinos würden sich bewegen, wenn man in ihnen hockte und einem Film zusah; und er hatte noch länger Alpträume gehabt, in denen sein Zuhause wie in einem Fahrstuhl in unergründlichen Tiefen verschwand. Er beobachtete kurz die Kunden, die hinein oder heraus eilten, und sagte sich, daß sich kaum einer von ihnen an das alte Kino erinnerte. Die meisten waren sowieso viel zu jung, um zu wissen, wie es hier früher ausgesehen hatte. Für die Menschen, die in seine Videothek kamen, war der Film ohnehin nicht mehr der Hort der Abenteuer, wie er es in seiner Jugend empfunden hatte. Sie liehen sich bei ihm Videos aus, und wenn sie sie sich zu Hause ansahen, kam ihnen das nicht anders als Fernsehen vor. Kein Wunder, daß sein Laden gescheitert war. Er mußte versuchen, mit den veränderten Zeiten Schritt zu halten; mußte auf die neuen Wünsche der Kundschaft eingehen.

Jack passierte die jüdische Schule und erreichte den Childwall Fiveways. Dort fand er sich nicht zurecht und fragte einen alten Mann, der in einem Wartehäuschen an der Bushaltestelle saß, nach der Richtung, in der sich der Calderstones Park befand, in dessen Nähe Veronica Alan wohnte. Der Alte zeigte mit seinem Stock auf eine Straße und brummte: »Tag.« Jack glaubte zuerst, er wollte ihm einen Gruß entbieten, erkannte dann jedoch, daß sein Gegenüber die »Taggart Avenue« gemeint hatte. Ein Stück weiter steuerte er den Lieferwagen um eine grasbewachsene Verkehrsinsel herum, hinter der der Park begann. Hohe Baumreihen erhoben sich vor abgelegenen Häusergruppen, die von moosbewachsenen Mauern umgeben waren. Ein paar Minuten später überquerte er eine mehrspurige Allee und befand sich im Park.

Unweit der Gewächshäuser befand sich eine kleine geteerte Fläche, die gerade genug Platz für ein Fahrzeug bot. Jack steckte den Brief an Veronica Alan ein, ließ die anderen auf dem Beifahrersitz liegen und lief zu Fuß zu der Allee zurück. Veronica lebte auf der gegenüberliegenden Seite, in der Druid Stones Lane. Er stieß auf die Druids Cross Road, dann auf die Druidsville Road und kam sich schon vor wie auf einem heiligen Platz der alten Kelten. Endlich entdeckte er die Druid Stones Lane und lief mit festem Schritt die Anhöhe hinauf. Er versuchte so zu tun, als sei er auf dem Weg woandershin.

Nach knapp einer Minute fand er die gesuchte Adresse. Ein großer Bungalow erhob sich aus einem asphaltierten Halbkreis, auf dem ein Audi abgestellt war. Eine mannshohe Hecke umgab das Anwesen. Sie war dicht, und Jack entdeckte erst an ihrem Ende einen Einlaß. Dort war eine bronzene Plakette angebracht, auf der ALAN – ANTIQUITÄTENRESTAURIERUNG stand. Ein buschbestandener Weg führte zum Haus. Jack achtete darauf, den Wagen stets zwischen sich und dem großen Fenster, an dem keine Vorhänge hingen, zu lassen.

Die Haustür bestand im wesentlichen aus Milchglas von ungewöhnlicher Dicke. Er konnte kaum etwas durch das Glas erkennen, nur ein braunes Objekt, bei dem es sich vermutlich um eine Truhe oder einen Schrank handelte, der in der Diele stand. Am Fuß der Tür war ein Briefkastenschlitz aus Messing angebracht, so als verlangten die Hausbewohner, daß sich der Postbote bei jedem Besuch tief vor ihnen verbeugen mußte. Jack kniete sich hin und zog die Klappe weit genug auf, um den Brief hindurchzuschieben. Doch die Klappe war mit einer Feder versehen, und als Jack einen Moment nicht aufpaßte, schnappte sie zu und klemmte den Brief ein.

Wenn er versuchte, den Umschlag hindurchzuschieben, würde das Geräusch im Haus sicherlich nicht unbemerkt bleiben. Er entschied, es dabei zu belassen, richtete sich auf und verließ das Grundstück. Er hatte das Tor gerade durchschritten, als er hinter sich ein Rascheln und ein gedämpftes Klappen hörte. Anscheinend hatte jemand den Brief ins Haus gezogen. Er zögerte einen

Moment und wähnte sich im Schutz der Hecke sicher. Dann hörte er lautes Gebell und kurz darauf den Knall einer zugeschlagenen Haustür. Jemand kam mit seinen Hunden aus dem Bungalow.
Jack setzte sich rasch in Bewegung und widerstand der Versuchung, einen Blick über die Schulter zurückzuwerfen. Er wollte die Allee überqueren, als das Gebell die Straße erreichte. Diesmal konnte er dem Drang nicht mehr widerstehen, sich nach demjenigen umzudrehen, der seinen Kettenbrief bekommen hatte. Er lief zu einer Bushaltestelle, die nur ein paar Meter entfernt war, und lehnte sich gegen die Stange.
Das Bellen kam näher, und dann tauchten zwei stämmige Bulldoggen aus der Druid Stones Lane auf. Ihnen folgte eine Frau in den Fünfzigern, die eine sehr teure, legere Hose und einen knöchellangen Mantel trug. Ein Zierkamm steckte in ihrem silbergrauen Haar. Ihre Haut war bestimmt nicht vom Sonnenlicht so braun geworden. Sie zog mit einer Hand an den beiden Leinen, bis die Hunde keuchten und würgten. In der anderen schwang sie den Kettenbrief. »Unfug!« schimpfte sie mit einer krächzenden Stimme, die auf zu viele Zigaretten schließen ließ.
Jack bemerkte rasch, daß sie nicht ihn angesprochen hatte. Mehr noch, sie nahm ihn gar nicht wahr. Sie blieb vor dem Papierkorb an der Haltestelle stehen, zerriß den Brief in kleine Fetzen und warf sie hinein. »Major!« befahl sie, als die linke Bulldogge ein Bein hob, und einige Tropfen auf Jacks Schuhe spritzten. »Komm schon, du auch, General!« Sie zerrte die beiden Hunde über die Straße und verschwand mit ihnen im Park.
Vermutlich hatte sie den ersten Brief auf ähnliche Weise vernichtet, dachte Jack, aber warum hatte das den Orchards Pech gebracht? Es hieß doch, Unglück befiele denjenigen, der den Kettenbrief ignorierte, nicht aber den Absender. Dann kam ihm ein neuer Gedanke, und der erfüllte ihn mit Zorn: Wenn die Frau nun demjenigen alles Schlechte an den Hals gewünscht hatte, von dem der Brief stammte? Die Wut breitete sich wie ein Feuer in seinen Gedanken aus, das immer heißer wurde, während er ihr und den

Hunden nachblickte. Ihr Geruch hing immer noch in der Luft: Leder, Hundehaare, Alter und ein Parfüm, das ohne Zweifel in die oberste Preiskategorie gehörte. Jack fischte die Fetzen aus dem Papierkorb und kehrte zum Bungalow zurück.

Er hatte vor, ihr die Überreste durch den Briefkastenschlitz zu schieben. Aber als er das Grundstück erreichte, überlegte er es sich anders. Er hatte das Gefühl, daß das, was er jetzt tat, von ganz entscheidender Bedeutung für sein weiteres Schicksal sei. Er hockte sich vor die Haustür, und während er die Schnipsel dort aufhäufte, entfuhr ihm ein Furz. Er steckte die Fetzen mit seinem Feuerzeug in Brand. »Versuchen Sie doch einmal unser ›Glück‹«, knurrte er mit zusammengebissenen Zähnen, öffnete den Schlitz, hielt ihn mit der linken Hand auf und schob mit der rechten Hand die brennenden Papierstücke hindurch.

Danach ließ er die Klappe los und erhob sich. »Du hast es vollbracht«, sagte er zu sich selbst. Er spürte, daß die Last des Pechs von ihm genommen und auf die Schultern eines anderen gelegt war. Er fühlte sich unbeschreiblich und konnte kaum fassen, was er vollbracht hatte. Auch wenn er durch das milchige Glas verzerrt die Flammen sehen konnte, vermochte er noch immer nicht so recht an seinen Erfolg zu glauben. »Ohne Lachen kommt man eben nicht weiter!« grinste er und verließ den Bungalow. Als er sich dem Audi näherte, sah er in dessen Fenstern die Widerspiegelung der Flammen, die sich zu einem richtigen Feuer auswuchsen.

Er hatte das unangenehme Gefühl, sie folgten ihm. Er drehte sich ruckartig um und stellte erleichtert fest, daß das Feuer immer noch hinter der Haustür war. Das Möbelstück, das er für einen Schrank oder eine Truhe gehalten hatte, schien aus Pappe zu bestehen, so schnell fraßen sich die Flammen daran empor. In Nullkommanichts hatten sie den unteren Teil des Gebildes verzehrt, und der Rest kippte auf den Boden. Anscheinend hatte es sich dabei um einen Stapel Kartons gehandelt. Jack wußte, daß er nichts mehr tun konnte. Eine höhere Macht hatte ihm wieder einmal den Lauf der Ereignisse aus der Hand genommen. Einen Moment später

brannte auch der Teppich, und die Flammen klopften geräuschlos an die erste Zimmertür.
Entweder stand sie offen und schwang auf, oder das Lodern des Feuers ließ es so aussehen, als bewege sie sich. Doch dann bemerkte Jack Rauch, der durch das Zimmer mit dem langen Fenster ohne Vorhang trieb. Er zog sich vom Haus zurück, wartete, bis die Flammen in den Raum einfielen, und lief dann rasch den Hügel hinunter.
Er wollte die Feuerwehr rufen, entdeckte aber nirgendwo eine Telefonzelle. Auch als er die Allee entlanglief, konnte er nirgendwo einen Fernsprecher sehen. Er überlegte, ob er irgendwo klingeln und ein Haustelefon benutzen sollte, entschied sich aber dagegen. Aus der Ferne ertönte das Heulen einer Feuerwehrsirene, und Jack floh in seinen Lieferwagen. Irgend jemand mußte das Feuer bemerkt und Alarm gegeben haben. Jack fürchtete sich plötzlich davor, Veronica Alan gegenübertreten zu müssen.
Er entdeckte sie am fernen Rand der großen Wiese, wo ihre massigen Hunde in die Höhe sprangen und nach einem Stock schnappten, den sie hochhielt. Ihr Anblick, wie sie sich dort als kleine Gestalt mit ihren Bulldoggen vergnügte und keine Ahnung von dem hatte, was sich in ihrem Haus tat, ließ Jack gleichzeitig grinsen und frösteln. Er startete den Transit und verließ so abrupt den Parkplatz, daß der Stapel Briefe vom Beifahrersitz rutschte und auf den Boden fiel. Während er auf eine Lücke im Verkehrsstrom wartete, in die er sich einfädeln konnte, wurde ihm bewußt, daß er keine Ahnung hatte, wohin er sich jetzt wenden sollte.
Keine einzige der Anschriften auf den verbliebenen zwölf Briefen wollte ihm einfallen. Davon abgesehen hatte sein Drang, sie persönlich abzuliefern, deutlich abgenommen. Dann wurde ihm bewußt, daß es nur einen Ort gab, an dem er jetzt sein wollte: zu Hause. Aber dort war Julia, und sie würde ihm sofort anmerken, daß er etwas angestellt hatte. Und was hätte er ihr sagen können? Immerhin hatte er sich eines Verbrechens schuldig gemacht, hatte das Haus eines anderen in Brand gesteckt. Natürlich war das

niemals seine Absicht gewesen, zumindest am Anfang nicht, doch wie hätte er das seiner Frau klarmachen sollen? Er gewann immer mehr den Eindruck, die Ereignisse der letzten halben Stunde beträfen nicht ihn, sondern einen anderen.

Lautes Hupen riß ihn aus der Starre, in die er – vor wie langer Zeit? – gefallen war. Er trat aufs Gas und würgte den Motor ab. Ein schwarzer Sportwagen, der Jack an ein Reptil erinnerte, das durchs Unterholz schlich, fuhr um den Transit herum. Er startete den Wagen und brauste los, so als würde sich die Fahrtroute von ganz allein ergeben.

Er fuhr stundenlang herum. Straßen führten ihn zu Einkaufszentren, wo niemand einen Verdacht gegen ihn zu hegen schien. Irgend jemand rief etwas, und ein Apfel rollte von einem Marktstand vor seinen Transit. Jack hoffte, wenn er die Stadt verlassen und offenes Land erreichen konnte, würde er in der Lage sein, klarer zu denken. Doch es war ihm nicht möglich, dem Labyrinth der unbekannten Straßen zu entrinnen. Er fing wieder an, den Wert von Worten zu berechnen. Lächeln und Lachen ergaben jeweils dreizehn, Feuer hingegen elf. »Lächeln, Lachen, Feuer«, murmelte er vor sich hin. »Ich bin Feuer.«

Irgendwann war sein Benzintank leer. Er fuhr zu einer Tankstelle, in deren Shop Videokassetten verkauft wurden. Er studierte die Titel, bis ihm bewußt wurde, daß er das Videothekswesen hinter sich gelassen hatte. Diese Erkenntnis brachte ihn in die Wirklichkeit zurück. Das Feuer im Bungalow war nur eine weitere Szene in der Slapstick-Komödie, die sein Leben zu sein schien, doch zur Abwechslung waren diesmal weder er noch seine Familie die Darsteller. Die Frau an der Kasse sah ihn eigentümlich an, und er errötete. Er fragte sie nach dem Weg zurück und lächelte schief.

Natürlich konnte er vor Julia ein Geheimnis für sich behalten. Er sah in seiner Phantasie ständig Bilder von Feuerwehrmännern aus Stummfilmkomödien, die übereinander stolperten, sich in den Schläuchen verhedderten und Öl statt Wasser in die Flammen spritzten. Wenn sie ihn fragte, mußte er eine Antwort parat haben.

Er durfte nur nichts sagen, was ihn zum Lachen bringen würde, wie etwa: »Ich hatte es brandeilig, wieder nach Hause zu kommen«, oder »Ich war mit Feuereifer unterwegs«. Schließlich erklärte er dem Rückspiegel: »Ich bin nur etwas herumgefahren und habe nachgedacht.« Er war froh, wie überzeugend er dabei wirkte.

Etwas später hatte er das Gefühl, aus einem anderen Land zu kommen, an das er nur wenige und vage Erinnerungen hatte. Die Häuser verdunkelten den Sonnenuntergang, und nur an einer Stelle war ein rötliches Glühen zu erkennen, Anzeichen für ein großes Feuer »Ich bin einfach nur herumgefahren, hierhin und dorthin und im Kreis.« Er bog in seine Straße ein. Die Räder scharrten an der Bordsteinkante entlang, als er den Transit vor dem hinteren Gartentor zum Stehen brachte. Er schaltete den Motor ab und bückte sich, um die Briefe aufzuheben. Dabei nahm er aus dem Augenwinkel wahr, daß jemand in seinem Wohnzimmer saß. Es war nicht Julia oder Laura.

Jack erstarrte, und seine Knöchel schmerzten, als er sich aufstützte. Man war ihm auf die Spur gekommen? Wer hatte ihn gesehen? Ob Julia bereits über seine Missetat in Kenntnis gesetzt war? Er hätte sich am liebsten versteckt, aber das erschien ihm ihr gegenüber unfair, gleich ob sie schon Bescheid wußte oder noch darüber grübelte, was die Polizei von ihm wollte. Er zwang seinen Kopf hoch, und seine Faust zerknüllte die Briefe. Nein, im Wohnzimmer saß niemand.

Vielleicht war der Betreffende bereits auf dem Weg zu ihm. Er wartete im Wagen, bis er sicher sein konnte, daß sich niemand näherte. Dann schob er die Briefe in die Innentasche seiner Jacke, stieg aus und tröstete sich mit dem Gedanken, daß die vermeintliche Person im Wohnzimmer nur die Ausgeburt seiner Nervosität gewesen war. Er hoffte, er konnte sich unter Kontrolle halten, sonst würde Julia bestimmt mißtrauisch. Er ging ins Haus und schloß die Tür hinter sich. »Bin wieder da!« rief er.

»Besuch ist für dich da, Jack«, kam Julias Antwort von oben.

Ihre Stimme klang neutral. Er konnte nicht feststellen, ob man sie schon über ihn informiert hatte. Wie tapfer sie doch war, sich von allem nichts anmerken zu lassen, dachte er, und die Liebe und Bewunderung, die er in diesem Moment für sie empfand, bereitete ihm körperliche Schmerzen. Wenigstens wollte er es ihr ersparen sein Geständnis mitanhören zu müssen. Das konnte doch sicherlich warten, bis er mit der Polizei das Haus verlassen hatte. »Wo ...« begann er krächzend und mußte sich räuspern. »Wo steckt er denn?«

»Hier bin ich, alter Halunke.« Andy Nation kam aus der Küche. »Wenn du mich noch länger hättest warten lassen, wäre mir der Tee noch zu den Ohren rausgekommen. Was hältst du davon, für eine Weile für mich zu arbeiten? Ich habe heute noch mit Mrs. Apple gesprochen und ihr erklärt, es wäre doch wirklich an der Zeit, daß sich in deinem verpfuschten Leben einiges zum Besseren wendet.«

Kapitel 14

Mrs. Merrybale lebte in einem großen Haus in einer Straße, in der mehrere Altenunterkünfte untergebracht waren. »Mein Ehemann ist auf dem Weg. Sie werden ihm bestimmt eine Überraschung bereiten«, erklärte sie ihm. Jack wußte nicht so recht, wie er das verstehen sollte. Ihr Mann war am Meer, um sich zu erholen. Bedeuteten Mrs. Merrybales Worte, daß er sich auf dem Weg der Besserung befand oder daß er auf dem Weg zurück war? Sie war es offensichtlich nicht gewöhnt, Fremde im Haus zu haben, und benahm sich dementsprechend steif, aber nicht unfreundlich. Zuerst sprach sie die beiden Männer mit Mr. Nation und Mr. Orchard an. Daraufhin hatte Andy der alten Dame vorgeschlagen, sie beim Vornamen zu rufen, und das hatte ihr gefallen. Seitdem redete sie mit den Männern wie mit alten Freunden. Sie brachte ihnen häufiger Tee (mit sehr viel Milch drin), den sie in zerbrechlichen Tassen auf randvollen Untertassen servierte. Gelegentlich gab es Rosinenkuchen, den die Männer, um nicht unhöflich zu erscheinen, verspeisten, auch wenn er sehr trocken und etwas zu hart war. Mehr als einmal am Tag kam sie zu einem Schwatz zu ihnen. Sie brachte keine ihrer Geschichten zu Ende, denn stets brach sie vor der Pointe ab und entschuldigte sich bei den beiden dafür, sie so lange von der Arbeit abgehalten zu haben. Kaum hatte sie ihnen den Rücken zugekehrt, verdrehte Andy die Augen. Und ihr Lieblingssatz – »Wenn ich noch etwas für Sie tun kann ...« – provozierte ihn zu höflichen Verneinungen, die ihm aus tiefstem Herzen kamen. Jack kam dieses kleine Frage-Antwort-Spiel der beiden wie ein Running Gag vor, und er genoß die Zeit in diesem Haus sehr.

Er hatte immer viel Freude daran gehabt, Zimmer zu renovieren, aber seine Verschönerungsbemühungen zusammen mit Julia konnten nicht mit der Arbeit im Haus der Merrybales verglichen werden. Nach der noch relativ unbeschwerten Arbeit, die alten Tapeten von den Wänden zu reißen – Jack führte mit sich selbst kleine Wettkämpfe aus, in denen er versuchte, immer noch größere Stücke von der Wand zu ziehen –, kam die ungleich mühevollere Tätigkeit der Putzausbesserung. Und noch schlimmer wurde es, als die neuen Tapeten angebracht wurden. Andy war erst dann zufrieden, wenn von der Naht zwischen zwei Bahnen nichts mehr zu sehen war. Jack lernte mehr über das Tapezieren, als er für möglich gehalten hatte. Er hätte diese minutiöse Arbeit vermutlich nicht durchgehalten, wenn die alte Dame nicht immer wieder unfreiwillig für Heiterkeit gesorgt hätte.

Am Ende des zweiten Tages sagte Andy: »Jetzt habe ich mir einen Drink redlich verdient.«

»Du weißt, ich lasse dich ungern allein.«

»Dann steig in die Karosse. Und wirf unser Zeug in den Kofferraum.«

Es gelang Jack, auf dem Beifahrersitz Platz zu nehmen, ohne auf das Spielzeug, die Comics und die Kekstüten zu treten, die Andys Kinder dort liegengelassen hatten. Sein Freund fuhr einen Datsun, dessen Außenseite von Farbflecken übersät war, die nicht unbedingt harmonierten. »Wir könnten deinen Lieferwagen prima gebrauchen, um unser Material zu transportieren«, sagte Andy.

»Er fährt nicht. Irgendwas mit dem Motor.«

»Ich rufe einen Freund von mir an. Der repariert ihn dir.«

»Danke, aber ich habe schon jemanden damit beauftragt.« Er verzichtete darauf hinzuzufügen, daß die Reparatur ein paar Tage dauern würde, denn dann hätte Andy bestimmt erklärt, daß sein Freund das schneller erledigen konnte. Im Grunde genommen fehlte dem Transit nicht mehr, als daß er die zwölf Briefe und die Lötlampe enthielt. Vor allem letztere hatte Jack verbergen wollen. Erstens erinnerte sie ihn zu sehr an sein Mißgeschick,

und zweitens hätte Andy sicherlich unangenehme Fragen gestellt.
Sie kehrten im Stanley's Cask ein, wo man Ales mit Namen wie Wobbly Bob, Black Bat, Old Fart und Old Peculier servierte. Jack erwartete, daß Andy sein Herz über die alte Mrs. Merrybale ausschütten wollte. Aber auch nach dem zweiten Halben redete Andy nur über seine Familie und die von Jack. Vermutlich hielt er es für schlechten Stil, sich über die Wunderlichkeiten einer alten Dame das Maul zu zerreißen, dachte Jack und begriff, daß sowohl er als auch sein Freund Geheimnisse hatten.
Seine Untat hatte nicht für viel Aufsehen gesorgt. Keiner der lokalen Radiosender hatte das Feuer im Bungalow einer Meldung für wert gehalten. Im *Liverpool Echo* war einer kleinen Meldung zu entnehmen gewesen, daß das Haus von Mrs. Veronica Alan Brandschäden davongetragen habe und man noch nicht auf die Ursache des Feuers gestoßen sei. Wahrscheinlich war die Frau gut versichert, sagte er sich, und am Ende mußte sie wohl zu dem Schluß gelangt sein, daß das Feuer aufgrund einer Unachtsamkeit ihrerseits ausgebrochen war. Jack verspürte großen Zorn auf Veronica Alan. Warum hatte sie sich nicht daran gemacht, dreizehn Kopien des Kettenbriefs zu verschicken. Dann wäre sie vor dem Feuer und möglichen anderen Desastern verschont geblieben.
»Weißt du, Andy«, sagte er, »manchmal denke ich, die Menschen fürchten sich am meisten vor Veränderungen, und das hindert sie daran, ihr Leben zu verbessern.«
»Was plagt dich denn, daß du dich jetzt als Philosoph versuchen mußt?«
»Ich habe gerade darüber nachgedacht, wie leicht es doch ist, sich zu verändern.«
»Dann will ich mein Glas darauf erheben, daß wir beide das Beste aus unserem Leben machen.«
»Darauf trinke ich gern.« Die beiden stießen die Gläser gegeneinander.
Als Andy Jack zu Hause absetzte, öffnete Julia die Tür. Doch sein

erster Blick galt nicht ihr, sondern den unteren Stufen der Treppe. Doch darauf war keine Post zu entdecken. »Tut mir leid«, sagte sie, »aber es ist noch nichts gekommen.«
Er legte einen Arm um sie, und gemeinsam gingen sie durch die Diele. »Das dauert bestimmt nicht mehr lange, keine Bange.«
»Zähl nicht darauf«, sagte sie leise.
»Na hör mal, ich bin hier im Haus derjenige, der für die Kalauer zuständig ist«, lachte er, bis ihm ein Blick auf ihre verwirrte Miene verriet, daß sie keine Ahnung von seinem heimlichen Zeitvertreib hatte. »Mach dir nichts draus, es kommt alles so, wie es kommt.«
»Daran werde ich dich bei gegebenem Anlaß erinnern«, entgegnete sie und küßte ihn.
Etwas später riefen die Quails an, die letzte Woche das Haus besichtigt hatten. Sie waren immer noch interessiert und hatten einen Käufer für ihr Haus an der Hand. Allerdings gab es da noch ein Problem, daß ein anderer noch keinen Käufer gefunden hatte. Jack stellte sich eine endlose Reihe von Hauskäufern vor, die sich durch Raum und Zeit erstreckte. Und die Menschen am vorderen Ende der Reihe starben an Altersschwäche, bevor der Weiterverkauf bis ans andere Ende fortgesetzt worden war. »Dabei gibt es nur eine Schwierigkeit«, erklärte er seiner Familie beim Abendbrot. »Die Anzahl der Menschen ist begrenzt. Daher handelt es sich bei der Person am Ende der Reihe um diejenige, mit der du in Verhandlung stehst.«
»Hör auf, mir schwirrt schon der Kopf!« beschwerte sich Laura.
»Magst du keine Zahlenspiele?«
»Nicht immer ...«
»Aber sie sind die Basis unseres Lebens. Ohne sie könnten wir die Welt nicht verstehen.«
»Und die Quails sind nicht die einzigen, die Interesse an unserem Haus haben«, erinnerte Julia Laura. »Das junge Paar, das bald heiratet, möchte unser Haus auch haben.«
Im Lauf der Woche erhielt Jack einige Antworten auf seine Bewerbungsschreiben. In zwei von ihnen wurde er zu einem

Vorstellungsgespräch eingeladen. Eine Stelle war in Wales, die andere in Ellesmore Port. Jack zog letztere eindeutig vor. Ellesmore Port lag zu weit entfernt für die bösen Gerüchte über seine Brandstiftung, ließ sich aber bequem mit dem Auto in einer halben Stunde erreichen. Das Gespräch sollte Anfang der nächsten Woche stattfinden. Bis dahin wären er und Andy mit den Renovierungsarbeiten nicht fertig. Und mit dem Transit konnte er kaum nach Ellesmore Port fahren, denn dann hätte Andy dumm geschaut. Doch sein Freund half ihm aus der Patsche, indem er ihm seinen Datsun für das Vorstellungsgespräch leihen wollte. »Es ist schon so, wie du gesagt hast«, erklärte er Jack. »Man kann sich leicht daran gewöhnen, seine Lebensumstände für selbstverständlich zu halten. So wie es ist, muß es auch sein.«

Es war Montag, und das zurückliegende freie Wochenende hatte ihm neue Kräfte gegeben. Der Wagen rollte gerade auf die gesprungene, unkrautübersäte Auffahrt, als Mrs. Merrybale auf der Veranda erschien. Aufgrund ihrer Arthritis schwankte sie beim Gehen wie ein Seemann. »Diesen Tee wollen Sie sicher nicht trinken. Ich setze gleich neuen auf.« Und damit verschwand sie wieder im Haus.

Sie trug ein langes schwarzes Kleid, und ihr graues Haar fiel über die vorstehenden Schulterblätter. »Gehen Sie heute abend tanzen?« fragte Andy leutselig, als er zusammen mit Jack schwere Farbeimer in die Diele schleppte.

»Sie sind mir schon ein Komiker«, entgegnete sie (auch dies war eine ihrer Standardphrasen) und biß sich auf die Unterlippe, damit sie beim Grinsen nicht ihre falschen Zähne präsentieren mußte. Als sie in die Küche ging, flüsterte Jack Andy zu: »Vielleicht sollte ich das lieber nicht sagen, aber vor allem Hexen gehen in der Walpurgisnacht tanzen.«

»Verdammt, warum kann ich meine blöde Klappe nicht halten? Glaubst du, sie denkt, ich hätte darauf anspielen wollen?«

»Ich schätze, niemand hält dich einer bösartigen Bemerkung für fähig.«

»Danke, das Kompliment kann ich nur zurückgeben.«
Jack wußte nicht, was er darauf entgegnen sollte. Mrs. Merrybale erlöste ihn aus seiner Not. Sie kam unvermittelt aus der Küche zurück und verlangte höflich aber bestimmt von Andy, daß er nach oben laufen und alte Handtücher holen sollte, auf die er die schmutzigen Farbeimer stellen konnte. Heute sollte die Wand über den Stufen gestrichen werden. Am Samstag waren sie bis zum mittleren Treppenabsatz gekommen. Jack arbeitete sich von unten nach oben vor, während Andy sich um die kniffligen Stellen kümmerte, wie zum Beispiel um das Stück Wand unter dem Dachfenster oberhalb der Treppe. Er stand auf einer langen Aluminiumleiter, die er vollständig ausgefahren und gegen den obersten Treppenabsatz gelehnt hatte. Wann immer Mrs. Merrybale die Treppe benutzte, fing die Leiter an zu wackeln.
Am Vormittag brachte sie ihnen einen Imbiß. Sie schwankte die Treppe hinauf und balancierte ein Tablett, auf dem sich Rosinenkuchen und Tee befanden. Alles schwamm in einer Lache aus milchigbrauner Flüssigkeit. Sie suchte nach einem Platz, wo sie es hinstellen konnte. Jack kam ihr entgegen und nahm ihr das Tablett ab. Dem Gebot der Höflichkeit folgend, wartete er eine Weile, bis er es ihr zurückbrachte. Andy und er hatten den Kuchen kaum angerührt. Etwas später zeigte sich Mrs. Merrybale wieder an der Treppe, und Andy, der immer noch oben auf der Leiter stand, verdrehte die Augen. »Wenn ich das sehe, muß ich doch wirklich an einen Papagei denken«, erklärte die alte Dame.
»So?« machte Andy.
»Ach«, sagte Jack.
Sie blickte auf eine Teedecke, die sie am Geländerpfosten vergessen hatte. »Ich möchte Sie aber wirklich nicht stören.«
Andy hielt sich mit einer Hand an der Leiter fest und wischte sich mit der anderen über die Stirn. »So beschäftigt sind wir nie, daß wir nicht ein bißchen zuhören könnten.«
»Genau das habe ich mir auch gesagt. Es geht noch nichts über einen gemütlichen kleinen Schwatz. Man gönnt sich ja sonst kaum

etwas.« Sie schwieg, und von ihr war nur noch bei jeder Stufe ein Schnaufen zu hören, bis sie Jack erreicht hatte. »Wovon habe ich gerade gesprochen? Ach ja, der Papagei. Richtig, ich sagte, die Decke dort unten erinnert mich an das Tier. Jetzt möchten Sie bestimmt wissen, warum.«

»Ja«, entgegnete Andy und konnte das Entsetzen in seiner Stimme nur mit Mühe unterdrücken.

»Es war mein Mann, wissen Sie! Er hat den Papagei aus Afrika mitgebracht, weil er dachte, ich könnte etwas Gesellschaft gebrauchen. Er hockte da unten auf dem Pfosten, wo jetzt das Deckchen liegt, und hat nie ein Wort gesprochen.«

»Sie meinen sicherlich den Papagei und nicht Ihren Gatten, oder?« erkundigte sich Jack.

»Also, das ist doch wirklich ein Komiker, was, Mr. Andy?« rief sie nach oben. Andy grunzte nur. »Natürlich hat der Vogel auf dem Pfosten gehockt. Als wenn mein Oller dort Platz nehmen würde! Also wirklich! Jedes Mal, wenn ich das Tier aus dem Käfig gelassen habe, hat es sich dort niedergelassen. Irgendwann habe ich es dann einfach dort hocken lassen. Der Vogel sah wirklich so aus, als hätte ihn jemand aus Holz geschnitzt und dann angemalt. Man sollte ja annehmen, das dumme Tier sei wirklich zu nichts nutze gewesen. Das denken Sie doch sicherlich, nicht wahr, meine Herren?«

Andy nickte so heftig, daß seine Leiter zu schwanken begann.

»Nun, da liegen Sie aber grundverkehrt«, erwiderte Mrs. Merrybale mit Triumph in der Stimme. »Dieser Papagei war besser als jeder Hund. Das habe ich an dem Tag herausgefunden, als ein Einbrecher ins Haus kam.«

Die beiden Männer warteten auf das Ende der Geschichte, während sie versuchte, zu Atem zu kommen, und sich dann zu Jack umdrehte. »Na ja, ich fürchte, ich habe Sie jetzt lange genug aufgehalten. Ich lasse Sie jetzt in Ruhe.« Damit drehte sie sich um und stapfte nach unten.

Andy gab ein unidentifizierbares gurgelndes Geräusch von sich,

und die alte Dame blieb stehen. »Ist mit Ihnen alles in Ordnung, Mr. Jack, oh, ich meine natürlich Mr. Andy?«
Jack fragte sich, ob der Eindringling vor Schreck einen Herzinfarkt bekommen hatte, als die Schnitzerei am Treppengeländer plötzlich zum Leben erwacht war, oder ob der Papagei in diesem Moment seine Stimme wiedergefunden und den Einbrecher davon überzeugt hatte, daß er umstellt und jeder Widerstand zwecklos sei; möglicherweise hatte der Vogel auch die Stimme des Ganoven so gut imitieren können, daß es für die Polizei ein Leichtes gewesen war, ihn zu überführen. Er wollte Mrs. Merrybale gerade danach fragen und so seinen Freund aus seiner Not befreien, als die alte Dame auf den Stufen ausrutschte.
Sie fiel nicht tief, konnte sich mit beiden Händen am Geländer festhalten und kam mit einem heftigen Stoß, der ihr wie ein Schlag durch beide Beine fuhr, auf der nächsten Stufe auf. Ihre Absätze hatten den Teppich losgerissen. Als sie sich niederließ, um sich von dem Schreck zu erholen, zerrten ihre Absätze weiter an dem Teppich, und sie glitt noch eine Stufe nach unten. Dadurch lösten sich an allen Stufen die Teppichhalterungen, ein Prozeß, der sich nach oben fortsetzte und bald Andys Leiter erreichen würde. »Hat sie sich verletzt?« rief Andy von oben.
Von einem Moment auf den anderen war Jack nicht mehr der Zuschauer bei einer Slapstick-Komödie, in der den Schauspielern zwar alles mögliche zustößt, aber keiner von ihnen sich ernsthaft verletzt. Nun sah er sich in der Rolle eines Augenzeugen bei einem Unglück wieder, das er nicht aufhalten konnte. Wenn er versuchte, Andy zu Hilfe zu eilen, würden seine Schritte den Teppich nicht weiter lösen? »Sie ist nicht . . .« begann er und sah dann, wie Mrs. Merrybale noch eine Stufe tiefer glitt. Sie hielt sich verzweifelt am Geländer fest, aber ihre Absätze zogen den Teppich stramm. »Runtersteigen!« rief er seinem Freund zu.
Die alte Dame glaubte, die Worte hätten ihr gegolten. Sie zog sich am Geländer hoch, glitt noch eine Stufe nach unten und blieb dann stehen. Andy, der bereits die Leiter herabkam, entdeckte die

Katastrophe, die sich auf ihn zubewegte. Er befand sich auf der zwölften Sprosse und beeilte sich sehr. Das obere Leiterende knirschte an der Wand entlang, und Andy sprang ab.
Die Leiter fiel nach links, und Andy kam rechts auf. Die Leiter kippte über das Geländer, krachte auf den mittleren Absatz, überschlug sich und landete mit gewaltigem Getöse in der Diele. Andy kam auf den Füßen auf, ging sofort in die Knie, um die Wucht des Aufpralls abzufedern, und verlor das Gleichgewicht, als der Teppich unter ihm wegrutschte. Er plumpste auf sein Hinterteil und blieb sitzen. Sein Gesicht hatte alle Farbe verloren, und er machte den Eindruck, als wisse er nicht recht, wo er sich befand. Bei seinem Sprung von der Leiter hatte Mrs. Merrybale einen Schrei ausgestoßen, der eines ausgewachsenen Papageis würdig gewesen wäre. Nun kam sie die Treppe wieder herauf auf Andy zu und trat dabei ärgerlich den Teppich in die Fugen zurück. »Ist mit Ihnen alles in Ordnung, Mr. Andy? Kann ich irgend etwas für Sie tun?«
Andy nickte und hob flehentlich beide Hände. »Was ist aus dem Papagei geworden?«
»Wieso? Der ist vor ein paar Jahren gestorben«, antwortete sie und starrte Andy fassungslos an, der sich auf den Boden geworfen hatte, heulte und auf den Teppich einhieb. »Ich schätze, Sie können dringend eine Tasse Tee vertragen. Ich setze gleich welchen auf.« Und damit verschwand sie in Richtung Küche.
Als Andy sich wieder beruhigt hatte, hatte Jack bereits den Teppich in die Halterungen zurückgesteckt und die Leiter von unten geholt. Andy wollte gleich wieder hinaufsteigen, aber Jack beharrte darauf, daß er diesen Teil der Arbeit übernehmen würde. Das wäre schließlich das mindeste, was er für einen Freund tun konnte, der gerade ein solches Erlebnis hinter sich gebracht hatte. Doch als er oben stand, wurde ihm bewußt, daß er sich nicht unbedingt auf seinen Schutzengel verlassen durfte. Als er das Stück Decke rings um das Oberlicht gestrichen hatte, war er froh und erleichtert. Jedesmal, wenn er sich zur Seite gebeugt hatte, hatte er das Gefühl

gehabt, die Leiter würde unter ihm wegrutschen und sich auf den Weg nach unten machen. »Was für ein Glück für dich, daß du dich bereits auf der elften Sprosse befunden hast, als die Leiter wegkippte«, erklärte er seinem Freund.

Als sie Feierabend machten, stellten sie fest, daß sie hier nur noch für einen Tag zu tun hatten. Andy erklärte ihm, den Rest könne er auch allein bewältigen. Aber das wollte Jack nicht zulassen. Für das Bewerbungsgespräch bei der Bibliothek würde immer noch Zeit genug bleiben. Am nächsten Morgen zog er seine Arbeitssachen an, die schon nach Farbe und Schweiß rochen, setzte sich an den Küchentisch und suchte in Gedanken Worte, deren Wert elf ergab, bis Andy draußen vorfuhr und hupte. »Wünscht mir ...« erklärte Jack seiner Frau und seiner Tochter, »nein, besser nicht, wünscht mir lieber kein Glück. Behaltet das lieber, ihr könnt es vermutlich besser gebrauchen als ich.«

Kapitel 15

Einige Wochen später radelte Laura über das Stück Promenade, das der Bucht gegenüberlag. Schweres Sommerabendsonnenlicht lastete auf dem quecksilberfarbenen Meer. Entlang der Uferstraßen drängte sich eine Fahrschule hinter der anderen. Fahrschüler mühten sich tapfer damit ab, in einen Kreisverkehr hineinzukommen, in drei Zügen zu wenden, die Blinker abwechselnd zu betätigen, so als wußten sie nicht, in welche Richtung sie wollten, und vor unsichtbaren Hindernissen abzubremsen. Ein rostiger alter Skoda kam ruckelnd wenige Meter vor Laura zum Stehen. In dem Wagen saß ein älteres Ehepaar, das sich lautstark stritt. Schließlich stiegen beide aus, und die Frau nahm hinter dem Steuer Platz. Sie trat zu fest aufs Gas und ließ die Kupplung zu früh kommen. Der Wagen machte einen Satz und brauste mit quietschenden Reifen davon. Als die öligen Auspuffgase auf sie zuschwebten, radelte Laura zum Kreisverkehr und fuhr nach Hause.

Sie kam gerade am »International Experience« vorbei – die Leuchtreklame, die im hellen Sonnenlicht nur matt leuchtete, rief angenehme und köstliche Erinnerungen in ihr hervor –, als sie Jackie Pether begegnete. Sie und ein anderes Mädchen saßen auf dem Spielplatz auf Schaukeln und teilten sich eine Zigarette. Vermutlich fühlte Jackie sich ertappt, denn anders konnte Laura sich die Aggressivität ihrer Schulkameradin nicht erklären. Jackie verschränkte die Arme vor der Brust, so als wollte sie zeigen, daß sie die Zigarette gar nicht in der Hand gehabt haben konnte, und setzte ein gehässiges Grinsen auf. »Nein, warst du nicht!« fuhr sie Laura an.

Das andere Mädchen fing an zu kichern, obwohl ihr anzumerken war, daß sie mit Jackies Bemerkung genauso wenig anfangen konnte wie Laura. »Was willst du eigentlich?« frage Laura freundlich zurück.

»Jeder, der dich kennt, weiß doch über dich Bescheid, Laura.«

»Soviel ich weiß, gehörst du nicht zu denen, die mich kennen, Jackie Pether. Deshalb brauchst du vor deiner Freundin auch gar nicht so zu tun, als wüßtest du irgend etwas.«

»Viele wissen mehr über dich, als dir lieb sein dürfte«, giftete Jackie.

Als Laura sah, wie sich das breite, stumpfe Gesicht von Jackies Freundin zu einem breiten Grinsen verzog, wurde sie wütend und begriff zu spät, daß genau das in Jackies Absicht gelegen hatte. »Du hohle Nuß weißt doch überhaupt nichts, was für irgend jemand von Interesse sein könnte«, schnappte Laura.

»Ich weiß zum Beispiel, daß das da gelogen ist«, erwiderte Jackie. »Denn dort warst du nicht!« Sie zeigte auf Lauras knospende Brüste.

Jetzt erkannte Laura, worum es hier eigentlich ging. Jackie nahm ganz offensichtlich an ihrem T-Shirt Anstoß, auf dem geschrieben stand: ICH WAR IN KNOSSOS. »Jody hat mir das geschenkt«, verteidigte sich Laura. »Davon abgesehen kannst du ja gar nicht wissen, ob ich nicht doch bald dorthin verreise.«

»Solange dein Dad keine Arbeit findet, wirst du nirgendwohin verreisen.«

Das Mädchen mit der Zigarette prustete los, so als habe Jackie mit dieser Bemerkung einen Punktsieg über Laura errungen. Gleich darauf erlitt sie einen Hustenanfall. Als das Mädchen sich wieder beruhigt hatte, hatte Laura die Frage gefunden, die sie Jackie stellen wollte und die ihr gleichzeitig Aufschluß über etwas geben sollte, das sie schon lange wissen wollte: »Warst du es etwa, Jackie Pether, die herumgelaufen ist und überall erzählt hat, mein Vater habe seinen Laden in Brand gesteckt?«

»Das haben viele Leute gesagt.«

»Wie zum Beispiel deine Eltern?«
Jackie öffnete den Mund und schloß ihn wieder. Sie war so wütend, daß sie keinen Ton herausbrachte. »Mein Dad könnte deine Eltern dafür anzeigen, daß sie üble Gerüchte über ihn verbreiten, die ihn den Job in der Schule gekostet haben«, setzte Laura nach. »Dein Dad ist doch angeblich Polizist. Wenn mein Dad ihn vor Gericht brächte, müßte er dort die Wahrheit sagen.«
»Halt du dich zurück, was meinen Vater angeht«, entgegnete Jackie mit sich überschlagender Stimme. »Alle wissen doch, daß dein Vater verrückt ist. Viele haben ihn gesehen, wie er mit nur einem Schuh durch New Brighton gehüpft ist.«
Laura lief vor Zorn rot an. »Dann will ich dir mal was sagen: Wenigstens läuft mein Dad nicht herum und verbreitet Lügen über andere. Und nur zu deiner Information, mein Vater hat gerade einen viel besseren Job als den in der Schule bekommen!«
»Wo denn, in einer Klapsmühle?«
»In der Bibliothek von Ellesmore Port, wenn du es unbedingt wissen mußt«, erwiderte Laura und radelte davon, ohne sich noch einmal umzudrehen.
Wenn sie noch länger geblieben wäre, hätte es so ausgesehen, als wollte sie versuchen, die beiden Mädchen von der neuen Arbeit ihres Vaters zu überzeugen. Ihr Vater hatte gerade erst Anfang der Woche erfahren, daß man ihn bei dieser ausgeschriebenen Stelle nehmen wollte. Es konnte ihr egal sein, ob Jackie und ihre blöde Freundin das glaubten. Nein, es war ihr nicht egal. Die beiden hatten ihr den ganzen Abend verdorben, und sie wollte jetzt nicht nach Hause, solange ihre Eltern ihr noch ansehen konnten, daß sie wütend war.
Sie fuhr an der Bowlingbahn, am Adventureland, wo sich junge Leute lärmend an Spielautomaten vergnügten, und an den Pollern vorbei, die die Autos daran hinderten, auf die Promenade zu gelangen. Sie trat so fest in die Pedale, daß sie nur noch das Rauschen des Fahrtwinds hörte. Als sie ihre Geschwindigkeit

verlangsamte, stellte sie fest, daß sie auf halbem Weg nach Seacombe Ferry war. Hier wurde die Uferpromenade auf einer Länge von einer halben Meile von einer hohen Ziegelsteinmauer geschützt. Laura ließ sich auf einer Bank nieder und sah zu, wie in den Häusern auf der anderen Seite des Flusses die Lichter angingen. Sie wirkten in dem Grau der Straßen wie Funken in der Asche.

Wenn ihr Vater wirklich auf einem Schuh herumgehüpft war (und man ihn dabei beobachtet hatte), dann hatte er sich bestimmt nur einen Spaß erlaubt. Ihr Dad war mindestens zehnmal soviel wert wie Jackies Vater, ein Mann, der niemals lachte, außer wenn einem anderen ein Mißgeschick widerfahren war. Nächste Woche würde ihr Dad in Ellesmore Port seine Stelle antreten, und wenn Jackie Pether dann immer noch behaupten sollte, er würde keine Arbeit finden, stünde sie vor aller Welt wie eine Närrin da. Laura empfand Genugtuung bei diesem Gedanken und nährte ihn. Bald fühlte sie sich bereit, nach Hause zu fahren.

Sie war nicht mehr allein auf diesem Stück der Promenade.

Ein hagerer Junge mit sandverkrustetem Haar war vom Strand die Treppe heraufgestiegen und lehnte zwischen Laura und dem Weg zurück nach New Brighton am Geländer. Sein Rückgrat preßte sich gegen die obere Stange, und er stützte sich mit einem Fuß auf der unteren ab. Als Laura auf ihr Fahrrad stieg und auf ihn zu radelte, stieß der Junge sich vom Geländer ab und stellte sich ihr in den Weg. Seine Stiefel knallten so laut und metallisch auf dem Pflaster, als trüge er Hufeisen.

»Das Rad sieht aus wie das von meiner Cousine«, sagte er.

Er war einige Jahre älter als Laura. Er senkte den Kopf ein Stück, und sie erkannte wundgekratzte Stellen in seinem kurzgeschnittenen Haar. Laura schenkte ihm ein freundliches Lächeln, aber sein Mund – die einzige Region in seinem Gesicht, unter deren Haut sich Fleisch zu befinden schien –, zog sich zurück wie bei einem Hund, der seine Zähne fletscht. »Ich habe gesagt, das verdammte Rad sieht aus wie das von meiner Cousine!«

»Es ist aber nicht ihres. Das hier haben mir meine Eltern zu Weihnachten geschenkt.«
»Deine Eltern? Etwa die alten Säcke, die bei dir zu Hause die Sessel plattsitzen?« Er kam auf sie zu und bewegte sich auf seinen dürren Beinen, als würde er einen Tanz aufführen. Dann rief er: »Seht mal, schaut ganz so aus, als hätten ihre verdammten Eltern ihr das Fahrrad von unserer armen Germaine gegeben. Dabei war das doch gestohlen!«
Laura warf einen Blick über die Schulter und erschrak. Zwei weitere Jungen waren vom Strand auf die Promenade gekommen. Sie trugen ebenfalls Stiefel, aber Laura hatte sie nicht gehört. Der erste wirkte älter und stumpfsinniger als derjenige, der vor ihr stand, und unter seinem gräulichen Kinn war ein halbes Dutzend Schorfstellen zu erkennen. Der dritte Junge war etwa in Lauras Alter und grinste blöde, als habe er gerade einen Witz gehört, für den er eigentlich noch zu jung war. Alle drei hatten die gleichen flachen Gesichter, die so aussahen, als seien sie mit Faustschlägen in diese Form gebracht worden. Als die beiden sich Laura näherten, schwang sie das Vorderrad herum und stellte sich auf das hochstehende Pedal. Das Rad schoß auf den ersten Jungen zu. Doch er wich geschickt aus und hielt das Gefährt an den Handgriffen zurück.
»Wo willst du, verdammt noch mal, hin? Hat man dir denn keine Manieren beigebracht?«
»Bitte, faß mein Rad nicht an«, sagte Laura und drehte den Kopf zur Seite, damit er nicht sehen konnte, wie ihre Lippen zuckten. »Es tut mir leid, wenn man deiner Cousine das Fahrrad gestohlen hat, aber dieses Rad hier gehört definitiv mir und ist ordnungsgemäß erworben worden.«
»Tja, irgendwer hat ihr Rad aber geklaut«, erklärte er, und sein Kopf wackelte wie bei einer Marionette. Seine beiden Brüder brachen hinter Laura in Gelächter aus. Sie hatte nicht bemerkt, daß die Jungen sie bereits erreicht hatten. Erst als einer von ihnen das Hinterrad festhielt, begriff sie, daß sie in der Falle saß. »Clint hat das Fahrrad für sie verschwinden lassen!« rief der Jüngste.

»Halt die Fresse, Hosenscheißer.« Der erste Junge zog die Oberlippe zurück und zeigte einen unvollständigen Satz schwarzer Zähne. Er wirkte wie ein Hund, der im nächsten Moment zubeißen will. Laura konnte das Zucken ihrer Lippen nicht mehr verbergen. Ihr Herz hämmerte wie wild, und sie konnte ihre Hände kaum noch von den Gummigriffen unterscheiden. Plötzlich riß sie das Lenkrad so heftig zur Seite, daß der Junge die Griffe nicht mehr halten konnte. Sie trat ihm gegen das Schienbein und stemmte sich auf das andere Pedal.

Hinter ihr schrie jemand, und ihr Rad kam nur wenige Zentimeter vorwärts. Der kleinste Junge hatte sich zwei Finger zwischen dem Rahmen und einer Speiche des Hinterrads eingeklemmt. »Du blöde Sau hast meinem Bruder weh getan!« schrie der erste Junge. »Dafür wirst du bezahlen, Fotze!«

Der Jüngste fiel auf die Knie und versuchte, seine Finger zu befreien. »Laßt mich sofort ihn Ruhe, sonst geht es ihm noch schlimmer«, drohte Laura. »Ihr beiden geht zurück auf den Strand, dann lasse ich euren Bruder frei!«

Sie lobte sich in Gedanken für diesen Schachzug. Das mußte einfach funktionieren. Doch dann trat der größte Junge vor, stürzte sich mit einer Hand auf das hintere Schutzblech, ohne wahrzunehmen, welche Schmerzen er damit seinem jüngeren Bruder zufügte, und sagte mit rauher, schwerer Zunge: »Du kommst hier nicht weg.«

»Laßt mich jetzt endlich in Ruhe!« schrie Laura so laut sie nur konnte. Am Ende der Mauer, dort wo die Promenade nach Seacombe anstieg, war eben ein Mann mit einem herumtollenden jungen Hund aufgetaucht. Die beiden waren einige hundert Meter entfernt, mußten sie aber gehört haben. Vielleicht konzentrierte sich der Mann aber zu sehr auf seinen Hund, der übermütig zum Strand hinunterlief. Laura atmete tief ein und schrie: »Hilfe!«

Sie schaffte es nicht. Kaum hatte sie den ersten Buchstaben ausgestoßen, flog die Faust des ältesten Jungen heran und traf sie an der Kehle. Laura hatte das Gefühl, an einem Bonbon zu würgen, das sie nicht herunterschlucken konnte. Und schlimmer noch, das Bonbon dehnte sich aus und verstopfte ihre Luftröhre. Der Mann machte drei schnelle Schritte, und Laura verfolgte, wie er die Treppe hinunterstieg und immer weniger von ihm zu sehen war. »Und jetzt steig von dem verdammten Rad, blöde Kuh!« befahl der erste Junge.

Kapitel 16

Harpo hatte sich als Groucho verkleidet und versuchte, sein Gegenüber davon zu überzeugen, daß er sein Spiegelbild war. Obwohl es sich dabei um Jacks Lieblingsszene von den Marx Brothers handelte, war er nach dem reichhaltigen Mahl, das Julia zu Ehren seines Erfolgs in Ellesmore Port aufgetischt hatte, eingeschlafen. Kurze Träume unterbrachen immer wieder die Possen der beiden Komiker mit den Schnauzbärten, den Nachthemden und den Schlafmützen. Jack stellte plötzlich fest, daß er in einen Spiegel starrte. Er drehte den Kopf und blickte hinter das Glas. Ein grinsendes Clownsgesicht reckte sich ihm entgegen.
»Weißt du, was ich jetzt gern tun würde?« fragte jemand.
»Ja.« Die beiden Männer hüpften unisono in dem Rahmen auf und ab, in dem sich eigentlich ein Spiegel befinden sollte. Der Clown zwinkerte Jack zu, der ebenfalls ein Lid senkte und das Auge zusammenzog. »Was?« fragte die Stimme.
»Was?« wiederholte Jack, und der Clown nickte wie er. Dessen Kopf bewegte sich so ruckartig, daß Jack befürchtete, er würde jeden Moment abbrechen, aus dem Spiegel plumpsen und in seinen Schoß fallen. »Ich habe gerade gefragt, ob du weißt, was ich jetzt gern tun würde«, erklärte Julia.
Nun erschien auch Chico in Groucho-Aufmachung. Er stellte sich neben Harpo und zerstörte damit Grouchos Illusion, vor einem Spiegel zu stehen. »Tut mir leid«, murmelte Jack und schüttelte den Kopf, um wach zu werden. »Was würdest du gern tun?«
»Ich möchte, daß wir Laura suchen und uns dann mit ihr in einen gemütlichen Biergarten setzen.«
»Und wie?«

»Nun, ich dachte, wir können mit dem Transit losfahren und Lauras Fahrrad hinten reinstellen.«
»Natürlich können wir das tun, gerne sogar, aber wir sollten besser zu Fuß laufen«, entgegnete Jack und schüttelte sich am ganzen Körper. »Den Wagen lassen wir lieber hier.«
»Er läuft doch, oder?«
»Ja, aber nur mit gutem Zureden. Bevor ich in Ellesmore Port anfange, muß ich ihn unbedingt in eine Werkstatt bringen. Ich lasse jetzt nur das Band zurücklaufen, und dann brechen wir auf.«
Er sah zu, wie die Zahlen auf dem Laufwerk zurückrasten. Er glaubte, sie verharrten einen Moment bei der 13, aber dann sah er die 12 vor sich, die sofort in die 11 überging. Und im nächsten Moment zeigte ein Klicken an, daß das Band zurückgespult war. Er zog die Kassette aus dem Recorder, stellte sie in die Komödienabteilung zurück und folgte Julia aus dem Haus.
Sie kamen am Minigolfplatz vorbei, wo eine Möwe, die sich auf eine Miniaturwindmühle gehockt hatte, wie ein Riesenungeheuer wirkte. Das Licht des hereinbrechenden Abends färbte alle Passanten grau, verlieh ihnen aber auch eigenartig scharfe Konturen. Julia und Jack beobachteten nirgendwo jemanden auf einem Fahrrad.
»Laura hat gesagt, sie wollte auf den Radwegen bleiben«, erklärte Julia.
Als sie den ersten Kreisverkehr erreichten, von dem aus man die halbe Promenade überblicken konnte, hielten sie wiederum vergeblich nach ihrer Tochter Ausschau. »Sie ist wohl oben herum gefahren und vielleicht schon zu Hause angekommen«, vermutete Jack.
»Das denke ich auch«, entgegnete Julia, klang aber nicht sehr überzeugt. Hinter dem zweiten Kreisverkehr flammte unvermittelt ein Scheinwerferpaar auf und blendete Jack. Er glaubte Laura an der Bowlingbahn gesehen zu haben. Aber wo war ihr Rad? Als er wieder klar sehen konnte, entdeckte er, daß dort auf der Mauer zwar Mädchen saßen, aber keines von ihnen seine Laura war. »Da ist eine von ihren Klassenkameradinnen«, sagte Julia.

Jack erkannte Jackie Pether, deren Großvater für das Feuer in seiner Videothek mitverantwortlich war. Die Erinnerung an den Brand beunruhigte Jack für einen Moment. Als er und Julia auf die beiden Mädchen zugingen, fingen diese an zu kichern. »Ich habe gelegentlich eine solche Wirkung auf meine Umgebung«, erklärte Jack ihnen.

Julia stellte sich vor die beiden und sah sie so lange an, bis sie aufhörten zu kichern. »Jackie, hast du zufällig Laura gesehen?«

»Sie ist in die Richtung dort gefahren.«

»Wie lange ist das her?«

»Zwanzig Minuten oder so«, antwortete Jackie und zuckte die Achseln.

»Danke«, sagte Julia und wandte sich dann an ihren Mann. »Sollen wir ihr entgegengehen? Ich schätze, sie ist schon auf dem Weg zurück. Außerdem wird es ziemlich dunkel.«

Hinter den Pollern, die den Autos die Weiterfahrt versperrten, verlief die Promenade noch einige hundert Meter weit, bis sie landeinwärts zum Vale Park abbog und dahinter wieder auftauchte. Zum ersten Mal entdeckte Jack einen Radfahrer. »Ist sie das?« fragte er und zeigte in Richtung Park.

»Könnte sein …« Julia beschleunigte ihre Schritte und winkte zögernd der Frau auf dem Rad zu. Die Radfahrerin stieg ab und hockte sich in ein Wartehäuschen, in das die Orchards nicht hineinsehen konnten. Als sie die Stelle erreichten, mußten sie feststellen, daß ihnen weder die Frau noch das Rad bekannt vorkamen. »Wahrscheinlich ist sie längst zu Hause und fragt sich, wo wir sind«, sagte Jack.

»Laß uns wenigstens noch ein Stück weiterlaufen, bis wir auch noch den Rest der Promenade übersehen können.«

»Meinetwegen.«

Als kurz darauf hinter ihnen eine Fahrradklingel ertönte, drehte Jack sich freudig um. Aber die Frau in dem Häuschen hatte das Geräusch verursacht, als sie ihr Rad bestieg. Sie radelte gerade los und bog in eine Seitenstraße ab. Jack und Julia bogen um eine

Ecke und erhielten Ausblick auf das nächste Stück Promenade. Was Jack dort zu sehen bekam, erschien ihm im ersten Moment wie eine Sinnestäuschung. Am Geländer über dem Strand hing ein Fahrrad.

Beide Räder waren anscheinend mit Tritten oder Stößen verbogen worden. Fast alle Speichen fehlten, und die Schutzbleche waren vollkommen aus der Form gebracht. Der Rahmen war in der Mitte durchgebogen, so als habe ein Muskelprotz versucht, das Rad mit bloßen Händen zu zerbrechen. »Das ist doch nicht Lauras Rad, oder?« fragte Jack in der Hoffnung, es möge einem anderen gehören.

Als Julia steif vor Angst auf das Fahrrad zueilte, rannte ein Hund kläffend auf sie zu. »Bei Fuß, Ruff!« rief der Halter.

Er war ein gutes Stück von den Orchards entfernt und beugte sich über eine Bank, auf der jemand lag. Auf die große Distanz und im Dämmerlicht war es Jack unmöglich, das Gesicht der liegenden Gestalt zu erkennen. Doch als er die Augen zusammenkniff, sah er langes rotes Haar, das dem von Laura ziemlich ähnlich war. Und die Liegende trug eine Hose, wie sie von seiner Tochter bevorzugt wurde. Ein säuerlicher Geschmack machte sich in seinem Mund breit, und Panik stieg in ihm hoch, als er an Julia vorbei, die sich gerade über das Geländer beugte und nach unten auf den Strand spähte, zu der Bank lief. Er wollte vor ihr feststellen, was geschehen war.

Dummerweise kam ihm der Hund in die Quere. Er wäre fast über ihn gestolpert, und als er stehenblieb und sich bückte, um das Tier zu streicheln, leckte es ihm mit wachsendem Vergnügen übers Gesicht. Bis der Besitzer seinen Hund dazu überredet hatte, still zu sitzen, war Julia schon bei der Bank angelangt. »Wird alles wieder gut, mein Schatz«, sagte sie, und es sollte beruhigend klingen. Doch Jack hörte deutlich ihre Furcht heraus, und dies versetzte ihm einen tiefen Stich. Er befürchtete das Schlimmste, und als er bei seiner Tochter anlangte, wurden seine Erwartungen noch übertroffen.

Laura richtete sich gerade auf und versuchte, so zu tun, als sei alles halb so schlimm. Ihr T-Shirt war der Länge nach aufgerissen, und sie raffte es mit einer Hand zusammen. Das Atmen und das Schlucken schienen ihr große Mühe zu machen. Ihre Züge waren kaum wiederzuerkennen. Die Lippen waren aufgeplatzt und dick angeschwollen. Ihr linkes Auge war fast geschlossen und von blauen und grünen Flecken umrahmt. Zuerst glaubte Jack, ihre Nase sei gebrochen, aber beim zweiten Hinsehen bemerkte er, daß sie nur heftig blutete. Julia saß neben ihr. Als sie Laura vorsichtig einen Arm um die Schultern legte, zuckte das Mädchen zusammen. »Was ist denn passiert, mein Liebes? Wer hat dir das angetan?«

»Irgendwelche Jungs«, antwortete Laura, und eine Träne löste sich aus ihrem linken Auge, so als sei die Schwellung aufgeplatzt.

»Und warum haben sie das getan?«

»Sie wollten mir mein Fahrrad wegnehmen.«

Julia ballte die freie Hand zur Faust und schlug damit gegen die Mauer. »Ach, Laura, warum hast du es ihnen denn nicht gelassen?«

»Weil du und Dad es mir geschenkt habt.«

»Tu du dir nicht auch noch weh«, sagte Jack zu seiner Frau, nahm ihre freie Hand und küßte die aufgerissenen Knöchel. »Wie fühlst du dich, Laura?«

»Verdammt noch mal, wie würdest du dich denn fühlen, wenn man dich so zugerichtet hätte?« fuhr Julia ihn an.

Wie stets ließ Jack sich auch jetzt wieder ein schlechtes Gewissen einjagen und schämte sich dafür, eine in Julias Augen so dumme Frage gestellt zu haben. »Ich meinte ja nur, ob sie laufen kann?«

»Ich glaube schon«, sagte Laura und betrachtete mit dem gesunden Auge ihr Fahrrad.

Der Hundehalter hatte sich um seinen Hund gekümmert, weil er nicht stören wollte. Jetzt drehte er sich zu den Orchards um. »Wenn Sie Ihre Tochter bis zur nächsten Ecke tragen können, fahre ich sie gern ins Krankenhaus.«

»Das ist sehr nett von dem Herrn, nicht wahr, Laura?« fragte Julia und wandte sich dann an den Mann: »Haben Sie die Burschen gesehen, die ihr das angetan haben?«

»Das habe ich, und ich kenne sie auch. Auf dem Weg zum Krankenhaus kann ich Ihnen zeigen, wo sie wohnen.«

Laura erhob sich umständlich und atmete scharf ein, als sie sich auf den rechten Fuß stützte. »Ich glaube, er ist nur verrenkt«, sagte sie und hielt sich an ihrer Mutter fest.

»Ich schätze, es geht«, erklärte Julia, als sie mit ihrer Tochter ein paar Schritte vorangekommen war. »Geh du mit dem Gentleman voraus, Jack, und laß dir von ihm alles berichten.«

Jack verstand, daß sie Laura nicht noch mehr beunruhigen wollte, und der Mann schien froh zu sein, mit ihm allein reden zu können.

»Was haben Sie gesehen?« fragte Jack leise.

»Eigentlich nur den Schluß des Dramas. Mein Hund und ich kamen in dem Moment, in dem sie versuchten, das Rad über das Geländer zu stoßen. Wir haben sie dann davongejagt. Eines kann ich ihnen aber sagen: Ihre Tochter hat sich mit allem gewehrt, was ihr zur Verfügung stand. Ich würde jede Wette eingehen, daß die beiden größeren der Jungs in den nächsten paar Wochen mit ihren Freundinnen nicht viel anfangen können.«

Jack versuchte, stolz auf seine Tochter zu sein, aber in ihm war nur die Leere der Hilflosigkeit. Gleichgültig, wie tapfer Laura sich gewehrt hatte, es hatte ihr am Ende nicht viel genutzt. »Können Sie mir die Namen der Burschen geben?«

»Wie sie heißen, oder wie man sie hier in der Gegend nennt?« entgegnete der Mann, schien dann aber zu bemerken, daß Jack nicht in der Stimmung für Scherze war. Er räusperte sich und sagte: »Elevens.«

»Verzeihung, ich fürchte, ich habe Sie nicht recht verstanden. Wie lauten ihre Namen?«

»Clint, Lee und ... wie heißt noch mal der Knirps? Ach ja, Eli. Heavens!«

»Der Nachname?«

»Ganz recht.«
Jack hatte das Gefühl, in seinem Kopf befänden sich Löcher oder Lücken, weil er anscheinend dem Gespräch nicht recht folgen konnte. »Wie bitte?«
»Evans, sag ich doch die ganze Zeit. Bevor wir die Straße erreichen, wirst du angeleint, das kennst du doch.«
Jack begriff, daß die letzten Worte dem Hund galten. Offenbar hatte er den Mann mißverstanden. Was bei ihm als »Elevens« und »Heavens« angekommen war, war in Wahrheit der Nachname der drei Übeltäter gewesen. »Wenn es Ihnen recht ist, warten wir hier auf Sie«, erklärte er ihm.
Der Anblick von Julia, wie sie auf ihn zu humpelte, kam ihm wie ein übler Scherz vor, der auf seine und Julias Kosten ging. Ein Scherz, zu dem er und der alte Mr. Pether die Ouvertüre gespielt hatten. Er fühlte sich auf ganz furchtbare Weise verantwortlich für den Zustand seiner Tochter und konnte sich nicht erklären, warum dies so sein sollte. Als er auf sie zu ging, um wenigstens den Versuch unternehmen zu können, ihr zu helfen, befiel ihn plötzlich die schreckliche Furcht, Julia und Laura würden entsetzt vor ihm zurückweichen. »Der Mann kommt gleich«, erklärte er seiner Tochter. »Du kannst dich ruhig an mich lehnen.« Als sie sein Angebot annahm, war er dankbar wie selten zuvor.
Es wurden doch zehn Minuten, bis ein alter schwarzer Ford Capri den Hügel herunterkam und auf der Promenade wendete, bis seine Nase in die Seitenstraße zeigte. Laura nahm auf dem Beifahrersitz Platz, wo sie die Beine ausstrecken konnte. Als sie sich den Sicherheitsgurt anlegte, entdeckte Jack eine Träne, die verstohlen aus ihrem Augenwinkel kroch.
Der Mann steuerte den Wagen auf die Hauptstraße. Er fuhr sehr vorsichtig und versuchte, so selten und sanft wie möglich zu bremsen. Etwa eine Minute später, als sie die Polizeiwache passierten, bog der Mann in eine Seitenstraße ab. »Das ist aber nicht der Weg zum Krankenhaus«, bemerkte Julia.
»Richtig, aber dort drüben lebt die Familie Evans. Nummer

einunddreißig. Sie wissen schon, die Jungs, die ...« Er ließ den Satz unvollendet.

Das breite, heruntergekommene Haus lag im Schatten eines abgestorbenen Kirschbaums, von dessen Ästen etliche Seile hingen. Die Vorhänge an den Fenstern waren so vergilbt, daß Jack förmlich ihren muffigen Gestank riechen konnte. »Das ist ja größer als unser Haus«, entfuhr es Laura.

Jack hörte, wie sie leise hinzufügte, das sei unfair von ihr gewesen, und wünschte, er könnte ihr irgend etwas versprechen, ihr irgendeine Hoffnung machen. Aber seine Gedanken waren allesamt in der Leere der Hilflosigkeit gefangen. Während der Capri über eine Schnellstraße zum Krankenhaus brauste, versuchte Jack, Klarheit in seinen Kopf zu zwingen. Der Mann ließ den Parkplatz links liegen und hielt direkt vor der Notaufnahme an. »Würde es Ihnen etwas ausmachen, wenn ich Sie jetzt allein lasse?« fragte er und kritzelte etwas auf einen Zettel. »Hier ist meine Adresse für den Fall, daß Sie die Polizei einschalten.«

Im Krankenhaus roch es streng nach Desinfektionsmitteln, und die erinnerten Jack an Benzin. Kaum hatte er das Gebäude betreten, fingen seine Hände an zu schwitzen. Während Julia Laura beim Gehen half, begab sich Jack zum Empfang. Die Frau, die dort saß, nahm alle Daten seiner Tochter auf und erklärte dann: »Bitte, nehmen Sie Platz.«

»Blatz mit Rosinen und Butter?« fragte Jack. Er mußte einfach einen Kalauer zum Besten geben, sei er auch noch so flau, um die Spannung in seinem Innern loszuwerden. Einige der Männer und Frauen, die auf den Stühlen saßen und warteten, bedachten ihn mit bösen bis mißbilligenden Blicken, so als sei er für den Zustand seiner Tochter verantwortlich. Er hockte sich neben Laura, legte die Hände in den Schoß, verschränkte die Finger und drückte sie so hart zusammen, bis die Haut zwischen ihnen wie Feuer brannte. Er überlegte, ob er seine Familie mit Bemerkungen über die anderen in diesem Raum aufheitern sollte. Er könnte ja erwähnen, daß es für ihn so aussah, als hätten sich hier alle Trottel der Stadt

versammelt, Menschen, die sich versehentlich mit dem Hammer auf den Daumen oder auf den Kopf geschlagen hatten, oder denen das Werkzeug auf die Zehen gefallen war. Er könnte hinzufügen, daß hier die Verletzten der Slapstickkomödie des Lebens zusammengekommen waren. Aber dann überlegte er, daß es ihm sicherlich Ärger einbringen würde, wenn die anderen Anwesenden ihn hörten. Er kam zu dem Schluß, daß Schweigen im Augenblick die beste Methode war; vor allem, weil eine Frau, die ein Stück weiter Platz genommen hatte, ihn bereits wütend anstarrte.
Sie trug nur Pantoffeln an den Füßen, die mit flauschigen Hasenschwänzen und ebensolchen Ohren verziert waren. Und sie hatte einen alten Mantel an, dessen rot-grün kariertes Muster dazu angetan war, das Leiden der Kranken zu vergrößern. Sie hatte außerdem, offenbar in Eile, ihr ergrautes Haar mit einem pinkfarbenen und einem grellgelben Kamm zusammengesteckt. Jack schloß die Augen und hoffte, sie würde einem anderen Unglücklichen ihre Aufmerksamkeit widmen. Doch als er sie wieder öffnete, starrte sie Laura böse an und flüsterte dem Jungen, der neben ihr saß, etwas zu. Jack erhob sich und ging zu ihr: »Verzeihung, stört Sie irgend etwas an mir oder meiner Familie?«
Die Frau wandte ihm ihre linke Seite zu und legte gleichzeitig beschützend den rechten Arm um den Jungen, so als erwartete sie, er wolle ihm etwas antun. »Sohn, erzähl ihm das, was du mir erzählt hast!« dröhnte sie so laut, daß man es bestimmt noch am Ende des Flurs hören konnte.
Der Knabe hielt eine Hand hoch, die in ein Geschirrtuch eingewickelt war. »Sie ist mit dem Fahrrad über meine Hand gefahren und hat mich verletzt.«
»Dieses Mädchen dort war es«, erklärte die Mutter den Anwesenden, damit sie nur ja keine falschen Schlüsse ziehen konnten. »Zeig dem Mann die Wunde, Eli!«
Während der Junge die Hand auspackte, stöhnte er: »Au! Aua! Oh, Scheiße!« Er erhielt von seiner Mutter einen Schlag an den Kopf. »Noch so ein Ausdruck, und du mußt dir den Mund auswaschen.«

Sie schüttelte den Kopf und warf einen besorgten Blick in die Runde. »Ich weiß nicht, wo er solche Sachen aufschnappt ... Da, sehen Sie selbst, was Ihre Tochter ihm zugefügt hat!«
Der Junge präsentierte zwei Finger, die dick geschwollen und dunkelblau angelaufen waren. Aus zwei parallelen Schnitten an den Knöcheln rann Blut. Der Knabe sah sich vorsichtig nach Laura um und machte ein Gesicht, als befürchte er, er bekäme es jetzt gleich wieder mit ihr zu tun. Julia befahl ihrer Tochter, auf ihrem Platz zu bleiben, und marschierte auf die Frau und den Jungen zu. Jack sah an ihren Gesichtszügen, wie sehr der Zorn in ihr kochte. »Und was hat er ihr angetan?«
Die Frau war jetzt ganz verfolgte Unschuld. »Jetzt rücken sie schon zu zweit an! Zwei ausgewachsene Leute, die eine arme Witwe und ihren kleinen Sohn bedrohen!«
»Niemand bedroht sie, Mrs. Evans«, erklärte Jack. »Ich fürchte nur, ich muß Ihnen mitteilen, daß Ihr Sohn nicht die ganze Wahrheit gesagt hat.«
Sie riß beiden Hände hoch und schüttelte so heftig den Kopf, daß sich die beiden Kämme lösten. »Sie verschwenden keine Zeit, nicht wahr? Unseren Namen haben Sie also bereits in Erfahrung gebracht. Was kommt als nächstes? Wollen Sie uns alle aus dem Haus vertreiben und ins Gefängnis werfen? Himmelherrgott noch mal, was muß man sich als alleinstehende Witwe eigentlich noch alles gefallen lassen!«
Eli drängte sich an seine Mutter, als Julia einen Schritt auf ihn zuging. »Es gibt einen Zeugen, der alles beobachtet hat, Mrs. Evans«, sagte Jack.
»Einen Zeugen? Sie meinen doch nicht etwa diesen Unhold, der Hunde auf kleine Jungs hetzt, die verletzt sind und sich nicht wehren können?« Mrs. Evans erhob sich in ihrer ganzen Massigkeit, die aber mehr in die Breite als in die Höhe ging, und zeigte mit einem Finger auf Julia: »Wie alt ist sie?«
»Zwölf«, antwortete Julia.
Mrs. Evans hatte sie offenbar für älter gehalten, ließ sich aber nicht

beirren: »Nun, so alt ist der kleine Eli nicht, und sie können lange suchen, ehe sie einen freundlicheren und liebenswerteren Jungen finden. Du hast dich um deine Mutter gekümmert, nicht wahr, Eli, nachdem dein Vater zum lieben Gott gegangen ist.«

Jack hatte das Gefühl, diese Worte legten sich wie ein schweres Gewicht auf das Gewicht, das seine Gedanken festhielt. Es fiel ihm schwer, diese banale Konfrontation länger zu ertragen, solange er dermaßen durcheinander war und nicht mehr klar denken konnte.

»Sehen Sie sich nur einmal an, wie er und seine Brüder meine Tochter zugerichtet haben!« fuhr er sie an und biß die Zähne zusammen, weil er plötzlich befürchtete, über kurz oder lang auseinanderzubrechen.

»Was hätten seine Brüder denn Ihrer Meinung nach tun sollen? Untätig zuschauen, wie sie ihrem kleinen Bruder die Finger abschneidet? Der kleine Eli wollte doch nicht mehr, als eine Runde auf dem Rad Ihrer Tochter drehen. Aber er war ihr wohl nicht fein genug. Wenn Sie mich fragen, sollte Ihre Tochter schleunigst einen Arzt aufsuchen. Sie kann ja wohl nicht ganz richtig im Kopf sein!«

Julia kochte, und Mrs. Evans wich vor ihr zurück. Sie prallte gegen einen leeren Stuhl und warf ihn mit Getöse um. »Sehen Sie nur, Sie alle sind meine Zeugen. Diese Frau will mich angreifen. Versuchen Sie es nur, und ich rufe sofort die Polizei. Man müßte sie einsperren, die ganze Familie! Die gehören wirklich hinter Schloß und Riegel!«

Die Schwester kam aus einem der Untersuchungszimmer. »Verzeihen Sie, wenn Sie jetzt bitte ...«

»Wir sind die nächsten!« rief Mrs. Evans und riß ihren Eli hoch. »Sollen diese Ungeheuer doch warten. Die denken wohl, bloß weil sie Geld haben, brauchen sie sich nicht wie wir anderen hinten anzustellen.«

»Sie sind jetzt dran, Mrs. Evans«, erklärte die Empfangsdame. »Ich wollte Sie gerade bitten, mir zu folgen.«

Mrs. Evans warf den Orchards einen triumphierenden Blick zu

und schob ihren Sohn in das Untersuchungszimmer. »Wenn diese Frau auch nur in meine Nähe kommt«, erklärte Julia leise, »bringe ich sie um!«
»Nein, das wirst du nicht, Liebes. Wir überlassen alles der Polizei.« Jack schob sie mit sanftem Druck zu ihrem Platz zurück und stellte fest, daß sie am ganzen Leib zitterte. Sie riß sich von ihm los und rannte zur Toilette. Er setzte sich zu Laura. »Jetzt wird alles wieder gut«, erklärte er ihr.
Doch dem war nicht so. Er hatte das Gefühl, die aggressive Stimmung, die die Begegnung mit Mrs. Evans ausgelöst hatte, ballte sich in seinem Magen zusammen. Ein paar Minuten später nahm Julia neben ihm Platz. Ihre Augen waren gerötet. Die Wartezeit wurde ihnen lang, und bei der Aussicht auf eine weitere Begegnung mit Mitgliedern der Familie Evans lagen Jacks Nerven blank. Als sich die Tür zu diesem Raum öffnete, in dem der kleine Eli untersucht wurde, rief die Schwester Laura auf. Die behandelnde Ärztin befahl Jack, draußen zu bleiben. Ihm blieb nichts anderes übrig, als zu gehorchen. Während er wartete, liefen Hitzewellen über seine Haut und trocknete sein Mund aus. Er kam sich vollkommen nutzlos vor. Alle möglichen Menschen, vor allem Fremde, halfen seiner Tochter, aber er war nicht in der Lage dazu. Wenn es ihm nicht bald gelänge, die Gefühle der Nutzlosigkeit und der Schuld an Lauras Verletzungen in den Griff zu bekommen, würde er noch den Verstand verlieren.

Kapitel 17

Ja, ich hatte recht«, sagte Jack und war mit einem Schlag hellwach. Er blieb still liegen, um Julia nicht zu stören, denn sie war endlich eingeschlafen und atmete tief und gleichmäßig. Draußen vor dem Fenster färbte der Himmel sich langsam rötlich. Jack verfolgte, wie die Ränder der Wolken orangefarben wurden und sagte sich zum wiederholten Mal, daß er doch den Wagen hätte nehmen sollen.

Ansonsten hatte er alles unternommen, woran er denken konnte. Er hatte brav vor dem Untersuchungsraum gewartet, bis Julia ihn hereingerufen hatte. Das war ihm wie eine Vergebung für ein Versäumnis seinerseits vorgekommen, das er nicht näher definieren konnte. Lauras Knöchel war verstaucht, und auf ihrer Haut zeigten sich unzählige Schrammen und blaue Flecken. Aber da sie sich keine Knochen gebrochen hatte, hatte die Ärztin nichts dagegen, sie nach Hause in die Obhut ihrer Familie zu schicken – zumal im Krankenhaus ohnehin gerade kein Bett frei war. Sobald Laura zu Hause war, war Jack gleich zur Polizei gefahren und hatte Anzeige gegen die Evans-Jungen gestellt und die Adresse des Zeugen Mr. Stringfellow hinterlassen. Auf dem Heimweg hoffte er, Julia sei bereits eingeschlafen. Aber sie mußte den Streß des vergangenen Tages verarbeiten. Er hielt sie in den Armen, redete sanft auf sie ein und fragte sich insgeheim, warum ihm in dem Moment, in dem er sich in den Transit gesetzt hatte, der Gedanke gekommen war, er hätte gleich den Wagen nehmen sollen. Dem Motor fehlte nichts, auch wenn er Julia das gesagt hatte. Er fürchtete lediglich, sie könnte die Briefe entdecken, die noch im Wagen lagen. Aber auch wenn sie mit dem Transit aufgebrochen wären, um Julia zu suchen, hätten sie doch nicht auf das Stück der Promenade gelangen können, auf dem man sie überfallen hatte. Was hätte der Lieferwagen ihnen also nutzen können? »Ich hätte doch den Wagen nehmen sollen«, murmelte er vor sich hin, während es draußen zunehmend heller wurde.

Irgendwie paßte alles zusammen. Andys Beinaheunfall hätte Jack klarmachen müssen, daß man auf das Glück von ihm und derjenigen, die ihm nahestanden, nicht unbedingt bauen durfte. Der Besuch bei Veronica Alan hatte ihm etwas Glück beschert, aber dieser kleine Vorrat war mittlerweile aufgebraucht. Warum war er nicht früher darauf gekommen, daß außer ihr auch andere es unterlassen hatten, den Brief zu kopieren und weiterzuschikken.

Im Grunde konnte er ihnen daraus keinen Vorwurf machen. Er selbst hatte dem Brief anfangs auch keine Beachtung geschenkt. Eigentlich konnte man von niemandem, der bei Verstand war, erwarten, in einem solchen unsignierten Schreiben etwas zu sehen, das für sein weiteres Schicksal von allergrößter Bedeutung war. Aber Jack war sich sicher, die Betreffenden im persönlichen Gespräch davon überzeugen zu können, wie wichtig es war, daß sie die Kette nicht unterbrachen. Dieses Gefühl verwandelte sich in Gewißheit, und endlich konnte er einschlafen. Als er aufwachte, fühlte er sich frisch und bereit zur Tat. Er eilte nach unten, um Julia rasch und fest zu umarmen. Das würde ihr auch ohne Worte sagen, daß alles gut werden würde. Aber er hatte sie noch nicht erreicht, als sie sich ihm in den Weg stellte. »Du willst doch heute nicht weg, oder?«

Sie sah übermüdet aus und mußte gleich los zu den Computern in Luke Rankins Büro. »Mach dir keine Sorgen, ich kümmere mich schon um sie«, entgegnete er und machte sich auf die Suche nach Laura.

Sie saß im Wohnzimmer und hatte das bandagierte Bein ausgestreckt. Ihr Gesicht schien über Nacht noch bunter geworden zu sein, aber die Schwellungen an den Lippen und rund um das linke

Auge waren etwas abgeklungen. Ein Buch lag aufgeschlagen neben ihrem Sessel. Offenbar hatte sie die Lektüre schon nach einer Seite aufgegeben. »Wie geht es dir heute?« fragte Jack.

»Mum sagte, ich solle noch was schlafen, dann würde es mir viel bessergehen.«

Sie starrte auf die Hand, die sie vor ihr Gesicht hielt, und er begriff, daß sie ihre entstellten Züge vor ihm verbergen wollte. »Du siehst schon ...« begann er und brach ab, als ihm klar wurde, daß eine Lüge viel schlimmer wäre als die Wahrheit. »Du siehst aus, als kämst du von einer Explosion in einer Farbenfabrik.«

Er wußte, daß ihr das Lächeln Schmerzen bereitete, und so freute er sich, als sie wenigstens die Mundwinkel verzog. »Wenn du mich brauchst, ruf nur, dann komme ich sofort«, erklärte er ihr.

Er trat gerade unter die Dusche, als Julia ins Badezimmer kam. »Es könnte nicht schaden, hin und wieder zu lügen«, tadelte sie ihn.

»Selbst wenn sie genau merkt, daß ich die Unwahrheit sage?«

»Das ist doch wohl nicht zuviel verlangt, oder?« entgegnete sie hart, um dann etwas freundlicher fortzufahren: »Zumindest würde dir das Gelegenheit zu einer Kostprobe deiner schauspielerischen Talente geben.«

»Mußt du denn heute wirklich zur Arbeit? Du hast Ruhe genauso nötig wie Laura, und letzte Nacht hast du nicht viel Schlaf bekommen.«

»Wir können es uns nicht leisten, daß ich mir einen Tag freinehme, den ich nicht bezahlt bekomme.«

»Doch, das können wir jetzt. Ich habe nämlich herausgefunden, was mit unserem Glück schiefgelaufen ist«, platzte es aus ihm heraus, und im nächsten Moment wurde ihm klar, daß er nicht mehr sagen durfte. Die Briefe waren sein Geheimnis; ein Umstand, der ihm jedesmal, wenn er sie verschwieg, deutlicher bewußt wurde. »Paß auf dich auf, mehr wollte ich eigentlich nicht sagen«, erklärte er und zog den Duschvorhang zu.

Trotz des Wasserrauschens hörte er, wie sie sich die Zähne putzte. Das Geräusch erinnerte ihn an das Schmirgeln von Sandpapier.

Konnte Laura heute überhaupt ihre Zahnbürste gebrauchen? Julia verließ das Badezimmer, und der Vorhang schloß sich um ihn. Das feuchte Plastik klebte an seiner Haut. Als er sich abtrocknete, drang Julias leise Stimme an sein Ohr. Sie schien gerade mit Laura zu sprechen. Er zog sich an und schlich auf Zehenspitzen nach unten, denn er hoffte, seine Tochter habe sich endlich hingelegt. Aber sie saß unten im Wohnzimmer, hielt das Buch in den Händen und starrte auf das ausgeschaltete Fernsehgerät. »Möchtest du einen Film sehen?« fragte er sie.

»Was war das noch für ein Streifen, in dem der Mann diese Leute umbringt, die alle vom gleichen Schauspieler dargestellt werden?«

»Aha, dich gelüstet es nach einer Komödie. Du meinst ADEL VERPFLICHTET, den Film mit Alec Guinness in acht Rollen? Den kannst du sehen, ich habe ihn aus den Flammen gerettet.« Er legte die Kassette ein.

Der Film war eine gute Wahl. Schon früher hatte sie sich darüber amüsiert. Als er sie lächeln sah, sagte er sich, daß ihr lautes Lachen wohl zu große Schmerzen bereiten mußte. Dieser Satz hallte mehrmals in seinem Kopf wider. Bei der Szene, in der der Fotograf in Flammen aufgeht, stöhnte Laura, so als sei ihr gerade etwas Wichtiges eingefallen. Er drehte sich zu ihr um, aber sie war eingeschlafen. Um sie nicht zu wecken, ließ er den Film bis zu Ende laufen. Er zählte die Todesfälle und kam, alles in allem, auf elf. Schließlich drückte er auf die Stopptaste, nahm die Kassette heraus, stellte den Fernsehapparat aus, schlich in die Diele und schloß die Wohnzimmertür hinter sich. Er war zwar bis zu Julias Rückkehr ans Haus gefesselt, aber er wollte doch dafür sorgen, Laura bei ihrem Erwachen eine schöne Neuigkeit erzählen zu können.

Er ging mit dem Telefon so weit die Treppe hinauf, wie die Schnur reichte, und wählte die Nummer des Immobilienmaklers. »Oh, Mr. Orchard«, sagte der Juniorpartner, »ich wollte Sie ohnehin anrufen.«

»Dann habe ich jetzt sicherlich die Überraschung zerstört, die Sie mir bereiten wollten. Habe ich Grund, einen Luftsprung zu machen?«
»Ich habe vorhin mit den Quails gesprochen.«
»Und es war Ihnen sicher eine Freude, oder?«
»Ich fürchte, aus der Sache wird nichts. Die Quails bleiben notgedrungen in ihrem Haus. Irgend jemand in der langen Kette der Hausverkäufer hat Probleme mit seiner Hypothek.«
»Macht nichts. Das junge Paar, das Sie vorbeigeschickt haben, ist mir ohnehin lieber. Die beiden sagten, sie würden sich sofort melden, wenn ihre Bank ihnen grünes Licht gegeben hätte.«
»Sie sprechen von den Mabeys?«
»Nun ja, eigentlich heißt ja nur er so, noch.«
»Tja, wie soll ich es Ihnen erklären?« Der Immobilienmakler räusperte sich. »Es hat den Anschein, als hätten die beiden uns falsche Namen und Adressen genannt.«
»Falsche Namen?« Jack hatte das Gefühl, jemand habe ihm mit voller Wucht in den Magen geschlagen.
»Machen Sie sich keine Sorgen, Mr. Orchard, wir haben keinen Grund zu der Annahme, es könnte sich bei den beiden um Kriminelle handeln. Sie haben dasselbe Spielchen schon im letzten Jahr betrieben. Bei unserem Nachbarn. Leider gibt es immer wieder Leute, die sich einen Spaß daraus machen, Interesse an Grundbesitz zu äußern, obwohl es nicht in ihrer Absicht liegt, solchen zu erwerben. Sie wären überrascht, mit wie vielen solcher Kunden wir es zu tun bekommen.«
»Mit so etwas hätte ich wirklich nicht gerechnet«, sagte Jack und rieb sich den Bauch. »Und wie geht es jetzt weiter?«
»Seien Sie versichert, daß wir uns verstärkt um den Verkauf Ihres Hauses kümmern werden. Ich würde Ihnen jetzt auch noch nicht dazu raten, mit dem Preis herunterzugehen, es sei denn, Sie wären der Ansicht, das könnte die Sache beschleunigen.«
Jack hängte ein und begriff, daß der Mann ihn ebenso höflich wie dringend aufgefordert hatte, sich mit weniger zufriedenzugeben.

Der Telefonapparat stand auf seinem Schoß und wartete darauf, erneut aktiviert zu werden. Aber erst mußte Jack das nervöse Zucken in seinen Beinen loswerden. Er sagte sich, daß ihn bei dem nächsten Anruf keine neue Hiobsbotschaft erwarten konnte. Lauras Fahrrad war in der Hausratversicherung eingeschlossen, auch wenn sie damit durch die Gegend fuhr. Doch obwohl ihm der Sachbearbeiter versicherte, noch am heutigen Tag einen Schadensersatzantrag abzuschicken, hatte Jack nach dem Gespräch das unangenehme Gefühl, er und seine Familie seien hilflos den Launen des Schicksals ausgeliefert. Und er gewann den Eindruck, daß er rasch etwas unternehmen mußte. Andernfalls würde es für die Orchards noch schlimmer kommen. Und endlich glaubte er, Licht am Ende des Tunnels zu sehen. Bei dem, was er jetzt vorhatte, mußte er Laura nicht allein im Haus lassen.

Er ließ die Haustür aufstehen und stieg nach hinten in den Lieferwagen. Die Lötlampe stand hinter dem Fahrersitz auf zwei Briefstapeln. Der Boden des Geräts hatte auf den Umschlägen ölige Kreise hinterlassen, die Jack wie geheime Zeichen vorkamen. Er nahm sich den erstbesten Brief und kehrte ins Haus zurück.

Am anderen Ende läutete es nur einmal, dann wurde abgehoben.

»Reitschule Alston.«

Jack setzte sich gerade hin und atmete tief ein. Die Luft schmeckte nach dem Brennstoff der Lötlampe. »Ich möchte gern Mr. Alston sprechen.«

Er hatte den Satz noch nicht beendet, als der Mann am anderen Ende ihn schon unterbrach: »Hier ist die Reitschule Jeremy Alston.«

Der Mann klang so ungeduldig, daß es sich bei ihm nur um den Besitzer der Reitschule handeln konnte. »Spreche ich mit Mr. Alston?«

»Ich kann Sie nicht verstehen.«

»Sind Sie Jeremy Alston?«

»Ich verstehe Sie ganz schlecht.«

»Meine Tochter braucht ihren Schlaf«, sagte Jack leise und erhob

dann seine Stimme: »Ich möchte ...« Ein Geräusch riß ihn aus seiner Konzentration. Metall, das an Metall kratzte. Er konnte zuerst nicht glauben, daß dieses Scharren von einem Hausschlüssel stammte, bis die Tür plötzlich aufging und Julia eintrat.
»Danke, hat sich gerade erledigt«, sagte Jack rasch, grinste blöde und legte den Hörer so ungeschickt auf, daß der Apparat aus seinem Schoß rutschte und polternd die Treppe hinunterfiel. »Die Versicherungsgesellschaft«, erklärte er Julia, während er den Hörer aufnahm, aus dem »Hier Reitschule Alston« ertönte.
»Mußt du denn einen solchen Lärm machen?« schimpfte Julia. »Schläft Laura noch nicht?«
»Doch.« Jack ging zur Wohnzimmertür und öffnete sie leise. »Und sie schläft immer noch. Was führt dich denn nach Hause?«
»Rasende Kopfschmerzen. Nach zwei Stunden vor dem Bildschirm konnte ich es einfach nicht mehr aushalten. Luke hat mich nach Hause geschickt und mir versprochen, mir den ganzen Tag zu bezahlen.«
»Das war aber nett von ihm«, sagte Jack und wurde sich auf unangenehme Weise bewußt, daß er zwei Stunden vertrödelt hatte, ohne das Geringste zu erreichen. »Soll ich dir eine Tablette bringen?«
»Ja, das wäre schön. Ich gehe nach oben«, entgegnete sie, blieb aber stehen. »Was ist das denn da für ein Brief?«
»Was für ein Brief? Ach der, der ist nicht wichtig. Ich meine, er hat nichts mit uns zu tun. Unser Postbote Pat scheint wieder zu streiken. Ich bringe ihn nachher zur richtigen Adresse.«
Er stopfte den Brief in seine Tasche. Etwas zu hastig, wie er sich eingestehen mußte. Aber er mußte vermeiden, daß Julia seine Schrift auf dem Umschlag erkannte. Doch sie hatte nichts gesehen. Sie hielt die Augen geschlossen und drückte mit den Fingern gegen ihre Schläfen. »Ich muß dringend ins Bett.«
Er sagte sich, daß er schuld daran war, daß ihre Kopfschmerzen sich verschlimmert hatten. Im Spiegelschrank im Badezimmer fand er das Schmerzmittel. Er trat mit einem Glas ans Wasch-

becken, doch bevor er es füllte, ließ er das kalte Wasser über seinen Handrücken laufen, um seine Nerven zu beruhigen. Aber er machte sich nur den Ärmel naß. Die Watte quietschte zwischen Daumen und Zeigefinger, als er sie herauszog, um an die Tabletten zu gelangen. Er trug das Glas und die Medizin ins Schlafzimmer, wo Julia die Vorhänge zugezogen hatte, als wollte sie das Haus für eine Totenfeier herrichten. »Ich gehe jetzt im Garten Unkraut jäten«, erklärte er ihr. »Keine Bange, ich höre Laura bestimmt, wenn sie aufwacht.«

Das ZU-VERKAUFEN-Schild knarrte wie ein Galgen, während er die Ritzen zwischen den Steinplatten und rund um die Kübel mit dem Heidekraut vom Wildwuchs befreite. ZU VERKAUFEN ergab dreizehn. Diese Zahl sollte Glück bringen, wenn er den Brief abgeliefert hatte. Doch er konnte Laura und Julia nicht allein lassen. Aber wäre es nicht noch unfairer von ihm, wenn er ihnen weiteres Pech bescherte, indem er die Auslieferung des Briefs noch länger hinauszögerte? Die Gedanken in seinem Kopf jagten sich wie ein Hund, der versucht, mit der Schnauze den Schwanz zu packen. Er starrte den Transit an, so als könnte der ihm die richtige Antwort geben. »Der Wagen«, sagte er laut und hörte, wie Laura im Schlaf stöhnte.

Am späten Nachmittag stand Julia auf. Als sie das Badezimmer verließ, ging er zu ihr. Ein Wassertropfen löste sich von ihrer Augenbraue und wanderte zwischen ihren Sommersprossen nach unten. »Wie geht es dir?«

»Ich habe mich schon mal besser gefühlt.«

»Laura ist auch noch nicht lange wach. Ich habe sie gefragt, aber sie will nichts zu sich nehmen. Ich schätze, solange du zu Hause bist, kann ich den Wagen in die Werkstatt bringen.«

»Ist es dafür denn jetzt nicht schon ein bißchen spät?«

»Andy kennt da jemanden, dessen Werkstatt bis tief in die Nacht geöffnet hat.«

Julia runzelte die Stirn. War ihm die Antwort zu glatt über die Lippen gekommen? Aber nein, es war nur ein Wassertropfen, der

sie irritiert hatte. »Die Kopfschmerzen sind fast weg«, sagte sie. »Aber ich fühle mich wie erschossen. Bleib nicht zu lange weg.«
Jack streckte die Arme, bevor er die Hände aufs Steuer legte und den Wagen die Victoria Road hinunterlenkte. Auf den Bildschirmen der Spielautomaten hüpften grellbunte Gestalten auf und ab, um im nächsten Moment ausgelöscht zu werden. Jack fühlte sich erleichtert und war voller Tatendrang. Er wußte, was er Jeremy Alston zu sagen hatte. Kein langes Drumherumgerede, sondern schlicht und ergreifend die Wahrheit.
Die Reitschule befand sich am Rand von Heswell, einem Dorf auf der Westseite der Halbinsel. Jack nahm die Fahrzeuge kaum wahr, die ihn auf der Autobahn überholten. Und auf der Landstraße passierte er Ortschaften, deren Namen – Irby, Pensby und so weiter – ihm wie uralte, rätselhafte Adverbien vorkamen. In Heswell mußte er einige Minuten an der Kreuzung vor der Hauptstraße halten, auf der sich Mengen von Kauflustigen und Spaziergängern tummelten. Endlich zeigte sich eine Lücke im Verkehr, und er steuerte den Transit hinein.
Die Straße schlängelte sich einen Hügel hinab. Hecken, die höher waren als sein Wagen, schirmten die Grundstücke ab. Wenn er an einer Einfahrt vorbeikam, konnte er kurze Blicke auf gepflegte Rasen und extravagante Häuser werfen. Einmal erhob sich eine Krähe aus einem Bergahorn und flog so langsam davon, daß es Jack wie ein Mirakel erschien. Ein anderes Mal hörte er Kinder, die auf einem Rasen Tennis spielten. Doch während der gesamten fünfminütigen Fahrt auf der Straße mit den unfaßbar engen Kurven begegnete er weder einem Fahrzeug noch einem Fußgänger. Dann hörten die Hecken vor einem Briefkasten auf. Schmetterlinge flogen zwischen ihnen hin und her. Dahinter führte die Straße noch steiler hinab. Die Anwesen lagen weit hinter ihm, als er das Schild der Reitschule entdeckte.
Das Schild war über einem eisernen Tor am Ende eines langen Wegs angebracht, der von einer Kurve der Straße abführte. Jack stellte sich neben seinen Wagen und warf einen Blick hinab auf die wali-

sische Küste, wo sich neben den Fluten des Dee endlos grüne Felder erstreckten. Jack schob das Tor auf. Es kreischte wie ein Vogel.
Der Pfad führte zwischen Hecken hindurch, über die man nicht hinübersehen konnte. Pferdehufe hatten den grasbewachsenen Boden zerstampft. Er war bereits eine Weile auf dem Pfad unterwegs, als er das Wiehern eines Pferdes vernahm. Dem folgte ein Schnauben, das ganz aus seiner Nähe kam. Jack überlegte, wohin er ausweichen sollte, als vor ihm ein Mann auftauchte, der in die Blumen am Wegesrand spuckte.
Der Fremde sah aus wie jemand, der sich vornehmlich im Freien aufhält. Er trug eine Tweedjacke mit ledernen Besätzen an den Ellenbogen, eine braune Hose und schwere Stiefel, die den Eindruck machten, als könnte man sich mit ihnen auch durch unwegsamstes Gelände bewegen. Während sie aufeinanderzu marschierten, erkannte Jack, daß der Mann früher einmal in Topform gewesen sein mochte, heute aber nur noch diesen Eindruck zu erwecken versuchte. Der graue Schnurrbart, der sich wie ein Männlichkeitssymbol unter der dicken Nase ausbreitete, sah aus, als sei er auf das gerötete Gesicht geklebt worden. Jack ließ sich auch nicht von dem strengen Blick aus den blauen Augen beeindrucken. Er wußte, daß niemand sehr lange so starren konnte. Als die beiden sich gegenüberstanden, mußte der Mann blinzeln, was ihn zu ärgern schien. Gleich darauf sah er Jack doppelt so streng wie vorher an. »Wo wollen Sie denn hin?« fuhr der Mann ihn an.
Jack erkannte die Stimme wieder. Mit diesem Mann hatte er vorhin am Telefon gesprochen. Und auch die Ungeduld war die gleiche. »Ich folge dem Schild, Mr. Alston.«
»Kennen wir uns?«
»Das würde mich überraschen.«
»Dann kenne ich Ihre Tochter, oder?«
Jack schien es ein Wink des Schicksals zu sein, daß Mr. Alston nach Laura fragte. »Erhält Ihre Tochter bei uns Reitunterricht?« fragte der Mann.

»Nein. Sie würde zwar gern eine Reitschule besuchen, aber Sie wissen ja, wie das mit den jungen Dingern ist.«
Alston verengte die Augen. »Sie sind wohl nicht einer von den Typen, die gern am Gatter herumhängen, um die Mädchen anzugaffen, oder? Dann muß ich Sie nämlich enttäuschen, die jungen Damen sind alle nach Hause gegangen und haben ihre hübschen runden Hinterteile mitgenommen.«
»Das hat sich sicher kaum vermeiden lassen, nicht wahr?«
»Oho, ein Komiker! Lassen Sie sich gesagt sein, daß mich einige Menschen zum Lachen bringen, besonders diejenigen, die glauben, ich würde sie nicht durchschauen. Auch wenn sie es nie zugeben würden, bereitet es doch einigen Männern das größte Vergnügen, Mädchenärsche auf- und abhüpfen zu sehen, vor allem, wenn Sie dabei ein Pony zwischen ihren Beinen haben.«
Mr. Alstons Gesicht war noch röter geworden. »Ich muß einen Brief aufgeben«, erklärte er abrupt, so als unterbreche er Jack und nicht seinen eigenen Redefluß.
»Was für ein Zufall«, entgegnete Jack und schloß sich ihm an. »Es macht Ihnen doch hoffentlich nichts aus, wenn ich Sie auf Ihrem Weg begleite.«
»Es heißt, wir leben in einem freien Land. Allerdings fängt das erst jenseits meines Grundstücks an. An Ihrer Stelle würde ich aufpassen, wohin ich trete!«
Jack erkannte gerade noch rechtzeitig, daß es sich bei der letzten Bemerkung nicht um eine versteckte Drohung handelte, denn er war kurz davor, in einen Haufen Pferdemist zu treten. »Was meinten Sie eben mit Zufall. Ich sehe bei Ihnen keinen Brief.«
»Nun, der ist hier«, sagte Jack. Nachdem er sich von den Dornen befreit hatte, in die er bei seinem Ausweichmanöver geraten war, zog er den Umschlag aus der Jackentasche und wollte ihn Mr. Alston reichen. Doch der Mann sah den Brief nur mißbilligend an und marschierte weiter. Jack riß den Umschlag auf, zog das Schreiben heraus und faltete es auseinander. »Mr. Alston, haben Sie schon einmal einen solchen Brief erhalten?«

»Sieht so aus, als hätten Sie ein solches Schreiben bekommen.«

»Ja, mehr oder weniger aus heiterem Himmel«, erklärte Jack. Als er Alston den Brief noch einmal hinhielt, kam eine Brise auf, und Jack berührte kurz die dicken Finger des Mannes. Zusammen mit den rotblonden Haaren, die auf ihnen wuchsen, erinnerten sie ihn an die Haut eines Schweins. Alston blieb stehen und schnaubte. »Sie sind ja noch schlimmer als eine Stallmagd! Kann denn ein Mann nicht in Ruhe seiner Wege gehen?« Er griff nach dem Schreiben.

Alston hatte kaum einen Blick darauf geworfen, als er das Papier losließ. Jack konnte nicht erkennen, ob er es ihm hatte zurückgeben oder dem Wind überlassen wollen. »Ja, so einen Mist habe ich schon einmal bekommen. Inmitten des ganzen Drecks, den der Postbote nicht müde wird, bei mir abzuliefern. Wenn Sie aber der Ansicht sein sollten, ich hätte Ihnen so etwas geschickt, sind Sie ein Fall für die Klapsmühle.«

Jack fischte den Brief aus einer Hecke, faltete ihn sorgfältig zusammen und schob ihn in den Umschlag zurück. »Mr. Alston!« rief er ihm nach. »Ich glaube nicht, daß Sie mir ein solches Schreiben geschickt haben.«

»Was wollen Sie dann von mir? Ich setzte nie meinen Namen auf Unterschriftenlisten. Von mir aus kann die Welt sich zur Hölle scheren, solange sie mich nur in Ruhe läßt.« Alston erreichte das Tor und blieb stehen. Jack glaubte im ersten Moment, der Mann sei ins Grübeln gekommen und habe endlich die Wahrheit begriffen. »Gehört das da Ihnen?« fragte Alston. »Sind Sie der Mann, der die Schüssel bringt?«

Er blickte auf die Rückseite des Transits, auf der eine Satellitenschüssel abgebildet war. »Nur wenn ich das Essen auftrage«, entgegnete Jack.

Alston ignorierte die Bemerkung. »Es wäre wirklich zum Totlachen, wenn es nicht so traurig wäre. Die Menschen geben ihr gutes Geld für jeden neuen Mist aus, nur um sich das Gehirn mit noch mehr Unsinn vollstopfen zu lassen.«

»Ich verlange doch nicht mehr, als zusammen mit meiner Familie ein menschenwürdiges Dasein zu führen.«
»Das wollen wir alle, und ich wünsche Ihnen auch alles Gute, aber mehr kann ich nicht für Sie tun«, entgegnete Alston so barsch, daß klar wurde, wie wenig ihn Jack und das Schicksal seiner Familie interessierten. Der Mann öffnete das Tor und hielt es für Jack auf. »Bitte, hier beginnt die Straße.«
Jack ließ sich Zeit. Eine innere Stimme sagte ihm, daß er auf dem Grundstück bleiben mußte, bis ihm eingefallen war, was er Alston sagen konnte. »Angenommen«, begann er schließlich, »Sie könnten mehr tun und es würde Sie keinen Penny kosten ...«
»Angenommen was?«
Das klang wie eine schroffe Abfuhr, aber Jack ließ sich nicht abwimmeln. Er hielt mit dem Mann Schritt und folgte ihm den Hügel hinauf. »Angenommen, wir liegen mit der Annahme falsch, die Kettenbriefe seien bloßer Mumpitz.«
»Wer sollte auf eine solche Idee verfallen?«
Alston klang neutral, sein Schritt war gesetzt. »Als ich meinen Kettenbrief erhielt, habe ich gedacht, was soll der Unsinn«, fuhr Jack fort.
»Und?«
»Ich habe ihn nur aus dem Grund behalten, um meine Tochter vor solchen Dingen warnen zu können. Kurz darauf brannte mein Laden ab, und dann ...« Er hatte seine Kopien abgeschickt, aber das Glück hatte sich nicht einstellen wollen, bis er die Frau aufgespürt hatte, die für alles verantwortlich war. Und der hatte er dann Feuer ins Haus gelegt. Aber wie konnte er das vor Alston zugeben, oder vor jemand anderem? Sein Bewußtsein sank in sich zusammen, bis es einem halbverbrannten Stück Kohle glich. »Ich frage mich«, platzte es dann aus ihm heraus, »ob meine Tochter nur deswegen überfallen wurde, weil ich ihr erklärt habe, Kettenbriefe seien Unfug.«
»Gehen Sie wirklich ernsthaft von dieser Möglichkeit aus?«
»Mir ist keine andere Erklärung eingefallen. Drei Jungs sind über

sie hergefallen, als sie mit dem Rad unterwegs war. Das Fahrrad ist jetzt ein Wrack, und meine Tochter mußte ins Krankenhaus. Verdammt, sie ist doch erst zwölf.«

»So geht es heutzutage nun einmal zu. Sie brauchen nur einen Blick in die Zeitung zu werfen.«

»So muß es aber nicht sein. Stellen Sie sich vor, wir könnten alles zum Besseren wenden, indem wir der Aufforderung des Briefs gehorchen.«

»Sie scheinen wirklich davon überzeugt zu sein, was?«

»Lassen Sie mich Ihnen eine Frage stellen: Sie haben Ihren Brief weggeworfen, nicht wahr? Hat sich danach bei Ihnen Pech eingestellt?«

»Das sind zwei Fragen«, erwiderte Alston und blieb an der letzten Kurve vor dem einsamen Briefkasten stehen. »Ja, habe ich, und nein, hat es nicht.«

»Soll ich Ihnen sagen, warum ich glaube, daß es so ist?«

»Ich kann es kaum erwarten.«

»Ich glaube, daß Pech und Unglück sich nicht immer so verhalten, wie es in dem Brief beschrieben steht. Sobald jemand in der Kette die Aufforderung ignoriert, sucht sich das Pech den Schwächsten in der Reihe, denjenigen, dessen Glück am instabilsten ist.«

»Mit anderen Worten, es ist über Sie gekommen.« Alston schien endlich begriffen zu haben.

»Und über meine Familie. Es hat den Anschein, als hätte es uns am schlimmsten getroffen.«

»Ich kann mir lebhaft vorstellen, daß Sie so denken.«

»Dann verstehen Sie, was ich Ihnen sagen will?«

»Ich erkenne lediglich, daß Sie genau so wie all die anderen sind, denen ich in diesen Zeiten begegne. Mit anderen Worten, oder um es selbst für Sie verständlich werden zu lassen: Sie sind ein noch größerer Trottel, als es auf den ersten Blick den Anschein hat.« Damit kehrte Alston ihm den Rücken zu und marschierte davon.

Jack brauchte nur drei Schritte, um sich vor ihn zu stellen. »Es spielt keine Rolle, was Sie von mir oder den Briefen halten. Wenn die Schreiben tatsächlich so bedeutungslos sind, wie Sie glauben, kann es ja wohl kaum schaden, die Kopien abzuschicken, oder? Bitte, stellen Sie sich nur für einen Moment vor, durch diese Tat ließe sich weiteres Unheil von meiner Tochter abwenden! Würden Sie sie dann absenden? Ich gebe Ihnen das Portogeld. Nur dreizehn kopierte Schreiben an Menschen, die Sie nicht einmal kennen müssen. Wenn Sie ohnehin nur Verachtung für Ihre Mitmenschen übrighaben, kann es Ihnen doch nicht viel ausmachen, oder?«

Alston hatte sich keinen Zentimeter vom Fleck gerührt. Er starrte Jack mit offenem Mund an. »Ich glaube nicht, daß mir schon einmal jemand wie Sie begegnet ist. Ihre Tochter kann sich wirklich was auf ihren Vater einbilden.«

»Vielen Dank«, keuchte Jack, der nach seinem Wortschwall etwas außer Atem war. Er schnaufte so lange, bis Alston anfing zu grinsen. »Soll ich Ihnen verraten, warum ich kein Fernsehgerät besitze?«

»Ja«, antwortete Jack, obwohl er keine Ahnung hatte, was das mit seinem Problem zu tun haben könnte.

»Wegen Menschen wie Ihnen.«

»Ich fürchte, da kann ich Ihnen nicht folgen.«

»Das kann ich mir gut vorstellen«, erklärte der Reitstallbesitzer abfällig und fuhr dann mit erhobener Stimme fort: »Menschen wie Sie wollen es nicht zulassen, daß ein Mann unbehelligt seinen Geschäften nachgehen kann. Menschen wie Sie, die unentwegt jammern und klagen und alle anderen für den Zustand der Welt verantwortlich machen. Für die armen verhungernden Negerkinder – ich habe übrigens nie eingesehen, warum die Menschen in den tropischen Breitengraden unbedingt so viele Bälger in die Welt setzen müssen –, für die schlechte Luft, die weder für Mensch noch für Vieh verträglich ist, für die Arbeitsscheuen, die ihre Kinder auf die Straße schicken, um die anzubetteln, die noch dümmer sind, als die Polizei erlaubt, für die Juden, die die Palästinenser abschlachten, für die Schwarzen, die Weiße abmurksen, oder für die Gefängnisse, die so überfüllt sind, daß es lange Wartelisten gibt;

und auch nur, weil es in diesem Land als geradezu unanständig gilt, jemanden, der es verdient hat, für seine Missetaten hinzurichten! So, genügt Ihnen das als Antwort? Oder muß ich mich noch simpler ausdrücken: Ihre Tochter und ich haben nichts miteinander zu schaffen, und sie bedeutet mir weniger als nichts. Und sie hat durch ihren Herrn Vater meine Nerven schon über Gebühr strapaziert.«

Er war krebsrot angelaufen, und atmete so schwer, daß seine Schnurrbarthaare zitterten. Jack befürchtete, der Mann würde jeden Moment zusammenbrechen. Doch dann stieß er mit einer Schulter Jack beiseite und ging seiner Wege.

Jack lief ihm hinterher, auch wenn er nicht recht wußte, warum. Seine Gedanken und Gefühle schienen sich in einen glutheißen Klumpen verwandelt zu haben. Das behinderte ihn, und er kam nur schlecht voran. Als er wieder klar sehen konnte, warf Alston gerade seinen Brief ein und machte sich auf den Weg zurück.

Er sah Jack und, fing an zu lachen. Der Reitstallbesitzer verschränkte die Arme vor der Brust und hörte nicht auf zu lachen. Das Geräusch kam Jack wie eine Demonstration von Frohsinn vor, obwohl es doch sicherlich von Alston anders gemeint war. Alston kam ihm in diesem Moment wie eine lebensgroße Puppe vor. Das Gummigesicht war unterhalb der Nase aufgeplatzt, und aus der Öffnung drang graue Watte, oder was auch immer man als Füllung genommen hatte. Die Puppe stolzierte auf ihn zu, wuchs vor ihm an, und er hatte keine Ahnung, wie er auf sie reagieren sollte. Er drehte sich abrupt um, um dem gräßlichen Anblick und den Auswirkungen, die sie auf seine Nerven hatte, zu entgehen.

»So ist's recht!« rief Alston. »Nehmen Sie nur die Beine in die Hand. Laufen Sie, Mann, sonst schicke ich Ihnen die Polizei auf den Hals!«

Jack lief nicht, aber er beschleunigte seine Schritte. Er suchte nach den Wagenschlüsseln, die gegen das Feuerzeug klapperten. Er stolperte auf den Transit zu und rief: »Wo ist nur mein Glück geblieben?« Als er die Wagentür aufsperrte, höhnte Alston: »Also

war das Ihre Klapperkiste, die mir die schöne Aussicht verdorben hat. Ich fürchte, ich habe Sie doch falsch eingeschätzt. Ich glaube nämlich, Ihre Tochter hat einen Lügner zum Vater, falls Sie überhaupt eine Tochter haben!«
»Daß du dich mal nicht irrst!« Der dunkle Glutklumpen in Jacks Kopf wurde heller und dehnte sich aus, bis er den ganzen Schädel ausfüllte. Jack suchte mit der freien Hand in seiner Hosentasche. »Noch fürchtest du dich nicht, aber keine Bange, bald ist es soweit«, murmelte er beim Einsteigen. »Wart's nur ab, gleich springen dir die Augen aus den Höhlen!«
Der Wagen wackelte. Alston hatte ihm einen derben Stoß versetzt. »Sie glauben wohl, ich weiß nicht, was Sie hier wollten! Ich schreibe mir jetzt Ihr Kennzeichen auf. Und dann werde ich die Polizei verständigen!« Der Reitstallbesitzer riß die Fahrertür mit einem Ruck auf. »Was ist denn das ...«
Alstons Gesicht verzerrte sich zu einem Grinsen, aber vielleicht riefen auch nur die Hitzeschlieren zwischen ihm und Jack diesen Eindruck hervor. »Hoffentlich können Sie auch darüber lachen!« fuhr er den Mann an und sprang aus dem Wagen.

Kapitel 18

Bleib nicht zu lange fort«, sagte Julia und sah zu, wie Jack in den Transit kletterte. Sie merkte ihm an, daß er darüber erleichtert war, das Haus verlassen zu können. Vielleicht gab er sich die Schuld an Lauras Erlebnis, und solange er in ihrer Nähe war, wurde er damit nicht fertig. Wenn dies so war, dann wußte Julia sehr gut, wie er sich fühlte. Als sie ihre Tochter blutend auf der Bank erblickt hatte, hatte ihr Verstand ausgesetzt. Der Wagen startete und verschwand auf der Victoria Road. Julia starrte ihm nach, so als könnte Jacks Verschwinden ihre Gedankenmaschinerie wieder in Gang bringen. Aber sie wußte, daß nichts und niemand die Leere aus ihrem Kopf zwingen konnte.

Nicht die Zahlenkolonnen auf den Computerbildschirmen hatten ihr die Kopfschmerzen bereitet. Und auch Luke Rankins tolpatschige Unbeholfenheit nicht, obwohl er heute noch hyperaktiver und unnahbarer als sonst gewesen war. Er hatte sich nur mit seinen Computern beschäftigt und nicht einmal Kundenanrufe zu sich durchstellen lassen. Als Lynne dann gefragt hatte: »Hatten Sie Streit mit Ihrem Mann?« hatte Julia ihre Tränen nicht länger zurückhalten können. Wenige Minuten später war Luke explodiert: »Bin ich denn hier im Tollhaus? Wie soll ich denn bei dem Getöse arbeiten können?« Er hatte an seinen Revers und an seiner Krawatte gezerrt, so als suchten seine Hände jemanden, den sie erwürgen könnten.

Lynne war vor ihn getreten und hatte gesagt: »Mrs. Orchards Tochter ist gestern abend überfallen worden. Und sie hat es sich nicht nehmen lassen, trotzdem zur Arbeit zu erscheinen.«

»Großer Gott! Tut mir leid. Nehmen Sie sich den Rest des Tages frei, und machen Sie sich mal keine Gedanken um die Bezahlung. Bleiben Sie solange wie nötig zu Hause. Wenn es ein Problem gibt, kann ich Sie ja anrufen.« Während er noch redete, hatte er sich schon auf den Weg in sein Büro gemacht.

Die Tränen hatten Julia keine Erleichterung gebracht, sondern ihr nur Kopfschmerzen bereitet, die während der ganzen Heimfahrt ständig schlimmer geworden waren. Sie hatte sich in ihr Bett verkrochen und die Decke über den Kopf gezogen. Erst vor wenigen Minuten war sie aufgewacht. Die Kopfschmerzen waren vergangen, aber ihr Schädel fühlte sich leer und zerbrechlich an. Als sie sich jetzt dabei ertappte, wie sie den Abgasen des Transits nachstarrte, fragte sie sich, ob sie ihr irgend etwas sagen wollten, und kehrte ins Haus zurück.

Laura war in der Diele und humpelte ihr entgegen. Sie mußte sich am Treppengeländer festhalten. »Ich komme schon klar, Mum. Du kannst dich ruhig wieder hinlegen. Ich kann dir eine Tasse Tee bringen, wenn du möchtest.«

»Jetzt tu bloß nicht so, als sei ich hier die Kranke, junge Dame, sonst ...« Aber auch diese Empörung, gleichgültig ob sie gespielt oder echt war, half ihr nicht weiter. Der Anblick ihrer Tochter, die sich anscheinend nicht unterkriegen lassen wollte, wühlte in Julias Eingeweiden.

»Es tut gar nicht mehr so weh. Ich fühle mich nur etwas steif. Und der Arzt hat gesagt, es blieben keine Narben zurück. Wein doch nicht, Mum.« Doch dann kamen Laura selbst die Tränen, und Mutter und Tochter hockten sich auf die Stufen, hielten sich aneinander fest und schluchzten um die Wette. Es kam Julia so vor, als würde sie endlos weinen. Sie konnte gar nicht fassen, wieviel Flüssigkeit in ihr war. Als die Tränen endlich doch versiegten, fühlte sie sich etwas besser, und sei es auch nur aus dem Grund, daß sie ihre Tochter spüren konnte und von ihr festgehalten wurde. Sie war froh, daß Jack jetzt nicht hier war. Danach putzten sich beide im Badezimmer die Nase. Als Julia sah, wie vorsichtig und umständlich Laura dabei vorging, wurden ihre Augen wieder

feucht. »Wir könnten beide einen Drink vertragen«, erklärte Julia, um sich abzulenken. »Und ich sollte mich auch um das Essen kümmern.«
»Ich möchte gern mit dir reden, ja?«
»Wann habe ich dir gegenüber je die Ohren versperrt?« entgegnete Julia und half Laura hoch. »Gibt es ein besonderes Thema?«
»Erzähl mir eine Geschichte aus der Zeit, als ich noch nicht geboren war. Erzähl mir, wie es war, als du zum ersten Mal mit Dad ausgegangen bist.«
Julia schenkte ihr und sich ein Glas Diät-Cola ein und beugte sich dann über die Tiefkühltruhe. Während sie darin herumstöberte, dachte sie, daß Laura immer schon gern Geschichten von früher gehört hatte. Besonders solche, die etwas mit ihrer Familie zu tun hatten. Vielleicht gaben sie ihr Halt und sagten ihr, daß sie drei noch lange zusammenbleiben und sich gut verstehen würden.
»Das begab sich zu der Zeit, als ich abends nach der Arbeit versuchte, mit der Computerrevolution Schritt zu halten. Damals war die Vorstellung eines Heimcomputers für die meisten Menschen noch pure Science fiction. Ich bin oft in die Bücherei gegangen und habe mich dort mit der neuesten Fachliteratur versorgt. Ich weiß nicht mehr genau, wann mir Jack zum ersten Mal aufgefallen ist. Aber irgendwann fing ich an, mir zu wünschen, er möge gerade Dienst haben, wenn ich dort auftauchte. Und von da an dauerte es nicht mehr lange, bis ich nur noch zu seinen Dienstzeiten erschienen bin. He, was gibts denn da zu kichern?«
»Erwachsene!« stöhnte Laura und verdrehte die Augen.
»Paß ja auf, bei dir dauert es auch nicht mehr lange. Und dann wollen wir mal sehen, wie du dich anstellst.« Sie fing an, Gemüse kleinzuschneiden. »Und wenn ich dann in die Bücherei gegangen bin und er da war, habe ich mir natürlich nur von ihm weiterhelfen lassen. Ich muß wohl nicht extra erwähnen, wie sehr ich darauf gewartet habe, daß er mich einladen würde.«
»Warum hast du ihn denn nicht gefragt?«

»Vermutlich war ich damals noch nicht so emanzipiert. Und irgendwie ist es eine Frage des Stolzes. Der Mann muß beim ersten Mal fragen. Ich kann mich noch gut daran erinnern, wie wütend oder frustriert ich an manchen Abenden nach Hause gegangen bin, weil er noch immer nicht gefragt hatte. Also habe ich schließlich angefangen, ihn um immer mehr Titel zu bitten, die er mir dann an meinen Arbeitstisch bringen mußte. Ich weiß nicht mehr genau, welches Motiv dahintersteckte: Vielleicht wollte ich es ihm heimzahlen, daß er mir so wenig Interesse entgegenbrachte, vielleicht wollte ich ihn dazu bringen, daß er sich irgendwann über die viele Arbeit beschwerte. Möglicherweise steckten auch beide Gründe dahinter. Und irgendwann kam in mir der Verdacht auf, er spiele nur mit mir, nicht ich ließe ihn für mich springen, sondern er mich für sich. Du kannst dir sicherlich vorstellen, wie sauer ich darüber geworden bin. Am folgenden Abend bin ich auf dem Weg zur Bücherei in einen Sturm geraten. Meine Schuhe waren durchnäßt, und ich hockte tropfend an meinem Tisch. In diesem Moment habe ich mir folgendes geschworen: Wenn Jack mit dem Riesenstapel Bücher kommt, die ich bei ihm bestellt habe, kitzle ich ihn, bis er alles fallenläßt. Ein paar Minuten später kam er mit einem Riesenberg Bücher, ich hatte diesmal mehr als üblich geordert, und mir wurde klar, daß es mir kaum gelingen würde, meine Hände von ihm zu lassen. Doch dann kam aus seinem Mund der ebenso klassische, wie erfolgversprechende Anmacherspruch ...«

»Soll ich Ihnen ein Handtuch holen?« platzte es aus Laura heraus.

»In diesem Moment ist mir nichts Besseres eingefallen, als zurückzufragen: ›Zusätzlich zu all diesen Büchern?‹ Wir beide fingen furchtbar an zu lachen. Er konnte die Bücher kaum noch halten, und ich erkannte zu meinem Entsetzen, daß sie gar nicht für mich bestimmt waren. Er versuchte, sie festzuhalten, und ich kann dir sagen, das war der erbärmlichste Jongleurakt, den ich in meinem ganzen Leben gesehen habe. Ich weiß bis heute nicht, welchem gnädigen Schicksal er es zu verdanken hatte, daß man ihn an jenem Abend nicht rausgeschmissen hat. Nach Dienstschluß brachte er mich zur Bushaltestelle. Er hatte diesen fürchterlichen Schirm dabei, der sich nicht einfach auf Knopfdruck öffnete, sondern sich geradezu explosionsartig ausbreitete. Unterwegs hat er mich dann gefragt, ob ich Lust hätte, mit ihm irgendwo einzukehren, wo es trockener wäre. Und, na ja, seitdem sind wir zusammen.«

»Bitte noch eine Geschichte«, verlangte Laura und streckte ihr Bein aus.

Julia erzählte ihr eine Begebenheit von ihrer Geburt. Die Amme forderte damals Jack auf, ihr die Stirn abzuwischen. Und eine Sekunde später fuhr sie ihn an: »Nicht die Stirn des Babys, Sie Idiot, sondern die Ihrer Frau!« Und sie berichtete von einem Vorfall an einem verregneten Vormittag. Die Orchards hatten gerade im Supermarkt eingekauft. Julia schob ihre Tochter im Buggy zum Wagen, und ein Angestellter des Ladens trug ihre Waren. Während Julia die Sachen in den Kofferraum lud, kam Jack ebenfalls mit einem Buggy und war felsenfest davon überzeugt, das gut eingepackte Mädchen in dem Kinderwagen sei Laura. »Mag es auch noch so hart kommen, uns bleiben immer unsere Erinnerungen«, schloß Julia.

»Ich habe dich und Daddy, und das ist viel besser als alle alten Erinnerungen.«

»Für dich besteht kein Anlaß zu wählen«, entgegnete Julia. »Wir drei bleiben noch lange zusammen. Zumindest hoffe ich das.«

Das Telefon läutete. Julia wischte sich gerade die Hände ab, und Laura schwang ihren Fuß von dem Bänkchen auf den Boden. »Ich geh schon«, verkündete sie, als sei sie fest entschlossen, ihre Beweglichkeit unter Beweis zu stellen. Sie humpelte in die Diele, und Julia hörte, wie sie »Oh, hallo« sagte. Dem folgte ein längeres Schweigen, bei dem nur unidentifizierbares Murmeln von Lauras Seite zu vernehmen war. Nach ein paar Minuten kehrte sie zurück. »Dad ist am Apparat und will dich sprechen. Er hört sich irgendwie eigenartig an.«

»Hat er getrunken?«
»Nein«, antwortete Laura unsicher, »er hört sich gar nicht wie Dad an.«
Julia wischte sich noch einmal die Hände an der Schürze ab und ging in die Diele. Das erste, was sie hörte, als sie den Hörer ans Ohr nahm, war das Klicken einer Münze. »Hier bin ich, Jack. Bist du noch dran?«
Sie erhielt keine Antwort. Ihre Frage bedurfte sicherlich keiner langen philosophischen Besinnung. Dennoch vergingen etliche Sekunden, ehe Jack sagte: »Ja.«
Er hörte sich nicht so an, als sei er davon überzeugt.
»Ist er repariert?«
»Repariert?«
»Ja, der Wagen.«
»Er ist nicht zusammengebrochen. Schließlich hat er mich bis hierhergebracht.«
»Das ist doch wunderbar, oder? Ist er denn jetzt repariert, oder mußt du ihn dalassen?«
»Nein.«
Julia war kurz davor, ihre Geduld zu verlieren, als er hinzufügte: »Nein, ich muß ihn nicht dalassen.«
»Gut, und kommst du jetzt nach Hause, oder was?«
Ein heulender Wind war zu hören, der Kälte verhieß. Julia sagte sich, daß ihr Mann von einer Zelle anrufen mußte. »Möchtest du denn, daß ich nach Hause komme?«
»Wie kannst du so etwas fragen? Wir haben dich nie mehr gebraucht als heute. Wenn du glauben solltest, du würdest stören, nun, dann sei versichert, daß wir uns nur wie zwei gute Freundinnen unterhalten haben. Ehrlich, Jack, stell so eine bescheuerte Frage nie wieder! Was ist denn los? Stimmt etwas nicht mit dir?«
Wieder Schweigen und das Heulen des Windes. Julia schloß die Augen, um nicht die Beherrschung zu verlieren. Dann sagte sie: »Es tut mir leid. Alles. Meine Frage war wirklich furchtbar dumm. Ich weiß, was dich beunruhigt: das, was Laura zugestoßen ist.

Schleich bitte nicht dort draußen herum, und brüte nicht zu sehr darüber. Wir sind bislang mit allem fertiggeworden, weil wir drei stets zusammengehalten haben. Wenn ich dir das Gefühl vermittelt haben sollte, ich würde lieber mit Laura allein sein und dich nicht dabeihaben wollen, so tut es mir wirklich leid. Ich will nie wieder so etwas zu dir sagen, versprochen.«

»Es ist nicht deine Schuld«, entgegnete er resigniert. »Du brauchst dir wirklich keinen Vorwurf zu machen.«

»Genausowenig wie du. Ich will jetzt nicht wieder damit anfangen, aber du gibst mir das Gefühl, als sei noch etwas anderes schiefgelaufen. Wenn dies so ist, mußt du es mir sagen. Auf jeden Fall möchte ich wissen, warum du anrufst.«

»Ich wollte nur deine Stimme hören.«

»Gut, jetzt hast du sie gehört und kannst mir den Rest erzählen.«

»Ich glaube kaum, daß du das hören ...« murmelte Jack. Der Wind verwehte das Ende seines Satzes.

»Das letzte, was ich jetzt gebrauchen kann, ist mir auch noch um dich Sorgen machen zu müssen, Jack. Bitte komm auf dem schnellsten Weg nach Hause, und dann erzählst du mir alles, einverstanden?«

»Aber wenn ...« begann er, und Julia hörte nur noch ein Piepen. Seine letzte Münze war durchgefallen. Sie hängte ein, weil sie vermutete, er würde sofort wieder anrufen. Julia starrte auf die Wand über der Treppe, an der ein Sonnenstrahl träge hinaufstieg.

»War er betrunken?« fragte Laura.

»Nein, nur etwas durcheinander. Mach dir keine Gedanken, er kommt gleich nach Hause.« Julia ging langsam in die Küche zurück. Sie goß ihrer Tochter gerade Cola ins Glas, als jemand hart an die Haustür klopfte.

Wenn das Jack sein sollte, war er entweder so halsbrecherisch gefahren, daß sie lieber nicht darüber nachdenken wollte, oder er hatte von ganz in der Nähe angerufen, und das würde sie noch mehr beunruhigen. Sie erkannte zwei Silhouetten hinter der Milchglasscheibe. Vielleicht waren das Leute, die sich das Haus ansehen wollten. Julia beschlich ein ungutes Gefühl. Was, wenn diese zwei etwas mit Jacks Anruf zu tun hatten? Sie zwang sich dazu, auf die Tür zuzugehen und die Klinke herunterzudrücken. Die Tür ging auf und stieß gegen die Fußmatte. Julia mußte sie erst entfernen, ehe die Tür ganz aufging. Durch die Staubwolke, die von der Matte aufstieg, erkannte sie Jody Venable und ihren Vater.

Er legte einen Finger auf die Lippen. »Stören wir?«

»Wobei, Pete?«

Er führte ganze gewiß nichts Arges im Schilde, aber irgendwie strapazierte sein unerwartetes Auftauchen Julias angespannte Nerven noch mehr. Jetzt bemerkte sie, daß Jody einen Umschlag in der Hand hielt. »Wenn das für Laura ist, dann kommt herein. Laura ist wach. Sie freut sich sicherlich über euren Besuch.«

»Hi, Jody!« rief Laura.

Jody zuckte beim Anblick ihrer Freundin zusammen, sagte aber tapfer: »Mit der Augenklappe siehst du aus wie eine Piratin. Ich bringe dir hier eine Genesungskarte. Die ganze Klasse hat unterschrieben.«

»Das muß ich mir aber ansehen«, erklärte Laura und humpelte ins Wohnzimmer. Jody folgte ihr. Julia machte Pete Platz und schob dabei die Fußmatte beiseite. »Komm doch rein. Du kannst mir Gesellschaft leisten, während ich Jody was zu trinken hole.«

Kaum befand sich Pete in der Küche, änderte sich seine Miene. »Ich kann noch immer nicht fassen, was Laura zugestoßen ist. Hat die Polizei euch schon etwas mitgeteilt? Haben sie die Täter bereits verhaftet?«

»Wir wissen, wer es war, und wir haben der Polizei die Adresse gegeben.«

»Wie viele Mistkerle waren es denn?«

»Drei«, sagt Laura.

»Verfluchte Scheiße. Pardon«, fügte er rasch hinzu, so als habe er gerülpst. »Die Lehrerin hat der Klasse mitgeteilt, daß man Laura überfallen hat. Ich hätte allerdings nie gedacht, daß sie sie so furchtbar zugerichtet haben. Wenn Jody so etwas zustoßen würde, müßte man mich einsperren, sonst würde ich zum Haus dieser Schweine gehen und dort Rambo spielen. Was für ein Glück, daß Jack viel ruhiger ist. Wo steckt er eigentlich?«

»Er ist unterwegs.«

»Wann kommt er wieder?«

»Bald, hoffe ich.«

»Macht es dir etwas aus, wenn ich auf ihn warte?«

»Du kannst bleiben, solange du willst.«

»Das Dumme ist, ich habe nicht viel Zeit. Im Restaurant ist eine unserer Kellnerinnen ausgefallen. Sollen wir Jack fünfzehn Minuten geben?« Er nahm das Colaglas und trug es ins Wohnzimmer.

Er blieb länger als eine Viertelstunde. Als Julia mit dampfenden Kaffeetassen für sich und Pete ins Wohnzimmer kam, blickte er gerade nervös auf seine Uhr. Seine Ungeduld verstärkte ihre Besorgnis um Jack. Sicher, er befand sich wohl auf dem Weg nach Hause, aber wie weit konnte er denn vorher gefahren sein? Pete trank seinen Kaffee, stellte die Tasse auf den Teppich und zog dann wieder den Ärmel zurück, um auf seine Armbanduhr zu schauen.

»Was meinst du, Jody? Sollen wir?«

»Warten wir denn nicht auf Lauras Dad?«

»Wir können nicht ewig hier hocken.« Er warf Julia einen entschuldigenden Blick zu. »Lauras Mom kann es ihm ja sagen.«

»Was immer du möchtest«, forderte Julia ihn zum Reden auf.

»Du erinnert dich doch bestimmt noch an neulich, als ihr zu uns in das Restaurant gekommen seid.«

»Ja, es war ein wunderbarer Abend.«

»Hörst du auch zu, Laura?« mahnte Jody.

Laura sah von ihrer Genesungskarte auf, auf der ein Clown abgebildet war, dessen Bein in Gips lag. »Ja, jetzt.«

»Dann ist dir bestimmt auch noch die Rechnung im Gedächtnis, die ihr nicht bezahlen mußtet«, fuhr Pete fort.

»Wir hätten gerne bezahlt«, erklärte Julia.
Pete schüttelte abwehrend den Kopf. »Dann weiß Laura bestimmt noch etwas anderes, nicht wahr?«
»Was denn?«
»Worüber haben wir an jenem Abend gesprochen?«
»Du hast meinem Dad erzählt, in der Schule gäbe es einen Job für ihn.«
»Ja, natürlich, darüber haben wir auch gesprochen. Bei Licht besehen war das ja ein wirklich wichtiger Abend.« Pete lächelte Julia zu, und im nächsten Moment schrie Laura: »Das Preisausschreiben! Unsere Rechnung ist in die Schublade gekommen, aus der der Gewinner gezogen werden sollte!«
»Ja!« bestätigte Jody.
»Ja heißt das denn, daß wir ...«
»Ja, ihr seid die glücklichen Gewinner«, antwortete Pete. »Eure Rechnung wurde gezogen. Ihr habt einen Urlaub in Griechenland gewonnen.«
»Kreta«, sagte Laura verzückt.
»Wir haben uns schon gedacht, daß du keine großen Einwände hättest.«
Julia fühlte sich benommen, wie beschwipst. »Aber das ist ja unfaßbar, Pete. Die Reise hätte zu keinem besseren Zeitpunkt kommen können. Für wie viele Personen ist sie?«
»Natürlich für euch drei.«
»War von Anfang an ein Urlaub für drei Personen ausgeschrieben?«
»Wir wären bis vier Personen gegangen. Hing eben alles davon ab, wie viele Personen auf der betreffenden Rechnung verzehrt hatten. So gesehen habt ihr uns eine Menge Geld gespart.« Er zwinkerte Julia zu.
»Ich weiß nicht, wie ich dir danken soll, Pete.«
»Du hast doch gerade Danke gesagt, oder?« Er erhob sich und gab seiner Tochter ein Zeichen. Sie stand ebenfalls auf. »Wir müssen jetzt wirklich gehen. Zu schade, daß ich Jacks Gesicht nicht sehen

kann. Ich gebe euch eine Bestätigung für das Reisebüro. Und bis es soweit ist, paßt gut auch euch auf.«
Jody trödelte noch herum, bis Pete sie ermahnte, daß sie noch Hausaufgaben zu machen habe. Als Jody den Hügel hinauflief, während Pete zur Promenade eilte, blieben Julia und Laura noch an der Tür, so als könnten sie damit Jacks Rückkehr erzwingen. Doch dann kam Wind auf und ließ das ZU-VERKAUFEN-Schild knarren. Julia sagte: »Komm, wir gehen jetzt besser wieder rein.«
Sie wünschte sich, sie hätte die tolle Neuigkeit schon gewußt, als Jack angerufen hatte. Dann hätte sie ihm sagen können, daß ihn zu Hause eine tolle Überraschung erwarte, und er hätte sich sicher doppelt beeilt. Nein, sagte sie sich dann, sie mußte ihn nicht mit Lockungen dazu bewegen, heimzukommen. Er gehörte hierher. Wo hätte er auch sonst hingehen sollen? Sie sammelte die Tassen und Gläser ein, und als sie sie in der Küche unter den Wasserhahn stellte, rief Laura: »Da kommt Dad!«
Julia hörte, wie der Motor erstarb, und drehte das Wasser ab. Laura humpelte bereits zur Haustür. Als Julia in die Diele ging, hatte Laura bereits den Lieferwagen erreicht und riß gerade mit beiden Händen die Fahrertür auf. »Dad, du mußt sofort guter Laune sein, sonst erzählen wir dir nicht die tolle Neuigkeit!«
Er starrte sie an, als wisse er nicht recht, was er von dieser Äußerung halten sollte. Dann sprang er so abrupt aus dem Wagen, daß Laura vor Schreck fast das Gleichgewicht verloren hätte. Er verdrehte die Augen, zog mit den Fingern die Mundwinkel auseinander und fragte: »Sieht das nach genug guter Laune aus?« Dann hüpfte er mit merkwürdigen Bewegungen um den Transit herum, schlug sich auf die Schenkel und fragte: »Oder gefällt dir das besser?« Schließlich rollte er den Kopf und ließ die Zunge aus dem Mund hängen.
Laura kicherte, erinnerte sich dann daran, daß sie eine werdende Dame war, und sagte streng: »Aber Vater!«
Julia trat zu den beiden. »He, Jack, vergeude nicht alles an Laura. Heb etwas für mich auf!«

Er blieb stehen, atmete schwer und lehnte sich gegen den Wagen. Als seine Augen wieder geradeaus blickten und die Zunge ihren Weg zurück in den Mund gefunden hatte, fragte er in gespielter Unschuld: »Was ist denn los? Gibt es irgend etwas Besonderes?«
»Laura soll es dir erzählen.«
Er wischte sich den Schweiß von der Stirn, und Julia fragte ihn: »Ist mir dir wieder alles in Ordnung? Brauchst du irgendwas?«
»Nein, nein, nein«, entgegnete er mit der Geschwindigkeit eines Maschinengewehrs und baute sich vor seiner Tochter auf. »Ich bin bereit, wenn du es bist.«
»Dad, stell dir vor, wir reisen nach Kreta!«
»Was, jetzt sofort? Das ist etwas ungewöhnlich, aber durchaus eine Überlegung wert.«
»Nein, du Dummkopf. In den Sommerferien. Wir haben die Reise gewonnen, die Jodys Eltern ausgeschrieben haben!«
»Wir alle drei, Jack«, ergänzte Julia, schlang ihre Arme um seine Taille und lehnte den Kopf an seine Schulter.
»Aber wir haben die Rechnung doch gar nicht bezahlt. Das geht doch nicht ...« Er wirkte vollkommen verwirrt. Plötzlich richtete er sich gerade auf und fragte: »Seit wann wißt ihr das?«
»Pete und Jody sind vor fünf Minuten gegangen.«
»Hat er gesagt, wann sie die Ziehung durchgeführt haben?«
»Nein, wird wohl irgendwann heute gewesen sein. Ich kann mir nicht vorstellen, daß sie lange gewartet haben, bis sie vorbeigekommen sind, um es uns mitzuteilen. Warum, ist das denn wichtig?«
Jack schloß die Augen. »Ich versuche nur festzustellen, wann unser Schicksal sich gewandelt hat.« Er schwankte und lehnte sich an Julia. »Großer Gott, ist denn wirklich so etwas dafür erforderlich?«
»Ich weiß, was du meinst.«
Ein Ruck ging durch seine Gestalt, aber seine Miene wollte Julia nicht gefallen. »Nun beruhig dich doch, Jack«, sagte sie, und ihr fiel auf, wie enttäuscht Laura war, als sie ins Haus zurückschlich. »Die Venables haben eine Ziehung durchgeführt, und der Zufall

hat es gewollt, daß wir gewonnen haben.« Sie verzog die Nase. »Willst du dich umziehen? Du riechst etwas streng. Wo bist du nur gewesen?«

Er trat von ihr zurück und verzog sein Gesicht zu einem mißglückten Grinsen. »Was willst du damit sagen?«

»Keine Bange, Jack. Ich rieche kein teures Damenparfüm an dir. Nur den Gestank von Feuer und Benzin. Hat es irgendwo gebrannt?«

Er legte eine Hand auf den Türgriff des Wagens, so als wollte er wieder einsteigen. »Ich habe alle Brücken hinter mir abgebrochen!« schrie er unvermittelt.

»Jack, wenn du etwas loswerden möchtest, höre ich dir gerne zu, gleichgültig worum es sich handelt.«

»Ich würde nie etwas tun, was dir oder Laura schaden könnte.«

»Das ist eines von den wenigen Dingen, die du mir nicht sagen mußt«, erklärte Julia. Er schwieg, und sie fragte sich schon, ob das alles gewesen war. Doch dann murmelte er: »Andererseits würde ich alles für euch tun, was mir richtig und wichtig erscheint.«

»Ich glaube, im Moment kannst du nicht mehr für uns tun, als bei uns zu sein.«

Seine Hand ruhte immer noch auf dem Türgriff. Er starrte über den Minigolfplatz hinweg auf den Rauch, der aus dem Schornstein eines vorbeiziehenden Tankers quoll. Julia wurde plötzlich sehr traurig und fragte sich, aus welchem Grund er sie nicht ansehen wollte. »Jack, du warst doch nicht etwa bei der Familie Evans, oder?«

»Nein.«

»Ich wollte damit auch nicht sagen, daß du dorthin gehen sollst. Soll die Polizei sich um die Angelegenheit kümmern, wir drei kümmern uns umeinander.« Sie sagte sich, daß sie die Frage nicht hätte stellen dürfen. Die Erinnerung an die drei Halbstarken schien ihm von neuem das Gefühl von Hilflosigkeit zu geben. »Wenn du mit dem Abbrechen aller Brücken gemeint hast, daß du die Videothek endgültig aufgeben und ins Büchereiwesen zurück-

kehren willst, würdest du mich damit zum glücklichsten Menschen machen. Ich denke, so wäre es das Beste, für uns alle.«
Sie ließ ihn noch ein paar Sekunden auf den Rauch blicken und sagte dann: »Willst du Laura nicht zeigen, wie sehr du dich über die gute Nachricht freust?«
Er machte ein Gesicht, als hätte er überhaupt nicht an so etwas gedacht. »Ja, das sollte ich«, erklärte er, stapfte zum Haus und zog sich unterwegs den Pullover aus.
Jack war wie umgewandelt. Was immer ihn vorhin auch bedrückt haben mochte, es war vorbei. Nach einer Viertelstunde kam er nach unten, hatte sich umgezogen und trug die alten Sachen auf den Armen. Er hätte sie ohne weiteres Nachdenken in die Waschmaschine gestopft, wenn Julia ihn nicht daran gehindert hätte. »Sie können noch warten«, erklärte sie ihm.
»Du kennst mich doch, ich bin das alte Glotzauge Orchard. Wenn das Fernsehen mal nicht funktioniert, würde ich mir stundenlang das Programm dort ansehen«, erklärte er und blickte hoffnungsvoll auf die Waschmaschine. Julia mußte kichern. Sie nahm ihm die getragenen Kleider ab und schob sie in die Maschine. »Einfach großartig«, erklärte er seiner Frau. »Ich meine, ich kann es noch gar nicht richtig glauben, daß wir wirklich nach Kreta reisen. Kreta im Mittelmeer und nicht irgendein verschlafenes Kaff gleichen Namens an der englischen Küste. K-R-E-T-A ... super! Ich freue mich wirklich, daß du doch noch einen Urlaub bekommst.«
»Du kommst doch wohl mit uns, oder?«
»Ich? Na ja, irgendeinen Haken gibt es bei jeder Sache.« Er grinste sie an. »Du brauchst gar nichts zu sagen. Ich weiß, daß ich nur ein geschwätziger Clown bin. Dabei sollten Clowns eigentlich gar nicht reden. Da kommt mir eine Idee: Warum gehen wir nicht alle ins Restaurant, drücken den Venables unseren Dank aus und stellen fest, mit welchen fremden Gerichten wir diesmal verwöhnt werden?«
»Ich habe schon zu Abend gekocht, Jack«, widersprach Julia. »Wir können doch am Wochenende zu ihnen gehen.«

»Wenn du meinst. Wo ist eigentlich die Kassette?«
Es dauerte eine Weile, bis Julia begriff, daß er Jodys Musikband meinte. Sie schickte Laura, es zu holen, und sie kam mit der Kassette und ihrem Recorder zurück. Als die Bouzoukimusik das Wohnzimmer erfüllte, ließ er sich auf dem Sessel vor dem Fenster nieder und blickte genießerisch hinaus, so als könnte er am Horizont Griechenland erkennen. Nur sein Kopf bewegte sich, wenn hin und wieder draußen auf der Straße ein Auto vorbei fuhr. Einmal wurde ein Wagen langsamer, als er sich dem Haus näherte. Jack verkrampfte sich und starrte auf das Fahrzeug. Aber dann fuhr es wieder weiter. Es hatte lediglich ein anderes Auto vorbeigelassen.
»Das galt nicht uns«, sagte er und ließ sich in den Sessel zurücksinken.
»Wäre ja ein bißchen spät, um sich unser Haus anzusehen«, entgegnete Julia.
»Ja, wäre es. Es sei denn, sie wollten sich auch noch bei uns zum Essen einladen. Wie steht es denn mit dem Abendbrot?«
Zuerst stocherte er nur in seinem Essen herum. Dann aß er mit etwas mehr Appetit, obwohl man ihm bei genauem Hinsehen anmerken konnte, daß er keinen Hunger hatte. Zwischen den Bissen kommentierte er die Ereignisse im Fenster der Waschmaschine: »Jetzt zeigt sich die erste Hose ... Der Pullover scheint das Marathonrennen zu gewinnen ... Wird die einsame Socke je ihre verlorene Zwillingsschwester wiederfinden? Versäumen Sie nicht, nächste Woche wieder einzuschalten, wenn es heißt ...« Er hörte auf, als er sah, welche Schmerzen Laura das Lachen bereitete. Als das Waschprogramm abgelaufen war, gingen sie alle ins Wohnzimmer, und er schaltete die Musik wieder ein. Laura nahm sich den kretischen Reiseführer vor, um festzustellen, welche Orte man als Tourist besuchen sollte. Gegen einundzwanzig Uhr stand Jack auf: »Da kommt jetzt im Radio eine Comedy-Show, die ich nicht verpassen möchte. Ich gehe sie mir im Wagen anhören.«
»Nein, bleib hier, Dad, ich dreh die Musik ab.«

Aber er war schon in der Diele. »Wir wollen doch nicht, daß du wieder lachen mußt und dir dann alles weh tut.«

Als er nach kaum zehn Minuten zurückkehrte, vermutete Julia, die Show sei ihm zu langweilig gewesen. »Ich habe den Eindruck, Dad kann es noch gar nicht richtig fassen«, sagte Laura.

Julia mußte ihrer Tochter recht geben, denn als er kurz darauf ins Wohnzimmer kam, wirkte er sehr nachdenklich, so als könne er tatsächlich seinem Glück noch nicht trauen. »Er wird sich schon noch freuen«, versicherte sie Laura. »Wir hören uns die andere Seite der Kassette lieber ein anderes Mal an. Vielleicht sollten wir heute alle einmal früh ins Bett gehen.«

Laura ging ins Badezimmer, und Julia fragte Jack: »War das Programm nicht gut?«

»Was?« fragte er so laut, als habe sie ihn aus einem komplexen Gedankengang gerissen.

»Die Comedy-Show? War sie nichts?«

»Ich fürchte, im Moment kann ich gar nichts mehr komisch finden.«

Er wirkte verstört, und deshalb versuchte Julia, ihn wieder zu sich zu bringen. »Es ist wirklich wahr, und das ist alles, was jetzt zählt.«

»Darauf würde ich mein Leben verwetten«, sagte er und fügte nach ein paar Sekunden hinzu: »Gott, was für ein schlechter Scherz.«

Sie verstand nicht, was er meinte, gab ihm aber nicht die Schuld daran. Schließlich war sie selbst nach den jüngsten Ereignissen auch noch etwas durcheinander. »Sollen wir jetzt ins Bett?«

»Geh du nur schon voraus, ich komme gleich nach.« Er hockte sich in seinen Sessel.

Julia machte sich fürs Bett fertig und nahm sich dafür viel Zeit, weil sie hoffte, er käme bald. Doch als sie unter das kühle Plumeau schlüpfte, war Jack immer noch unten. Der Schlaf kam und wirbelte die Puzzleteile ihrer Sinne und Gedanken durcheinander, bis sich weite Lücken zwischen ihnen auftaten. Einmal wachte sie auf, weil sie glaubte, das Indikativ der Radionachrichten zu hören.

Etwas später spürte sie, daß Jack neben ihr lag. Er hockte aufrecht im Bett, so als würde er auf Geräusche lauschen. Julia überlegte kurz, ob er jemanden vor dem Haus hörte, und schlief darüber wieder ein.

Sein Schnarchen weckte sie schließlich wieder. Sie ließ ihn schlafen und stand auf. Nach der Dusche fühlte sie sich erfrischt. Als sie sich abtrocknete, klingelte es an der Tür. »Kannst du aufmachen, Laura?« rief sie aus dem Badezimmer.

Es dauerte eine Weile, bis sie erfuhr, wer gekommen war. Etwas zögerlich verkündete Laura: »Da steht ein Polizist.«

Kapitel 19

Laura hatte das Herumsitzen im Wartezimmer der Notaufnahme als die furchtbarste Zeit empfunden. Schlimmer als an den Haaren vom Rad gezerrt zu werden, schlimmer als die Schläge, die hart wie Ziegelsteine auf sie herabgeprasselt waren, und schlimmer noch als die Scham, als sie sich in ihrem verletzten und zerschundenen Zustand auf der Bank ihren Eltern präsentieren mußte. Es war schon schrecklich genug gewesen, von der Mutter der drei Missetäter auf das Übelste beschimpft und verleumdet zu werden, aber dann hatte es so ausgesehen, als wollte sich einer ihrer Eltern auf die Frau stürzen, und das wäre ihr einfach unerträglich gewesen. Wenn ihr Dad und ihre Mom die Kontrolle über sich verloren und sich dann in Menschen verwandelten, die sie nicht kannte und vielleicht auch gar nicht kennen wollte, wären die Fundamente ihres Lebens zerstört gewesen. Dann hätte sie nichts und niemandem mehr trauen können und sich auf das Schlimmste gefaßt machen müssen.

Es kam ihr später eigenartig vor, daß ihr eigener Zorn ihr nichtig und vernachlässigbar erschien. Als sie auf der Promenade wild um sich geschlagen hatte, war das noch aus purer Panik geschehen. Doch dann hatte einer ihrer Tritte getroffen, und von da an kannte sie nur noch wilde Entschlossenheit. Der Tritt traf den größten der drei Jungen in die Weichteile, und er klappte wie ein Rasiermesser zusammen. Das verlieh Laura den nötigen Mut, dem ersten der Angreifer zwischen die Beine zu greifen und das, was sie fand, so lange herumzudrehen, bis er ihre Haare losließ. Wenn sie danach nicht gleich wieder auf ihr Rad gestiegen wäre, sondern es auf die drei geschleudert hätte, hätte sie vielleicht zu Fuß entkommen können. Wenn sie jetzt daran zurückdachte, wie der erste Junge vor Schmerzen geschrien hatte, fühlte sie kein Bedauern. Im Gegenteil, sein Leiden entschädigte sie für die Schmerzen und Stiche, die sie nachts am Einschlafen hinderten.

Und nun hatte sie eine weitere Entschädigung bekommen: Die Reise nach Kreta. Mehr konnte sie sich eigentlich gar nicht wünschen. Das war sogar für ihre Eltern eine Art Wiedergutmachung, die sich sehr über Lauras Erlebnis aufgeregt hatten. Wenn doch ihr Dad nur bald aus seinem Schock erwachen würde. Von Erwachsenen durfte man doch wohl erwarten, ihre Gefühle im Griff zu haben. Um erwachsen zu werden, mußte man ja lernen, sich nicht von allem unterkriegen zu lassen. Laura wußte, daß sie manchmal gegen ihre eigenen Gefühlsschwankungen nicht ankam, aber das war nur eine Phase ihres Reifeprozesses. In der vergangenen Nacht hatte sie zum ersten Mal gut und tief geschlafen, angenehm eingelullt in dem sicheren Wissen, daß die Reise ihr und ihren Eltern endlich das Glück beschert hatte, das sie lange entbehren mußten. Und heute morgen konnte sie es kaum erwarten, aus den Federn zu kommen.

Ihr Fußgelenk, auf das einer der Burschen als eine Art Abschiedsgruß getreten war, als sie schon längst am Boden lag, tat zwar immer noch weh, behinderte sie aber nicht mehr so sehr. Und ihr Gesicht fühlte sich auch nicht mehr wie eine aufgequollene Make an. Sie humpelte ins Badezimmer und stellte dort befriedigt fest, daß die bunten Farben in ihrem Gesicht blasser geworden waren. Und sie konnte das linke Auge wieder öffnen. Sie ließ sich ein Bad ein, stieg dann vorsichtig in die Wanne, schloß die Augen und stellte sich vor, sie läge am Strand von Kreta. Als das Wasser kühler wurde, verließ sie die Wanne, trocknete sich ab und zog sich an.

Ihre Eltern schliefen noch. Sie überlegte, ob sie Mom und Dad mit einer Tasse Kaffee wecken sollte, entschied sich dann aber dagegen. Sie wollte lieber abwarten, bis sie aus dem elterlichen Schlafzimmer ein Lebenszeichen hörte. So setzte sie sich ins Wohnzimmer und nahm sich Jodys Reiseführer vor. Die Namen, die sie las,

waren für sie voller Magie: Knossos, Aghios Nikolaos, Heraklion, Minos Tava ... Sie hatte das Gefühl, die Zauberkraft, die diesen Orten innewohnte, habe das Glück der Orchards beeinflußt. Dann hörte sie, wie jemand ins Badezimmer ging, und das Geräusch der Dusche erinnerte sie an die Schläuche der Feuerwehrmänner, die versucht hatten, das Feuer in der Videothek zu löschen. Jemand klingelte an der Tür.
Laura war schon auf dem Weg in die Diele, als ihre Mutter von oben rief: »Kannst du aufmachen, Laura?«
Sie erkannte durch das Milchglas an dem schwarzweiß karierten Hutband eine Polizistenmütze und antwortete zögerlich: »Da steht ein Polizist.«
»Mach ihm auf, Liebes, und frag ihn, was er will. Ich komme so rasch wie möglich nach unten.« Ihre Mutter eilte auf Zehenspitzen ins Schlafzimmer.
Laura fühlte sich irgendwie gelähmt, auch wenn sie keinen Grund dafür finden konnte. Polizisten waren doch die Freunde und Helfer der Bürger. Das Humpeln kam ihr gelegen, und sie bewegte sich so langsam wie möglich auf die Tür zu. Als sie sie einen Spalt weit öffnete, erkannte sie Jackie Pethers Vater. Sie mußte sich beherrschen, um nicht zu kichern. Das ging ihr immer so, wenn sie den Mann sah: Sein Gesicht ähnelte einer Kinderzeichnung. Der Mund mit den blassen Lippen saß zu tief, und die mausgrauen Augen lagen etwas zu dicht am Haaransatz, der jetzt unter der Mütze verborgen war. Und die zu kleine Nase wirkte in der breiten Landschaft seines Gesichts wie verloren oder vergessen. Laura konnte sich nicht vorstellen, daß dieser Mann genug Autorität aufbringen konnte, um jemanden zu verhaften. Er machte einen etwas unsicheren Eindruck und fragte in dienstlichem Tonfall: »Ist dein Vater im Haus, Laura?«
»Ich glaube, er schläft noch.«
Er setzte nun auch noch eine dienstliche Miene auf: »Ist deine Mutter denn zu sprechen?«
»Sie ist gerade aufgestanden. Ich meine, sie kleidet sich an. Ich soll

Sie aber hereinbitten.« Sie trat weiter als sonst zurück, um ihm Platz zu machen.
Er warf einen kritischen Blick in die Diele und auf die Treppe, bevor er das Haus betrat. Vermutlich konnten Polizisten gar nicht anders, als sich überall genauestens umzusehen. Dennoch hatte Laura das Gefühl, ihm sei etwas aufgefallen, das sie noch nicht bemerkt hatte. »Dort hinein?« fragte er, nahm die Mütze ab und winkte mit ihr in Richtung Wohnzimmer. Sein plattgedrücktes Haar richtete sich wie zertrampeltes Gras wieder auf.
Er steuerte auf den ersten Sessel zu, schob den Reiseführer beiseite, der sich auf der Sitzfläche befand, legte die Mütze in den Schoß und faltete die Hände darüber. »Kann ich Ihnen etwas anbieten?« fragte Laura höflich.
»Nein, vielen Dank.«
Laura wartete darauf, daß er ein »Nicht, solange ich im Dienst bin« hinzufügte. Dann hätte sie sich erst recht wie in einer Filmszene gefühlt. Aber er schwieg und trommelte lediglich mit den Fingern auf der Mütze herum. Laura sagte sich, daß ihm der Grund für seinen Besuch sehr unangenehm sein mußte, denn sonst hätte er sich bestimmt längst nach ihrem Befinden erkundigt. Sie bückte sich, um das Buch aufzuheben, das er auf den Boden gelegt hatte, und atmete zischend ein, als ein stechender Schmerz durch ihre Seite fuhr. Sie ließ sich in den anderen Sessel fallen, und Mr. Pether fragte: »Jackie möchte gerne wissen, wann du wieder in die Schule kommst.«
Ohne Zweifel wollte Jackie eigentlich wissen, ob Laura noch möglichst lange zu Hause bleiben mußte. »Jody hält mich bei den Hausaufgaben auf dem laufenden«, entgegnete Laura.
»Wie ich gehört habe, haben alle deine Freundinnen eine Genesungskarte für dich gekauft und unterschrieben.«
Er ging ihr immer mehr auf die Nerven, und es fiel ihr zunehmend schwerer, höflich zu bleiben: »Ja, meine Freundinnen und Jakkie.«
Entweder hatte er keine Ahnung von den Rivalitäten zwischen den

Mädchen, oder er zog es vor, nicht darauf einzugehen. Er drehte die Mütze herum und starrte wie ein Zauberkünstler hinein, dem ein Trick mißlungen ist. Laura hatte endgültig genug von ihm. Sie nahm sich den Reiseführer vor, blätterte darin herum und konnte sich nicht auf den Text konzentrieren. Endlich hörte sie Schritte, die die Treppe herunterkamen.

Als der Polizist Mrs. Orchard erblickte, verzogen sich seine Gesichtszüge in einer bizarren Weise, wie Laura das nie für möglich gehalten hätte. »Oh, Sie sind es, Mr. Pether. Das hat Laura mir nicht gesagt. Was kann ich für Sie tun?«

»Kann ich mit Ihrem Gatten sprechen?«

»Er schläft noch den Schlaf der Gerechten. Können Sie nicht mit mir Vorlieb nehmen?«

»Sie könnten als Zeugin anwesend sein, während ich Lauras Aussage aufnehme.«

»Sind Sie nur deswegen gekommen? Ich hatte eben den Eindruck, ein anderer Grund ... na ja, ich weiß auch nicht.«

Laura war sich mehr als sicher, daß der Polizist noch etwas anderes auf dem Herzen hatte. »Möchten Sie eine Tasse Tee oder Kaffee?« fragte ihre Mom ihn.

»Das hat mich bereits Ihre Tochter gefragt, und ich habe abgelehnt«, erklärte er, zückte sein Notizbuch und wandte sich an Laura. »Wie lautet dein voller Name?«

Wenn er jetzt richtig dienstlich würde, sollte er sich wenigstens die Mütze aufsetzen, dachte sie und antwortete: »Laura Orchard.«

Er sah sie an, als wußte er genau, daß sie nur die halbe Wahrheit gesagt hätte. »Laura Julia Orchard«, erklärte sie dann und ärgerte sich über das schlechte Gewissen, das sie bekommen hatte. »Mummy hat mir erklärt, sie habe mir diesen Namen geliehen, damit ich, wenn ich groß bin, im Bedarfsfall darauf zurückgreifen könnte.«

Er notierte sich die beiden Vor- und den Nachnamen. Sein Kugelschreiber wurde von Klebeband zusammengehalten. »Kennst du dein Geburtsdatum?«

»Aber natürlich. Oder kennt Ihre Jackie es etwa nicht? Ich bin am zweiten Februar neunzehnhundertachtundsiebzig auf die Welt gekommen.«
»So um Mitternacht herum«, fügte ihre Mutter hinzu. »Je nachdem, ob die Uhren der Anwesenden vor- oder nachgingen, hat sie am zweiten, beziehungsweise dritten Februar das Licht der Welt erblickt.«
Mr. Pether runzelte die Stirn, bevor er das Geburtsdatum niederschrieb. Ansonsten ging er nicht weiter auf Julias Ausführungen ein. Dann deutete er mit dem Kugelschreiber auf Lauras Gesicht, wohl um anzuzeigen, daß jetzt wirklich nur die Wahrheit und nichts als die Wahrheit zählte: »Erzähl mir mit deinen eigenen Worten, was vorgefallen ist.«
Wessen Worte sollte sie denn sonst benutzen? dachte Laura. Aber vielleicht war das nur eine Warnung an ihre Mutter, ihre Tochter nicht zu berichtigen. Laura ärgerte sich darüber, daß er verlangt hatte, ihre Mutter sollte als Zeugin zugegen sein. Sie kam sich vor wie ein dummes kleines Gör, ganz zu schweigen davon, daß ihre Mom sich nur wieder aufregen würde, wenn sie noch einmal die schrecklichen Vorfälle zu hören bekam. Als sie dann anfing, kam es ihr bald so vor, als sei der Überfall jemand anderem, aber nicht ihr zugestoßen. Sie hoffte, ihre Mutter empfinde es ebenso. Nachdem sie alles gesagt hatte, las der Polizist ihr das vor, was er sich notiert hatte. Beileibe nicht jedes Wort, das sie geäußert hatte, sondern bestenfalls eine Zusammenfassung ihrer Aussage. »Hat es sich deiner Ansicht nach so zugetragen?«
»Es hat sich so zugetragen«, bemerkte ihre Mutter spitz.
Er drehte sich nicht zu ihr um, sondern sah Laura auffordernd an.
»Ja«, bestätigte sie.
»Nicht nur deine Aussage kommt zum Tragen, Liebes. Wir haben schließlich auch noch einen Augenzeugen.«
»Der aber nicht mitbekommen hat, wie sich der Vorfall entwickelte«, erwiderte Mr. Pether.
»Laura hat Ihnen doch gerade alles berichtet, nicht wahr? Oder

haben Sie irgendwelche Zweifel an ihrer Aussage? Wie sonst sollte sie wohl zu diesen Verletzungen gekommen sein, was?«
»Es gehört nicht zu meinen Aufgaben, Aussagen sofort in Zweifel zu ziehen, Mrs. Orchard. Ich nehme sie lediglich auf. Wie dem auch sei, uns liegen nun zwei Aussagen vor, die einander widersprechen. Und der Zeuge kann die strittigen Fragen nicht klären.«
»Nein, Mr. Pether, es gibt eine Aussage, und es gibt die Wahrheit, und ich glaube, Sie kennen Laura gut genug, um erkennen zu können, worauf Sie sich verlassen können und worauf nicht!«
»Was ich denke oder wie gut ich jemanden kenne, tut hier nichts zur Sache, Mrs. Orchard. Da eine eindeutige Beweislage nicht vorliegt, kann die Polizei auch nicht aktiv werden.«
»Es liegt keine eindeutige Beweislage vor?« explodierte Julia und gestikulierte wild. »Was haben diese Mistkerle denn für Lügen verbreitet?«
Er verzog den Mund, verzichtete dann aber darauf, sie wegen des Ausdrucks zurechtzuweisen. »Die drei Jungen haben übereinstimmend ausgesagt, daß Laura über die Hand des Jüngsten gefahren sei und sich in der Folge davon seine Finger zwischen Schutzblech und Hinterrad eingeklemmt haben. Ich darf Sie darauf hinweisen, daß er das Krankenhaus aufsuchen mußte.«
»Das weiß ich längst!« fuhr Julia ihn an.
»Die Jungen behaupten nicht, Laura hätte es mit Absicht getan. Ihrer Ansicht nach ist Laura in Panik geraten. Als sie versuchten, die Hand ihres Bruders zu befreien, sind sie Ihrer Tochter wohl etwas zu nahe gekommen. Und da muß Laura angenommen haben, die Jungen wollten ihr das Fahrrad stehlen. Sie soll dann wild um sich geschlagen haben, und den dreien blieb nichts anderes übrig, als sie gegen diese Attacken zur Wehr zu setzen. Schließlich mußten sich ihren kleinen Bruder schützen. Sie geben aber zu, daß die Situation etwas außer Kontrolle geraten sein könnte.«
»Und solch einen Schwachsinn glauben Sie? Jetzt kommen Sie mir bloß nicht damit, daß es nichts zur Sache tut, was Sie denken!«

Mit einem Klicken wurde die Mine des Kugelschreibers eingefahren, und er steckte das Stück in seine Brusttasche zurück. »Nun, Mrs. Orchard, Ihnen dürfte bekannt sein, daß Mädchen in Lauras Alter zu hysterischen Anfällen neigen. Ich habe so etwas schon bei meiner eigenen Tochter erlebt.«

Julia zitterte vor Wut. »Sie wollen mir also sagen, daß diese Dreckskerle, jawohl *Dreckskerle,* für das nicht strafrechtlich verfolgt werden, was sie meiner Laura angetan haben?«

Mr. Pether schnalzte mit der Zunge: »Insofern Sie keine Anzeige erstatten, wird die Polizei wohl leider nicht aktiv werden können.« Er blickte an die Decke, weil oben Schritte ertönten. Vermutlich hatte Julias Stimme, die immer lauter geworden war, Jack aus dem Schlaf gerissen.

Der Polizist erhob sich und setzte eine Miene höchster Entschlossenheit auf. »Könnte ich mich wohl in Ruhe mit Ihrem Gatten unterhalten?«

»Sie können soviel Ruhe haben, wie Sie nur wollen«, erwiderte Julia hart.

Er runzelte die Stirn, so als müßte er diese Information erst verarbeiten, und erklärte dann: »Ich meinte, ich würde mich gern mit ihm allein unterhalten.«

Julia schrie so laut, daß Mr. Pethers Hände zu seinen Ohren zuckten: »Jack, *Besuch* für dich!«

Laura merkte ihr an, daß sie kurz davor stand, an ihrem Zorn zu ersticken. Deshalb hatte sie Jack wohl nicht mehr mitgeteilt. Ihr Vater blieb oben mitten im Schritt stehen. Nach ein paar Sekunden öffnete sich die Schlafzimmertür, und er kam die Treppe herunter.

Laura schob sich aus ihrem Sessel und humpelte ihrem Vater entgegen. Mit seinem ungekämmten Haar und den bloßen Füßen wirkte er zu verletzlich, um sich unvorbereitet der Polizei stellen zu können. »Dad, weißt du, wer ...« begann sie.

Er starrte an ihr vorbei und wurde von einem Moment auf den anderen hellwach: »Ich kann sehen, wer uns die Ehre erweist.«

Sie hatte das beunruhigende Gefühl, daß er genauso ernst aussah

wie der Polizist. »Ich würde mich gern mit Ihnen unter vier Augen unterhalten«, sagte Mr. Pether.
»Verstehe. Soll ich Sie auf die Wache begleiten?«
Laura fragte sich, ob die Anwesenheit eines Polizisten im Haus das seelische Gleichgewicht ihres Vaters endgültig aus den Fugen gebracht hatte. Mr. Pether hingegen schien zu glauben, Jack wolle ihn auf den Arm nehmen. »Das wird nicht nötig sein«, antwortete er grimmig. »Ein Zimmer, in dem wir nicht gestört werden, dürfte vollauf genügen.«
Julia warf ihm einen vernichtenden Blick zu. »Komm mit, Laura. Es hat den Anschein, als würden wir Frauen in die Küche verbannt!«
Laura trödelte hinter ihrer Mutter her und nahm sich beim Humpeln viel Zeit. Zu gern hätte sie gehört, was die beiden Männer zu bereden hatten, vor allem, weil sie vermutete, es drehe sich um sie. Sie tat so, als würde sie die Wohnzimmertür schließen, ließ sie in Wahrheit aber einen Spalt weit auf.
»Nun, Mr. Orchard, Sie wissen bestimmt, aus welchem Grund ich zu Ihnen gekommen bin. Haben Sie mir etwas zu sagen?«
»Was würden Sie denn gern hören?«
Laura war an der Küchentür stehengeblieben und bekam jedes Wort mit. Julia hatte am Tisch Platz genommen und kehrte ihr den Rücken zu. Sie atmete tief ein und aus, schniefte und tupfte sich dann mit einem Taschentuch die Augen ab. »Setz dich hin, Laura«, befahl sie ihr wie einem kleinen Kind.
Laura spürte, daß Julia ihren Ärger an ihr abreagierte, und das kam ihr unfair vor.
»Vielleicht sollten wir mit dem Feuer beginnen«, sagte der Polizist.
»Ich möchte hören, was sie sagen«, flüsterte Laura und wischte sich mit dem Handrücken über die Augen.
Julia drehte sich zu ihr um und blickte sie ernst an. »Also gut, dann lauschen wir beide.« Sie drehte ihren Stuhl in Richtung Tür.
»Mit dem Feuer«, wiederholte Mr. Pether, »genauer gesagt, mit dem Opfer, das durch Ihre Schuld zu Schaden gekommen ist.«

»Wie geht es ihm denn?« fragte Jack.
»Den Umständen entsprechend. Es würde ihm sicherlich bessergehen, wenn Sie ihn danach nicht noch einmal heimgesucht hätten, Mr. Orchard.«
»Heimgesucht?«
»Man nennt so etwas Belästigung, Mr. Orchard.«
Die Stille, die diesen Ausführungen folgte, intensivierte die Verwirrung, die Julia und Laura empfanden. »Ist das etwas Schlimmes?« fragte Jack schließlich.
»Wenn jemand in seinem Alter auf diese Weise belästigt wird, kann man das durchaus als etwas Schlimmes bezeichnen. Nicht jeder empfindet es als komisch, in der Öffentlichkeit der Lächerlichkeit preisgegeben zu werden. Wenn ich recht informiert bin, hat er erwartet, Sie würden ihm ein neues Paar Schuhe kaufen.«
Julia fielen fast die Augen aus dem Kopf, und sie machte eine Miene, als wissen sie, worum es sich drehte, könne das aber noch nicht fassen. »Sie dürfen jetzt gern verwundert aussehen, Mr. Orchard«, fuhr der Polizist fort. »Vielleicht haben sie auch darauf gebaut, über die Sache würde bald Gras wachsen. Doch mein Vater ist geistig noch ziemlich rege.«
»Das freut mich zu hören.«
»Sie können mich nicht hinters Licht führen. Nun, wie stehen Sie zu der Angelegenheit?«
»Was würden Sie denn als Lösung vorschlagen?«
Mr. Pether legte eine Kunstpause ein, bevor er antwortete: »Nun, ich schätze, eine Entschuldigung wäre durchaus angebracht. Und Sie sollten es sich ernsthaft durch den Kopf gehen lassen, ihm neue Schuhe zu besorgen. Natürlich bleibt das ganz allein Ihnen und Ihrem Gewissen überlassen.«
»Wenn es der Sache dienlich ist.«
Beide Männer schwiegen, und etwas später hörte Laura die schweren Stiefel des Polizisten. »Mr. Pethers Vater hat bei dem Brand einen Schuh verloren«, teilte Julia ihr im Flüsterton mit.
Sie war offensichtlich immer noch wütend auf die ihrer Ansicht

nach ungerechte Haltung des Polizisten. Dennoch freute sich Laura insgeheim über das, was sie gerade erfahren hatte. Es war also nicht ihr Vater gewesen, der auf einem Schuh herumgehüpft war, sondern Jackies Großvater. Die Haustür ging auf, und Julia konnte sich nicht länger zurückhalten. Sie sprang auf und stürmte in die Diele. »Einen Moment noch, Mr. Pether. Ich konnte nicht verhindern, einiges von Ihrer Unterhaltung mit meinem Mann mitzubekommen. Ich denke, Sie sollten wissen, daß Ihren Vater eine gewisse Mitschuld am Ausbruch des Feuers trifft.«
Jack strahlte sie an und sagte: »Laß es gut sein, Julia. Es ist mir daran gelegen, mit dem alten Mann wieder ins Reine zu kommen. Je mehr Menschen ich Glück bringen kann, desto besser geht es mir.«
Der Polizist ging nach draußen. Am Gartentor blieb er stehen und drehte sich noch einmal um. »Ich freue mich schon darauf, von meinem Vater zu erfahren, daß alles zur beidseitigen Zufriedenheit geregelt wurde.«
Julia starrte ihm wütend nach. »Du hättest ihn nicht einfach so gehen lassen dürfen, Jack! Wie kommt dieser Mann dazu, dich zu beschuldigen, nachdem er uns mitgeteilt hat, daß die Polizei keinen Finger rühren wird, um die drei Jungen zu belangen!«
»Nun, ich fürchte, wir können nicht viel dagegen tun. Wie dem auch sei, ich schätze, die Familie Evans wird großes Pech überkommen. Vermutlich haben sie nur so reagiert, weil sie miteinander nicht so glücklich sind wie wir.«
Julia machte noch immer ein grimmiges Gesicht, so als wehre sich alles in ihr dagegen, sich beruhigen zu lassen. »Wenn das alles ist, was das Gesetz zum Schutz braver Bürger tun kann ...«
»Vergiß das Gesetz. Wir pfeifen drauf.« Er klang wie ein verschwörerischer Krimineller, und Laura mußte kichern. Einen Moment lang tat er so, als wüßte er nicht, was seine Tochter so in Heiterkeit versetzt hatte, dann lachte auch er. Er stieß Julia in die Seite und verzog wieder das Gesicht zur Clownsgrimasse. »So ist das eben, Laura. Solange wir noch lachen können, kann nicht allzuviel schiefgehen!«

Kapitel 20

Als am Montag morgen die Türglocke schellte, war Jack allein im Haus. Laura war zum ersten Mal wieder in die Schule gegangen, und Julia hatte sich schon längst auf den Weg zur Arbeit gemacht. Während er sich rasierte, betrachtete er sich im Badezimmerspiegel. So sah ein Mann aus, der eine neue Stelle antrat. Er fand, daß er ziemlich beeindruckend wirkte: absolut fit und bereit zu allem. Bei einem Rundgang durch die Bibliothek hatte er zu seiner großen Freude festgestellt, daß ihm alle Klassifizierungs- und Numerierungssysteme noch geläufig waren. Während er mit dem kalten Stahl über seine Haut schabte, jonglierte er in Gedanken mit den Nummern und fand zu seiner Verblüffung nicht eine, deren Quersumme elf oder dreizehn ergab. Dann klingelte es unten. Er tupfte sich mit dem Handtuch die Reste des Rasierschaums aus dem Gesicht und ging zur Haustür.

Es konnte nicht schon wieder die Polizei sein – die war bereits in Gestalt von Mr. Pether erschienen –, aber der Mann an der Tür machte ebenfalls einen offiziellen Eindruck. Er trug ein Klemmbrett unter dem Arm und klopfte mit dem Ende des Bleistifts gegen seine kleinen, geraden Zähne, während er die Schlafzimmerfenster in Augenschein nahm. »Doppelverglasung«, klärte Jack ihn auf.

Der Mann hatte es nicht übermäßig eilig damit, den Blick vom Schlafzimmer auf den Hausherrn zu richten. »Mr. Orchard?« erkundigte er sich dann.

»Ich hoffe es. Zumindest trage ich seine Unterhosen«, antwortete Jack und fragte sich, warum der Mann so eigenartig sein Gesicht studierte. »Stört Sie mein Kinn? Nun ja, es ist ein Doppelkinn. Aber ich sage immer, doppelt genäht hält besser.«

Der Mann klopfte jetzt mit dem Bleistift auf das Klemmbrett. »Sie haben einen Schadensersatzantrag gestellt.«
»Ja, für ein Fahrrad. Das finden Sie dort oben aber nicht.«
»Ich bin Ermittler«, erklärte der Mann und hielt sein Klemmbrett wie eine Insignie vor sich.
»Was bitte?« wollte Jack sagen, riß sich aber zusammen. »Kommen Sie doch herein. Was kann ich Ihnen außer meinem Bein noch zeigen. Sie müssen schon entschuldigen, daß ich noch nicht angezogen bin. Hätte ich gewußt, daß Sie kommen, hätte ich mich natürlich entsprechend zurechtgemacht.«
Der Schadensermittler blieb sofort stehen, kaum daß er über die Schwelle getreten war. Er beäugte den Garderobenständer, so als handele es sich bei ihm um einen Einbrecher, und notierte sich dann etwas auf sein Brett. »Ich möchte mich gern oben umsehen«, erklärte der Mann so kurz angebunden, daß Jack vermutete, er versuche, dahinter seine Scham zu verbergen.
»Was immer Ihnen beliebt.«
Im ersten Stock angekommen, lief der Ermittler sofort ins Badezimmer, so als müsse er es dringend aufsuchen. Er hob die Handtücher vom Heizkörper und inspizierte diesen. Dann öffnete er den Schrank und besah sich den Inhalt. Er betrachtete kurz den elektrischen Ventilator, der neben dem Fenster in die Wand eingelassen war, und beugte sich über die Badewanne. Wenn er jetzt auch noch den Toilettendeckel anhebt, dachte Jack, erwartet ihn aber eine große Überraschung. In den letzten Tagen hatte er morgens einen sehr ergiebigen Stuhlgang gehabt, der sich nur mit mehreren Spülungen in die Kanalisation befördern ließ. Doch der Ermittler schien daran kein Interesse zu haben. Statt dessen beugte er sich vor, um das Etikett auf Julias Parfümflasche zu lesen. Danach lief er an Jack vorbei und öffnete die nächste Tür.
»Das ist das Zimmer meiner Tochter«, erklärte Jack.
Er hatte dem Ermittler damit keineswegs zu verstehen geben wollen, daß der Zutritt untersagt sei. Doch der Mann zuckte zusammen, so als habe er sich eines Vergehens schuldig gemacht. Nach

einem ersten Rundblick schüttelte er den Kopf über den Zustand, in dem sich der Raum befand. Die Kleider schienen gerade eine Massenflucht aus den Schubladen der Kommode zu unternehmen. Flaschen, Schmuckstücke, Souvenirs und Muscheln lagen auf dem Tisch verstreut, als habe eine Flutwelle sie dort angespült. Die Regale waren mit Büchern vollgestopft, so als sollte auch noch der letzte Quadratzentimeter mit ihnen gefüllt werden. Auch wenn Jack es sich nicht genau erklären konnte, empfand er beim Anblick dieses Chaos eine große Liebe für seine Laura. Er sah dem Ermittler dabei zu, wie er tapfer versuchte, sich durch dieses Zimmer zu bewegen. Der Mann fing jedesmal an, leise und kehlig zu summen, wenn er etwas entdeckt hatte, daß ihm einen Eintrag auf dem Klemmbrett wert schien. Als er anfing, Lauras Kassetten zu zählen, bemerkte Jack: »Einige davon gehören ihren Freundinnen.«
»Und ohne Zweifel hat sie denen dafür ein paar von ihren eigenen geliehen.«
»Haben Sie eigentlich Kinder?«
Jack hatte versucht, freundlich zu klingen, aber der Ermittler schien sich von diesen Worten kritisiert zu fühlen. »Ich kann auf eine dreizehnjährige Berufserfahrung zurückblicken.«
»Das hätte ich mir denken sollen«, entgegnete Jack, als der Ermittler den Kleiderschrank öffnete, und die behängten Kleiderbügel hin und her schob. Jack freute sich schon insgeheim darauf, wenn der Ermittler daran gehen sollte, die einzelnen Schubladen aufzuziehen. Das Chaos, das ihn dann erwartete, gönnte er ihm von Herzen. Vielleicht schreckte der Mann jedoch vor einer solchen Aussicht zurück, denn unvermittelt kam er auf Jack zu, so als wollte er ihn bei etwas Illegalem ertappen. Dann standen die beiden vor dem Schlafzimmer, und Jack erklärte: »So lange Sie hier noch beschäftigt sind, kann ich mich ja anziehen.«
Der Mann zuckte zweimal die Achseln und näherte sich dann bedrohlich dem Kleiderschrank. Na gut, dachte Jack und zog sich den Morgenmantel aus. Er hielt seinen Penis wie einen Revolver, zielt damit auf den Hinterkopf des Ermittlers und flüsterte

unhörbar: »Mach keinen Ärger, Freundchen. Dieses Ding hier ist geladen!«

Wenn er noch der alte Jack von vor zehn oder fünfzehn Jahren gewesen wäre, hätte er sich mit dem Penis so hingestellt, daß der Mann ihn im Spiegel des Kleiderschranks sehen konnte. Doch der Ermittler war viel zu verlegen und wagte es nicht einmal, auch nur einen kurzen Blick über die Schulter zu werfen. Er vollführte sogar einen komplizierten Tanz durch den Raum, um nur ja nicht Jacks Blöße erblicken zu müssen. Jack kam sich vor wie ein Marionettenspieler, der seine Puppe mal hierhin und mal dahin dirigiert. Als er endlich angezogen war, erbarmte er sich des Ermittlers. »Nur meine Füße sind noch nackt. Wenn Sie das ertragen können, dürfen Sie sich jetzt umdrehen.«

Der Mann warf vorsichtshalber einen Blick in den Spiegel, doch dann entdeckte er Julias Schmuckkasten, und er erklärte: »Ihre Frau wäre gut beraten, ihren Schmuck an einem Ort aufzubewahren, wo er nicht so leicht entdeckt werden kann.«

»Ich schätze, sie hat gewußt, daß Sie kommen.«

Der Mann notierte sich wieder etwas auf sein Klemmbrett und wandte sich dann zur Tür: »Ich weiß nicht, was Sie sich davon versprechen, wenn Sie mir die Arbeit unnötig schwermachen.«

»Oh, tut mir leid, das lag nicht in meiner Absicht.«

Jack bückte sich, um die Schnürriemen zuzubinden. Dabei stellte er sich vor, was wohl passiert wäre, wenn er das unterlassen hätte. Er sah vor seinem geistigen Auge, wie einer der Schuhe sich vom Fuß löste und in hohem Bogen dem Ermittler an den Kopf flog.

Jack eilte hinter ihm die Treppe hinunter. Der Mann stand unten in der Diele und trommelte mit dem Bleistift auf sein Klemmbrett.

»Sie brauchen nicht zu morsen. Benutzen sie ruhig das Telefon«, bot Jack ihm an.

»Was wollen Sie damit sagen?«

»Eigentlich nur, daß Sie keinen Grund haben, in meiner Gegenwart nervös zu sein.«

Der Ermittler begab sich in die Küche, wo er alle Schränke und

Schubladen öffnete. Nachdem er einen Blick in den Backofen geworfen hatte, inspizierte er die Tiefkühltruhe. »Wie alt?« fragte er und nickte in Richtung von ein paar tiefgefrorenen Würstchen, die in Plastikfolie eingeschweißt waren.

»Etwa sechs Jahre«, antwortete Jack und fügte dann hinzu: »Die Truhe natürlich.«

»Nicht, daß das jetzt von herausragender Wichtigkeit wäre«, erklärte der Mann in einem Tonfall, als könnte er seinen Triumph nur mühsam für sich behalten, »aber Sie sollten ausreichend versichert sein, wenn Sie sich eine neue anschaffen wollen.«

»Dann werden wir das vermutlich auch sein.«

»Ich fürchte aber, ich muß in meinen Bericht schreiben, daß Sie unterversichert sind.«

Jack lehnte sich an die Küchentür: »Warum sollten Sie so etwas tun wollen?«

»Es hat nichts damit zu tun, was ich will, Mr. Orchard«, gab der Schätzer brüsk zurück, ging in die Hocke und sah unter der Spüle nach.

»Dann hat es wohl damit zu tun, daß Sie die Verantwortung nicht tragen können, oder?«

Der Mann erhob sich wieder. »Damit sollte man keine Scherze treiben.«

»Ich wäre der letzte, der so etwas versuchen würde.«

Der Schätzer sah auch in der kleinen Kammer unter dem Schrank nach. Er nieste, und als er sich zu Jack herumdrehte, tränten seine Augen. Der Mann machte sich sofort auf den Weg ins Wohnzimmer und notierte sich alles, was er dort vorfand.

Er bedachte den Computer und die Sitzgarnitur mit mißbilligenden Blicken und blieb dann vor dem Karton stehen, der neben dem Fernsehapparat stand. »Wieviel sind die wert?«

»Nicht viel. Bloß ein paar alte Schwarzweißfilme. Stummfilmkomödien und so weiter.«

»Meiner Erfahrung nach sind Filme um so schwerer zu ersetzen, je älter sie sind.«

»Das ist von Fall zu Fall verschieden. Aber um die Kassetten brauchen Sie sich wirklich nicht zu kümmern. Ein Freund hat sie mir zur Ansicht geliehen. Vielleicht kaufe ich ihm den einen oder anderen Film ab.«

Die Kassetten waren nicht versichert. Seit Jack *Fine Films* übernommen hatte, hatte er die Hausratversicherung nicht erhöht. Der Schätzer schien nicht zufriedengestellt, das spürte Jack ganz genau, und tatsächlich hob der Mann einen Moment später den Kopf, sah ihn ernst an und erklärte: »Ich fürchte, Mr. Orchard, ich kann ...«

Sagen Sie es nicht! flehte Jack ihn in Gedanken an. »Oh, da kommt ja der Besitzer der Kassetten.«

Andy Nation ging gerade am Haus vorbei. Jack klopfte mit den Fingerknöcheln an die Fensterscheibe des Wohnzimmers, aber Andy überquerte schon die Straße. Jack rannte nach draußen und ließ die Tür offenstehen. »Andy!« rief er. »Warst du gerade auf dem Weg zu mir?«

»Hallo, altes Haus! Was liegt denn an? Ich hoffe, nach dem Überfall dieser Geistesgestörten auf Laura seid ihr von weiterem Unheil bewahrt geblieben.«

»Nein, es ist nichts Schlimmes mehr passiert. Ich habe aber gerade einen Mann von der Versicherung im Haus, der prüft, ob wir ausreichend versichert sind, bevor seine Gesellschaft den Schaden regulieren kann. Ich sah dich gerade vorbeikommen und habe mich gefragt, ob du die Kassetten abholen wolltest, die du mir neulich geliehen hast.«

»Nein, ich bin eigentlich gerade unterwegs, meinen Bohrer abzuholen. Und danach wollte ich zur Arbeit. Du hast doch keine Probleme, oder? Warte, ich rede mit dem Mann.«

Andy drehte um und marschierte zum Haus, ehe Jack ihn genauer instruieren konnte. Als Jack das Wohnzimmer betrat, sagte sein Freund gerade: »Wie geht's, Herr Versicherungsvertreter? Sie sind bestimmt gekommen, um dem Mädchen ein neues Fahrrad zu verschaffen, nicht wahr? Das hat Laura sich auch redlich verdient nach all dem, was die drei großen Jungs ihr angetan haben. Wie die Berserker sind sie über das Mädchen und ihr schönes Weihnachtsgeschenk hergefallen.«

»Andy!«

»Tut mir leid, altes Haus. Ist mir so rausgerutscht. Ach, da sind sie ja, meine kleinen Schätzchen.«

Der Schätzer sah ihn streng an. »Sind das die Kassetten, die Sie Mr. Orchard zur Ansicht geliehen haben?«

»Ganz genau so ist es gewesen.«

»Ist aber ein ziemlich großes Paket, das Sie da verliehen haben.«

Jack öffnete den Mund, aber Andy kam ihm zuvor: »Er wollte eine gewisse Auswahl haben, um seine Tochter etwas aufzumuntern. Sie kann jetzt dringend Abwechslung gebrauchen, das können Sie mir ruhig glauben. War was dabei, Jack, das ihr gefallen hat?«

»Ja, die eine oder andere Kassette.«

»Du kannst es mir ruhig sagen, wenn das alles langweilig für sie war«, erklärte er und wandte sich dann an den Schätzer: »Heutzutage will sich kein Mensch mehr alte Schwarzweißklamotten ansehen. Schließlich hat ja jeder einen Farbfernseher, wenn er nicht gerade farbenblind ist.«

»Sie handeln mit Videokassetten, Mr. . . .?«

»Ich handele mit allem. Und wenn Sie mich jetzt entschuldigen möchten, da wartet nämlich eine Arbeit auf mich. Bis demnächst, Jack. Ich hoffe, ich war Ihnen eine Hilfe, Herr Versicherungsvertreter, und es war mir natürlich ein Vergnügen, Sie kennenzulernen.«

Er war genauso rasch draußen, wie er hereingekommen war. Als die Tür ins Schloß fiel und Jack mit dem Schätzer allein war, fühlte er sich stark und unbezwinglich. »Sind Sie schon zu einer Beurteilung gelangt?«

Der Mann blätterte in seinen Notizen. Dann schob er den Bleistift in die Klemme am Rand des Bretts. »Es ist nicht auszuschließen, daß ich eine Schadensregulierung in Ihrem Sinne empfehle.«

»Und wann kann ich genaueres erfahren? Ich will nicht ungeduldig

erscheinen, aber meine Tochter möchte natürlich möglichst bald wieder radeln. Bei Zwölfjährigen ist das so.«
Der Schätzer summte noch einmal kurz. »Ich werde meinen Bericht in den nächsten Tagen schreiben und abgeben.«
Jack brachte ihn zur Tür. Andys Auftritt hätte auch nach einer vorherigen Probe nicht besser ausfallen können. Jack spürte, daß ihn ringsherum Glück umgab. Er wachte schon seit Tagen kaum noch mitten in der Nacht auf, und wenn das doch einmal geschah, erwartete ihn in der Dunkelheit nur Erstaunen über das, was er zum Wohle seiner Familie getan hatte. Er rasierte sich zu Ende, schloß die Haustür ab und stieg in den Wagen.
Er hatte noch viel Zeit. Als er an der Promenade entlangfuhr und den marineblauen Himmel sah, glaubte er, er stünde am Anfang einer langen, schönen Reise. Dieses Gefühl verließ ihn auch auf der Autobahn nicht. Zwanzig Minuten lang fuhr er an Feldern vorbei, auf denen glückliche Tiere grasten. Endlich erreichte er die Ausfahrt Ellesmore Port.
Dort tauchte er in Feuer und Wasser ein. Ein Schiffskanal imitierte den Fluß, bis er genug davon hatte, seinen endlosen Biegungen zu folgen. Metallene Schornsteine, aus denen Flammen schlugen, die Jack an olympische Feuer erinnerten, spiegelten sich auf den Fluten. »Genau das braucht die Welt«, sagte Jack vor sich hin und dachte dann darüber nach, was er damit gemeint haben könnte. »Gleichgewicht.« Er fuhr über eine Brücke, die Lampen über das Wasser trug, brachte Ampeln und Laternen hinter sich und erreichte den Parkplatz der Bücherei.
Das Gebäude war im Stil der dreißiger Jahre gebaut worden. Nur die Regenrinne störte diesen Eindruck. Ihr Aluminium verwies auf die frühen Sechziger. Die Bücherei besaß zwei Stockwerke, machte einen wuchtigen Eindruck und war aus Ziegelsteinen errichtet. Die Fassade wies einen Erker auf, der zu groß und gewaltig für die Drehtür am Eingang wirkte. Durch die Tür gelangte man in einen kurzen Flur, der in eine achteckige Halle aus Glas und Beton führte. Als Jack eintrat, hatte er das Gefühl, an einen Ort

zurückzukehren, den er nie wirklich verlassen hatte. Wenn man sich so weit vorwagt, wie es irgendwie möglich ist, dachte er, erreicht man schließlich wieder den Ausgangspunkt.

Er grinste. Hier waren Leute tätig, wie er sie von seiner früheren Büchereiarbeit her kannte: zwei fröhliche junge Frauen, ein bebrillter Mittdreißiger, der stets etwas vergeistigt wirkte, ein Leiter, der zwanzig Jahre älter war als seine Angestellten und dessen Haarkranz sich zu einer Vollglatze entwickelte. Als Jack ihm die Hand schüttelte, hatte er das Gefühl, Teig anzufassen. »Kommen Sie, ich zeige Ihnen, wo Sie Ihren Mantel aufhängen können. Und dann sehen Sie sich hier bitte in aller Ruhe um.«

»Gern. Bestimmt kenne ich mich hier bald so gut aus wie in meiner Westentasche.«

Jack gelangte zunächst in die Videokassettenausleihe. Der Flur dahinter führte ihn dann zu den Büchern. Jack hatte den Eindruck, hier seinen gesamten Berufsweg wiederzufinden. Die Bücherei verfügte über elf Wände, wenn man diejenigen, die durch den Flur miteinander verbunden waren, als eine zählte. Und um dreizehn Uhr fing seine reguläre Arbeit an. »Alles fügt sich wunderbar zusammen«, sagte er leise vor sich hin.

Von der Wendeltreppe, deren Stufen mit Gummi ausgelegt waren, hatte er einen wunderbaren Blick hinunter auf schmale, terrassenförmig angelegte Straßen hinter einer Busstation. Das Dach des Wartehäuschens sah aus wie aus blauen Legosteinen gebaut. Die Busse, die dort hielten, unterschieden sich in Form und Alter so sehr voneinander, daß Jack den Eindruck gewann, dort unten befinde sich ein Omnibus-Museum. In der oberen Etage waren die Nachschlagewerke untergebracht. Die Decke erinnerte ihn an das Dach einer Sauna. Unmittelbar hinter dem Eingang drang ihm die trockene Hitze des Mikrofilm-Lesegeräts in die Nase. Er lief zu den Zeitungen, die auf etlichen kleinen Tischen ausgelegt waren, an denen gerade zwei Personen Platz nehmen konnten. Jede Tischplatte wurde von einer fünf Zentimeter hohen Holzleiste in zwei Bereiche unterteilt. Jack mußte an die Tische in den Besucherräumen eines Gefängnisses denken. Er sammelte alle Zeitigen ein, in denen gerade nicht gelesen wurde, und ließ sich an einem freien Tisch nieder. Kaum saß er, hatte er das Gefühl, jemand müsse ihm gegenüber Platz nehmen, um dem Tisch das nötige Gleichgewicht zu verleihen. Vielleicht der ehemalige Jack, sein dunkles alter ego. Der Zeitungsstapel vor ihm sah aus wie ein überdimensioniertes Kartenspiel. Er nahm die oberste Karte ab und fing an zu lesen.

In den überregionalen Tageszeitungen fand er nichts, was für ihn von Belang war. Auch die lokalen Blätter der Merseyside-Region machten über die Geschichte nicht mehr so viel Aufhebens wie noch letzte Woche. Laut *Liverpool Daily Post* wurde die Suche nach dem Mörder fortgesetzt. Die Polizei ging mittlerweile davon aus, daß es sich bei dem Gesuchten um jemanden handeln mußte, den das Opfer sich zum Feind gemacht hatte. Dem konnte Jack nur zustimmen. Jack nahm sich die kleinen Blätter mit geringem Verbreitungsgrad vor und mußte mehr als einmal herzhaft lachen. Eine Zeitung stellte in einem Nachruf Jeremy Alston als Stützpfeiler seiner Gemeinde vor. Sein Tod würde von vielen, vielen Freunden beweint, die es noch immer nicht fassen konnte, auf welch tragische Weise er sein Leben verloren hatte. Seine Schülerinnen hätten ihn abgöttisch geliebt, und die Angestellten der Reitschule seien ihm mit mehr als nur Respekt begegnet. Wenn diese Käseblätter und mit ihnen die Polizei so grundfalsch in bezug auf das Opfer lagen, brauchte Jack nicht zu befürchten, daß man ihm jemals auf die Spur kam.

GANZ RESWELL STEHT NACH DEM REITERHOF-MORD NOCH IMMER UNTER SCHOCK ... EIN GANZER ORT SCHLIESST NACH EINBRUCH DER NACHT DIE TÜREN AB ... DIE POLIZEI FAHNDET FIEBERHAFT NACH DEM FACKELMÖRDER ... So oder so ähnlich lauteten die Schlagzeilen der örtlichen Presse. Jack überflog einen Artikel und las Sätze wie: »Niemand wagt sich mehr allein auf den Weg, auf dem sich der Mord ereignete ... In der Nacht hört man von dort nur noch Stille, die hin und wieder vom Wiehern eines Pferdes unterbrochen wird ...« Die Parade der Klischees und dummen

Behauptungen schien endlos. Und was Alston anging, der von den Blättern geradezu heiliggesprochen wurde, dachte Jack, daß man zuerst das Opfer so sympathisch wie möglich darstellen mußte, um dann den Mörder als Bestie in Menschengestalt präsentieren zu können. Vielleicht, sagte er sich, habe er der Öffentlichkeit, wenn auch unwissentlich, nur das gegeben, wonach sie lechzte.

Man konnte sich an alles gewöhnen. Seine Begegnung mit Jeremy Alston und die daraus resultierenden Vorfälle erschienen ihm heute so unwirklich wie die Presseberichte. Er erinnerte sich noch an die Geschehnisse, aber nur so, als hätte er sie im Fernsehen verfolgt; selbst an die Panik, die ihn befallen hatte, als er mit Höchstgeschwindigkeit über die leere Küstenstraße gerast war und er einerseits fahren wollte, bis der Tank leer war, und andererseits die dringende Sehnsucht verspürte, mit Julia zu reden. Doch neben all seinem Entsetzen hatte er Erstaunen verspürt. Verblüffung darüber, daß mehr in ihm steckte, als alle, er selbst eingerechnet, ihm je zugetraut hätten.

Alles, was er getan hatte, hatte er für das Wohlergehen seiner Familie getan. Er brauchte Tage, bis er akzeptieren konnte, daß sein Vorhaben geglückt war. Nächte, in denen er lange wach gelegen hatte und die Minuten träge wie Stunden vergangen waren. Doch heute war er von der Richtigkeit seines Tuns überzeugt. Er hielt es für völlig unsinnig, wenn das Glück der Orchards durch seine Verhaftung ruiniert werden sollte. Es war demgemäß sogar ausgeschlossen, daß die Beamten ihn überhaupt verdächtigten. Er stand auf, verteilte die Zeitungen auf den umliegenden Tischen und ging nach unten, um seinen neuen Job anzutreten. Was er der Welt nun schuldete, war ein Tag voller guter, ehrlicher und harter Büchereiarbeit.

Kapitel 21

Vor der Preispräsentation im »International Experience« verbrachte Laura zwanzig Minuten vor dem Spiegel und wusch sich danach alles Make-up wieder ab. Je mehr sie auflegte, desto eher wirkte ihr Gesicht, als habe sie etwas zu verstecken. Die blauen Flecken hatten nahezu vollständig ihre Farbe verloren, und das, was davon noch zu sehen war, konnte leicht für Lidschatten gehalten werden. Sie bürstete ihr Haar, was nicht viel Zeit in Anspruch nahm, weil sie sich eine Kurzhaarfrisur hatte schneiden lassen. Nie wieder sollte sie jemand an den Haaren vom Fahrrad zerren können. Sie zog sich ihr schulterfreies Abendkleid an und verdrehte vor dem Spiegel den Kopf, um festzustellen, ob auf ihrem Rücken noch Spuren der Verletzungen zu erkennen waren. Dann zog sie die Jeansjacke aus dem Kleiderhaufen am Fußende des Bettes, legte sie sich um die Schultern und machte sich auf die Suche nach ihren Eltern.

Die beiden saßen im Wohnzimmer. Ihr Vater blätterte in einem Buch von einem gewissen Thorne Smith, das er aus der Bücherei mitgebracht hatte, und ihre Mutter tat so, als würde sie die Zeitung studieren. Sie lächelten Laura an, als sie das Zimmer betrat, aber Julia war anzumerken, daß sie sich noch immer nicht mit den kurzen Haaren ihrer Tochter abgefunden hatte. »Willst du so gehen?« fragte Julia.

»Mutter, niemand wird mein Aussehen überraschen, denn alle haben in der Zeitung gelesen, was mir zugestoßen ist.«

Zum Beweis zeigte sie auf das Blatt, in dem Julia gelesen hatte. Die heutige Schlagzeile lautete: ÜBERFALLOPFER GEWINNT TRAUMREISE. »Das habe ich nicht gemeint«, entgegnete Julia. »Meinst

du nicht, du bist etwas zu dünn angezogen? Nachher frierst du!«
»Das ist bei der Wärme draußen kaum zu befürchten«, erklärte Jack. »Und wenn doch eine kühle Brise aufkommen sollte, dann rennen, hüpfen und tanzen wir eben nach Hause.«
»Das wäre ja mal was ganz Neues, du und tanzen!« erwiderte Julia spitz.
»Gib mir eine Bananenschale, und ich gleite quer über die ganze Tanzfläche.«
Julia streckte ihm die Zunge heraus. »Wenn du bereit bist, sind wir es auch«, erklärte sie dann Laura.
Laura fühlte sich tatsächlich bereit, im Restaurant ins Rampenlicht zu treten. »Wenn ich Jodys Eltern dabei helfen kann, ihre Show abzuziehen.«
Auf der Straße nahm Julia ihre eine Hand, an der Promenade nahm Jack die andere. Laura kam sich vor wie bei einer Hände-begutachtung. Die ihrer Mutter war kühl, fest und schmal, die ihres Vaters heiß und rauh. Sie ließ sich von den beiden führen und betrachtete die Bucht, an deren fernem Rand die Sonne versank. Lange Wolkenfelder zogen parallel zum Horizont über den Himmel. Das Gold an ihnen war streifig und unregelmäßig, so als sei es mit einem trockenen Pinsel aufgetragen worden, und darüber sah der Himmel wie flüssiges Kupfer aus. Die Sonne strahlte durch jede Lücke, und in einem Moment machte es den Eindruck, als bestünde die Bucht aus brennendem Öl. Dann gingen die ersten Straßenlaternen an, und ihr Schein lenkte Lauras Aufmerksamkeit auf die Promenade zurück. Wieder waren die Fahrschulen der Stadt unterwegs. Die Schüler wagten sich umständlich um einen Kreisverkehr nach dem anderen herum und erprobten öfter als nötig die Bremsen. Laura erinnerte sich an den letzten Tag, an dem sie Fahrrad gefahren war – auch damals waren ihr die vielen Fahrschulen aufgefallen –, und sie ergriff die Hände ihrer Eltern fester. »Keine Bange«, sagte ihr Vater, »es dauert nicht mehr lange, dann sitzt du wieder auf einem Fahrradsattel.«

Laura spürte, wie die Hand ihrer Mutter zusammenzuckte. »Mach dir bitte keine Sorgen, Mummy. Diesmal wird bestimmt alles ganz anders. Ich weiß jetzt, wo ich besser nicht allein hinfahren sollte.«
»Solche Plätze dürfte es eigentlich gar nicht geben. Als ich in deinem Alter war, kannten wir so etwas überhaupt nicht.«
»Die Welt war immer schon viel schlimmer, als wir es wahrhaben wollen«, widersprach Jack.
»Das mag durchaus sein, aber ein Mädchen von zwölf Jahren sollte das nicht auf so brutale Weise herausfinden müssen.«
»Mummy, wenigstens weiß ich jetzt, daß ich mich wehren kann. Jody, ich und ein paar andere von meinen Freundinnen haben uns überlegt, Selbstverteidigungsunterricht zu nehmen, um für alle Eventualitäten vorbereitet zu sein.«
Julia küßte sie auf die Stirn, ohne die Schrammen und blauen Flecken zu bedenken. Laura zuckte zusammen. »Ich bin ziemlich stolz auf dich«, erklärte Julia. »Ich fürchte, ich habe nicht ganz mit deiner Entwicklung Schritt halten können. Deshalb mache ich mir vielleicht mehr Sorgen als nötig.«
»So schlimm ist die Welt nun auch wieder nicht«, erklärte Jack. »Es gibt sogar sehr viele gute Menschen. Der Schätzer von der Versicherungsgesellschaft war doch ganz okay, oder? Und gleich treffen wir auf weitere gute Menschen.« Sie erreichten den Parkplatz vor dem Restaurant.
Jody kam ihnen durch die offene Eingangstür entgegengerannt. Und ihr folgten andere. Nicht nur ihre Eltern, sondern auch ein rotgesichtiger junger Mann, dessen Revers so breit waren wie sein Kopf, und ein dicker Fotograf, der beide Arme ausstrecken mußte, um die Kamera vor den Bauch halten zu können. »Ist das die Glückliche?« fragte der Fotograf mit einer dröhnenden Stimme, mit der er jede Weihnachtsmann-Ausschreibung gewonnen hätte.
»Laßt sie doch wenigstens erst die Mäntel ausziehen«, mahnte Jodys Mutter. Sie reichte ihrer Tochter die Kleidungsstücke und führte die Orchards zu deren Tisch. »Wir hatten keine Ahnung,

daß die Presse sich für die Geschichte interessieren würde«, flüsterte sie Laura zu. »Wenn es dir lieber ist, ziehen wir die Sache unter uns durch und überreichen deinem Vater oder deiner Mutter den Preis.«

»Kann nicht ich die Reise entgegennehmen?« bat Laura.

»Was immer du möchtest, Liebes. Ich fürchte nur, der Reporter möchte sich mit dem Betreffenden unterhalten.«

»Das macht mir nicht aus. Ich beantworte gern Fragen.«

Die Erwachsenen tauschten Blicke aus. Das erinnerte Laura an einen Geheimcode, den man erst lernte, wenn man groß war. Als Jodys Vater die Speisekarten brachte, wählte Laura ›Montezumas Geheimnis‹. Danach sah sie aus dem Fenster und betrachtete die Glut am Horizont. Wolkenbänke färbten sich von Rot zu Grau, bevor sie mit der Nacht verschmolzen. Sie hätte dieses Schauspiel gern noch länger bewundert, wenn nicht der dicke Fotograf und der Reporter mit den überdimensionierten Revers an den Tisch getreten wären. »Vergiß mich völlig, Süße. Ich mache nur ein paar Aufnahmen, auf denen du wie ein Weihnachtsengel aussehen wirst.«

Laura warf einen raschen Blick auf ihren Vater, weil sie befürchtete, er würde wieder einen seiner unvermeidlichen Kalauer zum Besten geben. Sie sah ihm an, daß er sich mit aller Kraft beherrschte. Sie ahnte, was ihm auf der Zunge lag, und hielt sich rasch die Hand vor den Mund, um nicht loszuprusten. Schon feuerte der Reporter seine erste Fragensalve ab: »Was hast du in dem Moment gefühlt, in dem du erfahren hast, daß ihr die Reise gewonnen habt? Warst du sehr aufgeregt? Konntest du es nicht abwarten, allen deinen Freundinnen davon zu erzählen?«

Er stellte stets gleich bündelweise Fragen, und recht bald hatte sie herausgefunden, wann sie ihn unterbrechen mußte, ehe er sich selbst die Antwort darauf geben konnte. Zehn Minuten später verabschiedete er sich mit einem »Danke-tut-mir-leid-schönen-Abend-noch.« Die Kellnerin trug den ersten Gang auf, und von nun an hätte Laura eigentlich die Mahlzeit genießen können, wenn die Gäste an den Nachbartischen sie nicht andauernd angelächelt oder ihr zugeprostet hätten. Als die Kellnerin den Kaffee brachte, war Laura bis oben hin satt und fühlte sich etwas schläfrig. Sie mußte sie sich einen Ruck geben, um wieder gerade zu sitzen, als Jodys Vater an den Tisch kam. »Kann ich dir noch etwas Gutes tun?« fragte er sie. »Vielleicht ein Praliné? Oder einen Absacker?«

»Nein, nur die Toilette.«

»Ich fürchte, die kann Pete dir nicht bringen«, bemerkte ihr Vater und duckte sich im selben Moment, so als befürchte er, sie würde etwas nach ihm werfen.

Nachdem sie die Kabine verlassen hatte, blieb sie eine Weile vor dem Spiegel im Waschraum stehen und kam sich wie eine Schauspielerin in der Garderobe vor. Als sie ins Restaurant zurückkehrte, hatten alle Anwesenden sich zur Kasse umgedreht. Dort stand Jodys Vater. Seine Frau kam Laura entgegen und erklärte ihr leise: »Bleib hier stehen, bis Pete seine Show abgezogen hat.«

»Ladies und Gentleman, darf ich um Ihre geschätzte Aufmerksamkeit bitten?« rief Mr. Venable.

Das Summen und Brummen verging, als habe jemand den Ton abgedreht. Ein paar Unentwegte mußten sich immer noch etwas mitteilen, taten das aber in verminderter Lautstärke. In der Raucherzone gingen gleichzeitig sechs oder sieben Feuerzeuge an, um einer Zigarette zugeführt zu werden. »Ich werde mich kurz fassen«, fuhr Jodys Vater fort.

Laura konnte kaum ein Kichern unterdrücken, denn mehr sagte Mr. Venable tatsächlich nicht. Eine kleine Gruppe betrat in diesem Moment das Restaurant. Jodys Vater schwieg und wartete, bis die vier einen Platz gefunden hatten. Doch Jodys Mutter gab ihm unwillig Zeichen und deutete auf Laura. Schließlich rief er die Kellnerin zu sich und trug ihr auf, die vier zu bitten, für die Dauer der Ansprache draußen auf dem Gang zu warten. Endlich holte er tief Luft und hob an: »Ich weiß, daß einige von denen, die heute abend hier versammelt sind, schon vor einigen Tagen anwesend waren, als wir die Ziehung durchgeführt haben, dessen Sieger eine Reise in das Land erhalten sollte, deren Küche wir in diesen Wochen anbieten und feiern.« Erst jetzt mußte er ein zweites Mal Atem schöpfen. »Aufgrund widriger Umstände konnten die glücklichen Gewinner an jenem Abend nicht bei uns sein. Das holen wir heute nach. Ich möchte Ihnen jetzt den ersten einer hoffentlich langen Reihe von Preisen präsentieren, die wir unserer verehrten Kundschaft zukommen lassen wollen. Darf ich nun eine gewisse junge Dame nach vorn bitten?«

Lauras Mundwinkel zuckten verdächtig, weil sie vor lauter Nervosität am liebsten laut gekichert hätte. Und als sie den Gesichtsausdruck ihres Vaters sah, konnte sie sich nur noch mit der allergrößten Mühe beherrschen. Sie schritt zwischen den Tischen hindurch, und alle applaudierten ihr. Als sie Jodys Vater erreichte, ebbte der Beifall ab. »Ladies und Gentlemen«, sagte er noch einmal, »die glückliche ...?«

Er kam schon wieder nicht weiter. Bevor er den Satz beenden konnte, schrie eine Frau aus der Gruppe der neuen Gäste: »Die da hat den Preis nicht verdient! Wenn überhaupt jemand, dann diese drei Jungen hier!«

Sie schob die Kellnerin beiseite und stampfte mit ihren Söhnen in den Saal. Trotz des gedämpften Lichts erkannte Laura, daß die Frau denselben Mantel trug wie vor ein paar Tagen im Krankenhaus. Sie blieb vor dem Mädchen stehen, stemmte die Fäuste in die Hüften und schob ruckartig den Kopf vor, als wollte sie Laura einen Dänenkuß geben. »Dieses junge Ding hier hat der Presse die ganzen Lügen aufgetischt. Sie ist kein Opfer, sondern eine gemeingefährliche Irre. Seht euch nur an, was sie meinen drei Söhnen angetan hat, die friedlich vorbeikamen!«

Der jüngste der drei versteckte sich hinter seiner Mutter. Seine Brüder traten vor und nahmen eine bedrohliche Haltung ein. Lauras Magen zog sich zusammen. Am liebsten wäre sie davongelaufen, aber dann schwor sie sich, sich vor diesen Leuten keine

Blöße zu geben; weder vor denen noch vor allen anderen, nicht jetzt und nicht in Zukunft. Jodys Vater und zwei Kellner schoben sich zwischen die vier, auch Jack und Julia, die herbeigestürmt kamen. »Es tut mir leid«, sagte Pete zu Mrs. Evans, »aber ich muß Sie bitten, das Lokal zu ...«

Sie hatte keine Mühe, ihn zu übertönen: »Aha, Sie gehören also auch zu ihrer kleinen Bande, was? Seht nur, wie viele Leute sie zu ihrem Schutz braucht, das arme unschuldige Wurm! Nun, die Polizei glaubt nicht so recht an ihre Unschuld. Zumindest erfährt man auf der Wache noch so etwas wie eine halbwegs faire Behandlung. Die Polizisten hacken nicht auf einer armen Frau herum, die sich als Witwe durchs Leben schlägt und auch noch drei Jungs großzuziehen versucht. Wenn die Beamten nämlich nur die Hälfte von all den Lügen geglaubt hätte, die dieser kleine Sonnenschein hier erzählt hat, säßen wir vier längst im Gefängnis!«

Die anderen Gäste fingen an zu murmeln und zu tuscheln. Einige schienen die Jungen aus den Zeitungsberichten wiederzuerkennen und gaben ihr Wissen nun an ihre Nachbarn weiter.

Bevor Mrs. Evans fortfahren konnte, kamen empörte Rufe auf: »Schmeißt die Bande raus!« und »Ruf doch mal jemand die Polizei!« Eine ältere Frau in einem tief ausgeschnittenen schwarzen Abendkleid, die Laura, als sie an ihr vorbeigekommen war, alles Gute gewünscht hatte, warf Mrs. Evans die Reste ihrer Kartoffeln an den Kopf. Als die drei Söhne sich zu ihr umdrehten und finstere Mienen machten, erhoben sich vier Männer gleichzeitig vom Tisch und drohten mit den Fäusten. Einer von ihnen nahm eine Flasche in die Hand und machte Miene, sie als Waffe einzusetzen. Laura hatte den Eindruck, das Licht würde flackern, bis sie bemerkte, daß der Fotograf Blitzlichtaufnahmen machte. »Ladies und Gentlemen!« rief Jodys Vater, »wenn ich Sie bitten dürfte ...«

Julia und Jack versuchten, Laura an ihren Tisch zurückzuziehen. »Seht nur!« kreischte Mrs. Evans, »jetzt wollen sie zu dritt auf mich los! Halten Sie Ihr sauberes Früchtchen bloß an der Leine, sonst schicke ich Ihnen die Polizei auf den Hals! Glauben Sie bloß nicht, daß ich mir einen Prozeß nicht leisten könnte! Ich habe mich ans Bürgertelefon gehängt und dort erfahren, daß man mir einen Anwalt stellt, wenn ich das Mädchen für das anzeigen will, was sie meinen Jungs angetan hat, die doch das einzige sind, was mir in diesem Leben geblieben ist!«

Mittlerweile stampften etliche Gäste mit den Füßen auf, während andere laut buhten, was Mrs. Evans jedoch nur dazu bewegte, noch lauter zu brüllen. Einige Männer und Frauen kramten Essensreste auf ihren Tellern zusammen, um damit Mrs. Evans zu bewerfen, und ein älterer Herr, dessen Weste sich um den ausladenden Bauch spannte, hielt einen Wasserkrug in der Hand und schien ernsthaft darüber nachzudenken, ob er den Inhalt auf den Kopf der Frau ausgießen sollte. Das Blitzlicht zuckte wie ein Gewitter auf seinem Höhepunkt und tauchte die Anwesenden für winzige Momente in grellen Lichtschein. Laura wäre am liebsten in Tränen ausgebrochen, weil ihr besonderer Abend sich in ein vollkommenes Fiasko verwandelt hatte. Doch sie beherrschte sich, riß sich von ihren Eltern los und blieb trotzig auf ihrem Platz stehen. Nur ihre Arme zitterten leicht, als sie sie vor der Brust verschränkte.

Mrs. Evans ließ den Blick über die Gäste schweifen, bis die allgemeine Erregung sich etwas gelegt hatte. »Ich habe gesagt, was ich zu sagen hatte«, erklärte sie dann und rauschte mit ihren beiden ältesten Söhnen unter den erneut aufflammenden Buhrufen und dem Füßestampfen hinaus. Ihr Jüngster schoß vor ihr durch die Schwingtür, die ihr gegen die Brust prallte. Sie schob die beiden Jungen hinaus und drehte sich noch einmal zu den Orchards um: »Genießen Sie nur Ihren Preis, falls Ihr Gewissen das zuläßt.« Nach diesem Abschied verließ sie das Lokal.

»Nun, Ladies und Gentlemen«, versuchte Jodys Vater die Situation mit einem verunglückten Lächeln zu retten, »wenden wir uns doch wieder dem eigentlichen Anlaß des Abends zu. Hier sind die glücklichen Gewinner, Laura Orchard und ihre Eltern.«

Ohrenbetäubender Beifall und vielstimmige Hochrufe brandeten auf. Jetzt wird doch wieder alles normal, dachte Laura. Der Fotograf schoß Bilder von ihr und ihren Eltern. Jodys Eltern traten hinzu und überreichten den Umschlag. Laura hielt ihn hoch, damit alle ihn sehen konnten. Danach eilten der Reporter und der Fotograf der Familie Evans hinterher, die gerade, flankiert von zwei Kellnern, den Parkplatz verließ. Als der Beifall nachließ, kehrten Laura, Jack und Julia zu ihrem Tisch zurück. »Alles ist in Ordnung, Mummy«, versicherte Laura ihr.

Julia massierte ihre Schläfen und starrte durch das Fenster nach draußen. Dann nahm sie eine Hand Lauras in die ihre und drückte sie. »Alles wird gut. Dafür werden wir schon sorgen. Diesen Urlaub werden wir nie vergessen.«

»Darauf kannst du dein Leben verwetten«, bestätigte Jack. Damit war Laura beruhigt, mehr brauchte sie gar nicht zu hören. Das Gebaren der Gäste beschäftigte sie mehr als der Auftritt von Mrs. Evans. Es kam ihr so vor, daß jedermann von einem Moment auf den anderen in Gewalt und Aggressivität ausbrechen konnte. Nein, nicht jeder, versicherte sie sich in Gedanken. Jody und ihre Eltern, ganz zu schweigen von Jack und Julia, hatten sich beherrscht. Wenigstens diese Menschen würden sich nicht ändern. Und damit fühlte sie sich sicher und geborgen.

Kapitel 22

Wortgefecht bei Preisverleihung

Die Gäste, die sich am Freitag abend im »International Experience« in New Brighton eingefunden hatten, bekamen für ihr Geld mehr als sonst geboten.

Als die zwölfjährige Laura Orchard aus New Brighton sich erhob, um den ersten Preis entgegenzunehmen, der in einer Griechenlandreise besteht, die Pete und Cath Venable, die Besitzer des Restaurants, ausgeschrieben hatten, wurde sie von Hilda Evans aus Liscard beschuldigt, ihre drei Söhne, Clint, Lee und Eli, bösartig angegriffen und mißhandelt zu haben.

Laura sagte dagegen aus, die drei Jungen (im Alter von elf, 15 und 16 Jahren) hätten sie überfallen. Die Polizei wird, da es keine Zeugen für den Vorfall gibt, auf die Aufnahme von Ermittlungen verzichten.

Fassungslos verfolgten die Gäste, wie Mrs. Evans damit drohte, Gegenklage zu erheben, falls es den Orchards einfallen sollte, Anzeige gegen einen ihrer Söhne zu erstatten. Später teilte sie unserem Reporter mit, daß sie erwäge, von den Orchards Schadensersatz für den Schock und die anderen Unannehmlichkeiten zu verlangen, die sie in der Folge des Vorfalls erlitten habe.

Laura und ihre Eltern wollten zu Mrs. Evans' Anwürfen keine Stellung beziehen. »Es braucht mehr als einen solchen Auftritt, um uns einen schönen Abend zu verderben«, erklärte Mrs. Orchard. »Und überhaupt freuen wir drei uns ganz riesig auf die Reise nach Griechenland.«

»Was ist das nur für eine Welt, in der du aufwachsen mußt, Tommy«, erklärte Janys ihrem Sohn, »wo die Zeitungen so was für wichtig halten.« Sie ließ die aufgeschlagene Zeitung auf den Küchentisch fallen. Die Blätter rutschten nacheinander über die Kante auf den Teppich. »Ach herrje, was sind wir heute wieder unordentlich!« lachte sie, als Tommy mit dem Löffel herumfuchtelte. Sie hob die Zeitung wieder auf, nahm den Schnuller aus der gelben Schüssel, die auf der Nutzfläche seines Kinderstuhls stand, stellte die Schüssel in den Ausguß und brachte den Löffel an sich, der mindestens ebenso verschmiert war wie Tommy selbst. Er verzog das Gesicht, als wollte er in Tränen ausbrechen, und sie holte rasch den Schwamm, um ihm die Wangen, den Mund und die Nase abzuwischen. Danach drehte sie den Wasserhahn auf. Als der Strahl auf den metallenen Ausgußboden trommelte, strahlte der Junge. »Ja, das Geräusch gefällt dir, nicht wahr? Wie nennen wir es?«
»Watte.«
»Nein, nicht Watte. Watte braucht man, wenn man Ohrenschmerzen hat. Und im Moment sind wir alle kerngesund. Nein, es heißt Waasss ...«
»Wawa.«
»Was bist du doch für ein kluges Kind! Mami ist sehr stolz auf dich. Wasser. Versuch es mal: Wasser.«
»Wawa.«
»Na ja, fast. Wasser.« Sie drehte den Wasserhahn ab, löste die Tischfläche von seinem Stuhl und legte sie ins Spülbecken, als das Telefon läutete. Tommy wedelte mit den Händen durch die Luft, als dirigiere er die Klingeltöne. Janys ließ die Küchentür offenstehen, nahm den Telefonapparat in die Hand und zog die Antenne heraus. »Porträt-Studio«, meldete sie sich.
»Ist dort das Porträt-Studio?«
»Ja.«
Die Stimme klang so rauh und alt, daß Janys nicht unterscheiden konnte, ob sie mit einem Mann oder mit einer Frau sprach. »Ist dort das Porträt-Studio?«

»Aber gewiß«, entgegnete sie geduldig.
»Machen Sie auch Aufnahmen von Kindern?«
»Selbstverständlich, gerne sogar.«
»Auch von Kindern?«
»Jedes Alter ist mir willkommen.«
»Und von Brautjungfern?«
»Die sind mir besonders lieb.«
Janys bereitete sich schon innerlich darauf vor, jede Auskunft wiederholen zu müssen, als die Stimme unvermittelt fragte: »Müssen wir die Kinder ins Studio bringen?«
»Nicht unbedingt.«
»Ihr Großvater und ich bringen sie.«
»Ganz wie es Ihnen beliebt.«
»Paßt es Ihnen in einer Woche?«
»Natürlich.« Sie begab sich mit dem schnurlosen Telefon in ihr Studio, öffnete dort mit einer Hand ihren Terminkalender, stützte sich mit einem Ellenbogen auf die Tischplatte und griff nach einem gebrauchten Kuvert, um sich darauf Notizen zu machen. »Um welche Uhrzeit darf ich Sie erwarten?«
»So wie jetzt?«
»Also halb neun? Und wie war Ihr Name bitte?«
Die Stimme nannte den Namen, und Janys dachte: Grundgütiger.
»Wie schreibt man das? Hur– und dann weiter?«
Die Stimme, die einer Frau gehörte, wie Janys mittlerweile herausgefunden hatte, buchstabierte ihr den Namen wie einem Erstkläßler: »H-o-o-r-e.«
Na ja, es gibt schlimmere, dachte Janys, während sie die Adresse und die Telefonnummer notierte. »Ich freue mich schon. Ach, übrigens, wie viele Brautjungfern darf ich denn erwarten?«
»Zwei.«
Janys legte das Telefon auf den Spann, während sie alle Angaben in ihren Terminkalender eintrug. Auf dem Umschlag war nicht viel Platz gewesen, dafür um so mehr auf der leeren Rückseite des Schreibens, das in ihm gesteckt hatte. Der Brief forderte sie auf,

Pech in Glück zu verwandeln. Vielen Dank, dachte sie, nach der Scheidung habe ich davon mehr als genug gehabt. Zumindest war das Schreiben doch noch für etwas gut gewesen. Janys schob den Terminkalender und das beschriebene Papier in die Schublade, legte den Telefonhörer auf die Gabel und kehrte zu ihrem Sohn zurück. Auf dem Weg zu ihm sagte sie mit dunkler, rauher Stimme »zwei«. So wie Mrs. Hoore es ausgesprochen hatte, hatte es geklungen, als sei gar keine andere Zahl möglich. In der Küche angekommen, sagte sie wieder zwei, und das brachte Tommy zum Kichern. Sie hob ihn hoch und strich mit ihrer Nase über sein blondes Haar. Es roch wunderbar. »Wie alt bist du, Tommy?«
»Zei.«
»Ganz recht, mein großer, zweijähriger Junge. Und bald wirst du drei.«
Er sah sie erwartungsvoll an, aber sie sagte nichts mehr zu ihm, während sie ihn durch die Halle und vorbei an den gerahmten Bildern trug. Meistens geriet der Junge bei ihrem Anblick in Begeisterung, doch jetzt schien er kein Interesse an ihnen zu haben. Janys setzte ihn in seinen Laufstall, der in der einen Ecke des Studios in sicherem Abstand von den Scheinwerfern aufgestellt war. »Zwei«, sagte sie wieder so dunkel wie die Anruferin vorhin und versuchte, keine Miene zu verziehen, als Tommy wieder anfing zu quietschen und dabei seine dreizehn Zähne zeigte. Lange konnte sie das nicht durchhalten. Seine Heiterkeit steckte sie an, und beinahe hätte sie die Türglocke nicht gehört.
»Da ist aber jemand früh dran«, erklärte sie ihrem Sohn und rief zur Tür: »Einen Moment bitte!« Sie rannte nach oben in ihr Schlafzimmer und tauschte dort die Pantoffel gegen bequeme flache Schuhe aus. Dann eilte sie wieder nach unten, löste die Kette von der Tür und öffnete sie. Draußen war niemand, weder auf der Stufe vor dem Haus noch im Garten. Nur der Geruch von Abgasen drang in ihre Nase.
Sie hatte sich doch wirklich beeilt! Schließlich wollte sie sich nicht als Schlampe präsentieren. Irgendwelche Künstler mochten ja in

Pantoffeln vor ihre Mitarbeiter oder Fans treten, aber sie war eine professionelle Fotografin. Janys lief über den Gartenweg bis zum Tor, öffnete es und trat hinaus auf den Bürgersteig. Das Sonnenlicht, das von der Windschutzscheibe eines geparkten Jaguars widergespiegelt wurde, blendete sie. Als sie die Augen mit einer Hand abschirmte, konnte sie durch die Sternchen und bunten Ringe immer noch nichts erkennen: Sie blinzelte einige Male und hörte dann hinter sich Schritte und das Quietschen des Gartentors.

Janys stand kurz davor, in Panik zu geraten. Die momentane Blindheit und die Geräusche weckten ihre Urangst, daß Tommys Vater den Jungen eines Tages entführen könnte. Bei nüchternem Verstand konnte sie sich jedoch kaum vorstellen, daß er so etwas tun würde. Immerhin war Tommy der Grund gewesen, warum er mit dieser Nutte durchgebrannt war. Sie schloß die Augen, und während der Schleier sich von ihren Augen löste, stieß sie mit jemandem zusammen, der direkt am Tor stehen mußte.

»Ich bitte um Verzeihung«, erklärte eine männliche Stimme. »Sind Sie in Ordnung? Können Sie wieder sehen?«

Ihre Augen arbeiteten wieder, auch wenn ihr das Haus und der Garten überdimensional groß vorkamen. Sie erkannte ein junges Paar. Sie hielt ein Baby in den Armen, während er den Abgasgestank fortwehte. »Wir haben Probleme mit dem Vergaser«, erklärte er. »Ich hatte schon bei Ihnen an der Tür geklingelt, als mir einfiel, daß ich den Wagen besser in der Seitenstraße abstelle, um den Verkehr nicht zu behindern Es tut mir leid, unser Termin bei Ihnen ist erst um zehn Uhr.«

»Nichts lieben mein kleiner Sohn und ich mehr als Überraschungen«, entgegnete Janys und führte die jungen Familie ins Haus.

Kapitel 23

Drei Tage nach der Preisverleihung hatte Julia ihren Ärger immer noch nicht verdaut. Sie ging zu Fuß zur Fähre, weil sie hoffte, der Spaziergang würde sie beruhigen. Aber als sie dann das Stück der Promenade erblickte, wo ihre Tochter überfallen worden war, bohrte sie die Fingernägel in die Handballen. Es half ihr wenig, daß Laura ihr ein ums andere Mal versicherte, daß sie die dumme Geschichte und die Familie Evans vergessen sollte; und auch Jack, der wieder ganz der alte war, konnte sie nicht beschwichtigen. Wenn die anderen sie für unvernünftig hielten, sei's drum. Julia wollte nichts lieber, als daß die Familie Evans genauso leiden mußte wie ihre Tochter. Und jetzt, wo auch Jack wieder ein regelmäßiges Gehalt bezog, konnten sie es auf kostspielige Prozesse ankommen lassen.

Aber nein, sie würden es doch nicht tun. Nicht, wenn Laura vor Gericht gezwungen würde, den Überfall noch einmal in jeder Einzelheit zu schildern; nicht, wenn die Anwälte, die Mrs. Evans für ihre Sache bemühte, Laura ins Kreuzverhör nehmen und ihr dabei unangenehme Fragen stellen würden. Sobald die Orchards die Schulden abbezahlt hatten, die durch den Diebstahl der Kreditkarte entstanden waren, sollten sie Luke konsultieren und sich über Geldanlagen informieren lassen. Wenn es so etwas wie ausgleichende Gerechtigkeit gab, würde das Schicksal die Familie Evans früher oder später bestrafen.

Auf der Fähre schlenderten die Geschäftsleute über das Oberdeck. Die meisten hatten die Hände hinter dem Rücken verschränkt und einige gingen vorgebeugt, so als müßten sie dem Wind trotzen. Julia stand an der Reling und beobachtete, wie sich das

Flußufer von Liverpool wie ein gewaltiges Schiff auf sie zubewegte, das mit großen Lagerhäusern beladen war. Eine Gruppe von Schulkindern, die auf ihren runden Gesichter alle das gleiche Lächeln zeigten, erwartete die Fähre am Landungssteg. Die Menschen, die sich an der Ausstiegsrampe drängten, wirkten so leblos, als hätten sie die ganze Nacht in einem Café verbracht und dort zahllose Zigaretten geraucht. Ein frei herumlaufender Hund löste eine Explosion von Tauben aus, die sich um ein Sandwich gebalgt hatten. Julia verließ die Fähre und lief über die Steinplatten von Pier Read. Hinter den Docks ging sie eine breite alte Straße entlang, die von Bürogebäuden und Arkaden gesäumt wurde, und bog schließlich in die Seitenstraße ab, in der sich Lukes Büro befand.

Obwohl die meisten Parkuhren verdeckt waren, parkte direkt vor der Ausfahrt von Lukes Büro ein Ford Kombi. Eine Politesse betrachtete den Wagen für einen Moment, ging dann aber weiter, ohne einen Strafzettel geschrieben zu haben. Julia sagte sich, daß der Ford einem wichtigen Kunden gehören mußte, der gerade bei Luke saß. Als sie die Tür zum Büro öffnete, hörte sie jemanden weinen.

Nur drei von Lukes Angestellten hielten sich in dem Raum auf. Lynne hockte an ihrem Schreibtisch und heulte in ein Taschentuch. Eigenartigerweise kümmerte sich keine der beiden anderen Frauen um sie. Susie machte gerade telefonisch einen Termin für ihren Chef aus, während Val am anderen Telefon einen Kunden abwimmelte. Julia trat zu Lynne und legte ihr eine Hand auf die Schulter. »Lynne, was ist denn?«

Die junge Frau sprang auf, schnaubte ins Taschentuch und schob Julia mit der freien Hand zur Tür. »Laß dich hier nicht blicken«, flüsterte sie beschwörend. »Ich ruf dich später an.«

»Sollte ich mich nicht wenigstens bei Luke zurückmelden?«

»Er ist beschäftigt und will niemanden sehen«, erklärte Lynne leise und schob Julia noch dringlicher zur Tür.

»Komm mit nach draußen, und erklär mir, was los ist.«

Lynne nickte, aber es war schon zu spät. Die anderen Angestellten kamen gerade aus der Damentoilette und blockierten den Vorraum. Julia trat einen Schritt beiseite, um der Schar Platz zu machen, und im selben Moment öffnete sich die Tür von Lukes Büro. Ein Mann trat heraus. Es war nicht Luke, und doch machte er den Eindruck, als gehöre ihm der Laden. Er wirkte düster genug, um zu einer Beerdigung zu gehen. Alles an ihm war schwarz: die Schuhe, die Socken, der Anzug, die Krawatte und sogar das glänzende, schwarze Haar. Nun sein weißes Hemd leuchtete im Neonschein unangenehm grell. »Arbeiten Sie hier?« fragte er Julia.
Sie ignorierte seinen unfreundlichen Tonfall: »Ich bin für die Computer verantwortlich.«
»In diesem Fall möchte ich Sie sprechen.«
Lynne nahm rasch an ihrem Schreibtisch Platz und bedeckte das Gesicht mit beiden Händen. Julia hatte das unangenehme Gefühl, einen Fehler gemacht zu haben. »Zuerst möchte ich gern mit Mr. Rankin reden.«
»Bedaure, aber das ist nicht möglich.«
»Das möchte ich von ihm selbst hören.«
Lynne raunte ihr durch die Hände zu: »Julia, er ist vom Betrugsdezernat!«
Jetzt erkannte Julia hinter der Milchglastür von Lukes Büro einen schwarzen Schatten. Das mußte ein weiterer Beamter sein. Der Mann kam jetzt auf sie zu, und Julia versuchte, sich nicht von ihm einschüchtern zu lassen. »Warum sind sie hier?« fragte sie ihn.
»Wir können in meinem Wagen unter vier Augen reden.«
»In Ihrem Wagen? Wo wollen wir denn hin?«
»Das tut jetzt nichts zur Sache«, entgegnete er schroff und tadelnd. Julia folgte ihm und warf noch einen Blick über die Schulter auf Lynne. Die junge Frau konnte ihr nicht in die Augen sehen. Erst jetzt kam Julia ihr in den Sinn, daß Lynne vermutlich vorgehabt hatte, sie zu schützen, als sie sie aus dem Büro drängte.
Im Ford Kombi roch es nach neuer Polsterung, einem Herrenpar-

füm und leicht nach Benzin. Der Polizist schloß hinter Julia die Tür, lief vorn um den Wagen herum und setzte sich auf den Fahrersitz. Das und die Nervosität, die in ihr immer stärker wurde, erinnerte Julia an ihre erste Fahrstunde. Er schloß seine Tür ab, und Julia sah, wie auch der Knopf auf ihrer Seite herunterfuhr.
»Wie heißen Sie?« fragte er.
»Julia Orchard. Und Sie?«
»Inspektor Dicker«, entgegnete er und drehte sich auf seinem Sitz, bis er ihr ins Gesicht sehen konnte. »Erzählen Sie mir, in welcher Weise Sie für die Computer verantwortlich sind.«
»Ich bringe den Angestellten den Umgang mit Computern bei.«
»Auch Mr. Rankin?«
»Dem ganz besonders. Er kommt immer noch nicht gut mit den Geräten zurecht. Wenn ich daran denke, frage ich mich, ob nicht vielleicht ein großes Mißverständnis vorliegt.«
»Wie soll ich das verstehen?«
»Ich halte Luke nicht für in der Lage, am Computer irgendwelche Manipulationen durchzuführen.«
Er sah sie direkt an, aber seine Augen waren ausdruckslos. »Wie lange arbeiten sie schon für Mr. Rankin?«
»Fast ein Jahr.«
»Und was haben Sie davor gemacht?«
»Davor habe ich drei Jahre lang an einer Abendschule Computerunterricht erteilt.«
»Man könnte also sagen, daß Ihre Kenntnisse auf diesem Gebiet . . .«
Julia kam sich vor wie bei einem Test, bei dem man die richtigen Wörter einfüllen muß: »Hinreichend bis ausführlich sind, im Gegensatz zu denen von Luke.«
»Und daraus läßt sich schließen, daß Sie mit den Informationen vertraut sind, die in Mr. Rankins Computer gespeichert sind.«
Nein, das war kein Test, sondern eine ganze Salve von Fangfragen.
»Luke ist so eine Art Geheimniskrämer«, entgegnete sie vorsichtig.
»Ich meine, nur um Ihnen ein Beispiel zu geben, er schließt sogar

nachts die Kaffeemaschine und die Milch in seinem Büro ein. Daran ist nichts Verschwörerisches. Er ist halt einfach so.«

»Aber gewiß haben Sie doch Zugang zu den Computerdateien, wenn Sie ihm schon beigebracht haben, wie er sie anlegen und abspeichern muß.«

»Nicht, wenn er die Dateien anschließend umbenannt hat«, sagte Julia, ohne nachzudenken. Und dann fiel ihr der Sonntag ein, an dem Luke sie zu sich ins Büro bestellt hatte. Ein Dokument war ihr aufgefallen, das er MEINVERS überschrieben hatte. Damals hatte sie sich nichts dabei gedacht und geglaubt, dieser Titel sei Ausdruck seiner Freude darüber, endlich am Computer etwas begriffen zu haben. Aber jetzt fragte sie sich, ob MEINVERS nicht vielleicht die Abkürzung für MEIN VERSTECK war. »Er müßte auch den Zugang zu den Dateien einschränken«, fuhr sie rasch fort, »wenn ihm daran gelegen sein sollte, mich von den Informationen fernzuhalten.«

»Sie meinen ein Paßwort. Haben Sie ihm beigebracht, wie man ein Dokument mit einem Paßwort sperrt?«

»Nein, er hat mich nie danach gefragt.«

»Man könnte daraus schließen, daß er es wußte und dieses Wissen selbst vor Ihnen geheimhalten wollte.«

»Sie unterstellen ihm, er habe sich mit der Prozedur ausgekannt?«

»Es ist mehr als eine bloße Unterstellung, Mrs. Orchard.«

Zum ersten Mal schwang so etwas wie ein Hauch von Mitgefühl in seiner Stimme mit. Doch Julia fühlte sich nicht erleichtert. »Wessen beschuldigen Sie ihn?«

Er betrachtete sie ein paar Sekunden lang stumm, in denen ihr noch unbehaglicher zumute wurde, und erklärte dann: »Es besteht der Verdacht, daß Ihr Arbeitgeber Gelder in dunklen Kanälen verschwinden ließ, die ihm von seinen Klienten anvertraut worden sind.«

»Und zu welchem Zweck?«

»Wir nehmen an, er wollte das Geld, übrigens eine beträchtliche Summe, für eigene Zwecke verwenden.«

»Aber warum? Das hört sich gar nicht nach Luke an.«
»Er scheint in erheblichen finanziellen Schwierigkeiten zu stecken, die sich im Lauf der Jahre entwickelt haben.«
Jetzt wurde Julia allmählich einiges klar. Sie stellte sich vor, wie Luke in Panik geraten war und sich nach außen hin immer mehr geheimniskrämerisch und unzugänglicher aufgeführt hatte. »Sind Sie sich da auch ganz sicher?«
»Sicher genug, um ihn zu verhaften.«
Der Inspektor starrte sie an, und in Julia kam der Verdacht auf, daß sie ebenfalls abgeführt werden sollte. »Ich habe Ihnen alles gesagt, was ich weiß«, erklärte sie.
»Sie müssen wahrscheinlich vor Gericht alles noch einmal sagen, Mrs. Orchard.«
Die Hitze, die im Wagen herrschte, und der Benzingestank, der immer intensiver wurde, bereiteten ihr Übelkeit. »Wenn Sie mit mir fertig sind, möchte ich gern an die frische Luft.«
Seine Hand bewegte sich, aber nicht zum Türschloß, sondern in die Innentasche seines Mantels. Er zückte einen Block und einen Stift. »Dann geben Sie mir doch bitte Ihre Anschrift und Ihre Rufnummer.«
Julia wußte nicht, ob er wirklich genug gegen Luke in der Hand hatte. Womöglich erwartete er von ihr Informationen, die ihren Boß ans Messer liefern würden. Aber sie hatte ihm die Wahrheit und nichts als die Wahrheit gesagt. Der Inspektor öffnete die Tür erst dann, als er sich alles notiert hatte. Julia trat hinaus auf den Bürgersteig. Ihre Beine zitterten, und draußen stank es noch mehr nach Benzin als im Innern des Wagens. »Ich darf doch wohl noch etwas hierbleiben, oder?«
»Dazu würde ich Ihnen nicht raten, Mrs. Orchard. Ich wüßte nicht, was Sie hier noch tun könnten. Wenn wir Sie brauchen, geben wir Ihnen Bescheid. Vielen Dank für Ihre Hilfe.«
Sein Dank kam ihr wie ein Judaslohn dafür vor, daß sie Luke verraten hatte. Aber wenn das, was die Polizei ihm vorwarf, stimmte, hatte dann nicht in Wahrheit er sie und alle seine

Angestellten belogen und betrogen, ganz zu schweigen von seinen Kunden? Sie machte auf dem Absatz kehrt und lief steifbeinig zum Bahnhof.

Mit dem Fahrstuhl nach unten, dann in den Zug und Fahrt bis nach New Brighton. In diesen vierzig Minuten war sie wie in einem Gefängnis in ihren Gedanken eingesperrt. Sie lief rasch aus dem Bahnhof, den Hügel hinunter und quer über die Straße, um Cath Venable nicht zu begegnen. Sie konnte nur noch mit einem Menschen reden, mit Jack. Sein Lieferwagen stand vor dem Haus. Sie schloß die Haustür auf und warf sie hinter sich ins Schloß.

»Jack? Bist du da, Jack?«

Er tauchte aus der Küche auf, setzte eine Milchflasche ab und wischte sich über die Lippen. »Hier bin ich. Was ist denn?« Dann sah er ihre Miene und fragte: »Was ist passiert?«

»Die Polizei.«

Ihr fiel nicht auf, wie sich sein Gesicht verzerrte. »Nicht schon wieder Laura!«

»Nein, nicht Laura.«

Er drehte sich um und stellte die Flasche in den Kühlschrank zurück. »Um wen geht es dann?« Seine Stimme erzeugte im Kühlschrank ein Echo.

»Um Luke. Das Betrugsdezernat war da und hat ihn verhaftet. Und seinen Laden dichtgemacht.«

Jack kam sofort zu ihr. Sie wußte, daß er sie in den Arm nehmen und trösten wollte, aber seine übergangslose Reaktion bereitete ihr Unbehagen. »Nicht schon wieder!« stöhnte er.

Kapitel 24

Vielleicht reichte diesmal ein Gespräch von Angesicht zu Angesicht, dachte Jack. Er betrachtete sich beim Rasieren im Spiegel und entdeckte an sich kein Zeichen von Schwäche. »Nur so bekommt man das, was man will«, glaubte er die Stimme von Andy Nation zu hören. »Eine entschlossene Miene und ein Tonfall, als habe man den Erfolg schon so gut wie in der Tasche.« Jack zog sich seinen besten Anzug an und wenige Minuten später wieder aus. Nein, er wollte nicht zu offiziell erscheinen. Er entschied sich für einen normalen Straßenanzug und wartete darauf, daß Julia aus dem Badezimmer kam. »Wie sehe ich aus?« fragte er dann. »Einfach unwiderstehlich, oder?«

»Es geht.«

»Es geht alles gut, solange wir glücklich sind, oder was?«

»Ein bißchen Glück hat noch keinem geschadet.«

»Noch nie.«

»Ach, Jack, ganz gleich, was noch auf uns zukommen mag, wir wollen eines nicht vergessen, ja? Solange wir Laura und einander haben, können wir uns glücklich preisen.«

Natürlich hatte sie aus ihrer Sicht recht. Aber er wußte es besser. Seit in seiner Videothek das Feuer ausgebrochen war, verlangte das Glück mehr von ihnen. »Bist du sicher, daß du mitkommen willst?«

»Gibt es irgendeinen Grund, warum ich es bleiben lassen sollte?«

»Aber ganz im Gegenteil.« Er mußte vorsichtig sein und durfte sich nicht anmerken lassen, daß er gewisse Dinge nur allein erledigen konnte. Dinge, über die er mit seiner Familie nicht sprechen konnte, weil weder Laura noch Julia dafür Verständnis

aufbringen würden. »Vielleicht war es ja mein großer Fehler, daß ich ihn letztes Mal ohne dich aufgesucht habe«, erklärte er, und sie machten sich auf den Weg zur Bank.
Als er auf die Klingel am Serviceschalter drückte, hoffte er, ein neuer Angestellter würde erscheinen, aber wieder kam die Kassiererin, die ihn auch früher schon beim Direktor angemeldet hatte.
»Wir können uns nicht mehr auf diese Weise treffen«, sagte er, und als sie ihn daraufhin verwundert ansah, erklärte er: »Jack und Julia Orchard. Wir haben einen Termin um elf Uhr.«
»Sie möchten Mr. Hardy sprechen?«
»Wen denn sonst, Dumpfbacke?« wäre es fast aus ihm herausgeplatzt. Er beherrschte sich und antwortete mit einem Lächeln: »Ganz genau zu dem möchten wir.«
Die Kassiererin überlegte einen Moment, ob in diesen Worten vielleicht wieder eine Veralberung verborgen lag, und machte sich dann auf den Weg zu Mr. Hardy. Das dritte Mal bringt immer Glück, sagte sich Jack, ganz besonders, wo Julia jetzt bei dir ist: Er drückte ihre Hand und blickte auf die Wanduhr. Der große Zeiger kroch auf die Zwölf zu. Genau in der Sekunde, in der er ihn erreichte, zeigte sich Mr. Hardy. »Exakt«, sagte Jack.
Der Bankdirektor schenkte Julia ein höfliches Lächeln und wandte sich dann an Jack: »Ich fürchte, das habe ich nicht verstanden, Mr. Orchard.«
»Sie kennen doch meine Frau.«
»Natürlich«, entgegnete Mr. Hardy und verzog das Gesicht, als habe er einen Tadel erhalten. »Treten Sie doch ein«, forderte er sie auf und öffnete ihnen die Tür.
Beide Orchards zögerten vor der Tür. »Bitte nach Ihnen, Mylady«, forderte Jack sie dann mit einer ausladenden Geste auf. »Ich bilde die Nachhut.«
Gott allein mochte wissen, was der alte Jack noch gesagt hätte. Der neue Jack hingegen wußte, wann er den Mund zu halten hatte. Der Bankdirektor wartete, bis Julia Platz genommen hatte. Dann ließ er sich ebenfalls nieder und beugte sich so weit vor, wie es sein

dicker Bauch zuließ. »Ich habe gehört, daß Ihnen etwas sehr Schönes widerfahren ist.«

»Sie meinen die Griechenlandreise? Vielen Dank.«

»Und Ihre Tochter ist auf dem Weg der Besserung?«

»Ja, es geht ihr gut«, antwortete Julia. »Sie sehen aber auch gut aus.«

»Vor allem gut genährt«, hätte der alte Jack jetzt vermutlich hinzugefügt. Aber der neue setzte sich schweigend auf den freien Sessel.

»Nun, Mr. Hardy, Sie wollten uns sehen«, kam Julia zur Sache.

»Das ist der Fall.« Mr. Hardy hob die Hand an den Mund, um ein leises Hüsteln zu verbergen. »Haben sich irgendwelche neuen Entwicklungen betreffs Ihrer beruflichen Situation ergeben, Mrs. Orchard?«

»Ich bin immer noch ohne Job.«

»Und wie lange wird dieser Zustand noch anhalten?«

»Was meinen bisherigen Beruf angeht, wohl noch recht lange. Deshalb sehe ich mich ja auch nach einem neuen Betätigungsfeld um.«

»Und können Sie dabei schon einen Erfolg vorweisen?«

»Bislang scheint man nicht sonderlich daran interessiert zu sein, eine Fachkraft einzustellen, die sich wohl demnächst einige Zeit freinehmen muß, um vor Gericht zu erscheinen. Und ich bin etwas eingeschränkt in der Entfernung, die ich zu meinem Arbeitsplatz zurücklegen kann.«

»Wenn die Arbeit nicht zu uns kommt, Mrs. Orchard, müssen wir eben zu ihr gehen.«

»Das sehe ich ganz genauso.«

Julia hörte sich nicht so an, als sei sie für diese Binsenweisheit dankbar. »Wollen Sie damit andeuten«, fragte Jack, »daß wir unter Umständen weit wegziehen sollten?«

»Das wäre eine Lösung«, entgegnete Mr. Hardy und unterdrückte ein weiteres Hüsteln. »Unglücklicherweise könnte daraus ein neues Problem entstehen.«

»Ich sehe da eigentlich ein ganzes Bündel von neuen Problemen.«

»Nun, ich spreche im besonderen von Ihrer Hypothek.«

»Was ist mit unserer Hypothek?« wollte Julia wissen. »Angesichts des Umstands, daß Ihnen kein doppeltes Einkommen mehr zur Verfügung steht, fürchte ich, müssen wir unser Angebot dementsprechend korrigieren.«
»Was wollen Sie damit sagen?« rief Jack und sagte sich im nächsten Moment, daß für ihn kein Grund bestand, laut zu werden. Das Wissen darum, wozu er fähig war, sollte ihm die nötige Kraft und Ruhe verschaffen. »Ihnen ist doch hoffentlich klar, daß wir uns keine halbwegs vernünftige neue Bleibe zulegen können, wenn Sie Ihr Angebot kürzen.«
»Ich fürchte, es steht mehr als nur eine Kürzung auf dem Spiel. Ich möchte sogar soweit gehen zu erklären, das Angebot existiert nicht mehr.«
»Das können Sie mit uns nicht machen!«
Mr. Hardy konzentrierte sich auf Julia. »Ich hatte sehr gehofft, Sie könnten uns mit positiveren Neuigkeiten entgegenkommen, aber nach dem, was Sie mir eben mitgeteilt haben, bleibt mir wohl keine Wahl mehr.«
»Jeder hat eine Wahl!« wandte Jack ein.
»Aber die Bank hat keine mehr, Mr. Orchard!«
»Aber das Haus ist für uns drei zu klein geworden!« protestierte Julia. »Was sollen wir denn jetzt machen?«
»Ich bin zuversichtlich, daß Sie das Beste aus Ihrer Situation machen werden, bis sich eine Besserung einstellt.«
»Das reicht uns leider nicht«, erwiderte Jack und sprach trotz der Bilder in seinem Kopf sehr ruhig. Er sah Mr. Hardy, der wie ein Verrückter zwischen den sich drehenden Schläuchen der Stummfilmfeuerwehrleute hin und her hüpfte. »Vielleicht sollten wir erst die Bank und dann das Haus wechseln.«
»Ich habe so meine Zweifel, ob eine andere Bank Sie als Kunden willkommen heißen würde, besonders im Hinblick auf Ihren gegenwärtigen Kontostand.«
»Aha, und deshalb glauben Sie jetzt, Sie könnten mit uns umspringen, wie es Ihnen beliebt!«

»Ich bin nicht der Ansicht, daß wir uns auf dieser Ebene unterhalten müssen!« entgegnete Mr. Hardy, und sein Bauch stieß gegen die Schreibtischkante.

»Ich denke, eine andere Ebene wäre jetzt durchaus angebracht«, erklärte Jack und wartete darauf, daß sich zu der Stummfilmklamotte in seinem Kopf die passende Klavierbegleitung einstellte. »Vielleicht sollten wir uns an einen höheren Ort wenden, wie zum Beispiel an die Hauptverwaltung Ihrer Bank!«

»Das bleibt Ihnen unbenommen, Mr. Orchard, ich fürchte aber ...«

»Ach, stecken Sie sich Ihre Befürchtungen doch sonst wohin! Die Bank hat uns jahrelang gern als Kunden gehabt. Ihr Vorgänger jedenfalls war stets glücklich, wenn er uns zufriedenstellen konnte.«

»Mein Glück steht hier nicht zur Debatte, Mr. Orchard.«

»Da haben Sie ausnahmsweise einmal recht. Das Glück von uns und von unserer Tochter liegt mir viel mehr am Herzen. Die Kunden zufriedenzustellen, das obliegt hingegen Ihnen.«

»Aber nicht auf Kosten der Bank!«

»Die Bank kann diese Belastung besser aushalten als wir.«

Julia ergriff Jacks Hand. »Wir sollten jetzt besser gehen.«

»Nein, erst wollen wir noch etwas klarstellen«, entfuhr es Jack, und er befreite sich von ihrer Hand. »Wir haben alles getan, was uns möglich war, Mr. Hardy, und trotzdem weigern Sie sich, uns zu helfen.«

»Bitte nehmen Sie Ihre Hände von meinem Schreibtisch, Mr. Orchard.«

»Wo soll ich denn sonst mit ihnen hin?« Jack machte Miene, seine Hände um den Hals des Bankdirektors zu legen. »Ich mag es nämlich nicht, wenn man meine Familie tritt, obwohl sie bereits am Boden liegt.«

»Wenn Sie glauben, Mr. Orchard, mit Drohungen weiterzukommen, dann ...«

»Bei manchen Menschen kann man einfach nicht anders«, entgegnete Jack und nahm die Hände vom Schreibtisch. Mr. Hardy schob sich nach hinten, als wollte er sich aus seinem Sessel erheben. Für Jack sah es so aus, als schrumpfe der fette Mann vor ihm zusammen. Ein Stoß hätte jetzt ausgereicht, ihn durch die Luft wirbeln zu lassen. Aber nein, das würde Julia nur aufregen. »Ich hoffe, bald von Ihnen zu hören.«

Mr. Hardy preßte die Lippen so fest zusammen, daß alle Farbe aus ihnen wich. »Es tut mir leid, daß ich Ihnen nicht mehr bieten konnte«, erklärte er Julia zum Abschied.

Sie schwieg, bis sie mit Jack draußen auf der Straße stand. Dort blinzelte sie, als sei ihr ein Sandkorn ins Auge geweht. »Wir haben unser Bestes versucht.«

Jack wußte, daß sie wünschte, er würde ihr das bestätigen. Doch ihm war bewußt, daß er noch gar nicht richtig angefangen hatte. Wie lange sollten Laura und Julia noch leiden, bevor er endlich anfing, das zu tun, was notwendig war? Brauchte er denn immer eine Dosis Pech, bevor er seinen Hintern in Bewegung setzte? Vorbeugen ist besser als heilen, und die Familie hatte schon mehr als genug durchgemacht. »Sag Laura erst einmal nichts davon«, erklärte er Julia.

Er sah seiner Frau an, daß sie sich nichts sehnlicher wünschte, als daß alles wieder ins Lot käme. Natürlich wußte er, daß man dem Glück etwas nachhelfen mußte, aber das durfte er ihr natürlich nicht sagen. Er fuhr an diesem Tag früher zur Arbeit und kam unterwegs durch die Straße mit den vielen Secondhandläden. In einem kaufte er einen alten Kinderwagen, den er in seinem Wagen versteckte.

Kapitel 25

Am Montag rief Jack nach der Arbeit zu Hause an. »Wer spricht da?« meldete sich Laura.

»Nicht so laut, ich bin in der Bücherei.«

»Mußt man denn dort sehr still sein?«

»Mucksmäuschenstill.«

»Und was tust du gerade?«

»Ich sehe den Leuten beim Schmökern zu. Sie wirken wie Taubstumme. Jetzt versuch mal, daraus einen Reim zu machen.«

»Ach, Dad, ich habe jetzt keine Lust auf alberne Spielchen.«

»Das ganze Leben ist ein Spiel. Übrigens, wenn du einmal etwas suchst, ruf mich einfach an, und ich schlage es für dich nach. Und sind die Bücher staubdumm, dann ist der Leser taubstumm. Na, wie gefällt dir das?«

Seine Heiterkeit, die ihm wie die größte Freiheit vorkam und die sich seit Stunden in ihm aufgebaut hatte, drohte, mit ihm durchzugehen. Ein Mann mit einem breiten roten Gesicht, das zu mehr als der Hälfte von einem mächtigen Schnurrbart und ebensolchen Koteletten verdeckt wurde, warf ihm über den Rand eines Walls aus juristischen Büchern einen tadelnden Blick zu. »Und, hattest du einen schönen Tag? Wie war es, zur Schule zu radeln?«

»Ganz toll. Das neue Rad ist einfach super. Ich verkette jetzt immer das Hinter- mit dem Vorderrad, damit mir niemand das gute Stück stehlen kann.«

Sie hatte wieder etwas über die Welt gelernt. Er war etwas traurig über diesen weiteren Verlust ihrer kindlichen Unschuld, aber sein Kopf sagte ihm, daß es so besser sei.

»Mummy möchte dich sprechen«, sagte sie dann.

»Mein Ohr gehört ganz ihr.« Als Laura kicherte, fügte er hinzu: »Bitte sie doch, es mir nach dem Gespräch zurückzugeben.«
Sie hielt die Hand auf die Sprechmuschel, und Jack vernahm nur gedämpftes Murmeln. Dann war Julia am Apparat. »Na, hattest du einen halbwegs hinnehmbaren Tag?« fragte er.
»Ich habe ein bißchen aufgeräumt und das aussortiert, was hier seit ewigen Zeiten Staub fängt. Ein paar alte Kleider von dir liegen auf deinem Bett, damit du dich von ihnen verabschieden kannst, bevor sie in die Altkleidersammlung wandern.«
»Ich kann sie mit dem Wagen wegbringen. Liegt sonst irgend etwas Dringendes an?«
»Nein, nur ...« Sie atmete langsam aus, als mangele es ihr an der Energie, die richtigen Worte zu finden. »Nein, so dringend ist es auch nicht.«
»Heraus mit der Sprache: Was wolltest du sagen?«
»Nur, daß das alte Ehepaar, das am Fluß wohnt und dessen Haus wir uns angesehen haben, nachgefragt hat, ob wir unseren Besitz schon verkaufen konnten.«
»Du meinst die Woolidges? Hast du ihnen gesagt, daß wir immer noch nach einem Käufer suchen?«
»Ein anderer Interessent hat ihnen ein gutes Angebot gemacht.«
Jack grinste so grimmig, daß der behaarte Jurafreund rasch den Blick auf seine Unterlagen senkte. »Weiß Laura schon davon?«
»Ich dachte, es wäre besser, es ihr gleich zu sagen.«
»Und wie hat sie es aufgenommen?«
»Sie versteht es.«
Jack biß die Zähne zusammen. Eigentlich sollte er sofort nach Hause zu seiner Familie. Aber dürfte er es zulassen, daß ihr Glück noch weiter nachließ, bloß weil er das, was er tun mußte, noch länger hinauszögerte? »Warum rufst du eigentlich an?« erkundigte sich Julia.
Ihm fiel kleine bessere Antwort ein als die, die er sich vorhin zurechtgelegt hatte. »Ich wollte euch eigentlich mitteilen, daß ich heute etwas später nach Hause komme, aber jetzt ...«

»Wir warten gern auf dich, wenn ein wichtiger Grund vorliegt.«
»Nun ja, ich habe jemanden getroffen, mit dem ich früher zusammengearbeitet habe, und wir wollten das Wiedersehen mit ein paar Bieren begießen.«
»Was, jetzt?«
»Ja, so hatten wir uns das gedacht.«
»Und wie lange bleibst du fort?«
»Nur ein paar Stunden. Ich kann aber früher gehen, wenn dir das lieber ist.«
»Das mußt du schon selbst entscheiden, Jack.«
»Na gut, dann einigen wir uns auf zwei Stunden.«
»Wenn du nicht rechtzeitig wieder da bist, fangen wir ohne dich mit dem Abendbrot an«, entgegnete Julia. Jack hörte deutlich heraus, daß er ihrer Meinung nach wissen müßte, wie er sich zu verhalten habe. Er fragte sich, ob er damit leben konnte, daß sie ihn für einen Herumtreiber zu halten schien. Dann sagte er sich, daß sie den Vorfall sicherlich vergessen würde, sobald sich das Glück der Familie wieder eingestellt hatte. »Du, Laura und ich gehen demnächst alle zusammen groß aus, sobald wir einen Grund zum Feiern gefunden haben«, erklärte er fröhlich und hoffte, etwas von seinem Optimismus würde auf sie abfärben. »Ich bleibe nicht länger als nötig«, erklärte er dem Freizeichen. Dann verabschiedete er sich von seinen Kollegen und ging zum Wagen.
Er senkte den Kopf, damit ihm nicht jedermann das Grinsen ansah, das auf seinem Gesicht festgefroren zu sein schien. Er schämte sich dafür, daß Julia jetzt von ihm dachte, er sei verantwortungslos. Und aus dieser Scham würde bestimmt Verdrossenheit werden, bis er denjenigen gefunden hatte, der für alles verantwortlich war. Das Licht der Spätnachmittagssonne schien hart zu sein, und er konnte alles mit absoluter Klarheit erkennen: Einen abgerissenen Ast, der von einem jungen Baum am Rand des Parkplatzes hing, eine tiefliegende Rauchwolke, die ein Motorrad hinter sich herzog, während es auf die Hauptstraße zusauste, die fast abgebrannte, qualmende Zigarette, die eine Brise über den

Asphalt rollte. »Das ist nicht ungefährlich«, murmelte Jack und wartete, bis die Kippe nahe genug herangewirbelt war, daß er sie austreten konnte. Das Gefühl, dieser sterbenden Zigarette mit dem Absatz den letzten Rest Leben zu nehmen, bescherte ihm neue Energie. Er scharrte mit dem Schuh über den Boden und hinterließ eine lange Spur von Tabakkrümeln und Filterpapier. Das Ganze sah aus wie ein Komet. Er stieg in den Transit und verließ den Parkplatz.

Die Ampel, die den Verkehrsstrom zur Hauptstraße regelte, kostete ihn fünf Minuten, und die Fahrzeugkolonne, die über die Brücke in Richtung Autobahn rollte, kroch dahin, als ginge es zu einer Beerdigung. Als er endlich die Autobahn erreichte, kam ihm das wie eine Befreiung vor. Schlanke Schornsteine erhoben sich wie zum Gruß vor ihm. Die Flammen oder weißen Rauchwolken, die sie krönten, wirkten wie aus einem Traum. Und hinter ihnen schlängelte sich der Mersey auf die fernen Hügel zu. Der Zubringer führte ihn zur Manchester-Autobahn, wo einige Laster sich am allgemeinen Rennen beteiligten. Jack überholte sie alle, obwohl der alte Lieferwagen dabei ganz schön ins Schnaufen kam. Er spürte, wie der Kinderwagen gegen seine Lehne rollte. »Wir sind fast da«, beruhigte er ihn und verließ die Autobahn an der nächsten Ausfahrt.

Er hatte sich die Route in der Bibliothek auf einer Straßenkarte angesehen. »Beim dritten Mal hat man immer Glück«, sagte er leise, während der Clownskopf am Schlüsselbund unter dem Zündschloß hin und her schwang. Er war zu einem Mann unterwegs, der Musikinstrumente reparierte. So ein Mensch mußte musisch veranlagt und entsprechend sensibel sein. Er würde Jack bestimmt mit größerem Interesse zuhören, als das Jeremy Alston oder Veronica Alan getan hatten. Jack drehte das Radio an, und auf Kanal 3 ertönte eine Sonate von Chopin, die ihn entlang der Helsby Road begleitete.

Er hatte gerade den Ortsrand des Dorfs erreicht, wo ein Straßenschild eine Höchstgeschwindigkeit von dreißig Meilen in der

Stunde gebot, als ein flammend roter Sportwagen neben ihm auftauchte. Der Fahrer, ein Mann mit flacher Kappe und aufgedunsenem Gesicht, schien Jack irgend etwas zuzurufen. War der Mann betrunken oder verrückt? Der Sportwagen setzte sich vor den Transit, während Jack seine Geschwindigkeit drosselte. Jetzt hörte er die Musik, die aus dem Flitzer kam. Der Fahrer hatte nicht ihn gemeint, sondern mitgesungen. Man ließ sich leicht dazu verleiten, andere für verrückt zu halten; denn die meisten verhielten sich etwas eigenartig, wenn sie sich unbeobachtet wähnten.

Nach einer halben Meile, die ihn an Einfamilienhäusern und einer Tankstelle vorbeigeführt hatte, bog Jack an der Straßengabelung nach rechts ab. Eine Buckelbrücke führte ihn zu einer steilen Straße, die The Rock hieß. Reihen von Häusern, zu denen Gartenwege führten, zogen sich den Hügel hinauf. Zwei blonde Kinder standen an einem Tor und beobachteten ein Pferd, das auf einem Feld auf der anderen Straßenseite im leichten Galopp geritten wurde. Oben angekommen wandte sich Jack an der Kreuzung nach links und passierte vereinzelte Cottages, bis er ein weiteres Schild erreichte. Dort erwartete ihn eine noch steilere Straße, und endlich hielt er den Wagen neben einem Zauntritt am Waldrand an.

Zwei Krähen erhoben sich aus einem Baum, als er um den Transit herumlief. Aus einem der Häuser, die er gerade hinter sich gelassen hatte, drang so leise Musik, daß er nur die Schlaginstrumente ausmachen konnte. Ansonsten entdeckte er hier keine Zeichen von Leben. Er hätte zu keinem besseren Zeitpunkt kommen können. Alle Einwohner befanden sich in ihren Häusern, und wenn doch jemand zufällig vorbeikommen sollte, würde er sich nichts dabei denken, einen abgestellten Wagen am Anfang eines Fußwegs zu erblicken. Jack öffnete die Hintertüren seines Transits, holte den Kinderwagen heraus und kehrte zu der Kreuzung zurück.

Es ging steil nach unten, und er mußte bei jedem Schritt mit den Absätzen abbremsen. Der Kinderwagen schien noch begieriger zu sein, seinen Bestimmungsort zu erreichen. Jack ahnte, daß er ins Schnaufen kommen würde, wenn er ihn wieder den Hügel hinaufschieben mußte, aber im Moment fühlte er sich gut und zu allem bereit. Aber er war nicht darauf gefaßt, von jemandem angesprochen zu werden. »War der kleine Mann oben auf dem Hügel?« rief eine Frau ihm zu.

Jack hielt den Kinderwagen an und drehte sich um. Dort stand eine alte Frau, die mindestens siebzig sein mußte. Sie trug eine Tweedjacke und schmutzige Stiefel und lehnte sich auf einen Knotenstock. »Wer bitte?« fragte Jack verwundert.

»Na, der Kleine. Hat wohl ein bißchen frische Luft schnappen wollen, was?«

Jack dachte darüber nach, was sie damit meinen konnte, und kämpfte gleichzeitig gegen den Drang an, ihr mit einem Kalauer zu antworten. Spielte sie auf irgendeine alte Legende an, in der es um Kobolde und anderes kleines Volk ging, oder beschuldigte sie ihn etwa, sich in der Öffentlichkeit entblößt zu haben? »Ach, ihr Männer«, sagte sie dann. »Ihr würdet nie herauskriegen, wie man eine Windel festmacht, wenn ihr das nicht von uns Frauen gezeigt bekämt.«

»Ach, Sie meinen das Baby«, entfuhr es Jack und er schaukelte den Kinderwagen, wie er das früher immer bei Laura getan hatte. »Es ist kein Junge, sondern ein Mädchen. Deshalb habe ich auch nicht gleich verstanden, was Sie meinten. Ich muß mich jetzt aber wirklich auf den Weg machen. Sie wacht jeden Moment auf.«

Er setzte sich in Bewegung, und die Alte folgte ihm auf ihren drei Beinen. »Decken Sie den arme Wurm doch nicht so zu. Warten Sie, ich zeige Ihnen, wie man das richtig macht.«

»Das ist schon in Ordnung so. Meine Frau legt die Kleine immer so in den Wagen. Und so ist es meiner Tochter bis jetzt auch immer gut bekommen.« Jack schob den Wagen schneller und verfluchte in Gedanken die eiserne Gesundheit der Frau, die mühelos mit ihm Schritt hielt. »Und der Arzt hat uns das auch so angeraten.«

»Ich habe in meinem ganzen Leben nie einen Arzt gerufen. Und wissen Sie, warum das so ist? Weil ich mich immer an der frischen Luft aufgehalten habe. An so einem schönen Tag ist es wirklich grausam, einem Kind die Luft und den Sonnenschein zu verweigern.«

Sie kam immer noch näher. Er überlegte, ob er anfangen sollte zu rennen, und stellte sich vor, wie sie mit erhobenem Stock hinter ihm her eilte. Und im nächsten Moment fragte die Alte: »Darf ich mir wenigstens einmal das süße kleine Gesichtchen anschauen?«

»Glauben Sie mir, es würde Ihnen nichts bringen, dieses Baby zu sehen«, entgegnete er. »Sie mag es nämlich nicht, von Fremden geweckt zu werden. Und wenn Sie die Kleine erschrecken, schreit sie den ganzen Weg bis nach Hause.«

»Grundgütiger, ich habe mich bestimmt länger als Sie mit Kindern beschäftigt. Und ich weiß sehr genau, wie man verhindert, daß sie aufwachen. Zu meiner Zeit habe ich mich um eine ganze Schar kümmern dürfen. Ich bin nämlich Krankenschwester gewesen, müssen Sie wissen.«

Gleich streckt sie ihre Hand nach dem Kinderwagen aus, dachte Jack. Dann würde sie die Decke anheben und ... Ein Wagen kam vor ihm eine Seitenstraße hinauf. Wenn der Fahrer die Alte nicht bemerkte ... Aber sie hatte sich schon auf den Seitenstreifen zurückgezogen, stützte sich auf ihren Stock und schien bereit zu sein, die Verfolgung wieder aufzunehmen, sobald der Wagen vorbei war.

Jack schob den Kinderwagen rasch über die Kreuzung, während sie erst den Wagen vorbeilassen mußte. »Wenn es Ihnen nichts ausmacht, verschieben wir die Angelegenheit auf ein anderes Mal!« rief er ihr zu. »Wie dem auch sei, ich bin derjenige, der der Mutter des Babys Rede und Antwort stehen muß.«

Das befriedigte die Frau zwar nicht, bestätigte sie aber in ihrer Meinung über Männer. »Kerle!« schnaubte sie und stieß die Stockspitze so fest in den Boden, als wollte sie sich im Hochsprung üben. »Sagen Sie mir doch, wie die Kleine heißt!«

Jack atmete tief ein und blies die Luft durch die Nase wieder aus. »Bernie«, antwortete er.

Das schien sie nicht für einen hübschen Namen zu halten. Kopfschüttelnd verschwand sie in der Seitenstraße. Jack blickte ihr hinterher, bis er sie nicht mehr sehen konnte. Erst dann setzte er seinen Weg fort. Vor ihm war das Ziel schon zu erkennen: ein Haus, das einige hundert Meter versetzt neben der Kreuzung stand. »Wollen wir hoffen, Bernie, daß wir dich nicht wecken müssen.«

Das Haus war aus roten Ziegelsteinen gebaut und besaß ein spitzes Dach. Es hätte aus einem Bilderbuch stammen können, wenn da nicht die Satellitenschüssel gewesen wäre, die wie ein Parasitenpilz aus der Regenrinne wuchs. Der große, viereckige Garten war von einer mannshohen Hecke umgeben. Ein metallisches Schimmern drang aus ihr, das Jack zunächst für eine optische Täuschung hielt, die von der flimmernden Luft über dem Asphalt stammte. Doch als er vor dem Tor stand, erkannte er, daß die Hecke mit Stacheldraht verstärkt war. Das Schild neben dem Tor gab nicht etwa, wie er es erhofft hatte, einen Hinweis auf den Bewohner des Hauses, sondern verkündete schlicht: ZUTRITT FÜR UNBEFUGTE VERBOTEN.

Ein drahtiger Mann, der nur eine Hose und Sandalen trug, lag neben dem Steinplattenweg, der zum Haus führte, auf einer Liege. Eine Hand ruhte auf seinen Augen, und mit der anderen hielt er ein Glas Gin-Tonic im Gleichgewicht, das auf seiner behaarten Brust stand. Als Jack das Tor öffnete, hob der Mann den Kopf und spähte nach dem Eindringling, der ihn in seiner Feierabendruhe störte. »Mr. Arrod?« rief Jack.

»Außer mir ist keiner hier, also muß ich es sein!«

»Stephen Arrod?«

»Das habe ich doch wohl gerade zum Ausdruck gebracht.« Er blickte an Jack vorbei und entdeckte den Kinderwagen. »Ach so. Nein, vielen Dank, kein Bedarf!«

»Entschuldigen Sie bitte, aber wofür haben Sie keinen Bedarf?«

»Was immer Sie mir andrehen wollen. Zeitschriften, Putzmittel, kostenlose Muster. Ich will nichts davon haben.«
»Ich habe nichts dergleichen bei mir.«
»Wollen Sie mir etwa erklären, Sie schleppen in dem Kinderwagen etwas an, das ich für Sie reparieren soll?«
»Gewissermaßen.« Jack schob den Wagen durch das Tor.
»Sie sind ein Hausierer, nicht wahr?«
Jack vermutete, sein Gegenüber habe sich mit dieser abfälligen Bemerkung geschlagen gegeben. Doch als er das Tor hinter sich schloß, erklärte Mr. Arrod: »Zutritt untersagt bedeutet: Betteln und Hausieren verboten. Und wenn Sie glauben, Ihr kleiner Balg dort könnte mich weichmachen, dann sind Sie auf dem Holzweg.«
»Ich habe weder vor zu betteln noch zu hausieren, Mr. Arrod.«
»Lassen Sie mich doch mit Ihrer Geschichte zufrieden, ich will sie gar nicht hören. Sie stören mich in meiner blauen Stunde. Und ich sage Ihnen noch etwas. Nach Bettlern und Hausierern kann ich am allerwenigsten kleine Hosenscheißer auf meinem Grund und Boden ertragen. Es hat mich mehr als genug gekostet, sie von diesem Land fernzuhalten.«
Er mußte damit den Stacheldraht meinen, dachte Jack und schob den Kinderwagen auf Mr. Arrod zu. Der Inhalt rumpelte und schepperte, als die Räder über die unebenen Platten rollten. »Es wird bestimmt nicht Ihr Schaden sein, wenn Sie mir zuhören«, erklärte er.
»Was mir schadet oder nützt, geht Sie einen feuchten Kehricht an. Die Welt hat mir nichts gegeben, und ich ihr auch nicht. Also sind wir quitt. Ach übrigens, bevor Sie machen, daß Sie von hier fortkommen, woher kennen Sie meinen Namen?«
»Ich habe ihnen einen Brief geschickt.«
»Was für einen Brief?«
»Einen wie diesen hier.« Jack griff unter die Decke im Kinderwagen.
»Machen Sie sich bloß keine Mühe. Was immer Sie mir auch

zeigen wollen, es interessiert mich nicht. Das einzige, was Sie mir zeigen dürfen, ist, wie Sie durch das Tor dort verschwinden.«
»Bitte, Mr. Arrod, das Schreiben ist von großer Wichtigkeit für Sie.« Er faltete den Brief auseinander.
»Was, zum Teufel, bringt Sie dazu, mir keine Ruhe zu lassen?« Der Mann schwang die Beine von der Liege und stellte sein Glas auf den Rasen. Es kippte sofort um und vergoß Gin und Eiswürfel. »Sie sollten sich um Ihre eigenen Belange scheren! Und Sie sollten sich fragen, was aus Ihnen wird, wenn Sie nicht verduftet sind, bevor ich die Polizei rufe!«
Während Mr. Arrod sich noch bemühte aufzustehen, schob Jack rasch den Kinderwagen den Weg hinauf, bis er dem Mann den Weg zur Haustür versperrte. »Dazu besteht kein Anlaß, Mr. Arrod. Ich habe Ihnen nichts getan.«
Das Gesicht das Mannes verfinsterte sich so übergangslos, daß Jack zuerst glaubte, gerade einen filmischen Special Effect gesehen zu haben. Mr. Arrod kam auf ihn zu und trat auf einen Eiswürfel. Sein Fuß rutschte weg, und er fiel mit dem Rücken auf die Liege, die unter dem plötzlichen Aufprall nachgab und zusammenbrach. Jack beobachtete, wie der Mann mit rudernden Armen und Beinen auf dem Boden landete. Er verkniff sich die Schadenfreude, ging auf ihn zu und schwenkte den Brief. »Bitte, lassen Sie mich doch erklären ...«
Arrod brüllte vor Wut. Er versuchte sich aufzurichten, glitt mit den Händen ab und plumpste wieder auf sein Hinterteil. »Kommen Sie mir bloß nicht zu nahe, sonst finden Sie sich in einem Krankenwagen wieder!« Es gelang ihm schließlich, auf die Knie zu kommen. Als er endlich wieder auf den Beinen stand, erkannte er, was für einen Brief Jack ihm präsentierte. Für einen Moment blieb er wie erstarrt stehen, und sein Gesicht verzerrte sich, als löse es sich in großer Hitze auf. »Sie haben mir diesen Wisch geschickt, nicht wahr?«
»Eine Kopie davon.«
»Und was, glauben Sie, habe ich damit gemacht?«

»Ich hoffe, das werden Sie mir sagen.«
»Soll ich Ihnen einen kleinen Hinweis geben? Es hat damit zu tun, was Sie mit dem Papier machen können, das Sie da in der Hand halten: Nämlich Ihrem Balg den Arsch abwischen!«
Er stürmte zu dem Kinderwagen und riß die Decke zurück. Jack verzog die Lippen zu einem Grinsen. Mr. Arrod hatte bestimmt nicht mit dem gerechnet, was er in dem Wagen zu sehen bekam.
»Wozu haben eine Lötlampe mitgebracht?«
»Ich wünschte, Sie hätten das nicht getan, Mr. Arrod.«
Der Mann griff in den Kinderwagen. »Was sind das? Meine Leidensgefährten?«
Er holte die Briefe heraus und las die Namen und Adressen, die auf den Umschlägen standen. Bis eben noch hatte Jack vorgehabt, dem Mann eine letzte Chance zu geben. Doch jetzt war es dafür zu spät. »Legen Sie sie wieder hinein. Diese Schreiben gehen Sie nichts an.« Er schritt drohend auf den Mann zu.
Arrod ließ die Briefe in den Kinderwagen fallen, und starrte erneut die Lötlampe an. Er zog sie mit einer Hand heraus. Vielleicht wollte er sie als Schild oder als Waffe benutzen. Wie dem auch sei, er verschätzte sich mit dem Gewicht des Geräts und konnte es nicht mehr halten. Die Lötlampe fiel aus seiner Hand, und er brüllte vor Zorn, als sie seine Finger aufritzte. Und dann heulte er los, daß Jack um seine Trommelfelle fürchtete. Das Gerät war ihm auf den nackten Fuß gefallen.
Die Lötlampe rollte über das Gras, und Mr. Arrod hüpfte davon, so als wollte er dem Schmerz entkommen. Er entfernte sich so planlos, daß Jack sich schon fragte, wohin er eigentlich wollte. Der Mann hörte nicht auf zu hüpfen, bis er gegen die Hecke prallte. Und dort fing er an, wie bei einem Veitstanz herumzuspringen.
Der Stacheldrahtzaun mußte unter Strom stehen, sagte sich Jack. Arrods Augen traten aus den Höhlen, und seine Haare den zu Berge, während er zappelte und strampelte. Jack hob die Lötlampe mit beiden Händen hoch und marschierte auf den Unglücklichen zu. Der Mann zuckte immer wilder, und Jack empfand Mitleid für

ihn. Er hob die Lötlampe hoch und ließ sie mit dem Tank voran auf den Schädel Mr. Arrods krachen.
Er fürchtete schon, der eine Hieb, obwohl er ihn mit aller Kraft durchgeführt hatte, reiche nicht aus. Denn der Mann starrte ihn halb ungläubig und halb empört an, und der dumpfe Knall hallte im Tank wider. Das Geräusch hatte nur ein oder zwei Sekunden gedauert, aber Jack kam es wie eine Ewigkeit vor. Dann verdrehte Arrod die Augen, bis nur noch das Weiß der Augäpfel zu sehen war. Bislang hatte Jack immer geglaubt, so etwas komme nur im Film vor. Und einen Moment später sackte der Mann an der Hecke entlang zu Boden.
Seine Haare zitterten, aber genau so erging es auch der Hecke. Jack stellte fest, daß der Stacheldraht nicht elektrisch geladen war. Arrod hatte sich lediglich mit dem Gürtel in dem Draht verfangen und versucht, sich zu befreien. Warum aber war er dabei dermaßen in Panik geraten? Jack hatte noch nie einen so verzweifelten Menschen gesehen. Der Mann hatte dummerweise die Briefe gesehen und Jack damit keine andere Wahl gelassen. Er setzte die Lötlampe ab und überprüfte, ob niemand in Sichtweite war. Nachdem er dreimal hochgesprungen war, um über die Hecke zu blicken, zündete er mit seinem Feuerzeug das Gas an. Wenigstens konnte er den Mann aus seiner Not erlösen. Er bedeckte mit der freien Hand Mund und Nase. Dann schloß er die Augen, bis er nur noch die Flamme sehen konnten.

Kapitel 26

Laura schrieb gerade eine lange Dezimalzahl in ihr Matheheft, als sie hörte, wie Julia das Telefonat mit Jack beendete und nach oben kam. Für Laura hatte es sich angehört, als seien ihre Eltern in Streit geraten. Normalerweise liebte sie Mathematik, und je komplizierter die Zahlen waren, desto besser – sie vermutete, daß sie das von Julia und Jack geerbt hatte –, aber heute schienen sie unbelebt in dem Heft zu stehen; und sie hatte das Gefühl, ihr Kopf sei vollgestopft mit Zahlen, die den anderen nachfolgen wollten. Sie packte die Schulbücher und Hefte in die Tasche und machte sich auf die Suche nach ihrer Mutter.

Julia lag auf dem Doppelbett und starrte nach oben. Ihre Augen waren so leer wie die Zimmerdecke. »Ist mit dir alles in Ordnung, Mummy?«

Ihre Mutter drehte den Kopf, aber ihr Blick blieb leer. »Ich will mich nur ein paar Minuten ausruhen.«

»Ach so, dann ist es ja gut«, sagte Laura rasch. »Ich bin nur . . .« Sie wollte gerade sagen, daß sie vorhatte, mit dem Fahrrad durch die Gegend zu fahren. Aber das würde Julia bestimmt nicht helfen, sich zu entspannen. Sie begriff, daß sie jetzt nicht nach draußen konnte, und mit einem Mal kam ihr das Haus sehr klein vor. Dieses Gefühl verschlimmerte sich, als ihr wieder einfiel, daß sie nicht in das Haus am Fluß ziehen konnten. »Ich bin unten, wenn du mich suchst.«

Julia lächelte matt. »Ich wollte dich nicht wegschicken, mein Liebes. Bist du mit den Hausaufgaben fertig? Ja, dann bleib ruhig hier und leiste mir Gesellschaft.«

Laura trat ihre Schuhe von den Füßen, ließ sich auf dem breiten

Bett nieder und lehnte ihren Kopf an die Schulter ihrer Mutter. Julia strich ihr kreisförmig über den Bauch, und das entspannte Laura sehr. Als sie glaubte, der Moment sei günstig, fragte sie: »Was wollte Daddy denn?«

Ihre Mutter lachte so kalt, daß Laura ein Schauer über den Rücken lief. »Ach, das, was alle Männer von Zeit zu Zeit zu brauchen scheinen.«

»Was ist das denn?« fragte Laura und war sich nicht sicher, ob sie es wirklich wissen wollte.

»Einen Abend allein mit ihren Freunden. Na ja, in seinem Fall mit einem Freund.« Sie rollte den Kopf zur Seite und lachte tonlos. »Wenn ich nicht aufpasse, werde ich noch zu einer dieser Ehefrauen, wie man sie in Laurel-&-Hardy-Filmen gezeigt bekommt. Ich weiß, daß er auch, wie wir alle, von Zeit zu Zeit Dampf ablassen und etwas anderes sehen muß. Ich hätte nur nie gedacht, wie schwer mir das fällt, wenn ich arbeitslos zu Hause hocken muß.«

Laura wußte nicht, was sie sagen sollte. Nach einer Weile fragte sie: »Mummy?«

»Ja, was gibt es?«

»Können wir unsere Reise verkaufen?«

Julia stützte ihren Kopf auf einer Hand auf, damit sie auf ihre Tochter hinuntersehen konnte. »Warum, um alles in der Welt, sollten wir so etwas tun?«

»Ich dachte, wir könnten das Geld ins Haus stecken.«

»Vorher würde die Bank uns alles abnehmen, Schatz, und uns danach immer noch eine Hypothek verweigern. Möchtest du denn wirklich auf Griechenland verzichten?«

»Nein«, gestand Laura leise.

»Dann vergiß deine Idee auch ganz schnell wieder. Wir sorgen schon dafür, daß wir auf Kreta für alles entschädigt werden, was?«

Als sie sich davon überzeugt hatte, daß Laura beruhigt war, legte sie sich wieder hin. Es tat ihr gut, ein paar Worte mit ihrer Tochter gewechselt zu haben. Laura schmiegte sich an sie. Wenigstens sie

schien sich sicher und geborgen zu fühlen. Dann fragte das Mädchen: »Wann kommt Daddy denn heim?«
»In zwei Stunden. Das hat er wenigstens gesagt.«
Laura erinnerte sich daran, wie sie als kleines Kind in den Armen ihrer Mutter gelegen hatte. Damals hatte sie mit ihrem kleinen Sandeimer eine Stadt am Flußufer gebaut. Und als das Wasser herangeströmt war und alles zerstört hatte, hatte sie tapfer versucht, nicht in Tränen auszubrechen. Die Erinnerung stimmte sie sehr traurig, und das kleine Mädchen, das sie damals gewesen war, tat ihr ziemlich leid. Sie hatte wieder das Geräusch der Wellen und den Geruch von Salzwasser und heißem Sand im Bewußtsein, aber jetzt befand sie sich mit ihrer Familie in Kreta. Und die Musik ertönte so klar wie der Sonnenschein. Sie mußte nicht einmal aufstehen und den Kassettenrekorder einschalten. Der Rhythmus der trägen Wellen und der ihres Atems wurden eins, und das Bett trieb auf der ruhigen blauen See dahin. Die Arme ihrer Mutter, in denen sie lag, hatten sich in Wärme und Sonnenlicht verwandelt. Laura sagte sich, wenn sie nur ganz still liegen blieb, würde dieses Gefühl nie vergehen. Sie glaubte schon, es würde tatsächlich ewig währen, als draußen der Lieferwagen vorfuhr.
Ihre Mutter war eingeschlafen. Laura schob sich vorsichtig vom Bett und schloß leise die Tür hinter ihr. Als sie die oberste Stufe erreichte, wurde unten der Schlüssel ins Schloß geschoben. Die Haustür ging auf, und ihr Vater trat ein.
Sie sah ihn, bevor er sie entdecken konnte. Jack wirkte geistesabwesend, als sei er so sehr mit sich selbst beschäftigt, daß er nicht recht wußte, wo er sich befand. Laura konnte ihm keinen Vorwurf machen. Sie selbst war ja bis eben auch mit ihren Gedanken weit, weit fort gewesen. »Hattest du eine schöne Zeit?« fragte sie leise, und hielt sich die Hand vor den Mund, um nicht loszuprusten. Entweder spielte er ihr wieder etwas vor, oder er wußte tatsächlich nicht, woher die Frage gekommen war. Er drehte sich um die eigene Achse, starrte auf den Briefschlitz, legte die Hand über die Augen und hielt wie ein Indianer Ausschau

und wandte endlich den Blick nach oben. Dann sagte er lediglich. »Was?«

»Ich habe gefragt, ob du eine schöne Zeit hattest.«

»Ja, so etwas habe ich auch verstanden. Na ja, ich habe schlimmere Abende verbracht.«

»Bist du betrunken?«

»Ich würde es stark beschwipst nennen«, antwortete er, aber es klang so, als hätte er gerade zum ersten Mal über diese Möglichkeit nachgedacht.

»Mit wem warst du denn aus?«

Er lächelte sie an. »Aus dir wird mal eine gute Ehefrau. Ich war mit jemandem zusammen, von dem ich glaubte, er könnte mir weiterhelfen.«

»Und, konnte er?«

»Das bleibt abzuwarten.« Er schob die Wohnzimmertür auf. »Wo steckt denn deine Mutter?«

»Sie schläft.«

»Das braucht sie auch. Wir wollen sie in Ruhe lassen. Wenn du keine Angst hast, daß ich das ganze Haus in Brand stecke, kümmere ich mich um das Abendessen.«

»Ich kann dir ja helfen.«

»Wobei, das Haus in Flammen aufgehen zu lassen?« Diesmal wirkte sein Lächeln noch unechter. »Tut mir leid, junge Dame, das war geschmacklos. Ich muß meine Zunge hüten.«

»Macht nichts, in der Schule erzählen wir uns schlimmere Witze.«

»Das glaube ich dir unbesehen. Nun, Witze sind schließlich dafür da, daß wir ein Ventil für unsere schwarze Seele finden. Komm mit, dann suchen wir etwas, daß mich von weiteren üblen Scherzen abhält.«

Er machte ein enttäuschtes Gesicht, als er feststellen mußte, daß die Kasserolle bereits gefüllt war und auf dem Herd vor sich hin köchelte. Er hob den Deckel und stocherte mit der Gabel darin herum, um festzustellen, was es heute zu essen gab. »Kein Lauch«, erklärte er. »Was diesem Gericht fehlt, ist Lauch. Herr, gib mir Lauch, um die Fünftausend zu speisen!«

Laura wußte nicht, ob er wieder eine Show abzog, um sie zu amüsieren. Seine Späße brandeten gelegentlich in solcher Menge heran, daß man ihnen kaum noch folgen konnte. Sie beobachtete ihn, wie er ein Bündel Lauchstangen aus dem Gemüsefach holte, sie wusch und dann kleinschnitt. Als er schließlich anfing, die Stücke in die Kasserolle zu werfen, erklärte sie ihm: »Normalerweise kocht man sie erst ein wenig vor.«

»Tatsächlich? Na, da kann ich ja von Glück sagen, daß du hier bist und ein wachsames Auge auf mich hast.« Er füllte einen Topf mit Wasser, kippte den Lauch hinein, drehte das Gas voll auf und hielt sein Feuerzeug in der Hand. »Dad!« schrie Laura.

»Tut mir leid, das war ein ganz blöder Scherz«, sagte er, aber Laura war sich nicht sicher, ob er einen Scherz gemacht hatte. Das Zischen des Gases schien ihn fasziniert zu haben. Er drehte das Gas kleiner, zündete es vorsichtig an stellte rasch den Topf darauf. »Daß du mir ja niemals ...« begann er und hielt dann inne, weil in der Diele Julias Schritte zu hören waren.

Er machte plötzlich ein Gesicht, als käme er mit sich selbst nicht zurecht. Laura spürte, wie ihre Kopfhaut unangenehm prickelte. Wenn die beiden Erwachsenen sich unbedingt streiten wollten, sollten sie die Sache rasch hinter sich bringen. Julia kam nicht in die Küche, obwohl sie Stimmen gehört haben mußte. Nach einer Weile ging Jack zur Küchentür, öffnete sie und sagte: »Tut mir leid, wenn ich dich geweckt habe.«

»Nicht du, sondern das hier.«

Sie hielt einen Brief in der Hand, der gerade durch den Schlitz gefallen sein mußte. Julia machte ein Gesicht, als könnte sie nicht glauben, was in dem Schreiben stand. »Jack, ich denke, wir sollten uns jetzt wirklich an die Polizei wenden.«

Kapitel 27

ZWEITER FEUERHORROR IN MERSEYSIDE

Die Polizei sieht nach den Worten ihres Pressesprechers keinerlei Zusammenhänge zwischen dem Mord an Stephen Arrod (49) aus Relsby und dem Feuertod, den Jeremy Alston aus Reswall vor einigen Wochen erlitt.

Mr. Arrod, ein Violinenbauer, wurde am Montag auf seinem Grundstück tot aufgefunden. Ersten Ermittlungen zufolge wurde er erst bewußtlos geschlagen und dann in Brand gesteckt.

Die Polizei von Cheshire hat eine großangelegte Fahndung nach dem Mörder begonnen. Zur Zeit führen die Beamten in der Gegend von Relsby Befragungen von Haus zu Haus durch. Chief Inspector Puce, der die Ermittlungen leitet, beschreibt die Tat als »den brutalsten, sadistischsten und widerwärtigsten Mord, der mir in meiner zweiundzwanzigjährigen Dienstzeit untergekommen ist.«

Mr. Arrod war ein respektiertes und beliebtes Mitglied seiner Gemeinde. Keiner seiner zahlreichen Freunde kann sich einen Grund für eine so schreckliche Tat vorstellen. Die Polizei sucht dringend nach Zeugen, denen etwas Ungewöhnliches aufgefallen ist. Wer sachdienliche Hinweise geben kann, wähle die Rufnummer der …

»Wirf das weg, wenn du es ausgelesen hast«, murrte Andy Nation. »Ich habe Besseres zu tun, als einen solchen Mist zu lesen.«

»Meinst du nicht, daß es wichtig ist, über solche Vorfälle informiert zu werden?«

»Wenn du meine Meinung hören willst, sie drucken jeden Dreck, bloß um ihr Blatt vollzukriegen.«
»Ich glaube, solche Artikel sind wichtig. Kann doch sein, daß jemand etwas Verdächtiges gesehen hat, sich an jenem Tag aber nichts weiter dabei dachte. Und erst jetzt, wenn der Betreffende aus der Zeitung erfährt, daß es zu einem zweiten schrecklichen Mord gekommen ist, fällt es ihm wieder ein.«
»Was mich betrifft, so kann es durchaus sein, daß jemand beobachtet hat, wie irgendsoein Kerl mit einer Lötlampe herumgelaufen ist. Aber warum sollte er das jemandem erzählen. Die Menschen wollen doch nur in Ruhe gelassen werden. Und komm du bloß nicht auf die Idee, mir meine Lötlampe wiederzugeben. Sonst müßte ich annehmen, du wolltest Beweismittel loswerden.«
»Du weißt genau, daß wir zu Hause nicht viel Platz haben, Andy, und es hat doch keinen Sinn, das Stück bei uns aufzubewahren, solange wir nicht in ein größeres Haus umgezogen sind.«
»Mensch, ich habe doch bloß einen Spaß gemacht. Tut mir leid, wenn meine Scherze nicht so zünden wie die deinen.« Andy schloß die Hecktür seines Wagens auf und stellte die Lötlampe auf den Bürgersteig. »Sie ist nicht so schwer, wie ich sie in Erinnerung habe. Du mußt sie benutzt haben. Der Tank ist ja nur noch halbvoll.«
»Wenn du dich erinnern möchtest, ich habe damit meine Videothek in Brand gesteckt.«
»Ach ja, wie dumm von mir. Tritt mich das nächste Mal, wenn ich wieder etwas vergessen habe.« Er stellte die Lötlampe in den Wagen und schloß die Tür, kehrte dabei aber seinem Freund nicht den Rücken zu. »Willst du auf eine Tasse Kaffee hereinkommen?«
»Nein danke, ich muß mich wirklich auf den Weg machen, sonst kriege ich heute gar nichts mehr erledigt.«
»Ich wünsche dir, daß es dir etwas bringt. Und beim nächsten Mal hast du hoffentlich angenehmere Neuigkeiten.«
»Oh, ich hätte da noch etwas.«
»Heraus mit der Sprache.«
Für einen Moment sah Jack vor seinem geistigen Auge einen

brennenden Stab. Erst nach einer Sekunde drang Andys Aufforderung in sein Bewußtsein. Er griff in seine Jackentasche, zog den Umschlag heraus und zeigte seinem Freund den Inhalt. »Das hat uns jemand durch den Briefschlitz geschoben.«
Andy betrachtete den Inhalt und drehte ihn herum. »Das ist ja mal wirklich etwas Interessantes. Ein Stück von einer Zeitung.«
»Hast du auch gelesen, was daraufsteht?«
Andy untersuchte das Stück Papier noch einmal und entdeckte dann den Artikel, in dem jemand etwas mit blauer Tinte unterstrichen hatte. »Wortgefecht bei Preisverleihung«, las er. »Ein Bericht über euch, über die Griechenlandreise, die ihr gewonnen habt.«
»Und was ist dort unterstrichen worden?«
»Hm, daß diese Dame sich rechtliche Schritte gegen euch vorbehält und Schadensersatz verlangt für den Streß, den sie durchmachen mußte. Jetzt sag mir bloß nicht, diese Frau, die die drei Strolche großgezogen hat, hätte euch tatsächlich angezeigt!«
»Noch nicht.«
»Wenn es noch so etwas wie Gerechtigkeit gibt, wird es auch nie dazu kommen. Wer hat euch diesen Wisch denn geschickt?«
»Keine Ahnung. Auf dem Umschlag steht kein Absender.«
Andy gab ihm den Ausschnitt zurück und konnte seinen Ärger nicht verheimlichen. »Glaubst du, es war die alte Hexe mit ihren drei mißratenen Bengeln. Die euch einen Schrecken einjagen wollte?«
»Wenn sie das vorgehabt hat, dann ist es ihr mißlungen. Du wolltest doch eben angenehme Neuigkeiten hören. Sieh her, in dem Kuvert hat noch etwas gesteckt.«
Jack schob den Ausschnitt in den Umschlag zurück. Andy wartete und schien sich zu fragen, ob sein Freund ihn wieder einmal foppen wollte. »Nun spann mich nicht länger auf die Folter!«
»In dem Kuvert fanden sich tausend Pfund in gebrauchten Scheinen.«
Andy schnaufte und mußte sich an seinen Wagen lehnen. »Du nimmst mich auf dem Arm.«

»Wir haben auch erst gedacht, jemand wolle uns einen Streich spielen. Julia und ich sind mit dem Geld zur Polizei gegangen. Aber dort haben wir erfahren, daß die Scheine keine Blüten und auch nicht gestohlen sind. Soweit es das Gesetz betrifft, dürfen wir das Geld behalten und damit tun und lassen, was uns beliebt.«

»Wer sollte denn so etwas tun ...« ächzte Andy, als litte er an Atemnot. »Hast du irgendeine Vermutung?«

»Die Beamten konnten uns auch nicht mehr sagen, als daß wir offenbar einen anonymen Wohltäter haben. Vielleicht jemand, der sich über die Familie Evans geärgert hat. Julia macht sich natürlich mal wieder alle möglichen Gedanken, du kennst sie ja. Sie glaubt, ein Rentner habe uns seine letzten Ersparnisse geschickt, und will das Geld am liebsten zurückgeben. Aber was sollen wir tun? Eine Anzeige in der Zeitung aufgeben? Dann hätten wir bestimmt wieder die Familie Evans am Hals, ganz zu schweigen von der Bank.«

»Hört sich ja fast so an, als wäre euch das Geld nicht willkommen.«

»Na ja, es ist schon eine beträchtliche Summe. Zumindest müssen wir jetzt in Griechenland nicht mehr jeden Penny zweimal umdrehen.«

»Na siehst du, dann hat es ja doch sein Gutes. Und anscheinend gibt es auf dieser Welt immer noch gute Menschen.«

»Daran hatte ich nie den geringsten Zweifel.«

»Habe ich ja auch gar nicht behauptet«, entgegnete Andy und zeigte auf die Zeitung mit dem Bericht über den Mord, den Jack in der Hand hielt. »Man fragt sich nur manchmal, wie es zu solchen Verbrechen kommen kann.«

»Und es beschäftigt die Phantasie, wie so etwas zum zweiten Mal passieren kann.«

»Meinst du tatsächlich, zwischen den beiden Morden besteht ein Zusammenhang?«

»Ich denke, man kann sich an jede Sache gewöhnen, wenn nur eine Notwendigkeit dafür besteht.«

Andy verzog das Gesicht und schüttelte den Kopf. »Wie kann man sich denn an so etwas gewöhnen?«

»Das kann im Prinzip jeder. Menschen wie du und ich zum Beispiel. Wenn normale Menschen sich nicht ans Töten gewöhnen könnten, gäbe es keine Kriege mehr.«
»Hör mal, alter Freund, solche Diskussionen führt man am besten bei einem Bier.«
»Du hast recht, wir haben beide noch zu arbeiten. Aber das Bier wollen wir nicht vergessen, einverstanden?« Er verabschiedete sich von Andy und ging nach Hause. Wenn sie das nächste Mal in einer Kneipe hockten, wollte Jack die Diskussion nicht wieder aufleben lassen. Das Thema schien Andy Unbehagen zu bereiten und war es eigentlich nicht wert, einen Freund zu verlieren. Wie hätte Andy die Sache auch verstehen können? Nicht einmal Julia war dazu in der Lage.
Als Jack kurz nach zwölf Uhr zu Hause ankam, war Julia immer noch beim Einkaufen. Ihm blieb noch etwas Zeit, bis er zur Bücherei mußte. So fuhr er zum nächsten Laden, der gebrauchte Kindersachen verkaufte, und verschenkte dort den Kinderwagen. Danach hatte er das angenehme Gefühl, sich durch diese noble Geste etwas Glück verdient zu haben.
Aber nicht genug, das Schicksal konnte immer noch unangenehme Überraschungen für die Orchards bereithalten. Mrs. Evans könnte sich doch noch zu einer Anzeige entschließen. Oder jemand erfuhr von ihrem unverhofften Reichtum, ein Einbrecher vielleicht oder, schlimmer noch, Mr. Hardy. Das Betrugsdezernat konnte zu dem Schluß gelangen, daß Julia nicht ganz unschuldig an Lukes Finanzmanipulationen war. Wenn Jack sich zur Zeit fast unbesiegbar fühlte, bestand für ihn nur noch mehr Grund, dafür zu sorgen, daß aller Schaden von seiner Familie abgewendet wurde. Er hatte mittlerweile genug davon, immer nur darauf zu warten, daß ein Unglück geschah und ihn zum Handeln zwang. Vorbeugen ist besser als heilen, pflegten die Ärzte zu sagen. Auf dem Weg zur Arbeit hielt er vor einem Baumarkt an und kaufte dort eine Lötlampe, die klein genug war, um sie in einer Aktentasche oder einem Rucksack zu verstecken.

Kapitel 28

Als der Lieferwagen aus dem dunklen Tunnel ins blendende Sonnenlicht geriet, fragte Julia: »Was wirst du unternehmen, sobald du mich los geworden bist?«

»Ich finde schon etwas, mit dem ich mich beschäftigen kann. Wir könnten uns doch zum Mittagessen treffen.«

»Ich fürchte, dafür bleibt keine Zeit, weil du doch zur Arbeit mußt.«

Er hatte gewußt, daß sie so reagieren würde. Nun glaubte sie bestimmt, er wäre enttäuscht. Fast schämte er sich dafür, sie so manipuliert zu haben, freute sich aber insgeheim sehr über seine Pfiffigkeit. Nun konnte er tun und lassen, was ihm notwendig erschien, ohne daß sie Verdacht schöpfte. »Na gut, dann fahre ich eben ein bißchen durch die Gegend. Vielleicht finde ich ja einen hübschen Ort, der einen Spaziergang lohnt.«

»Ich wünschte, ich könnte mit dir kommen.«

»Bald machen wir alle zusammen einen Ausflug. Wir könnten zum Beispiel hinauf nach Helsby fahren.«

»Ist das nicht ein bißchen weit für den Wagen, wenn der einige Mucken hat?«

»Ich denke, das schafft er schon. Und es ist die Entfernung durchaus wert. Man hat mir gesagt, dort soll es wunderschön sein.«

Er fuhr ins Zentrum von Liverpool, wo die Fahrzeuge der Lieferanten die Straßen versperrten, wo sie nur konnten. Dann ließ er Julia vor dem Eingang des Adelphi Hotels heraus. »Ich wünsche dir alles Glück der Welt«, sagte er zu ihr.

»Wir sollten nicht zuviel erwarten, Jack. Diese Computerfirma erhält aus dem ganzen Land Bewerbungen. Sie kann es sich leisten, nur die allerbesten Fachkräfte einzustellen.«

»Dann hat sieh mit dir ja genau die Richtige gefunden.« Als er sich vorbeugte, um ihr einen Abschiedskuß zu geben, drang ihre Zungenspitze in seinen Mund ein, und er küßte sie fest und lange. Drei schwarze Taxis tauchten hinter ihm auf, und im Rückspiegel sah es so aus, als zögen sie sich wie ein Akkordeon zusammen. Aber er konnte nicht von Julia lassen, bis das erste Taxi anfing zu hupen.

»Erwarte nicht zuviel«, sagte Julia noch einmal.

»Von dir? Das kann ich gar nicht.«

Als er den Wagen wieder angelassen hatte, drehte er sich um und wollte ihr zuzuwinken, doch sie war schon durch die Drehtür entschwunden. Das Sonnenlicht spiegelte sich für einen Moment auf der Glastür, und Jack erschien sie wie der Eingang zu einem Hochofen. Dann drehte sich die Tür, und das Bild wurde zerstört. Jack betätigte den Blinker und fuhr den Hügel hinauf. Als er an der Universität vorbeikam, mußte er abbremsen, weil Horden von Studenten herauskamen. Er wußte nicht, wann Julia zum Bewerbungsgespräch aufgerufen wurde. Er hoffte nur, daß sie es rasch hinter sich brachte.

Je näher er dem Industriegebiet kam, desto weniger zügig kam er voran. Autos schossen aus Seitenstraßen, Lastwagen hielten vor Läden. Ihre doppelten Bremslichter kamen ihm wie Zündfunken eines Feuerzeugs vor, mit dem jemand vergeblich versuchte, eine Kerze zum Brennen zu bringen. Jack überholte einen Laster, der kurz vor einer Ampel auf der weißen Fahrbahnmarkierung stand. Aus Rot wurde Gelb, und als es Grün wurde, lief ein Mann über die Kreuzung und Jack direkt vor den Wagen. Der Mann war Gavin Edge.

Er erkannte Jack nicht, warf dem Lieferwagen lediglich einen geringschätzigen Blick zu und verlangsamte seine Schritte. Gavin hielt mit beiden Händen ein Paket eingepackter Sandwiches, auf dem ein geschlossener Styroporbecher mit Kaffee thronte. Wenn meine Bremsen nicht funktionieren, dachte Jack, ist es um Gavin geschehen. Er trat das Pedal hart durch und drückte gleichzeitig auf die Hupe.

Vielleicht war Gavin so in Gedanken, daß er ganz vergessen hatte, daß der Wagen auf ihn zurollte. Als er ihn endlich auf sich zukommen sah, riß er beide Hände hoch, um ihn abzuwehren. Er lief rückwärts und entfernte sich so vom rettenden Bürgersteig. Der Becher und die Sandwiches flogen in einem eleganten Bogen durch die Luft. Ersterer traf die Ampel, und Jack stellte sich vor, wie der heiße Kaffee dort das rote Männchen verbrühte. Der Wagen kam kreischend zum Stehen, jedoch nicht, ohne vorher Gavins Sandwiches überfahren zu haben.

Gavin erreichte mit schlotternden Knien den Bürgersteig. Er hielt sich mit einer Hand an einer Laterne fest und schlug mit der anderen mehrfach auf sie ein. Jack hielt ein paar Meter hinter ihm an. Als er aus dem Wagen stieg, stürmte Gavin bereits auf ihn zu. Er knirschte mit den Zähnen, reckte eine Faust und machte den Eindruck, er sei rasend vor Zorn. »Was fällt Ihnen ein, Sie gottverdammtes ...«

»Hi, Gavin, ich bin's. Ich wollte nur mal Hallo sagen.«

Gavin schien ihn im ersten Moment nicht zu hören. Doch dann blieb er kurz vor ihm so abrupt stehen, als sei er gegen eine Mauer geprallt. Seine Hände öffneten und schlossen sich. »Du, ah, ach du, Jack.«

»Tut mir leid, ich hatte wirklich nicht vor ...« Jack sah an ihm vorbei auf die tropfende Ampel, um sich von der Schadenfreude abzulenken, die mit Macht in ihm aufstieg. »Ich wollte dich nur auf mich aufmerksam machen.«

»Tut mir leid, ich muß mit den Gedanken ganz woanders gewesen sein. Maddy will heute früher gehen. Sie ist krank oder so. Ich habe mir gerade etwas zu Mittag geholt, und sie hält so lange die Stellung.«

»Komm, ich kauf dir was Neues.«

»Vergiß es. Ich muß sowieso abnehmen. Vielleicht hast du mir sogar einen Gefallen getan. Anscheinend geht es dir ja nicht

schlecht, wenn du es dir leisten kannst, mich zum Mittagessen einzuladen.«
»Ich schätze, ich kann jetzt mit meinen Problemen anders umgehen als früher. Und wie geht es deinem Unternehmen? Blüht und gedeiht alles?«
»Ich reiß mir täglich den Arsch auf, um den Buchhalter bei Laune zu halten. Er will einfach nicht begreifen, daß ein neuer Markt immer gewisse Risiken mit sich bringt. Bei uns beiden früher war das anders ...« Er warf ein paar Blicke auf die Passanten, so als wollte er feststellen, ob sie noch über sein Mißgeschick von vorhin lachten. »Na ja, richte Julia meine besten Empfehlungen aus.« Die Fußgängerampel war auf Grün umgesprungen, und er rannte los.
Jack hatte nicht den Eindruck gewonnen, daß Gavin dringend abnehmen mußte. Im Gegenteil, er war ihm viel hagerer und gehetzter vorgekommen als früher. Jack sah ihm nach, wie er hastig in der Menge verschwand. Dann holte er die Aktentasche nach vorn und legte sie neben sich auf den Beifahrersitz.
Fünf Minuten später war er auf der Autobahn. An der Auffahrt standen Tramper, die Plakate mit ihrem Zielort vor sich hielten. Jack blieb auf der Außenspur, bis er den Verkehr hinter sich gelassen hatte. Was immer auch mit dem Transit nicht gestimmt haben mochte, war vergangen. Jack nahm den Fuß nicht vom Gas, bis er die erste Ausfahrt nach Warrington erreichte.
Die Straße führte zwischen Feldern und vereinzelten Höfen entlang, auf denen Gemüse und Eier verkauft wurden. Erst bei Great Sankey fingen die Häuser an, dichter beieinander zu stehen. Hier wurde die Fahrbahn zweispurig, und der grasbewachsene Mittelstreifen wirkte wie ein in die Länge gezogenes Fußballfeld. Bald mußte er seine Geschwindigkeit drosseln, weil das Zentrum von Warrington vor ihm auftauchte, ein Labyrinth, in dem Kauflustige zwischen den Wällen von Geschäftsfronten umherirrten. Aber dieser Wirrwarr schreckte ihn nicht ab. Selbst wenn die Straße auf einen Kreisverkehr zuführte und sich danach in unzäh-

lige Richtungen auffächerte, wußte er immer noch, wohin er wollte: Quer durch die Innenstadt und auf der anderen Seite auf die nächste Autobahn. Hinweisschilder leuchteten grün wie Ampeln, wenn das Sonnenlicht auf sie fiel, und fünf Minuten später fuhr er gemütlich auf der Straße, die er sich auf der Karte markiert hatte.

Langgezogene Blocks von schmalgesichtigen Häusern, die allesamt Erkerfenster aufwiesen und nur hin und wieder von engen Seitengassen unterbrochen wurden, säumten die Straße. Ähnlich wie vorhin bei dem Mittelstreifen kam Jack diese Ansammlung wie ein langer Tentakel der Stadt vor. Einige Minuten später führte eine Brücke über einen Kanal, an dessen Ufer Angler aufgereiht waren. Er stellte den Wagen in einer Seitenstraße zwischen einer Wohnungsgesellschaft und einer Bank ab und ging das letzte Stück zu Fuß.

Er vermutete, daß sich Enid Bellows' Blumenhandlung in der Seitenstraße befand, in die er den Brief geschickt hatte, und ein Lieferwagen mit der Aufschrift BELLOWS' FLORISTIK, der davor abgestellt war, schien ihm recht zu geben. Doch als er in die Straße gelangte, war dort nirgends ein Blumenladen zu sehen. Er kehrte auf die Hauptstraße zurück, und schon drang ihm durch den Gestank von Abgasen der Duft von Blumen in die Nase. Das Geschäft befand sich auf der anderen Seite der Kreuzung, und dort herrschte weit und breit der größte Verkehr.

Er ergriff seine Aktentasche fester und marschierte auf den Laden zu. Hinter der Auslage, die mit Sträußen und Bouquets aller Art gefüllt war, entdeckte er einen Mann und eine Frau, die auf der anderen Seite des Tresens standen. Er beschäftigte sich gerade mit Einwickelpapier, während sie einen Blumenkranz flocht. Durch die Blumenpracht im Schaufenster waren die beiden nicht genau zu erkennen.

Jack vermutete, daß es sich bei der Frau um Bellows' Frau Enid handelte. Er mußte mit ihr allein sprechen. Jack lief weiter bis ans Ende des Blocks, kam an einem Gemüsehändler und an einer Post vorbei und überlegte. Er würde zurückkehren, aber wie konnte er den Mann unter irgendeinem Vorwand herauslocken? Natürlich nutzte er diese Gelegenheit dazu, die Lage auszukundschaften. Doch würde er mit so wenig Einsatz nicht Julia in Gefahr bringen?

Er blieb vor dem Gemüseladen stehen und tat so, als würde er die Auslage studieren, während er in Gedanken intensiv nach einem Plan suchte. Als ihm nichts Passendes einfiel, ging er hinein und kaufte ein paar Granny Smiths, um keinen Argwohn zu erregen. Er steckte die Tüte mit den Äpfeln in die Aktentasche, wo sie bequem neben der Lötlampe Platz fand, und nahm sich einen Granny Smith heraus, um ihn zu verspeisen. Das leuchtende Grün der Frucht schien durch die Zähne in seinen Schädel zu strahlen. Als er ein paar Schritte gegangen war, entdeckte er, daß der Mann, der im Blumenladen hinter dem Tresen gestanden hatte, das Geschäft gerade verließ.

Jack ging bis zu dem Postamt, das sich in der Nähe befand, betrachtete die ausgestellten Postkarten und Briefmarken und beobachtete dabei den Mann aus den Augenwinkeln. Wann immer ihm einfiel, daß er keinen Verdacht erwecken durfte, biß er in den Apfel. Eine Postkarte zeigte ein Gebäude mit der Hausnummer elf. Einige Rufnummern ergaben in der Quersumme elf. Er hatte gerade die dreizehnte Glückszahl ausgerechnet, als der Lieferwagen der Blumenhandlung aus der Seitenstraße rollte und sich dann mit qualmendem Auspuff in Richtung Stadtzentrum entfernte.

Jack biß das letzte Stück von der Frucht ab und warf den Rest in einen Abfallkorb. Entweder lieferte der Mann Blumen aus, oder er wollte den Wagen überholen lassen, was der viele Qualm aus dem Auspuff nahelegte. Wie dem auch sei, er würde für eine Weile fortbleiben. Jack klemmte die Aktentasche fester unter den Arm und erreichte mit wenigen Schritten die Ladentür.

Niemand hielt sich dort auf, nicht einmal die Floristin. Er vermutete, daß es einen Nebenraum geben mußte, den man von der Straße aus nicht einsehen konnte. Als die Tür hinter ihm zufiel, ertönte eine Klingel, die sich wie ein Küchenwecker anhörte. Er sah sich vorsichtig um, doch niemand, der auf dem Bürgersteig vorbeilief, schenkte ihm Beachtung. Leise verriegelte er die Tür und drehte das Schild um, das an ihr hing. Für die Welt draußen war der Laden jetzt geschlossen.

»Ich bin gleich bei Ihnen!« rief die Frau aus dem Nebenraum.

Jack war beim leisen Zählen gerade bis elf gekommen, als sie hinter den Tresen trat. Sie war größer, als es von draußen den Eindruck gemacht hatte, aber ansonsten recht unansehnlich: Das braune Haar hatte sie entweder nicht gekämmt oder seit längerem nicht mehr gewaschen, und das gerötete Gesicht war so aufgequollen, daß man die Züge nur mit Mühe erkennen konnte. »Was kann ich für Sie tun?« fragte sie.

Jack lag ein Kalauer auf der Zunge, aber er verwarf ihn. Er mußte rasch und entschieden vorgehen, bevor sie bemerken konnte, daß er den Laden abgesperrt hatte. So öffnete er die Aktenmappe und erklärte: »Ich habe Ihnen geschrieben.«

»Tatsächlich? Das ist aber nett von Ihnen. Da freue ich mich doch auf den nächsten Besuch des Postboten.« Sie legte mit einem dumpfen Doppelplumpser die Fäuste auf die Theke und stützte sich darauf. »Kennen wir uns?«

Jack starrte in seine Aktentasche. Die Mündung der Lötlampe sah aus wie die Schnauze eines Ungeheuers, das hier in seinem Bau lag.

»Tja, ich glaube, ich kenne Sie«, sagte die Frau. »Mist, geben Sie mir doch wenigstens einen Hinweis!«

Jack sah ihr ins Gesicht und griff in die Mappe. »Das Grinsen habe ich doch schon einmal gesehen«, bemerkte sie und schlug sich mit der Linken gegen die Wange. Zwei ihrer Finger trugen ein Pflaster. »Genau, bei der Hochzeit, ein Stück die Straße hinauf. Waren das nicht Ihre Kinder, die alle entzückend gefunden haben? Ja, jeder meinte, sie seien die reinsten Engel.« Sie legte den Kopf schief, studierte seine Züge und verzog das Gesicht zu einer Grimasse.

Jack entdeckte rund um ihre Augen Dutzende von Fältchen.
»Moment ... Tom, ja Tom, so heißen Sie.«
»Und Ihr Name ist Enid.«
»So wahr ich hier stehe!« Sie neigte den Kopf auf die andere Seite, und Jack fürchtete schon, ihre Haut am Hals könnte diese Belastung nicht lange aushalten. »Aber ich kann mich nicht daran erinnern, daß Sie mir geschrieben haben.«
»Es ging in dem Brief um das Glück.«
»Nun, davon kann man nie genug kriegen«, entgegnete sie und spähte an ihm vorbei. »Warum kommt er denn nicht herein?«
Jack warf einen Blick über die Schulter, blieb aber stehen, denn ihm war gerade klargeworden, daß er ihr mit seinem Körper die Sicht auf das CLOSED-Schild an der Tür versperrte. Ein Halbwüchsiger mit einem knallgrünen Haarband stand draußen und spähte durch das Glas. Das Sonnenlicht schien ihn zu blenden, und Jack sagte sich, daß der Junge ihn kaum genau erkennen konnte. Er atmete tief ein, und die Luft schmeckte nach Blumen und irgendeinem Gas. Der Junge machte auf dem Absatz kehrt und rannte zu der Haltestelle, an der gerade ein Bus vorfuhr. »Diese Jugend, keine Geduld mehr«, bemerkte Jack und stellte zufrieden fest, daß Enid wieder ihn ansah. »Jetzt ist es mir eingefallen«, sagte sie.
Die Lötlampe prallte gegen seine Hand, die sich in der Aktentasche befand, und das Metall fühlte sich an seiner Haut unangenehm warm an.
»Sie haben mir einen Brief geschickt, der mir angeblich Glück bringen soll.«
»Und, ist es eingetroffen?«
»Ich hoffe, es kommt bald.«
Jacks Hand zögerte zwischen den Kuverts und dem Gerät. »Und haben Sie die Anweisungen in dem Schreiben befolgt?«
Sie hob die Brauen, als sei das Antwort genug. Dann atmete sie schnaufend aus und erklärte: »Ich habe Kopien verschickt. An die dreizehn ersten Kunden, die nach dem Eintreffen des Briefs in den Laden gekommen sind. Man kann nie wissen, sage ich immer,

obwohl mein Alter mich jedes Mal anschreit, wenn ich die Straßenseite wechsle, statt unter einer Leiter durchzugehen.«

»Sie haben recht, man kann nie wissen, von welcher Seite Hilfe kommen mag.«

Jack fühlte sich gleichzeitig erleichtert und leer. Er stand mit einer Hand in der Mappe da, bis Enid fragte: »War das alles, was Sie von mir wollten?«

Jack schloß den Aktenkoffer. »Nein, eigentlich wollte ich einen Strauß für meine Frau kaufen.«

»Wenn wir ihn binden, kostet er von sechs Pfund an aufwärts. Und wenn wir ihn liefern sollen, kommt noch ein Pfund drauf.«

»Dann nehme ich einen zu sechs Pfund«, entgegnete Jack und war schon auf dem Weg zur Tür. »Während Sie ihn zusammenstellen springe ich rasch mal zur Post.«

Als sie nach hinten ging, drehte er das Schild wieder um und entriegelte die Tür. Er lief langsam bis zur nächsten Seitenstraße und kehrte dann zur Blumenhandlung zurück. Alles kam ihm heller und in den Konturen klarer vor, so als durchdringe das Sonnenlicht die Welt mit neuer Energie. Er betrat den Laden und sah, daß Enid Bellows den Strauß gerade in Zellophan einwickelte. Ihre Züge waren ebenfalls deutlicher geworden, und er spürte die Freundlichkeit in ihrer Stimme, als sie fragte: »Wie heißt die Glückliche denn?«

»Wer bitte?«

»Ihre Liebe!« entgegnete sie und schüttelte über seine Vergeßlichkeit den Kopf.

»Julia.«

»Wirklich. Und ich dachte, ihr Name ...« Sie wirkte verlegen und schien zu überlegen, ob sie ihn mit ihrer Frage in eine peinliche Situation gebracht hatte. »Nehmen Sie doch auch noch eine Karte.«

»Warum? Wollen Sie mir einen Kartentrick vorführen?«

Sie stieß ein Geräusch aus, bei dem Jack nicht unterscheiden konnte, ob sie geächzt oder gelacht hatte. »Sie sind mir einer.

Eigentlich hätte ich mich noch von der Hochzeit her erinnern sollen, daß Sie nicht auf den Mund gefallen sind!«
Jack suchte sich aus dem Drehständer eine Karte, und Enid befestigte sie mit einer Miniaturklammer am Zellophan. »Richten Sie doch bitte Ihrer Frau meine Grüße aus«, rief sie ihm nach, als er die Tür erreichte, »ach, und, ah ...«
Jack blieb stehen und drehte sich um. »Ist Ihnen noch etwas eingefallen?«
»Erinnern Sie sie doch bitte daran, daß sie mir bei nächster Gelegenheit das Rezept vorbeibringen wollte.«
»Sind Sie sich ganz sicher? Das hört sich nicht nach meiner Julia an.«
»Irgendwie habe ich auch die ganze Zeit im Kopf, daß sie einen ganz anderen Namen gehabt hat.« Sie öffnete die Tresenlade und schlurfte auf Jack zu. »Ich fürchte, die alten grauen Zellen wollen nicht mehr so richtig. Wahrscheinlich habe ich Ihre Frau mit jemandem verwechselt.«
»Das kann doch jedem von uns passieren«, verabschiedete sich Jack und lief zu seinem Transit. Er legte den Strauß auf den Beifahrersitz und sicherte ihn mit der Aktentasche. Bald hatte er den Ort hinter sich gelassen und fuhr an offenen Feldern vorbei auf die Autobahn zu. Es überraschte ihn kaum, daß die Auffahrt die Nummer elf trug. Und nach der Nummer zwölf kam gleich die 14. Natürlich war es unsinnig, davon auszugehen, die ganze Gegend sei umgewandelt worden, um ihm ein Zeichen zu geben. Aber trotzdem hatte er das beruhigende Gefühl, das Pech, das über der Familie lag, sei nicht mehr, sei ebenso verschwunden wie die Ausfahrt 13. »Vielen Dank, Enid Bellows«, murmelte er vor sich hin, während der Blumenduft die Fahrerkabine erfüllte.

Kapitel 29

Am Sonntag nachmittag befand er sich wieder auf der Autobahn. Als er auf die Ausfahrt 14 abbog und vor sich einen Himmel sah, der wie ein einzelner glitzernder Fisch in einem träumenden Meer aussah, fragte Laura: »Bekommen wir eigentlich jemals ein richtiges Auto?«

»Wieso, gefällt dir unsere treue Klapperkiste nicht mehr?«

»Ach, mir wird nur manchmal beim Fahren schlecht. Vielleicht weil ich direkt über dem Reifen sitze. Oder es liegt am Benzingeruch.«

»Dann sollten wir hinten eine Rückbank installieren«, erklärte Julia.

»Ich weiß nicht, ob das sicher wäre«, entgegnete Jack. »Und ist es nicht eigentlich schön, daß wir alle drei hier vorn sitzen? Schließlich bleiben wir nicht ewig zusammen.«

»So etwas darf man nicht sagen!« protestierte Laura. »Das bringt nämlich Unglück!«

»Dann werde ich wohl in Zukunft besser auf meine Worte achten müssen«, sagte Jack, fuhr in den Kreisverkehr und verließ ihn auf der Straße nach Helsby. »Aber ich verspreche dir, daß ich mir etwas einfallen lassen werde, um den benzinösen Gestank zu vermindern.«

»Das Wort gibt es gar nicht, das hast du dir gerade ausgedacht!«

»Gibt es doch. Um wieviel möchtest du wetten?«

»Um alles, was wir haben.«

»O je, dann werden wir aber nicht reich. Schau im Wörterbuch nach, dort findest du nämlich ›benzinös‹.« Laura starrte ihn intensiv an, als könnte sie auf diese Weise herausfinden, ob er sie

auf den Arm nehmen wollte. »Unser Glück, daß ich die Wette nicht angenommen habe«, grinste Jack.
Am Rand von Helsby mußte der Transit an einer Ampel halten. Jack klopfte ihr sanft auf die Hand. Er hätte es gern gesehen, wenn Laura und Julia seinen Optimismus teilen würden. Obwohl er bislang keine Gelegenheit gefunden hatte, die restlichen Personen aufzusuchen, die er angeschrieben hatte, hatte er doch das Gefühl, daß alles zum Besten stand. Die Begegnungen mit Enid Bellows und Gavin hatten einen nicht unwesentlichen Anteil daran. Die Rückkehr nach Helsby war also für ihn nicht nur ein Familienausflug, sondern auch eine Art Test, ob die Orchards wirklich nichts für ihre Zukunft zu befürchten hatten.
Als die Ampel auf grün umschaltete, fuhr er ins Dorf hinein, über die Brücke, hinter der sich die Straße gabelte, und steuerte The Rock an. Heute stand hier ein Wagen neben dem anderen, und immer neue Gäste strömten auf eines der Grundstücke, auf dem ein Grillfest abgehalten wurde. Die blonden Kinder, die Jack bei seinem letzten Besuch gesehen hatte, rannten jedem Neuankömmling entgegen. Jack hätte ihnen fast zugewinkt. Gerade noch rechtzeitig fiel ihm ein, daß sie ihn neulich kaum bemerkt haben konnten. Er fühlte sich wie ein Unsichtbarer, und das kam ihm sehr gelegen, als er den Hügel hinauffuhr.
Er bog gerade nach links ab, als ihm Stephen Arrods Haus ins Auge fiel. Es sah leer aus und wirkte inmitten der sonnenbestrahlten Landschaft düster. Alle Vorhänge waren zugezogen, und aus dem Schornstein drang kein Rauch. Qualm hätte Jack sicherlich beunruhigt. Er sah die Feuerwehrmänner aus dem Stummfilm, wie sie versuchten, ihre Schläuche durch eine Herde von Pferden zu ziehen. Und ein Füllen, das in hellen Flammen stand, sprang wie von Sinnen umher. Jack summte die Melodie dieses Films, um die Feuerwehrmänner daran zu hindern, ihm näher zu kommen. Doch auch als sie verschwunden waren, blieb eine nagende Unruhe in ihm zurück, die sich erst legte, als er den Wagen dort parkte, wo er ihn beim letzten Mal abgestellt hatte. Jack entschied

sich für den Weg zum Zauntritt und nicht für den Pfad, der den Hügel hinabführte.

Der Weg bog vor dem Zauntritt ab und führte in ein Wäldchen, aus dem ein typisches Bienensummen drang. Das Geräusch ließ nach, als sie den Wald hinter sich hatten und in freies Land gelangten. Kalksteinfelsen, die mit Stechginster bewachsen waren, ragten hier aus dem Boden. Ein Stück blaues Bonbonpapier, das an einem Farnwedel hing, flatterte vor Jack auf und ab. Der Pfad roch nach dem Gras, dessen Halme so braun waren wie der Boden. Im Unterholz summte und brummte es, als seien unzählige Miniaturalarmanlagen losgegangen, die sofort verstummten, sobald er an ihnen vorüberlief. »Versuch doch mal, die Grashüpfer zu zählen«, forderte er Laura auf.

Der Weg stieg zu einem Plateau an. Jack trat bis an den Rand und ließ die großartige Aussicht auf sich wirken. Jenseits der insektenhaften Wagen, die über die Autobahn rasten, standen Flammen, die wie an die Erde gebundene Seelen wirkten, über den Schloten des Industriegebiets. Noch weiter entfernt erhoben sich die Kathedralen von Liverpool, die wie Spielzeuggebäude wirkten. Und die beiden Brücken, die über den Mersey führten, sahen so klein aus, daß Jack sie mit Daumen und Zeigefinger hätte hochheben und versetzen können. »Willkommen im Reich des Grafen«, murmelte Jack.* »Wessen Reich?« Er hatte nicht damit gerechnet, von jemandem gehört zu werden. Laura besaß wirklich ein erstaunlich gutes Gehör. »Der Graf von Elf«, antwortete er. Das Mädchen hockte auf einem Felsen und ließ die Beine baumeln. Julia hielt sie vorsichtshalber an der Schulter fest. »Und wer soll das bitteschön sein?«

»Nun, man könnte wohl sagen, daß es sich bei ihm und mir um ein und dieselbe Person handelt. J ist der zehnte Buchstabe des Alphabets und A der erste. Das macht zusammen elf. Jetzt rechne mal den Wert meines restlichen Namens zusammen.«

* Wortspiel: Count hat im Englischen sowohl die Bedeutung »Zählen« wie »Graf«, (A. d. Ü.).

Laura war für eine Weile still. Julia ließ sich neben ihr nieder und flocht Grashalme, während Jack den Horizont betrachtete. Plötzlich sagte Laura: »Das ergibt nicht elf.«
Für einen Moment fühlte sich Jack schwindlig und befürchtete abzustürzen, als habe ihm jemand den Boden unter den Füßen weggezogen. »Aber natürlich!« entgegnete er rasch, ehe er zum Nachdenken kam.
Laura schüttelte heftig den Kopf. »Dein Name ergibt die Summe vierundsiebzig.«
»Und was macht vier und sieben?«
»Dad!«
Er wußte nicht, ob sie hinter diesem empörten Ruf das Eingeständnis ihrer Niederlage verbergen wollte. »Laura und Julia ergeben ebenfalls elf.«
Laura dachte darüber nach und erklärte schließlich. »Wir sind dreizehn.«
»Das will ich nicht hoffen. So viele Mäuler könnte ich nicht stopfen.«
»Nein, ich meine, die Quersumme von ›Orchards‹ ergibt dreizehn.«
Damit hatte sie natürlich recht. Obwohl er auf festem Grund saß, fürchtete er sich davor, von der Erde verschluckt zu werden, und er hatte das bestürzende Gefühl, in seinen Berechnungen einen Fehler gemacht zu haben. »Die meisten Nachnamen ergeben nicht elf. Orchards bildet da keine Ausnahme.«
Julia legte sich auf den Rücken und stöhnte. »Spielt das denn eine Rolle? Ich glaube, ich habe jetzt für eine Weile genug von Zahlenspielen.«
»Dein Wunsch ist mir Befehl«, entgegnete Jack und legte sich ebenfalls hin. Aber er fand keine Ruhe. Das Sonnenlicht schwoll hinter seinen Lidern immer wieder zu einem tosenden Feuer an. Schließlich richtete er sich auf und fragte: »Hat jemand Lust auf einen Spaziergang?«
Julia wehrte schläfrig ab, und Laura sagte: »Mir gefällt es hier eigentlich am besten.«

Jack war froh, allein losziehen zu können. Er brauchte die Einsamkeit, um seine Zweifel zu verbannen. Sein Weg führte ihn am Klippenrand entlang, und er blickte hinab auf Häuser, die so winzig wirkten, als könnte er mit einem Schritt eine ganze Straße zerdrücken. Lauras Erkenntnis durfte ihn nicht beunruhigen, sagte er sich. Im Gegenteil, sie war nur eine Bestätigung dafür, daß er die richtige Route eingeschlagen hatte. »Vertraue in die Macht der Elf«, murmelte er vor sich hin.

Er gelangte zu einer Stelle, wo der Hügel abgebrannt war. Fünf oder sechs Meter begleitete der schwarze Boden den Weg und wirkte wie eine dunkle Parzelle, die man mit Asche bestreut hatte. Im Zentrum lagen einige zerdrückte Bierdosen herum, und dahinter ragten ein paar verkohlte Äste, die Überreste eines Strauches, aus der Erde. Jack blieb stehen und starrte auf die sinnlose Zerstörung. Wenn Menschen sich nichts dabei dachten, waren sie zu allem fähig, sagte er sich. Er versuchte, sich vorzustellen, wie der Strauch ausgesehen hatte. Ein brennender Dornbusch, der am Tag Hitze verbreitete, oder in der Dämmerung die Grenze zwischen Wachsein und Traum darstellte, oder in der Nacht wie ein flammendes Signal wirkte. Er blickte so lange auf die Aststümpfe, bis sein Hals von der Asche zu kratzen anfing und die Äste wie anklagend erhobene Finger aussahen. Er wandte sich rasch von der Stelle ab und eilte zurück.

Er war nicht mehr weit von Julia und Laura entfernt, als ihn jemand anrief: »Wo haben wir denn heute den Rest der Familie gelassen?«

Eine Frau, die ihm irgendwie bekannt vorkam, auch wenn er nicht wußte, wo er sie hinstecken sollte. Sie trug einen dunkelroten Trainingsanzug, einen Strohhut und eine Sonnenbrille. Und sie stützte sich auf einen Knotenstock. Ihre vage Vertrautheit erschien ihm wie ein Omen, aber er wußte nicht, ob es ein gutes oder ein schlechtes Vorzeichen war. »Dort drüben, hoffe ich jedenfalls«, antwortete er und zeigte zu den Felsen.

Die Frau stampfte durch den Farn auf ihn zu, und Julia und Laura winkten ihm zu. Als sie den Weg erreicht hatte, blieb sie stehen, schob die Sonnenbrille wie ein Visier hoch und fragte: »Wo steckt denn das Baby?«

Natürlich, sie war ihm auf seinem Weg zu Stephen Arrod begegnet. Er kam sich vor, als säße er zwischen ihr und seiner Familie in der Falle, als würden sie ihn vom Sonnenlicht isolieren. Jack wußte, daß er rasch eine Antwort finden mußte, damit sein Zögern keinen Verdacht erweckte. Leider war Julia schneller. »Hier ist es doch!« rief sie fröhlich und umarmte Laura.

Die alte Frau legte mit ihrem Stock eine ganze Reihe Farn flach und starrte Jack mit funkelnden Augen an. »Nicht die da. Ich spreche von dem Säugling im Kinderwagen.«

»Einen Kinderwagen haben wir schon seit Jahren nicht mehr benutzt«, grinste Julia.

»Er weiß schon, was ich meine«, entgegnete die Alte und zeigte auf Jack. »Sie waren doch neulich hier und haben einen Kinderwagen vor sich hergeschoben!«

»Würden Sie einen Säugling über einen so unebenen Boden fahren wollen?«

»Jemand hat das aber getan. Und wenn das nicht Sie gewesen sind, dann ...«

»War es eine anderer.«

»Jemand, der nicht alle Sinne beisammen hatte«, fügte Julia hinzu.

Die Frau stocherte mit dem Stock in den abgeknickten Farnwedeln herum und wandte sich schließlich Julia zu. »Ich könnte schwören, vor einigen Tagen Ihren Mann mit einem Kinderwagen gesehen zu haben.«

»Dann muß er wohl ein heimliches Verhältnis haben, das nicht ohne Folgen geblieben ist.«

»Vielleicht auch eine kleine Nichte oder einen Neffen.«

»Auch davon ist uns nichts bekannt. Wir drei haben nur uns.«

Die Frau beugte sich über ihren Stock und starrte Jack an, als wollte sie sich erst dann vom Fleck bewegen, wenn ihr eingefallen war, wo sie diesen Mann schon einmal gesehen hatte. Sie öffnete den Mund, als sei ihr endlich etwas eingefallen, aber dann kam kein Laut über ihre Lippen. Sie schloß den Mund und auch das Sonnenbrillenvisier, stapfte zurück zum Wald und ließ unterwegs ihre Frustration an den Farnen und Sträuchern aus. »Verzeihung, ich wollte Sie nicht belästigen!« rief sie nach einer Weile, ohne sich umzudrehen.

»Was war das denn für eine schrullige Alte?« fragte Laura.

»Manchmal werden die Menschen im Alter nicht ganz richtig im Kopf«, antwortete Julia.

»Wie man ja an mir sehen kann«, erklärte Jack.

Julia bewarf ihn mit einer Handvoll Grashalme. »Vielleicht hat sie dich einmal gesehen, als du Laura im Kinderwagen herumgefahren hast.«

Jack hockte sich auf einen Felsen und wartete ein paar Minuten, um sicherzugehen, daß sie der Alten auf dem Weg zum Wagen nicht noch einmal begegneten. Er hatte das Gefühl, heute eine Lektion bekommen zu haben. Auf der Heimfahrt wurde er dieses unangenehme Bohren nicht los, und selbst nachts im Bett fand er keine Ruhe. Dabei ging von dem Gefühl nichts Bedrohliches aus, und er wunderte sich, warum es ihn so beschäftigte.

Am Morgen erfuhr Julia, daß sie für den Job, für den sie sich im Hotel vorgestellt hatte, nicht in die engere Auswahl gekommen war. Sie hatte sich bereits in Gedanken auf diese Möglichkeit eingestellt, und Laura versuchte, sie aufzumuntern: »Nur noch dreiunddreißig Tage bis Kreta.«

Jack spürte, wie sehr sie sich auf den Urlaub freute, aber gleichzeitig sagte ihm etwas, daß er sich beeilen mußte. Endlich begriff er, welche Lektion er auf dem Hügel erhalten hatte. Die Begegnung mit der alten Frau hatte ihm bewiesen, daß Menschen, auch wenn sie ihm direkt ins Gesicht sahen, ihn nicht für einen Verbrecher hielten. Niemand schien auch nur zu ahnen, was ihn in seinem Innern umtrieb. Dreiunddreißig Tage hatte Laura gesagt. Gab es ein besseres Omen. Damit blieb ihm ausreichend Zeit. Er glaubte zu hören, wie der Graf Elf alle Vorbereitungen traf, damit die Orchards einen schönen und unbeschwerten Urlaub auf Kreta verbringen konnten. Drei mal elf Tage, um das zu tun, was getan werden mußte, um das Glück zu zwingen und das Pech zu verbannen.

Kapitel 30

Jack kam die Treppe herunter und suchte seine Aktentasche. Ohne sie konnte er doch nicht losziehen, dachte er. Natürlich durfte er Julia nicht fragen, ob sie wüßte, wo die Mappe sich befand. Nach ein paar Minuten fiel ihm ein, daß sie immer noch im Wagen liegen mußte. Wo sollte sie auch sonst sein? Er öffnete gerade die Haustür und hielt sie für Julia auf, als sie ihm zurief: »Was hältst du davon?«

»Wovon?«

»Komm her, und sieh es dir an.«

Er schloß die Tür mit dem Fuß und lief ins Wohnzimmer. Julia hockte auf der Couch. Sie faltete die Tageszeitung, die sie in den Händen hielt, zusammen und reichte sie Jack, wobei sie das Kunststück fertigbrachte, ihn mit dem Zeigefinger auf eine bestimmte Stelle aufmerksam zu machen. »Was hältst du davon?« fragte sie wieder, bevor er eine Chance hatte, einen Blick darauf zu werfen.

Julia hatte die Stellenanzeigen studiert. COMPUTER TUTOR war eine Anzeigen überschrieben, besser gesagt, das mußte dem Inserenten vorgeschwebt haben. Aber der Druckfehlerteufel hatte zugeschlagen, und statt TUTOR stand dort TUTER zu lesen. Bewerber sollten Kenntnisse im Finanzmanagement und im Umgang mit Computern vorweisen können und sich in einem College in Withens Lane, die nur fünfzehn Minuten Fußmarsch entfernt lag, melden.

»Meinst du, ich soll das versuchen?«

»Unbedingt. Tu's sofort. Es wundert mich, daß du überhaupt fragst.«

»Aber hier heißt es, daß sie jemanden mit einer Lehrerausbildung suchen.«

»Du hast doch bei Rankin als Lehrerin gearbeitet.«
»Das meinen sie aber nicht.«
»Ich würde darauf verweisen. Außerdem wirst du es nie erfahren, wenn du es nicht wenigstens versuchst.«
»Meinst du, ich soll ihnen gleich schreiben?«
»Ich würde es tun. Und während du damit beschäftigt bist, gehe ich eine Marke besorgen.«
»Man könnte fast meinen, du hast irgendwo eine kleine Freundin, so oft, wie du das Haus verläßt.«
»Ich bin ein großer Junge, also brauche ich auch eine große Freundin. Andererseits habe ich es im Leben nicht weit gebracht und bin daher nur ein kleiner Mann; in dem Fall würde eine kleine Freundin durchaus reichen. Jedoch bin ich auch in den mittleren Jahren, so daß eine mittlere Freundin mir am besten stehen würde, und ...«
Sie stöhnte und schob ihn aus dem Wohnzimmer, bevor er fortfahren konnte. Er suchte den Zeitschriftladen auf, den er bereits bei früheren Gelegenheiten konsultiert hatte. »Wir haben heute ausreichend Dreizehner und Siebener«, begrüßte ihn die Besitzerin.
»Ich nehme von jeder eine.«
Sie machte eine beleidigte Miene, als habe sie sich für ihn die größte Mühe gegeben und er dankte es ihr nicht. Also erstand er von beiden Marken je ein halbes Dutzend, und er bereute den Mehrkauf nicht. Denn wie auch die Alte auf dem Hügel vermittelte sie ihm ebenfalls das Gefühl, vor niemandem Angst haben zu müssen, der sein Gesicht kannte. Als er nach Hause kam, hatte Julia den Brief bereits geschrieben und in einen Umschlag gesteckt.
»Was hast du geschrieben?« fragte er.
»Ich habe mein ganzes sündiges Leben vor ihnen ausgebreitet.«
»Den möchte ich sehen, der dich daraufhin nicht vom Fleck weg einstellt.« Er gab ihr die Briefmarken und sagte dann nachdenklich: »Vielleicht solltest du Laura nur dann erzählen, daß du dich um eine neue Stelle beworben hast, wenn sie danach fragt.«

»Wie kommst du denn darauf?«
»Nur für den Fall, und das meine ich ernst, daß sie darüber enttäuscht sein könnte.«
»Da hast du nicht ganz unrecht«, gab Julia zu und sah ihn fragend an. Die Dreizehner-Briefmarke klebte noch auf ihrer Zunge. Julia nahm sie aus ihrem Mund und klebte sie auf den Umschlag. »Wenn sie enttäuscht sein sollte, müssen wir das auch zulassen. Laura ist jetzt in einem Alter, in dem sie ihre Gefühle herauslassen und ausleben muß. Und daran ist nichts falsch. Oder fürchtest du dich etwa davor, deine Gefühle herauszulassen?«
»Ich? Woher denn?«
»Dazu besteht auch nicht der geringste Anlaß«, entgegnete sie, so als sei sie nicht hundertprozentig davon überzeugt, daß er ihr die Wahrheit gesagt hatte. »Komm, wir wollen mein Glück auf die Probe stellen und den Brief einwerfen.«
Auf dem Weg nach Birkenhead fanden sie in der King Road einen Briefkasten, der nicht weit von dem Laden angebracht war, in dem Jack den Kinderwagen gekauft hatte. Knapp eine Viertelstunde später erreichten sie Charing Cross, den Treffpunkt von fünf Geschäftsstraßen, die sternförmig ausliefen. »Soll ich dir eine Badehose kaufen?« fragte Julia. »Ich schätze, selbst du könntest in Griechenland Schwimmen lernen.«
»Es würde mir schon vollauf genügen, wenn du mich zu einem Snack einlädst.«
»Du und deine Wasserscheu! Ob du die jemals überwinden kannst?« tadelte sie ihn und kletterte rasch aus dem Wagen, weil die Ampel auf Grün umgesprungen war.
Jack fuhr auf dem direktesten Weg zur Autobahn. Er erreichte sie in elf Minuten und hatte das Gefühl, nichts und niemand könne ihn aufhalten. Als die Straße Richtung Ellesmere Port anstieg, glaubte er, unsichtbar zu sein. Heute war sein freier Tag, und er wollte die Zeit für gleich zwei Besuche nutzen. Er fuhr an der Stelle vorbei, an der sich eigentlich die Ausfahrt Nummer 13 befinden sollte, und verließ die Autobahn bei der Nummer 11. Die nächste

Ausfahrt hätte ihn zwar näher an sein Ziel gebracht, aber die Elf war ein viel zu bedeutendes Omen, um es zu übergehen.
An der Weggabelung bog er nach rechts ab und gelangte auf eine Allee, über der die Äste zusammengewachsen waren und einen grünen Baldachin bildeten. Die Route würde ihn zum Stadtrand von Warrington bringen, wo zwei seiner ›Glücksbringer‹ wohnten. Wenn alles mehr oder weniger glatt ging, würde er heute vielleicht auch noch einen dritten Besuch schaffen.
Bald ließ er die Felder hinter sich und passierte Dörfer wie Stockton Heath oder Grappenhall, die in die Stadt übergingen. In letzterem Ort arbeitete gemäß dem Telefonbuch Edw. Byrne, Schuster. Hinter einem neuen Haus leitete eine Brücke den Lieferwagen auf eine Kopfsteinpflasterstraße. Die Aktentasche hüpfte hinter Jack auf und ab. Dann wieder eine Brücke, diesmal über einen Kanal, und dahinter eine größere Straße. Er wußte, daß Byrnes Werkstatt nicht am Kanal lag, und bog deshalb mehr aus Instinkt in eine Seitenstraße ab, die auf die Hauptstraße einmündete. Links und rechts erhoben sich hohe, schmale Häuser, in deren Erdgeschossen sich vereinzelt Geschäfte und Werkstätten befanden. Im zweiten Block entdeckte er die Schuhmacherei.
Jack fuhr ein Stück weiter und hielt vor einem Buchmacher an. Dann holte er die Tasche aus dem Transit und lief zu Fuß zurück. Wie neulich auch schon nahm er alles gestochen scharf wahr: Der milchige Tropfen, der im nächsten Moment von dem Eis fallen würde, an dem der Junge neben dem Schaufenster des Buchmachers leckte; das flüssige Sonnenlicht, das über die Fenster der Wagen strömte, die an Jack vorüberfuhren; die kleinen und hellen runden Augen des Sperlings, der auf einer ausgetrockneten Wiese hin und her hüpfte. Alles war wunderbar klar, nur Jack selbst blieb unsichtbar. Nur wenige kamen ihm auf dem Bürgersteig entgegen, und von denen würde sich später keiner an ihn erinnern.
Der Laden des Schusters lag hinter einem Restaurant, das erst abends öffnete, und einer Bank mit Milchglasfenstern. Auf dem Schild über der Schuhmacherei stand kein Name, aber Jack

glaubte nicht, daß sich in dieser Straße zwei Schuster niedergelassen hatten. Er ging, ohne sich umzusehen, hinein und fand sich in einem kleinen Raum wieder, in dem es intensiv nach Leder roch. Der Schuster, ein kleiner, faltiger Mann, arbeitete hinter dem Tresen, auf dem sich Berge von Schnürsenkeln und kreisrunden Schuhcremedosen türmten. Er zog gerade einen Stiefel über den Leisten und pfiff versonnen eine Melodie durch die Zähne, die er höchstens einmal und dann auch nur flüchtig vernommen haben konnte. »Geben Sie uns noch eine Minute«, murmelte er und sprach offenbar für sich und das Stück Schuhwerk.

Wenn die Jalousien heruntergelassen wurden, konnte niemand in den Laden hineinsehen. Jack nahm die Aktentasche in die Linke und griff mit der Rechten nach hinten. Er hustete, um das Geräusch zu übertönen, das beim Verriegeln der Tür entstand. Der Schulter schien anzunehmen, das Hüsteln sei Ausdruck der Ungeduld seines Kunden, denn er drehte Jack halb den Rücken zu, um ihm damit anzuzeigen, daß er wirklich sehr beschäftigt war. Jack betrachtete ihn. Der Schädel des Mannes kam ihm so vor, als sei die Kopfhaut darüber gespannt und festgezogen worden. Lediglich die untere Gesichtshälfte war beweglich. Endlich bedachte der Mann den Stiefel mit einem grimmigen Grunzen und fragte Jack: »Haben Sie den Zettel dabei?«

»Was für einen Zettel?«

»Ohne Belege keine Ausgabe«, erklärte der Schuster mit unüberhörbarer Schadenfreude.

»Ich habe nichts abzuholen.«

Der Schuster starrte auf die Aktentasche und knurrte: »Machen Sie schon auf und zeigen Sie her, was Sie loswerden wollen.«

Jack mußte sich selbst nicht daran erinnern, daß er rasch vorzugehen hatte. Er durfte aber auch nicht durch übertriebene Hast alles zunichte machen. »Sind Sie Edward Byrne?«

»Ich bin Byrne. Und Sie?«

»Edward Byrne«, sagte Jack noch einmal, weil ihm einfiel, daß der

Eintrag Edw, den er im Telefonbuch gefunden hatte, auch für Edwin stehen konnte.
»Also will Edward Byrne wissen, ob Edward Byrne Edward Byrne heißt?« Der Schuster schlug sich mit einem metallenen Schuhhorn auf die offene Handfläche. »Nun kommen Sie schon zur Sache, Mann, es gibt nämlich Leute, die Besseres zu tun haben, als ihre Zeit mit sinnlosem Geschwätz zu vertrödeln.«
»Ich wollte nur sichergehen, daß ich Sie angeschrieben habe. Und ich möchte Ihnen . . .«
Byrne klopfte mit dem Schuhhorn auf den Tresen. »Danke, ich brauche nichts. Dort sehen Sie die Schnürbänder, die ich verkaufe, und da drüben steht die Schuhwichse. Das sind genau die Marken, die meine Kunden verlangen, und wenn jemand etwas anderes will, dann soll er sich zum Teufel scheren.«
»Ich bin kein Vertreter, Mr. Byrne.«
»Was sind Sie denn dann, abgesehen von einer verdammten Landplage?«
Das Hämmern des Schuhhorns hallte immer noch in Jacks Kopf nach. Es erinnerte ihn an das Geräusch, das entstanden war, als der Tank der Lötlampe und Arrods Schädel miteinander in Kontakt getreten waren. »Ich bin ein Mann wie Sie«, antwortete Jack und öffnete das Schloß der Aktentasche.
»Wir alle haben unsere Arbeit zu tun, ganz recht, zumindest diejenigen von uns, die nicht den ganzen Tag auf ihrem Hintern hocken und darüber jammern, daß ihnen keiner einen Job geben will.« Er bedachte Jack mit einem Blick, in dem so etwas wie Mitgefühl mitschwang. »Ich wünsche Ihnen beim nächsten, den Sie aufsuchen, mehr Glück, und mehr kann ich nicht für Sie tun.«
Er entfernte sich einen Schritt vom Tresen, drehte sich zur Wand und riß die Arme hoch, um die Ärmel zurückziehen zu können. Während Jack die Aktentasche öffnete, kam ihm der Schuster wie ein Gekreuzigter vor. Unvermittelt wandte Byrne sich wieder an Jack. »Sie haben mir geschrieben? Was denn? Und wann?«

»Das war vor ein paar Wochen. Und mit dem Brief wollte ich Ihnen die Chance geben, Pech in Glück zu verwandeln.«
Byrne zeigte seine Zähne, was bei ihm wohl soviel wie Grinsen zu bedeuten hatte, und fing wieder an, mit dem Schuhhorn auf den Tresen zu klopfen. »Das ist doch wohl nicht Ihr Ernst, oder?«
»Können Sie sich denn nicht an den Brief erinnern?«
»Den werde ich mein ganzes Leben nicht mehr vergessen, junger Mann! Ich würde nur gern wissen, warum ich der Glückliche war?«
Jack spürte große Erleichterung. »Dann hat der Brief also gewirkt und Ihnen Glück beschert, weil Sie die Anweisungen strikt befolgt haben.«
Byrne beugte sich über den Tresen, bis sein Gesicht dem von Jack ganz nah war. »Ich will von Ihnen wissen, warum Sie mich ausgesucht haben, wo wir beide uns doch noch nie begegnet sind?«
»Spielt das denn eine Rolle?«
Der Schuster hob die linke Hand und tat so, als würde er zwischen Daumen und Zeigefinger ein Insekt zerquetschen. »Eine so große Rolle.«
Jack hatte keine Ahnung, wie die Lötlampe plötzlich in seine Hand gelangt war. Byrne bekam nichts davon mit, weil der Deckel der Aktentasche aufgeklappt war. »Dann brauche ich wohl nicht zu fragen, was Sie mit dem Brief gemacht haben, oder?«
»Mann, Sie haben wirklich eine rasche Auffassungsgabe. Ich mache jetzt für einen winzigen Moment die Augen zu, und wenn ich sie wieder öffne, sind Sie nicht mehr da, ja?«
Jacks Hand schloß sich um den Griff der Lötlampe. Er wollte dem Schuster, trotz der Heiterkeit und Losgelöstheit, die ihn überkommen hatten, eine letzte Chance geben. »Mr. Byrne, was haben Sie mit dem Brief gemacht?«
Der Schuhmacher stieß sich mit solcher Wucht vom Tresen ab, daß das Schuhhorn abrutschte und mit einem dumpfen Knall auf dem Boden landete. »Natürlich habe ich dreizehn anderen Idioten

eine Kopie davon geschickt. Was denken Sie denn, was ich damit gemacht habe?« brüllte er. »Sind Sie jetzt endlich zufrieden? Wenn ja, dann lassen Sie einen armen, aber ehrlichen Mann mit seiner Arbeit fortfahren!«

Jack ließ die Lötlampe los. Er hatte das Gefühl, jemand habe die Luft aus ihm herausgelassen. Wenn er jetzt den Laden verließ, würde ihn der Gedanke nicht mehr verlassen, daß er etwas Entscheidendes vergessen hatte. Dann fiel ihm plötzlich etwas ein. »Flicken Sie eigentlich nur Schuhe, oder verkaufen Sie auch welche?«

»Nun, ein paar Leute haben ihre Schuhe nie abgeholt«, antwortete Byrne zögernd.

»Deswegen bin ich hierhergekommen. Vor einiger Zeit habe ich einem älteren Herrn versprochen, ihm ein Paar Schuhe zu besorgen.«

»Größe?«

»Ich denke, meine müßten ihm passen, Größe 9.«

Der Schuster verzog das Gesicht, ging nach hinten und fing an, im dort herrschenden Halbdunkel herumzukramen. Er veranstaltete soviel Getöse, daß Jack in aller Ruhe die Ladentür aufsperren konnte. Kurz darauf kehrte Byrne zurück und knallte zwei feste schwarze Schuhe auf den Tisch. »Das ist das einzige Paar in Größe neun, das ich auf Lager habe.«

Jacks altes Ich wollte darauf mit einem Kalauer antworten, aber der neue Jack sagte nur: »Wie teuer sind sie?«

»Geben Sie mir einen Zehner«, antwortete der Schuster rasch, so als wäre er auch mit weniger zufrieden, wenn Jack nur schnell genug den Laden verließ.

»Hört sich fast zu gut an, um wahr zu sein.« Ein Zehner für zweimal Größe Neun, eine doppelte Elf. Jack schloß die Aktentasche und fand in seinem Portemonnaie eine Zehnpfundnote. Der Schuster riß sie förmlich an sich. »Ich habe leider keine Tüte«, erklärte Byrne mit kaum verhohlener Schadenfreude.

»Danke, Sie haben mir alles gegeben, was ich brauche.« Er schob sich das Paar Schuhe unter den Arm. Als er die Klinke nach unten drückte, drehte er sich noch einmal um. »Sie haben tatsächlich ...«

Aber der Schuster hatte sich längst wieder über seinen Leisten gebeugt und pfiff dabei so laut vor sich hin, als wollte er alle Geräusche der Welt übertönen. Natürlich hatte der Mann die Wahrheit gesagt, versicherte sich Jack und öffnete die Tür. Als er nach draußen trat, warf er noch einen Blick über die Schulter. Aber der Schuster tat noch immer so, als gäbe es im ganzen Universum nur ihn und seine Arbeit. Jack schloß die Tür hinter sich und prallte gegen einen Polizisten.

Der Beamte tat so, als habe er nichts bemerkt, und sprach weiter in sein Funkgerät, das jedes Mal ein Zischen wie prasselndes Feuer von sich gab, bevor es ihm antwortete. Als Jack um ihn herumlief und eine Entschuldigung murmelte, machte der Polizist sich auf den Weg zur Bank. Entweder hatte man ihn dorthin beordert, oder er mußte dort etwas erledigen.

Jack erreichte seinen Lieferwagen und war mit sich rundum zufrieden. Er fühlte sich gestärkt für den nächsten Besuch. »Wenn ich will, bin ich unsichtbar«, erklärte er dem Clownskopf an seinem Schlüsselbund. »Unsichtbar und unbesiegbar, das ist der Wahlspruch des Grafen Elf.«

Er schloß die Augen und rief sich den Stadtplan ins Gedächtnis zurück. Die Straße würde ihn zu einer Brücke führen. Dahinter mußte er nach links und ein Stück weit dem Kanal folgen. Er startete den Motor und folgte der Route. Als er am Wasser entlang fuhr, hielt er nach einem Schild mit der Aufschrift Buchhandlung Waterways Ausschau, deren Besitzer ein gewisser Walter Foster war. Und dann erreichte er das Ende der Häuserreihe, ohne den Laden entdeckt zu haben.

Zwei Lieferwagen, die vermutlich Anglern gehörten, parkten neben der Brücke. Er stellte seinen Transit dazu und lief zu den ersten Häusern. Gemessen an den Hausnummern, befand er sich am Anfang der Straße, und bis zur Nummer 155 mußte er noch einige Minuten laufen. Aber das machte ihm nichts aus, ergab die Quersumme dieser Hausnummer doch Elf. Bald versperrte eine Hecke den Blick auf den Kanal. Er hörte das leise Rauschen des Wassers und sah Vögel, die aus der Hecke aufstiegen. Hier und da ragte eine Angelrute über den Heckenrand oder verschwand von ihm, um den Köder erneut in den Kanal zu befördern.

Schließlich war die Hecke zu Ende, und Jack erreichte wenig später die gesuchte Hausnummer. Auf dieser Höhe des Kanals hielten sich keine Angler auf. Jack trat durch ein hölzernes Tor, das jemand hatte offenstehen lassen, ein, ging die Auffahrt hinauf und läutete an der Haustür.

Eine Garage verbarg ihn vor den Nachbarhäusern, selbst dann noch, als er ein paar Schritte zurücktrat, um das Gebäude in Augenschein zu nehmen. Vor allen Fenstern hingen zugezogene Gardinen. Er ging wieder zur Klingel und läutete noch einmal. Doch das einzige Geräusch, das aus dem Innern des Hauses kam, war das der Türglocke.

Er hatte wieder das Gefühl, jemand habe die Luft aus ihm herausgelassen, und diesmal war es schlimmer als vorhin beim Schuster. Sollte er sich in der Adresse geirrt haben? Er hockte sich auf die Schwelle, öffnete die Aktentasche und überprüfte die Anschrift auf dem Brief. Wenn er die Adresse nicht falsch abgeschrieben hatte, war er hier richtig. Er klappte die Aktentasche zu, erhob sich und starrte auf das Haus, als könnte er auf diese Weise den Bewohner zwingen, sich ihm zu zeigen. »Was suchen Sie hier?« wurde er unvermittelt gefragt.

Jack erschrak so sehr, daß er nur mit Mühe dem Drang widerstehen konnte, sein Gesicht in der Mappe zu verbergen. »Wenn Sie wegen Büchern gekommen sind, haben Sie Pech.«

»Ist Mr. Foster nicht da?«

»Doch, er ist hier.«

Das war eine andere Stimme, und sie kam vom Kanal. Der erste Sprecher hatte vornehm geklungen, der zweite hingegen schien auf seine Lancashire-Herkunft stolz zu sein. Solange der Buchhändler nicht allein war, waren Jack die Hände gebunden. Aber wenn er sich jetzt unter irgendeinem Vorwand zurückzog, würde das nur Argwohn erregen. Er marschierte zu der Mauer, die das Wasser von der Straße trennte, und spähte dahinter.

Dort befand sich nur ein Mann. Er hatte die Ärmel hochgekrempelt und hockte auf einem Campingstuhl. In der einen Hand hielt er eine Konservendose und in der anderen einen Angelhaken. Auf seiner Nase saß eine Brille mit halben Gläsern. Sie war nach unten gerutscht, wodurch seine ohnehin schon hohe Stirn noch größer wirkte. »Sind Sie Walter Foster?« fragte Jack.

»Sie haben mich gefunden.«

»Ich hatte eben den Eindruck, Sie wären nicht allein.«

»Ich bin nur mit meinen kleinen, sich windenden Freunden hier zusammen.« Foster hielt die Konservendose hoch. »So pflege ich mich am Telefon zu melden«, erklärte er mit der gepflegten Stimme und fuhr dann in breitem Akzent fort: »Wollen Sie kaufen oder verkaufen?«

»Um genau zu sein, weder das eine noch das andere.«

Foster betrachtete den Aufdruck auf der Dose. »Muß ich lange warten, ehe Sie noch genauer werden?«

»Darf ich zu ihnen kommen? Ich möchte mich mit Ihnen unterhalten.« Er lief an der Mauer entlang, bis er einen Durchlaß fand, und marschierte dann auf den Angler zu. Foster drehte sich mit dem Stuhl zu ihm herum. »Möchten Sie einen Bissen?«

»Das ist sehr freundlich von ihnen«, antwortete Jack, bevor er entdeckte, daß der Mann ihm seine fetten weißen Würmer anbot. »Wenn ich es mir recht überlege, bin ich eigentlich gerade auf Diät«, erklärte er dann.

»Starker Magen, was? Ich hatte hier schon Leute, die beim Anblick der kleinen Krabbler ihr Butterbrot in den Kanal fallengelassen haben. Na ja, so bekommen die Fische auch ihren Teil ab. Die fressen reinweg alles, genauso wie ein paar Zeitgenossen, denen ich begegnet bin.« Foster warf den Kopf in den Nacken, um eine graue

Locke aus seiner Stirn zu entfernen. »Lesen Sie viel?« fragte er dann, als gäbe es einen geheimen Zusammenhang zwischen Eß- und Lesekultur.

»Ich bin Bibliothekar.«

»Dann darf man wohl sagen, daß wir beide in derselben Branche tätig sind.« Foster nahm einen Wurm zwischen Daumen und Zeigefinger und hob ihn vor seinen Mund. Jack befürchtete schon, er wollte ihn mit den Zähnen festhalten, während er die Angelschnur vorbereitete. Doch dann schob er die Dose zwischen seine Beine, hielt den Wurm darüber und brauchte für Jacks Geschmack übertrieben lange, um ihn auf den Haken aufzuspießen. »Ich habe es gern, wenn die kleinen Teufel sehen, was sie erwartet«, erklärte der Buchhändler, stellte die Dose auf den Boden und holte mit der Angel weit aus. Der Köder landete in der Mitte des Kanals. »Dann sind Sie also dienstlich hier?«

»Nein, ich bin nicht in meiner Eigenschaft als Bibliothekar gekommen.«

»Fein, dann muß ich wenigstens meine Stimme nicht dämpfen.« Foster schob sich mit der freien Hand eine weitere Locke aus der Stirn. »Sie unterliegen also nicht dem Irrtum, Sie könnten sich bei mir kostenlos mit Büchern eindecken oder ohne Bezahlung in ihnen schmökern?«

»So etwas lehne ich rundweg ab.«

»Ich wäre kaum da, wo ich heute bin, wenn ich den Wert einer Sache nicht zu schätzen wüßte.« Er schob das Ende der Rute in die Halterung und drehte sich zu Jack um. »Worum geht es also? Oder sollte ich einen Hinweis überhört haben?«

»Ich habe Ihnen vor ein paar Wochen geschrieben«, antwortete Jack und stand unter dem Eindruck, wie ein Schauspieler zum wiederholten Mal seinen Text zu proben.

»Ging es um einen Scheck?«

»Nicht direkt.«

»Dann eine Bestellung?«

»Eher eine Aufforderung.«

»Nun spannen Sie mich nicht länger auf die Folter. Sie haben meine Neugier geweckt.«
Ein Wagen fuhr auf der anderen Seite der Mauer vorbei und erinnerte Jack daran, daß er hier nicht gesehen werden konnte.
»Ich habe Ihnen die Kopie eines Briefs zugeschickt, der mein Leben verändert hat. Darin steht, daß ...«
»Ich die Chance erhalte, das Glück zu fassen zu bekommen.«
»Ja, nun, das ist gewissermaßen der Sinn des Schreibens.«
»Der Brief forderte mich auf, dreizehn Kopien anzufertigen und abzuschicken. Und danach soll das Glück an meine Tür klopfen.«
»Richtig.«
»Sind Sie tatsächlich der Ansicht, auf dieser Welt braucht man nicht mehr zu tun, als dreizehn Kopien von einem Brief zu verschicken, um ein gemachter Mann zu werden?«
»Nein, das allein reicht nicht, aber es hilft einem weiter. Wenn man die Kopien jedoch nicht wegschickt ...«
»Auf dieser Welt hat alles seinen Preis, mein Freund. Vielleicht glauben Sie, ein paar Kopien reichen aus, aber lassen Sie sich gesagt sein, daß es Ihr Glück ist, mich aufgesucht zu haben. Sie werden mich klüger als zuvor verlassen.«
»Ich vermute, ich brauche nicht lange zu fragen, was Sie mit meinem Brief angestellt haben«, entgegnete Jack, und seine Hand schloß sich fester um den Griff der Aktentasche.
»Er ist dorthin gewandert, wo alle Post landet, die mich nicht interessiert. An manchen Tagen glaube ich, der halbe Regenwald liegt auf meiner Türmatte.«
»Zufälligerweise habe ich eine neue Kopie für Sie dabei. Ich dachte mir nämlich, vielleicht hat die erste Sie nicht erreicht.«
»Dann geben Sie sie mir.«
Jack öffnete die Aktentasche. Das Sonnenlicht spiegelte sich auf der Lötlampe wider, und für Jack sah es so aus, als könnte sie es nicht erwarten, aufzulodern. »Und was wollen Sie damit tun?«
»Der Aufforderung genüge tun«, antwortete Foster. »Wissen Sie, ich tue alles, um ein ruhiges Leben führen zu können.«

»Sie wollen tatsächlich Kopien machen und diese an Ihre Freunde und Bekannten schicken?«

»Was muß ich tun, um Sie zu überzeugen? Einen Handstand machen? Oder vor Ihnen in der Unterhose Boogie-Woogie tanzen?«

Jack schob eine Hand in die Aktentasche und legte sie auf die Lötlampe, um die Illusion der Flammen zu vertreiben. »Ich denke, ich sollte ehrlich zu Ihnen sein. Das, was ich hier tue, geschieht nicht aus reiner Selbstlosigkeit. Als Sie den Anweisungen des Briefs keine Folge leisteten, kehrte das Pech wie ein Bumerang zu mir und meiner Familie zurück. Deshalb möchte ich Ihnen den guten Rat geben, sich genau zu überlegen, wem Sie eine Kopie zuschicken und wem nicht.«

»Gut, daß Sie mir das gesagt haben. Von allein wäre ich nie darauf gekommen. Ist der da für mich?« Foster streckte eine Hand aus, und Jack reichte ihm den Umschlag. »Sind Sie jetzt fertig, oder wollen Sie noch länger die Fische verschrecken?«

»Entschuldigen Sie bitte, ich gehe schon«, antwortete Jack, schloß die Tasche und machte sich auf den Weg zur Mauerlücke. Das Licht, das vorhin die Lötlampe umgeben hatte, schien sich auf die ganze Umgebung ausgedehnt zu haben. Alles erstrahlte in einem besonderen Glanz. Grün, die Kieselsteine auf dem Weg, die Wassertropfen, die vom Kanal stammten. Eine Bewegung im Wasser fiel ihm ins Auge, und als er sich umdrehte, sah er, wie ein großer Fisch auf Fosters Köder zuschwamm. »Da kommt schon Ihr neues Glück!« rief er dem Buchhändler zu.

Im nächsten Moment stockte ihm der Atem. Er mußte nämlich mit ansehen, wie Foster den Brief in Fetzen zerriß und diese in seinen Kescher fallen ließ. Das Licht, das über allem lag, intensivierte sich und schien sich auf den Mann auf dem Campingstuhl zu konzentrieren. »Das hätten Sie nicht tun dürfen!« schrie Jack.

Foster hörte ihn nicht. Er sah erst auf, als Jack ihn fast erreicht hatte. Dann legte er den Kopf schief, um herauszufinden, woher das sonderbare Geräusch kam. Die Flamme dieser Lötlampe toste nicht so laut wie die von Andy Nations Gerät, aber sie konnte einem immer noch einen tüchtigen Schrecken einjagen. »Was haben Sie da?« wollte Foster wissen und fügte dann mit schriller Stimme hinzu: »Guter Gott, Mann!«

Jack antwortete ihm mit der Lötlampe. Er tat nicht mehr, als auf ihn zuzugehen und zu beobachten, wie der Anblick der flammenden Apparatur das Gesicht des Buchhändlers in eine Fratze von Ungläubigkeit und Panik verwandelte. Jack war noch mindestens zehn Schritte von dem Mann entfernt, als er von seinem Klappstuhl aufsprang und davonrennen wollte. In seiner Hast stolperte er über den umgestürzten Campingstuhl, rutschte auf einem Stück Moos aus und stürzte in den Kanal.

Er landete mit einem grandiosen Platschen im Wasser. Wenn Jack nicht rechtzeitig zurückgesprungen wäre, hätte er seine Hose auswringen können. Der große Fisch drehte ab und schwamm mit beleidigter Grazie davon. Als die ringförmigen Wellen das jenseitige Ufer erreichten, tauchte Foster kurz an der Oberfläche auf, spuckte Wasser aus und zerrte an seinem Gesicht, um die Locken zu entfernen, die sich hinter seine Brille geschoben hatten. »Hilfe!« schrie er. »Ich kann nicht schwi ...«

»Ich auch nicht«, entgegnete Jack, auch wenn er kaum annehmen durfte, daß der Buchhändler ihn hören konnte. Fosters Gesicht tauchte wieder im Wasser ein, das ihm in Ohren, Mund und Nase drang. Er würde davongetrieben werden, dachte Jack und erinnerte sich daran, wie Julia ihm versichert hatte, das Schwimmen sei so einfach. Foster ruderte durch das Wasser, als suche er verzweifelt nach etwas, das ihm Halt geben könnte. Sein Kopf tauchte noch einmal auf, um danach endgültig unterzugehen.

Jack stellte die Aktentasche und die Lötlampe ab. Fosters Sturz ins Wasser hätte aus einem Stan-und-Ollie-Film stammen können. Seine Heiterkeit ließ jedoch rasch nach und hinterließ in ihm das Gefühl, etwas unternehmen zu müssen. Doch was? Er konnte dem Mann nicht einfach hinterherspringen. Und er wäre auch schlecht beraten, wenn er die Polizei riefe. Foster würde ihn beschuldigen,

ihn in den Kanal gestoßen zu haben. Aber wenn es Jack gelingen sollte, den Mann aus dem Wasser zu ziehen, mußte er ihm dann nicht so dankbar sein, daß er gern seiner Pflicht nachkommen und die dreizehn Kopien absenden würde? Jack drehte die Lötlampe ab und wartete darauf, daß der Buchhändler den Kopf wieder aus dem Wasser streckte.
Anscheinend hatte Foster keine Ahnung, wohin die Strömung ihn trieb. Er steuerte auf die Mitte des Kanals zu, aber wenn er wirklich das andere Ufer erreichen wollte, mußte er sich mehr anstrengen. Einige Luftbläschen erschienen auf der Wasseroberfläche, und Jack fragte sich, ob es jetzt um den Mann geschehen war. Aber hieß es nicht, daß Ertrinkende dreimal auftauchten, bevor sie endgültig untergingen? Einen Moment später schob Foster den Kopf und die Schultern aus dem Wasser, griff wild nach der Angelschnur und bekam die Schnur zu fassen. Die Rute bog sich nach vorn, und Foster ging wieder unter. Doch dann zog er sich an der Schnur entlang aus dem Wasser. »Hilfe!« gurgelte er und spuckte und würgte.
Jack erkannte, daß er sich ans Ufer ziehen wollte. Die Halterung zitterte und schwankte bedenklich, und Jack gelangte zu einem Entschluß: »Halten Sie sich fest! Ich werde Sie ...«
Kaum näherte er sich der Angel, schrie Foster auch schon: »Mörder! Haltet ihn auf! Helft mir! Ein Mörder!«
»Ich wollte Ihnen doch nur ...« begann Jack und hielt dann inne. Der Buchhändler schrie nicht mehr, vermutlich weil er seine Kräfte dafür aufsparen wollte, sich Zentimeter für Zentimeter an der Schnur entlangzuziehen. Doch Jack war sich darüber im klaren, daß der Mann seine Anschuldigungen wiederholen würde. Und wenn es Foster gelingen sollte, das rettende Ufer zu erreichen, würde er allen von der Lötlampe erzählen. Jack beschloß, darauf zu warten, daß die Rute sich aus der Halterung löste und ins Wasser glitt.
Die Halterung ächzte, die Rute landete in hohem Bogen im Kanal und ging augenblicklich unter. Foster sprang im Wasser vor, eine

Bewegung, die Julia Jack auch schon einmal beizubringen versucht hatte, und es gelang ihm, mit den Fingerspitzen den Rand der Kanalmauer zu erreichen.
Doch die Anstrengung schien ihn seiner letzten Kraft beraubt zu haben. Er blieb reglos dort hängen, und sein Kopf und seine Schultern wirkten wie etwas, das der Kanal ausgespuckt hatte. Jack stellte sich vor, wie der Mann mit aller Kraft seinen wasserschweren Körper gegen die glitschige Kaimauer preßte. Aber selbst das war nichts im Vergleich zu dem, was Foster in diesem Moment empfand. Triumph leuchtete in seinen Augen, der anhielt, bis Jack zu sprechen begann: »Ich ... kann nicht ...«
Der Buchhändler versuchte, sich aus dem Wasser zu hieven, scheiterte aber kläglich. Unter seinen Fingern löste sich ein Stück Moos, aus dem wie bei einem nassen Schwamm Wasser strömte. Fosters Arme zitterten, während er sich bemühte, mit den Füßen an der schleimigen Mauer Halt zu finden. Jack empfand Mitleid mit dem Mann, bis er plötzlich wieder anfing zu schreien: »Hilfe! Zu Hilfe! Er will mich umbringen! Mörder!«
»Wenn Sie es unbedingt so haben wollen«, entgegnete Jack und bewaffnete sich mit der Lötlampe. Das Zischen des Gases klang wie ein Flüstern, das ihn zur Tat drängen wollte. Dann entstand an der Mündung eine Flamme, die fast unsichtbar brannte. Jack trat den Korb in die Sträucher, die am Wegrand wuchsen, und beugte sich dann über den Buchhändler. Foster zeigte wieder dieselbe Miene von Unglauben und Panik wie vorhin, als er die brennende Lötlampe zum ersten Mal erblickt hatte. Wenn er es nicht glauben konnte, dachte Jack verärgert, warum machte er dann ein so großes Geschrei darum? Warum sparte er seine Kräfte nicht dafür auf, sich zu retten?
Jack hoffte, daß Foster von der Mauer ablassen würde, wenn er ihm mit der Lötlampe noch näher kam. Aber der verdammte Idiot tat genau das Gegenteil, versuchte mit dem Mut der Verzweiflung, an Land zu kommen. Seine Finger hinterließen auf dem Moos Streifen, die wie Schneckenspuren aussahen. Jack erreichte ihn mit

zwei kurzen Schritten und richtete die Flamme auf seine Finger. Aber auch das genügte nicht, um den Buchhändler zu bewegen, sich von der Mauer zu lösen. Die Finger wanden sich – nicht unähnlich dem Wurm, den Foster vorhin auf den Haken gespießt hatte, dachte Jack – und versuchten immer noch, den Körper hochzuziehen. Jack konnte nicht genau erkennen, inwieweit die eigenartigen Bewegungen der Finger auf die flimmernde Hitze zurückzuführen waren, die von der Flamme hervorgerufen wurde, doch das Schauspiel kam ihm außergewöhnlich sinnlos vor. Foster unternahm hier nicht mehr, als sein Leiden zu verlängern. »Wen der Herr liebt, den strafet er«, erklärte Jack ihm und hielt die Lötlampe noch näher an die Finger. »Nun tun Sie sich doch selbst einen Gefallen, Mann! Es hat wirklich keinen Wert, noch länger hier herumzuhängen.«

Der Buchhändler schrie nicht mehr um Hilfe, aber seit seinem letzten Ruf stieß er unablässig ein Stöhnen wie jemand aus, der versucht, aus einem Alptraum zu erwachen. Als die Finger sich röteten, wurde das Stöhnen immer schriller. Sie wanden sich immer noch und schienen, Würmern ähnlich, vorzuhaben, sich in den Boden zu graben. Dann färbte sich die Haut auf Fosters rechter Hand schwarz. Die Finger zogen sich ruckartig zurück, und diese Bewegung reichte aus, den Buchhändler rückwärts in den Kanal kippen zu lassen. »Mörder!« brüllte er noch. »Mönder ... Mowwow ...«

»Bleiben Sie unten«, flüsterte Jack dem Mann nach, der sofort unterging. In ihm war nur noch Traurigkeit, die er bei einer anderen Gelegenheit für schlechtes Gewissen gehalten hätte. Aber hier und jetzt war er fest davon überzeugt, das einzig Richtige getan zu haben. Jack fing an, laut zu zählen. Er war noch nicht bei elf angekommen, als Foster wieder auftauchte. Er fuchtelte mit der Rechten durch die Luft, als wollte er die Schmerzen abschütteln. Seine heftigen Bewegungen reichten aus, ihn wieder an die Mauer zu befördern, und wie vorhin klammerte er sich mit beiden Händen an den Mauerrand.

»Das wird jetzt der langsam absurd«, protestierte Jack mit krächzender Stimme. »Sie wissen doch ganz genau, daß ...«
Er schwieg, denn es hatte keinen Sinn, auf den Buchhändler einzureden. Vor allem, weil Foster unter Wasser seine Brille verloren hatte und ihn höchstwahrscheinlich nicht sehen konnte. Jack richtete die Flamme auf das größte erreichbare Ziel, die Schädeldecke des Mannes. Binnen Sekunden schmolzen seine Haare, und seine Kopfhaut hatte eine scheckige Rotfärbung angenommen. Dennoch verzichtete er die ganze Zeit nicht darauf, etwas Unartikuliertes auszustoßen, das wie »Mrrmrr« klang. Jack konnte nicht entscheiden, ob er ihn weiterhin des Mordes bezichtigte oder nach seiner Mutter rief. Seine Hände waren längst abgerutscht, und er schlug mit ihnen aufs Wasser, um nicht unterzugehen. Doch damit war es ihm unmöglich, aus der Reichweite der Flamme zu gelangen. Seine Schädelhaut platzte auf und zog sich zurück. Foster versank im Wasser, sei es, weil der Schock über seine Hilflosigkeit zu groß war, oder weil er dringend nach Kühlung für seinen Kopf suchte.
Jack drehte die Lötlampe noch nicht ab. Zu seinem Verdruß bewegte sich der Buchhändler unter Wasser. Größere Luftblasen verbreiteten sich über die Wasseroberfläche, und als sie vergangen waren, kam ein weiterer Luftstoß von Fosters Hinterteil hoch. Jack glaubte schon, daß es nun endgültig um den Buchhändler geschehen sei, als der Kopf ein weiteres Mal hochkam. Der Schädel hatte nichts Menschliches mehr an sich und ähnelte mehr einem Stein, der zu lange Wind und Wetter ausgesetzt gewesen war. Der Hinterkopf hielt sich für ein paar Sekunden über Wasser, und kleine Wellen kräuselten sich um ihn, als wollten sie das verlorene Haar ersetzen. Endlich ging er wieder unter.
Jetzt drehte Jack das Gas ab. Er blieb noch eine Weile dort stehen und lauschte der flüssigen Harmonie der Strömung. Obwohl das Geräusch ihm wie die Verheißung ewigen Friedens vorkam, reichte es nicht aus, seine Bestürzung zu vertreiben. Er legte die Lötlampe in den Aktenkoffer, richtete sich wieder auf und fing an,

von Kopf bis Fuß zu zittern. Danach fühlte er sich etwas besser. »Entsetzlich«, murmelte er. »Ganz furchtbar.« Er ging zur Mauerlücke.

Auf der Straße und den Bürgersteigen hielt sich niemand auf. Jack hörte nur einige Rasenmäher und sagte sich, daß etliche Hausbesitzer auf die Idee gekommen waren, sich um ihren Garten zu kümmern. Als er an der Hecke entlangschritt, hielt er nach den Anglern und ihren Ruten Ausschau. Aber er erweckte keine Neugier. Alle kehrten ihm den Rücken zu. »Ganz entsetzlich«, erklärte er dem Clownskopf, als er den Schlüssel ins Zündschloß schob, und suchte dann nach einem Wort, das Fosters Ableben akkurater beschrieb. »Unnötig, völlig ohne Sinn«, murmelte er, als er den Wagen startete und zur Autobahn fuhr. Indem er dem Buchhändler zuviel erklärt hatte, hatte er die ganze Angelegenheit nur kompliziert. In Zukunft wollte er direkter vorgehen und so rasch wie möglich auf den Punkt kommen. Das erschien ihm nur fair, und es lag ja auch durchaus in seinem Sinn, zu allen fair zu sein.

Kapitel 31

Janys' erster Kunde an diesem Tag schien sehr kinderfreundlich zu sein. Als sie dem Mann mit Tommy auf dem Arm die Tür öffnete, frage er gleich: »Wie heißt der Kleine denn?«

»Tommy.«

Er streckte eine Hand aus, um die von Tommy zu schütteln. Seine Hand war riesig und extrem behaart. Janys konnte sich vorstellen, welche Spitznamen ihm seine Schüler gegeben hatten. »Ich bin Mr. McGrotty«, stellte er sich vor, und Janys konnte sich nur mit Mühe das Lachen verkneifen. Als wäre die starke Behaarung nicht genug, bot auch ein solcher Name Gelegenheit für Spott und Verballhornung. »Und du heißt Tommy, Tommy?«

Die Antwort des Kleinen bestand darin, sein Gesicht zwischen den Brüsten seiner Mutter zu vergraben. »Nun komm schon, Tom«, forderte sie ihn auf. »Du kannst bei den Aufnahmen das Vögelchen sein.«

Der Lehrer folgte ihr mit auf dem Rücken verschränkten Händen in die Diele und blieb vor den Fotografien an der Wand stehen. »Sind das alles Ihre Arbeiten?« fragte er mit unverhohlener Bewunderung.

»Ja, alle.«

»Gut. Sie sind wirklich gut.«

»Vielen Dank, Sir, das ist sehr freundlich von Ihnen.« Er hatte zweimal gut gesagt, und das nahm sie als doppeltes Kompliment, obwohl er damit etwas ganz anderes beabsichtigen mochte. Als sie Tommy in seinen Laufstall gesetzt hatte, fragte McGrotty: »Darf ich dem Jungen zeigen, was ich ihm mitgebracht habe?«

Er hatte nicht zu ihr, sondern zu Tommy gesprochen. Das

erinnerte sie an den Vater des Jungen. So hatte er sich vor der Scheidung immer Tommy gegenüber verhalten. Er hatte mit ihm gespielt und gesprochen, als wollte er ihm die Erinnerung an seine Mutter aus dem Gedächtnis löschen, auch dann, wenn sie sich im selben Zimmer befand.

»Was mag das denn sein?« fragte sie.

»Ich habe ihm ein Buch mitgebracht. Bücher sind etwas sehr Schönes, Tommy. Ob Tommy es sich wohl mal ansehen möchte?«

Wenigstens bot er ihm keine Süßigkeiten mit Ersatzstoffen an. Ihr Exmann hatte sich ein besonderes Vergnügen daraus gemacht, sie mit solchem Zuckerwerk sowohl wütend zu machen als auch sie wie eine unvernünftige und verantwortungslose Idiotin aussehen zu lassen. Der Lehrer öffnete seine Mappe und zog ein Buch heraus, das etwas kleiner war als seine Hand. »Dies ist ein gutes Buch, Tommy. Ob Tommy wohl darin blättern möchte?«

Der Junge hielt sich am Gitter seines Laufstalls fest und starrte so angestrengt auf das Buch, als studiere er seinen Inhalt bereits. Endlich stellte er sich auf die Zehenspitzen und griff danach. »Uch«, machte er.

»Ganz richtig, mein Junge, Buch. Wenn Tommy schon Buch sagen kann, soll er es sich auch ansehen.«

»Uch.«

»Du kriegst es ja. Tommy ist schon ein großer Junge. Nur große Jungen können Buch sagen.«

»Verzeihung, aber ich fürchte, Sie müssen sich noch etwas gedulden, bevor er es korrekt sagen kann«, unterbrach Janys McGrotty. »Obwohl die Kinderschwester gesagt hat, daß er für einen Zweijährigen recht weit entwickelt ist.«

»Tommy ist schon zwei? Zwei Jahre ist ein tolles Alter. Kann der liebe Tommy denn auch zwei sagen?«

Natürlich konnte Tommy das, aber dazu hatte er jetzt nicht die geringste Lust, weil er endlich das Buch in die Hand nehmen wollte. Er plumpste plötzlich auf seinen Po und schien nicht zu wissen, ob er darüber lachen oder weinen sollte. Einen Moment später fing er

an, mit seinen Buchstabenwürfeln um sich zu werfen. »Oh, will der liebe Tommy für mich ein Wort schreiben?«
»Darauf würde ich mich nicht verlassen«, wandte Janys ein.
»Sieh mal, Tommy«, beharrte der Lehrer und schien Janys gar nicht mehr wahrzunehmen. »Das ist doch schon ein Wort. Der liebe Tommy hat ein Wort zusammengestellt. Das Wort heißt Ma.« Er machte »Mmmmmhhh« wie jemand, der gerade ein köstliches Mahl genossen hatte, und dann »Aaahhh«, als habe Janys ihn mit heißem Kaffee verbrüht. Tommy trat seine Buchstabenwürfel zur Seite.
»Vielen Dank für den Unterricht, Mr. McGrotty. Aber sollten wir jetzt nicht vielleicht ...«
»Soll ich das Buch hierherlegen, damit der liebe Tommy es sich ansehen kann?« McGrotty plazierte es auf eine Ecke, wo zwei Gitterseiten gegeneinander stießen. Es wackelte bedenklich. Kaum war der Lehrer einen Schritt zurückgetreten, richtete der Junge sich auf und nahm sich mit ungelenken Fingern das Buch. »So ist es recht. Du bist ein braver Junge, Tommy. Bücher sind sehr gut für dich.«
»Sie haben gesagt, Sie wollten sich mit irgendeinem Ding aufnehmen lassen«, sagte Janys. Normalerweise hätte sie sich höflicher oder gewählter ausgedrückt, aber seine Art, wie in der Sesamstraße zu reden, hatte sie völlig aus dem Konzept gebracht. »Habe ich das gesagt?«
»Nein, Sie sagten, Sie wollten ein Objekt mitbringen, das mit aufs Bild soll.«
»Ja, das habe ich gesagt.« Er griff wieder in seine Mappe. »Hier ist es, das nämliche Objekt.«
»Ach ja, stimmt, Sie sagten, Sie wollten sich mit Ihrem Diplom fotografieren lassen. Oh, es ist hinter Glas.«
»Wird das Schwierigkeiten machen?«
Janys war erleichtert, von ihm ein so langes Wort wie »Schwierigkeiten« zu hören, hatte sie doch bis eben angenommen, er beherrsche nur ein- bis zweisilbige Worte. »Nein, ich muß dann nur das Licht

anders einstellen«, antwortete sie und hatte das Gefühl, als würde sie nun Unterricht erteilen. »Machen Sie sich keine Sorgen, das ist überhaupt kein Problem.«
Sie bat ihn, auf dem Stuhl Platz zu nehmen. Während er dort, mit dem Diplom auf dem Schoß, verschiedene Posen ausprobierte, stellte sie die Scheinwerfer so ein, daß das Licht nicht vom Glas reflektiert wurde. Um ihre Kunden zu einem Lächeln zu bewegen, forderte sie sie in der Regel auf, einen Blick auf Tommy zu werfen. Eine todsichere Methode, die immer funktionierte. Doch als sie jetzt sah, daß Tommy das Buch, das Zirkustiere und einige wenige, sehr große geschriebene Worte enthielt, verkehrt herum hielt, wagte sie es nicht, sich vorzustellen, wie McGrotty darauf reagieren würde. Sie forderte den Mann auf, in die Linse zu blicken, und als er den Gesichtsausdruck aufgesetzt hatte, der ihm für diesen Anlaß angebracht schien – seine Miene verriet, daß er für seine Leistungen nichts weniger als dieses Diplom verdient hatte –, machte Janys rasch ein halbes Dutzend Aufnahmen. Die letzte vermasselte er allerdings, weil er unvermittelt die Hand hob, ihr heftig zuwinkte und laut rief: »Nein, nein, so viele brauche ich wirklich nicht!«
»Ich mache mehrere Bilder, damit Sie sich später das Schönste aussuchen können. Wie viele Aufnahmen möchten Sie überhaupt?«
»Nur eine. Habe ich das am Telefon nicht erwähnt?«
»Doch, doch, das haben Sie gesagt. Ich möchte Sie nur aus verschiedenen Winkeln aufnehmen, ja?« Sie fotografierte sein Profil von beiden Seiten und stellte dann die Kamera auf den Schreibtisch. »So, das war's schon.«
»Wann kann ich sie sehen?«
»Ich schicke sie Ihnen morgen mit der Post. Wollen Sie das Bild, für das Sie sich entscheiden, an die Wand hängen?«
»Meine Mutter lebt unten im Süden«, antwortete er, als sei damit alles gesagt. »Kann ich Tommy das Buch überlassen?«
»Das wäre sehr nett von Ihnen.«
Aber er beachtete sie schon gar nicht mehr. »Ist das ein feines Buch,

Tommy? Ein ganz feines Feini-Buch?« Er streckte die Hand aus, um es richtig herum zu drehen. Als Tommy die große, behaarte Hand auf sich zukommen sah, fing er an zu heulen. »Mußt nicht weinen, Tommy«, sagte der Lehrer und zog die Hand zurück. »Du mußt nicht weinen. Große Jungen weinen nämlich nicht.«
»Oh, da bin ich aber anderer Ansicht«, entrüstete sich Janys. Sie zwinkerte ihrem Sohn zu, und er hörte auf zu heulen. »Was sagen wir Mr. McGrotty für das schöne Buch? Na, was sagen wir da?«
»Anke.«
»Anke ist ein Mädchenname. Du meinst vielmehr ›Danke‹, nicht wahr?« Janys drängte den Lehrer, der schon wieder ein nachdenkliches Gesicht machte, mit sanfter Gewalt aus dem Raum und zur Tür. »Wo haben Sie unterrichtet?« fragte sie McGrotty. Eigentlich wollte sie nicht mehr als unbedingt nötig mit ihm reden, aber ihre Neugier war einfach zu groß.
»Bislang noch nirgendwo.«
»Alles Gute«, verabschiedete sie ihn. Als sie sich davon überzeugt hatte, daß er durch das Gartentor verschwunden war, kehrte sie zu ihrem Sohn zurück. Er saß in seinem Laufstall und betrachtete glucksend das Bild von einem Clown. Jetzt konnte sich auch Janys nicht länger beherrschen und stieß all das Lachen aus, das sie während McGrottys Besuch hatte unterdrücken müssen. Tommy fiel in ihr Lachen ein. Er hatte natürlich keine Ahnung, was seine Mutter so erheiterte. Sie freute sich schon darauf, es ihm später, wenn er ein paar Jahre älter war, erzählen zu können.
Sie übertrug das, was sie sich, kurz bevor der Lehrer erschienen war, auf die Rückseite des Briefs notiert hatte, in ihren Terminkalender. Das Blatt war von oben bis unten vollgekritzelt, und eigentlich wollte sie es wegwerfen, aber dann fiel ihr Blick auf das Schreiben. »Verwandeln Sie Pech in Glück, Tommy, das ist heute das Angebot des Tages. Leider ist es nicht ganz kostenlos, denn man verlangt von uns, dreizehn Kopien anzufertigen und zu verschicken.«
Was redest du da für ein dummes Zeug? fragte sie sich. Ein solcher

Brief gehörte in den Müll, gar keine Frage. Warum zögerte sie dann noch? Sie glaubte nicht an Glück, Pech und andere Mächte des Schicksals. Nur das Wohlbefinden von ihr und Tommy war ihr wichtig. Aber tief in ihr mußte eine abergläubische Ader verborgen sein, andernfalls hätte sie den Brief längst zerknüllt und in den Papierkorb geworfen. Janys fragte sich, ob es ein Wink des Schicksals war, der sie zaudern ließ. Womöglich sollte sie froh sein, eine bislang unbekannte Facette ihrer Persönlichkeit entdeckt zu haben. Sie hielt Tommy den Brief hin. »Was sollen wir mit diesem Schreiben machen? Unser Glück auf die Probe stellen, oder ab in den Papierkorb damit?«

Tommy ließ das Buch fallen, trat zum Gitter und streckte die Hände nach dem Brief aus. Hinter ihm grinste der Clown. »Du hältst das also für einen dummen Scherz?« Sie gab ihm das Papier.

Er blinzelte es an, drehte es um, betrachtete ihre Notizen und nahm sich wieder den getippten Text vor. Dann hielt er es an den beiden oberen Ecken hoch und bedachte Janys mit einem so schelmischen Blick, daß sie kichern mußte. »Man soll doch immer seinen Instinkten vertrauen.«

Er legte die Stirn in Falten und fing dann mit ernster Miene an, den Brief in Streifen zu reißen. Die Fetzen segelten durch die Gitterstäbe, und als er fertig war, strahlte er und fragte: »Pierkorb.«

»Ich bin ganz deiner Ansicht«, erklärte Janys, sammelte die Streifen auf und warf sie in den Plastikeimer unter dem Schreibtisch. »Pierkorb. Ganz genau. Das ist der richtige Ort für solchen Müll.«

Kapitel 32

Jack schüttelte einem lachenden Mann die Hände, der im nächsten Moment in Flammen stand. Die Hitze ließ die beiden Hände miteinander verschmelzen. Jack erschrak am meisten darüber, daß er nichts spürte. Plötzlich brannte sein ganzer Arm. Jack versuchte zu schreien, aber die Laute, die aus seiner Kehle kamen, hörten sich an, als stammten sie von jemand anderem. Das Ächzen und Wehklagen kam ihm irgendwie bekannt vor, aber er sagte sich, daß er gar nicht wissen wollte, wo er das schon einmal gehört hatte. Er atmete tief ein, und die Luft erzeugte Schmerzen in seinen Zähnen. Dann war Dunkelheit und löschte die Flammen.
Julia murmelte einen schlaftrunkenen Protest und drehte sich auf die andere Seite. Jack starrte an die Decke, bis die Nacht alle Erinnerungen an den Traum getilgt hatte. Bis auf einen winzigen Rest, der wie ein verkohlter Fleck in seinem Gehirn zurückblieb. Es war nur ein Alptraum, sagte er sich, und du bist bei dir zu Hause, befindest dich im Schoß deiner Familie. Dennoch blieb er noch eine ganze Weile wach, bis ihn endlich der Schlaf wieder überfiel.
Kein weiterer Alptraum plagte ihn, aber er schlief sehr unruhig. Irgendwann hatte er den Eindruck, jemand bewege sich im Haus. Und als nächstes stand Julia neben und am Bett. »Jack, kannst du mich hören?«
»Natürlich höre ich dich«, entgegnete er und öffnete die Lider, die unter Asche zu liegen schienen. »Was ist denn los? Ist irgend etwas passiert?«
»Nein, nichts. Nur kommst du noch zu spät zur Arbeit, wenn du nicht bald das Bett verläßt.«

Er drehte den Kopf und spähte auf den Wecker. Fast elf Uhr. »Warum hast du mich nicht früher geweckt?«
»Ich dachte, du könntest den Schlaf gebrauchen. Du warst in der letzten Zeit ...«
»Was?«
Sie machte ein Gesicht, als lasteten Zentner auf ihren Schultern. »Auf jeden Fall warst du nicht so unfreundlich wie jetzt.«
Als ihm endlich etwas eingefallen war, was er darauf entgegnen konnte, war Julia schon aus dem Zimmer und lief die Treppe hinunter. Er stolperte mit dem Becher Kaffee, den sie ihm auf den Nachttisch gestellt hatte, ins Badezimmer und mußte sich dort an der Wannenkante festhalten. Er blieb so lange unter der Dusche, bis er das Gefühl hatte, alle Asche und aller Schmutz der Alpträume seien von ihm abgewaschen. Doch der verkohlte Fleck in seinem Kopf blieb. Er zog sich an und ging nach unten zu Julia.
Sie saß im Wohnzimmer und las in einem Computermagazin. »Du kannst nicht von mir erwarten, zu wissen, was mit dir los ist, wenn du dich nicht dazu äußerst«, sagte sie, ohne hochzusehen.
»Es gibt nichts, was ich dir sagen könnte, Julia.«
»Oder wäre es dir vielleicht lieber, nicht im Haus zu sein, solange ich mich hier aufhalte?«
»Zum Himmeldonnerwetter, Julia! Wie kommst du nur auf einen solchen Blödsinn? Du weißt ganz genau, daß ...«
»Ich weiß nicht mehr, was ich wissen soll, Jack. So wie du dich in der letzten Zeit aufgeführt hast!«
»Du wolltest mir eben mitteilen, wie ich mich in der letzten Zeit aufgeführt habe.«
Sie ließ das Magazin sinken und sah ihm in die Augen. »Seit Wochen habe ich den Eindruck, daß du lieber fort willst, wenn wir hier sind. So als wolltest du uns verlassen.«
»Jetzt mach aber einen Punkt, Julia!«
Sie hob eine Hand, um ihn zum Schweigen zu bringen. »Versuch nicht, mir zu widersprechen oder mir das Gefühl zu geben, ich

würde phantasieren. Jetzt, wo du schon einmal hier bist, sollten wir uns lieber aussprechen.«

»Ich weiß nicht, was ich sagen soll. Und ich habe auch keine Ahnung, wie du daraufkommst. Wenn du dir schon seit längerem solche Sorgen machst, warum hast du dann nicht früher mit mir darüber geredet?«

»Soll das etwa heißen, alles ist meine Schuld?«

»Ich habe überhaupt nicht gesagt, daß dich irgendeine Schuld trifft. Hör zu, erzähl mir doch bitte alles, was dir Kopfschmerzen bereitet. Fürchtest du vielleicht, es sei eine andere im Spiel?«

»Aha, es gibt also eine andere, oder?«

»Wer würde mich denn schon nehmen?«

»Das ist eigentlich mein Text.«

»Bitte, Julia, ich will nur dich.«

»Natürlich.« Sie spitzte die Lippen und hob erneut die Hand. »Ich kann mich trotzdem nicht des Eindrucks erwehren, daß wir dir langweilig geworden sind ... und daß du dringend nach einem Abenteuer suchst.«

»Meinst du etwa den Abend, als ich mit einem früheren Arbeitskollegen ein Bier trinken gegangen bin? Macht dir das Sorgen?«

»Sollte es mir Sorgen machen?«

»Ich habe dir damals bereits erklärt, daß ich mit ihm ausgegangen bin, weil ich hoffte, er könnte dir einen Job vermitteln. Aber wenn dein Vorstellungsgespräch in dem College so gut verlaufen ist, wie du es gesagt hast, spielt das alles keine Rolle mehr. So, damit hätten wir eines meiner romantischen Abenteuer abgehakt. Erzähl mir, was es mit meinem nächsten Ausbruchsversuch auf sich hatte.«

»Ich habe dir gesagt, es ist nur ein Gefühl, vielleicht eine Ahnung.«

»Soll ich dir sagen, wie ich die Sache sehe?« Als Julia ihm keine Antwort gab, fuhr er einfach fort: »Ich denke, sobald du wieder Arbeit hast, hören deine komischen Ideen über mich von ganz allein auf.«

»Das sind keine komischen Ideen!« protestierte sie und verzog im nächsten Moment das Gesicht. »Ach, ich weiß auch nicht. Möglicherweise hast du recht, und ich mache mir völlig unnötig Sorgen.«

»Alles, was dich bewegt, interessiert mich.« Er kniete sich neben ihrem Sessel hin und nahm ihre Hand: »Laß mich dir zeigen, wie verrückt ich nach dir bin und daß es keine andere gibt und nie geben wird.«

Sie gab ihm einen leichten Kuß auf die Stirn und erhob sich. »Später vielleicht. Wenn Laura eingeschlafen ist.«

Er wollte sich dafür hassen, Julia so glattzüngig angelogen zu haben, aber sein Verstand sagte ihm, daß es nur zu ihrem Besten war. Und insgeheim war er froh, daß sie sich nicht mit ihm ins Bett legen wollte. Das Liebesspiel hätte ihn wertvolle Zeit gekostet, die er dringend für einen weiteren Besuch benötigte. Vielleicht würde er danach auch nicht mehr so nervös und begierig sein, endlich aus dem Haus zu kommen. Manchmal saß er hier wie auf heißen Kohlen. Er warf einen Blick auf die Uhr. Er hatte zu lange geschlafen, und die Debatte eben hatte ihn zusätzlich aufgehalten. Als Julia ihn fragte: »Hattest du nicht noch etwas vor?« antwortete er mit dem ersten, das ihm in den Sinn kam: »Ich wollte in der Bücherei nachschauen, ob wir nicht etwas Geeignetes für Lauras Geschichtsprojekt haben.«

Die Ausrede klang in seinen Ohren nicht sehr überzeugend. Aber vielleicht wollte Julia ihm nach ihrem Ausbruch einfach Glauben schenken. »Laß dich durch mich nicht aufhalten«, erklärte sie.

Er sagte sich, daß er jetzt keine übertriebene Hast an den Tag legen durfte, ging in die Küche und frühstückte einen großen Teller Cornflakes. Später beim Zähneputzen zählte er bis einhunderteinundzwanzig, elf mal elf. »Vergiß bloß nicht, wieder nach Hause zu kommen«, ermahnte Julia ihn an der Haustür.

»Wer oder was könnte mich daran hindern?« entgegnete er und überlegte, welche Strecke er fahren mußte.

Als er den Wagen aufschloß, strahlte ihm die Nachmittagssonne direkt ins Gesicht. Im Transit war es heißer als in einem Backofen.

Bevor er losfuhr, kurbelte er beide Seitenfenster herunter. Er hielt ein Stück hinter dem Haus der Familie Evans an, wischte sich mit einem Tuch über die Stirn und stieg aus, um an die Heckklappe des Lieferwagens zu treten.

Das Paket fühlte sich unerwartet schwer an. Das mußte an der Hitze liegen, dachte er, als er auf eine Lücke im Verkehr wartete, um die Straße überqueren zu können. Dann kroch ein Wagen einer Fahrschule heran, und Jack nutzte die Gelegenheit und sprintete los zur Wache.

Der Empfangsschalter war unbesetzt. Er drückte auf die Klingel, und eine Polizistin kam aus einem Nebenraum. »Ich möchte Constabler Pether sprechen«, sagte Jack und kam sich wie ein Junge vor, der bei den Nachbarn aufkreuzt und wissen will, ob die Kinder zum Spielen herauskommen dürfen.

»Wen darf ich anmelden?«

Sie klang so pompös, daß Jack kurz versucht war zu antworten: »Den Grafen von Elf.« Aber er vermutete, daß die Beamtin keinen ausgeprägten Sinn für Humor hatte, und entgegnete statt dessen: »Jack Orchard.«

Sie kehrte in den Nebenraum zurück und schloß die Tür hinter sich. Jack entdeckte durch die Glasscheibe Pether. Er unterhielt sich mit der Frau und zeigte kurz auf Jack. Sie warf dem Besucher einen Blick zu, in dem mehr Respekt lag als vorher. Jack wollte schon das Paket mit den Schuhen auf den Tresen stellen und gehen, als Pether endlich herauskam. »Aha, der Mann aus den Schlagzeilen gibt mir die Ehre.«

»Wie bitte?« fragte Jack.

Der Polizist trat an die Theke und streckte seine Hand aus. Jack wollte sie schon ergreifen, als er bemerkte, daß der Polizist lediglich auf ihn zeigte. »Gibt's sonst noch was Neues?« fragte Jack, der noch nicht abschätzen konnte, ob sein Gegenüber lediglich einen Witz gemacht hatte, dessen Sinn ihm jedoch verborgen blieb.

»Moment, ich zeige es Ihnen.«

Pether setzte sich in Bewegung, und Jack überlegte, warum der

Mann zu ihm auf die andere Seite des Tresens kommen wollte. Sollte er verhaftet werden? Ein mulmiges Gefühl machte sich in seiner Magengegend breit. Aber Pether verschwand im Nebenzimmer, und Jack blieb nichts anderes übrig, als – mit gemischten Gefühlen – auf ihn zu warten. Dann kehrte der Polizist zurück, schwang die Wochenzeitung und legte sie aufgeschlagen vor Jack hin. »Na ja, weniger Sie als vielmehr Ihre Familie steht in der Zeitung.«

Jack fing an, die Überschriften zu lesen: POLIZEI LÖST WEITERES KAFFEEKRÄNZCHEN GEWALTSAM AUF ... KANARIENVOGELPÄRCHEN QUALVOLL VERHUNGERT ... EINBRECHER WOLLTE FREUNDIN IMPONIEREN ... MÜLLMÄNNER MIT MOTORSÄGE ... HUND MIT ZUSAMMENGEBUNDENEN BEINEN IN DEN KANAL GEWORFEN ... SCHWARZHANDEL MIT EXOTISCHEN PAPAGEIEN AUFGEFLOGEN ... BIENE IN FAHRZEUG WAR AN MASSENKARAMBOLAGE SCHULD ... PREISETIKETT AN SPIELZEUGPISTOLE VERRIET BANKRÄUBER ... Ganz unten auf der Seite fand Jack schließlich einen kleinen Artikel, der mit seiner Familie zu tun hatte: UNBEKANNTER WOHLTÄTER BELOHNT TAPFERES MÄDCHEN AUS NEW BRIGTHON. »Wie ist das denn an die Presse gelangt?« wollte Jack wissen.

»Vermutlich hat Laura es ihren Klassenkameradinnen erzählt.«

»Muß die Presse denn nicht eine Genehmigung einholen, wenn sie Personen mit Namen nennt?«

»Ich fürchte, nein. Vor allem dann nicht, wenn die Story der Wahrheit entspricht. Na ja, Sie wissen doch, die meisten jungen Leute in Lauras Alter haben es gern, wenn sie im Mittelpunkt stehen.«

»Darum geht es hier nicht«, entgegnete Jack und wurde sich bewußt, daß er nicht mehr wußte, worauf er eigentlich hinaus wollte. Er hatte nur das unangenehme Gefühl, daß das Leben seiner Familie irgendwie außer Kontrolle geraten war. Jack knallte das Paket mit den Schuhen vor Pether hin. »Hier, damit Sie sehen, daß ich meine Versprechen einzuhalten pflege.«

Der Polizist packte das Paket aus und starrte auf die Schuhe: »Sind die für meinen Vater?«

»Wenn Ihnen die Farbe kein Unbehagen bereitet«, hätte Jack fast geantwortet. Und auch die andere Entgegnung, die der alte Jack ihm zuflüsterte. »Es sei denn, Sie stehen selbst barfuß da«, konnte er sich im letzten Moment verkneifen. Statt dessen sagte er: »Wenn Sie Ihnen nicht gefallen, nehme ich sie selbst. Ich wollte Ihnen damit nur zeigen, daß ich die Sache nicht vergessen habe.«

»Solche Schuhe pflegt er eigentlich nicht zu tragen«, entgegnete Pether, nahm das Paar aber an sich. »Es geht ihm diese Woche nicht so gut. Ich bringe sie ihm vorbei und hör mir an, was er dazu zu sagen hat. War das schon alles?«

»Richten Sie ihm doch bitte noch meine besten Empfehlungen aus.«

Der Polizist beäugte ihn argwöhnisch, als vermute er, Jack wolle ihn verspotten, und sagte dann: »Danke.«

Jack blieb eine Weile vor dem Münzfernsprecher in der Wache stehen. Er wußte, daß ihm keine Zeit für längere Telefonate blieb, und davon abgesehen hatte er die Rufnummern seiner nächsten »Glücksbringer« noch nicht ermittelt. Aber die Vorstellung, von einer Polizeiwache aus jemand anzurufen, hatte für ihn einen ganz besonderen Reiz. Nach einer Weile lief er nach draußen, stieg in seinen Transit und fuhr zur Autobahn. Er hatte das Gefühl, daß alles, was zwischen jetzt und seinem nächsten Besuch geschehen würde, ihn seinem Ziel näherbrachte. Doch er hätte nie erwartet, daß die Bücherei ihm eine so große Hilfe sein würde: Kaum war er dort eingetroffen, erklärte ihm der Leiter, er solle sich um eine Anzahl von Büchern kümmern, die noch nicht zurückgegeben worden waren.

Kapitel 33

Als der Leiter zu Tisch ging, mußte Jack die Aufsicht bei den Nachschlagewerken führen. Allein mit den Lesern, die allesamt in ihre Lektüre vertieft waren, holte er sich das Telefonbuch von Merseyside. Seine Aktentasche war im Wagen, aber er wußte alle in Frage kommenden Adressen auswendig. Rasch fand er die Nummer des Mannes, in dessen Nähe er sich heute nachmittag aufhalten würde. Jack nahm das Telefon und das Buch mit in eine Kammer, wo er vor den Blicken der anderen verborgen war, und wählte die Nummer. Als es am anderen Ende elf mal geläutet hatte, legte Jack auf und wählte noch einmal. Jetzt wurde nach dem zehnten Klingeln abgehoben. »Dails Schilder«, meldete sich eine Stimme.

»Sind Sie Mr. Dail?«

»An einem Tag wie heute, wo schon mittags geschlossen wird, treffen Sie hier wohl kaum einen anderen an.«

»Verzeihen Sie bitte, aber dürfte ich ein paar Minuten Ihrer kostbaren Zeit in Anspruch nehmen?«

»Kommt drauf an, wofür.«

»Ich habe Ihnen vor ein paar Wochen einen Brief geschickt.«

»Da sind Sie nicht der einzige.«

»Es handelte sich dabei um die Kopie eines Schreibens, das ich erhalten habe und in dem ich aufgefordert wurde, dreizehn Kopien desselben zu versenden. Nun frage ich mich, was ...«

»Ist das alles? Halten Sie mich deswegen davon ab, endlich Feierabend zu machen?«

»Ich möchte nur wissen, ob Sie die dreizehn Kopien angefertigt und verschickt haben.«

»Normalerweise reagiere ich nicht auf Briefe, die noch nicht einmal eine Unterschrift tragen.«

»Wenn ich Ihnen jetzt meinen Namen nenne, würden Sie dann ...«

»Der würde mich sehr interessieren, das dürfen Sie mir glauben, und ich wüßte ebensogern, wie ich mit Ihnen in Kontakt treten kann.«

»Und Sie würden wirklich die Kopien verschicken, sobald Sie sich mit mir getroffen haben?«

»Selbstredend. Sie können auf mich bauen wie auf Ihren Brief.«

»Also haben Sie den Brief nicht weggeworfen?«

»Das fragen Sie noch? Ohne das Schreiben wäre mein Leben nicht mehr dasselbe. Einen Moment bitte, sieht ganz so aus, als würde eines der Mädchen mal wieder Unsinn machen. Sie wissen ja, wenn man sie nicht ständig im Auge behält ...«

»Angenommen, ich schicke Ihnen einen neuen Brief, den ich persönlich unterschrieben habe.«

»Warum bringen Sie ihn nicht persönlich vorbei, dann können Sie mit eigenen Augen sehen, was ich mit ihm mache.«

»Äh, wie soll ich das verstehen?«

»Dann werden Sie Zeuge, wie ich Ihnen den verdammten Mist in die Fresse stopfe, damit ich mir Ihren Unsinn nicht länger anhören muß!«

»Darf ich das als Weigerung verstehen, Mr. Dail, der Aufforderung nachzukommen?«

»Soll ich Ihnen was sagen, Mister, ich denke, das sollten Sie genau so und nicht anders verstehen.«

»Was für ein Scherzbold!« sagte Jack, als am anderen Ende eingehängt wurde. Er stellte sich vor, wie Dail vergnügt und in der festen Überzeugung nach Hause fuhr, es dem lästigen Anrufer tüchtig gegeben zu haben. Jack verspürte zuerst Mitleid für den Mann, aber dann Erleichterung. Zumindest wußte er jetzt, woran er bei Mr. Dail war. Er suchte die nächste Nummer und wählte.

»... zehn, elf«, zählte er und dann: »Eins, zwei ...«

Aus dem Hörer drang ein Geräusch, das klang, als würde Metall gefoltert. »Ja?« schnarrte ein junger Mann.
»Spreche ich mit der Autowerkstatt Colloran?«
»Hören Sie das denn nicht?«
»Kann ich bitte mit Mr. Colloran sprechen?«
»Danny!« brüllte der junge Mann. Nach einer Weile setzte das Kreischen des Metalls aus, und eine tiefe Stimme meldete sich: »Colloran.«
»Sie kennen mich nicht, Mr. Colloran. Vor ein paar Wochen habe ich Ihnen einen Brief geschickt, in dem ich Sie dazu einlud, Ihr Glück zu verbessern.«
»Da ist der Sack, der mir diesen verkackten Wisch übers Glück geschickt hat!« brüllte der Werkstattbesitzer. Jack mußte nicht noch mehr hören. »Und was ist Ihr Problem?« wollte Colloran von ihm wissen.
»Ich habe mich gefragt, ob Sie schon Gelegenheit hatten, der darin enthaltenen Aufforderung nachzukommen.«
»Gelegenheiten hatte ich genug, Mann, aber leider keine Lust.«
»Ist das Schreiben noch in Ihrem Besitz?«
»Es hängt doch im Scheißhaus beim Klopapier, was, Mark? Machen Sie sich keine Sorgen, Mann, bei uns ist der Wisch in guten Händen.«
Jack mußte grinsen, weil er das Gefühl hatte, das Schicksal des Werkstattbesitzers liege allein in seiner Hand. »Ich schätze, ich sollte Ihnen eine weitere Chance geben, Ihr Glück zu vergrößern.«
»Der Blödsack fragt, ob ich eine zweite Chance will. Die einzige Chance, die ich gern erhalten würde, Mann, ist, ihnen so fest in den Arsch zu treten, daß Sie eine Woche nicht mehr sitzen können. Und sei es nur dafür, daß Sie mich mit Ihrem Scheißdreck von der Arbeit abhalten!«
»Danke, das war eindeutig.« Jack legte rasch auf, damit Colloran sein Kichern nicht hören konnte. Er nahm sich als nächstes die Nummer des Mannes vor, dessen Namen ihm am besten gefiel:

Fazackerley of Fazackerley, ein Klempnermeister. Aber niemand hob ab, und Jack vermutete, er kümmere sich irgendwo um eine Installation. Dann sagte er sich, daß eine Frau möglicherweise mehr Verständnis für sein Anliegen aufbringen würde. Eine Fotografin stand auf seiner Liste, und die rief er an. Er ließ es elfmal klingeln, dann wieder elfmal und wollte schließlich aufgeben. Doch im nächsten Moment meldete sich eine weibliche Stimme mit: »Ja bitte?«

»Spreche ich mit Janys Day?«

»Ja, die bin ich.«

»Sie kennen mich nicht. Ich habe Ihnen vor einiger Zeit einen Brief geschickt, in dem ich Ihnen eine Möglichkeit aufzeige, wie Sie Ihr Glück steigern können.«

»Ja, ich weiß.«

Jack sagte sich, daß sie damit meinte, sie erinnere sich an das Schreiben. »Ich möchte mich nun gern erkundigen, ob es Ihnen inzwischen möglich gewesen ist, der Aufforderung Folge zu leisten.«

»Ich fürchte, ich bin noch nicht dazu gekommen.«

»Es ist aber sehr wichtig, Miss Day. Ich kann Ihnen aus eigener Erfahrung bestätigen, daß ...«

»Nicht Miss, sondern Mrs. Day, obwohl das mittlerweile für mich nicht mehr als ein Name wie jeder andere ist. Es tut mir leid, aber für solche Dinge habe ich eigentlich keine Zeit.«

»Der Ansicht war ich auch, bis ich feststellen durfte, daß es tatsächlich funktioniert. Haben Sie das Schreiben vielleicht noch?«

»Ich fürchte, das gibt es nicht mehr.«

»Ich könnte Ihnen ein neues zusenden, falls Sie sich die Sache noch einmal überlegen möchten. Ich kann Ihnen versichern, daß Sie sich damit einen Gefallen ...«

»Wissen Sie, ich denke, Sie würden nur Ihr Geld zum Fenster hinauswerfen, genau so wie Sie jetzt Ihre und meine Zeit vergeuden. Wer sind Sie eigentlich? Sind wir uns schon einmal vorgestellt worden?«

»Ich bin nicht mehr als ein geheimnisvoller Wohltäter.«
»Ich mag keine Geheimnisse, und ich kann es erst recht nicht leiden, von jemandem angerufen zu werden, der seinen Namen nicht nennen will!«
»Ich habe auch nie erfahren, wer mir den Brief geschickt hat. Es kommt doch nur auf das Glück an, nicht auf den Absender. Wenn Sie mir nur ein paar Minuten gewähren, könnte ich Ihnen ...«
»Das ist wieder mal typisch Mann! Wenn wir nein sagen, begreift ihr das nicht.« Das war das letzte, was er von Janys Day zu hören bekam.
»Ich fürchte, Sie werden mich noch kennenlernen«, murmelte Jack und grinste grimmig. »Ich komme wie ein schlimmer Schicksalsschlag über Sie.« Er blätterte gerade weiter im Telefonbuch, als jemand hinter ihm hüstelte. »Oh, Verzeihung, warten Sie schon länger?«
»Nein, erst ein paar Sekunden. Ich möchte gern wissen, wo ich die Heimatgeschichte finde.«
»Nun, einen Teil von ihr sehen Sie vor sich.« Jack erhob sich und führte die kleine, nervöse Frau in die abgeteilte Ecke, in der die Bücher über Merseyside und Umgebung standen. In den dreißig Sekunden, in der sie ihn begleitete, räusperte sie sich mindestens ein dutzendmal. Als sie angekommen waren, erklärte er ihr: »Tut mir leid, ich war gerade damit beschäftigt, überfälligen Büchern hinterherzutelefonieren.«
»Ja, das habe ich mir schon gedacht.«
Eine andere Leserin wollte von Jack wissen, wo sie die gesetzlichen Bestimmungen über die Einrichtung eines Unternehmens in einem Privathaushalt finden konnte. Jack war eine halbe Stunde damit beschäftigt, ihr alle in Frage kommenden Werke zu besorgen. Er hätte nie gedacht, daß ein im Grunde genommen so simples Begehren von so vertrackten Vorschriften reglementiert wurde, und war insgeheim froh, seinen Lebensunterhalt auf einfachere Weise zu verdienen. Als er die Frau mit allem versorgt hatte, kam der Leiter vom Mittagstisch zurück. »Sind Sie bereit,

loszufahren und sich um die ausstehenden Bücher zu kümmern?«
»Bereit und willens.«
»Sie bekommen es mit einem recht merkwürdigen Kauz zu tun.«
»Ich bin es gewöhnt, mich mit merkwürdigen Vögeln herumzuplagen.«
»Er lebt in der Nähe der Bücherei in Bromborough. Weil sie ihn dort schon zu gut kennen, kommt er jetzt lieber zu uns.« Als Jack sich auf den Weg machte, rief der Leiter ihm hinterher: »Nehmen Sie doch die Route über Eastham. Dort haben Sie eine phantastische Aussicht.«
Das hörte sich für Jack wie eine Aufforderung an, sich Zeit zu lassen. Dabei hatte er nicht vor, unbedingt die schöne Aussicht zu genießen. Er verließ Ellesmore Port, kam an Einfamilienhäusern vorbei, die aus den dreißiger Jahren stammen mußten, passierte modernere Gebäude, die aber nicht unbedingt wohnlicher wirkten, und gelangte endlich auf eine Straße, die parallel zur Autobahn verlief. Er blieb auf ihr, denn sie gab ihm das angenehme Gefühl, nicht rasen zu müssen. Sonnenlicht drang zwischen Pappeln hindurch, bis die Straße die Autobahn kreuzte. Dahinter erwarteten ihn Felder. Ein kleines Tier kam von rechts und flitzte in die Hecke auf der gegenüberliegenden Seite. Als er die Ölraffinerie hinter sich gebracht hatte, erreichte er Eastham, ein kleiner Ort aus weißen Cottages, die um eine alte Kirche gebaut worden waren. Der nächste Ort hieß Bromborough. Das Zentrum dieses Dorfs war ein altes Steinkreuz, und die meisten Häuser, die sternförmig außen herum standen, enthielten Geschäfte und Werkstätten, darunter auch »Dails Schilder«. Einige hundert Meter weiter befand sich die Ortsbücherei, und auf deren Parkplatz stellte Jack seinen Lieferwagen ab.
Der Mann, der es versäumt hatte, die geliehenen Bücher wieder zurückzubringen, wohnte in einem kleinen Haus, das zwischen zwei großen eingeklemmt war und sich gegenüber der Bücherei befand. Als er auf das Haus zuschritt, bemerkte er, wie sich dort bei

einem Fenster, das kaum größer war als die Windschutzscheibe eines Kleinwagens, der Vorhang bewegte. Er drückte auf den schmutzigen Klingelknopf. Als ihm auch bei wiederholtem Läuten niemand öffnete, hob er den Türklopfer und stieß ihn mit aller Kraft gegen die Messingplatte, die auf dem knorrigen schwarzen Holz angebracht war. Diesmal erhielt er zur Antwort einen Wutschrei, und dann wurde die Tür aufgerissen. »Mr. Samson?« fragte Jack.

Ein großer hagerer Mann mit hängenden Schultern und riesigen roten Ohren stand vor ihm. Seine hellblaue Hose war an den Knien weiß, und die alte Tweedjacke wirkte wie seine Haut – mindestens eine Nummer zu groß. »Was?« brüllte er mit finsterem Blick und hielt sich eine Hand hinters Ohr.

»Sind Sie Mr. David Samson?«

»Was wollen Sie?« schnaubte der Mann lautstark.

»Die Bücher dort auf der Treppe, Mr. Samson. Ich komme von der Bücherei.«

Hinter dem Mann, am Ende der trübe beleuchteten Diele, auf deren Teppich sich Bröckchen allen möglichen Ursprungs angesammelt hatten, erhob sich ein Stapel Bücher auf der Treppe. Sie ruhten zwischen offenen Konservendosen und einer Ansammlung unidentifizierbarer und verknitterter Kleidungsstücke. Jack konnte auf den Buchrücken die Autorennamen lesen und wußte, daß es sich dabei um die Titel handelte, die die Bücherei zurückverlangte. Samson stellte sich ihm in den Weg, um ihm die Aussicht zu versperren. »Sie sind nicht von der Bücherei dort!« schimpfte er und zeigte auf das gegenüberliegende Gebäude.

»Ganz recht. Ich komme von der Bücherei in Ellesmore Port.«

»Ellesmore Port? Verdammtes Kaff. Man kriegt nie einen Bus dorthin. Es heißt immer, er kommt bald, und dann wartet man doch vergebens. Wenn Sie mich fragen, dann wollen die Leute von der Busgesellschaft, daß wir zu Hause bleiben und unsere Seniorenpässe, die wir teuer bezahlt haben, nicht benutzen können!« Der Alte schrie sich fast die Seele aus dem Leib und starrte dabei

Jack so feindselig an, als sei der für dieses Dilemma verantwortlich.

»Ich komme nicht von der Busgesellschaft«, erklärte Jack und bemerkte, daß immer mehr Menschen auf dem Bürgersteig vor der Bücherei stehengeblieben waren. »Ich möchte nur die Bücher abholen.«

»Was?« brüllte Samson wieder und legte diesmal beide Hände hinter die Ohren.

»Die Bücher, Mr. Samson!«

»Sie wollen mir das einzige Vergnügen nehmen, das mir geblieben ist, was? Diese Bücher gehören allen. Wir bezahlen sie mit unseren Steuern. Nicht nur die Bücher, sondern auch Ihr Gehalt.«

»Nun, Mr. Samson, gerade weil die Bücher allen gehören, möchte die Bücherei sie zurückhaben, um sie auch allen zur Verfügung stellen zu können.«

»Was?«

»Ich glaube, Mr. Samson, Sie sind gar nicht so taub, wie Sie tun«, erklärte Jack in normaler Lautstärke.

»Wollen Sie mich einen Lügner nennen?« explodierte der Alte und erkannte im nächsten Moment seinen fatalen Fehler. Er erhob sich zu seiner vollen Größe und blickte auf Jack hinab. Dann zeigte er auf ihn und schrie der Menge, die sich vor der Bücherei versammelt hatte, zu: »Seht nur, was für eine Schikane sie sich jetzt schon wieder haben einfallen lassen. Das läßt Schlimmes für die Zukunft ahnen. Am besten leihen wir überhaupt keine Bücher mehr aus, denn wenn wir krank werden und sie nicht pünktlich auf die Minute zurückbringen können, schickt uns die Bücherei ein Rollkommando auf den Hals, das in unser Haus einbricht.«

»Ich habe weder Ihnen noch Ihrem Haus etwas zuleide getan«, erklärte Jack leise genug, damit nur Samson ihn hören konnte. »Aber ich gehe nicht ohne die Bücher.«

»Seht ihn euch nur an. Er hat auch noch Spaß an seiner Arbeit.« Als niemand der Neugierigen Anstalten machte, ihm zu Hilfe zu

eilen, starrte Samson Jack ins Gesicht und schüttelte sich. »Sie sehen aus wie ein Wahnsinniger! Sie sind gefährlich, Mann.«
»Nur, wenn man mich dazu zwingt.«
Samson zog sich ein Stück in sein Haus zurück. »Wagen Sie es ja nicht, näherzutreten«, drohte er, diesmal jedoch ohne zu brüllen. »Hier haben Sie Ihre Bücher, wenn Sie mich endlich in Frieden lassen. Gott steh uns bei, wenn es auf der Welt noch mehr Menschen Ihres Kalibers geben sollte.« Er stapfte durch die Diele, und seine Füße erzeugten auf dem Teppich mal knackende, mal krachende und mal schmatzende Geräusche. Samson packte mit beiden Händen das oberste Buch. »El Drecko, der gehört doch Ihnen, nicht wahr. So wie er malt, paßt der Name zu ihm, verdammter Schmierfink!« Er schleuderte das Kunstbuch auf den Teppich. »Und wen haben wir denn hier? Pikarscho? Oder heißt er Fickasso?«
»Wenn Sie nicht damit aufhören, die Bände herumzuwerfen, muß ich ins Haus kommen und Sie daran hindern!«
Der Mann packte den ganzen Stapel, preßte ihn an die Brust und kehrte zu Jack zurück. »Niemand darf hier eintreten. Nicht einmal jemand, der sich für diese Dinger interessiert!« brüllte er und nickte in Richtung des Gas- und des Stromzählers, die neben der Tür angebracht waren. »Erst wenn man mich in einer Zwangsjacke und in Ketten nach draußen trägt, ist hier der Zutritt möglich. Hier, nehmen Sie den ganzen Mist, wenn es Sie glücklich macht. Und hören Sie endlich auf, mich so unverschämt anzusehen.« Seine letzte Worte waren nur noch ein Krächzen. Offenbar hatte die Brüllerei seine Stimmbänder überanstrengt. Er stellte Jack die Bände vor die Füße und warf dann die Tür ins Schloß.
Alle fehlenden Bücher waren da. Jack hob sie auf und ging zum Parkplatz zurück. Die meisten Neugierigen hatten sich bereits verzogen. Nur ein altes Pärchen mit einem Yorkshire-Terrier hielt sich noch vor der Bücherei auf. »Sie hatten mehr Glück als der Gasmann letzte Woche«, teilte die Frau Jack mit.
»Wir könnten jemanden wie Sie gut gebrauchen, um bei unseren

säumigen Mietern das Geld einzutreiben«, erklärte der Mann. »Wenn ich es recht verfolgt habe, haben Sie Mr. Samson in keinem Moment angefaßt.«

»Das haben Sie richtig beobachtet.«

»Gut so. Im Grunde genommen muß man nur das Nein solcher Typen nicht akzeptieren, dann hat man schon gewonnen.«

»Ich wünsche Ihnen noch viel Erfolg«, sagte die Frau. »Sie sind ein echter Gewinn für unsere Gemeinde.«

Die beiden liefen noch ein Stück mit ihm, aber als Jack zum Wagen abbog, ließen sie ihn allein. Er legte die Bücher in den Transit und spazierte dann zu den Geschäften. Die Läden, die »Dails Schilder« gegenüberlagen, waren alle über den Nachmittag geschlossen. Er ging zum Steinkreuz, aber dort versperrten ihm ein halbes Dutzend Menschen die Sicht, die auf den Bus warteten. Wenig später kam dieser, und alle stiegen ein. Der Bus fuhr über die Kreuzung, und die Sicht war frei.

Das Schaufenster von Dails Laden war mit Schildern aller Art bestückt. Meist Verbote wie VORSICHT, BISSIGER HUND – ZUTRITT VERBOTEN – BETTELN UND HAUSIEREN VERBOTEN – WIR MÜSSEN DRAUSSEN BLEIBEN – WIR GEWÄHREN KEINEN KREDIT – RAUCHEN VERBOTEN. Jack blieb vor der Ladentür stehen, klemmte die Aktentasche zwischen den Knien ein, öffnete den Briefschlitz, der sich nur dreißig Zentimeter über dem Boden befand, und spähte hindurch. Er entdeckte bloße Bodendielen, und direkt vor ihm zeigte sich eine mehrere Millimeter breite Ritze, die von der Tür bis zum Tresen verlief. »Die perfekte Feuerlinie«, murmelte er, zündete das Gas der Lötlampe an und schob die Düse durch den Schlitz.

Das gongartige Geräusch fiel ihm wieder ein, das der Tank auf Arrods Schädel erzeugt hatte. Doch das, was er jetzt mit dem Gerät machte, verlief nahezu geräuschlos. Binnen Sekunden fraß sich die Flamme ihren Weg durch die Ritze. Als Jack entdeckte, wie die Farbe der Schilder, die auf dem Tresen lag, sich aufzulösen begann, drehte er das Gas ab. »Ich hoffe, Sie sind gut versichert. Manchmal

kann eine eine kleine Ausgabe vor einer Menge Kopfschmerzen bewahren.«
Er eilte, wie immer unsichtbar, zum Lieferwagen zurück und fuhr zum Steinkreuz. Eine Frau, die von einem Ring von Einkaufstüten umgeben war, fing an zu schnüffeln. Jeden Moment mußte sie den Rauch bemerken, der aus dem Briefschlitz nicht weit von ihr herausquoll. Wenn sie rasch genug reagierte, konnte sie in die nahe Telefonzelle rennen und die Feuerwehr alarmieren, ehe das Feuer auf die benachbarten Läden übergriff. Jack zwinkerte dem Clown zu. »Wir beide hätten nie gedacht, daß wir uns einmal über einen verkaufsfreien Nachmittag freuen würden, was?«

Kapitel 34

Der Büchereileiter war von Jacks Erfolg begeistert. Unter den geborgenen Büchern befanden sich auch einige, die Samson unter anderen Namen in den Büchereien von Birkenhead und Chester ausgeliehen hatte. »Ich schicke Sie bestimmt bei Gelegenheit noch einmal los«, erklärte er, und Jack notierte sich in Gedanken, daß er dann wohl einen weiteren Namen von der Liste würde streichen können.

Als er nach Hause kam, lag Laura schon im Bett und schlief. Es gefiel ihm zwar nicht, eine Situation in der Schwebe zu lassen – es kam ihm wie ein Makel vor –, aber er hielt es auch nicht für ratsam, sie zu wecken. Am nächsten Morgen wartete er am Frühstückstisch auf seine Tochter. Sie kam wie üblich in letzter Minute die Treppe heruntergestürmt, um sich über ein Stück Toast mit Marmelade herzumachen, sich danach die Zähne zu putzen und schließlich zur Schule zu eilen. Jack hatte die Zeitung auf der Seite aufgeschlagen, auf der der Artikel über sie stand, und neben sich gelegt. »Laura, weißt du etwas darüber?«

»Kannst du damit nicht warten, bis sie wieder nach Hause kommt?« tadelte Julia ihn.

»Ich denke, wir fühlen uns alle besser, wenn die Sache möglichst rasch geklärt wird.« Keine der beiden entgegnete etwas darauf, und so fragte er noch einmal: »Also, was weißt du darüber, Laura?«

»Die Mutter einer meiner Freundinnen ist Reporterin.«

»Und?«

»Sie hat mich, als ich gerade mit Stephanie auf dem Heimweg war, nach dem Geld gefragt.«

»Du meinst, sie hat dich interviewt.«

»Ich hatte keine Ahnung, bis sie fertig war und erklärte, das käme wahrscheinlich in der Zeitung.«
»Ich denke, ich werde mir diese Dame einmal vorknöpfen.«
»Dad, bitte nicht. Stephanie ist meine Freundin. Und ihre Mutter hat doch nichts Schlimmes über uns geschrieben.«
Jack gab nach, ärgerte sich aber noch eine Weile darüber. »Ich schätze, wir müssen uns damit abfinden, in der nächsten Zeit in den Schlagzeilen zu stehen.«
Er hatte das unbestimmte Gefühl, daß ihn heute noch einiges erwartete, doch erst als die Post kam, erhielt er Gewißheit: Ein Brief von der Bank war gekommen. »Bitte rufen Sie mich an, sobald es Ihnen möglich ist, damit wir einen Termin ausmachen können«, las er Julia das Schreiben vor. »Sieht so aus, als sei Mr. Hardy hinter unserem unverhofften Reichtum her.«
»Vielleicht will er uns Geld geben.«
»Ich frage mich, ob ich das bewirken kann«, dachte Jack laut und rief die Bank an.
Als Mr. Hardy Jacks Namen hörte, verlor er keine Zeit. »Wäre es Ihnen recht, mich aufzusuchen, damit wir gemeinsam über Ihre finanzielle Situation diskutieren können?«
»Ich könnte gleich kommen.«
»Mein Terminplan ist bis zum Mittag voll. Ginge es vielleicht heute nachmittag?«
»Da bin ich bei der Arbeit.«
»Und Ihre Gattin?«
Jack ging nicht darauf ein und erklärte: »Lieber morgen, sobald Sie öffnen. Das heißt, wenn unsere Besprechung nicht zu lange dauert.«
»Ich kann mir nicht vorstellen, daß wir uns lange aufhalten werden.«
»Fein, dann freue ich mich schon.« Jack fletschte die Zähne und wandte sich dann an seine Frau: »Ich kann mich des Eindrucks nicht erwehren, daß er die Sache in der Zeitung gelesen hat.«
»Müssen wir beide hin?«

»Es spielt keine Rolle, was er will, sondern was du möchtest.«
»Dann komme ich mit.«
Wenn Jack allein hingegangen wäre, hätte er härter und bestimmter auftreten können. Aber er war nicht der Ansicht, daß Julias Gegenwart ihn behindern würde. Er suchte noch nach einer Ausrede, das Haus früher zu verlassen, um die letzten Telefonanrufe zu tätigen, als Julia ihn mit Nachdruck aufforderte, ihr beim Aufräumen zu helfen. Wenn nur er und sie sich im Haus aufhielten, wirkte es nicht so klein. Trotzdem kamen sie sich immer wieder sehr nahe. Als sie sich bis zum Schlafzimmer vorgearbeitet hatten, fingen sie an, sich gegenseitig auszuziehen. Sie waren noch halbangezogen, als Julia ihn aufs Bett zog und mit ihren Beinen seine Hüften umklammerte. Er bekam eine mächtige Erektion und drang heiß und groß in sie ein. Als sie laut schrie und ihm die Fingernägel in den Rücken bohrte, glaubte er, noch nie aus dem Mund eines Menschen ein so lautes Geräusch gehört zu haben.
Sie lagen wohlig erschöpft und aneinandergeschmiegt auf dem Bett, bis es für ihn Zeit wurde, zur Arbeit zu fahren. Auf dem Weg zur Bücherei überlegte er, daß sich vermutlich am Nachmittag eine Gelegenheit ergeben würde, die Telefonate zu führen. Er kam ein paar Minuten zu früh an und setzte sich an den Auskunftstisch. Während er im Telefonbuch blätterte, fiel ihm die heutige Schlagzeile ins Auge: ZUSAMMENHANG ZWISCHEN DEM MORD UND DEN MERSEY-BRÄNDEN VERMUTET.
Jack lief zu dem Zeitungstisch und sagte sich, daß es für ihn keinen Grund gab, heimlich zu tun. In dem Artikel stand, daß die Polizei davon ausging, Walter Foster sei freiwillig in den Kanal gesprungen, um sich davor zu bewahren, bei lebendigem Leib verbrannt zu werden. Die Ermittlungsbeamten waren auch auf Übereinstimmungen zwischen Fosters Tod und dem von Jeremy Alston und Stephen Arrod gestoßen. Jack fragte sich, wer sich Begriffe wie »Mersey-Mörder« oder »Kanal-Killer« ausdachte, auf die er in dem Text immer wieder stieß. Er war noch in die Lektüre vertieft, als der Leiter ihn ansprach: »Jack?«

»Ich habe nur einen Blick in die Zeitung geworfen«, erklärte er und drehte sich gleich zu dem Mann um. »Ich gehe sofort wieder an die Auskunft.«
Doch etwas an der Miene des Leiters ließ ihn zögern: »Oder liegt etwas anderes an?«
»Von mir aus nicht.« Der Mann verzog das Gesicht zu einem verunglückten Grinsen, das Jack noch weiter beunruhigte. »Aber unten wartet Ihr Fanclub. Die Polizei.«

Kapitel 35

Jacks erster Gedanke war, daß er zuviel Zeit verschwendet hatte. Statt die notwendigen Anrufe zu tätigen und möglicherweise sogar einen seiner besonderen Klienten aufzusuchen, hatte er sich mit Julia vergnügt und dadurch zugelassen, daß das Pech wieder über die Familie kam. Nein, Schlimmeres als Pech, denn er hatte Laura und Julia dem Unglück ausgesetzt. Er hatte das Gefühl, er sei ihrer nicht würdig. Jack Orchard war nicht in der Lage, seiner Familie ein gutes, glückliches Leben zu gewährleisten; mehr noch, er stürzte sie fortwährend ins Unglück. Jack ließ den Leiter stehen und schämte sich, weil nun alle Zeuge seiner Verhaftung werden würden.

Der Gummibelag auf den Stufen schien seine Schuhe festzuhalten, und er kam sich vor wie in einem Traum. Andererseits wußte man in Träumen nie, was die Zukunft einem brachte, wohingegen er hier und jetzt genau wußte, was ihn erwartete. Er stellte sich vor, wie Julia und Laura von seiner Festnahme und von seinen Schandtaten erfuhren. Sollte er seine Frau nicht anrufen und ihr alles gestehen, bevor sie es von jemand anderem erfahren mußte? Aber er wußte nicht, wie er ihr es sagen sollte. Nicht ein einziger Kalauer oder Scherz wollte ihm einfallen.

Als er den Fuß der Treppe erreichte, riß ihn Stella, die gerade aus der Video-Abteilung kam, aus seinen Gedanken: »Was haben Sie bloß angestellt, Jack?«

Sie hatte das natürlich witzig gemeint. Selbstredend würden die Beamten seinen Kollegen nicht auf die Nase binden, zu welchem Zweck sie Mr. Orchard sehen und sprechen wollten. »Wo stecken denn unsere Freunde und Helfer?« fragte er.

Sie zeigte mit dem Kopf nach draußen. Dabei klingelten die Glöckchen, die an ihren Ohren hingen. »Sie warten auf Sie.«
Bei einem Blick über die Schulter entdeckte er einen Streifenwagen, der draußen vor der Drehtür stand. Ein uniformierter Beamter hielt sich in der Nähe des Wagens auf und kehrte der Bücherei den Rücken zu. Er bewachte den einzigen Ausgang, den Jack benutzen konnte, ohne den Alarm auszulösen. Erst jetzt fiel Jack ein, daß er Julia von der Wache aus anrufen konnte. Schließlich stand ihm das Recht auf einen Anruf zu. Er schlurfte zur Halle, in der sich die Polizisten aufhielten. Weil ihm auch jetzt nichts einfallen wollte, was er Julia hätte sagen können, wurde er immer langsamer, bis er plötzlich das Gefühl hatte, die Beamten nie erreichen zu können.
Er drückte mit der Handfläche gegen die Metallplatte an der Außentür, als der Polizist, der neben dem Streifenwagen Wache hielt, beide Hände vors Gesicht hob. Jack hörte das Schaben eines Streichholzes an der Reibfläche, und im nächsten Moment stieg Rauch aus dem Gesicht des Mannes auf. Wenn Jack sich an ihm vorbeischleichen und zum Lieferwagen gelangen könnte, um die Lötlampe herauszuholen ... Nein, das wäre nicht fair. Der Beamte erfüllte nur seine Pflicht. Jack straffte seine Gestalt und marschierte durch die Drehtür nach draußen, wo ihn helles Sonnenlicht und das Aroma von Pfeifentabak erwarteten. »Ich glaube, Sie wollten mich sprechen«, erklärte er.
Der Polizist stieß mehrmals Rauch aus, ehe er sich zu Jack umdrehte. Vielleicht rauchte er Pfeife, um seinem jungenhaften Gesicht ein männlicheres Aussehen zu verleihen. Er sah Jack einige Sekunden lang an und sagte dann: »Das ist richtig.«
»Nun, hier bin ich.«
Der Beamte setzte eine grimmige Miene auf, und Jack hatte den Eindruck, der Mann versuche, so gefaßt und seriös wie möglich aufzutreten. »Wie darf ich Sie anreden?«
Jack lag es schon auf der Zunge, Mersey-Mörder oder Graf von Elf zu antworten, erklärte dann aber: »Ein einfaches Sir genügt.«

»Ganz wie Sie wünschen, Sir.«
Jack sagte sich, daß es ihm nichts einbringen würde, den Mann zu verärgern. »Mein Name ist Jack Orchard.«
»Mr. Orchard, ich denke, es wird nicht lange dauern«, entgegnete der Polizist und zündete sich die Pfeife wieder an. Das Streichholz flammte vor seinem Gesicht auf, und Jack gewann den Eindruck, der Beamte spiele mit ihm, wolle ihn dazu verleiten, ein Geständnis abzulegen. Einige Büchereibenutzer, mit denen Jack sich einmal unterhalten hatte, blieben vor dem Eingang stehen und starrten ihn und den Uniformierten an. »Können wir uns im Wagen unterhalten?« fragte Jack.
Der Polizist zog die Pfeife aus dem Mund und deutete mit dem Stiel auf seinen Kollegen, der hinter dem Steuer saß und eine Straßenkarte studierte. »Er kann Pfeifenrauch nicht ausstehen.«
»Dann stecken Sie sie doch weg und die Streichhölzer gleich dazu, bevor ich Ihnen zeige, wo Sie sich beides hinschieben können.«
Der alte Jack kam nur deshalb nicht dazu, dies zu entgegnen, weil den neuen Jack in diesem Moment die schreckliche Vorstellung befiel, der Büchereileiter könnte Julia anrufen und ihr alles verraten. »Was haben Sie meinem Boß gesagt?«
Der Beamte sah ihn mit unidentifizierbarer Miene an: »Was hätte ich ihm denn sagen sollen?«
»Warum Sie mich zu sprechen wünschen.«
»Mehr habe ich ihm auch nicht mitgeteilt.«
Der Polizist setzte sich Richtung Streifenwagen in Bewegung, aber Jack hielt ihn zurück: »Macht es Ihnen etwas aus, wenn ich noch rasch ein Telefonat führe?«
»Wir sind eigentlich ziemlich beschäftigt, Mr. Orchard. Kann das nicht noch ein paar Minuten warten?«
Nein, das hörte sich ganz gewiß nicht wie eine weitere Falle an. Oder wußte der Beamte etwa nicht ... »Ich bin verheiratet«, erklärte Jack ihm.
»Herzlichen Glückwunsch«, entgegnete der Polizist mit leiser Ironie. »Und Sie haben sich noch nicht daran gewöhnt?«

Anscheinend spielte er doch mit Jack. Als der Mann erneut die Streichhölzer aus der Tasche holte und sich daran machte, die Pfeife ein drittes Mal zu entzünden, verkrampften sich Jacks Finger. »Schon länger verheiratet?« erkundigte sich der Beamte und starrte Jacke über die Flamme hinweg ins Gesicht.
»Fast dreizehn Jahre.«
»Manche würden eine so lange Zeit als Glück ansehen. Kinder?«
»Eine Tochter.«
»Ein Kind reicht vollauf. Zumindest versuche ich, das meiner Frau beizubringen.« Der Polizist wehte die Rauchwolke beiseite, die er ausgepustet hatte. »Macht Ihre Tochter Ihnen Probleme?«
»Nein, aber diese Unterhaltung hier.«
»Verstehe, Sir.« Das Gesicht des Mannes hätte nicht röter werden können, wenn Jack die Flamme des Lötkolbens darauf gerichtet hätte. Mit einer strengen Sachlichkeit, die Jack davon überzeugte, er verschwende die Zeit der Polizei, erklärte der Beamte: »Dann sollten wir uns um die Fakten kümmern.«
»Hier?«
»Hier ist es genausogut wie überall sonst. Wo waren Sie gestern zwischen vierzehn Uhr dreißig und fünfzehn Uhr?«
»In Bromborough.«
»Und zu welchem Zweck?«
Wenn der Mann weiter spielen wollte, mußte er sich den Regeln des Grafen unterwerfen. »Um überfällige Bücher abzuholen.«
»So hat es uns auch der Herr gesagt, bei dem Sie sie abgeholt haben. Er hatte allerdings auch noch einiges über Ihre Methoden vorzubringen.«
»Es hat Zeugen gegeben.«
»Aber selbstverständlich. Es überrascht mich jetzt nur zu hören, daß Sie die Zeugen bemerkt haben.«
Wenn er nur der Brandstiftung verdächtigt würde, sollte er dann nicht gleich hier und jetzt ein Geständnis ablegen? Die Polizei würde hinter dem Feuer in der Schildermacherei nicht mehr als bloße Brandstiftung vermuten, aber nichts von den wahren Zu-

sammenhängen ahnen. Nach einer kurzen Pause fuhr der Polizist fort: »Um wieviel Uhr sind Sie zu Ihrem Wagen zurückgekehrt?«
»Das muß ein paar Minuten vor fünfzehn Uhr gewesen sein.«
»Erinnern Sie sich noch daran, an einer Schildermacherei vorbeigekommen zu sein?«
Jack wurde zunehmend ungeduldiger. »Vielleicht, ich weiß es aber nicht mehr.«
»Denken Sie bitte genau nach. Möglicherweise hilft Ihnen der Name des Ladens weiter: Schilder Dial.«
»Nein, Dails Schilder!« wollte Jack ihn korrigieren, beherrschte sich dann aber und lächelte. In so eine plumpe Falle tappte er nicht. »Nein, der Name sagt mir rein gar nichts.«
»Die Schildermacherei liegt zwischen dem Parkplatz und dem Steinkreuz.«
»Dann muß ich wohl daran vorbeigekommen sein. Warum fragen Sie?«
»Weil wir jeden befragen, der unseres Wissens zur fraglichen Zeit dort war, Mr. Orchard. Wir möchten erfahren, ob jemand etwas Verdächtiges aufgefallen ist. Die kleinste Kleinigkeit, ganz egal.«
Pfeifenrauch wehte in Jacks Gesicht und gab ihm die Gelegenheit, zu husten und die Hand vor den Mund zu halten, um sich zu sammeln. »Warum, ist dort jemand eingebrochen?« fragte er einen Moment später.
»Nein, Brandstiftung. Jemand hat in dem Laden Feuer gelegt, und wir haben noch keine Ahnung, welches Motiv dahintersteckt.«
»Donnerwetter! Nein, mir ist ganz bestimmt niemand aufgefallen, dem so etwas zuzutrauen gewesen wäre. Befindet sich in der Nähe des Steinkreuzes nicht eine Bushaltestelle?«
»Ja, warum?«
»Ich erinnere mich, an der Haltestelle eine Frau mit etlichen Einkaufstüten gesehen zu haben. Aber ich kann mir nicht vorstellen, daß sie die Person gewesen ist, nach der Sie suchen.«
»Sie war diejenige, die die Feuerwehr gerufen hat. Darf ich Sie fragen, was für einen Wagen Sie fahren?«

»Einen blauen Transit. Dort drüben steht er.«
»Dann sind wir schon einen Schritt weiter. Die Dame hat nämlich ausgesagt, daß sie diesen Wagen vorbeifahren sah.« Der Polizist sah Jack eigentümlich an, so als widerstrebe es ihm, ihn gehen zu lassen. »Bitte geben Sie uns Bescheid, wenn Ihnen noch etwas einfällt, ganz egal, wie unbedeutend es Ihnen erscheinen mag. Und jetzt möchten Sie bestimmt Ihren Anruf machen.«
»Na ja, ganz so dringend war es auch wieder nicht. Ich schätze, als Vater verstehen Sie, was in einem vorgehen kann.«
»Dann liegt also nichts Gravierendes an?«
»Unsere Tochter war in der Zeitung. Drei junge Burschen haben sie zusammengeschlagen, und vor kurzem hat uns jemand eine beträchtliche Summe für den Fall geschickt, daß wir die Sache vor Gericht bringen wollen.«
»Ja, ich glaube, ich habe von der Geschichte gehört.« Der Beamte saugte ein letztes Mal an seiner Pfeife und öffnete die Beifahrertür. »Wenn diese Mistkerle einmal die Nacht in Polizeigewahrsam verbringen sollten, würde es mich nicht wundern, wenn sie sich gegenseitig krankenhausreif schlagen.«
Der Streifenwagen fuhr davon, und Jack blieb noch eine Weile im Sonnenlicht stehen, um seine Gedanken zu sammeln. Was hatte diese Begegnung zu bedeuten? Er wollte sich die Erleichterung ins Gedächtnis zurückrufen, die ihn in dem Moment befallen hatte, als er glaubte, die Polizei sei ihm auf die Schliche gekommen. Er lief zum Parkplatz, und als er seinen Lieferwagen erreichte, wurde ihm bewußt, daß sein Glück weiterhin anhielt. Als der Polizist ihn befragt hatte, hatte er ihn gleichzeitig daran gehindert, im Auftrag der Bücherei säumige Benutzer aufzusuchen und dabei Abstecher zu seinen Privatklienten zu unternehmen. Die Polizei hatte ihn heute aufgesucht. Wenn er das nächste Mal in der Nähe eines Verbrechens gesehen würde, wäre das für die Beamten bestimmt Anlaß genug, ihn genauer unter die Lupe zu nehmen. Und der Graf hatte ihm noch einen Triumph beschert: Er hatte dem Polizisten nicht erklären müssen, warum es ihm anfangs mit dem

Anruf so dringend gewesen war. Jack kehrte in dem sicheren Bewußtsein in die Bücherei zurück, allen wieder einmal ein Schnippchen geschlagen zu haben. »Wenn ich Ihr Gesicht so sehe«, sagte Stella, »scheint es wohl nichts Wichtiges gewesen zu sein.«

Jack legte einen Finger auf seine Lippen, um sich daran zu hindern, allzu breit zu grinsen. »Ganz im Gegenteil, meine Teure.«

Kapitel 36

Am nächsten Morgen hatte Julia Kopfschmerzen. Nachdem sie Laura das Frühstück zubereitet hatte, ging sie wieder nach oben und legte sich ins Bett. Jack duschte, zog sich an, setzte sich dann zu ihr auf die Bettkante und strich ihr über die Stirn. »Wir müssen uns bald auf den Weg zur Bank machen.«

Sie hielt seine Hand auf ihrer Stirn fest und genoß seine Berührung. »Wäre es sehr schlimm, wenn ich doch nicht mitkomme?«

»Aber nein, wieso denn? Ich komme mit ihm auch allein klar. Fehlt dir auch wirklich nichts Ernsthaftes?«

»Ich mache mal eine Pause mit dem Computer und den Fachzeitschriften. Zuviel Lektüre und zu lange Nächte vor dem Bildschirm haben mir diese Kopfschmerzen beschert.«

Jack vermutete, daß auch das Warten auf die Nachricht vom College an ihren Nerven zerrte. »Soll ich dich anrufen, sobald ich in der Bücherei bin, und dir erzählen, wie es gelaufen ist?«

»Besser, ich rufe dich dort an, Schatz, wenn es mir wieder einigermaßen geht.«

Jack fragte sich, ob die Aussicht, dem Bankdirektor entgegentreten zu müssen, ebenfalls für ihre Kopfschmerzen verantwortlich war. »Keine Bange, ich habe bestimmt nur Schönes zu berichten.«

Sie runzelte die Stirn und verzog im selben Moment schmerzhaft das Gesicht. »Versprich nichts, was du später nicht einhalten kannst.«

»Keine Bange, ich werde ihn schon nicht an der Gurgel packen.« Jack küßte sie sanft auf die Stirn. Er füllte im Badezimmer ihr Glas mit Wasser, nahm einen Schluck und stellte es dann auf den Nachttisch. Seine Finger waren naß geworden, und als er Julia

damit über die Stirn strich, lächelte sie dankbar. »Träum schön von Kreta«, verabschiedete er sich von ihr und verließ das Haus.
Das Sonnenlicht fiel auf die Straße und drängte die Schatten an die Häuser zurück. Jack kurbelte das Seitenfenster herunter, um die Hitze und den scharfen Geruch im Wagen zu vertreiben. Er war zehn Minuten zu früh, als er in die Seitenstraße abbog, an deren Ecke sich die Bank erhob, und blieb hinter einem schwarzen Capri stehen, der gerade eingeparkt wurde. Die Rückleuchten flammten weiß auf, und dann gesellte sich das feurige Rot der Bremslichter hinzu. Der Fahrer stieg aus und kam auf den Transit zu. Es war Mr. Hardy. »Ich bin Erster«, murmelte Jack.
Der Bankdirektor bedachte den Lieferwagen mit finsteren Blicken und stapfte zur Fahrertür: »Würde es Ihnen wohl etwas ausmachen . . .« Erst jetzt erkannte er Jack.
»Guten Morgen. Es dauert bestimmt nicht länger, als Sie Zeit für mich haben. Und ich schätze, bis wir beide fertig sind, haben Sie sowieso nichts anderes vor.«
Von oben betrachtet sah Mr. Hardy noch mehr als sonst so aus, als würde er nur aus vorstehenden Rundungen bestehen. Die glänzende Halbglatze, die wulstigen Lippen, der Spitzbauch. Er atmete laut aus, was seine Lippen zum Zittern brachte, und stampfte dann zu seinem Capri zurück, um seine Aktentasche zu holen. Als er den Eingang seiner Bank erreichte, wartete Jack dort bereits auf ihn. Mr. Hardy zückte den Schlüssel, und Jack trat höflich einen Schritt beiseite. »Würde es Ihnen etwas ausmachen, noch einen Moment draußen zu warten?« fragte der Bankdirektor.
»Ich habe meinem Boß erklärt, daß ich heute vielleicht ein paar Minuten später zur Arbeit komme. Nun ja, schließlich haben Sie am Telefon ziemlich dringend geklungen. Sie lassen mich doch nicht zu lange hier stehen, oder? Es kann doch wohl nicht in Ihrem Interesse liegen, daß ich meinen Job verliere, was?«
»Ich mache so schnell, wie es nur eben geht«, versprach Mr. Hardy gereizt und machte jemand anderem Platz, der eintreten wollte. Jack hatte den Eindruck, alle schlössen sich der Reihe an, deren

Anfang er, Graf von Elf und der Mersey-Mörder, bildeten. Aber dann erkannte er, daß die Bankangestellten herbeieilten. Er zog sich noch ein Stück zurück, aber nicht sehr weit, und verfolgte zu seiner nicht unbeträchtlichen Schadenfreude, wie Mr. Hardy sich den dicken Bauch anstieß. Dann ging die Tür zu, und Jack starrte sie an, als könnte er mit den Augen ein Loch in sie brennen. Er überlegte, ob er sich mit der Aktentasche bewaffnen sollte, um sich ein geschäftsmäßigeres Äußeres zu verleihen. In ihm war noch kein Entschluß gereift, als Mr. Hardy zurückkehrte und ihm die Tür öffnete.

»Treten Sie bitte ein«, erklärte er und begleitete seine Worte mit einem kurzen Nicken, das Jack aufzufordern schien, nicht zu trödeln. »Fragt sich, wer von uns beiden mehr Angst vor dem anderen hat«, murmelte Jack leise, als er dem Bankdirektor in sein Büro folgte.

Mr. Hardy ließ sich hinter seinem Schreibtisch nieder und zog den Bauch ein, um nicht gegen die Tischkante zu stoßen. »Wenn ich recht unterrichtet bin, sind Sie mit der Hauptverwaltung in Kontakt getreten.«

»Sie sind richtig unterrichtet.«

»Ich kann mir nicht vorstellen, was Sie dadurch zu gewinnen hofften. Ich kann Ihnen nur versichern, daß die Hauptverwaltung hinter meiner Entscheidung steht.«

»Können Sie? Wie schön für Sie. Ich meine natürlich, berichten Sie mir bitte alles.«

»Sie werden in den nächsten Tagen ein entsprechendes Schreiben in der Post vorfinden.« Mr. Hardy beugte sich vorsichtig vor und legte dann die Ellenbogen auf die Schreibunterlage. »Aber das ist nicht der Grund für meinen Brief. Es ist mir zu Ohren gekommen, daß Ihre finanzielle Situation eine Wandlung erfahren hat.«

»Wir machen alle unsere Erfahrungen.«

»Ich darf Sie daran erinnern, daß Ihr Konto bei uns immer noch überzogen ist.«

»Dann freut es Sie sicher zu hören, daß wir für unseren Urlaub in Griechenland keinen neuen Kredit aufzunehmen beabsichtigen.«
»Ich würde es an Ihrer Stelle für ratsamer halten, Urlaubs- und sonstige Pläne fürs erste auf Eis zu legen.«
»Und ich kann mich nicht ganz so gewählt wie Sie ausdrücken, Ihnen aber dennoch versichern, daß wir eine Verschiebung bislang nicht in Betracht gezogen haben«, entgegnete Jack und wartete die Erwiderung gar nicht erst ab. »Aber teilen Sie mir doch bitte Ihre Bedenken mit.«
»Ich kann mir nicht vorstellen, daß Ihr Arbeitgeber allzu erfreut darüber sein dürfte, wenn Sie sich, kaum daß Sie in seine Dienste getreten sind, schon einen längeren Urlaub nehmen.«
»Er hat dafür außerordentliches Verständnis gezeigt«, entgegnete Jack und freute sich schon insgeheim über seinen Punktsieg, als er Mr. Hardy am Gesicht ansah, daß dieser noch einen Trumpf im Ärmel hatte. »Was noch?« forderte Jack ihn heraus.
»Ich halte es für keine umsichtige Planung, einen Urlaub antreten zu wollen, der vielleicht kurzfristig abgesagt werden muß.«
Er ließ sich im Sessel zurücksinken und machte ein zufriedenes Gesicht. Jack hatte große Lust, ihm den Schreibtisch gegen den Bauch zu stoßen. »Was, um alles in der Welt, könnte uns dazu bewegen, die Reise kurzfristig abzusagen?«
»Nun es könnten gewisse Umstände auftreten, wie zum Beispiel die, daß Ihre verehrte Gattin vor Gericht erscheinen oder sich noch einmal auf der Wache melden muß.«
Jack spürte, daß Mr. Hardy sich wünschte, genau das möge eintreten, und es lag ihm auf der Zunge, dem Bankdirektor zu erklären, er möge dich noch einen Moment gedulden, weil er in seiner Aktenmappe etwas Interessantes habe, das er ihm gern einmal in Aktion vorführen würde. Er sagte diese Worte nicht, stellte sich aber vor, wie Mr. Hardy hinter seinem Schreibtisch eingeklemmt war und die Flamme ihm immer näher kam. »Verreisen Sie eigentlich dieses Jahr, Mr. Hardy?«

»Meine Frau und ich fahren wie stets nach Devon«, antwortete er mit unüberhörbarem Patriotismus.
»Ich kann mir beim besten Willen nicht vorstellen, Mr. Hardy, daß Sie bei dem Gedanken an unser Urlaubsziel dort nicht die rechte Erholung finden sollten.«
Der Blick in den Augen des Bankdirektors verriet Jack, daß er bei seinem Gegenüber einen wunden Punkt getroffen hatte, und er beschloß, einen neuen Vorstoß zu wagen: »Stellen Sie sich nur vor, wieviel besser Sie sich fühlen werden, wenn Sie mit dem Wissen am Strand von Devon liegen, daß Sie uns die Hypothek gewährt haben.«
»Und was sollte mich zu einem solchen Schritt verleiten, Mr. Orchard?«
»Der Umstand, daß meine Frau eine neue Stellung antritt.«
»Steht das denn schon fest?«
Die Frage war dazu angelegt, Jack zu ermutigen, und sie hörte sich in seinen Ohren auch wie ein schlechtes Omen für Julia an, aber er ließ sich nicht unterkriegen. »Nun, gewisse Anzeichen deuten darauf hin.«
»Aha, gewisse Anzeichen. Ich fürchte, im Kreditwesen sind wir auf etwas konkretere Fakten angewiesen.«
»Gut, wenn meine Frau den neuen Job konkret in der Tasche hat, gewähren Sie uns dann die Hypothek?«
Mr. Hardy blies die Wangen auf. »Ich denke, ich werde mir die Unterlagen dann noch einmal vornehmen.«
»Und ich denke, die Hauptverwaltung wird Ihr Vorgehen begrüßen.«
Mr. Hardy blinzelte mehrmals, so als müßte er eine plötzlich aufflackernde Nervosität niederringen. »Darf ich mich erkundigen, was Sie so unglaublich sicher macht, daß Ihre Gattin die neue Stellung erhält?«
»Ich glaube, das sollte ich besser für mich behalten«, entgegnete Jack, erhob sich und blickte auf den dicken Mann hinab. »Haben wir sonst noch etwas zu besprechen?«

Mr. Hardy beugte den Kopf in den Nacken, und Jack fürchtete schon, sein Gegenüber würde das Gleichgewicht verlieren und nach hinten kippen. »Ich würde es begrüßen, wenn Sie Ihrer Gattin meine Besorgnis mitteilen würden. Ich hatte eigentlich erwartet, Sie heute morgen hier zu sehen.«
»Der ganze Streß war einfach zuviel für sie. Ich richte ihr aber gern Ihre besten Empfehlungen aus.«
»Ja, tun Sie das bitte, und behalten Sie meine Anmerkungen im Gedächtnis.«
»Seien Sie versichert, daß ich alles in meiner Macht Stehende unternehmen werde, um die Entwicklung zu dem Ausgang zu bringen, den wir alle sehen möchten.« Jack streckte dem Bankdirektor eine Hand entgegen, um sich von ihm zu verabschieden und um ihm aufzuhelfen. Er registrierte mit leisem Vergnügen, daß die Handfläche des Mannes verschwitzt war. »Bis demnächst.«
Er hatte in der Bank alles getan, was ihm möglich gewesen war. Aber es kam ihm so vor, als sei das nicht genug. Mr. Hardy hatte den Samen eines Zweifels in ihn gelegt, und Jack glaubte, daß jede weitere Verzögerung Julia in Gefahr bringen könnte. Im Innern des Lieferwagens war es heiß und stickig, und obwohl Jack beide Fenster herunterkurbelte, blieb es während der ganzen Fahrt so. Auf dem Weg zu Bücherei kam es ihm vor, als rase er dahin, um der bedrückenden Schwüle zu entgehen. »Nun, hatten Sie heute einen erfolgreichen Start?« begrüßte ihn der Leiter.
Jack hatte alle Hände voll zu tun. Er mußte Bücher in die Regale zurückstellen, Leser zu den von ihnen gesuchten Werken führen, einen hechelnden Straßenköter nach draußen jagen, in Lexika nachschlagen und einer Frau, die etwa in seinem Alter war, einen Brief vom Sozialamt vorlesen. Die Frau war nicht, wie er zuerst vermutet hatte, blind, sondern Analphabetin. Danach fragte er sich, ob möglicherweise der eine oder andere seiner Klienten auch des Lesens unkundig sein mochte. Wie sollte er den oder die Betreffenden dann behandeln? Stella riß ihn aus seinen

Grübeleien und rief ihn ans Telefon. »Ich glaube, Ihre Frau ist am Apparat.«
War es bereits zu spät? Er stürzte hastig ans Telefon und war so aufgeregt, daß ihm fast der Hörer aus der Hand gerutscht wäre.
»Ja?«
»Jack?« fragte sie und klang, als hätte sie schlechte Nachrichten.
»Ich bin am Apparat.«
»Wie war die Unterredung?«
»In der Bank? Wir haben in entspannter Atmosphäre unsere Standpunkte ausgetauscht, wie es so schön in der Diplomatensprache heißt. Was ist denn los?«
»Ach, ich habe immer noch solche Kopfschmerzen. Ich wollte dich bitten, mir auf dem Heimweg ein paar Tabletten zu besorgen.«
»Ich kann sie dir auch schon in der Pause besorgen.«
»Nein, im Moment geht es. Ich wollte nur welche im Haus haben für den Fall, daß ich heute nacht nicht einschlafen kann. Und vielleicht könntest du für dich und Laura eine Pizza holen.«
»Willst du denn nichts?«
»Vielleicht klaue ich euch ein klitzekleines Eckchen.«
»Du hättest ein Festmahl verdient.« Eine ungeheuere Woge der Sehnsucht nach ihr packte ihn, und zugleich spürte er große Erleichterung. Das Schicksal hatte ihm noch eine Chance gegeben, ihm aber zugleich aufgetragen, sein Glück und das seiner Familie bis zum Abend sicherzustellen.
Sobald er sich für ein paar Minuten freimachen konnte, eilte er in die nächste Apotheke und verlangte eine Flasche Paracetamol. »Es tut mir leid, aber die kann ich Ihnen nicht so ohne weiteres aushändigen«, erklärte ihm die Frau hinter dem Tresen.
»Wollen Sie mich auf den Arm nehmen?«
»Solange mein Chef nicht hier ist, darf ich Ihnen solche Arzneien nicht verkaufen. Tut mir leid, aber so verlangt es das Gesetz.«
»Das Gesetz kann mich kreuz –« Jack brach seinen Protest ab. Die junge Frau konnte schließlich nichts dafür. »Ist sicher richtig so.«
Er kehrte zum Wagen zurück und fuhr zu der Apotheke in

Birkenhead. Als er zur Bücherei zurückkehrte, war seine Pause fast vorüber. Er fühlte sich voller Tatendrang, aber auch sonderbar nervös. Die Adresse der Apotheke in Birkenhead stand auf der Verpackung, und das würde Julia eine hinreichende Erklärung dafür liefern, warum er so spät nach Hause kam. Er würde sich dennoch beeilen müssen.

Weitere Bücher, Leser und Fragen erwarteten ihn. Der Nachmittag verging, ohne daß Jack seinen Verlauf bewußt wahrnahm. Als er die Bücherei endlich verließ, vibrierten alle seine Nervenenden. Er raste über die Autobahn, atmete Hitze und Abgase ein und verließ sie an der Ausfahrt New Chester. Zunächst kam er nur an vereinzelten Häusern vorbei. Erst kurz vor Rock Ferry standen sie wieder dichter. Und als er in die Dock-Gegend gelangte, drängten sich die Gebäude gegeneinander, als wollten sie sich gegenseitig zerdrücken. Jack hielt vor einer Telefonzelle in der Nähe der Stadtautobahn an. Dahinter sah er die Kräne, die vom Merseyufer aufragten. Er suchte nach Kleingeld und ging hinein. In dem engen Raum stank es nach Benzin und der Zigarette, die sein Vorgänger geraucht haben mußte.

Jack ließ sich nicht entmutigen, als es endlos lange läutete. Erst nach dem dreizehnten Klingelton hob am anderen Ende jemand ab und fragte barsch: »Was ist?«

»Könnte ich mit Danny Colloran sprechen?«

»Was glauben Sie denn, mit wem Sie hier quatschen?«

Jack hörte keine Hintergrundgeräusche, wollte aber sichergehen. »Es tut mir leid, Sie bei der Arbeit gestört zu haben. Vielleicht ist jemand anderer da, mit dem ich sprechen kann.«

»Glauben Sie, ich hätte den verdammten Hörer abgenommen, wenn noch jemand hier wäre?«

»Tut mir leid, Sie gestört zu haben. Vielleicht rufe ich morgen noch mal an«, sagte Jack, bemerkte auf der mit allerlei Nummern bekritzelten Wand die Widerspiegelung seines Gesichts und fügte hinzu: »Vielleicht aber auch nicht.« Bei Colloran klapperte etwas, er hörte gerade noch: »Verdammter Blödmann.« Dann ertönte das

Freizeichen. Als sich die Tür der Telefonzelle endlich geschlossen hatte, war Jack mit seinem Wagen bereits unterwegs.

Ein paar hundert Meter weiter bog die Straße vor der Stadtautobahn scharf nach links ab. Direkt hinter der Kurve befand sich Collorans Werkstatt. Das Gebäude war zwei Stockwerke hoch, so breit wie zwei Familienhäuser, sah von außen schäbig aus und war das einzige Gebäude auf dieser Straßenseite. Jack stellte den Transit davor ab und machte sich mit seiner Aktentasche auf den Weg zum Eingang.

Auf der Stadtautobahn sausten die Autos vorüber. Jedes einzelne gab ein zischendes Geräusch von sich, wenn es an Jack vorüberkam, und diese Geräusche gingen in seinen Ohren bald ineinander über. Die halbe Fassade des Ziegelsteinbaus wurde von einer großen Doppeltür eingenommen, auf der der Firmenname prangte. Das letzte N befand sich auf einer kleinen Seitentür. Jack sah sich um und stellte fest, daß man nur von dieser Seite der Straße aus das Kennzeichen seines Transits erkennen konnte. Dann trat er durch die kleine Tür ein.

Der Innenraum war vollgestopft mit Fahrzeugen und Ersatzteilen. Eine Neonröhre, deren eines Ende einen halben Meter tiefer hing als das andere, baumelte von der Decke. Alles hier wirkte ölverschmiert, sogar das Telefon und das Telefonbuch und auch der Teekessel und die Blechtassen daneben. Am anderen Ende des Raums, hinter einem Volvo, der auf der Hebebühne stand, bearbeitete ein Mann einen Range Rover mit einem Schweißbrenner. Er schien noch nichts davon mitbekommen zu haben, daß jemand seine Werkstatt betreten hatte. Und als Jack aus Versehen gegen einen herumliegenden Kotflügel trat, ging das Klappern im Tosen des Schweißgeräts unter. Jack hatte den Range Rover fast erreicht, als der Mechaniker den Kopf hob und ihn durch die Autofenster anstarrte.

Jack konnte sein Gesicht nicht erkennen, da er eine metallene Schutzmaske trug. Der Mann stellte den Schweißbrenner ab, schob das Sichtfenster der Maske wie ein Visier hoch und

präsentierte sein verschwitztes und ölfleckiges Gesicht. »Wir haben geschlossen.«
»Ja, das glaube ich auch.«
Der Mechaniker hatte sehr kleine Augen, die von den dicken Wangen zusätzlich zusammengedrückt wurden. Sie sahen Jack ärgerlich und mißtrauisch an. »Haben Sie Dreck in den Ohren? Ich sagte, wir haben geschlossen!«
»An Ihrer Stelle wäre ich nicht zu glücklich darüber.«
Colloran blickte angewidert auf Jacks Aktentasche. »Wenn Sie von der Steuer sind, meine Alte kümmert sich um den Papierkram.«
»Das ist nicht der Grund meines Besuchs, Mr. Colloran.«
»Jetzt erzählen Sie mir nicht, daß die blöde Kuh gesponnen hat, als sie mir sagte, ich bräuchte keine Gewerbesteuer abzuführen!«
»Auch deswegen bin ich nicht gekommen.«
Colloran wischte sich mit dem Handrücken über die Stirn und verschmierte sie noch mehr. »Wollen Sie nur herumstehen und sich die Würmer aus der Nase ziehen lassen?«
»Sehen Sie mich als Ihr schlechtes Gewissen an, das erschienen ist, um Genugtuung zu verlangen.«
Der Mann griff in die Brusttasche seines dreckigen Overalls und zog ein klebriges Einwegfeuerzeug heraus. »Ich habe keine Ahnung, worauf Sie hinauswollen. Scheren Sie sich lieber mitsamt Ihren geschwollen Worten nach draußen, ehe ich die Geduld verliere.«
»Sie könnten mehr als nur Ihre Geduld verlieren.«
Der Mechaniker zündete sich eine Zigarette an, machte den ersten Zug und fragte: »Wer sind Sie eigentlich?«
»Der Mann, der Ihnen einen Brief geschickt hat. Ich habe Ihnen geschrieben, ich habe Sie angerufen, und jetzt bin ich persönlich vorbeigekommen, um Ihnen eine letzte Chance zu geben.«
Collorans Finger umklammerten das Feuerzeug, als wollten sie es zerquetschen. »Sprechen Sie von diesem Scheiß über das Glück?«
»Ja, ich zeige Ihnen eine Möglichkeit auf, Ihr Glück zu vergrößern.« – »Und jetzt kreuzen Sie hier auf, um festzustellen, was ich

von der Angelegenheit halte? Ist das so, Freundchen? Dann will ich Ihnen gerne zeigen, wie ich die Sache sehe!« Er streckte den Mittel- und Zeigefinger hoch.* »Sie machen diese Geste zu Ihrem Glück.« – »Nein, zu Ihnen, Mann!« brüllte Colloran. »Und nun hauen Sie ab, solange noch was von Ihrem Glück übrig ist!« – »Ich fürchte, Mr. Colloran, mein Glück ist der Grund meines Erscheinens.«
Der Mechaniker drehte am Rad des Feuerzeugs, und eine Flamme sprang aus der Öffnung. »Das reicht. Ich habe Sie gewarnt.« Er klappte die Schutzmaske nach unten, stellte den Schweißbrenner wieder an und richtete die Düse auf Jack.
Jack war mindestens drei Meter von ihm entfernt, spürte aber die Hitze der Flamme auf seiner Brust. Er stellte sich vor, wie er sich mit seiner Lötlampe bewaffnete, wie der Graf von Elf gegen den behelmten Schwarzen Ritter antrat. Aber dann wurde er ernst. Er würde zuviel Zeit damit verlieren, das Gerät aus der Aktentasche zu holen und das Gas zu entzünden. Colloran würde kaum ritterlich genug sein, ihm ausreichend Zeit dafür zu lassen. Als der Mechaniker Miene machte, auf ihn loszugehen, stellte Jack die Tasche neben einem ausgeschlachteten Datsun ab und schloß die Hand um den Innengriff der Fahrertür.
Colloran kam tatsächlich auf ihn zu. »Der Graf braucht keine Waffe, nur einen Schild«, knurrte Jack, hob die Tür, hielt sie vor sich hin und schritt dem Mechaniker entgegen.
Colloran blieb stehen und starrte ihn ungläubig an, dann hieb er mit dem flammenden Schweißbrenner nach dem unerwünschten Besucher. Jack wehrte den Schlag ab. Die Tür prallte gegen die Düse, und das Schweißgerät drehte sich in Collorans Hand. Im nächsten Moment stieg Rauch von der Brust des Overalls auf. Der Mechaniker schrie, aber mehr aus Verwunderung als aus Schmerz, und taumelte einen Schritt zurück. Er stolperte über einen Schraubenschlüssel und krachte so heftig auf den Betonboden, daß die Schutzmaske ein Stück nach oben rutschte und sein Kinn freigab.

* Das englische Äquivalent des hochgestreckten Mittelfingers (A. d. Ü.).

Er mußte bei dem Sturz das Bewußtsein verloren haben, denn er regte sich nicht mehr, obwohl der Flammenstrahl direkt auf sein Gesicht gerichtet war. Seine Finger ließen vom Griff ab, und die Düse wäre von seiner Brust gerutscht, wenn Jack nicht einen Fuß darauf gestellt hätte. Der Schaden war nun einmal angerichtet, und deswegen sollte es auch zu Ende gebracht werden. Jack zog mit der freien Hand das Taschentuch aus der Hosentasche, lehnte den Schild an seine Brust und wischte den Türgriff ab. Dann ließ er die Tür fallen und hielt sich das Taschentuch vor Mund und Nase, um nicht länger die Luft anhalten zu müssen. Er spürte, wie sich etwas unter seinem Fuß regte, aber die Bewegung hörte auf, bevor er noch hinsehen konnte. Als er glaubte, er könnte nun den Fuß von der Brust des Mannes nehmen, packte er seine Aktentasche und verließ die Werkstatt. Draußen wischte er den Griff der Seitentür ab, stieg in seinen Wagen und stieß einen langen Seufzer aus.

Er kurbelte das Seitenfenster herab und fuhr nach Birkenhead. Als er die Pizzeria erreichte, hatte der Fahrtwind alle Übelkeit fortgeweht, die in ihm entstanden war. Auf dem Weg nach Hause hielt er das Fenster geschlossen und genoß den Duft der Pizza. Er trug sie über den Gartenweg zum Haus, und Julia öffnete ihm die Tür.

»Wie geht es dir?« fragte er sie.

»Schon viel besser. Ich sterbe vor Hunger. Eigentlich hättest du gar nicht zur Apotheke fahren müssen.«

»Wir wollen es lieber nicht beschreien«, entgegnete er und lächelte, damit sie sich keine Gedanken über seine Worte machte. »Komm, beeilen wir uns, solange sie heiß ist.«

Kapitel 37

Als Jack in der Pause eine Schneiderin mit Namen Amy Conning anrief, hörte er das mechanische Schnarren eines automatischen Anrufbeantworters. »Nein, nein«, murmelte er, drohte dem Hörer mit dem Finger und rief bei Fazackerley of Fazackerley an. Diesmal ertönte ein Besetztzeichen, ein Piepen wie von einem Maschinengewehr. Eine Frau mit einem Kinderwagen versuchte durch dringliche Blicke in den Spiegel, der in der Telefonzelle hing, Jacks Aufmerksamkeit zu erregen. Aber er drehte sich weg, wenn sie es versuchte. Jack wollte so lange telefonieren, bis er jemanden von seinen Klienten erreicht hatte. Er hoffte, auf jemanden zu stoßen, der der Aufforderung des Briefs Folge geleistet hatte.

Ein Tankwagen donnerte auf dem Weg zur Autobahn vorüber und ließ die Zelle erbeben. Beim nächsten Versuch hatte Jack mehr Glück. Er hatte bei der Frau, die er anrief, ein gutes Gefühl, auch wenn er nicht an das glaubte, womit sie ihr Geld verdiente.

»Hallo«, meldete sie sich nach dem ersten Klingeln.

»Spreche ich mir Ursula Gemini, der Hellseherin?«

»Verzeihung, aber es heißt Ursa Gemini. Was kann ich für Sie tun?«

Jack war enttäuscht. Von jemandem ihres Berufszweigs durfte man eine solche Frage eigentlich nicht erwarten. »Ich habe Ihnen vor ein paar Wochen geschrieben.«

»Ich befasse mich nicht mit brieflichen oder Ferndiagnosen. Ich bevorzuge den persönlichen Kontakt. Sollen wir einen Termin ausmachen?«

»Können wir nicht jetzt reden? Es dauert bestimmt nicht lange.«

»Ich spreche nur von Angesicht zu Angesicht mit meinen Kunden. Sollen wir jetzt einen Termin machen? Ich habe hier nämlich eine Dame sitzen, die ihre Zukunft erfahren möchte.«

Obwohl Jack sich ausmanövriert fühlte, war er darüber eher amüsiert als verärgert. »Wie lange dauert denn eine Sitzung?«

»Das kommt ganz darauf an, wie klar Ihre Zukunft ist. Aber in der Regel nimmt eine Schicksalsprüfung nicht mehr als eine halbe Stunde in Anspruch.«

»Wie wäre es dann mit Montag vormittag?«

»Ich könnte Sie um elf Uhr empfangen.«

»Wunderbar, dann bis nächste Woche«, entgegnete Jack und wollte schon einhängen, als die Hellseherin sagte: »Einen Moment bitte, ich brauche einen Namen.«

Namen rauschten wie ein Sturzbach durch Jacks Bewußtsein, und zwei davon blieben hängen. »Bernard Onze«, antwortete er.

»Könnten Sie das bitte buchstabieren?«

Jack tat ihr den Gefallen und hängte ein. Sie schien ihm wirklich keine sonderlich begabte Hellseherin zu sein, sie hatte ja nicht einmal seinen falschen Namen durchschaut, aber er sagte sich, daß gerade jemand wie sie am ehesten für die Macht des Schicksals, wie sie in dem Brief beschworen wurde, empfänglich sein mußte.

Er versuchte noch einmal sein Glück bei der Klempnermeisterei.

»Fazackerley of Fazackerley«, meldete sich eine Frauenstimme.

»Ich möchte gern mit Mr. Fazackerley sprechen.«

»Tut mir leid, aber er ist im Moment nicht im Haus. Kann ich ihm etwas hinterlassen?«

»Nun ja, das läßt sich nicht so einfach erklären. Haben Sie eine Nummer, unter der ich ihn erreichen kann?«

»Ist die Angelegenheit denn dringend?«

»Sehr sogar.«

»Sie könnten es versuchen, aber ich weiß nicht, ob Sie damit viel Erfolg haben werden. Er arbeitet an einer großen Sache, wissen Sie, er kümmert sich um alles selbst.« Sie raschelte mit Papieren, und es hörte sich an wie bei einem Hund, der seine Notdurft

verscharrt. »Hier habe ich die Nummer. Bill läßt niemandem im Stich.«
»Das ist sehr nett von ihm.«
»Und für den Fall, daß Sie ihn dort nicht erreichen, was soll ich ihm sagen, wer angerufen hat? Sie sprechen übrigens mit seiner Frau.«
»Machen Sie sich keine Gedanken darüber, ich komme schon irgendwie zu ihm durch«, entgegnete Jack und legte auf. Während er die angegebene Nummer wählte, hoffte er, Bill habe dreizehn Kopien verschickt, und wenn nicht, daß er sich wenigstens von seinen Argumenten überzeugen ließ. Seine Frau war ihm in ihrer Unbeholfenheit, geschäftsmäßig zu klingen, liebenswürdig vorgekommen. Jack wollte ihr nicht weh tun.
Jack ließ es elfmal läuten, legte auf, wählte erneut und wartete wieder elf Freizeichen ab. Beim dritten Versuch, als er schon aufgeben wollte und sich vorstellte, wie der Klempner gerade mit einer Lötlampe oder einem Schweißgerät arbeitete, hob jemand ab: »Ja, wer ist da?« fragte ein Mann, der ziemlich langsam sprach.
»Sind Sie Bill Fazackerley?«
»Hm.«
Jack vermutete, daß sich der Meister allein an seinem Arbeitsplatz aufhalten mußte. »Ihre Gattin hat mir mitgeteilt, wo ich Sie finden kann.«
»Es tut mir leid, Sie bei der Arbeit zu stören«, fuhr Jack fort, atmete tief durch und hoffte, sein Wunsch möge in Erfüllung gehen. »Es geht um den Brief.«
»Ach so.« Fazackerley schien nachzudenken. »Was für ein Brief?«
»Ein Schreiben über das Glück.«
»Aha.«
Jack schloß die Augen. Hitzewellen strömten durch ihn, und er hatte das Gefühl, er würde mit ihnen verschmelzen. Die kurze Entgegnung des Klempners, im Grunde nur ein gegrunzter Laut, schien ihm alles zu sagen, was er wissen wollte. »Mr. Fazackerley, wenn ich Ihnen kurz erklären ...«

»Der Herr steh uns bei!« entfuhr es dem Mann mit solcher Macht, daß jede Silbe wie ein Glockenschlag klang. »Sagen Sie mir bloß nicht, daß Sie auch einer von denen sind!«
»Einer wovon?«
»Noch einer von den Leuten, denen sie 'nen Brief geschickt hat.«
Jack schloß die Augen und mußte sich mit einer Hand an der Zellenwand abstützen. »Wer ist sie?«
»Na, meine Frau!«
»Verzeihen Sie, aber reden wir über denselben Brief?«
»Von dem, wo man dreizehn Kopien verschicken muß, um Glück zu bekommen.«
»Ja, genau der«, sagte Jack und öffnete die Augen. Die Welt erschien ihm in neuer Klarheit und Schönheit. »Ich wollte Ihnen nur mitteilen, daß es funktioniert.«
»Ach so.«
»Bitte glauben Sie mir«, fuhr Jack fort, weil Fazackerley nicht sehr überzeugt klang. »Ich habe es Ihrer Frau nicht gesagt. Aber richten sie es ihr bitte aus, und danken Sie ihr in meinem Namen. Ich wünsche Ihnen beiden für die Zukunft das Allerbeste.«
»Hm«, entgegnete der Klempner wortkarg wie am Anfang, und Jack hängte ein. Er fühlte sich ungeheuer erleichtert und dankte den Fazackerleys in Gedanken. Und er war überglücklich, daß sein Wunsch in Erfüllung gegangen war und es wenigstens einen gab, der seinem Appell ans Glück gefolgt war. »Auf zu neuen Taten«, erklärte er dem Spiegel und wählte die nächste Nummer.
»Praxis Dr. Globe.«
»Könnte ich bitte den Zahnarzt sprechen?«
»In welcher Angelegenheit bitte?«
»Das möchte ich ihm lieber selbst erklären.« Im Hintergrund fing ein Kind an zu schreien. Nach einem Moment sagte die Frau: »Ich glaube, er ist jetzt fertig. Wen darf ich melden?«
»Ich glaube nicht, daß er mich kennt.«
»Ach so«, entgegnete die Frau mit leichtem Argwohn. Sie preßte den Hörer an die Brust. Nach ein paar Sekunden fragte eine

männliche Stimme: »Hier spricht Dr. Globe. Gibt es irgendein Problem?«

»Hört sich ganz so an«, entgegnete Jack, als eine Tür zugeschlagen wurde und das Kinderschreien nicht mehr zu vernehmen war. »Ich kümmere mich gerade um die Korrespondenz.«

»Von welcher Firma sind Sie?«

»Keine Firma. Wir reden von Privatperson zu Privatperson miteinander. Ich habe Ihnen vor einigen Wochen einen Brief geschickt, in dem ich Ihnen eine Möglichkeit aufzeigte, wie Sie Ihr Glück machen können, und jetzt rufe ich an, um ...«

»Aha, jetzt begreife ich.« Der Zahnarzt gab einen kurzen Laut von sich, der vermutlich ein Lachen sein sollte. »Wer rastet, der rostet, nicht wahr? Das gilt heute noch mehr als früher.«

»Ja, es hat den Anschein. Darf ich Sie fragen, ob Sie inzwischen Zeit und Gelegenheit gefunden haben ...«

»Wenn Sie nach Ihrem Brief fragen, dann lassen Sie sich sagen, daß er in den Papierkorb gewandert ist, zusammen mit den Reklamesendungen und all dem anderen Müll, der hier tagtäglich ankommt.«

»So etwas Ähnliches habe ich mir schon gedacht. Ich schätze, Sie werden Ihre Meinung nicht ändern, wenn ich Ihnen noch einen solchen Brief zusende?«

»Da liegen Sie goldrichtig. Und wenn sonst nichts mehr anliegt ...«

»Vielen Dank dafür, mir in einer wichtigen Frage Klarheit verschafft zu haben«, sagte Jack und knallte den Hörer auf. Der Zahnarzt war ihm gleich unsympathisch vorgekommen, als er das Kind schreien gehört hatte. Ein Blick auf seine Uhr belehrte ihn, daß er in ein paar Minuten seinen Dienst wieder antreten mußte. Er probierte es noch einmal bei der Schneiderin.

»Hier ist der Anschluß von Amy Conning. Ich bin im Augenblick leider nicht da. Wenn Sie bitte Ihren Namen und Ihre Rufnummer hinterlassen möchten ...«

»Nein, möchte ich nicht«, murrte Jack und hängte ein.

Es war nicht ausgeschlossen, daß Amy Conning neben dem Apparat stand und erst hören wollte, wer sie anrief, bevor sie sich entschied, ob sie abheben sollte oder nicht. Und wenn sie wirklich außer Haus war, mußte er ihr etwas Überzeugendes aufs Band sprechen. Und im Moment war es ihm zu mühselig, sich die passenden Worte zurechtzulegen. Sollte sie doch warten, sagte er sich, verließ die Zelle und überquerte die Straße, um in die Bücherei zurückzukehren. Er fühlte sich wieder absolut sicher und unsichtbar. Doch während der Arbeit nagte immer wieder die Frage an ihm, ob Amy Conning etwas für das Glück der Orchards getan hatte oder nicht. Hatte er genug unternommen, oder hatte er das Schicksal seiner Familie wieder gefährdet? Jack fand keine Ruhe, bis er sich dazu durchrang, sie bei nächster Gelegenheit noch einmal anzurufen. Auf dem Heimweg hielt er vor der Polizeiwache an und ging hinein.

Er wollte das Münztelefon benutzen, weil ihn dort niemand belauschen würde. Das Glück war ihm hold, denn hinter dem Tresen hielt sich niemand auf, und außerdem war er ja ohnehin unsichtbar. Er warf solange Münzen in den Schlitz, bis das Display in roten Ziffern dreiunddreißig anzeigte. »Amy Conning«, meldete sich die Schneiderin nach dem dritten Klingeln. Jack wartete darauf, daß sich die Ansage abspulte, als sie wieder und diesmal ungehalten sagte: »Amy Conning!«

»Oh, Verzeihung, ich habe Sie für ... ich dachte, ich hätte wieder ...« Jack beobachtete, wie sein Münzvorrat schrumpfte. Als das Display zweiundzwanzig anzeigte, fuhr er fort: »Ich glaube, Sie haben einen Brief erhalten, in dem es um das Glück ging?«

»Haben Sie Probleme damit?«

»Ich nicht«, entgegnete Jack nach einem Moment. Auf eine solche Antwort war er nicht vorbereitet gewesen. »Sie vielleicht?«

»Das will ich doch nicht hoffen. Wie dem auch sei, wie wär's, wenn Sie mir Ihren Namen verraten?«

»Ich glaube, Namen sind hier und jetzt nicht notwendig.«

»Dann denke ich, unser kleines Gespräch ist beendet.«

»Das hätten Sie nicht tun sollen«, sagte Jack enttäuscht, als er nur noch das Freizeichen hörte. Er hängte auf und sammelte das Kleingeld ein, das übriggeblieben war. Beim nächsten Mal, wenn er ihr von Angesicht zu Angesicht gegenüberstand, würde sie ihn nicht so leicht abwimmeln. Er überlegte, ob er sich beim nächsten Anruf als Bernard Onze vorstellen sollte. Wenn die Schneiderin unbedingt einen Namen hören wollte, war es ihm auch recht. Aber dann sagte er sich, daß sie nicht so geklungen hatte, als habe sie die dreizehn Kopien angefertigt. Er steckte die Münzen in die Hosentasche, spürte den Clownskopf und drückte ihn. Auf dem Weg zur Tür kamen ihm sieben Personen entgegen. Sie versperrten ihm den Weg, und eine von ihnen zeigte auf ihn.

Die Gruppe setzte sich aus drei Polizisten und der Familie Evans zusammen. »Da ist er ja!« keifte Mutter Evans schrill. »Den da solltet ihr lieber einsperren!«

Jeder Polizist führte einen der Söhne am Arm auf die Wache. Unter ihnen war Pether. Er betreute Eli. Sein Blick traf den von Jack, als der Beamte, der Clint führte, streng erklärte: »Mrs. Evans, ich rate Ihnen dringend ...«

»Wagen Sie es ja nicht, mir den Mund zu verbieten. Sie würden mich sowieso ganz anders behandeln, wenn ich soviel Geld in der Tasche hätte wie Ihr feiner Freund dort drüben. Aber wer hört schon auf eine arme geplagte Mutter, die jeden Penny zweimal umdrehen muß. Er und seine saubere Tochter laufen herum und machen meine lieben Söhne bei allen schlecht! Im Grunde ist es deren Schuld, wenn die Jungs in Schwierigkeiten geraten. Wenn es noch Gerechtigkeit auf dieser Welt geben würde, hättet ihr sein Früchtchen ins Loch gesteckt. Statt dessen dürfen sie auch noch das Vermögen behalten, das jemand ihnen geschickt hat und das rechtmäßig mir und meinen Kindern zusteht!«

Die Polizisten ließen sich von ihrem Wortschwall nicht aufhalten und brachten die drei Jungen in einen Warteraum. Pether baute sich davor auf, und Jack ging zu ihm. »Sie brauchen mich hier nicht, oder?«

Der Beamte schüttelte den Kopf. »Wir haben sie auf frischer Tat bei einem Einbruch ertappt«, erklärte er leise. »Ich schätze, Sie brauchen ihr Geld nicht länger für Gerichtskosten aufzuheben.«
Als Jack sich zum Gehen wandte, fügte Pether hinzu: »Mein Vater läßt Ihnen übrigens für die schönen Schuhe danken.«
»Ihr steckt doch alle unter einer Decke!« kreischte Mutter Evans.
Als Jack auf der Straße war, hörte er immer noch ihr Gezeter. Manchmal klingt so etwas wie Musik, dachte er und grinste. Dann machte er sich auf den Heimweg, um seiner Familie die Neuigkeiten zu erzählen.

Kapitel 38

Am frühen Montag morgen war es so heiß, daß Jack träumte, er sei in Griechenland. Die Farben brannten in seinen Augen, und das Meerwasser fühlte sich wie Sand an. Als er aufwachte, war seine Kehle wie ausgedörrt, und er trank vor dem Frühstück etliche Gläser Wasser. »Ich hoffe, wir müssen nicht in einer solchen Hitze beim Zoll anstehen«, sagte Julia.

»Es wäre sicher hilfreich, wenn wir dafür sorgen würden, daß unsere Reisepässe rechtzeitig eintreffen.«

»Wenn es dir nichts ausmacht, kümmere ich mich darum.«

»Sag so etwas nicht. Du gibst mir damit immer das Gefühl, vollkommen nutzlos zum sein.«

»Wir können dich immer noch als Garderobenständer gebrauchen«, grinste Julia.

Er erwiderte ihr Lachen und fühlte sich gleichzeitig beschämt, weil er wieder nach Ausflüchten suchte, um das Haus möglichst bald verlassen zu können. Jack versprach ihr in Gedanken, daß es damit bald ein Ende haben würde. Mit den Pässen würde es wie mit allem anderen in ihrem Leben glatt laufen, solange er das tat, was nötig war. »Ich mache mich jetzt lieber auf den Weg, ehe es zu schwül wird«, erklärte er und ging zu seinem Transit.

Die Sonne, die am wolkenlosen Himmel stand, sah aus, als sei sie unter ihrer eigenen Hitze geschrumpft. Der Tunnel, der unter den Kanal führte, bot heute den einzigen Schatten. Der Weg zu der Hellseherin führte durch mehrere Vororte Liverpools bis nach Skelmersdale, einer neuen Trabantenstadt, die den Eindruck machte, für eine Zukunft gebaut worden zu sein, die erst noch geschaffen werden mußte. Gigantische kreisrunde Rasenflächen wechselten sich mit Straßen ab, an deren Rändern sich isolierte Klumpen und Reihen identischer schokoladenbrauner Häuser erhoben. Überall lagen zerknüllte Papiere herum. Sie erinnerten Jack an Stadtkarten, die von frustrierten Fußgängern weggeworfen worden waren, weil sie eine bestimmte Hausnummer einfach nicht finden konnten. Als in ihm der Verdacht aufkam, denselben Kreisverkehr nun schon zum dritten Mal befahren zu haben, hielt er den Wagen am Straßenrand an und nahm sich die Karte vor.

Er suchte noch, als vier Kinder, drei Jungen und ein Mädchen, auf ihn zukamen. Sie schoben einen Einkaufswagen an einer Reihe von Einfamilienhäusern vorbei, die sich nur im Muster ihrer Gardinen voneinander unterschieden. Alle vier schienen elf Jahre alt zu sein. Sie bemerkten Jack und fingen an zu tuscheln. Dann marschierten sie in einer Reihe auf den Transit zu. Sie bewegten sich wie Cowboys auf dem Weg zur Abrechnung, wohl um Jack zu zeigen, daß dies hier ihr Revier war und sie nur dann zur Schule gingen, wenn es ihnen paßte. Das Mädchen betrachtete den Lieferwagen und stieß einen der Jungs in die Seite. Dann näherten sich die beiden dem Beifahrerfenster, während die zwei anderen den Einkaufswagen weiterschoben. »Verkaufen sie Schüsseln, Mister?« fragte das Mädchen.

»Was meinst du denn mit Schüsseln?«

Sie verzog das Gesicht, als sei er dämlich. »Sie wissen doch schon, Mister, eben *Schüsseln.*«

Jack glaubte immer noch, daß sie ihn mit einem mobilen Imbißstand verwechselte. Dafür sprach auch, daß sie und ihr Kamerad etwas unterernährt aussahen. Ihre schmalen Gesichter wurden von stumpfem Haar umrahmt. Erst nach einem Moment fiel ihm ein, daß auf den Hecktüren immer noch das alte Firmenlogo zu erkennen war. »Du meinst Satellitenschüsseln, was?«

»Klar«, entgegnete der Junge mit unüberhörbarer Aggressivität. »Geben Sie uns eine!«

»Ich habe weder Satellitenschüsseln zu verschenken noch zu verkaufen. Aber könnt ihr mir vielleicht sagen, wo ich . . .«

»Wenn Sie keine Satellitenschüsseln zu verkaufen haben, was haben Sie dann anzubieten?« fragte das Mädchen, als glaube sie, Jack habe ihnen die Unwahrheit gesagt.
»Nicht viel. Kaum etwas, was euch gefallen könnte.«
»Dann rücken Sie zehn Pence heraus!« befahl der Junge.
»Für jeden von uns«, präzisierte das Mädchen die Forderung.
»Vielleicht, wenn ihr mir dafür sagt . . .« begann Jack. Dann wurde ihm bewußt, was er für einen Eindruck erwecken mußte, wenn er den Kindern Geld aushändigen würde. Jeder, der vorbeikam, würde annehmen, er wolle die Kleinen mit Geld in seinen Wagen locken. Ehe er länger darüber nachdenken könnte, hörte er vom Heck des Wagens ein dumpfes Geräusch. »Was ist denn da los?« rief er, riß die Fahrertür auf und sprang auf die Straße.
Die beiden Hecktüren standen weit auf. Als Jack nach hinten rannte, sprang einer der Jungen heraus und schleuderte die Aktentasche in den Einkaufswagen. Das Mädchen und ihr Spießgeselle waren schneller als Jack dort. Mit erstaunlichem Geschick und mit hoher Geschwindigkeit schoben sie den Einkaufswagen fort.
Für einen Augenblick hatte Jack Mühe, dies alles zu begreifen. Man konnte vielleicht den alten Jack bestehlen, aber nicht den Grafen. Er knallte die beiden Türen ins Schloß und brüllte den Kindern hinterher: »Das würde ich lieber nicht mitnehmen!« Seine Stimme drang wie ein Flammenstrahl durch die Luft.
Möglicherweise versetzte sein Ruf ihnen einen gehörigen Schrekken, sie blieben aber nicht stehen. Vielleicht wirkte seine Macht aber auch nicht auf solche Entfernungen. »Ich habe euch gewarnt!« brüllte er und eilte den jungen Dieben nach. Alle vier schrien, und dann setzten sich zwei Jungen von der Gruppe ab. Entweder wollten sie sich in Sicherheit bringen oder Jack ablenken. Er holte Meter für Meter zu dem Einkaufswagen auf, als das Mädchen und ihr Freund den Kreisverkehr erreichten und, ohne sich umzusehen oder langsamer zu werden, direkt vor ein Auto liefen.
Der Fahrer trat auf die Bremse, wich ihnen im letzten Moment aus

und bedachte sie mit einem ebenso von Herzen kommenden wie nicht zitierfähigen Fluch. Die Kinder schoben den Einkaufswagen auf die Insel im Zentrum des Kreisverkehrs. Jack sah, daß er noch ein Stück laufen mußte, und verdoppelte seine Geschwindigkeit. Seine Lungen brannten wie flüssiges Feuer. Als er den Rand des Kreisverkehrs erreichte, blieben die Kinder am anderen Ende der Insel stehen.

Sie kamen nicht weiter. Autos fuhren dort in zwei Reihen in den Kreisverkehr ein, und die Lücken, die sie ließen, waren selbst für die beiden Diebe zu klein. Jack sprintete auf das Gras, versuchte, zu Atem zu kommen, und rief: »Laßt die Aktentasche liegen. Ich will nichts von euch, ich will nur meine Tasche zurück.«

Der Junge drehte sich um und riß den Aktenkoffer aus dem Einkaufswagen. Der Verkehr sperrte den beiden den Fluchtweg ab. Der Junge hielt die Tasche hoch, und Jacks Magen zog sich zusammen, als er begriff, was der Junge vorhatte. »Wenn du das tust, bringe ich dich um!«

Er blieb mitten auf dem Gras stehen, damit der Junge sich nicht bedroht fühlte und darauf verzichtete, die Tasche zwischen die fahrenden Autos zu schleudern. Doch da packte das Mädchen den Einkaufswagen und stieß ihn mit aller Kraft in Richtung Jack. Das Gras bremste seine Wucht, und er kam einige Meter vor Jack zum Stehen. Doch Jack war längst ausgewichen und rannte bereits auf den Jungen zu. »Wichser!« beschimpfte ihn der Dieb, schleuderte die Tasche fort und stürzte sich ins Verkehrsgewühl.

Der Aktenkoffer landete am Rand der Insel und sprang auf. Die Lötlampe plumpste heraus und rollte zur Seite. Die Kinder flitzten zwischen den Fahrzeugen hin und her und schrien Jack Beleidigungen zu. Ihre Beschimpfungen wurden immer heftiger, je mehr Distanz sie zu ihm gewannen. Jack achtete nicht auf ihre Worte, denn er sagte sich, solange er sie ignorierte, konnte er auch keine Aufmerksamkeit auf sich ziehen. Er legte die Lötlampe in die Tasche zurück und verschloß sie. Als der Verkehr sich etwas gelichtet hatte, verließ er die Insel und machte sich auf den Weg zu

seinem Wagen. Er war noch ein gutes Stück von dem Transit entfernt, als er entdeckte, daß dort jemand auf ihn wartete.
Ein Mann lehnte auf einem Baseballschläger, eine Pose, die ebenso wie sein knallrotes Unterhemd allein dazu da war, die Muskeln an seinen behaarten Armen zu präsentieren. Jack marschierte, ohne einen Moment zu zögern, auf ihn zu. Er hatte seine Aktentasche wieder und war jetzt der Graf.
Der Mann richtete sich auf, soweit es ging, ohne den Schläger vom Boden zu heben, und zeigte Jack sein fleckiges Gesicht, in dem die verbogene und formlose Nase sofort auffiel. »Was haben Sie mit den Kindern gemacht?«
»Wenn ich es recht bedenke, viel zu wenig.«
Der Mann verzog grimmig das Gesicht, und die Oberlippe verschwand unter der fleischigen Nasenspitze. »Geben Sie mir eine ordentliche Antwort, Mann. Was war los?«
»Meine Aktentasche.« Jack hielt sie hoch.
»Sie haben sie gestohlen«, entfuhr es dem Mann, und darüber mußte er länger nachdenken. Im Verlauf dieses Prozesses rutschte die Oberlippe wieder in ihre Ausgangslage zurück.
»Dann wollen Sie die Bengel anzeigen, was?«
»Nein, ich habe ihre Gesichter nicht genau sehen können.«
Vielleicht hätte Jack nicht so vorschnell antworten sollen, denn der Muskelmann setzte eine mißtrauische Miene auf. »Was haben Sie hier überhaupt verloren?«
»Ich suche nach dem Weg, und für Hilfe wäre ich wirklich dankbar.«
»Wie dankbar? Und wo wollen Sie hin?«
»Wenn ich zu dem Punkt gelangen könnte, der auf der Karte mit Concours angegeben ist, würde ich mich wieder zurechtfinden.«
Der Mann fing an, mit der Baseballspitze auf den Bürgersteig zu klopfen. Zuerst dachte Jack sich nichts weiter dabei, aber nach einer Weile überlegte er, ob es sich bei dem Klopfen vielleicht um eine Art Morsecode handelte, mit dem der Mann seine Spießgesellen herbeirief. Doch dann erkannte er, daß sein Gegenüber diese

Betätigung benötigte, um sich zu konzentrieren. Endlich hob er das Holz und deutete damit auf die Insel, die Jack gerade verlassen hatte. »Dort drüber hinweg und dann auf den nächsten zu. Und bei dem Kreisverkehr dahinter sehen Sie schon die Raupe.«

Jack sah ihn ein letztes Mal im Rückspiegel. Der Mann stach mit dem Schläger ins Gras, als bedaure er, das Holz während der Begegnung mit dem Fremden nicht eingesetzt zu haben. Dann fuhr Jack in den Kreisverkehr und im nächsten Moment wieder hinaus. Ohne erkennbaren Grund stieg die Straße an und fiel dahinter wieder ab, als der nächste Kreisverkehr in Sicht kam. Dort entdeckte Jack ein Hinweisschild zum Stadtzentrum. Die Straße führte rund um den Concours herum, ein gewaltiger, fensterloser Kasten, der alle Geschäfte dieser Welt zu beherbergen schien. Und auf dem Dach desselben lag eine riesige, brilletragende Raupe. Jack stellte den Transit in der Tiefgarage ab, über die die Raupe Wache hielt, und machte sich zu Fuß auf den Weg zu seinem Ziel.

Die Straßen hier begannen alle mit demselben Buchstaben und hörten sich an, als habe ein Computer sie sich ausgedacht. Linker Hand passierte er Flamstead, Flaxton, Flimby und Flordon, und rechter Hand kam er an Harsnips, Hartshead und Hawksclough vorbei. Fomble konnte nicht weit sein, und da war sie, direkt gegenüber Hazingly gelegen. Das Haus der Hellseherin stand am Ende der Straße und verfügte über eine Veranda hinter bunten Glasscheiben, um es von den anderen in der Nachbarschaft zu unterscheiden. Bevor Jack die Klingel drücken konnte, erschien eine Frau hinter den Scheiben. Der Einfall des Sonnenlichts bewirkte, daß die Gläser ihre Farbenpracht auf das weiße Kleid der Hellseherin vergossen und sie so aussah, als käme sie von einem Malwettbewerb. »Ich habe Ihre Nähe gespürt, Mr. Onze«, begrüßte sie ihn.

»Wer sonst hätte um diese Stunde kommen können?«

Ihr breites Gesicht wirkte streng, was einerseits an ihrem Haarband und andererseits an der ernsthaften Miene lag. Langes rotes Haar

fiel ihr bis über die Schultern. »Kommen Sie rasch herein, damit war die Hitze draußen halten können.«
In der kleinen Diele roch es nach Weihrauch und kaltem Fett. Gerahmte Porträts von Personen, die von vielfarbigen Strahlenkränzen umgeben waren, hingen im Treppenhaus. Ursa Gemini schob Jack in das erste Zimmer. Düsternis herrschte hier, was von den zugezogenen Vorhängen herrührte, die mit silbernen Mondsicheln und Pentagrammen verziert waren. In einer Ecke stand ein Bücherregal, in dem sich abgegriffene Bände von Nostradamus, Strieber, von Däniken und Pusch befanden. Die restlichen Wände waren hinter grünenden Topfpflanzen verborgen. »Nehmen Sie doch am Tisch Platz, lieber Herr«, bat sie ihn in einem Tonfall, als wäre er ihr Lieblingsneffe.
Der Tisch, der das Zentrum des Raums bildete, war mit einem grünen Flanell belegt. Das Tarotblatt, das darauflag, weckte in Jack den Verdacht, sie hätten sich hier zu einem Kartenspiel zusammengefunden (ein Spiel, das der Graf ohne Zweifel gewinnen würde). Die weiße Kristallkugel warf einen besonderen Schimmer auf den grünen Stoff und ließ den Rest des Zimmers im Halbdunkel. Jack nahm auf einem der beiden Stühle mit hohen Lehnen Platz, und Ursa ließ sich ihm gegenüber nieder. »Sie tragen einen ungewöhnlichen Namen, lieber Herr. Von woher stammen Sie?«
Als Jack ihr in die grünen Augen blickte, hob sie eine Hand, an deren Fingern unzählige Ringe funkelten. »Sagen Sie es mir nicht. Sie haben etwas mit Wasser zu tun, nicht wahr?«
»Nun, nicht direkt.«
»Ich sehe Sie neben Wasser ... und einen Buchstaben, ein N oder ein M.«
»Könnte sein.«
»Sehe ich vielleicht einen Fluß, lieber Herr?«
»Ich weiß nicht, was Sie sehen.«
»Und Sie stehen am Fluß. Befindet sich in ihm ein M?«
»Neben einigen anderen Dingen.«
Die Hellseherin winkte ihm zu. »Helfen Sie mir ein wenig, damit

wir den Kontakt herstellen können. Sie leben in der Nähe eines Flusses. Ich schätze, neben dem Mersey.«
»Bis jetzt stimmt alles.«
»Und der Name des Ortes ... in dem findet sich das N?«
»Grundgütiger!«
»Ich sehe den Namen vor mir, aber er will nicht näherkommen. Ist es ein langes Wort?«
»Ein ziemlich langes sogar.«
»Aber ja, es sind zwei Worte. Am Mersey, nicht wahr? New Brighton heißt der Ort, stimmt's?«
»Phantastisch! Wie machen Sie das bloß?«
»Wir alle tragen verborgene Fähigkeiten in uns, lieber Herr. Man muß nur verstehen, ihnen zu vertrauen und sie sich zunutze zu machen.« Sie beugte sich vor, schob die Karten beiseite und nahm seine Hände. Ihre Finger waren dick, aber ihre Haut war rauh. »Und nun, mein lieber Herr, sagen Sie mir doch bitte, wie ich Ihnen helfen kann.«
»Das wollte ich Ihnen eigentlich schon am Telefon erklären, wenn Sie sich freundlich erinnern möchten. Eigentlich müßte es Ihnen doch jetzt möglich sein, von allein oder meinetwegen dank Ihrer Fähigkeiten daraufzukommen.«
»Ich gebe mein Bestes, wenn Ihnen das hilft, Vertrauen zu mir zu fassen«, antwortete sie, und es klang wieder so, als würden sie mit ihrem Lieblingsneffen sprechen. »Ich verlange von niemandem Bezahlung, ehe er nicht fest an mich glaubt.«
Sie legte ihre Hände auf die seinen und schloß die Augen. Nach einer Weile erklärte die Hellseherin: »Ich glaube zu wissen, daß Sie sich nicht nur um sich selbst, sondern auch noch um jemand anderen Sorgen machen.«
»Ich denke, das kann man sagen.«
»Ich spüre, es hat etwas mit Ihren Lebensumständen zu tun.«
»So kann man es auch ausdrücken.«
Ihre Hände lagen ganz still, und Jack begriff, daß sie auf ein Zucken oder eine andere Bewegung seiner Finger wartete. Er ließ

sie erschlaffen. »Ich sehe Gefahr«, fuhr Ursa fort. »Müssen Sie in Ihrem Beruf viele Risiken eingehen, Mr. Onze?«
»Muß das nicht jeder irgendwie und irgendwann?«
Sie schien auf etwas zu lauschen, aber Jack sagte sich, daß sie ihm das nur vorspielte. »Ich empfange immer noch Gefahr. Hat Ihre Tätigkeit damit zu tun, andere zu beschützen?«
»Ja.«
»Und im Augenblick machen Sie sich über jemand Bestimmten Sorgen?«
»Jetzt, wo Sie es sagen, ja.«
»Jemand, der Ihnen nahe ist?«
»Die Person könnte mir kaum näher sein.«
»Ich spüre, daß es sich dabei um eine Frau handelt.«
»Auf Anhieb richtig.«
»Dann wahrscheinlich Ihre Ehefrau.«
»Diese Frau steht mir im Moment noch näher als meine Gattin.«
Sie bewegte unruhig die Hände und öffnete die Augen. »Sie könnten mir wirklich ein wenig helfen, lieber Herr. Ich frage mich allmählich, ob Sie wirklich gekommen sind, um etwas über Ihre Zukunft zu erfahren.«
»Aus welchem Grund sollte ich denn sonst gekommen sein?«
»Ich bin mir nicht sicher, ob ich es wissen will.« Sie starrte ihm ins Gesicht und streckte ihre Finger. »Soll ich Ihnen die Wahrheit sagen?«
»Ich hoffe doch sehr, daß jemand wie Sie das kann.«
»Ich glaube nicht, daß Bernard Onze Ihr wirklicher Name ist.«
»Ich kann mir auch keine Geburtsurkunde vorstellen, auf der der Name Ursa Gemini eingetragen ist.«
Ihre Hände schoben die von Jack fort. »Wenn Sie nur gekommen sind, um mich auf die Probe zu stellen und in Mißkredit zu bringen, muß ich Sie leider auffordern, mein Haus auf der Stelle zu verlassen. Ich habe keine Zeit für Menschen, die den Glauben anderer zerstören wollen, bloß weil in ihnen selbst keiner mehr ist.«

Bevor sie sich erheben konnte, hielt Jack ihre Handgelenke fest.
»Lassen Sie mich los!« rief Ursa, und es hatte ganz den Anschein, als würde sie im nächsten Moment anfangen, laut zu schreien.
»Sie müssen fühlen, daß ich Ihnen die Wahrheit sage. Bitte hören Sie mich an, bis wir zu einer Verständigung gelangt sind.« Er schloß seine Hände fester um ihre Handgelenke. Der Griff war nicht hart, aber sie würde sich kaum daraus befreien können. »Ich weiß nicht, wie Sie daraufkommen, ich wollte Sie in Mißkredit bringen. Im Gegenteil, Sie sind eben der Wahrheit näher gekommen, als Sie sich das vermutlich vorstellen können. Sie haben gesagt, jeder hätte die Gabe, in die Zukunft zu schauen«, fuhr Jack fort. »Und nun will ich Ihnen sagen, was die Zukunft für Sie bereithält.«
Er spürte, wie ihre Adern pulsierten und ihre Sehnen sich anspannten. »Wenn Sie die Kette nicht unterbrechen, wird sich alles zum Guten wenden.«
Jack hoffte, sie mit dieser Äußerung beeindrucken zu können, aber sie sah ihn nur verständnislos an. »Was für eine Kette? Worum geht es hier eigentlich?«
»Sie müssen den Brief dreizehnmal kopieren und diese Kopien verschicken.«
Ursa starrte ihn eigentümlich an, und als sie die Stirn runzelte, verrutschte das Haarband. »Ich halte nichts von solchen Briefen, lieber Mann. Für mich sind sie bloßer Aberglaube. Wenn das alles ist, was Sie . . .«
»Wenn Sie an das glauben, womit Sie Ihren Lebensunterhalt verdienen, müssen Sie auch an Kettenbriefe glauben. Denn sie funktionieren.«
Irgend etwas erschreckte sie: entweder der Blick in seinen Augen oder der Tonfall seiner Stimme. »Sie müssen doch spüren, daß ich Ihnen die Wahrheit sage«, redete er auf sie ein. »Haben Sie denn das Gefühl, ich wollte Sie täuschen?«
Ursa schien Mühe zu haben, ihre Lippen zu bewegen. Plötzlich rülpste sie leise, und ihre Rechte zuckte, so als wollte sie den Mund bedecken. Schließlich flüsterte die Hellseherin: »Nein.«

»Haben Sie den Brief aufgehoben, den Sie von mir erhielten?«
»Nein«, antwortete sie und sah ihn an, als wollte sie ihn um Verzeihung bitten.
»Wenn ich Ihnen einen neuen gebe, werden Sie dann der Aufforderung nachkommen?«
»Ja.« Die Antwort klang so leise, als wollte ihre Stimme sich verstecken.
»Wenn Sie es nicht tun, sehe ich überhaupt keine Zukunft für Sie. Versprechen Sie mir, daß Sie die Kopien verschicken werden?«
»Ja, das habe ich doch schon gesagt.«
Leichter Unwillen schwang in dieser Antwort mit. Jack gab ihre Handgelenke frei, blickte ihr aber weiterhin streng in die Augen, während er nach seiner Aktentasche griff. Er mußte nicht nach unten sehen, um den Brief zu finden, der oben auf dem Stapel lag. Er legte den Umschlag vor sie hin.
Ursas Miene verkrampfte sich, als sie das Schreiben sah. Nachdem sie es gelesen hatte, sah sie ihn mit einer Mischung aus Enttäuschung und Verärgerung an. Er spürte, daß sie sich veralbert vorkam. »Ich habe mir große Sorgen um Sie gemacht«, erklärte der Graf. »Was immer Sie unternehmen werden, vergessen Sie nicht, daß Sie Ihr Wort gegeben haben. Ich kenne die Konsequenzen, die daraus erwachsen, und ich weiß, daß sie Ihnen nicht gefallen werden.«
Er versuchte, sie mit seinem Willen zu zwingen, ihm zu glauben. Sie hielt den Brief mit beiden Händen, und er warnte sie: »Lassen Sie sich nur nicht dazu hinreißen, das Blatt zu zerreißen.«
Aber sie erhob sich und schob das Schreiben in ihre Tasche. Jack hielt sich die Hand vor den Mund, um den Seufzer der Erleichterung zu unterdrücken. »War das eine richtige Sitzung?« fragte er und griff in seine Tasche am Clownskopf vorbei nach dem Bündel Geldscheine.
»Sie schulden mir nichts«, erklärte sie entschieden. Anscheinend hatte sie sich wieder unter Kontrolle. Dann eilte Ursa zu den Gardinen und zog sie auf. Licht strömte in den Dschungel ihres Zimmers. Sie wartete, bis Jack sich ebenfalls erhoben hatte und auf den

Weg in die Diele machte. Dann öffnete sie ihm die Tür zur Veranda, wo die Glasscheiben wie Feuer aufflammten. Kaum hatte er die Veranda verlassen, schloß Ursa hinter ihm die Tür. »Und ich habe Wasser gesehen«, waren die letzten Worte, die er von ihr hörte.
Er drehte sich um und sah, wie sie sich bekreuzigte. Jack lächelte. Er wußte jetzt, daß sie ihr Versprechen einhalten würde. Sein Besuch hatte sie so eingeschüchtert, daß sie es nicht wagen würde, ihr Wort zu brechen. Er lief zurück zur Tiefgarage, schwang die Aktentasche hin und her und hörte, wie die Lötlampe darin herumrollte. Ein uniformierter Parkwächter lief an den Wagenreihen entlang und kontrollierte mit stumpfer Miene, ob auch alle einen gültigen Parkschein aufs Armaturenbrett gelegt hatten. »Einen schönen Tag«, wünschte Jack ihm und nebelte ihn mit Abgasen ein, als er aus der Reihe zurücksetzte.
Nachdem er dem Kreisverkehr entronnen war, führte ihn die Straße zur Autobahn. Er kam an Warrington und Helsby vorbei, und die Landschaft ringsherum schien anzuschwellen wie das Buch der Taten des Grafen von Elf. Bald würde diese Chronik zu Ende geschrieben sein. Jack war sich nicht sicher, ob er sich freuen würde, wenn alles vorüber war. Aber warum sich über solche Dinge den Kopf zerbrechen? Wenn es soweit war, würde er es wissen.
Jack erschien gut vierzig Minuten zu früh zur Arbeit. Er stellte den Transit auf dem Parkplatz ab und marschierte in den nächsten Pub, wo er seinen Durst mit einem großen Glas Bier stillte. Danach bestellte er ein zweites Glas und ein Schinkenbrötchen. Endlich machte er sich wieder auf den Weg zur Bücherei. Es waren immer noch zwölf Minuten bis Dienstbeginn. Aber er fühlte sich gut und unbesiegbar, und das war ihm das allerwichtigste. Im Pausenraum traf er Stella.
»Oh, ich wußte nicht, daß Sie schon hier sind«, sagte sie.
»Warum, liegt irgendwas an?«
»Ja«, antwortete sie und verschob mit der Zungenspitze das Bonbon in ihrem Mund. Es klackte gegen die Zähne. »Ihre Frau möchte, daß Sie sie zurückrufen. Es geht um ihre ehemalige Arbeitsstelle.«

Kapitel 39

Der Graf brauchte fast den ganzen Samstag nachmittag, um ein Telefonat zu erledigen, das er schon längst hätte hinter sich bringen müssen. Beim ersten Anruf hörte er wieder nur die mechanische Stimme auf dem Anrufbeantworter. Er wollte gleich wieder auflegen, sagte sich dann aber, daß die Schneiderin vielleicht darauf wartete, eine Stimme zu vernehmen, ehe sie sich entschloß abzuheben. Jack wählte die Nummer noch einmal und sagte nach dem Pfeifton: »Hallo?« Er erhielt keine Antwort und bemerkte die Studentin, die am Tresen wartete.

Er besorgte ihr die Ausgaben der letzten vierzehn Tage von drei Zeitungen und trug sie zu einem Tisch. Die Studentin, die auf Krücken ging, folgte ihm. Sobald sie sich dort niedergelassen hatte und sich an die Lektüre machte, kehrte er an seinen Platz zurück und rief die Schneiderin ein drittes Mal an.

»Hier spricht der automatische Anrufbeantworter von Amy Conning. Es tut mir leid, aber ich bin im Moment nicht da. Wenn Sie nach dem Pfeifton Ihren Namen und Ihre Nummer hinterlassen, rufe ich Sie so bald wie möglich zurück.«

»Halloooh?« sagte der Graf mit einer vornehmen, leicht blasierten Stimme. »Ist niemand zugegen?« Aber auch diesmal kein Erfolg. Die verstellte Stimme half ihm genausowenig weiter wie die normale. Nach etwa dreißig Sekunden ertönte der Pfeifton ein zweites Mal, und ein rundlicher Mann kam zu Jack und wollte von ihm ein Buch haben, in dem er etwas über seinen Nachnamen Sarney erfahren könnte. Als Jack ihn mit einigen genealogischen Nachschlagewerken versorgt hatte, meldete sich die behinderte Studentin wieder und bat um die Zeitungsausgaben des letzten Monats. Jack half ihr weiter und sammelte die der letzten vierzehn Tage ein, um sie zurückzubringen. Dabei fielen ihm einige Schlagzeilen ins Auge: HAT DER MERSEY-MÖRDER WIEDER ZUGESCHLAGEN? – GRAUENHAFTER GARAGENMORD – HANDELT ES SICH BEI DEM MÖRDER VON ROCK FERRY UM EINEN NACHAHMUNGSTÄTER? Jack sagten diese Aufmacher vor allem eines: Er durfte keine Zeit mehr verschwenden!

»... rufe ich Sie so bald wie möglich zurück.«

»Hallo? Ischt jemonde zu 'aus'?« Auch der französische Akzent des Bernard Onze brachte ihm nicht den gewünschten Erfolg. Einige Minuten später kam Stella, um ihn abzulösen, damit er seine Teepause nehmen konnte. Als er zurückkehrte, warteten bereits einige Menschen, denen er bestimmte Werke besorgen sollte. Endlich wieder allein, nahm er den Hörer ab und wählte die Nummer, ohne darüber nachzudenken. Sie hatte sich bereits in sein Gedächtnis eingegraben.

»... wie möglich zurück.«

»Mrs. Conning? Mrs. Conning! Ich vermute, Sie sind nicht zufällig gerade in der Nähe, oder?«

»Hier spricht Mrs. Conning. Haben Sie schon einmal angerufen?«

Sie hörte sich an, als wollte sie ihm gleich erklären, wie man auf einen Anrufbeantworter zu sprechen habe. »Warum?« fragte er zurück. »Kommt Ihnen meine Stimme bekannt vor?«

»Ich weiß nicht, eigentlich nicht. Sollte ich Sie denn kennen?« Sie ließ ihm keine Zeit, darauf zu antworten: »Möchten Sie einen Termin haben?«

»Ja bitte.«

»Für wen bitte? Ich schneidere keine Herrenkonfektion.«

»Für meine Tochter.«

»Wie alt bitte?«

»Zwölf.«

»Und an was hatten Sie gedacht?«

»An etwas Schönes«, hätte er beinahe entgegnet, aber der Graf nahm die Sache in die Hand: »An etwas für heiße Tage.«

»Dann bringen Sie sie bitte vorbei, damit ich ihre Maße nehmen kann. Wann wäre es Ihnen recht?«
»Wie lange haben Sie geöffnet?«
»Bis siebzehn Uhr. Die Abende halte ich mir frei. Wir könnten uns am Montag sehen, sobald Ihre Tochter aus der Schule gekommen ist.«
»Später geht es nicht?«
»Nun ja, kurz vor siebzehn Uhr am Montag?«
»Gut, das läßt sich einrichten.«
»Sagen Sie mir bitte noch Ihren Namen und Ihre Adresse.«
»Bernard Onze, Counting Way Nr. 11.«
»Wo ist das denn?«
»Im neuen Vorort.«
»Fein, dann bis Montag, kurz vor fünf. Seien Sie bitte pünktlich. Und jetzt entschuldigen Sie mich. Ich muß meine zweijährige Tochter aus der Küche holen, ehe sie dort alles auf den Kopf gestellt hat.«
»Ich möchte natürlich nicht, daß so etwas geschieht«, entgegnete Jack und sein Grinsen ähnelte dem des Clownskopfes. Er hielt den Hörer am Ohr, bis die Schneiderin aufgelegt hatte.
Dann fiel ihm ein, daß er sie nicht nach dem Brief gefragt hatte. Aber im Nachhinein kam ihm dieses Versäumnis nicht schlimm vor. Ihr Tonfall und ihre ganze Art hatten ihm verraten, daß sie ihn höchstwahrscheinlich zerrissen und in den Müll geworfen hatte.
»Es geht weiter und immer weiter, das wird ein Spaß«, murmelte er vor sich hin und legte auf. Die Glocke ertönte, die verkündete, daß die Bücherei in zehn Minuten schloß. Elf Minuten später war der letzte Besucher gegangen, und Jack fuhr nach Hause.
Als er die Haustür aufsperrte, schien niemand da zu sein. »Hallo, keiner daheim?«
Julia kam aus dem Badezimmer. Sie hatte sich ein Handtuch um den Kopf gebunden. »Wo steckt denn Laura?« fragte er sie.
»Sie ist mit dem Rad unterwegs. Wollte zur Bücherei. Vermutlich ist sie schon auf dem Weg zurück.«

»Mit ihr ist sicher alles in Ordnung.«
»Das denke ich auch.«
Ohne Zweifel dachte Julia an den Selbstverteidigungskurs, der auf Lauras Initiative hin in der Schule eingerichtet worden war. Aber noch etwas anderes schien ihr durch den Kopf zu gehen. »So nachdenklich heute?« fragte Jack.
»Lach jetzt bitte nicht, aber Luke fängt an, mir leid zu tun.«
»Vom sicheren Hafen aus läßt sich so etwas leicht sagen«, entgegnete er. Sie sah ihn beleidigt an, und er fügte rasch hinzu: »Nein, ich finde das wirklich nett von dir. Ich denke aber, Rankins Klienten könnten dein Mitgefühl viel eher gebrauchen. Ganz zu schweigen von den Menschen, die durch seine Schuld arbeitslos geworden sind.«
»Das weiß ich doch. Aber du wirst jetzt bestimmt lachen, wenn ich dir sage, daß ich nach dem, was er jüngst getan hat, so etwas wie Schuldgefühle verspüre.«
»Schuldgefühle? Warum denn das, um Himmels willen?«
»Vielleicht, weil ich ihm alles erdenklich Schlechte an den Hals gewünscht habe. Ich hatte ja keine Ahnung, daß er alles auf sich nehmen würde.«
»Nun, schließlich hat er sich die Suppe auch eingebrockt!«
»Ach, weißt du, ich hätte womöglich schon früher daraufkommen müssen, was er in Wahrheit vorhatte.«
»Wieso hättest du das tun sollen? Ich sage dir, was ich denke: Wenn er alle Schuld auf sich nimmt, tut er das nicht aus Menschenfreundlichkeit oder weil er dich aus der Sache heraushalten will, sondern weil er hofft, das Gericht durch ein Geständnis milder stimmen zu können.«
»Mag sein«, entgegnete sie und hörte sich an, als hätte Jack sie aus ihren Illusionen herausgerissen.
»Und jetzt hör auf, dir Vorwürfe zu machen.« Er umarmte sie, bis die Tropfen aus dem Handtuch auf den Dielenboden fielen. Und als Laura nach Hause kam, hatte er sie immer noch nicht losgelassen. Laura pfiff anerkennend durch die Zähne. »Wißt ihr«,

sagte Julia leise, »ich hatte die ganze Zeit über Angst, die Sache mit Luke würde uns noch den Griechenlandurlaub verderben.«
»Wer könnte uns aufhalten?« lachte Laura, aber ihr Lachen klang etwas zu schrill, und Jack fragte sich, ob doch noch etwas schiefgehen konnte. Bis zum Beginn der Reise blieben ihm noch einige Wochen, und er hatte nicht mehr viel zu tun. Er konnte es sich mittlerweile sogar erlauben, sich nicht mehr alle möglichen Ausreden auszudenken, um das Haus zu verlassen. »Nichts«, erklärten Jack und Julia ihrer Tochter, und alle drei fingen an zu lachen.
Am nächsten Morgen schlug Julia vor, die ganze Familie solle ein Picknick unternehmen. »O ja!« rief Laura. »Wir wollen zu dem Ort, wo wir, als ich noch ein Kind war, mit dem Zug hingefahren sind. Ihr wißt doch, wo das Eichhörnchen mir meine Süßigkeiten stibitzt hat.«
»Du meinst Freshfield.«
»Hört sich gut an«, sagte Julia.
Jack gefiel der Vorschlag sogar noch besser. Denn von Freshfield aus waren es nur wenige Meilen bis zum Haus der Schneiderin. Er könnte seine Familie kurz verlassen und zu Amy Conning fahren, um sich ihr Haus anzusehen oder sich sogar um sie zu kümmern. Aber er verdrängte die Idee gleich wieder. Damit wäre seine Familie womöglich auf den Grafen aufmerksam geworden oder gar in seinen Bannkreis geraten. »An einem so schönen Tag wimmelt es dort wahrscheinlich von Sonnenhungrigen«, erklärte er. »Laßt uns einfach etwas herumfahren, bis wir ein hübsches Fleckchen gefunden haben.«
Sie hielten an einem Hügel in der Gegend von Cheshire an. Rings herum erstreckten sich wogende Felder, die wie ein Katalog der verschiedenen Grüntöne wirkten. Während die Orchards Käse und Julias selbstgebackenes Brot genossen und dazu bulgarischen Rotwein tranken, flogen zwei Elstern aus einer Hecke, spreizten ihre schwarzen Schwanzfedern und kreisten über das Hügelland. Die Sonne stand hoch am wolkenlosen Himmel, und in der Ferne

zog ein Falke seine Bahn. Jack beobachtete seinen Flug, bis der Vogel hinter dem Wald verschwand. Dann wandte er seine Aufmerksamkeit der Wiese zu, auf der er hockte. Hier gab es Schätze, die die Elstern übersehen hatten. Kleine Käfer, deren schillernden Farben im Sonnenlicht funkelten und erst aus nächster Nähe zu erkennen waren. Er beobachtete gerade die Bemühungen eines der Krabbler, sich im Labyrinth der Grashalme zurechtzufinden, als Julia ihm eine Hand auf die Schulter legte und in die Richtung deutete, in die Laura starrte.

Vom Waldrand aus beobachtete ein Fuchs die Orchards. Seine Augen waren noch dunkler als der Schatten zwischen den Stämmen. Jack sah, wie seine Schnurrbarthaare zuckten und wie sich seine Flanken unter dem rotbraunen Pelz bei jedem Atemzug ausdehnten. Das Tier hielt die linke Vorderpfote hoch und blickte den Menschen frech entgegen, so als wollte es sie auffordern, den ersten Schritt zu tun. Die drei verharrten völlig reglos, bis der Fuchs sich endlich abwandte und im Unterholz verschwand.

»Diesen Tag werde ich in meinem ganzen Leben nicht mehr vergessen«, flüsterte Laura.

»Ich auch nicht«, sagte Julia.

»Uns allen wird er im Gedächtnis bleiben«, bemerkte Jack.

Am Montag nachmittag fuhr der Graf aus Liverpool hinaus zur Schneiderin. Wenn Jack sich gestern nicht dagegen entschieden hätte, Amy Conning aufzusuchen, hätte er den Fuchs nicht zu sehen bekommen. Hinter den Docks von Seaforth begann die Villengegend von Crosby. Und jenseits der steinernen Löwen am Tor von Ince Blundell lag die Southport Road. Jack blieb während der ganzen Fahrt auf der Überholspur, bis die Ausfahrt nach Formby in Sicht kam.

Als er den Blinker betätigte, um auf die andere Fahrspur zu wechseln, setzte sich ein Citroën direkt vor ihn. Auf der Rückscheibe verkündeten Aufkleber: FAIR GEHT VOR und BABY AN BORD. Tatsächlich sah Jack auf dem Rücksitz des Wagens ein kleines Kind, das einen Schnuller im Mund hatte. Die Fahrerin streckte einen Arm aus dem Fenster, so als wollte sie nach rechts abbiegen, und ließ eine Zigarettenkippe auf die Straße fallen. Glühende Funken stoben gegen Jacks Windschutzscheibe.

Der Citroën blieb hartnäckig vor Jack. Das Kleinkind drehte den Kopf, so gut es ging, und Jack entdeckte einen weiteren Aufkleber, der der Menschheit dies mitzuteilen hatte: GOTT ERSCHUF DEN MANN, WEIL VIBRATOREN NICHT DEN RASEN MÄHEN KÖNNEN. Das Kind reckte sich in seinem Gurt, weil es ihm einfach nicht gelingen wollte, nach hinten zu sehen. Wenn der Citroën jetzt bremsen muß, dachte Jack, rutscht das Kleine aus der Sicherung und fliegt nach vorn gegen die Windschutzscheibe. Als die Ausfahrt endlich vor ihm auftauchte, fühlte er sich erleichtert, von der unverantwortlichen Fahrerin fortzukommen. Doch der Wagen setzte im letzten Moment den Blinker und bog in halsbrecherischem Kurs in die Ausfahrt ein.

Zu beiden Seiten der Straße wuchsen Hecken, die Grenzlinien zwischen den Zweifamilienhäusern bildeten. Amy Connings Haus lag auf halbem Weg. Jack behielt die Hausnummern im Auge und versuchte, sich damit von dem kleinen Kind abzulenken, das im Wagen vor ihm war. Im Moment war es gerade damit beschäftigt, mit Hilfe eines Schraubenziehers eine Coladose zu öffnen. Dann flammten am Citroën die Bremslichter auf, und Jack wünschte sich nichts mehr, als daß es sich bei der Fahrerin um Amy Conning handeln möge.

Vor sich entdeckte er über dem Heckenrand die Spitze einer Schaukel. Das mußte der Garten vom Haus der Schneiderin sein, oder der ihrer Nachbarn. Der Citroën fuhr weit nach links, um dann nach rechts abzubiegen, und der Schraubenzieher rutschte von der Dose ab. Dose und Werkzeug krachten gegen die Rückscheibe, als der Wagen auf Amy Connings Grundstück einbog. Jack fuhr vorbei und konnte sich ein Grinsen kaum verkneifen.

Kurz vor der nächsten Seitenstraße hielt er an. Von hier aus konnte er rasch auf die große Landstraße zurückkehren. Er stieg aus. Über ihm brummten Sportflugzeuge, die vom nahen Flugplatz gestartet waren, wie überdimensionale Fliegen. Als er zum Haus der Schneiderin marschierte, sah er das kleine Kind, das von der Schaukel hoch über den Heckenrand getragen wurde. »Verabschiede dich von deiner Mutter«, murmelte Jack.

Die Fahrerin lud gerade Einkaufstüten aus dem Wagen. Sie trug ein weißes T-Shirt und ausgebeulte Jeans. Sie hatte dicke Wangen und kurzgeschnittenes dunkles Haar mit einer silbernen Strähne. Ihr Gesicht war sehr blaß, und die knallrot geschminkten Lippen hatten etwas Aggressives an sich. Als sie die letzte Tüte nahm und der Schaukel einen weiteren Stoß versetzte, entdeckte sie Jack, der am Gartentor stand. »Ja bitte?«

»Mrs. Conning?«

»Die bin ich. Und wer sind Sie?«

»Bernard Onze. Wir haben miteinander telefoniert.«

»Kommen Sie herein«, sagte sie und holte mit der freien Hand weit aus, so als wollte sie sich wieder einer Zigarettenkippe entledigen.

»Wollten Sie nicht Ihre Tochter mitbringen?«

»Sie konnte leider nicht mitkommen. Aber ich sage Ihnen ihre Maße und was Sie sonst noch wissen müssen.«

»Ich sehe den Menschen gern vor mir, wenn ich bei ihm Maß nehmen muß.« Sie trat ins Haus. »Na, wenn Sie schon mal hier sind, können Sie auch hereinkommen.«

Jack grinste das Kind an und erhielt zur Antwort ein Schmatzen vom Schnuller. »Lassen Sie Ihre Tochter ganz allein draußen?«

»Wenn Sie das Gartentor richtig zugemacht haben, kann ihr nichts passieren«, entgegnete Amy Conning mit einer Schärfe, als habe er ihre Fähigkeiten als Mutter in Frage gestellt. »Sie kommt nämlich noch nicht an den Riegel heran.«

Jack drehte sich rasch um und stellte fest, daß niemand in der Nähe war, der ihn beim Betreten des Grundstücks beobachtet haben konnte. An der Tür blieb er stehen. »Gibt es denn sonst niemanden, der auf sie aufpassen könnte?«

»Meine Eltern leben nicht weit von hier. Sie kommen in einer Stunde oder so.«

Vielleicht ist es dann schon zu spät, dachte der Graf. In der Diele stand neben der Treppe das Telefon. Jack sagte sich, daß er leicht im Telefonbuch herausfinden konnte, ob in der Gemeinde noch ein Conning wohnhaft war. Er folgte der Schneiderin am Wohnzimmer und an einem Raum vorbei, in dem es nach Stoff roch und in dem unzählige Kleiderpuppen standen. Sie kamen Jack wie eine Trophäensammlung vor. Seine Finger spielten schon am Schloß der Aktentasche, als Amy Conning die Tüten auf den Küchentisch stellte und sich zu ihm umdrehte. »Sie müssen mir nicht wie ein Hund überallhin folgen. Wir gehen gleich ins Wohnzimmer.«
Zentrum dieses Raums war eine skandinavische Sitzgarnitur. Mehrere Spiegel hingen an den Wänden, und Stoffreste lagen in Haufen auf dem glänzenden Parkettboden. Neben dem Fernsehgerät stand eine Kiste mit Spielsachen. Die Schneiderin hockte sich mit dem Rücken zum Fenster hin. Als sie sich eine Zigarette zwischen die Lippen steckte, wirkte ihr Mund noch griesgrämiger als vorher. »Rauchen Sie?«
»Das überlasse ich lieber anderen«, lächelte er und holte sein Feuerzeug heraus.
»Von Menschen wie Ihnen, die nach der Devise handeln: Leben und leben lassen, gibt es leider viel zu wenige«, erklärte Amy und schloß ihre Hände um seine, als er ihr Feuer gab. Diese Geste kam ihm aufdringlich vor, und er schwor sich, sie nicht mehr so nah an sich heranzulassen. »Und nun erzählen Sie mir doch, was ich für Ihre Tochter tun kann.«
Jack nahm aus dem Augenwinkel wahr, wie das Mädchen draußen versuchte, sich auf die Schaukel zu stellen. »Ich fürchte, Ihre Tochter ist auf dem besten Wege, sich weh zu tun. Vielleicht sollten Sie mal . . .«
»Jetzt hören Sie sich schon an wie ihre Großmutter. Die Kleine muß lernen, sich zurechtzufinden. Ich kann doch wirklich nicht jede Minute nach ihr sehen.« Sie warf nur einen nachlässigen Blick aus dem Fenster, und die Antipathie, die Jack für diese Frau

empfand, wurde durch diese Gleichgültigkeit verstärkt. »So, Sie wollten mir mitteilen, was genau Sie für Ihre Tochter wünschen.«
Jack stellte die Aktentasche zwischen seine Beine und öffnete die Schnappschlösser. Das Kleinkind spuckte seinen Schnuller aus und fing an zu schreien. »Damit versucht sie nur, meine Aufmerksamkeit auf sich zu lenken«, erklärte die Schneiderin, ohne sich nach der Kleinen umzusehen.
Jack griff in den Koffer, und seine Fingerspitzen strichen über die Lötlampe. Sie fühlte sich kühl wie ein Erfrischungsgetränk an. »Sie haben mir bestimmt die Maße Ihrer Tochter mitgebracht, nicht wahr? Zeigen Sie sie mir doch, sonst fange ich an, mich zu fragen, was Sie zwischen den Beinen haben.«
Jack strich über den Griff des Geräts. »Ich schätze, Sie können sich nicht mehr daran erinnern, daß wir schon vor dem vergangenen Samstag miteinander in Kontakt getreten sind.«
»Ach gib endlich Ruhe!« rief sie und klopfte an die Fensterscheibe. »Was meinen Sie?«
»Es ging um Glück.«
Ohne Vorwarnung sprang sie auf und rannte aus dem Haus. Jack bewegte sich nicht vom Fleck, aber seine Finger schlossen sich um den Griff. Der Graf würde sie nicht davonkommen lassen. Er beobachtete das Fenster, wie Amy den Schnuller vom Rasen aufhob, ihn der Kleinen in den Mund schob, sie dann gerade auf die Schaukel setzte und ihr schließlich einen harten Stoß versetzte. »Jetzt versuch mal, dich für ein paar Minuten allein zu beschäftigen. Diese kleine Liebe wirst du doch deiner Mutter tun, was? Omi und Opa kommen bald.« Sie machte ein paar Züge an der Zigarette und kehrte dann ins Wohnzimmer zurück. Ihre Miene war so verdrossen geworden, daß Jack fast vor Schadenfreude gegrinst hätte. »Ich habe keine Ahnung, wie Sie an den Brief gelangt sind.«
Jack konnte diese unerwartete Eröffnung nur verdauen, indem er an der Schneiderin vorbei aus dem Fenster schaute. »Kümmern Sie sich nicht um die Kleine«, erklärte Amy und ließ sich in ihren Sessel plumpsen. »Erklären Sie mir lieber, worum es geht.«

»Ich schätze, wir beide haben etwas zu erklären.«
Sie fühlte sich sofort angegriffen und entgegnete: »Ich habe sie nur an meine Kunden verschickt, und Sie gehören ganz gewiß nicht dazu.«
»Sie sprechen von den Kopien.«
»Natürlich!« erklärte sie gereizt. »Wovon sonst?«
»Wie viele Briefe haben Sie versandt?«
»Dreizehn, wie es im Originalschreiben stand. Warum auch nicht? Es war doch bloß ein Scherz.«
»Ein Scherz?«
»Aber ja doch. Und was sollte daran falsch sein? Wir alle können hin und wieder etwas zu lachen vertragen!«
»Ja, selbstverständlich.« Jack ließ den Griff der Lötlampe los, überlegte es sich dann aber anders und schloß die Finger wieder darum. »Und Sie haben Ihre Kunden darauf hingewiesen, daß sie diese Schreiben nicht ernst nehmen müßten?«
»Nein, wozu? Ich denke, sie sind alle intelligent genug, von allein daraufzukommen.«
Enttäuschung machte sich in Jack breit. Er fühlte sich hilflos. Sie verteidigte sich, aber aus ganz anderen Gründen, als er das bei ihren Vorgängern erlebt hatte. »Soll das heißen, Sie haben keinen persönlichen Kommentar auf die Kopien geschrieben?«
»Nein, doch ... nun, ich habe auf der Rückseite meine Sommerpreise aufgeführt So gesehen war es natürlich kein Scherz, sondern mehr eine Werbeaktion. Ich verstehe aber immer noch nicht, was das mit Ihnen zu tun hat.«
Jack drückte ein letztes Mal auf den Griff der Lötlampe, um sein Glück zu zwingen, und ließ sie dann widerstrebend los. »Nun, ich kenne da jemanden, der nicht gewußt hat, was er mit einem solchen Brief anfangen soll.«
Der Graf zwang sie mit seiner Willenskraft, sich nicht nach dem Namen des Betreffenden zu erkundigen. So fragte sie nur: »Ist das der Grund Ihres Kommens?«
»Ursprünglich war das mein Hauptgrund. Aber jetzt ...« Er

klappte den Aktenkoffer zu und ließ die Schlösser einschnappen. »Ich fürchte, ich habe Ihre Zeit verschwendet. Leider war es mir nicht möglich, die Maße meiner Tochter mitzubringen.«

»Ich nehme sie auch lieber persönlich.«

»Ihre Mutter wollte sich darum kümmern. Wenn sie es nicht getan hat, melde ich mich noch einmal bei Ihnen.« Jack erhob sich. »Verzeihung, daß ich Ihre Zeit so lange in Anspruch genommen habe. Aber es hätte schlimmer ausgehen können.«

»Ich will lieber nicht fragen, was genau Sie damit meinen.«

Er vermutete, daß Amy Conning befürchtete, er sei Anwalt oder etwas in der Art und könne ihr betreffs der Kettenbriefe Schwierigkeiten machen. Sie sagte sich wohl, daß jemand sich bei ihm deswegen beschwert hatte. »Keine Angst«, erklärte er ihr draußen, »Sie haben nichts Verbotenes getan.« Doch dann sah er das kleine Mädchen und drehte sich zu der Schneiderin um: »Aber Sie sollten sich mehr um Ihre Tochter kümmern. Als Erziehungsberechtigte haben Sie dafür Sorge zu tragen, daß das Kind im Auto richtig angeschnallt ist und sich nicht während der Fahrt befreien kann. Und einiges andere mehr. Manchmal wissen wir nicht, wie gnädig uns das Schicksal ist. Erst wenn es zur Katastrophe kommt, werden wir wach.«

Auf dem Weg zum Transit hatte er erhebliche Mühe, mit der Frustration fertigzuwerden, die sich in ihm aufstaute. Wenn er herausgefunden hätte, daß sie den Brief zerrissen und seiner Aufforderung keine Folge geleistet hätte, wäre ihm manches klarer geworden. Aber noch hatte der Graf sein Werk nicht vollendet, und auf der Heimfahrt überlegte Jack, wen er als nächsten aufsuchen sollte.

Als er das Haus betrat, steckte Julia den Kopf aus der Küche: »Wo bist du denn solange gewesen?«

»Ich stand im Stau. Vor uns ist ein Wagen liegengeblieben. Offenbar hat der Fahrer noch nie davon gehört, daß man den Pannendienst rufen kann.« Er wechselte das Thema, weil er sich nicht in den Fallstricken seiner Notlüge verheddern wollte.

»Du siehst nicht allzu glücklich aus. Ist irgend etwas vorgefallen?«
»Ich wollte nur, daß du endlich nach Hause kommst, um die tolle Neuigkeit zu erfahren.«
»Oho, was gibt es denn Neues?«
Sie seufzte und zeigte auf einen Brief, der auf der Treppe lag. Ihre Anschrift stand darauf. Jack griff nach dem Schreiben, aber Julia kam ihm zuvor: »Ist vom College«, sprudelte es aus ihr heraus. »Ich bekomme den Job.«

Kapitel 40

Am nächsten Morgen trafen die Pässe ein. Alle amüsierten sich über Jacks Paßbild, und allerlei Spekulationen wurden darüber angestellt, woran er im Moment der Aufnahme gedacht haben mochte. »Du hast dich bestimmt gefragt, wo du gerade bist«, vermutete Laura.
»Oder wer du eigentlich bist«, sagte Julia.
»Oder wohin ich denn nun unterwegs bin«, ergänzte Jack.
»Das hättest du aber wissen müssen!« protestierte Laura. »Nach Kreta!«
Er konnte ihnen nicht widersprechen. Die Bilder der beiden Frauen wirkten viel mehr in die Zukunft gerichtet. Julia zeigte ein verträumtes Lächeln, und Laura drückte aus, wie sehr sie sich bemühte, eine Dame zu werden. »Ich schaue auf dem Weg zur Arbeit in der Bank vorbei«, erklärte Jack.
Natürlich bewegte ihn noch ein anderer Grund. Wenn er früh genug aus dem Haus kam, blieb ihm genügend Zeit, noch einen Anruf zu tätigen. Er freute sich natürlich sehr über Julias Erfolg, doch soviel Glück schien ihm recht zerbrechlich zu sein und dringend einer Verstärkung zu bedürfen. Der Graf hatte zwar nicht mehr allzuviel zu tun, aber das sollte lieber rasch erledigt werden, damit das Schicksal nicht die Chance erhielt, sich noch einmal zu wenden.
Um halb zehn stand Jack in der Bank und ließ sich griechische Drachmen und Travellerschecks aushändigen. »Soll ich Ihr Konto belasten?« fragte der Kassierer, ein junger Mann, dessen dünner Schnurrbart vor Schweiß glitzerte.
»Nein, ich zahle in bar.«
Wie auf Stichwort trat Mr. Hardy aus seinem Büro. »Wenn Ihr

Chef gerade nicht zu beschäftigt ist, würde ich ihn gerne sprechen«, teilte Jack dem Kassierer mit.
»Orchard war der Name, nicht wahr?«
»Er ist es immer noch.«
Der junge Mann lächelte nervös, schritt zu Mr. Hardy und flüsterte auf ihn ein. Der Bankdirektor warf einen stirnrunzelnden Blick auf die Uhr, nahm dann aber die Mühe auf sich, seinen dicken Bauch ans Schalterfenster zu schieben: »Gibt es ein neues Problem, Mr. Orchard?«
»Nicht mal ein altes, so hoffe ich wenigstens. Ich dachte mir nur, wir könnten doch noch einmal ein wenig über das Haus plaudern, das ich zu kaufen beabsichtige.«
»Ich fürchte, die Position der Bank hat sich diesbezüglich wenig verändert.«
»Dafür aber unsere Position. Wenigstens die meiner Frau. Sie hat eine Anstellung als Computerlehrerin bekommen.«
»Bitte übermitteln Sie ihr meine Glückwünsche.«
»Und eine Einladung zu einem Gespräch über die Hypothek?«
»Zur Zeit nicht, Mr. Orchard, nein, wirklich nicht.«
Die Hitze des Tages schien sich hinter Jacks Augen zusammenzuballen. »Aber Sie haben mir doch versprochen, daß Sie im Falle einer positiven Entwicklung ...«
»Vielleicht, wenn Sie mich früher davon in Kenntnis gesetzt hätten. Aus einer Vielzahl von Gründen ist das Kreditvolumen dieser Zweigstelle für das laufende Quartal aufgebraucht.«
»Wir haben doch erst gestern erfahren, daß Julia den Job bekommt«, wandte Jack ein, und er fragte sich, ob der Brief vom College per Eilzustellung gekommen war, oder ob Julia ihm die gute Nachricht schon am frühen Nachmittag hatte mitteilen wollen, als sie in der Bücherei angerufen hatte. Wenn er doch bloß nicht wegen Amy Conning so spät nach Hause gekommen wäre. Wenn er es recht überlegte, war der Besuch bei ihr so dringend nun auch wieder nicht gewesen. »Soll das heißen, wir stehen erst auf Ihrer Liste fürs kommende Quartal?«

»Ich kann Ihnen zu diesem Zeitpunkt genausowenig eine feste Zusage machen wie bei unserem letzten Gespräch. Ich würde Ihnen empfehlen, gleich nach Ihrer Rückkehr aus dem Urlaub um einen Termin bei uns nachzusuchen. Vorausgesetzt natürlich, Sie haben sich meinen Rat nicht zu Herzen genommen, die Reise abzusagen oder zu verschieben.«
»Wir haben nicht vor, unserer Tochter eine Enttäuschung zu bereiten. Außerdem muß meine Frau nicht vor Gericht. Ihr ehemaliger Chef hat ausgesagt, sie sei unschuldig.«
»Dann würde ich Ihnen raten, sich Ihres Glücks zu freuen und sich danach Gedanken um ein zukünftiges gesichertes finanzielles Auskommen zu machen.«
»Sie meinen Einkommen, nicht wahr? Oder spielen Sie darauf an, daß mit dem Einkommen kein Auskommen ist?«
Mr. Hardy beugte sich vor, bis er seinen Bauch eindrückte, und entgegnete leise: »Ich denke, Sie sollten dem Leben mit etwas mehr Ernst gegenübertreten, Mr. Orchard.«
»Bei allem, was mir heilig ist, Mr. Hardy, ich wünschte, ich könnte Sie mit einigen der Menschen bekannt machen, die mir genau das unterstellen.«
Der Graf hatte diese Worte gesprochen. Er beugte sich ebenfalls vor, bis sein Gesicht nur noch durch die Glasscheibe von dem des Bankdirektors getrennt war. Für einen Moment glaubte er, das Glas würde schmelzen und ihm so ermöglichen, den dicken kleinen Mann am Kragen zu packen. »Ich wünsche Ihnen genausoviel Glück, wie Sie es uns wünschen. Und ich freue mich schon darauf, Sie nach unserer Rückkehr zu sprechen!«
Vielleicht bekam Mr. Hardy das Übergewicht, oder aber die Schnalle von seinem Gürtel hatte sich an einer Kante verhakt, jedenfalls hatte es für Jack den Anschein, als würde allein der Blick des Grafen den dicken Mann daran hindern, mit dem Gesicht gegen die Scheibe zu prallen. »Ich möchte nicht, daß wir beide Feinde werden«, erklärte Jack ihm. »Ich habe nämlich nicht viele Feinde.« Jack entfernte sich von der Trennscheibe, und im selben

Moment kam der Bankdirektor wie ein Korken hoch, den man unter Wasser getaucht hat.

Draußen vor der Bank atmete Jack tief durch. Er fühlte sich gleichzeitig zornig und belustigt. Zumindest wußte er jetzt aber, was er gegen diese Emotionen tun konnte, bevor sie sich zur Frustration vereinten. Er marschierte in die nächste Telefonzelle und wählte eine der Nummern, die er längst auswendig gelernt hatte. »Praxis Dr. Globe«, meldete sich die Sprechstundenhilfe.

»Bis wann empfängt der Doktor Patienten?«

»Wie spät möchten Sie denn kommen?«

»Nun ja, ich kann mir leider bei der Arbeit nicht freinehmen.«

»Normalerweise machen wir nie später als siebzehn Uhr dreißig einen Termin.«

»Und bei Notfällen?«

»Er ist natürlich auch nach siebzehn Uhr dreißig noch da, aber dann ist seine Praxis geschlossen. Und wenn wirklich ein Notfall vorliegt, würde ich Ihnen empfehlen, eine Klinik aufzusuchen.«

»Vielen Dank für den Hinweis«, verabschiedete sich Jack und hängte ein.

Er konnte sich heute abend nicht um den Zahnarzt kümmern, denn er mußte lange arbeiten. So fuhr er erst nach Hause, um Julia von der Enttäuschung zu berichten, die der Bankdirektor ihm bereitet hatte. »Oh!« machte sie und versuchte dann, ihre Empörung zurückzuhalten. »Na ja, nichts gilt für immer.«

Die Enttäuschung auf ihrem Gesicht blieb den ganzen Tag über in seinen Gedanken und mahnte ihn, endlich mit der Arbeit des Grafen fortzufahren. Julias und Lauras Bemühen, so zu tun, als hätten sie sich längst an die Rückschläge gewöhnt, machte ihn wütend und ließ in ihm eine grimmige Entschiedenheit wachsen, alles zu ihrem Wohlbefinden zu unternehmen. Am nächsten Morgen erklärte er seiner Frau, er würde heute später nach Hause kommen, weil »ich mich umsehen und umhören will, ob nicht doch noch irgendwie an eine Hypothek zu kommen ist.«

»Laß dich bitte nicht mit jemandem ein, der uns in den Ruin treibt.«

Er sagte sich, daß dies vermutlich das letzte Mal war, wo er sie täuschen mußte. In Wahrheit trug auch viel eher der Zahnarzt Dr. Globe die Verantwortung dafür, und deswegen mußte sich der Graf erst recht möglichst bald um ihn kümmern. »Du weißt doch, daß ich mich nie auf etwas einlassen würde, ohne das vorher mit euch beiden besprochen zu haben«, beruhigte Jack sie.

Der Arbeitstag zog wie eine träge Parade an ihm vorüber, an der er nur aus der Distanz teilzunehmen schien. Als er endlich zu seinem Wagen zurückkehrte, hatte er das Gefühl, er sei den ganzen Tag über von einem Trauerzug aufgehalten worden. Er fuhr über die Autobahn an Helsby und an der fehlenden Ausfahrt Nummer 13 vorbei und verließ sie bei Runcorn.

Meilenweit war kein Haus zu sehen. Er kam nur an Schildern vorbei, die die Richtung für Ortschaften angaben, von denen er noch nie gehört hatte. Und ein Schild zeigte ihm den Weg ins Zentrum von Runcorn. Er vermutete, wenn er dieser Route folgte, würde er irgendwann The Heath erreichen. Eine serpentinenartige Straße führte ihn unter der Autobahn hindurch, und die Wagen von Heimkehrern klebten an ihm, während er vor jeder engen Kurve scharf abbremste. Er hätte es begrüßt, wenn ein Streifenwagen aufgetaucht wäre, um hier den Verkehr zu regeln. Aber der Graf begegnete nie der Polizei. Wahrscheinlich war das Bestandteil seines Glücks.

Nach zehn Minuten in Haarnadelkurven und Tunneln gelangte er unversehens auf eine gerade Straße, die ihn nach The Heath brachte. Er kam an Sportplätzen vorbei, hinter denen sich große Häuser erhoben. Und noch weiter hinten spien mächtige Schlote dicken Rauch aus. Einige Amateurmannschaften spielten gegeneinander Fußball und wurden von einer Handvoll Anhänger angefeuert. Jack stellte seinen Wagen auf einem Parkplatz ab und marschierte zu Fuß zum Haus des Zahnarztes.

Im Gegensatz zu den benachbarten Gebäuden hatte dieses ein

Wellblech-Treibhaus. Eine Frau verließ das Haus und rannte zur Bushaltestelle. Es war fast achtzehn Uhr. Einen Moment später zeigte sich ein Mann in einem weißen Kittel vor der Haustür. Er lief die Auffahrt hinunter und schloß das Tor, das die Frau offenstehen gelassen hatte. Jack war sich sicher, daß der Zahnarzt jetzt allein in seinem Haus war.
Jack fiel auf, daß in dieser wie auch in den benachbarten Auffahrten keine Wagen standen. Das Messingschild am Tor blitzte wie ein Spiegel, in dem ein Kind das Sonnenlicht einzufangen versucht. Er öffnete das Tor, dann entdeckte er, von der Straße aus nicht zu sehen, einen schwarzen Jaguar. Er drückte die Türklingel, hörte das Läuten zwar nicht, aber einen Moment später riß der Zahnarzt die Tür auf und legte wie ein Kriegsgefangener die Hände hinter den Kopf. »Ja bitte?«
»Dr. Globe?«
»Derselbe.«
Sein Auftreten war nicht so unterwürfig, wie die erhobenen Hände vermuten ließen. Und Jack erkannte auch, daß er sich nur den Kittel aufknöpfte. Ein etwas zu dicker Bart verzierte sein plumpes, stumpfes Gesicht, und seine gerötete Gesichtsfarbe ließ darauf schließen, daß er zu den Menschen gehörte, die leicht die Beherrschung verloren. »Was kann ich für Sie tun?« fragte er in einem Tonfall, als wünsche er sich, sein Gegenüber habe sich in der Adresse geirrt.
»Ich hoffe, Sie können mir etwas für meine Tochter geben.«
»Meine Sprechstundenhilfe stellt die Rezepte aus. Sie ist morgen früh um neun Uhr wieder da.«
»Ich brauche etwas, das ihre Schmerzen lindert.«
Der Zahnarzt seufzte. »Wie stark sind die Schmerzen denn?«
»Sie erstrecken sich über mehr als einen Zahn.«
»Dann sollte sie es mit der Zahnpflege genauer nehmen. Ich empfehle Ihnen, eine Apotheke aufzusuchen und sich morgen früh an meine Sprechstundenhilfe zu wenden.«
Er hatte sich jetzt von seinem Kittel befreit und griff nach der

Klinke, um die Tür zu schließen. »Die Apotheke hat leider schon geschlossen«, sagte Jack.
»Ich fürchte, dann kann ich Ihnen auch nicht weiterhelfen.«
»Können Sie denn wirklich gar nichts tun? Haben Sie nicht irgendein Mittel in Ihrer Praxis, das meiner Tochter über die Nacht hilft?«
»Guter Mann, ich bin doch nicht von der UNO und verteile kostenlos Medikamente! Wenn ich das täte, kämen bald alle Verletzten von den Fußballfeldern zu mir und würden mir die Einfahrt versperren. Haben Sie denn nicht auf dem Schild am Tor meine Öffnungszeiten gelesen?« Er starrte Jack an, und schließlich stieß er ein lautes Seufzen aus. »Also gut, dann kommen Sie herein. Aber nur für eine Minute. Ich will nachsehen, ob ich nicht etwas für Sie finden kann. Aber lassen Sie sich gesagt sein, ich bin nicht dazu verpflichtet, einem späten Besucher wie Ihnen zu helfen.«
Jack trat rasch ein und schloß die Tür hinter sich. Nun war von dem Gejohle auf dem Fußballplatz nichts mehr zu vernehmen. Die Diele war groß, geräumig und leer. Das einzige, was Jack hier auffiel, war ein strenger Geruch. Desinfektionsmittel, sagte er sich, und fast fingen seine Zähne an zu schmerzen. Globe blieb an der Treppe stehen und zeigte auf eine der Türen. »Warten Sie bitte dort drinnen. Ich bin wirklich kein Experte für Schmerzstiller.«
Jack hörte bei diesen Worten wieder das Schreien des Kindes, das er neulich beim Telefonieren vernommen hatte. »So etwas habe ich mir schon gedacht«, sagte er.
Der Kiefer des Zahnarztes mahlte, und die Bartspitze wackelte hin und her. »Wir müssen uns damit abfinden, daß Gott den Schmerz gemacht hat. Vorausgesetzt natürlich, man glaubt an Gott.«
»Manchmal fällt es mir schon schwer, an mich selbst zu glauben.«
Sehr gelungen war dieser Witz gerade nicht, dachte der Graf, als er ins Wartezimmer trat, in dem sich ein Tresen und ein halbes Dutzend Stühle an einem niedrigen Tisch befanden. Auf ihm lagen einige Illustrierte mit Eselsohren, die im Sonnenlicht, das durch die Stores fiel, arg zerfleddert wirkten. Der Graf fand keine Ruhe.

Der flaue Scherz und sein improvisiertes Alibi spukten unablässig durch seine Gedanken. Als er hörte, wie Globe die Treppe herunterkam, öffnete er auf der Theke seinen Aktenkoffer. »Das ist das Beste, was ich im Moment für Sie vorrätig habe!« rief der Zahnarzt, noch bevor er das Wartezimmer erreicht hatte.
»Da wäre ich mir an Ihrer Stelle nicht so sicher.«
Die Stimme des Grafen schien aus der Aktentasche zu kommen. Und sie war draußen in der Diele schon nicht mehr zu verstehen gewesen, denn Globe fragte: »Wie bitte?«
»Bitten helfen Ihnen jetzt auch nicht weiter.«
Der Zahnarzt kam mit weitausholenden Schritten, unter denen der Boden erbebte, in das Wartezimmer. Sein Ärger über die Störung schien noch immer so groß zu sein, daß er von den Bemerkungen des Grafen nichts mitbekommen hatte. »Bitte sehr!« erklärte er barsch.
Er hielt Jack einen angebrochenen Streifen Aspirin hin, den er vermutlich aus dem Badezimmerschränkchen besorgt hatte, denn an der Folie klebte noch Talkumpuder. »Wer hat die denn hier liegenlassen?« fragte der Graf. »Ich kann mir kaum vorstellen, daß die Ihnen gehören.«
»Ich glaube nicht, daß Sie das etwas angeht!« schnappte der Zahnarzt und schob Jack den Streifen über die Theke zu. »Und jetzt muß ich Sie bitten, mich zu entschuldigen. Dort auf der Karte steht meine Nummer. Sie können mich ja morgen anrufen.«
Der Graf ignorierte die Tabletten und die Visitenkarte. »Ich wünschte, ich könnte Ihnen den Gefallen tun. Dummerweise gibt es noch etwas anderes, was Sie für mich tun können.«
»Bitte!«
Das war keine Aufforderung zu reden, sondern zu gehen. Doch der Graf gewährte dem Mann eine letzte Chance: »Sie kennen mich also wirklich nicht.« Er faltete den Brief auseinander und legte ihn vor den Zahnarzt auf die Theke.
Globe starrte ihn an, als könnte er es nicht fassen, daß der Mann noch hier war. Dann senkte der Zahnarzt den Kopf und warf einen

kurzen Blick auf das Schreiben. Er wurde rot und schlug mit der Faust auf das Blatt. »Sie waren das also? Sie haben mir den verdammten Wisch geschickt?«
»Das liegt ja wohl auf der Hand.«
»Und nach dem, was ich Ihnen am Telefon gesagt habe, haben Sie die Stirn, trotzdem hier aufzutauchen?«
»Frischen Sie bitte mein Gedächtnis auf.«
Globe stieß sich von der Theke fort, und das Blatt segelte zu Boden. »Habe ich nicht klargemacht, daß ich nur an Gott glaube?«
Der Graf hielt das nicht für eine ausreichende Entgegnung, aber das war jetzt nicht weiter wichtig. »Dann sollten Sie sich darauf freuen, Ihm bald gegenüberstehen zu dürfen.« Er nahm die Lötlampe aus dem Koffer und stellte sich zwischen den Zahnarzt und die Tür.
Als er das Feuerzeug aus der Tasche zog, klappte der Unterkiefer Globes nach unten, und er gab ein gurgelndes Geräusch von sich. »O mein Gott, Sie verdammter ...«
»Sprechen Sie es nicht aus. Ich mag dieses Schimpfwort nicht«, erwiderte der Graf, drehte das Gas auf und zündete es an. Er drückte noch einmal darauf und noch einmal. Aber keine Flamme zuckte aus der Öffnung des Feuerzeugs.
Der Anblick der Lötlampe schien den Zahnarzt gelähmt zu haben, aber als er dann bemerkte, daß das Feuerzeug nicht funktionierte, kam er wieder zu sich. Er stürzte zum Fenster und zerrte an den Vorhängen. In seiner Hast hatte er damit nicht viel Erfolg ... Schließlich schlug er mit der Handfläche mehrmals gegen die Scheibe und brüllte: »Zu Hilfe! Der Mordbrenner!«
»Möge die Gnade Gottes Ihnen zuteil werden«, sagte der Graf und hielt dem Mann die Lötlampe ins Gesicht. Er wollte den Zahnarzt nicht direkt am Fenster in Brand stecken. Außerdem hätten die Stores Feuer fangen können. Globes Kopf zuckte vor dem Gasstrahl zurück, und er taumelte auf die Tür zu. Er schien den niedrigen Tisch vergessen zu haben, denn er stolperte darüber,

stürzte und schlug sich an der Tür den Hinterkopf an. Er schloß die Augen und glitt langsam mit den Schultern an dem Holz hinab.

Aber er war noch nicht bewußtlos, denn seine Absätze suchten auf dem Teppich nach Halt, als wollte er sich mit dem Kopf voran durch die Tür bohren. Der Graf hatte auch jetzt keinen Erfolg damit, das Feuerzeug zum Brennen zu bringen. Er hielt den Gasstrahl unter die Nase des Zahnarztes. Globe schlug mit den Händen danach, während seine Schultern über das Türblatt schabten. Er öffnete den Mund und gurgelte Unidentifizierbares vor sich hin, während sein Kopf hin und her zuckte, um dem Gas zu entgehen. Nach einer für den Geschmack des Grafen zu langen Zeit wurden die Augen des Zahnarztes glasig, und sein Kopf fiel zur Seite.

Der Mann atmete noch. Unter seinem linken Nasenloch bildete sich eine Rotzblase, fiel in sich zusammen und blähte sich wieder auf. Der Graf hätte fast den Brief genommen, um dem Mann die Nase abzuwischen. Statt dessen betätigte er wieder das Zündrad des Feuerzeugs und erhielt erneut lediglich ein trockenes Klicken. »Streichhölzer! Verdammt, wo bewahren Sie Ihre Streichhölzer auf?« fragte er Globe und antwortete an seiner Stelle: »In der Küche natürlich, wo denn sonst?« Er bedankte sich bei dem Zahnarzt für die Auskunft und zog sein Taschentuch aus der Hosentasche; doch nicht, um dem Mann die Nase zu putzen, sondern um am Türknauf keine Fingerabdrücke zu hinterlassen.

Doch auch als er mit zwei Händen versuchte, die Tür aufzuziehen, kam er nicht gegen das Gewicht von Globes Körper an. Der Graf zog ihn an einem Arm und einem Bein vom Türrahmen fort. Der Hintern des Mannes schob den Teppich zusammen. Er ließ noch etwas Gas in die Nase des Zahnarztes strömen, um sicherzustellen, daß die Bewußtlosigkeit anhielt, und schlüpfte dann durch den Türspalt.

Als er durch die Diele ging, legte sich der Sonnenschein, der durch die Scheiben drang, wie ein Mantel um seine Schultern. Er hielt die Hände an den Seiten, um nicht versehentlich etwas zu berühren; wie etwa die blasse Tapete, auf die man nicht für längere Zeit blicken konnte, oder das helle Treppengeländer, dessen Holz so frisch aussah, daß man es eigentlich, wenn es hier nicht so sehr nach Desinfektionsmitteln gestunken hätte, hätte riechen müssen. Unter der Treppe duckte sich ein Schatten wie ein lauerndes Raubtier, und oben im ersten Stock war alles verlassen. »Nur Sie und ich sind hier, Dr. Globe«, murmelte er und legte das Taschentuch auf den Griff der Küchentür.

Der Raum war so, wie er ihn sich vorgestellt hatte: kalt, metallisch und nahezu antiseptisch. Auf dem Fensterbrett war nicht das kleinste Staubkörnchen zu sehen. Und nirgendwo lagen Streichhölzer herum. Jack sah sich auf der Suche nach etwas um, das er am Elektroherd entzünden konnte, entdeckte aber nichts. Endlich fiel ihm der Brief ein, und er kehrte zum Wartezimmer zurück. In der Diele mußte er die Augen schließen, weil das Sonnenlicht ihn so sehr blendete. Die Tür stand nur einen kleinen Spalt weit offen. Er konnte sich nicht daran erinnern, sie vorhin hinter sich zugezogen zu haben. Als er mit der Hand dagegen stieß, leistete sie erheblichen Widerstand.

»Versuchen Sie keine Spielchen mit mir!« rief er, trat zwei Schritte zurück und stürmte mit Anlauf gegen sie an. Sie erbebte, und er hörte von der anderen Seite einen gemurmelten Fluch. »Je eher Sie mich hereinlassen, desto rascher werden Sie nichts mehr spüren«, versprach er dem Zahnarzt und nahm einen noch größeren Anlauf. Dieses Mal gab die Tür nach, aber er kam nur mühsam in das Wartezimmer hinein, ehe Globes Körper und Kopf sie wieder zudrückten. Der Mann murmelte etwas, als wollte er nicht gestört werden. »Schlafen Sie ruhig weiter«, erklärte der Graf, packte Globe an den Schultern und legte ihn auf den Bauch. Er verteilte die Illustrierten über den Körper des Zahnarztes, sprühte sie mit Gas ein und wollte gerade den Brief aufheben, als aus dem Raum, von dem das Gewächshaus ausging, eine Frauenstimme ertönte.

Der Graf erstarrte, aber nur für einen Moment. »Sie haben mir

nicht gesagt, daß noch jemand im Haus ist«, flüsterte er Globe vorwurfsvoll zu. Dann erkannte er, daß er die Stimme der Fernsehansagerin gehört hatte. Schon folgte ihr das Indikativ einer Sendung. Trotzdem beruhigte er sich nicht. Irgend jemand mußte den Apparat eingeschaltet haben. Der Graf schlich aus dem Wartezimmer und näherte sich auf Zehenspitzen dem Raum.
Er drehte den Türknauf vorsichtig herum, konnte aber nicht verhindern, daß die Tür beim Öffnen quietschte. Eigenartigerweise kam ihm in diesem Augenblick zu Bewußtsein, daß er noch nichts gefunden hatte, mit dem er die Lötlampe entzünden konnte. Reichte der Gasvorrat in dem Tank, um noch jemanden ins Reich der Träume zu schicken? Wer immer sich in dem Raum aufhielt, mußte Jack gehört und sich versteckt haben; entweder hinter einem der breiten Ledersessel, hinter dem Fernsehgerät oder in der Ecke hinter dem Bücherregal, in dem so viele Nippesfiguren wie Bücher standen. »Da hast du mich ja wieder in einen schönen Schlamassel gebracht«, sprach jemand vom Bildschirm, und der Graf erkannte, daß der Videorecorder zum programmierten Zeitpunkt angesprungen war, um eine Sendung aufzuzeichnen.
»Ja, fast wäre ich wirklich in einen Schlamassel geraten«, murmelte Jack, kehrte in das Wartezimmer zurück, nahm den Brief und wischte sich mit dem Taschentuch den Schweiß von der Stirn. »Ich weiß nicht, wie es Ihnen ergeht«, erklärte er Globe, »aber ich habe nach dieser Aufregung meinen Urlaub dringend nötig.« Er schob die Lötlampe in die Aktentasche zurück und stellte sie an den Treppenabsatz. Dann rollt er den Brief zu einem dünnen Stift zusammen und ging damit in die Küche. Warum hast du nicht vorhin schon den Herd angestellt? fragte er sich verdrossen. Dann würdest du jetzt nicht noch mehr Zeit verlieren. Er schaltete die vorderste Platte ein und wartete darauf, daß sie rotglühend wurde. Irgendwann hörte er aus dem Wartezimmer ein Stöhnen. »Nur noch einen Moment!« rief er. »Alles braucht seine Vorbereitung. Und wir wollen doch keine schlampige Arbeit abliefern.«
Als er glaubte, die Platte sei heiß genug, hielt er das Ende des

Papiers daran. Doch es verfärbte sich nur braun. Der Graf zählte langsam bis elf und hielt dann das Papier erneut an die Platte. Diesmal fing es Feuer. Der Zahnarzt stöhnte wieder. »Bin schon unterwegs«, teilte Jack ihm mit.

Er stopfte das Taschentuch in die Hosentasche und hielt die freie Hand über die Flamme, während er durch die Diele zum Wartezimmer zurückkehrte. Globe lag noch so unter den Illustrierten, wie er ihn verlassen hatte, und der Graf stellte befriedigt fest, daß der Mann noch nicht wieder bei Bewußtsein war. Er drehte das Papier nach unten, bis die Flamme aufloderte, hielt sie dann an die Magazine und schließlich unter die Nase des Zahnarztes. Er schützte mit einer Hand seine Augen und mit der anderen Mund und Nase, stolperte in die Diele, packte die Aktentasche und eilte zur Haustür.

Beifallsrufe und Applaus empfingen ihn, als er nach draußen kam. Er verbeugte sich artig, schloß die Haustür und dann das Gartentor und blieb eine Weile am Rand des Fußballplatzes stehen, um den Spielverlauf zu verfolgen. Nach ein paar Minuten drehte er sich zum Haus des Zahnarztes um. »Es ist fast vollbracht«, sagte er dann und ging zu seinem Lieferwagen.

Kapitel 41

Kurz bevor er zu Hause war, keimte in ihm Nervosität auf. Die vertrauten Straßen kamen ihm auf einmal unerreichbar fern vor, und das Sonnenlicht erinnerte ihn beständig an das Feuer. Ihm fiel nichts Besseres ein, als die Nervosität unter Empörung zu verbergen. »Du hattest recht mit deinem Mißtrauen!« erklärte er Julia.

»Was ist, hast du nur deine Zeit verschwendet?«

»Jeder, der ein Angebot unterbreitet, das zu gut klingt, um wahr zu sein, hat etwas zu verbergen, hat Dreck am Stecken. Am Ende hätten wir noch bei der Bank Geld leihen müssen, um die Schulden bei den Kredithaien abbezahlen zu können!«

»Was denn für Kredithaie?«

»Haie, die einen am liebsten auf der Stelle auffressen wollen!«

»Dann nehmen wir eben bei der Bank noch einen Kredit auf«, erklärte Julia. »Immer noch besser, als unwägbare Risiken einzugehen.«

»Leute, die die Leichtgläubigkeit anderer auf so schamlose Weise ausnutzen wollen, versetzen mich so in Wut, daß ich platzen könnte. Gott sei Dank habe ich rasch durchschaut, was diese sauberen Herrschaften mit uns vorhatten, aber es gibt genug Dumme, die ihnen ein Leben in Saus und Braus ermöglichen!« Jack schimpfte noch eine Weile, unter anderem auch aus dem Grund, um festzustellen, ob Julia ihm auf die Schliche gekommen war. Er glaubte zu wissen, daß jetzt nur noch die Bank Schwierigkeiten machen konnte, und die sollte er erst nach dem Urlaub aufsuchen. Was wäre nun günstiger? Sollte der Graf so bald wie möglich zum letzten Schlag ausholen, oder sollte er sich damit Zeit bis kurz vor Reiseantritt lassen?

Er konnte sich nicht recht entscheiden, und das bedrückte ihn während des Abendessens. Danach schauten sie sich eine Komödie an, aber Jack konnte sich nicht darauf konzentrieren. Während Katherine Hepburn und Cary Grant hinter einem Leoparden her waren, wuchs in ihm das Gefühl, der Graf stünde hinter ihm und blicke ihm über die Schulter. Und auch später, als Laura zu Bett gegangen war und er und Julia sich liebten, konnte er sich des Eindrucks nicht erwehren, daß der Graf ihm immer noch zusah.

Während er wachlag, faßte er den Entschluß, sich nächste Woche um den letzten Klienten zu kümmern. Bis dahin waren ihm die Hände gebunden. Am Samstag fand an Lauras Schule das Sportfest statt, und am folgenden Wochenende wollte die Familie schon nach Griechenland abreisen. Bis zum Donnerstag, dem Tag, an dem Lauras Schuljahr zu Ende ging, mußte er seine Arbeit erledigt haben. An irgendeinem Abend in der nächsten Woche wollte er los ziehen, vorausgesetzt natürlich, ihm war bis dahin eine passende Ausrede eingefallen.

Am Samstag morgen kam ihm die Sonne wie das Zentrum eines Glutofens vor. Als Laura, Jody und zwei weitere Mädchen aus dem Selbstverteidigungskurs ihre Künste vorführten, gab es auf dem ganzen Sportplatz keinen Schatten. Der Anblick seiner Tochter, wie sie flirtete, ihre Gegnerin zu Fall brachte, selbst auf dem Boden landete und sich danach katzengleich erhob und kaum außer Atem war, erfüllte Jack mit Stolz; und mit Trauer. Sie schien sich von ihm in eine Zukunft zu entfernen, in der sie auf eigenen Beinen stehen würde. »Sie wird es schaffen«, murmelte er, und Julia drückte seinen Arm.

Die Orchards verbrachten den Abend auf der Bowlingbahn und auf der Strandpromenade. Laura machte die meisten Strikes, und Julia wurde zweite. Jack hörte das dumpfe Rollen der Kugeln und das Klappern der Pins, als sie automatisch wieder aufgestellt wurden, und es hatte für ihn den Anschein, als würde ein primitiver Computer sich abmühen, die Quersumme einer bestimmten Zahl zu errechnen. Bislang war ihm keine geeignete

Ausrede eingefallen. Für morgen brauchte er noch keine, denn dann hatte er Spätschicht und würde zu lange beschäftigt sein, um den letzten Klienten aufzusuchen. Er fragte sich mit einem unangenehmen Gefühl im Magen, ob bei diesem letzten Besuch etwas schiefgehen konnte. Bislang war immer alles gutgegangen, mehr oder weniger ...

Oder machte er sich vielleicht mehr Sorgen darum, Julia eine Lüge zuviel aufzutischen? Das Einfache ist immer das Beste, dachte er, als er abends wieder wach im Bett lag. Je simpler die Ausrede, desto weniger kann man sich verheddern. Am Dienstag, spätestens am Mittwoch würde er losziehen und dann die erstbeste Notlüge auftischen, die ihm in den Sinn kam. Weder der eine noch der andere Tag ergab in der Quersumme elf. Aber der Graf war der von Elf, und das reichte als Talisman völlig aus. Er zählte weiter vor sich hin und schlief darüber ein. Im Traum fielen ihm reihenweise logisch klingende Ausreden ein, doch am nächsten Morgen konnte er sich an keine davon erinnern. Er tröstete sich mit dem Gedanken, daß keine von ihnen tauglich genug gewesen sein konnte. »Es war in der Nacht so schwül, daß ich mich nur hin und her gewälzt habe«, erklärte er Julia, als sie ihn fragte, warum er so mitgenommen aussehe.

Er mußte jetzt allein sein. Eine halbe Stunde vor der Zeit fuhr er zur Arbeit. Er hoffte, während der Fahrt zu sich selbst zurückzufinden. Und wenn das nicht half, konnte er vor Arbeitsbeginn noch einen Spaziergang machen. Als er nach zehn Minuten noch nichts vom Grafen gehört hatte, schaltete er das Radio ein, um sich abzulenken.

»Mutter Doreen von Clock Face«, verkündete ein Sprecher, »hat uns gerade zu Bewußtsein gebracht, in welcher, nun, ich nenne es einmal Situation, sich Eltern befinden, die ihre behinderten Kinder in Kindergärten unterbringen wollen. Nun, ich hoffe wirklich, Doreen, daß Sie bald einen Platz für Ihren Sohn gefunden haben.«

Im ersten Moment hatte Jack geglaubt, der Mann spreche von

einer Nonne. Schließlich klang der Name recht eigenartig. Dann sagte er sich, das Programm sei als Ablenkung doch geeigneter, als er ursprünglich angenommen hatte. »Ihre Anrufe sind das Salz dieser Sendung. Jeden Tag stehen unsere Telefone für Sie bereit, und wir alle warten darauf, die Stimme von Ihnen, von Ihnen oder sogar von Ihnen zu hören«, verkündete der Sprecher. »Rufen Sie von zu Hause an, von der Arbeit oder von dem Ort, an dem Sie sich gerade befinden. Und sprechen Sie mit uns. Sagen Sie, was Sie zu sagen haben. Jedes Thema unter der Sonne ist uns willkommen. Und bevor wir fortfahren, möchte ich den aktuellen Bericht zur Verkehrslage durchgeben. Auf der M53 ist in der Nähe von Vauxhall Öl auf der Fahrbahn ausgelaufen. Alle Fahrer, die in Richtung Osten unterwegs sind, sollten sich also auf Staus und Verzögerungen gefaßt machen. Wir alle wären viel bessere Fahrer, wenn wir uns mehr nach den Verkehrsschildern richten würden.«

»Vielen Dank«, sagte Jack und verließ die Autobahn an der nächsten Ausfahrt. Seine Route führte ihn durch Bromborough auf die Chester Road. Er kurbelte das Seitenfenster herunter, lauschte dem Lied des heißen Fahrtwindes und bekam aus dem Radio nur noch Satzfetzen mit. Mal meinte der Sprecher, »daß wir darüber alle einmal nachdenken sollten«, und ein anderes Mal sinnierte er, »daß man schwerlich einem so klugen Vorschlag widersprechen kann.« Jack hatte fast den Ortsrand von Bromborough erreicht, als eine Stimme in seine Gedanken fuhr, die ihn zusammenzucken ließ. Er kurbelte rasch das Fenster hoch, um mehr verstehen zu können. Der Anrufer hatte irgend etwas über den »Mersey-Mörder« gesagt.

»Das ist bestimmt nicht jemand, den wir gern in unserer Nachbarschaft zu sehen wünschen, Margaret. Ich bin mir sicher, daß alle unsere Zuhörer, gleichgültig, ob sie gerade sitzen, stehen oder liegen«, beim letzten Wort kicherte er, als habe er einen tollen Witz gemacht, »dem zustimmen werden. Womit ich natürlich nicht sagen will, daß das, was man im Liegen tut, nur im Liegen schön sein kann. Aber Schluß damit, wir schweifen vom Thema ab. Gibt es denn bei Ihnen einen Ehemann, Margaret, an dessen starker Schulter Sie sich etwas sicherer fühlen können?«

»Mein Mann ist gestorben. Jetzt gib endlich Ruhe. Runter! Tut mir leid, der Hund macht mal wieder Ärger«, erklärte sie, und ihre Worte wurden von lautem Kläffen begleitet.

»Hört sich für mich nach einem ziemlich großen Hund an, Margaret. Mit einem solchen Ungetüm im Haus würde ich mich schon ziemlich sicher fühlen.«

»Es ist eine Hündin. Ab ins Körbchen!« rief sie und meinte damit sicher nicht den Moderator. »Was ich sagen will, ist, daß ich den Medien vorwerfe, mit ihrer Berichterstattung Menschen meines Alters soviel Angst einzujagen, daß wir uns kaum noch aus dem Haus trauen.«

»Hm, da haben Sie mir aber eine heiße Kartoffel in den Schoß gelegt, Margaret, alles was recht ist. Ich habe mich übrigens vor ein paar Tagen mit jemandem unterhalten, der meinte, der Name ›Mersey-Mörder‹ stamme nicht von der Polizei, sondern sei eine Erfindung von einer der überregionalen Zeitungen. Als hätten wir hier in Merseyside nicht schon genug schlechte Presse. Ich muß jedoch auch hinzufügen, daß die lokale Presse soviel über diese Fälle berichtet hat, wie die Behörden bislang ermitteln konnten. Ich denke, dafür sollten wir ihr ein Lob aussprechen.«

»Aber die Medien sollten nicht nur ... Sitz! Platz! Gib endlich Ruhe! Ich meine, die Medien sollten sich nicht nur auf die Berichterstattung beschränken. Die Medien sollten selbst Verbrechen aufdecken und solche Verbrecher aufspüren.«

»Nun, Margaret, ich darf Ihnen mitteilen, daß unsere Nachrichtenredaktion ziemlich auf Zack ist. Manche unserer Reporter sind so scharf, daß man sich an ihnen schneiden kann.« Er lachte. »Ich schätze, keiner von ihnen wird mir darin widersprechen. Aber jetzt wollen wir wieder ernst werden. Haben Sie denn irgendeine Idee, Margaret, wo unsere Reporter mit ihren Nachforschungen beginnen sollen?«

»Körbchen, ich habe Körbchen gesagt ... Mir ist aufgefallen, daß in den Medien eines nie erwähnt wird. Ich meine, wer immer dieser Verrückte auch sein mag, er hat doch bestimmt eine Familie. Und sollten diese Leute nicht über sein Treiben informiert sein? Die Medien sollten seiner Familie nun klarmachen, welche Verantwortung auf ihr lastet und daß sie ihn daran hindern müssen, erneut zuzuschlagen!«

»Margaret von Higher Tranmere hat gerade zu uns gesprochen und uns auf einen Punkt aufmerksam gemacht, der uns alle, und damit meine ich jeden von uns, zum Nachdenken bringen müßte. Was halten Sie, liebe Zuhörer, davon? Gibt es dort draußen tatsächlich eine Familie, die einem gemeingefährlichen Verbrecher Unterkunft und zu essen gibt, statt ihn der Polizei zu überantworten? Ihre Gedanken zu diesem, wie auch zu jedem anderen Thema sind uns immer willkommen. Rufen Sie an, und ich unterhalte mich mit Ihnen über alles, was Ihnen wichtig erscheint oder sonstwie unter den Nägeln brennt ...«

Jack biß die Zähne so fest zusammen, daß es weh tat. Er bog an der Kreuzung im Zentrum von Bromborough links ab, parkte vor der Bücherei und lief zur nächsten Telefonzelle. Die Nummer, die der Moderator mehrfach genannt hatte, hallte in seinem Kopf wider. Er warf etliche Münzen in den Schlitz, wählte und erhielt sofort Antwort. »Hier ›Anruf erwünscht‹«, erklärte eine Frau nicht sehr freundlich. »Worüber wollen Sie reden?«

»Über diesen sogenannten Mersey-Mörder.«

»Und was haben Sie zu diesem Thema beizutragen?«

»Daß ich es für ziemlich unfair halte, seiner Familie die Schuld zu geben. Daß so etwas schon den Tatbestand der üblen Nachrede erfüllt.«

»Haben Sie zu dieser Angelegenheit einige neue Aspekte vorzubringen?«

»Ich möchte alle weiteren Fragen lieber dem Moderator beantworten.«

»Dann geben Sie mir bitte Ihren Namen und Ihre Rufnummer.«

»Bernard ... Ich bin Bernard und rufe aus Bromborough an«, antwortete Jack und las ihr die Nummer vor, die auf dem Telefonapparat stand.
»Hängen Sie jetzt bitte ein, dann rufen wir Sie in ein paar Minuten zurück.«
Die meisten der Münzen, die er eingeworfen hatte, kamen wieder heraus, und er freute sich darüber, als hätte er bei einem Spielautomaten die Goldene Serie geholt. Der Graf war wieder da. Er sah sich um und entdeckte Dails Schilder. Man hatte den Laden vernagelt, und er sah jetzt so aus wie seine Videothek. Das erfüllte Jack mit grimmiger Freude. Wenig später klingelte das Telefon, und alle Menschen, die an der Haltestelle auf den Bus warteten, drehten sich zu ihm um. In seiner Hochstimmung machte es ihm nichts aus, im Mittelpunkt des Interesses zu stehen. »Bernard?« fragte die Frau.
»Ja, immer noch.«
»Wir stellen Sie jetzt durch. Bitte reden Sie erst, wenn der Moderator Sie anspricht. Steht zufällig ein laufendes Radio in ihrer Nähe?«
»Nein.«
Im nächsten Moment hörte er den Moderator. »Das war Vi aus Allerton, die uns mit ihrem Anruf erfreut und uns daran erinnert hat, daß wir mit Fug und Recht auf unser Merseyside stolz sein können. Und jetzt gleich sprechen wir mit Bernard aus Bromborough. Nennen Ihre Freunde Sie Bernie, Bernard?«
»Nicht, daß ich wüßte«, antwortete der Graf.
»Dann bleiben wir bei Bernard, was?«
»Wie immer Sie möchten.«
»Sie haben sicherlich gerade mitbekommen, wie Vi sagte, daß die Medien ein so schlimmes Bild von Merseyside zeichnen, daß viele Unternehmen davor zurückschrecken, bei uns zu investieren. Und sie hat einige Bücher und Filme genannt, die unsere schöne Gegend verunglimpfen und verächtlich machen. Rufen Sie auch an, Bernard, um unser Interesse auf diesen Mißstand zu lenken?«

»Nein, ich wollte vielmehr die Familie verteidigen, die vorhin hier angegriffen worden ist.«
»Sprechen Sie von der Familie des Mersey-Mörders?«
»Wenn Sie ihn unbedingt so nennen wollen?«
»Aha, Sie meinen also, es könnte sich auch um eine Frau handeln? Nun ja, wir haben keine Ahnung, was die Polizei mittlerweile alles herausgefunden hat.«
»Sicher nicht viel, wenn die Beamten immer noch nicht auf das Motiv gestoßen sind.«
»Darüber sind sich unsere Kriminalisten noch unschlüssig«, entgegnete der Moderator, und der Graf grinste: Wie angenehm, das bestätigt zu bekommen, was man schon seit einiger Zeit vermutete. »Also, es geht Ihnen vor allem um die Familie, Bernard.«
»Das will ich meinen. Wenn jemand die Folgen dieser Untaten tragen muß, dann die Familie des Täters.«
»Manche sagen, der Mersey-Mörder kann gar nicht anders, als sich in den Schoß seiner Familie flüchten.«
»So etwas kommt bestimmt von der Polizei. Reine Propaganda ist so etwas. Die Kriminaler behaupten ja auch, daß jeder Übeltäter früher oder später einen Fehler macht. Ich glaube, sie sagen das bloß, um denen Sorgen zu machen, die ihr Verbrechen sorgfältig geplant und durchgeführt haben. Wenn diese Behauptung nämlich stimmen soll, warum hat man dann Jack the Ripper nie gefaßt?«
»Nun, Bernard, es gibt auch Stimmen, die sagen, man habe den Ripper gefaßt, das aber nicht an die Öffentlichkeit dringen lassen und die Sache vertuscht.«
»Man könnte das aber auch so interpretieren, daß die Polizei nicht zugeben wollte, hereingelegt worden zu sein.«
»Nun ja, der Ripper ist ja auch so etwas wie eine Legende, nicht wahr?«
»So ähnlich wie Robin Hood, oder wie?«
Der Moderator kicherte, aber es hörte sich weniger nach Heiterkeit als vielmehr nach Verblüffung an. »Ich möchte an dieser Stelle

aber daran erinnern, daß der Mersey-Mörder weder eine historische Gestalt noch eine Legende ist. Und ein Volksheld erst recht nicht. Seine Opfer sterben, nachdem sie scheußliche Verletzungen und Verstümmelungen erlitten haben. Und der Mörder oder die Mörderin begeht diese Untaten hier und jetzt.«

»Sie meinen, in diesem Moment?« erwiderte der Graf und freute sich über das schockierte Gesicht, das der Moderator bei diesen Worten machen mußte. »Aber wir kommen vom Thema ab. Eben hat eine Anruferin die Familie des Täters der Komplizenschaft beschuldigt. Sie haben das nicht nur unwidersprochen gelassen, sondern ihr später auch noch zugestimmt. Vielleicht sollten Sie sich mal der Frage stellen, wie die ganze Geschichte wohl aussähe, wenn der Übeltäter sich der Polizei stellte und bei den Verhören herauskäme, daß seine Familie überhaupt keine Ahnung von seinen Taten gehabt hat. Ich könnte mir gut vorstellen, daß die Familie dann Sie und Ihren Sender wegen übler Nachrede verklagt.«

»Wissen Sie was, Bernard, lieber stelle ich mich als Zielscheibe hin und lasse es auf eine Anklage ankommen, wenn das hilft, den Täter bald dingfest zu machen.«

»Ich sehe Sie schon in dieser Position«, entgegnete der Graf. Er drückte die Gabel nach unten, hängte ein und ging zu seinem Lieferwagen zurück. Er zwang sich dazu, langsam zu gehen, um keine Aufmerksamkeit auf sich zu ziehen. Dabei wollte er nichts lieber, als dem Fortgang der Diskussion lauschen, die unzweifelhaft seinem Anruf folgen würde. Kaum saß er auf dem Fahrersitz, da drehte er schon das Radio an. Ein Anrufer forderte gerade Theatergruppen für Blinde, und danach hatten andere Menschen ähnlich dringende Anliegen vorzubringen. Jack beeilte sich nicht, zur Arbeit zu kommen, aber über den Mersey-Mörder oder seinen Anruf wurde nicht mehr gesprochen.

Er betrat die Bücherei mit dem Gefühl, gute Arbeit geleistet zu haben und bald noch mehr zu leisten. »Dem Himmel sei Dank, daß es hier drinnen kühler ist als draußen«, sagte er zu Stella. Er stempelte gerade Bücher ab, als eine alte Frau ihre rissige, trockene Hand auf die seine legte. »Ich habe Sie gehört«, erklärte sie.

Jacks Kehle war mit einem Mal wie ausgedörrt, und er mußte schlucken, bevor er stammeln konnte: »Sie haben ... mich gehört?«

»Ja, Sie haben eben gesagt, daß es hier drinnen viel kühler sei als draußen. Ich schätze, ich setze mich hier hin und lese in meinem Buch, bis die Sonne nicht mehr so schlimm brennt.«

»Aber bitte, Sie sind herzlich willkommen«, entgegnete Jack und lächelte die Seniorin an. Sie hatte ihm, wenn auch unwissentlich, gerade wieder bestätigt, daß der Graf unsichtbar war, daß niemand ihn wiedererkannte. Und im folgenden Moment der Klarheit erkannte er, was die Radiosendung ihm sagen wollte: Er mußte dafür sorgen, daß Julia und Laura nie dahinterkamen, was er heimlich trieb. Und je länger er wartete, bis er zu seinem letzten Besuch aufbrach, desto weniger Kopfschmerzen mußte er sich machen, das Haus zu verlassen. Denn kurz vor Urlaubsantritt gab es immer tausend Dinge zu erledigen. Er fühlte Frieden und Ruhe in sich und beschloß, der Welt großzügig und freundlich zu begegnen. Vielleicht würde er dem letzten Klienten noch eine allerletzte Chance geben.

Kapitel 42

Irgendwann am Vormittag konnte Janys aufatmen. Tommy hatte sich endlich entschlossen, sich schlafen zu legen. Er hatte den Tag damit begonnen, ihr klar zu machen, daß pochierte Eier nicht mehr sein Lieblingsfrühstück waren. Er warf sie an die Wand, und dort blieben sie für einen Moment kleben. Die Wand sah aus, als hätte er dort eine Sonne gemalt, die hinter einer Wolke hervorlugt. Janys hatte ihn später in seinen Laufstall gesetzt, und dort hatte er sich mit nichts anderem beschäftigen wollen, als seine Buchstabenwürfel über den Gitterrand zu werfen. Und als sie es nach einiger Zeit müde war, sie ihm immer wieder zurückzubringen, fing er an zu schreien. Janys hob ihn hoch, und sofort fing er an zu heulen und den Kopf nach hinten zu biegen, wie er es oft als Baby getan hatte, wenn sie ihm die Brust gab und ihn ihr kleines saugendes Ferkelchen nannte. Sie setzte ihn vor das Fernsehgerät, eine Maßnahme, die sie nur ergriff, wenn alles andere versagt hatte. Aber Tommy spielte nur mit der Fernbedienung herum, und schließlich setzte sie ihn in seinen Stuhl und band ihn dort an, um endlich dazu zu kommen, die Zutaten für seinen Geburtstagskuchen zusammenzustellen. »Wenn du so weiter machst, wirst du deinen nächsten Geburtstag nicht erleben«, drohte sie ihm, weil er sich mit aller Gewalt von seinem Gurt befreien wollte. Jetzt wurde es Janys zuviel, und sie trug ihn trotz seiner heftigen Proteste nach oben und legte ihn in sein Bett. Aber er war putzmunter und versuchte sofort, über das Gitter zu klettern. Sie kehrte zu ihm zurück, streichelte ihm über das Haar und sang ihm das Wiegenlied vor, das sie sich immer von ihrer Mutter gewünscht hatte; auch dann noch, als sie für so etwas eigentlich schon zu alt gewesen war:

»Lavendel ist blau, diedeldum,
Lavendel ist grün.
Wirst du einst König, diedeldum,
Werd ich die Königin.«

Tommy schien ihre Vorliebe für das Lied nicht zu teilen. Nach der zweiten Strophe gab sie es auf, ignorierte sein Schreien und Toben und kehrte in die Küche zurück, um sich um den Kuchen zu kümmern. Sie fand keine rechte Ruhe und lauschte ständig nach einem dumpfen Knall, der ihr angezeigt hätte, daß ihm der Fluchtversuch gelungen war. Aber sein Heulen wurde immer leiser, und nach einer Weile hörte sie auch die leisen Vibrationen von seinem Herumspringen auf dem Bett nicht mehr. Janys wartete noch ein paar Minuten, schlich sich dann nach oben und spähte in sein Zimmer.

Vielleicht hatte das Wiegenlied doch noch Wirkung gezeigt, obwohl sie eher vermutete, daß er vor Erschöpfung eingeschlafen war. Er lag in seinem Bett, ein Fuß lag unter der Decke, und der Kopf ruhte auf der kleinen Faust, die sich in seine Wange grub. Sein blondes Haar sah aus, als wäre er in einen Sturm geraten, sein Gesicht war rotfleckig und verschrumpelt, und auf seinem Gesicht lag noch die Wut, die er kurz vor dem Einschlafen verspürt hatte. Janys betrachtete ihn lächelnd, und ihr wurde wieder einmal klar, daß sie ihn mehr liebte, als mit Worten auszudrücken war. In diesem Moment klingelte das Telefon.

»Wehe, du wachst auf«, murmelte sie, schloß leise die Tür und eilte auf Zehenspitzen die Treppe hinunter. »Janys Day«, meldete sie sich, kaum daß sie den Hörer abgenommen hatte.

»Verzeihung, ich hoffe, ich störe nicht gerade.«

»Nur ein wenig. Tut mir leid, wenn ich eben unfreundlich geklungen habe. Was kann ich für Sie tun?«

»Haben Sie im Moment einen Termin?«

»Das Studio ist heute geschlossen.«

»Den ganzen Tag?«

»Ich fürchte, ja.« Sie hätte dem Anrufer natürlich sagen können, daß ihr Sohn heute Geburtstag hatte, aber sie sagte sich, daß das einen Fremden nichts anging. Der Mann hatte seinen Namen noch nicht genannt, aber die Stimme kam ihr irgendwie bekannt vor. »Kann ich sonst noch etwas für Sie tun?«

Der Mann schwieg zuerst, und sagte dann: »Können Sie sich daran erinnern, vor ein paar Wochen mit mir gesprochen zu haben?«

»Geben Sie mir bitte noch einen Hinweis.«

»Nun, es ging ums Glück.«

Jetzt fiel es ihr wieder ein, und sie lief vor Empörung rot an. »Ja, Sie haben mir einen Brief geschickt.«

»Richtig, das war ich. Ich hoffe, Sie lassen mich Ihnen die Sachlage erklären. Wenn Sie mich anhören, könnte Ihnen das sicher ...«

»Wenn ich etwas auf den Tod nicht leiden kann, dann sind das Männer, die ein Nein nicht akzeptieren wollen!« fauchte Janys. »Lassen Sie mich endlich in Ruhe, sonst werde ich die Polizei rufen!«

Sie knallte den Hörer auf die Gabel, schloß die Augen und stand zitternd da, bis der Zorn etwas nachgelassen hatte. Die Zeugen Jehovas, die von Zeit zu Zeit an ihre Tür kamen, waren schon eine Pest, aber dieser Clown übertraf sie darin noch. Ihr kam der bizarre Gedanke, daß der Mann deswegen so lästig war, weil er etwas so Absurdes verlangte.

Aber das Sinnieren über Spinner und Artverwandte half ihr nicht dabei, einen Kuchen zu backen. Janys lauschte nach oben, um festzustellen, ob das Telefonat ihren Tommy geweckt hatte. Eier, Margarine, Zucker, Mehl ... »Oh, du elender Mistkerl!« schimpfte sie und machte den lästigen Anrufer, obwohl der doch keine Schuld daran trug, dafür verantwortlich, daß sie zu wenig Mehl im Haus hatte. Es würde gerade für den Kuchen reichen, aber nicht mehr für die kleinen Überraschungen, die sie für Tommy und seine Freunde von der Krabbelgruppe geplant hatte.

Sie schlich noch einmal nach oben und öffnete vorsichtig die Tür zum Kinderzimmer. Tommy schlief noch immer tief und fest. Die

Hand unter der Wange war nicht mehr zur Faust geballt. Wenn sie ihn jetzt weckte, würde er später auf seiner Geburtstagsfeier müde und unleidlich sein. Und aus Erfahrung wußte sie, daß es unmöglich war, ihn in den Buggy zu setzen und mit ihm zum Kaufladen zu gehen, ohne daß er dabei aufwachte. Janys sagte sich, daß sie es in fünf Minuten zum Laden an der Ecke und wieder zurück schaffen könnte. Sie warf ihm eine Kußhand zu, griff sich im Vorbeilaufen die Handtasche vom Treppenpfosten und eilte aus dem Haus.

Abgesehen von einer Frau, die einen Kinderwagen voller Anzeigenblätter vor sich herschob, war die Straße verlassen. Als Janys losspurtete, brannte die Sonne unangenehm heiß auf ihren Kopf herab. Ein Stück voraus, auf dem Zubringer zur Hauptstraße, herrschte Verkehr, und bis zur Kreuzung brauchte sie nicht mehr als zwei Minuten. Als sie sie überquerte, nahm sie aus dem Augenwinkel wahr, wie jemand in der Seitenstraße einen klapprigen blauen Lieferwagen einparkte. Aber sie achtete nicht weiter darauf, denn in Gedanken ging sie zum wiederholten Mal an diesem Tag die Gästeliste durch. Die Abgase der Wagen verdrängten das Blumenaroma, das aus den Vorgärten strömte, und dann hatte sie den Eckladen erreicht.

Das Schaufenster war angefüllt mit Sonnenbrillen, Spielzeug, Babynahrung, Plastikschüsseln, Gummiknochen, Filzstiften und Sandalen. Miss Frith, eine grobknochige Frau in einem gewaltigen geblümten Kleid, brachte eine Kundin gerade über den Klatsch und Tratsch der Gegend auf den neuesten Stand. Ihr Mundwerk kam dabei genausowenig zur Ruhe wie ihre Hände, die aus den Regalen dies und jenes holten. Ihre neue Aushilfe, ein Teenager mit einem runden Gesicht und einer Miene, die verriet, daß sie es jedem recht machen wollte, bediente gerade einen Mann. Janys entdeckte hinter dem Mädchen die Mehltüten, steuerte sofort darauf zu, als der Kunde sich zum Gehen wandte und sein Wechselgeld zählte. »Nur ein Paket Mehl, bitte. Nein, besser zwei.«

Das Mädchen nahm zwei Tüten aus dem Regal und stellte sie vorsichtig vor sich auf die Theke. »Darf es sonst noch etwas sein?«
»Nein, im Augenblick nicht«, antwortete Janys und suchte in ihrem Portemonnaie nach Kleingeld. Sie fand nur eine Zehnpfundnote und ein paar Pence. Miss Frith nannte ihrer Kundin gerade den Endbetrag und beugte sich dann über die Theke zu Janys. »Oh, Mrs. Day, könnte ich Sie wohl mal für einen Augenblick sprechen?«
»Nun, eigentlich bin ich ein wenig ...« begann Janys und kramte weiter in ihrer Börse, während Miss Frith sich wieder ihrer Kundin zuwandte. Dann muß es eben der Zehner sein, dachte Janys schließlich und zog den Schein zwischen dem Schlüsselbund und einem Reserve-Tampon heraus. In diesem Moment kehrte der Mann zurück, der vor ihr an der Reihe gewesen war. »Verzeihung bitte, aber ich fürchte, Sie haben mir zu wenig Wechselgeld herausgegeben.«
»Bitte, würde es Ihnen etwas ausmachen, wenn ich ...« sagte Janys, aber das Mädchen sah bereits mit besorgter Miene den Kunden an. »Sie haben eine Küchenrolle bekommen und die mit einem Pfund bezahlt. Ich habe Ihnen darauf elf Pence Wechselgeld zurückgegeben.«
»Das stimmt, aber hier auf dem Preisschild steht, daß die Rolle nur siebenundachtzig Pence kostet.«
Das Mädchen nahm die Rolle, hielt sie nach rechts und bog den Kopf nach links. »Entschuldigen Sie, aber da muß ich erst Miss Frith fragen.«
»Einen Moment, ich bin gleich bei Ihnen«, rief die Ladenbesitzerin. Sie zählte der Kundin das Wechselgeld in die Hand und nahm sich dafür reichlich Zeit. »Behalten Sie nur den Hut auf«, verabschiedete sie sich dann von der Frau. Für Janys klangen diese Worte wie ein Tadel, aber in Wahrheit war es wohl nur ein gutgemeinter Rat gewesen. »Also, Glenda, was gibt's?«
»Dieser Gentleman hat mir für die Küchenrolle ein Pfund gegeben

und elf Pence Wechselgeld zurückerhalten. Soviel hat nämlich auch die Rolle gekostet, die ich gestern verkauft habe. Er behauptet aber nun, daß auf dem Preisschild siebenundachtzig Pence steht.«

»Gib mal her«, erklärte Miss Frith und griff nach ihrer Brille, die zwischen dem Tabak und den Bonbons auf dem Regal lag. »Aha, das ist ein altes Preisschild.«

»Könnten Sie bitte das Mehl abrechnen?« fragte Janys die Aushilfe.

»Aber gern«, antwortete das Mädchen und zuckte dann vor der Zehnpfundnote zurück. »Da müssen wir leider auf Miss Frith warten. Ich muß ihr nämlich immer Bescheid sagen, wenn ich auf einen größeren Schein herausgebe.«

»Miss Frith!« rief Janys, »ich möchte wirklich nur ...«

»Dauert nur ein Sekündchen. Ich bin gleich mit dem Herrn fertig.« Sie hielt sich die Küchenrolle so nah vors Gesicht, als wollte sie sie küssen. »Das Preisschild ist noch vom letzten Monat. Unser Fehler. Wir hätten es austauschen sollen«, informierte sie den Mann. »Rein rechtlich gesehen dürfen wir den aktuellen Preis von Ihnen verlangen, aber ich will Ihnen die Differenz von zwei Pence gern erstatten, sozusagen als Ausgleich für Ihre Mühe.«

»Machen Sie sich keine Umstände. Mir ging es nur ums Prinzip.«

»Wenn Sie meinen? Ich möchte aber wegen eines solchen Versehens keinen Kunden verlieren.«

Himmel noch mal! dachte Janys, nun werdet euch doch endlich einig. Ihre Kopfhaut brannte noch heißer als vorhin im Sonnenlicht. Der Mann nahm die Küchenrolle und stapfte langsam zur Tür, so als überlege er, ob er die zwei Pence nicht doch annehmen sollte. Erst, als er den Laden verlassen hatte, sagte Glenda: »Miss Frith, die Kundin hier möchte mit einem Zehner bezahlen.«

»Ja, ein Zehner«, bestätigte Miss Frith und stützte sich auf den Tresen. »Nun, Mrs. Day, wenn Sie jetzt vielleicht einen Moment Zeit für mich hätten?«

»Wenn es nicht zu lange dauert und Ihre Aushilfe mir inzwischen

das Wechselgeld aus der Kasse holt. Ich habe meinen Tommy nämlich schlafend zurückgelassen.«
»Ach, der goldige kleine Engel. Wie geht es ihm?«
»Ich hoffe, im Moment ist er noch ein Engel. Was gibt es denn zu besprechen?«
»Nun, ich wüßte gern, ob Sie die Zeit haben, eine Porträtaufnahme von meinen kleinen Nichten anzufertigen? Die beiden haben jetzt Ferien und bleiben für eine Woche bei mir. Das Porträt soll eine Überraschung für ihre Eltern werden.«
»Wann wäre es Ihnen denn recht?«
»Sobald Sie uns irgendwie dazwischenschieben können.«
Zu spät erkannte Janys, daß sie einen Fehler gemacht hatte. Das Mädchen wartete mit dem Abzählen des Wechselgelds, bis ihre Chefin fertig war. Diverse Ängste schossen durch Janys Kopf: die Anzahl der kleinen Gäste, die zur Party kommen würden; Tommy war jetzt schon länger allein, als sie es ursprünglich vorgehabt hatte; sein Vater mochte in diesem Moment ums Haus schleichen, um ihn ihr wegzunehmen ... Vor allem diese Angst hielt sich, wohl weil sie so irrational war, am hartnäckigsten in ihren Gedanken. »Mein Terminkalender liegt im Studio«, antwortete sie.
»Wissen Sie, was? Rufen Sie doch einfach in ein paar Minuten an.«
»Leider haben wir kein Telefon.«
»Hm, ja, können Sie dann nicht ...« begann Janys und mahnte sich zur Eile. »Dann sagen wir doch einfach nächste Woche.«
»Ginge es auch in der Woche danach?«
»Das wäre mir noch lieber. Am Montag?«
»Vielleicht besser Dienstag.«
»Und um wieviel Uhr?«
»Wann immer es Ihnen recht ist.«
»So wie jetzt? Gegen elf Uhr?«
»Gut, dann elf Uhr.«
»Ich notiere mir das rasch, damit es nicht in Vergessenheit gerät«, erklärte Miss Frith, setzte sich wieder die Brille auf, fand neben der

Kasse einen Stift und beugte sich dann hinab, um unter dem Tresen nach ihrem Notizblock zu suchen. »Wenn ich bitte mein Wechselgeld haben könnte«, bat Janys das Mädchen.

»Sofort«, antwortete sie, mußte aber warten, bis ihre Chefin sich wieder erhoben hatte, weil sie vorher nicht an die Kasse gelangen konnte. Sie schien es nicht eiliger zu haben als die Ladenbesitzerin. Erst als Janys einen unmißverständlichen Blick auf ihre Uhr warf, händigte das Mädchen ihr das Wechselgeld aus. Janys verabschiedete sich mit einem kurzen »Danke«, und Miss Frith riß das oberste Blatt, auf dem Datum und Zeitpunkt der Porträtaufnahme notiert waren, vom Block und reichte es ihr mit einem leicht beleidigten Blick. Doch Janys konnte sich jetzt nicht um die Befindlichkeit der Frau kümmern. Sie steckte den Zettel in die Handtasche, packte die beiden Mehltüten, preßte sie gegen ihre Brust und lief aus dem Laden.

Draußen wollte sie erleichtert aufatmen, aber das Sonnenlicht, der Verkehrslärm und die Abgase bedrückten sie. Sie lief zu der Kreuzung, nahm kaum wahr, daß der Lieferwagen nicht mehr dort stand, und berechnete im Kopf, wie lange sie brauchen würde, alle Zutaten zu verrühren, ob der Kuchen rechtzeitig zur Party fertig würde und wieviel Zeit Tommy ihr noch geben mußte. Janys war damit so beschäftigt, daß sie gar nicht bemerkte, daß der Verkehrslärm von der Hauptstraße nicht zugunsten der Ruhe in den Vorgärten nachließ, sondern von einem Stimmengewirr abgelöst wurde, das sich nach einer größeren Menschenmenge anhörte. Als sie dann ihr Haus erreichte, starrte sie verwundert auf die Schar der Nachbarn, die sich dort versammelt hatte. Im ersten Moment fragte sie sich, ob sie alle erschienen waren, um Tommy zum Geburtstag zu gratulieren. Und sie glaubte, hinter den Fenstern das Flackern der Kerzen auf seinem Kuchen zu erkennen.

Kapitel 43

Am Freitag abend gab es für Jack nichts mehr zu tun. Er hatte sich eigentlich damit beschäftigen wollen, die Koffer zu packen, aber Laura und Julia hatten das bereits erledigt. Vergangene Nacht war er kurz nach dem Abendbrot zu Bett gegangen. Schließlich hatte er die Spätschicht hinter sich, und so hatte sich seine Familie nichts dabei gedacht. Und heute abend war er so aufgekratzt, daß er fürchtete, platzten zu müssen, wenn er nicht bald aus dem Haus käme. »Weißt du, was ich jetzt gern tun würde?« fragte er Julia.

»Nein, was denn?«

»Weiß ich auch nicht. Ich dachte, du hättest vielleicht eine Idee.«

»Dad!« stöhnte Laura.

»Na ja, vielleicht weiß ich doch etwas. Wir könnten zum Beispiel Essen gehen.«

»Ich dachte, wir machen heute nur einen kleinen Imbiß«, entgegnete Julia.

»Aber auswärts essen wäre doch ein toller Start für einen Superurlaub, und auf diese Weise können wir Pete und Cath unsere Dankbarkeit zeigen. Ich rufe gleich dort an, damit sie uns einen Tisch freihalten.«

Es kam ihm eigenartig vor, keine heimlichen Telefonate mehr führen zu müssen; aber das war nicht der Grund für seine Unruhe. Warum ließ ihn das Gefühl nicht los, er hätte etwas vergessen oder übersehen? Kaum hatte Pete ihm und seiner Familie für neunzehn Uhr einen Tisch reserviert, wünschte Jack, er könnte die ganze Sache rückgängig und einen langen Spaziergang machen. Vielleicht würde es ihm ja im Laufe des Abends einfallen, wenn er sich in einer anderen Umgebung aufhielt. Als die Orchards zum International Experience schlenderten und am Himmel eine Sonne brannte, die erst in einigen Stunden im Meer versinken würde, kam es Jack so vor, als sei ein Teil seines Gehirns von ihm isoliert.

Er grübelte über den letzten Besuch des Grafen nach, stieß aber auf nichts, was Anlaß zur Sorge bieten könnte. Nachdem er die Fotografin von einer Telefonzelle aus angerufen hatte, fuhr er zu ihr hin und stellte den Wagen nicht weit von ihrem Haus in einer Seitenstraße ab. Aus dem Briefkastenschlitz ragte wie eine freche Zunge eine Zeitung heraus, die ihm wie die ideale Zündschnur vorkam. Er klingelte zweimal, und als ihm niemand öffnete, sprühte er die Zeitung mit Gas ein und zündete sie mit dem Feuerzeug, das er zwischenzeitlich aufgefüllt hatte, an. Dann schob er das brennende Papier ins Haus, hielt den Schlitz mit dem Taschentuch hoch, blickte in die Diele und wartete, bis der Teppich dort Feuer gefangen hatte. Er war im Grunde erleichtert, daß nach seinem Klingeln niemand zur Tür gekommen war. Als er wieder im Wagen saß, freute er sich darüber, wie einfach die letzte Tat vonstatten gegangen war. Das Werk war vollbracht.

Das International Experience servierte in dieser Woche spanische Küche. »Es gibt Kaltschale, wenn ihr etwas gegen die Hitze wollt«, sagte Cath Venable, als sie den Orchards die Speisekarten reichte. Während des Mahls kam sie immer wieder an den Tisch, tupfte sich unentwegt die Stirn und erkundigte sich ein ums andere Mal, ob das Essen schmeckte und nicht zu scharf gewürzt sei. Irgendwann wurde es Jack zuviel. Caths ständige Fragen störten ihn erheblich dabei, Klarheit in seine Gedanken zu bekommen. Er reagierte immer unwirscher, bis er sich sagte, daß er den Venables damit Unrecht tat. Er wartete, bis die beiden zusammen an den Tisch kamen, und teilte ihnen dann mit: »Wir bringen euch etwas Schönes von Kreta mit. Vielen Dank, daß ihr uns diesen Urlaub ermöglicht habt.«

»Aber das war doch selbstverständlich«, wehrte Pete ab.
Jack bezahlte die Rechnung und warf einen Blick aus dem großen Fenster. Julia und Laura warteten auf dem Parkplatz. Die Sonne stand niedrig, und ihre Spur auf dem Wasser färbte sich rot, wie Feuer, das sich in Blut verwandelt. Der Anblick seiner Familie, die ihm den Rücken zukehrte und hinaus auf die See blickte, flößte ihm ein Gefühl der Verwundbarkeit ein. Doch er kam einfach nicht dahinter, ob ihm oder den beiden Gefahr drohte. Rührte seine Nervosität vielleicht daher, daß mit dem Ende der Arbeit des Grafen für ihn keine Möglichkeit mehr bestand, das Glück für sich und seine Lieben zu erzwingen? Natürlich hatte er alles getan, was erforderlich war, und damit eine gewisse Glücksgarantie erworben. Der Graf hatte sein Werk präzise bis zum Ende durchgeführt, und eigentlich durfte jetzt nichts mehr schiefgehen. Als er nach draußen kam, standen Julia und Laura immer noch so da. »Das Feuer stirbt«, sagte er.
Sie spazierten ohne Eile durch die hereinbrechende Dämmerung und schwiegen die meiste Zeit. Viele der Wagen, die ihnen entgegenkamen, hatten bereits die Scheinwerfer eingeschaltet. Einige Möwen, die von der untergehenden Sonne herbstlich gefärbt wurden, zogen hoch über der Bucht ihre Bahn. Die Windmühle, die Burg und das Cottage auf dem Minigolfplatz warfen ihre kleinen Schatten, die wie schwarze, alles verschlingende Löcher wirkten. Auf der Victoria Road herrschte in den meisten Spielhallen bereits Stille. Nur eine hatte noch geöffnet, und in ihrem Innern drehten sich die Räder mit den Fruchtsymbolen, hüpften grellbunte Gestalten über Bildschirme und sausten Flipperkugeln gegen Hindernisse ... Als die Familie vor einem leeren Bus, der neben dem Floral Pavillon abgestellt war, die Straße überqueren wollte, zögerte Jack. Er hatte plötzlich das Gefühl, daß ihm das, was ihm solange an den Nerven gezerrt hatte, jeden Moment einfallen würde. Laura und Julia spazierten auf den Transit zu, und dann fiel es ihm ein. Die Lötlampe! Sie steckte immer noch im Aktenkoffer, und der lag im Wagen.

Dem Grafen hätte ein solches Versäumnis nie widerfahren können; nur der alte Jack konnte so etwas vergessen. Er setzte sich rasch in Bewegung, damit Laura und Julia sich nicht fragen konnten, wo er wäre. Dann blieb er vor dem Gartentor stehen.

»Hast du etwas vergessen?« wollte Julia wissen.

»Ja, irgend etwas spukt in meinem Kopf herum. Ich komme gleich nach.«

Er war nicht in der Lage, mehr Worte hervorzubringen. Jack wußte, daß er die Lötlampe nicht zurücklassen durfte, während er mit seiner Familie nach Kreta reiste. Andernfalls hätte er dort keinen Moment Ruhe gefunden. Julia und Laura gingen zum Haus, und er lief am Wagen entlang. Seine Finger wanderten über das verdreckte Blech und hinterließen dort Spuren, so als könnten sie damit seine Gedanken beschleunigen. Als die beiden Frauen ins Haus traten, starrte er auf die Hecktüren. Er schrieb mit der Fingerspitze »Graf« in den Schmutz. Wenn er die Buchstaben etwas eckig schrieb, kam er mit dreizehn Strichen aus. Plötzlich fiel ihm ein, daß Laura oder ihre Mutter sich im vorderen Zimmer aufhalten und ihn beobachten könnten. Sein Kopf ruckte hoch, und er sah, wie ein Mann durch den Raum in Richtung Tür stürzte.

Seine Finger umschlossen den Clownskopf. Als er den Schlüsselbund aus der Hosentasche zog, leuchtete der Schlüssel, den er brauchte, auf. Er öffnete die Hecktüren und griff nach der Aktentasche, die während der letzten Fahrt nach hinten gerutscht war, als wollte sie sich für ihn bereithalten. Der Graf wurde weiterhin benötigt, und im nachhinein erwies es sich als Segen, daß Jack sich seiner Waffe nicht entledigt hatte. Dann stürmte er zum Haus, und seine Finger fanden im Laufen den richtigen Schlüssel. Er würde ihn nicht aus dem Schloß herausziehen, sondern gleich nach dem Eintreten die Lötlampe herausholen, den Koffer fallenlassen, das Feuerzeug aus der Tasche ziehen und ... Wenn der Einbrecher es gewagt hatte, Laura oder Julia etwas anzutun ...

Doch als er die Haustür aufstieß, sah er, daß er zu spät gekommen war.
Die Treppe war von oben bis unten mit Pässen, Travellerschecks, Flugtickets und dem Geld bestreut, das der unbekannte Wohltäter ihnen geschickt hatte. Julia saß mit bleicher Miene und sichtlich durcheinander auf der untersten Stufe, hielt den Telefonhörer ans Ohr und sagte: »Die Polizei bitte.« Auf dem Treppenabsatz lag ein Mann von vielleicht zwanzig Jahren auf dem Bauch. Er war hager, und sein Gesicht hatte eine ungesunde Färbung angenommen. Auf der Stirn standen die Adern hervor. Laura kniete auf seinem Rücken und hielt seine Arme fest, die sie ihm herumgedreht hatte.
»Du verdammte Nutte, laß mich endlich los«, ächzte er. »Ich stech dich ab, du Sau, das schwör ich dir. Runter von mir, sonst setzt es was!«
Jack ließ die Aktentasche fallen, drückte Julia kurz und stürmte dann die Treppe hinauf. »Alles in Ordnung, Dad«, sagte Laura etwas außer Atem. »Ich habe ihn fest im Griff.«
Julia gab gerade ihre Adresse durch und drängte dann: »Beeilen Sie sich bitte. Wir haben ihn überwältigt. Ich weiß aber nicht, wie lange wir ihn noch festhalten können.«
»Still!« warnte Jack mit der Stimme des Grafen den Einbrecher, als der anfing, gegen die Wand zu treten. Er stieg über die Beine des Mannes und ließ den Einbrecher nicht aus dem Auge, auch wenn er sich sicher war, daß Laura ihn fest im Griff hatte. Ein paar Minuten vergingen, die mehr Sekunden zu besitzen schienen, als er zählen konnte. Dann hörte er eine Polizeisirene und sah, wie der Mann sich wieder regte, bis Laura ihm die Arme noch ein Stück weiter nach oben drehte. Der Streifenwagen kam mit quietschenden Bremsen zum Stehen, Stiefel stampften durch den Garten, und Julia hielt die Tür auf. »Oben auf der Treppe«, erklärte sie mit schriller Stimme.
Zwei Beamte nahmen die Stufen in Angriff, während ein dritter bei Julia blieb. »Gehört der hier Ihnen, Madam?« fragte er.
»Nein.«

Jack stand angespannt da, während die beiden Polizisten den Einbrecher von Laura übernahmen. Er konnte kaum ruhig atmen, bis die beiden den Mann in Gewahrsam genommen hatten und abführten. Dann entdeckte er, daß der dritte Polizist sich über den Aktenkoffer beugte und versuchte, die Schlösser zu öffnen. »Der gehört uns. Mir!« sagte Jack.

Er hatte wohl nicht laut genug gesprochen, denn der Beamte untersuchte weiterhin die Tasche. Jeden Moment konnten die Schlösser aufschnappen, und dann würde der Polizist schon nach einem kurzen Blick den Kopf heben und Jack anstarren. »Erlauben Sie bitte«, sagte Julia.

»Nur noch einen Moment, Madam.«

»Mein Mann hat gerade erklärt, daß der Aktenkoffer ihm gehört.«

»Oh, Verzeihung«, sagte der Beamte und reichte ihr die Tasche.

Seine Kollegen schoben den Einbrecher die Treppe hinunter, und Jack sah keine Möglichkeit, an ihnen vorbeizukommen. Julia nahm den Aktenkoffer, betrachtete ihn, hob ihn mit beiden Händen hoch und trat dann beiseite, damit die Polizisten den Mann nach draußen bringen konnten. »Sehen Sie sich jetzt in der Lage, eine Aussage zu machen?« fragte der dritte Beamte.

»Wir wollten eigentlich morgen in Urlaub fahren«, begann Julia, als habe der Einbruch bei ihr ein Sinneswandel bewirkt. Sie ließ den Aktenkoffer neben die Treppe fallen, und er kam mit einem dumpfen Knall auf.

Jack ging nach unten und zwang sich, nicht zur Tasche zu rennen. Da sie bei dem Aufprall nicht aufgesprungen war, bestand kein Anlaß, sie wegzuschaffen. Als er in der Diele stand, entdeckte er, daß die Hintertür aufgebrochen worden war. »Ich rufe Andy an, damit er sie repariert«, teilte er Julia mit.

Jack hatte dem Polizisten nicht viel zu sagen und war froh, daß Andy bereits nach zehn Minuten auftauchte. Die Anwesenheit seines Freundes lenkte ihn von dem Aktenkoffer und seinem Inhalt ab. Andy brachte an der Hintertür zwei Riegel an, und als er damit fertig war, hatte der Beamte alle Aussagen aufgenommen. »Das wäre für den Augenblick alles, Sir«, erklärte er Jack. »Und nun fahren Sie in Urlaub, und versuchen Sie, dort Erholung zu finden. Sie dürfen stolz auf Ihre Tochter sein.«

»Ich wünschte, die Presse würde darüber berichten, aber auf der anderen Seite hatten wir in der letzten Zeit reichlich viel mit Reportern zu tun. Es wäre besser um diese Stadt bestellt, wenn gewisse Personen versuchen würden, statt des Mersey-Mörders Laura nachzueifern.«

So etwas Blödes konnte nur aus dem Mund des alten Jack kommen. Er wurde sich bewußt, daß Julia, Laura, Andy und der Beamte ihn gehört hatten, und er stellte sich vor, wie sie sich angewidert von ihm abwandten. Doch der Polizist grinste nur: »Dem kann ich nur zustimmen.«

Jack brachte ihn zum Gartentor und schloß dann die Haustür ab. Andy war in der Küche und machte Kaffee, während die Frauen sich ins Wohnzimmer gesetzt hatten. Laura wirkte erschöpft, aber äußerst zufrieden mit sich. Julia hingegen sah aus, als würde sie jeden Moment zusammenbrechen. Es war kurz vor dreiundzwanzig Uhr. Als Jack am Wohnzimmer vorbeiging, rief Julia ihm zu: »Was ist das eigentlich für eine Aktentasche?«

Kapitel 44

In dieser Nacht schlief keiner der Orchards viel. Wann immer Jacks Planungen abdrifteten und er dem Schlaf entgegendämmerte, hielt ihn Julias Ruhelosigkeit wach. Er vermutete, daß ihr ähnliche Gedanken durch den Kopf gingen wie ihm, auch wenn bei ihr andere Gründe dahinterstecken mochten. Wenn sie jetzt nach Kreta reisten ... Wenn sie doch nicht nach Kreta fuhren ... Der Umstand, daß er seine Bedenken nicht mit Julia besprechen konnte, brachte ihn dazu, sich immer mehr in sich zurückzuziehen, als suche er dort den Rat des Grafen. Seine instinktive Reaktion auf den Einbruch sagte ihm, daß er schon seit Tagen überaus nervös war. Diese Unruhe rührte nicht davon her, daß er befürchtete, der Graf könnte bei seinem letzten Abenteuer scheitern. Jack war vielmehr nicht gewillt, den Grafen loszulassen, und das machte ihm zu schaffen. Denn damit kam der Graf der Familie zu nahe, so nahe, daß er fast schon neben Julia in der Dunkelheit lag.

Kurz nach dem Morgengrauen stand Jack auf. Seine Augen und sein Gehirn kamen ihm rauchverschmiert vor. Er hörte Laura im Badezimmer rumoren, und als er dorthin ging, war sie fertig angezogen und kam ihm entgegen. Sie sah so unausgeschlafen aus wie er, und er sah an ihrer Miene, daß sie immer noch damit rechnete, in letzter Minute könnte etwas dazwischenkommen. »Fahren wir wirklich?« fragte sie leise.

Entweder geschah das eine oder das andere, aber Jack konnte beides nicht vorhersehen. »Aber natürlich fahren wir«, erklärte er ihr und war im selben Moment überzeugt, daß es so funktionieren konnte. Und als er sah, wie sich Lauras Miene sofort aufhellte, war ihm der Gedanke unerträglich, es könne anders kommen. Julia schlurfte aus dem Schlafzimmer. »Wascht ihr zwei euch, während ich mich um den Kaffee kümmere«, erklärte Jack ihnen und ging nach unten.

Als die beiden endlich fertig waren, blieben ihm nur noch wenige Minuten, um sich frisch zu machen. Er rasierte sich, putzte sich die Zähne und stellte sich unter die Dusche. Als er sich anzog, klingelte es an der Tür. »Das wird Andy sein. Ich pack nur noch meine Sachen aus dem Badezimmer zusammen!« rief er nach unten. Er nahm Rasierschaum, Rasierapparat und Deodorant und ging damit ins Schlafzimmer. Julia öffnete die Haustür, und er holte die Aktentasche, die neben dem Kleiderschrank stand und versteckte sie im großen Koffer unter den Badetüchern. »Ich schätze, wir sind jetzt soweit!« verkündete er.

Während Andy das Gepäck im Kofferraum seines Wagens verstaute, machte Julia einen letzten Kontrollgang durchs Haus, um zu überprüfen, ob alles verschlossen, versperrt und verriegelt war. Als sie dann zu einem zweiten Rundgang startete, hatte Jack das Gefühl, sie wollte in Wahrheit gar nicht fort. Er versuchte, sie abzulenken, indem er ihre angespannte Aufmerksamkeit auf den Inhalt ihrer Handtasche lenkte. Sie schaute tatsächlich nach, ob die Pässe, die Travellerschecks, die Tickets und das griechische Geld da waren. Schließlich seufzte sie, zog die Haustür zu, schloß sie ab und prüfte, ob die Bolzen auch wirklich eingerastet waren. Die Orchards stiegen in Andys Wagen, und als er los fuhr, sagte sich Jack, daß es keinen Sinn hatte, einen Blick zurückzuwerfen.

Auf der Autobahn herrschte kaum Verkehr. Normalerweise steuerte, lenkte und bremste Jack in Gedanken mit, wenn er auf dem Beifahrersitz hockte, aber heute war er durchaus damit einverstanden, nicht am Steuer sitzen zu müssen. Während er vor sich hindöste und Hinweisschilder blau wie der Himmel vorübersegelten – Ausfahrt Bromborough, Helsby, Runcorn, Warrington –, hatten sie für ihn kaum genug Bedeutung, um ihn aus seinen Gedanken zu reißen. Sie kamen ihm wie Namen aus einem längst vergangenen Traum vor. Dann war die Luft von Donnern erfüllt, und Andy gelang es, ihn in die Wirklichkeit zurückzuholen: »Der Flughafen von Manchester.«

Die Orchards stiegen aus dem Auto, und Laura rannte gleich los, um einen Gepäckwagen zu organisieren. Julia starrte mit kleinen Augen auf die lange Wartereihe jenseits der automatischen Türen, so als sei sie sich der Tatsache nicht bewußt, daß sie gleich mit ihrer Familie auch dort stehen würde. »Sobald ich wieder zurück bin, installiere ich in eurem Haus eine Alarmanlage«, versprach Andy. »Mach dir mal keine Sorgen, werte Julia. Bei eurem Glück ist so etwas eigentlich gar nicht nötig. Unfaßbar, ihr kommt gestern abend rechtzeitig genug nach Hause, um einen Einbrecher auf frischer Tat zu stellen. Also wenn das kein Glück ist!«

Julia nickte kurz, als habe sie nur mit einem Ohr zugehört, und hielt nach ihrer Tochter Ausschau. »Dann mache ich mich mal wieder auf den Weg«, sagte Andy, aber Jack hielt ihn zurück. Warum hatte sein alter Freund vom Glück gesprochen? Er mußte eine Antwort haben. »Was weißt du über unser Glück?« fragte er ihn leise genug, daß die anderen nichts davon mitbekommen konnten.

»Ich sollte jetzt besser los, alter Kumpel. Wenn man hier nur eine halbe Minute zu lange parkt, kriegt man sofort ein Strafmandat.« Doch dann zwinkerte Andy und grinste leicht verlegen. »Du hast es natürlich längst erraten, nicht wahr? Ich war es, der dir vor ein paar Monaten diesen komischen Brief geschickt hat.«

»Den Kettenbrief? An wen hast du ihn noch geschickt?«

»Nur an dich. Du und deine Familie waren die einzigen in meinem Bekanntenkreis, die ein bißchen mehr Glück vertragen konnten. Ich hoffe, du hast die Geschichte nicht zu ernst genommen. Ich wollte mir eigentlich nur einen Scherz mit dir erlauben, so wie du das gern bei anderen tust.«

Ein Taxi gab Andy mit der Lichthupe Zeichen. Andy winkte dem Fahrer entschuldigend zu, stieg in seinen Wagen, ließ ihn an und kurbelte das Seitenfenster herunter. »Bis bald!« rief er Jack zu. »Du brauchst dir um nichts Sorgen zu machen. Nur wenn ihr wieder hier seid, solltet ihr zuerst zu mir kommen, damit wir die Alarmanlage ausschalten können!«

Jack sah dem Wagen nach, wie er in einer Wolke von Abgasen losbrauste. Er hatte das Gefühl, er sei noch gar nicht richtig wach. Was hatte es zu bedeuten, daß Andy sich einen Spaß gemacht und ihm den Kettenbrief geschickt hatte? Er versuchte immer noch ergründen, was dahinterstecken mochte, als Laura mit einem Gepäckwagen kam. »Wir müssen einchecken«, sagte Julia.

Jack belud den Wagen mit ihrem Gepäck und schob ihn durch die automatische Tür. Es kam ihm so vor, als wichen die Glasscheiben vor ihm zurück. Vor jeder der drei Schalter für den Flug nach Heraklion stand eine Reihe Wartender. Julia stellte sich an der kürzesten an. Jack hätte sich lieber für die längste entschieden, damit ihm mehr Zeit blieb, über Andy nachzudenken und sich so weit unter Kontrolle zu bringen, daß ihm nichts mehr anzumerken war. Dann überlegte er, ob er unter irgendeinem Vorwand mit dem großen Koffer die Toilette aufsuchen und dort in einem Wasserkasten die Lötlampe verschwinden lassen sollte. Doch wie lange würde sie dort unbemerkt bleiben? Und würde die Polizei nicht über kurz oder lang dahinterkommen, wann und von wem sie dort abgestellt worden war? »Jetzt sind wir an der Reihe«, teilte Julia ihm mit.

Alle, die vor ihnen gestanden hatten, gehörten zu einer Reisegruppe und bewegten sich geschlossen von dem Schalter fort. Ohne Zweifel kontrollierte die Flughafenpolizei regelmäßig die Toiletten. Vielleicht hatte sie dort sogar verborgene Kameras installiert ... Er sagte sich, daß die Lötlampe einstweilen am besten im Koffer untergebracht war. Auf diese Weise schmuggelten Terroristen schließlich auch Bomben an Bord. »Guten Morgen. Heiß heute, was«, erklärte er der jungen Frau hinter dem Schalter und wischte sich den Schweiß von der Stirn.

Die Schalterbeamtin nahm die Pässe und die Tickets entgegen, überprüfte sie und verglich die Orchards mit den Fotos. Als Jack

den großen Koffer auf die Waage stellte, fühlte sich der Griff unangenehm heiß an. »Haben Sie Ihre Koffer persönlich gepackt?« fragte die Frau.
Julia lachte und wollte schon verneinen, weil ihr die Frage so absurd vorkam. Jack wußte, daß die Beamtin dann verlangen würde, daß der Koffer geöffnet würde, und antwortete deswegen rasch: »Wir beide haben ihn gepackt.«
»So habe ich das am liebsten«, entgegnete die Frau und grinste Julia beziehungsreich an. Dann stellte sie Jack die anderen Fragen, die zur Sicherheitskontrolle gehörten. Jack beobachtete, wie der große Koffer zum Laufband befördert wurde, dort gegen einen Karton mit Möbelteilen stieß und schließlich durch einen Vorhang aus Plastikstreifen ruckelte. Dann zog eine fremde Hand ihn vom Band, und er war nicht mehr zu sehen. »Stellen Sie jetzt bitte Ihr restliches Gepäck auf die Waage«, forderte die Beamtin ihn geduldig auf.
»Tut mir leid, aber das ist alles noch neu für mich«, entgegnete Jack rasch, um alle Bedenken zu zerstreuen, die der Frau vielleicht gekommen sein mochten.
Sie stellte die Taschen und Koffer auf das Band und nahm dann einen Sitzplan zur Hand. »Raucher oder Nichtraucher?«
»Nicht. Ich meine natürlich Nichtraucher. Strikte Nichtraucher sogar.«
Sie setzte ihr Standardlächeln auf und reichte ihm die Bordpässe. »Ich wünsche Ihnen einen angenehmen Flug.«
»Danke, aber ich bin froh, wenn ich ihn hinter mir habe.«
Die Orchards gelangten über einen Gummiteppich in die nächste Halle, die so überfüllt war, daß sie augenblicklich zur Abflug-Lounge weiterzogen. Hier wurden erneut ihre Pässe kontrolliert, und sie mußten einen weiteren Sicherheits-Check über sich ergehen lassen. Während Jack beobachtete, wie Julias und Lauras Handtaschen an einem Röntgenschirm vorbeirollten, stellte er sich vor, wie das gleiche mit seinem Aktenkoffer durchgeführt würde und er seinen Inhalt preisgab. Die Panik, die bei diesem Gedanken

in ihm aufstieg, wirkte um so ärgerlicher, weil sie absolut unnötig war. Er folgte Julia und Jack durch die Sicherheitssperre. Sie kamen unbehelligt hindurch, er hingegen löste den Alarm aus.
Das hat überhaupt nichts zu bedeuten, sagte er sich, als er zu dem Sicherheitsbeamten schritt, der ihn zu sich winkte. Sein Feuerzeug oder der Schlüsselbund hatten die Sirene ertönen lassen. Und ansonsten trug er nichts bei sich, was ihn hätte verraten können. Und der Beamte konnte Jacks schwitzende Handflächen nicht sehen. Aber waren diese Leute nicht dafür ausgebildet, auf Anzeichen von Nervosität zu achten?
Der Beamte ließ ihn die Arme ausbreiten, so als sollte er ans Kreuz genagelt werden. Jack spürte, wie der durchgeschwitzte Hemdenstoff sich von den Achselhöhlen löste, die sich wie ausgebrannte Kohle anfühlten. Der Mann ging vor Jack in die Hocke und klopfte die Innenseiten seiner Hosenbeine ab. Jack bemühte sich, die Muskeln der Oberschenkel nicht zu sehr anzuspannen und hoffte, seine Beine würden jetzt nicht anfangen zu zittern. Langsam erhob sich der Mann, bis seine ausdruckslos effiziente Miene auf einer Höhe mit Jacks Gesicht war. Jack hätte gern geschluckt, weil seine Kehle wie ausgedörrt war, hielt sich damit aber lieber zurück, weil er befürchtete, der Beamte würde ihn dann noch genauer inspizieren. Er sah, wie Laura sich darüber amüsierte, daß ihr Vater wie ein Schwerverbrecher behandelt wurde. Er zwinkerte ihr zu und mußte feststellen, daß sein Auge unkontrolliert weiterzuckte; selbst dann noch, als der Beamte ihm ernst ins Gesicht sah. Dann ging hinter Jack die Sirene erneut los, und der Mann trat beiseite und sagte: »Vielen Dank, Sir.«
Jack gelang es, zu seiner Familie zu gehen, ohne weitere Aufmerksamkeit auf sich zu lenken. Seine Füße schwitzten so stark, daß er befürchtete, der Sicherheitsbeamte müsse hören, wie sie sich bei jedem Schritt mit leisem Schmatzen von der Sandale lösten.
»Haben sie dich etwa für einen Terroristen gehalten, Dad?« fragte Laura.
»Wahrscheinlich habe ich zuviel Kleingeld in der Tasche«, antwor-

tete Jack etwas zu laut. »Kommt, wir wollen etwas davon an der Bar loswerden.«

»Was für ein Glück, daß du nicht aus Versehen die Aktentasche von diesem Tropf dabei hattest«, bemerkte Julia. »Das hätte gehörige Scherereien gegeben.«

Letzte Nacht hatte er Julia erklärt, daß ein Mann die Tasche in der Bücherei stehengelassen habe. Er habe sie nach Dienstschluß mitgenommen, ohne sich etwas dabei zu denken. Und als die Polizei ihn danach gefragt hatte, habe er in seiner Not, um nicht alles zu komplizieren, einfach behauptet, sie gehöre ihm. Der Aktenkoffer sei leer, und deshalb genüge es, ihn erst nach ihrer Rückkehr zurückzubringen. »Mach dir nichts draus«, sagte Julia, während er sich krampfhaft bemühte, sich nichts von seiner Nervosität anmerken zu lassen. »Wir wissen, daß du sie nicht gestohlen hast. So ist eben unser Jack, und dafür lieben wir ihn.«

Im Augenblick hatte er überhaupt keine Lust, über den Sinn ihrer Worte nachzudenken. Er bestellte an der Bar Drinks für sich und seine Familie. Auf dem Tresen standen Untertassen mit Kleingeld, die als Ermunterung für die Kunden zu verstehen waren, weitere Münzen dazuzulegen. Dann suchte Jack in der Nichtraucherzone nach freien Sitzplätzen. Von den einzigen, die er fand, konnte man die Anzeigetafeln nicht sehen. Doch das war ihm nicht unrecht, denn damit bekam er einen Vorwand, ständig herumzulaufen und seine innere Angespanntheit zu verbergen. Als er vom soundsovielten Gang zur Tafel zurückkehrte, wurde jemand über Lautsprecher ausgerufen, der sich am Eincheckschalter melden sollte.

»Sind wir jetzt an der Reihe?« fragte Laura.

»Du meinst, ob wir an Bord gehen müssen? Nein, denn dann würde hier sicherlich alles in Bewegung geraten.« Er spitzte die Ohren, um besser verstehen zu können, wenn der Betreffende ein zweites Mal über Lautsprecher ausgerufen wurde. Das Gemurmel der Menge hüllte ihn wie eine Wolke ein, und er widerstand nur mit Mühe der Versuchung, mit der Stimme des Grafen Ruhe anzuordnen. Sein Mund wurde wieder trocken, und er trank sein

Glas Bier aus. Sobald es ihm vertretbar erschien, ließ er die Familie wieder allein und lief noch einmal zur Tafel. Als er davorstand und entdeckte, daß hinter dem Flug nach Heraklion das Gate angegeben war, wurde erneut jemand an den Eincheckschalter gerufen. Der Name sagte Jack nichts, und er kehrte zu Julia und Laura zurück. »Es ist soweit.«
Ein Laufband trug die Orchards zum Gate. Jetzt, wo es wirklich in den Urlaub ging, war Julia so aufgeregt wie ihre Tochter. »Für manche ist das eine Glückszahl«, sagte sie, als sie die Gatenummer las.
»Ich hoffe doch für alle, die hier hindurchschreiten«, entgegnete Jack und vermied es, auf die leuchtende 13 zu blicken. Statt dessen starrte er durch das Fenster auf die Rollbahnen. Unten stand das Flugzeug, und auch die Gangways waren bereits herangerollt worden. Warum ließ man die Passagiere noch warten? Doch da kam schon eine uniformierte Frau, gewiß um die Fluggäste aufzufordern, an Bord zu gehen. Aber nein, sie lief weiter und würdigte Jack keines Blickes. Der Graf war zwar unsichtbar, aber traf das auch auf Jack zu? Er würde bald eine Antwort darauf erhalten, denn ein Sicherheitsbeamter mit einem Funkgerät näherte sich, kam direkt auf Jack zu.
Wenn Jack jetzt die Aktentasche dabei gehabt hätte, hätte er sich wenigstens verteidigen können. Seine Familie war außer Sichtweite, und er mußte sich nicht verstellen. Vielleicht gelang ihm sogar die Flucht. Dann wurde ihm mit plötzlicher Klarheit bewußt, daß er eine Krankheit hätte vortäuschen müssen. Er hätte Laura und Julia allein in den Urlaub schicken und zu Hause bleiben können. Aber jetzt war es zu spät. Die Flughafenpolizei war auf das Beweisstück gestoßen und hatte Jack schon entdeckt.
Die ersten Passagiere strömten zum Gate und behinderten den Beamten in seinem Vorankommen. Aber sie hielten ihn nicht lange genug auf. Jack fiel kein Ausweg ein. Julia und Laura gesellten sich jetzt zu ihm. Der Mann wich ihnen aus, als hätten sie ihn mit einem Schwertstreich abgewehrt. Jack fragte sich, ob er

womöglich gar nicht zu ihm gewollt hatte. »Beeil dich, Dad. Alle gehen schon an Bord!« drängte Laura.

Die Menge stellte sich in einer Reihe an. Als die Orchards sich einreihten, bemerkte Jack, daß der Polizist zurückgelaufen kam und sehr gestreßt wirkte. Jack hatte den nicht gerade angenehmen Eindruck, ein Spiegelbild seiner eigenen Gehetztheit vor sich zu sehen. Während die Reihe sich langsam in Bewegung setzte, hielt Jack seinen Paß bereit. Aber die Stewardeß wollte nur seine Bordkarte sehen. Er lief eine Treppe hinunter, gelangte nach draußen und stieg dann die Gangway zum Flugzeug hinauf. Oben standen zwei bewaffnete Männer, und Jack hatte das Gefühl, an einem Punkt angelangt zu sein, an dem ihn alle und jeder kontrollieren wollten.

In jeder Reihe befanden sich acht Sitzplätze in drei Gruppen. Die Orchards blieben zusammen. Laura saß am Fenster und Jack am Gang. Er schloß die Augen, um Ruhe zu finden, und öffnete sie bald wieder. Etliche Passagiere verstauten ihre Taschen in den Fächern über den Sitzen. Jack schloß die Augen erneut, und als er sie das nächste Mal öffnete, hatten alle Passagiere Platz genommen, und es wurde Zeit für den Start.

Stewardessen bezogen in den Gängen Position und wirkten wie Schauspieler, die zum x-ten Mal eine Szene proben. Sie bewegten sich zu einer Stimme, die nach Jacks Dafürhalten vom Band kommen mußte. Die Frauen breiten die Arme aus und sahen aus wie Jack vorhin an der Sicherheitskontrolle. Sie hielten sich Sauerstoffmasken vors Gesicht und führten vor, wie man sich die Schwimmweste anlegt. Jack kam zu dem Schluß, daß die Möglichkeit des Ertrinkens zu seinen geringsten Sorgen gehörte. Die Vorführung war schließlich zu Ende, und die Stewardessen liefen jetzt in den Gängen entlang, um festzustellen, ob sich jeder richtig angeschnallt hatte. Aber das Flugzeug rollte noch immer nicht los. Jack sagte sich, daß seine Aktentasche längst im Bauch der Maschine verschwunden sein mußte. Und sicherlich war auch alles andere Gepäck eingeladen. Was konnte ein Flugzeug noch am Start hindern?

»Ich glaube, wir warten, damit noch jemand an Bord kommen kann«, sagte Laura und, hielt am Fenster Ausschau. »Da, das scheinen sie zu sein.« Eine Hand legte sich auf Jacks Schulter. »Verzeihen Sie, Sir.«
Er zuckte nicht zusammen, und er konnte sich beherrschen, die Schultern sinken zu lassen. Aber er hatte das Gefühl, sein ganzer Körper habe sich in Stein verwandelt. Irgendwie gelang es ihm, den Kopf zu drehen und die Stewardeß anzusehen. »Sind Sie sich sicher, daß Sie mich meinen?« fragte der Graf.
»Wir möchten Sie bitten, mit jemandem den Platz zu tauschen. Eine junge Frau mit einem Säugling sitzt in der Raucherabteilung und möchte wegen ihrem Kind von dort weg.«
Jack war so verblüfft, daß er sich zu Julia umdrehte und sie hilfesuchend ansah. »Das mußt du wissen«, erklärte sie ihm.
»Oh, Verzeihung, ich muß wohl die Sitznummer verwechselt haben«, sagte die Stewardeß. »Ich habe nicht gesehen, daß Sie zusammengehören.«
»Mir macht es nichts aus, den Platz zu tauschen«, entgegnete Jack und erhob sich. Seine Sitznummer – 8C – hatte für ihn keine besondere Bedeutung. »Jetzt sind alle an Bord. Wir starten, sobald wir Clearance erhalten«, teilte die Stewardeß gerade Laura mit. »Wohin soll ich?« fragte er.
»Ich zeige es Ihnen, Sir.« Sie führte ihn zum Ende der Kabine und dort zu einer Dreisitzreihe in der Mitte. Dort hockte eine junge Frau mit zerzaustem Haar und einem Baby in einem viel zu großen Spielanzug. »Dieser Gentleman hier überläßt Ihnen seinen Platz.«
»Danke«, sagte die junge Mutter wie beiläufig und ohne Jack anzusehen. Sie wartete darauf, daß der schnaufende Mann neben ihr erhob, um sie vorbeizulassen.
»Ich bin ständig unterwegs«, warnte er Jack. »Wollen Sie an den Gang oder in die Mitte?«
»Bleiben Sie am Gang, Sie sitzen dort besser als ich.« Jack quetschte sich an ihm vorbei, während die Stewardeß die

Reisetasche der jungen Frau nach vorn trug. Er legte seinen Sicherheitsgurt an und warf einen Blick auf die Sitznummer: 29B. Macht nichts, dachte er, als der dicke, schnaufende Mann sich krachend zurückplumpsen ließ. Das Flugzeug würde sich jetzt in Bewegung setzen. Er mußte nur bis elf zählen. Besser dreimal bis elf, damit es auch wirklich und endgültig losging. Als er das hinter sich gebracht hatte, murmelte er: »Wäre es wohl möglich ...« Er schloß den Mund und tat so, als habe er nur laut gedacht. Nur ein Narr würde verlangen, den Platz zu tauschen, weil ihm die Sitznummer nicht gefiel. Das Flugzeug ruckte an, und er hatte das Gefühl, sein mangelnder Glaube habe der Maschine einen Stoß versetzt.

Das Flugzeug rollte ein paar Minuten lang über die Bahn und blieb dann wieder stehen. Jack konnte etliche Reihen vor sich ein Stück von Julias Kopf erkennen. Der Anblick hatte unvermittelt etwas Endgültiges für ihn. Er schloß die Augen, umklammerte den Clownskopf und hielt den Atem an, bis die Düsen plötzlich aufheulten. Ein paar Sekunden später raste die Maschine über die Rollbahn und hob die Nase in die Luft.

Vorstadtstraßen schrumpften zu einem Labyrinth zusammen, und Jack entdeckte einen Streifenwagen, der mit blitzenden Lichtern über die Autobahn jagte. »Zu spät«, sagte er leise. Der Boden kippte unter ihm weg, und der Streifenwagen verschwand aus seinem Blickfeld. Er sah jetzt eine Anordnung von Feldern, die wie ein Flickenteppich aussah. Dann Wasser, auf das Sonnenlicht fiel. Das Naß wirkte, als habe es jemand in Brand gesteckt. Schließlich kippte der Horizont nach unten, und Jack sah vor sich nur noch Wolken. Eine Stewardeß kam vorbei und bot Zeitschriften an. Aber das geräuschlose Streicheln der Wolken über das Fenster lud Jack zum Dösen und Träumen ein.

Leider weckte sein Nachbar ihn immer wieder auf. Kaum war er von einem seiner häufigen Toilettenbesuch zurück, nahm er umständlich wieder Platz und ließ die Sitzreihe erzittern. Sein Schnaufen hörte sich an, als sinke der Luftdruck in der Kabine

stetig ab. Und einmal sagte der Mann: »Ich glaube, ich habe mich noch nicht vorgestellt.«
»Ich habe mich bereits etwas vernachlässigt gefühlt.«
»Ich bin Inspektor Schnaufer von Interpol.«
»Pardon?«
»Je pense qu'il est temps que je m'ai introduit: L'inspecteur Ouiser d'Interpol. J'ai été sur vous pour quelque temps, Monsieur le Comte.«
»O merde.«
»Voulez-vous venir doucement, Monsieur le Comte? Solange es heiß ist.«
»Was?«
»Ich sagte, greifen Sie zu, solange es noch heiß ist«, schnaufte der Mann, und Jack entdeckte, daß der kleine Tisch vor ihm heruntergeklappt war und sich darauf ein Plastiktablett mit Speisen befand. Er aß das geschmacksarme Menü und trank die Viertelliterflasche Wein, die Julia für ihn bestellt hatte. Danach starrte er hinaus auf die Wolkenebene, bis die Monotonie dieses Anblicks seine Lider bleischwer werden ließ. »Êtes-vous prêt, Monsieur le Comte?« fragte der Schnaufer.
»À vous batailler, oui!«
»Où?«
»Dans le compartiment des bagages.«
»Il nous faut parler au capitaine.«
»Je l'appellerai. L'avion peut venir sur pilote automatique«, entgegnete Jack, drückte auf den Knopf, mit dem man die Stewardeß rief, und wachte auf. Sein Nachbar schlief tief und fest und schnarchte vor sich hin. Bevor sie ihre kleine Auseinandersetzung wieder aufnehmen konnten, drang ein Sonnenstrahl in Jacks Auge und weckte ihn vollends. Im ersten Moment hatte er Mühe, sich zurechtzufinden. Dann blickte er aus dem Fenster und entdeckte, daß ihn das gleißende Meer blendete. Das Flugzeug befand sich im Landeanflug auf Kreta.
Mit ihm waren auch einige seiner Zweifel wiedererwacht. Er

mußte sich immer wieder, daran erinnern, daß die griechische Flughafenpolizei in dem Ruf stand, die schlampigste in ganz Europa zu sein. Als das Flugzeug aufsetzte und auf der Landebahn ausrollte, atmeten rings um ihn herum die Passagiere erleichtert auf und streckten sich. Er wußte, daß er sich bald entspannen durfte.

Endlich kam die Maschine zum Stehen, und die Stewardessen öffneten die Türen. Jack folgte dem Schnaufer die Gangway hinunter. Vor ihm ragte das Terminal auf, ein dreigeschossiges, langgezogenes Gebäude, das die Farbe von Gebeinen aufwies, die zu lange unter der Äquatorsonne gelegen haben. Menschen drängten sich auf offenen Balkonen oder stampften mit ihrem Gepäck über den Asphalt. Für Jack hatte es den Eindruck, als würde sich hier, soweit es sich irgendwie vermeiden ließ, niemand um den anderen kümmern. Er traf seine Familie am Fuß der Rolltreppe.

»Dad, du stinkst ganz fürchterlich nach Rauch«, beschwerte sich Laura.

Der Zollbeamte flirtete heftig mit ihr, während er die Pässe kontrollierte. Hinter der Sperre warteten die Passagiere an einem Rollband auf ihr Gepäck. Die Orchards stellten sich dazu. Laura mußte dringend auf die Toilette und verschwand für ein paar Minuten. Als sie zurückkam, ging Julia, während Jack weiterhin auf den Plastikvorhang starrte, hinter dem sich die Koffer befinden mußten. Bald fingen die ersten an, laut zu stöhnen, sich mit zusammengefalteten Zeitungen Luft zuzufächeln oder sich Zigaretten anzustecken. »Ist so etwas denn üblich?« fragte eine Frau hinter Jack, als das Laufband sich nach fünfzehn Minuten immer noch nicht in Bewegung gesetzt hatte.

»Da stimmt doch etwas nicht!« schimpfte ein Mann in einem Hemd, das gefärbt und gemustert war, als habe ein Kind zum ersten Mal Blumen gemalt.

»Nun ja«, bemerkte seine Frau und wedelte mit einem Strohhut vor ihrem Gesicht herum, um den Zigarettenrauch fortzuwehen, »vielleicht hat man in einem der Gepäckstücke etwas gefunden.«

»Da landet das nächste Flugzeug. Jetzt dürfte es aber wirklich losgehen.« Der Mann öffnete mehrere Knöpfe an seinem knallbunten Hemd. Eine Ladung Passagiere aus London fand sich vor dem Zoll ein. Ansonsten tat sich wenig. Die Luft in der Halle wurde stickiger, der Zigarettenrauch dichter und das allgemeine Unmutsgemurmel lauter. Irgendwann hatte Jack den Eindruck, dies alles habe sich zu einer bedrohlichen Wesenheit vereinigt, zu der Macht, die vermutlich auch für das Ausbleiben der Koffer verantwortlich war. Er zählte langsam bis elf, und dann noch einmal. Jack hatte das Gefühl, zu oft den Grafen beschworen zu haben, als das Band sich endlich in Bewegung setzte und der erste Koffer aus dem Schlitzvorhang auftauchte. Die Menschen liefen zum Band und freuten sich über ihr wiederaufgetauchtes Gepäck. Die Reihen lichteten sich, bis Jack nur noch Stimmen mit Londoner Akzent hörte. Und endlich rief Laura: »Da sind unsere!«

Der kleinere Koffer, den er zuletzt auf die Waage gestellt hatte, erschien, was ja eigentlich nur logisch war. Was zuerst abgegeben worden war, hatte man am weitesten hinten verstaut. Aber was, wenn der große Koffer versehentlich im Bauch einer anderen Maschine gelandet war und sich nun irgendwo auf der Welt befand? Je länger es dauerte, bis er auftauchte, desto größer wurde die Wahrscheinlichkeit, daß die Zollbeamten ihn genauer untersuchten. Julia hob den Koffer vom Band und Jack betrachtete die Parade der Gepäckstücke, die zwischen dem Vorhang hervorströmte. Eine Metallkiste schob die Plastikstreifen beiseite, die sich hinter ihr schlossen, bloß um von einem Kinderwagen voller Zeitungen hochgehoben zu werden, und dann ein Koffer, der fast der von Jack hätte sein könne, wenn nicht das Etikett mit ihrer Adresse gefehlt hätte. »Da ist er ja!« rief Julia. Jack beobachtete, wie das gute Stück näher kam und auf die Seite kippte. Ein gedämpftes metallisches Klappern drang aus seinem Innern. Tatsächlich, das war der Koffer. Er hatte lediglich irgendwo zwischen Manchester und Kreta den Aufkleber verloren. »Ich bin froh, dich zu sehen«, murmelte er und hätte das gute Stück fast umarmt.

Danach war er so aufgeregt, daß er gleich beide Koffer zum Bus trug, zu dem die Fremdenführerin ihn brachte. »Verzeihen Sie bitte die Verzögerung. Das Förderband hatte einen Defekt«, sprach sie ins Mikrophon, nachdem sie neben dem Fahrer Platz genommen hatte. Der Bus drehte, verfehlte einige andere Fahrzeuge nur um Haaresbreite und fuhr los. Die Reiseführerin wünschte ihnen auf Griechisch einen schönen Tag und wartete vergeblich auf eine Reaktion. Dann legte sie ein Band mit griechischer Folklore ein, und der Bus quälte sich durch die engen Straßen von Heraklion. Jack hatte sich bereits in Kreta verliebt. Dann lag Heraklion hinter ihnen, und der Bus fuhr an der Küste entlang. Wenn Jack aus dem Fenster blickte, sah er das Meer, das sich bis zum Horizont erstreckte. Er entdeckte Schwimmer, die auf dem Blau wie bunte Tupfer wirkten, und betrachtete das flüssige Feuer auf den Wellen. Und zum ersten Mal fühlte er sich fast sicher.

Kapitel 45

Agios Nikólaos lag anderthalb Fahrtstunden von Heraklion entfernt, und bis zum Hotel waren es dann nur noch fünf Minuten. Das Hotel setzte sich aus einem Dutzend blockartiger, zweigeschossiger und sandfarbene Häuser zusammen, die terrassenförmig an einen Hügel gebaut waren. Man hatte einen wunderbaren Ausblick auf den kleinen Strand. Junge Frauen, die barbusig auf Luftmatratzen lagen, ließen sich auf den Wellen treiben und von der Sonne bräunen. Weiter draußen verlor ein Mann seine Wasserski, und das Motorboot, das ihn gezogen hatte, fuhr unbeeindruckt weiter. Der Bus fand geschickt seinen Weg zwischen dem Hotel und einer Taverne hindurch und kam mit herzergreifend quietschenden Bremsen zum Stehen. Der Fahrer stieg aus und zog das Gepäck der Orchards aus dem Bauch seines Busses. Die drei waren die letzten Fahrgäste. Die Frau führte sie in die Empfangshalle. Eine Wand zeigte irgendeine historische Schlacht, an einer anderen hingen Hinweise von der Art, daß man keine Knäuel von Toilettenpapier die Klospülung hinunterschicken dürfe, und neben dem Tresen lagen vergilbte Taschenbücher in einem Regal. Die Fremdenführerin verabschiedete sich von ihnen und versprach, am nächsten Tag wiederzukommen, um dann Vorschläge für Tagestouren zu machen. Der Portier händigte Jack den Zimmerschlüssel aus, der an einem dicken Holzklöppel hing, und trug das Gepäck hinauf in den ersten Stock. Die Orchards bewohnten die Zimmer 14 und 15.
»Wollen wir gleich schwimmen gehen?« fragte Laura.
»Schatz, laß uns erst ein paar Sachen auspacken, ja?«
»Geht ihr zwei doch schon an den Strand«, sagte Jack. »Ich kümmere mich schon um die Koffer.«

»Willst du wirklich schwimmen lernen, Jack?«
»Bin ich nicht genau deswegen hierhergekommen?«
»Ich glaube, man kann alles erreichen, wenn man es nur will und sich genügend anstrengt.«
Auf den Grafen traf das durchaus zu. Allerdings nicht auf Jack. Es gelang ihm ja nicht einmal, Julia lange genug abzulenken, um in Ruhe den Koffer öffnen zu können. Doch da sagte sie: »Komm, Laura, sehen wir uns dein Zimmer an.« Kaum waren die beiden in Zimmer 15 verschwunden, stürmte Jack mit dem großen Koffer in die Nummer 14.
Die Einrichtung war nicht überwältigend: weißgekalkte Wände, ein Nebenraum, vor dem ein Vorhang angebracht war und in dem sich eine Kommode und eine Stange mit Kleiderhaken befanden, zwei Betten, zwei Nachttischchen, jedes mit einem Moskitoschutz bestückt, und zwei niedrige Sessel, die eine entfernte Ähnlichkeit zu dem runden Tisch aufwiesen, der das einzige weitere Möbelstück darstellte. Durch Fenstertüren gelangte man hinaus auf den Balkon. Jack ließ den Koffer auf das erste Bett fallen und, öffnete ihn. Er verstreute die Badetücher auf dem Laken und zog die Aktentasche heraus. Mit zwei Schritten erreichte er die Glastüren und zog sie auf.
Der Balkon war lediglich mit einem wackligen Tisch und zwei Plastikstühlen bestückt. Hier fanden sich noch weniger Versteckmöglichkeiten als im Zimmer, obwohl zwei hohe Mauern ihn vor den Blicken der Nachbarn verbargen. Auf dem Balkon zur Linken spielte ein Pärchen gerade Trivial Pursuit. »Wie viele Geister sind in einem bestimmten Film von William Castle aufgetreten?« fragte eine junge Frau mit unüberhörbarem Birmingham-Akzent. Jack beugte sich über die Brüstung und stellte fest, daß er auch nicht auf die Nachbarbalkone blicken konnte. Fünf Meter unter ihm verlief ein Pfad mit gesprungenen Steinplatten zwischen einer Mauer und der niedrigsten Terrasse hindurch. Über ihm befand sich das Dach. Er lehnte sich mit dem Rücken an die Brüstung und reckte den Hals, um irgendein Versteck für den Aktenkoffer

ausfindig zu machen. Plötzlich steckte Laura den Kopf um die Trennwand. »Dad?«

Ihm wurde schwindlig. »Ja?« fragte er unwirsch.

»Hier ist es wunderschön, nicht wahr?«

Er schämte sich, weil er ihr fast mit seiner Unfreundlichkeit den Urlaubsbeginn verdorben hätte. »Ja, ganz richtig, einfach traumhaft.«

»Wo schaust du denn da hin?«

»Och, nichts Besonderes. Ich sehe mich hier nur ein wenig um.«

»Mummy sagt, sie kommt jetzt zu dir.«

»Sie braucht sich nicht zu beeilen«, entgegnete Jack laut genug, damit seine Frau ihn hören konnte. Er zog sich zurück zum Tisch, auf den er die Tasche gelegt hatte. Laura konnte sie nicht gesehen haben. Er öffnete sie, zerknüllte den letzten Brief, den er an Janys Day adressiert hatte, und stopfte ihn in seine Hosentasche. Dann holte er die Lötlampe heraus, nahm einen der Plastikstühle und stellte ihn an die Brüstung. Er stieg darauf und stellte sich mit dem Werkzeug in der einen Hand aufrecht hin.

Er duckte sich im letzten Moment. Beinahe wäre er mit der Stirn gegen den Dachrand gestoßen. Ein Mann mit unüberhörbarem Birmingham-Akzent fragte: »Welcher berühmte Filmkomiker hat seinem Freund, der im Krankenhaus lag, hartgekochte Eier und Nüsse mitgebracht?« Jack hörte Julia, die sich noch in Lauras Zimmer befand und leise etwas sagte. Er streckte die Linke aus und hielt sich mit ihr an der Unterkante des Dachfirsts fest. Dann stieg er mit dem linken Fuß auf die Trennwand. »Ja, so geht's«, sagte er, und es klang nicht wie der Graf. Er hielt sich weiter am Dachrand fest und zog sich auf die Mauer hoch. Auf dem Mauerrand war nicht genug Platz für seinen rechten Fuß.

Er mußte sich nach hinten beugen. Der Pfad unter ihm schien zu schwanken. Sein Daumen fand eine Ritze, und das verlieh ihm zusätzlichen Halt. Er hob mit der Rechten die Lötlampe, bis die Düse den linken Daumen berührte. »Nun mach schon«, ächzte er mit einer Stimme, die sich anhörte, als würde sie jeden Moment

außer Kontrolle geraten. »Verdammt, mach schon!« Aber der Daumen versperrte der Düse den Weg, bis er sich mit dem Apparat dagegen lehnte. Der Daumen rutschte weg, und seine Hand suchte nach einem Halt. Dann preßte der Daumen die Düse gegen den Stein. Seine Rechte schlug an die Unterseite des Dachs, und er befürchtete schon, zwischen Dach und Wand festgeklemmt zu sein. Dann schloß er die Linke um die Düse, und sie knallte dumpf gegen die Wand. Er schob das Gerät Stück für Stück auf das Flachdach zu, bis er erkennen mußte, daß die Kante ein paar Zentimeter zu hoch lag.
Nein, er konnte die Lötlampe nicht einfach über den Rand werfen. Irgendwann mußte er sie wieder an sich bringen, spätestens dann, wenn er eine Stelle gefunden hatte, an der er sie für immer verschwinden lassen konnte. Er mußte mit beiden Beinen auf der Mauer stehen und sich weit zurückbeugen. Dann wäre es ihm vielleicht möglich, mit der Hand über den Dachrand zu greifen.
»Du kannst es schaffen«, sagte er sich. »Das Glück ist auf deiner Seite.«
Seine Handfläche schabte an der Kante entlang, die sich warm und unangenehm rauh anfühlte. Der Duft von Blumen, in den sich der Staub von sonnengetrockneten Steinen mischte, drang in seine Kehle. Das Dach des Gebäudes unter ihm wuchs ihm entgegen, als würde es aufgeblasen. Und dann wurde ihm sein Fehler bewußt. Wenn er auf das Dach des unter ihm liegenden Hauses blicken konnte, war es den Leuten, die über ihm wohnten, auch möglich, die Lötlampe auf seinem Dach zu entdecken. »Idiot«, schalt er sich und trat mit dem rechten Fuß auf den Plastikstuhl zurück.
»Stan Laurel!« antwortete das Mädchen aus Birmingham, und Jack spürte, wie der Stuhl unter seinem Fuß wegrutschte. Er drohte abzustürzen. Wenn er sich an der Dachkante festhalten wollte, mußte er die Lötlampe loslassen. Die Welt drehte sich, so als habe sich das Gleichgewichtsorgan hinter seinen Augen selbständig gemacht. Sein linker Fuß kickte die Aktentasche über die Brüstung. Er kippte langsam nach hinten und hatte Gelegenheit, sich

Gedanken darüber zu machen, wie er sich vor Schaden bewahren konnte. Das Fazit lautete: Überhaupt nicht. Wenigstens preßte er sein Kinn noch gegen die Brust, so daß die Schultern gegen die Trennwand schlugen und daran hinabrutschten, bis er auf dem Rücken zu liegen kam. »Was war denn das?« rief die junge Frau.

In Jacks Schädel breitete sich sofort ein rhythmisch pochender Schmerz aus, und sein Rücken fühlte sich an, als habe man ihn in Streifen gerissen. Doch ihm bleib keine Zeit zur Erholung. Er rollte herum, und der Balkon drehte sich mit ihm. Jack schloß die Augen und zählte langsam bis elf. Danach rappelte er sich mühsam auf, hielt sich an der Glastür fest und taumelte mit gummihaften Knien ins Zimmer.

Als er mit letzter Kraft das Bett erreichte, beugte er sich eher unfreiwillig als bewußt vor und kramte recht unsystematisch durch den Kofferinhalt. Als er endlich seine Badehose gefunden hatte, ließ er sich vorsichtig aufs Bett hinab. Es lag tiefer, als er vermutet hatte. Er fiel darauf, drehte sich auf den Rücken, trat die Sandalen von den Füßen und befreite sich aus der Hose und der Unterhose. Bis dahin war es noch einfach gewesen. Die Schwierigkeiten begannen erst, als er versuchte, die Badehose über seine Beine zu streifen. Beim dritten Versuch gelang es ihm, beide Füße durch die Löcher zu schieben, aber dann mußte er feststellen, daß er die Badehose verkehrt herum hielt. Dann rief Julia: »Bis gleich.« Er strampelte, bis seine Füße den Boden berührten. Dann riß er die Badehose hoch, griff sich ein Handtuch und wickelte die Lötlampe darin ein, damit Julia sie nicht zu Gesicht bekam.

Als sie ihn sah, blieb sie stehen. Er sagte sich, daß sich ihre Augen erst an das trübe Licht im Zimmer gewöhnen mußten, aber nein, sie starrte abwechselnd ihn und den Koffer an. »Soviel zu deinen Auspackkünsten«, sagte sie. »Sieht eher so aus, als habe hier ein Hund seinen Knochen verbuddelt.«

»Wuff!« machte er.

»Du bist schlimmer als Laura.«

»Dann habe ich es wohl von ihr.«

»Na ja, ich bin sowieso davon ausgegangen, daß diese Arbeit an mir hängenbleiben würde.« Sie legte den Kopf schief und betrachtete Jack genauer. »Du hast die Badehose verkehrt herum an.«
»So trägt man das in dieser Saison.«
»Wag dich ja nicht so unter Menschen, Jack. Laura würde vor Scham im Boden versinken.«
»Wahrscheinlich fällt es ihr nicht einmal auf«, entgegnete er, wußte aber, daß er mit weiteren Widerreden nur Zeit verschwendete. Er schob das Handtuch mit dem brisanten Inhalt unter die Achsel, zog die Badehose nach unten und wackelte so lange hin und er, bis sie die Knöchel erreicht hatte. Diese Bewegung ließ das Hemd, über die aufgeschabten Schultern kratzen, und er befürchtete plötzlich, Julia würde Blut an ihm entdecken. Er drehte sich vorsichtig um. Der Kopfschmerz pochte wie eine Paukenkapelle bei einem Umzug. Sobald er sich von der Badehose befreit hatte, ließ er sich auf einem der Sessel nieder. Der abgewetzte Bezug stach wie mit tausend Nadeln in sein Gesäß. Er fischte die Badehose mit einer Fußspitze auf, als jemand an die Tür klopfte. »Laura?« fragte Julia.
»Ja.«
»Komm herein.«
»Nun warte doch einen Moment. Ich glaube nicht, daß sie mich so sehen sollte!« sprudelte es aus Jack heraus. Er richtete sich auf, preßte mit dem Oberarm das Handtuch an seine Seite und versuchte mit der Linken, die Badehose hochzuziehen. Er war bis zu den Knien gekommen, als die Tür aufging und die junge Frau aus Birmingham, die Anfang Zwanzig war, sich aber anhörte, als sei sie einige Jahre jünger, ins Zimmer trat. »Oh, Verzeihung!« rief sie und trat rasch auf den Flur zurück. »Ich wollte nur fragen, ob Sie das verloren haben.«
Julia lief zu ihr, und Jack merkte ihr an, daß sie die Zähne zusammenbeißen mußte, um nicht loszuprusten. »Tut mir leid, da haben wir uns wohl mißverstanden. Unsere Tochter heißt nämlich auch Laura.«
»Ehrlich?« fragte die Birmingham-Laura, und sie hörte sich so an, als würde diese Information für sie alles noch suspekter machen.

»Was wollten Sie uns denn zeigen? Weswegen sind Sie zu uns gekommen?«
Die Doppelfrage gab Jack Zeit genug, zur Tür zu stolpern. »Ich wollte nur nachfragen, ob Ihnen das hier vom Balkon gefallen ist«, antwortete die junge Frau und hielt den Aktenkoffer hoch.
»Nein, das glaube ich nicht«, sagte Julia. »So etwas haben wir nicht. Aber wenn ich mir das Stück genauer ansehe, ähnelt es doch ein wenig ...«
»Das ist doch nur eine alte Aktentasche«, wandte Jack rasch ein. »Die gehört uns nicht.«
Die Nachbarin starrte stur auf Jacks Brust, so als würde der Leibhaftige sie holen, wenn sie den Blick senkte oder hob. »Tut mir leid, wenn ich Sie gestört haben sollte. Kommt bestimmt nicht wieder vor.« Sie zog sich rasch in ihr Zimmer zurück.
Julia beherrschte sich, bis Jack die Zimmertür geschlossen hatte. Dann prustete sie los. »Ich hätte dich doch die Badehose verkehrt herum anlassen sollen«, kicherte sie etwas später.
Er wünschte, er hätte die Zeit gehabt, mit ihr gemeinsam über das Mädchen aus Birmingham zu lachen. »Ich treffe euch dann am Strand.«
»Ich schätze, *unsere* Laura ist jeden Moment fertig. Du kannst doch auf sie warten. Außerdem hast du dir ihr Badetuch umgebunden. Deines liegt hier.«
Jack nahm das Tuch entgegen und trat vorsichtig hinaus auf den Balkon. Das Sonnenlicht intensivierte augenblicklich seine Kopfschmerzen. »Bist du soweit, Laura Orchard?« rief er.
»Fast. Warum nennst du mich so?«
»Ich lege dein Handtuch am Strand neben meines«, teilte er ihr mit, verließ Balkon und Zimmer und stolperte auf die nächste Treppe zu. Auf dem Absatz angekommen, sah er sich vorsichtig nach allen Seiten um, bevor er die Lötlampe in seine Badehose stopfte. Er überzeugte sich davon, daß man sie dort kaum erkennen konnte, hielt zur Sicherheit die Badetücher davor und war zufrieden. Aber nur für einen Moment; denn kaum setzte er

sich in Bewegung, strich die Düse mit einer so aufreizenden Sanftheit über seinen Penis, daß, wie er wußte, in seiner Badehose bald kaum noch Platz vorhanden sein würde. Er schob sich Lauras Tuch unter den Arm und griff sich in die Badehose, um seinen Penis in eine andere Position zu bringen. Dann warf er einen Blick über die Schulter, um festzustellen, ob Laura oder Julia ihm nicht folgten. Seine Familie stand nicht oben an der Treppe, dafür aber das Pärchen aus Birmingham, das seine Bemühungen mit Mißtrauen und Argwohn verfolgte. »Da hatte sich nur was verklemmt«, nuschelte er und floh die restlichen Stufen hinunter.
Vor dem Hotel führte jenseits der Straße eine Rampe zum Strand hinunter. Die meisten der barbusigen jungen Frauen lagen auf dem Bauch, aber eine hob fröhlich ihr Baby im Anrollen der Wellen auf und ab. Einige griechische Kinder ließen Steine über das Wasser hüpfen, während ihre Großmutter, eine große dunkle Frau mit Badeanzug und Badekappe, durch das flache Wasser lief. Die Krampfadern an ihren Beinen standen so hervor, als habe man Gummischläuche unter ihre Haut geschoben. Jack breitete die Badetücher auf der Rampe aus, fing an, sein Hemd aufzuknöpfen und zuckte bei der Vorstellung zusammen, den Stoff von seinen Schultern lösen zu müssen. Als das Hemd endlich neben ihm lag,, fand er darauf keine Blutspuren. Er ließ es auf sein Badetuch fallen und schlenkerte abwechselnd die Beine, um die Sandalen von den Füßen zu bekommen; die Lötlampe hinderte ihn daran, sich zu bücken. Dann watschelte er auf die Fluten zu und hoffte inständig, die jungen Frauen würden nicht auf den Gedanken kommen, seine komische Gangart und die ausgebeulte Badehose seien eine Reaktion auf ihr Oben-ohne-Vergnügen.
Er hatte eigentlich erwartet, das Wasser sei wärmer. Als seine Zehen hineintraten, widerstand er nur mit Mühe dem Impuls, sofort zurückzuspringen. Nach ein paar Sekunden hatten sich seine Füße an die Temperatur gewöhnt, und er lief weiter hinein, bis ihm das Wasser an die Knie reichte. Wellen zogen sanft an seinen Unterschenkeln, kleine Kieselsteine schaukelten unter

Wasser, und er hatte das Gefühl, das Gleichgewicht zu verlieren. Aber er durfte nicht trödeln, denn sonst waren Laura und Julia schon am Strand, ehe er sein Werk vollbracht hatte. Er wagte sich tapfer weiter vor, und bald reichte ihm das Wasser bis zum Bauch.

Die Lötlampe schien seinen Unterleib in kaltem Griff zu halten. Die größte Welle, die bislang herangerollt war, war gegen seine Hüfte geklatscht und hatte Wasser auf seine Brust gespritzt. Der Aufprall war so hart gewesen, daß er für einen Moment befürchtet hatte, nach hinten zu kippen und unterzugehen. Er zog die Lötlampe aus seiner Badehose und hielt sie unter Wasser. Jetzt konnte er sich wieder bücken. Doch er fand keine Stelle, an der er sie verbergen konnte. Kieselsteine stachen in seine Fußsohlen, und ein Schwarm von winzigen Fischen berührte seine Knöchel. Obwohl er den Eindruck hatte, das Wasser könne seine Beine unter ihm wegreißen und ihn irgendwohin tragen, war ihm klar, daß er noch tiefer hineingehen mußte, um sicherzustellen, daß die Brandung die Lötlampe nicht ans Ufer zurückspülen konnte.

Etwas später sagte er sich, daß es eine blöde Idee gewesen war, das Gerät im Meer zu versenken. Er hätte sich besser in die Hügel aufmachen sollen. Aber das konnte er doch immer noch. »Sieh nur, unser Dad!« rief Laura in diesem Moment, und er wagte sich ein paar Schritte weiter vor, weil er einen kleinen Felsen erspäht hatte, der sich durchaus für seine Zwecke zu eignen schien. Der Stein schien sich anzuheben und auf ihn zuzuströmen, aber das war nur eine optische Täuschung, die vom Spiel der Wellen hervorgerufen wurde. Als er den Fels erreichte, stand ihm das Wasser bis zur Brust. Er fiel auf dem Stein auf die Knie, und das Meerwasser drang in seine Nase ein und brannte an seiner Schulter. Er schnaubte und schnaufte, schüttelte den Kopf, atmete tief ein, tauchte dann unter Wasser und griff unter den Felsen.

Der Stein lag im Sand. Etwas huschte durch Jacks Finger hindurch und grub sich im Boden ein. Er grub so lange eine Rille im Sand, wie er den Kopf unter Wasser halten konnte. Vor seinen Augen verschwamm alles, und seine Lungenflügel drohten zu explodieren. Er hatte das Gefühl, daß das Meer, das dumpf in seinen Ohren pochte, seinen Schädel durchbohren wollte. Als er glaubte, es keine Sekunde länger aushalten zu können, stieß er die Lötlampe mit der Düse voran in den Graben, den er unter dem Stein gemacht hatte. Die Düse vergrößerte die Vertiefung, und schon lag das Gerät fest unter dem Felsen verkeilt. Jack stieß sich ab, und er tauchte aus dem Wasser auf. Er spuckte, blinzelte, keuchte und rang so dringend nach Luft, daß er die Balance verlor. Der Himmel und die See tauschten ihre Plätze, und eine Welle überspülte ihn.

Das war mal wieder typisch für den alten Jack. Er war nach vielen Mühen und Anstrengungen endlich in Kreta angelangt, bloß um hier zu ertrinken. Jack trat und schlug um sich, aber seine Füße fanden keinen Halt, und sein Kopf wollte einfach nicht an die Oberfläche. Alles um ihn herum wirkte verschwommen und verzerrt. Die nächste Welle trug ihn ein Stück weiter fort, und er begriff, daß er abgetrieben wurde, ohne etwas dagegen unternehmen zu können. Die Kiesel rissen seine Fingerknöchel auf, und er stieß sich den großen Zeh an einem Stein an. Endlich kam er auf allen vieren auf und hielt plötzlich das Gesicht über Wasser. Er spuckte, und als er wieder klar sehen konnte, entdeckte er, daß die zweite Welle ihn dem Strand nähergebracht hatte. Laura schwamm gerade auf ihn zu. »Dad!« rief sie, ohne innezuhalten. »Du hättest es fast geschafft, zu schwimmen.«

»Wenn das Schwimmen immer so ist, bin ich froh, daß ich es nur fast geschafft habe!«

Als er sich etwas besser fühlte, drehte er sich auf den Rücken und ließ sich vom Wasser tragen. Er mußte sich entspannen, um sich treiben zu lassen. Und er sagte sich, daß er sich Entspannung redlich verdient hatte. Er zählte die Sekunden, während eine weitere Welle ihn näher zum Strand trug ... elf, zwölf, dreizehn, und schon schabte Sand an seinen Schultern. Er sagte sich, daß er Glück gehabt hatte, das letzte Stück nicht schwimmen zu müssen. Endlich erhob er sich und stapfte durch das flache Wasser.

»Das war ja wirklich sehenswert«, sagte Julia, die auf ihn zukam. Dann verzog sie das Gesicht. »Was ist denn mit deinen Schultern?«
»Hast du nicht gesehen, wie ich über den Fels gefallen bin?«
»Ach, Jack.« Sie streckte die Hand aus, um seine Schultern zu berühren, und lächelte ihn mitfühlend an. »Am besten gehst du gleich duschen, bevor das Salz in die Wunden eindringt.«
Natürlich tat er ihr leid, aber er glaubte, herausgehört zu haben, daß sie sich auch über seine Ungeschicklichkeit freute. Der Graf hatte nur dafür existiert, sie und Laura zu beschützen. Jetzt war Julia glücklich, wieder Jack vor sich zu haben. Als er unter der Dusche stand, die sich neben der Rezeption befand, kam das junge Pärchen aus Birmingham vorbei. Die beiden blieben kurz stehen und warfen seinem Gemächte einen mißbilligenden Blick zu. »Damit fange ich Fische«, erklärte Jack ihnen, und es war ihm egal, ob sie mit der Bemerkung etwas anfangen konnten oder nicht.
Als er zum Strand zurückkehrte, verließ Julia sofort das Wasser.
»Geht es dir wieder besser?«
»Ich fühle mich so gut wie nie zuvor.«
»Du hättest dir nicht gleich am ersten Tag soviel zumuten dürfen. Wir bleiben schließlich vierzehn Tage hier, und da hast du noch ausreichend Gelegenheit, das Schwimmen zu lernen.«
»Ich schätze, ich habe einstweilen von Abenteuern genug. Geh du nur ins Wasser, ich lasse mich von der Sonne braten.«
Er legte sich auf den Bauch, während Laura und Julia ihre Bahnen zogen. Als sie zu ihm zurückkehrten, wußten sie von geheimnisvollen Höhlen und merkwürdigen Fischen zu berichten, die sich ausgezeichnet zu tarnen verstanden und auf den ersten Blick so aus sahen wie ein Teil vom Meeresgrund. Solange sie ihm nicht erzählten, daß sie eine Lötlampe gefunden hatten, war er zufrieden. Und selbst wenn sie auf das Gerät stoßen sollten, war es ihm egal. Es gehörte nicht länger zu seinem Leben, er hatte nichts mehr damit zu tun. Die heiße Sonne brannte wie Balsam auf seinen Kopf und auf seine Schultern. Als die beiden Frauen sich abtrockneten, richtete er sich auf und hatte weder Schwindelgefühle noch

Kopfschmerzen. »Wenn du Hunger hast, wir haben einen«, lächelte Julia.
Sie zogen sich in ihren Zimmern um und trafen sich dann vor Lauras Tür. Eine grüne Eidechse huschte über die Stufen, über denen Reben mit prächtigen roten Blüten hingen, die ihre Blätter um helle Kerzen voller gelber Pollen schlossen. Alte Frauen, die von Kopf bis Fuß in Schwarz gehüllt waren, kamen auf einem Friedhof unweit des Meeres zusammen. Und jenseits der marmornen und steinernen Grabkreuze entdeckte Jack ein Schiff, das draußen vor Anker lag. Die Orchards spazierten herum, kamen an einem Gebäude vorbei, bei dem man anscheinend das Dach vergessen hatte, liefen um den Hafen herum, kamen an den Straßencafés vorbei, wo alte Männer saßen und Ouzo tranken. Sie beobachteten das einschläfernde Auf und Ab der Yachten im Hafen und liefen einen Hügel hinauf. An den Straßenrändern drängte sich Taverne um Taverne, und junge Griechen fuhren auf ihren Motorrädern herum oder waren mit ihren Touristenfreundinnen auf dem Rücksitz unterwegs. Und in einer orthodoxen Kirche verbreiteten brennende Kerzen einen goldenen Schimmer. Oben auf dem Hügel schirmten Palmen einen kleinen Platz ab, und dort fanden die Orchards ein Restaurant namens Itanos, in dem Wein aus Holzfässern ausgeschenkt und in Metallkaraffen serviert wurde. Die drei betrachteten die Auswahl an Speisen, die hinter einer Glasscheibe ausgestellt war, suchten sich etwas aus, bestellten zusätzlich einen Liter Wein und nahmen nahe dem offenen Ende des großen Saals Platz. Ein Lastesel wurde draußen durch das letzte Sonnenlicht geführt. »Tja, nun sind wir wirklich hier«, sagte Jack.
»Dank Pete und Cath«, bemerkte Julia.
»Dann heben wir unser Glas auf ihr Wohl.«
»Auf Pete und Cath.« Die Orchards stießen miteinander an, und Julia sagte: »Ich kann es immer noch nicht glauben, daß sie so nett zu uns gewesen sind.«
»Meinst du, als sie unsere Rechnung zu den anderen in die Schublade legten, obwohl wir doch gar nichts bezahlt hatten?«

»Das auch.«
»Was denn sonst noch?«
»Jack!« Julia warf einen Blick auf Laura und erkannte, daß ihre Tochter Bescheid wußte. »Du willst doch wohl nicht so tun, als hättest du nicht gewußt, daß sie uns haben gewinnen lassen!«
»Uns war das Glück eben hold, und da hätten auch Pete und Cath nichts dran ändern können.«
»Dad!« tadelte Laura ihn, als sei sie der Ansicht, er gehe jetzt mit seinen Scherzen etwas zu weit.
»Meinst du wirklich, sie haben ...« begann Jack.
»Sie haben die Ziehung manipuliert, um uns nach Lauras Mißgeschick etwas Gutes anzutun.«
»Haben sie dir das etwa gesagt?«
»Das brauchten sie mir nicht zu sagen«, antwortete Julia, und Laura ergänzte: »Ich habe es die ganze Zeit gewußt.«
Wenn die Venables es ihnen nicht gesagt hatten, dachte Jack, wäre es doch immerhin möglich, daß die beiden sich irrten. Laura und Julia klangen allerdings sehr überzeugt und schienen es nicht fassen zu können, daß er etwas anderes annahm als sie. Sicherlich machte es nichts, wenn die Orchards nicht aufgrund einer glücklichen Fügung hierher gekommen waren. Davon abgesehen hätte alles mögliche schiefgehen können, wenn der Graf nicht dafür Sorge getragen hätte, daß sich alles zum Besten wendete. Jack brach Stücke von seinem Brot und tauchte sie in seinen Salat. »Wie dem auch sei«, sagte er, »es ist schön, zu wissen, daß man gute Freunde hat, auf die man zählen kann.«
»Bloß weil du so ein großer Zähler bist«, lachte Laura und schob sich die nächste Ladung Hoummus in den Mund.
»Wie war das?«
»Aber, Jack, sie hat doch nur einen Scherz gemacht.«
»Das weiß ich, Liebes«, erklärte er seiner Tochter rasch. »Ich habe nur das nicht verstanden, was du davor gesagt hast. Das kommt davon, wenn du mit vollem Mund sprichst.«
Laura verzog das Gesicht, so als habe sie diese Worte als ungerecht-

fertigten Tadel empfunden, den sie brüsk zurückweisen mußte. Doch dann sagte sie nur: »Ich meinte ja nur, daß du so gerne zählst.«
»Nun ja, vielleicht etwas mehr als andere.«
Sie legte die Stirn in Falten und schien zu überlegen, wen er mit den anderen gemeint haben konnte. Nach einer Weile fragte sie: »Dad?«
»Was ist? Heraus mit der Sprache.«
»Dad, was hat es mit der Macht der Dreizehn auf sich?«
»Sprichst du von irgendeiner Bande oder Geheimorganisation?«
»Nein, von dem Brief.«
»Was denn für einen Brief?«
»Der Brief, von dem du dreizehn Kopien machen und an andere Leute versenden sollst.«
»Ich habe ...«, begann er, doch da trat der Kellner an den Tisch und räumte die Teller ab. Jack erhielt dadurch Gelegenheit, seinen Schrecken zu überwinden. »Ich soll Briefkopien verschickt haben?« fragte er dann in gespieltem Amüsement.
»Ach, du bist genauso blöd wie der Brief. Ich meinte ja auch bloß, daß er dich aufgefordert hat, dreizehn Kopien anzufertigen und an andere Leute zu verschicken. Ich habe nicht gesagt, daß du das auch getan hast. Hast du ein Stück Papier bei dir?«
»Wozu brauchst du das denn?«
»Ich möchte etwas ausrechnen.«
»Mal sehen.« Er griff in seine Tasche und bekam einen zerknüllten Zettel zu fassen. Wenn er den seiner Tochter gegeben hätte, hätte er ihr sagen müssen, daß »das einer von den Briefen ist, von dem du, gerade gesprochen hast, nicht wahr?« So schüttelte er nur den Kopf. »Nein, tut mir leid. Kannst du das nicht im Kopf ausrechnen?«
Sie starrte an die gewölbte Decke, und ihre Lippen bewegten sich leise. Der Kellner trug den nächsten Gang auf. »Laß es nur nicht kalt werden«, mahnte Julia, als Laura nach einer Minute immer noch rechnete.
»Also gut. Dad, wie viele Menschen gibt es auf der Welt?«

»Ich habe sie schon lange nicht mehr gezählt. Sicherlich eine ganze Menge.«
»Wenn man dreizehn Personen einen Brief schickt und die wiederum ihrerseits jeweils dreizehn Kopien versenden, kommt man auf einhundertneunundsechzig Schreiben, und denen folgen dann ...« Sie schloß die Augen. »... denen folgen dann zweitausendeinhundertsiebenundneunzig Kopien und so weiter und so fort. Wie lange würde es dauern, bis alle Menschen auf der Welt einen solchen Brief erhalten haben?«
»Das ist mir zu hoch.«
»Mehr als dreizehn hoch dreizehn hoch dreizehn?«
»Ist anzunehmen.«
»Ich glaube, viel mehr können es nicht sein.«
»Na ja, hört sich nach viel Rechnerei an. Ich habe jedenfalls nicht vor, mir damit den Urlaub zu verderben«, lächelte Jack. »Davon abgesehen folgt noch lange nicht jeder der Aufforderung in dem Brief.«
»Woher weißt du das?«
»Willst du mir unterstellen, ich wüßte darüber Bescheid?« entgegnete der Graf.
»Du hast keinen Grund, sie so anzufahren, Jack. Sie hat dir doch bloß eine Frage gestellt.«
»Du hast ja recht. Du hast gewonnen.« Er lächelte seine Tochter an, bis sie davon überzeugt war, daß er es nicht ernst gemeint hatte.
Das Problem, das Laura aufgeworfen hatte, war nicht mehr relevant, sagte er sich. Nicht mehr, da alles erledigt war. Er verdrängte diese Gedanken aus seinem Bewußtsein und konzentrierte sich auf sein Essen. Später spazierten sie den Hügel auf der anderen Seite hinunter und gelangten an einen See. Dort saßen junge Leute an Tischen unter Sonnenschirmen. Der Weg führte die Orchards zu den Höhen über dem See, auf die zahllose Hotels mit bunten Lichtreklamen gebaut waren. Schließlich entdeckten sie einen Spielplatz, und sie alle machten sich das Vergnügen, im

Dunkeln eine Runde zu schaukeln. Sie stießen später auf eine Straße, auf der sie zum ersten Hügel zurückfanden. Die Orchards kamen an etlichen Geschäften vorbei, die noch geöffnet hatten. Gelegentlich passierten sie ein halbfertiges, verlassenes Gebäude, als sei dem Bauherrn das Geld ausgegangen. Und dann fanden sie sich auf der Straße zu ihrem Hotel wieder. Auf dem Friedhof brannten Grablichter, und über dem stillen, im Schwarz der Nacht kaum noch zu erkennenden Meer leuchteten die Sterne. »Ich wünsche mir, wir müßten nie mehr nach Hause«, sagte Julia.
»Gefällt es dir denn in unserem Wohnort nicht mehr?« fragte Jack.
»So habe ich es nicht gemeint. Ich wollte nur sagen, daß es hier traumhaft schön ist.« Sie schwieg und beobachtete mit den anderen, wie eine Fledermaus aus einer Zypresse hervorkam und über den Friedhof flatterte. Das Tier wirkte wie ein Stück Nacht, das sich über schwarzen Samt bewegte. »Wenn wir wieder zu Hause sind«, flüsterte Julia dann, »sollten wir uns wohl Gedanken darüber machen, welche Opfer wir bringen müssen, um uns den Umzug leisten zu können.«
»Ich habe schon einige Opfer gebracht«, wollte der Graf antworten, aber Jack sagte: »Also gut, wem fällt etwas ein?«
»Ich will ja wieder nach Hause«, erklärte Julia entschieden, so als unterstelle Jack ihr immer noch, sie beabsichtige hierzubleiben. »Ich muß euch allerdings etwas erzählen: Als die Frau, die neben mir im Flugzeug saß, mich fragte, wo ich herkäme, habe ich mich geschämt, die Wahrheit zu sagen. Denn sie hatte gerade in der Zeitung gelesen.«
»Was hat denn Zeitungslesen damit zu tun?«
»Normalerweise nichts, aber du hast ja nicht gesehen, was in der Zeitung gestanden hat. Konntest du ja auch nicht, du hast ja lieber ein Nickerchen gemacht. Also in der Zeitung stand ein großer Bericht darüber, was der Mersey-Mörder einer Mutter und ihrem kleinen Sohn angetan hat. Es war mir ehrlich peinlich, meiner Sitznachbarin zu antworten, daß ich aus einer Gegend komme, die solche Monster hervorbringt.«

Kapitel 46

Dem Himmel sei Dank, alles war nur ein Traum gewesen, bis auf den Urlaub auf Kreta. Sobald sie wieder zu Hause waren, würde Jack *Fine Films* wiedereröffnen und Julia zu Rankin zurückkehren. Die Kreditkarte war nicht gestohlen worden, und Jack hatte nie mit dem Bankdirektor um einen Kredit ringen müssen. Aber hatte er nicht etwas vergessen? Etwas, das ihn im Schlaf keine Ruhe finden lassen wollte? Richtig: Er mußte seine Videothek gegen Feuer versichern. Oder besser gesagt, damit er nach dem Brand Geld von der Versicherung bekam. Mit der Entschädigung konnte die Familie dann in ein schöneres Haus ziehen, und er hätte eine Entschuldigung gefunden, sich einen anderen Job zu suchen. Irgendwie ergab das noch keinen rechten Sinn, aber warum sich jetzt darüber den Kopf zerbrechen. Wenn er diese Gedanken nicht verscheuchte, würden sie ihm noch den ganzen Urlaub verderben. Dann spürte er, daß noch etwas am Rand seines Bewußtseins rumorte. Etwas Unangenehmes, das zielgerichtet auf eine Explosion in seinem Kopf zuzusteuern schien und das noch Schlimmeres bewirkte, als ihm den Urlaub zu verderben: Es weckte ihn auf.

Er lag allein in dichter, feuchter Dunkelheit und auf einem klebrigen, durchnäßtem Laken. Im ersten Moment glaubte er, man habe ihn in ein griechisches Gefängnis geworfen. Dann wurde ihm bewußt, daß er sich im Hotelzimmer befand. Er hörte ein Stück von sich entfernt Julias Atem. Die Betten boten nicht genug Platz für beide, aber er hatte das Gefühl, Julia bliebe ihm nicht ungern fern. Wenn sie je heraus fand, wer er in Wahrheit war, würde sie jeglichen Kontakt zu ihm abbrechen, und er konnte ihr

daraus nicht einmal einen Vorwurf machen; schließlich hätte er sich am liebsten von sich selbst getrennt.
Er hatte Janys Days kleinen Sohn nicht umgebracht. Das war Julias Bericht zu entnehmen gewesen. Ein Nachbar hatte eine Leiter ans Haus der Fotografin gestellt, das Fenster des Kinderzimmers eingeschlagen und den Kleinen geborgen, bevor das Feuer in den Raum eingedrungen waren. Jack stellte sich vor, wie die Flammen am Kinderbett leckten und den Jungen wie in einem Feuerring einschlossen. Das Bild gefiel ihm nicht, und er versuchte, vor sich selbst davonzukommen. Allein schon die Szene, wie der Nachbar, verfolgt von den Flammen und mit dem Kind auf dem Arm, das ohne Zweifel schrie und strampelte, die Leiter herunterkam, ließ ihm fast das Herz stillstehen. Er hatte das Kind nicht auf dem Gewissen, aber viel hatte nicht gefehlt. Immerhin hatte er fünf Menschen umgebracht, und allein dafür würde Julia ihn mit Fug und Recht verabscheuen.
Der Gedanke, daß Julia ja nicht wußte, wer der Mörder war, konnte ihn nicht beruhigen; im Gegenteil, er kam sich noch mehr wie ausgestoßen vor. Er konnte sich selbst nicht einmal mehr beweisen, daß er die fünf Menschen nur aus dem Grund getötet hatte, um Julia und Laura zu beschützen. Jack war sich nicht mehr sicher, ob dazu überhaupt gewaltsame Tode vonnöten gewesen waren. Wie dem auch sei, Laura und Julia hatten nichts damit zu tun, und sie traf nicht die geringste Schuld. Er allein trug die ganze Verantwortung.
Das Eingeständnis seiner Schuld half ihm auch nicht weiter. Er hatte den Eindruck, ihm bliebe nichts anderes zu tun übrig, als abzuwarten, bis man ihm auf die Spur gekommen war. Er kannte sich selbst gut genug, um zu wissen, daß er keine lange Wartezeit durchstehen würde. Dann sagte er sich, daß man sich an alles gewöhnen konnte. Und im nächsten Moment stopfte er sich ein Stück des feuchten Lakens in den Mund, um den Schrei des Entsetzens über einen solchen Gedanken zu ersticken. »Was?« murmelte Julia und drehte sich seufzend auf die andere Seite. Jack

versuchte, still dazuliegen, bis er sicher sein konnte, daß sie nicht aufgewacht war. Das Warten wurde ihm lang, und er begann, am ganzen Leib zu zittern.

Jetzt war er wach, und wenn er an die vergangene Nacht dachte, standen ihm Stunden ohne Schlaf bevor. Die Dunkelheit war schwarz wie Kohle, und er hatte das Gefühl, nicht nur von ihr umgeben, sondern auch von ihr angefüllt zu sein. Wenn er die Augen öffnete, sah er vage, rauchige Lichter; wenn er sie schloß, konnten sie das Gewicht der Lider nicht ertragen. Wann immer die Erschöpfung ihn einnicken ließ, tauchte stets einer dieser verdammten Gedanken auf, die ihn schon vorher gestört hatten. Als er etwas später entdeckte, daß es im Zimmer deutlich heller geworden war, konnte er es kaum fassen, tatsächlich geschlafen zu haben. Und noch später drang das Sonnenlicht machtvoll durch die Fenster, und Julia gab ihm einen Kuß auf die Stirn. »Wach endlich auf, sonst verpassen wir noch den Bus nach Knossos!« rief sie aus dem Badezimmer, als er die Augen öffnete.

Er hörte das Rauschen der Dusche und schob sich aus dem Bett. Die Nacht schien Ruß auf seinen Augäpfeln hinterlassen zu haben. Er hatte das Gefühl, er müsse sich an etwas erinnern; an etwas übermäßig Wichtiges. Aber es wollte ihm einfach nicht einfallen. Er stellte sich unter die Dusche und hoffte, das Wasser möge seine Gedanken zum Leben erwecken. Doch auch das half ihm nicht weiter. Dann sagte er sich, daß er aus dem Bad heraus mußte, weil Julia sonst bestimmt nachsehen würde, warum er solange brauchte. Jack zog sich rasch an und wich ihrem Blick aus. Auf dem Weg zum Speisesaal holten sie Laura ab. »Wir wollen schließlich den Schein wahren«, sagte er oder der alte Jack oder der Graf. Er wußte es nicht.

Der Frühstücksraum lag über der Bar und war bereits gut besucht. Sonnengebräunte junge Deutsche hatten einige Tische besetzt. Drüben saß ein blinder Norweger mit seiner Lebensgefährtin, und ganz hinten entdeckte Jack das Pärchen aus Birmingham. Er füllte seinen Teller mit Brötchen, Feta-Käse und Aufschnitt, bevor er dem Pärchen einen guten Morgen wünschte. Die beiden senkten rasch die Blicke und murmelten etwas Unverständliches. Sie hatten recht, ihm zu mißtrauen. Ob sie ihn bei der Polizei angezeigt hatten? Das wäre ihm wie eine Erlösung vorgekommen. Doch andererseits auch wieder nicht. Die Vorstellung war ihm unerträglich, vor den Augen von Laura und Julia verhaftet zu werden; denn dann hätten sie unweigerlich erfahren, mit was für einem Ungeheuer sie zusammenlebten. »Hast du keinen Hunger, Dad?« riß Laura ihn aus seinen Gedanken, und er machte sich rasch über das her, was er auf seinen Teller gehäuft hatte.

Auf dem Weg in die Stadt kam ihm die Sonne wie die Lampe vor, die im Verhörzimmer auf den Verdächtigen gerichtet wird. Und das Meer schien ihm zu verheißen, eine wichtige Botschaft für ihn bereitzuhalten, über die es nicht mehr verraten wollte. Der Bus würde sie am Stadtrand neben der Telefonzelle abholen. Als Jack sie sah, spürte er den unwiderstehlichen Drang zu telefonieren. Und dann verkrampfte sich alles in ihm. »Ich gehe nur mal rasch um den Block«, konnte er gerade noch hervorbringen.

»Paß auf, daß du dich nicht verläufst«, mahnte Julia.

»Bleib nicht zu lange, Dad. Der Bus kommt gleich.«

Sobald er um die Ecke verschwunden war, knurrte er wie ein Bauchredner: »Blöder Clown, verdammter Idiot, elender Narr!« Ein Fischer kam mit einem Korb voller Tintenfische aus dem Hafen und warf ihm einen fragenden Blick zu. Aber Jack bekam schon so gut wie nichts mehr von seiner Umwelt mit. Die Namen seiner Opfer ergaben Jack Orchard. Die Polizei mußte sich nur die Mühe machen, sie im Telefonbuch aufzuspüren, und die entsprechenden Schlüsse ziehen. »Du verdammter, blöder Idiot!« rief er. Aber unter seinen »Klienten« gab es doch auch solche, denen er nichts zuleide getan hatte! Und da der Graf sie nicht in alphabetischer Reihenfolge oder gemäß der Anordnung der Buchstaben in seinem Namen aufgesucht hatte, konnte die Polizei doch nicht auf Jack Orchard schließen, oder? Er schloß die Augen, drehte sich zur Sonne und überlegte, wann er zu wem Kontakt aufgenommen hatte. Brennende Gestalten stapften durch seinen Kopf. Er brauchte sich keine Sorgen zu machen, er war unsichtbar: Der Graf würde ihn schützen. Er stürmte in einen Laden, zog eine Literflasche Wasser aus dem Regal mit Retsina und dem Metaxa und wäre fast ohne zu bezahlen nach draußen gerannt, als er den Bus kommen hörte. Für einen Moment glaubte er, der Bus würde ohne ihn losfahren. Mittlerweile kam ihm eine Panik so schlimm wie die andere vor; obwohl im Augenblick die Vorstellung, von Laura und Julia getrennt zu sein, für ihn den geringsten Schrecken bereithielt. Doch dann sah er, daß der Bus neben der Telefonzelle wartete. »Da kommt Dad!« rief Laura, und sie klang, als habe sie sich große Sorgen gemacht.

Der Bus mühte sich den Hügel hinauf, umfuhr einen Esel, der sich an den Straßenrand gelegt hatte, und bog nach Heraklion ab. Einzelne Kirchen leuchteten weiß in der Sonne, und immer wieder kamen sie durch unfertig wirkende Dörfer, die vermutlich im Entstehen begriffen waren, um die zu erwartenden Touristenströme aufzunehmen. Das Ruckeln und Schaukeln des Busses schüttelte die brennenden Gestalten aus Jacks Kopf, aber er hatte das Gefühl, eine dicke Staubschicht liege auf seinem Gehirn. Jack saß vor Laura und ihrer Mutter. Immer wieder drehte er sich nach hinten um, um sich die beruhigende Gewißheit zu verschaffen, daß sie ihn noch nicht verlassen hatten.

Der Bus mühte sich durch Heraklion und steuerte den Palast des Minos an. Später geleitete die Fremdenführerin die Gruppe Touristen durch die Ruinen. Sie kamen an Reisegruppen vorbei, die Vorträge in Deutsch, Holländisch oder Französisch hörten. Hier auf dem Hügel, der von Olivenhainen und Zypressen umgeben war, waren die Überreste des Palastes zu sehen: große Vorhallen mit roten Säulen, antike Plattenwege, in die man überlebensgroße Hörner eingemeißelt hatte, freigelegte Kellerräume mit mannshohen Krügen, ein Steinthron, der von Fabelwesen bewacht wurde, und das Privatgemach der Königin. Schließlich führte die Leiterin die Gruppe zu der Straße, auf der die Mitglieder des minoischen Königshauses von Palast zu Palast geschritten waren. Jack betrachtete die großen Steinplatten, deren Ränder mit Moos bewachsen waren, und entdeckte die Luftspiegelung eines Baches. Hitze, die sich in Wasser verwandelt hatte. »Wir haben den Ort nicht gesehen, wo der Minotaurus gelebt hat«, meinte Laura enttäuscht.

Jack sagte sich, daß er ihr durchaus ein Labyrinth zeigen konnte. Das, das in ihm war. Er war auch das Ungeheuer, und er saß genau wie der mythische Stier im Zentrum gefangen, ohne einen Weg nach draußen zu finden. »An diesem Ort gibt es nur Historie, aber keine Magie«, wollte er ihr antworten. Aber ihm kam ein neuer Gedanke, der ihn schweigen ließ. Vielleicht beherbergte diese Stätte doch Magie, denn eben war ihm eingefallen, an was er sich die ganze Zeit über zu erinnern versucht hatte. Die Welt leuchtete rings um ihn auf, als habe sie Feuer gefangen, und er hatte das Gefühl, ein Orakel habe ihm geweissagt. Es gab immer noch eine Möglichkeit, seine Familie zu beschützen, und die wollte er ergreifen. Denn in ihm war nun die Gewißheit, daß mindestens einer seiner Klienten gelogen und keine Kopien angefertigt oder verschickt hatte.

Kapitel 47

Am Morgen des letzten Tages auf Kreta fragte Jack: »Haben wir alles unternommen, was wir uns vorgenommen hatten?«
»Jetzt ja«, antwortete Julia.
»Ja, alles«, sagte Laura.
Sie befanden sich in Lató, einer Ruinenstadt, die drei Meilen abseits der Hauptstraße lag. Auf der einen Seite des Hügels blickten antike Altäre in ein Tal unterhalb eines Berges mit zerklüftetem Gipfel, und auf der anderen führten weiße Straßen an einem weiteren Berg vorbei nach Ágios Nikólaos, das sich in der Ferne von dem bleichen Meer abhob. Abgesehen von ein paar Ziegen, einer Schlange und einem Insektenchor, hatten die Orchards die Ruinen für sich allein. Laura wollte immer wieder wissen, ob die dicken Steine, aus denen man Straßen, Häuser, Werkstätten und Geschäfte gebaut hatte, tatsächlich dreitausend Jahre alt waren. Schließlich wurde es Julia zuviel, und sie bedeutete ihr, sich nicht über solche Zeiträume den Kopf zu zerbrechen. Jack stand vor den Altären, betrachtete das Grün, das in den Ritzen gedieh, und ließ sich von der Sonne wärmten, bis Julia sich auch bei ihm einmischte und sagte: »Ich würde was drum geben, deine Gedanken zu erfahren.«
»Ich fürchte, du hast nicht genug, sie bezahlen zu können«, lächelte er sie an.
»Sollen wir in die Zivilisation zurückkehren, bevor die Hitze unerträglich wird?«
»Wenn du dir alles angeschaut hast, was du sehen wolltest.«
»Nur wenn du auch genug gesehen hast, Jack.«
»Ich? Ich habe alles erhalten, was ich mir von der Reise versprochen habe«, entgegnete er und legte eine Hand für ein paar Sekunden

auf die Altarplatte. Die Wärme, die der Stein ausströmte, fühlte sich wie ein Geheimnis an, das nur er und der Altar teilten. Er lief den Weg hinunter, löste ein paar Kiesel aus dem Boden, die hinter ihm herrollten, und nahm Laura und Julia an die Hand.
Eine alte Frau bot neben einem Schrein am Rand der Ruinenstadt ihre Tücher feil, und etwas später kam ihnen eine Kolonne von Jeeps entgegen, die nach Lató wollten, doch darüber hinaus trafen sie keine Menschenseele an. Der Weg führte an Feldern und Obstbäumen vorbei, und hin und wieder zeigte ein einzelner Bauernhof an, daß diese Gegend bewohnt war. Nach einer halben Stunde kam es Jack so vor, als sei er schon seit ewigen Zeiten unterwegs. Die Sonne brannte auf seinem Rücken, aber das Gefühl war ihm nicht unangenehm, weil sie Bestandteil dieser Idylle war. Schließlich legten die Orchards eine Rast ein und tranken reihum einen Schluck Wasser. Laura fragte: »Was hat euch am besten gefallen?«
»Die Segeltour nach Santorin«, sagte Julia.
»Du meinst den Moment, in dem wir die Insel zum ersten Mal sahen und glaubten, alle Häuser dort wären aus Schnee?«
»Ja, und als wir dann auf Eseln reiten mußten, weil die Straßen so steil waren.«
»Und wie wir auf der Rückfahrt vom Schiff springen durften und über die versunkene Stadt hinweggeschwommen sind.«
»War das für dich auch am schönsten, Laura?«
»Nein, das war die Bounty-Bucht.«
»Auch wenn es uns einen halben Tag gekostet hat, überhaupt dorthin zu gelangen? Wo man an den Ständen nicht einen einzigen Bounty-Riegel kaufen konnte? Und wo man uns erzählt hat, daß die Filmleute Kokosnüsse in die Palmen hängen mußten, bevor sie den Werbespot drehen konnten?«
»Ja, denn der Sand dort war so unglaublich weiß, und nicht zu vergessen, wie wir zu der kleinen Insel hinausgeschwommen sind. Was hat bei dir denn am meisten ausgelöst, Dad?«
»Eigentlich fand ich alles großartig. Am schönsten für mich war es, mit euch beiden zusammenzusein. Man macht sich normalerweise

überhaupt keine Vorstellung, was man in dreizehn Tagen alles unternehmen kann.«

»Oben auf dem Hügel hat Mum gesagt, wir sollen uns nicht soviel den Kopf mit Zahlen zerbrechen.«

»Ich habe jetzt nicht gerechnet«, entgegnete er und drückte die Hände seiner Familie. Julias Hände waren seit damals, als er sie zum ersten Mal berührt hatte, etwas rauher geworden, aber immer noch wunderbar weich. Die von Laura waren jetzt beinahe so groß wie die ihrer Mutter. Beide Hände waren schmal, sagte er sich, aber alles andere als zierlich oder zerbrechlich. »Kommt, wir wollen einen Schritt zulegen, sonst verpassen wir noch den Bus. Es wäre doch zu blöd, wenn wir am letzten Tag noch einen Sonnenbrand bekämen.«

Als sie das Ende des Pfads erreichten, fuhr der Bus gerade los, hielt aber einen Moment später wieder an. Der Fahrer hatte die drei entdeckt. Der Schaffner gab Laura die Fahrkarten, nachdem sie ihn mit ihren sechs Worten Griechisch beglückt hatte. Dann sprach eine alte Frau sie an, die einen Korb voller Obst in die Stadt fuhr. Bald tauschten die beiden notgedrungen nur Lächeln und Gesten aus, und die Alte schenkte dem Mädchen eine Handvoll Oliven. Laura wollte sie nicht ablehnen und reichte sie ihrem Vater weiter, der sie fast alle aufaß. Er hielt die Kerne in der hohlen Hand und zählte sie durch: »Blumenhändlerin, Klempnersgattin, Wahrsagerin, Schneiderin, Neureiche.« Ein bitterer Geschmack blieb in seinem Mund und verließ ihn bis zur Haltestelle am Hafen nicht mehr.

Der Fahrer steuerte auf wunderbare Weise seinen Bus in eine Parklücke, die viel zu klein wirkte. Als die Orchards ausstiegen, kam ihnen ein Pope entgegen. Der Saum seiner Robe schlug um seine Füße. Jack drang der Geruch von Fisch, dem Meer, den Abgasen des Busses, dem würzigen Aroma von Kebab und eine Spur von Julias Hautcreme in die Nase. Sie verließen diese Stätte der donnernden Motoren und der Schreie, die die Stationen der einzelnen Buslinien bekanntgaben. Jack hörte das Lärmen einer

Gruppe von Möwen, die über einem Fischerboot ihre Bahn zogen.
»Sollen wir nächstes Jahr wieder hierherkommen?« fragte Laura.
»Wollen wir erst mal sehen, daß wir jetzt noch etwas vom Rest unseres Urlaubs haben«, entgegnete Jack. Er spürte Niedergeschlagenheit, bis sie rief: »Ich sehe mich mal in dem Schmuckladen um« und losrannte.
Julia sah ihr nach und registrierte die eleganten und gleichzeitig kraftvollen Bewegungen der jungen, sonnenverbrannten Beine. Laura wirkte in den Shorts und dem T-Shirt sehr sportlich und schlank. »Sie wird langsam erwachsen.«
»Meinst du, so wie wir?«
»Bei dir bin ich mir da nicht so sicher«, spöttelte Julia und fuhr dann nachdenklich fort: »Ich wünschte, du hättest sie sehen können, als wir den Einbrecher ertappt haben. Kaum zeigte er sich, rannte sie sofort auf ihn zu, noch ehe ich sie zurückhalten konnte. Ich glaube, der Mann hat gar nicht begriffen, was da über ihn gekommen ist.«
»Das kann ich mir gut vorstellen.«
Sie legte einen Arm um Jacks Schultern und küßte ihn. »Ich bin froh, daß du endlich wieder zu dir selbst gefunden hast. In den ersten Tagen unseres Urlaubs wußte ich oft nicht, was mit dir los war.«
»Ich mußte mich an die Hitze gewöhnen. Und außerdem hatte ich einiges an Schlaf nachzuholen.«
»Ich glaube, das war der schönste Urlaub, den wir je hatten.«
»Da kann ich dir nur zustimmen«, bestätigte Jack. Er setzte sich wieder in Bewegung und lief ein paar Schritte vor ihr her, damit sie sein Gesicht nicht sehen konnte. Laura kehrte zu ihnen zurück. Er nahm erneut ihre Hände und sagte: »Wir gehen zum Hotel zurück und suchen ein schattiges Plätzchen, an dem wir das Mittagessen einnehmen können.«
Die Orchards saßen unter der Markise vor der Taverne neben dem Hotel. Ein Mann, der einen breitkrempigen Strohhut trug, paddelte in einem Plastikboot vom Nachbarstrand heran, und unten am Meer trotzten einige bleiche Neuankömmlinge tapfer auf ihren

Luftmatratzen der Sonne. Eine Brise ließ die Wellen glitzern und die Augen von Laura und Julia aufleuchten, betonte ihre Sommersprossen und zerrte an Julias Haar. Der Kellner brachte ihnen Schwertfisch und Retsina. Jack wünschte sich, dieses Mahl würde nie zu Ende gehen. Doch allzurasch hatte Julia ihren Brandy und Kaffee ausgetrunken, und sie erklärte: »Ich gehe nach oben duschen.«

»Ich hole die Schlüssel«, verkündete Laura, sprang auf und rannte zur Rezeption, während Jack allein zurückblieb und auf die Rechnung wartete. Dann ging er hinein zur Kasse, und der Wirt bot ihm ein Glas Raki an. Er füllte es aus einer Plastikflasche, die einst Wasser enthalten hatte. Jack kannte das Getränk – es hieß »Griechischer Mondschein« – und leerte das Glas mit einem Schluck. »Runter und ex«, erklärte er dem Wirt, der das für einen Trinkspruch hielt und seinerseits das Glas hob.

Jack blieb noch für einen Moment unter der Markise stehen, während der Schnaps sich seinen Weg hinab zum Magen brannte und ihm dann in den Kopf stieg. Dann machte er sich auf den Weg ins Hotel. Es hatte keinen Sinn, sich zu wünschen, dieser Tag möge nie zu Ende gehen. Er hatte den Urlaub für sich nur durch das Wissen über das retten können, was er zu tun hatte. Plötzlich konnte er es nicht erwarten, bei Julia zu sein, und stürmte die Treppe hinauf.

Sie öffnete ihm die Tür, zog sich ein paar Schritte zurück und trocknete sich ab. Der weiße Schatten des Badeanzugs betonte ihre Brüste und das Dreieck zwischen ihren Schenkeln. Wasser tropfte aus dem langen Haar auf ihren Rücken, und sie kam ihm vor wie eine Wildkatze. Er stieß die Tür mit dem Fuß zu, legte seine Arme um Julia, warf das Handtuch aufs Bett, zog mit den Fingerspitzen die Linie ihres Rückgrats bis zum Hintern nach und ... Laura klopfte an die Tür: »Mummy, in meinem Zimmer ist eine Schabe!«

»Was für ein Glück, daß nicht ein Insekt in unser Haus eingebrochen ist«, flüsterte Julia und rief dann: »Mach dir keine Sorgen, Schatz, sie hat doppelt soviel Angst vor dir wie du vor ihr!«

»Kann ich nicht zu euch kommen?«
Julia legte ihre Wange an die von Jack und preßte ihren Körper gegen den seinen. »Warum?«
»Um ein bißchen auszuruhen. Ich kriege in meinem Zimmer bestimmt kein Auge zu, weil ich immer daran denken muß, daß ich Besuch von einer Schabe habe.«
Julia umarmte Jack kurz und entfernte sich dann langsam von ihm. »Es macht dir doch nichts aus, oder? Später sind wir bestimmt wieder allein.«
Er küßte sie, jagte mit seiner Zungenspitze die ihre und wandte sich von Julia ab. Er hoffte, seine Bewegung war ihr nicht zu abrupt vorgekommen. Vielleicht war es besser so, dachte er und öffnete die Tür. Wenn er bis heute abend gewartet hätte, wäre Julia womöglich vor Laura eingeschlafen. »Sie war so groß!« sagte seine Tochter. »Wenn sie wirklich so gewaltig war, hätten wir sie fangen und ausstopfen sollen.« Er trat zurück, damit Laura hereinkommen konnte. Julia trocknete sich zu Ende ab. »Wo soll Daddy denn schlafen?« fragte sie.
»Du kannst mein Bett haben, Laura«, sagte er. »Ich lese draußen noch.« Er nahm den Reiseführer von Julias Nachttisch, ging hinaus auf den Balkon und ließ die Glastüren offenstehen.
Er studierte das Buch in aller Ruhe. Sie hatten keine Zeit gehabt, zur Samaria-Senke zu wandern. Sie hatten weder die seltenen Blumen, noch die bärtigen Geier oder die Ziegen mit den nach hinten gebogenen Hörnern gesehen. Vielleicht eines Tages, dachte er und sagte sich gleich darauf, daß er für seine Lieben keine Pläne schmieden durfte. Er betrachtete die Karte, die das Meer zwischen Kreta und Griechenland zeigte. Schon während der Fahrt nach Santorin war ihm aufgefallen, wie wenig Inseln dieses Meer besaß, in das ohne weiteres Großbritannien hineingepaßt hätte. Er warf vom Balkon einen Blick auf die glitzernde See und verstand jetzt endlich die Botschaft, die sie ihm übermittelte. Jack drehte sich um und spähte ins Zimmer.
Julia und Laura waren beide eingeschlafen. Sie ließen sich nicht

stören, als er auf Zehenspitzen in den Raum schlich und in Julias Handtasche nach einem Stift suchte. Wieder auf dem Balkon strich er den Umschlag glatt, in dem sich der Brief an Janys Day befand. Er riß die Rückseite ab und steckte den Rest zusammen mit dem Schreiben in seine Brusttasche. *Gehe mir am Strand ein Boot mieten, um ein wenig zu paddeln,* notierte er auf den Zettel und warf einen Blick auf seine Uhr. Fast fünfzehn Uhr. *Bin gegen halb fünf zurück,* fügte er noch hinzu. Dann rieb er sich die Augen und malte mit der Tränenflüssigkeit elf Herzen auf das Papier. Als er sich wieder zum Zimmer umdrehte, konnte er im ersten Moment nichts erkennen. Dann trocknete die Hitze seine Augen, und der Anblick von Julia und Laura verlieh ihm Stärke.

Es war nur recht und billig, daß sie zusammen waren und ihn ausgeschlossen hatten. Sie brauchten ihn nicht mehr. Elf war die Zahl eines Gewinnerteams, und Julia und Laura ergaben zusammen elf, so daß er nicht mehr vonnöten war. Sein größter Fehler war gewesen, anzunehmen, daß der Graf Julia den neuen Job verschafft hatte. Das bewies nur, wie sehr Jack seine Frau unterschätzt hatte. Er war nicht einmal in der Lage gewesen, zu begreifen, daß sie sich ganz allein für die neue Stellung qualifiziert hatte.

Er zog den Schlüsselbund mit dem Clownskopf aus der Tasche und schlich ins Zimmer. Dort legte er den Reiseführer auf den Tisch neben dem Fenster, breitete den Zettel darauf aus und beschwerte ihn mit dem Clownskopf. Als er zwischen den beiden Betten stand, hatte er den Eindruck, bereits nicht mehr als ein Schatten an der Wand zu sein. Er ging in die Hocke und küßte seine Lieben auf die Stirn. »Mrrm«, machte Julia, und von Laura kam ein ähnliches Geräusch. Nach einem letzten Blick und der Gewißheit, daß sie fest schliefen, erhob er sich. »Paßt gut auf euch auf«, flüsterte er, verließ leise das Zimmer und schloß behutsam die Tür.

Als er die sonnenbeschienenen Stufen hinunterlief, fühlte er sich unerwartet lebendig und munter, und er sah die Zukunft in seltener Klarheit vor sich. Vor der Rezeption zerriß er den Brief und den Umschlag in kleine Fetzen und warf alles in den

Papierkorb. »Ich miete mir für eine Stunde ein Boot«, erklärte er dem Mann hinter dem Tresen und zeigte auf den Nachbarstrand. Eine Straße, die von Pollern eingesäumt war, führte dorthin, und nach fünf Minuten hatte Jack den Strand erreicht. Draußen im Wasser spritzten sich ein Mann und eine Frau gegenseitig naß, doch der Strand selbst war bis auf einen alten, bärtigen Griechen leer, der unter einem Sonnenschirm auf einem Campingstuhl saß und auf Kunden für seinen Bootsverleih wartete. Als Jack ihm die Gebühr für eine Stunde hinhielt, zeigte der Mann mit einer schwieligen Hand auf die Sonne und verzog das Gesicht. Doch dann zuckte er die Achseln, nahm das Geld entgegen und brummte: »Eine Stunde.«

Die Boote, kleine Kanus, bestanden aus Plastik. Am hinteren Ende war ein Brett angebracht, das als Sitzgelegenheit diente. Davor zeigten sich die Pedale, im Grunde nicht mehr als U-förmige Metallrohre. Jedes Boot wies eine Nummer auf, und Jack entdeckte die Nummer dreizehn. Meer und Sonne hatten die roten Ziffern gebleicht. Er nahm das leichte Kanu unter den Arm und marschierte zum Wasser. Als er das Boot in die Wellen platschen ließ, wäre er beinahe hinterher gefallen. Der Mann und die Frau näherten sich dem Strand, und beide versuchten, den anderen unterzutauchen. Jack erkannte sie: das Pärchen aus Birmingham.

Als sie sahen, wer sich dort vor ihnen befand, stellten sie ihr ungestümes Herumtollen sofort ein und taten dann so, als wären sie zu solchen Albernheiten nie und nimmer fähig. Sie schwammen zum Strand, und Jack setzte sich ins Boot. Es ging sofort auf Grund und drohte zu kentern. »Und wieder habe ich ein Problem zwischen meinen Beinen!« rief er dem Pärchen zu.

»Ich muß doch sehr bitten!« entgegnete die Frau mit schriller, schockierte Stimme, und ihr Freund/Gefährte/Ehemann stieß ein empörtes Schnauben aus. Die beiden erinnerten Jack an Charaktere aus alten Komödien. Der Bootsbesitzer rief: »Raus! Los! Fort!« und zeigte auf das Kanu. Jack stieg aus, um es vom Strand fortzuschieben. »Wasser«, murmelte er, »das ist genau das, was wir jetzt brauchen.«

»Was ist denn nun schon wieder los?« fragte der junge Mann mit unfreundlicher Stimme.
Jack hockte sich rittlings auf das Boot, zog die Füße an, schob sie auf die Pedale und stellte zu seiner großen Verblüffung fest, daß der Mechanismus funktionierte und das Kanu sich tatsächlich vorwärtsbewegte. »Ich mußte nur ein Stück tiefer rein«, erklärte er der Birmingham-Laura, die das natürlich für eine unglaublich obszöne Anspielung hielt. »Füße, laßt mich jetzt nicht im Stich!« befahl er.
»He, was wollten Sie von meiner Frau?« brüllte der junge Mann.
»Ich habe zu meinen Füßen gesprochen, nicht zu ihr. Und um nicht noch einmal mißverstanden zu werden, versichere ich Ihnen, daß zwischen beiden nicht die geringste Ähnlichkeit oder Verbindung besteht.« Er drehte die Pedale mit den Sohlen seiner Sandalen, und das ging nicht lange gut, denn sie rutschten an dem Metall ab. »Ich sagte ihnen, sie sollen mich nicht im Stich lassen. So wie der Herr, der ein wenig zu lange in der Sonne gewesen ist.«
»Hä?« machte der junge Mann, und dieser Laut klang wie die eigentliche Essenz des Birmingham-Akzents. Er drehte sich zu dem Bootsverleiher um, weil er meinte, Jack habe ihn gemeint.
»Nein, nicht der, sondern der Schauspieler. Der Farbige. Richard Pryor, sofern Ihnen dieser Name etwas sagt und Sie sich mit Filmen auskennen.« Jack spürte, wie er in Panik zu geraten drohte. Er trat weiter in die Pedale und das Boot glitt zwischen den beiden hindurch. »Füüüße, laßt mich jetzt bloooß nicht im Stich!« ahmte er den Schauspieler nach und paddelte hinaus aufs Meer.
Nach einigen Metern hatte er seinen Rhythmus gefunden. Er kam an den Höhlen vorbei, von denen Julia und Laura ihm berichtet hatten. An ihren Decken spiegelten sich die Reflexionen der Wellen wider. Was, wenn Julia gerade erwacht und auf den Balkon hinausgetreten war? Er war noch nicht allzuweit fort. Sie konnte ihn durchaus erkennen. Und dann würde sie ihn rufen und ihn ermahnen, aus der Sonne herauszukommen, bevor er sich einen Sonnenstich einfinge. Plötzlich wollte er, daß sie jetzt auf dem Balkon

auftauchte. Er wünschte es sich so sehr, daß er sich dazu zwang, dem Hotel den Rücken zuzukehren und kräftig zu paddeln. Endlich glaubte er, daß er weit genug entfernt war, um einen Blick zurück riskieren zu dürfen. Und selbst dann noch zwang er sich, geradeaus zu blicken. Als er es schließlich nicht mehr aushalten konnte, hoffte er, Julia und ihr Winken zu entdecken. Aber er sah weder Julia, noch das Hotel, noch den Strand – nur das Meer.

Er hatte das Gefühl, eine schwere Last sei von seinen Schultern genommen oder er habe sich einer drückenden Verantwortung entledigt. Und er spürte in sich eine Traurigkeit, die so allumfassend war, daß sie ihm eine Art Frieden schenkte. Rings um ihn herum glitzerten die Wellen im Rhythmus seines Paddelns. Er streckte die Finger ins Wasser. Es fühlte sich kühl und erfrischend an, wie ein Refugium für den Moment, in dem die Hitze nicht mehr zu ertragen war. Nach einer Weile hörte er auf zu paddeln und stellte fest, daß das Boot sich aus eigenem Antrieb weiter vom Land entfernte. Er wollte es treiben lassen, solange sich auf der endlosen Wasserfläche nichts zeigte. Die See schien ihm zuzuflüstern, die Sonne senkte sich auf seinen Hinterkopf, und er kam in einen Zustand, in dem er weder zu einem Gedanken noch zu einer Handlung fähig war. Und irgendwann fiel sein Blick auf die Uhr.

Fast siebzehn Uhr. Julia und Laura waren bestimmt schon wach. Vermutlich standen sie längst am Strand und hielten nach ihm Ausschau. Vielleicht hatten sie den Empfangschef gefragt, und sicherlich hatten sie mit dem Bootsverleiher gesprochen. Wahrscheinlich hatten sie auch mit dem Pärchen aus Birmingham geredet. Und es würde nicht mehr allzuviel Zeit vergehen, bis sie sich an die Polizei wandten. Er glaubte, es würde Julia sein, die als erste begriff, daß er nicht mehr zurückkommen würde. Und wenig später würde Laura Fragen stellen. Und was danach passierte, entzog sich seiner Vorstellungskraft.

Die einzige Alternative, die ihm einfiel, war noch unerträglicher. Sie könnten durch einen dummen Zufall oder gar von der Polizei erfahren, wer er in Wahrheit war. Selbst wenn die Polizei zu dumm sein sollte, auf seine Spur zu kommen, war es ihm doch allzu schmerzlich bewußt, daß der alte Jack nicht in der Lage war, der Familie bis ans Ende seiner Tage etwas vorzumachen. Möglicherweise gelang es ihm, nur sich selbst etwas vormachen zu müssen, aber auch diese Aussicht erschien ihm wenig erstrebenswert. Die Panik, die er empfunden hatte, als der Polizist die Aktentasche in die Hand genommen hatte, drängte sich in sein Bewußtsein zurück. Während der ersten Urlaubstage hätte sie ihn beinahe verraten, und er hatte sie nur unterdrücken können, indem er den Kurs einschlug, den er jetzt verfolgte. Und wenn er ehrlich war, wußte er, daß unter der Panik noch etwas anderes verborgen lag. Auch wenn er jetzt so gut wie sicher sein konnte, daß die Abenteuer und Taten des Grafen das Glück der Familie in keiner Weise beeinflußt hatten, war ihm doch auch klar, daß der Graf nach der Heimkehr sofort alles unternehmen würde, um sich in dieser Frage Gewißheit zu verschaffen. Die Vorstellung ließ ihn erzittern, und die Füße setzten automatisch die Pedale wieder in Bewegung.

Nach ein paar Minuten ließ er das Kanu erneut treiben. Die Sonne brannte jetzt auf seinem Rücken, und das bedeutete wohl, er entfernte sich noch weiter von Kreta. Sein Kopf schien gewichtslos geworden zu sein. Bald fühlte er sich auch von seinem Körper getrennt, so als hätten das Boot und sein Leib nichts mehr mit ihm zu tun. Vielleicht war er schon zu einem Geist geworden, der sich an das Meer erinnerte, während er über Julia und Laura wachte. Ja wirklich, er konnte sie sehen. Sie waren erst ein paar Tage später als ursprünglich geplant nach Hause gekommen. Die Fremdenführerin hatte ihr Mitgefühl geäußert, und die beiden hatten festgestellt, daß das Haus genau die richtige Größe für zwei Personen besaß. Falls sie trotzdem woanders hinziehen wollten, könnten sie das mit seiner Lebensversicherung tun und auch noch alle Schulden abbezahlen. Und wenn Mr. Hardy es wagen sollte, Julia irgendwelche Schwierigkeiten zu machen, würde er besser nachsehen, ob nicht jemand hinter ihm stand. Der Graf würde weiterhin über die Familie wachen. Im Augenblick tauschten sie nicht ihren Schmerz,

sondern ihre Erinnerungen aus. »Weißt du noch, was für schöne Tage wir auf Kreta hatten?« fragte Julia. Und Laura entgegnete: »Ich erinnere mich besonders an den Tag mit Dad, als wir den Fuchs gesehen haben.«
Sein Blick wanderte zur Armbanduhr, und es gelang ihm, sich auf das Ziffernblatt zu konzentrieren. Viertel vor sechs. Julia stand jetzt kurz davor, in Panik zu geraten. So lebhaft er sich das auch vorstellen konnte, die Wahrheit sah vermutlich viel schlimmer aus. Er sehnte sich danach, zu ihr zurückzukehren und sie zu fragen, wie sie sich auch nur für einen Moment hatte vorstellen können, er würde sie verlassen. Und dann fragte er sich, ob und wie die Polizei nach ihm suchen würde. Vermutlich würden sie Hubschrauber einsetzen. Diese Vorstellung und die Erkenntnis, daß er seiner Sehnsucht nach Julia nicht nachgeben durfte, brachte ihn dazu, die Füße von den Pedalen zu nehmen, sich aus dem Sitz zu heben und sich nach hinten zu schieben, bis er spürte, daß der Bug kurz davor war, sich aus dem Wasser zu heben. Bevor er darüber in Panik geraten konnte, lehnte er sich weit zurück und stieß das Kanu von sich weg.
Das Kanu schwamm davon und hob sich aus dem Wasser, während er in die entgegengesetzte Richtung abtrieb. Er wußte, welche unauslotbaren Tiefen unter ihm lagen, und seltsamerweise schienen sie ihn über Wasser zu halten. Er trieb auf dem Rücken, wie Julia es ihm mehrmals beizubringen versucht hatte und wie es ihm tatsächlich gelungen war, nachdem er die Lötlampe versteckt hatte. Doch er glaubte, nicht allzulange in dieser Haltung bleiben zu können. Bald würden die Tiefen nach ihm verlangen. Es war so einfach gewesen, seine letzten Minuten vorauszusehen, doch sie zu durchleben, das würde viel schwieriger sein. Jack versuchte, sich zu entspannen, so als läge er auf einem Bett, und schloß die Augen. Er fing an zu zählen, und das Wasser schlug an seine Ohren. Als er bei elf angelangt war, wollte er feststellen, ob ihm noch etwas Glück verblieben war. Vielleicht konnte der Graf ja schwimmen.